LE ROI DES FAË DE LUCIFER

PAR LES AUTEURES À SUCCÈS USA TODAY
LEXI C. FOSS & J.R. THORN

Traduit de l'anglais (US) par : Jean-Marc Ligny

Édition par : Outthink Editing, LLC

Relecture par : Jean Bachen & Katie Schmahl

Conception de la couverture : Couvertures par Juan

Photographie de couverture : Wander Aguiar

Modèles de couverture : Sophie, Alex, Philippe, Forrest et Camden

Publié par : Ninja Newt Publishing

Édition numérique

ISBN : 978-1-68530-400-3

Édition imprimée

ISBN : 978-1-68530-401-0

**Avertissement concernant l'IA : ce livre ne contient aucun
élément de contenu généré par IA. Tous les dessins ont été
conçus par de vrais artistes, et tous les textes ont été écrits par
les autrices.**

Aux bonnes filles qui désirent secrètement qu'un Dom dur les avilissent
pendant qu'un Dom doux les porte aux nues…
Tandis qu'ils les partagent.
Ouais.
Ce livre est pour vous.

À PROPOS DU ROI DES FAË
DE LUCIFER

L'échiquier a été préparé. Les joueurs ont été choisis.

Vivaxia a tenté de faire de Camillia un pion dans notre jeu
éternel, alors qu'elle se trompe à son sujet.
Camilla n'est pas un pion. Elle est notre reine.

Le royaume des Faë de l'Enfer en a bien besoin, surtout
lorsque frappe la magie indésirable des Faë Vertueux.
Qui est un ennemi ? Qui est contrôlé ?

La dernière chose que je veux faire, c'est punir des
innocents, mais cela fait partie du jeu de Vivaxia. Elle veut
me blesser, profondément.
Démanteler tout ce que j'ai construit, faire en sorte que
tous les royaumes se retournent contre moi.

Si elle avait prévu tous les résultats, elle aurait pu gagner.
Mais je sais quelque chose qu'une créature comme Vivaxia
ne saura jamais, quels que soient ses observations, ses
stratagèmes ou ses plans.

Mon royaume n'est pas fondé sur la peur. Mes sujets sont loyaux grâce à ce que je représente. Je suis tout ce que les Faë Vertueux n'étaient pas.

Je ne les contrôle pas. Je les laisse exister tels qu'ils sont, je les laisse accomplir leur destin comme ils l'entendent.

Le destin n'est pas conçu par ceux qui détiennent le pouvoir.
Il est forgé dans l'amour et le chagrin, et surtout… dans le *feu de l'Enfer*.

Note des autrices : *Le roi des Faë de Lucifer* est une romance paranormale sombre avec quatre compagnons tourmentés et aucun choix requis. Si vous aimez les antihéros dominants et sexy, vous êtes au bon endroit : au royaume des Faë de l'Enfer, où la romance est torride et où le pardon n'est pas nécessaire. Ce livre est le dernier de la série des Faë de l'Enfer.

UN MOT DE LEXI ET JEN

Merci d'avoir choisi *Le roi des Faë de Lucifer !* Nous espérons que vous apprécierez ce monde obscur autant que nous.

Pour celles et ceux qui découvrent cette série, nous conseillons vivement de lire ces livres dans l'ordre, car il s'agit d'une histoire qui se suit.

Juste une petite mise en garde : cette série contient de fortes connotations sexuelles, des scènes violentes et des thèmes liés au consentement équivoque. Plusieurs relations fortes entre hommes existent également dans ce monde, et ceux-ci aiment particulièrement s'envoyer en l'air ensemble.

Cela dit, Cami est au cœur de leur relation. Ou le sera… une fois que le roi aura enfin chuté.

Leur parcours n'a pas été facile. Mais il va devenir beaucoup plus chaud.

Nous espérons que vous apprécierez la conclusion du monde des Faë de l'Enfer.

Car il est temps pour le roi des Faë de l'Enfer de s'agenouiller devant sa reine…

INTRODUCTION

Un pouvoir extraordinaire exige des sacrifices.
Mais que se passe-t-il lorsque ce sacrifice devient trop
important ?
Un bon roi donnera tout ce qu'il a pour sauver tout le
monde sauf lui-même.
Mais un grand roi sait accepter de l'aide.
Et un roi encore plus grand sait quand il est temps de
s'incliner…
—*Typhos*

LES ROYAUMES DES FAË DE L'ENFER
UNE PAGE RÉVÉLÉE DE VITA, LE LIVRE DE LUCIFER

Il était une fois un ange qui chuta. Ses plumes lui furent arrachées, sa lumière s'éteignit et il atterrit dans les feux d'une terre brisée.

Mais ce n'était pas un ange ordinaire.

Il savait que son monde était sur le point de s'effondrer avant que survienne l'ultime trahison, et en lui, il cachait la source de sa lumière. Son véritable pouvoir. Son ultime vengeance.

À partir de cette braise ardente d'énergie, il créa un nouveau monde : le royaume des Faë de l'Enfer. Et en son sein, il accepta toutes les créatures que les autres royaumes Faë rejetaient.

Les Faë du Cauchemar. Des abominations. Des monstres.

À mesure que sa nouvelle cour se développait, plusieurs royaumes s'établirent. Chacun d'entre eux est gouverné par un Faë du Mythe protecteur et, en dessous de lui, par divers rois Faë.

Cette section est considérée comme un index de ces royaumes et des espèces connues qui y vivent. Il change et s'enrichit chaque jour, mais je suis *Vita*, le livre le plus précieux de Lucifer. Je sais tout. Je documente tout. Et maintenant, je vais partager ce savoir avec vous, chers lecteurs…

Terres Stériles : Zones arides semblables à des déserts, aux paysages rocailleux et pratiquement dépourvus d'eau. Centaures, Manticores, Minotaures, Dragons des Airs, Griffons et Boggarts y ont élu domicile. Elles ont aussi récemment servi à abriter les candidates au mariage des Faë de l'Enfer dans un paradigme unique.

Royaume des Faë de l'Enfer : Un royaume centralisé que Typhos Lucifer appelle sa maison. Toutes les créatures qui ne sont pas des Faë du Cauchemar y résident, de même que les infâmes Cerbères de Lucifer.

Terres Marécageuses : Les eaux troubles et les plantes des marais en font un lieu de résidence idéal pour les Nagas et les Unseelie.

Royaume de Morphée : C'est le pays des rêves, où les Faë du Cauchemar se nourrissent de terreur et d'effroi. Les Goules et les Strigoï y vivent, mais on y trouve également l'une des créations personnelles de Lucifer : le Faë Kuntilanak.

Royaume de l'Au-delà : Les ténèbres et de ternes rayons de lune hantent les cimetières de ce royaume, ce qui en fait un havre parfait pour les Faë des Cadavres et les Faë de la Mort.

Royaume Sous-marin : De vastes océans et des châteaux semblables à des coraux peignent ce royaume d'une mer de couleurs uniques. Les Kelpies et les Dragons d'eau l'habitent, mais certaines créations personnelles de Lucifer, comme les Sirènes, y vivent également.

Domaine des Faë de l'Enfer

Terres marécageuses

Royaume de Morphée

Royaume des Faë de l'Enfer

Royaume sous-marin

Terres stériles

Royaume de l'Au-delà

UNE NOTE DE TYPHOS

J<small>ADIS</small>, une femme m'a trahi. Une femme qui prétendait être ma mentore et mon amie. Une femme qui m'a guidé dans des affaires obscures et qui aimait conclure des marchés illicites.

Je savais bien qu'il ne fallait pas lui faire confiance. Mais j'ai trempé dans ses combines, j'ai tenté de la battre à son propre jeu.

Et j'ai *chuté*.

Nos âmes n'étaient pas compatibles, ce que j'ai compris en m'engageant dans son offre tordue. Je n'avais pas réalisé que ce manque de compatibilité aurait un prix.

Elle, elle le savait. Elle a utilisé cette clause pour punir mon âme d'avoir rejeté la sienne. Or cette version de sa punition a fini par être mon plus grand cadeau. Car ma chute a créé le royaume des Faë de l'Enfer. Un endroit où prospèrent les Faë du Cauchemar. Une terre protégée par ma source de pouvoir. Mon cœur. *Mon esprit*.

Mais mon monde – ma *création* – est menacé.

Je croyais que la coupable était Camillia de la Croix, la

diablesse sensuelle qui a captivé tous ceux qui me sont chers. Mon Prince. Mon Commandant. Mon Gardien.

Pendant des mois, je me suis persuadé qu'elle était mon ennemie. Une scélérate envoyée pour détruire ma Source des Faë de l'Enfer. Et il s'avère que je n'avais pas tout à fait tort. C'est un être au pouvoir immense, capable de démolir tout ce que j'ai bâti.

Mais elle n'est pas mon ennemie. Pas vraiment.

Elle est une arme. Un siphon créé par ma véritable rivale, Vivaxia, pour absorber mon pouvoir et démanteler mon royaume.

Seulement, il y a une chose que Vivaxia n'a pas prise en compte lorsqu'elle a envoyé Camillia vers moi, une chose qu'elle n'a jamais comprise : toutes les créatures ont une âme.

Et l'âme de Camillia ne ressemble à aucune de celles que j'ai connues.

Elle est têtue. Elle est vengeresse. Elle est intelligente. Elle est créative. Elle est *forte*.

Vivaxia pense peut-être qu'elle a le dessus, qu'elle peut manipuler Camillia comme elle l'entend, mais je vois la vérité plus clairement à présent.

Camillia n'a jamais été destinée à s'incliner ; elle est destinée à régner.

Elle a juste besoin de quelqu'un pour la guider. Quelqu'un qui lui montre comment siphonner l'énergie pour son propre usage. Un roi qui peut faire d'elle une reine.

Il est temps pour moi d'accepter le destin. De cesser de remettre en question les aspirations de mon cercle intime et d'admirer le diamant qu'ils ont tous revendiqué.

Il n'y a plus de combat. Plus d'accusations. *Plus de marchés.*

La vérité est claire. Notre chemin est tracé.

C'est au tour de Vivaxia de chuter.

Et je vais m'en assurer en apprenant à Camillia de la Croix à *voler*.

CHAPITRE UN

CAMI

La chaude lumière rouge du soleil s'infiltrait à travers les rideaux vaporeux, et dans l'air planait une note de feu et de soufre que je n'aurais jamais cru vouloir sentir de nouveau. Mais en dessous s'insinuait un courant que j'adorais, imprégné de décadence et de péché. *Melek*, pensai-je en le reniflant, tout en roulant vers lui sur le gigantesque lit à baldaquin.

Or un autre parfum s'attardait aussi ici. *Cannelle*, humai-je en inspirant profondément. *De la cannelle brûlante.* L'arôme se mêlait à la richesse de Melek et me donnait le vertige.

J'attrapai sa cuisse nue puis remontai ma main sur ses hanches. Il fredonna en signe de reconnaissance et fourra ses doigts dans mes cheveux tandis que je me glissais sur lui, prête à nous réveiller tous les deux pour de bon.

Mon compagnon Faë Vertueux me rendait audacieuse. Vivante. *Prête à tout.*

— Mmmh, je crois que je t'aime bien ivre de désir, Cami, murmura-t-il en me mordillant la lèvre inférieure. Si j'avais su que tu serais aussi insatiable, je t'aurais revendiquée à un moment plus opportun.

Je ne savais pas trop ce qu'il voulait dire par là et je m'en fichais. Je voulais juste l'embrasser. Le *baiser*. Ou plutôt, qu'il me baise. Encore et encore.

Parce que Melek était... tout. Son goût. Son toucher. Sa *langue*.

Je fondis pratiquement contre lui lorsqu'il m'embrassa, sa bouche diabolique anéantissant tout mon être et m'inondant de désir. Je n'entendais plus rien à cause du rugissement dans mes oreilles, une sensation d'immersion m'envahissant tout entière.

Melek retroussa ses lèvres contre les miennes en un sourire moqueur.

— Bonjour, mon roi, murmura-t-il.

Je fronçai les sourcils. *Roi ?*

— Petit prince, répondit une voix grave au ton chaleureux, qui me glaça pourtant le sang.

Car c'était la voix de Typhos Lucifer. Le roi des Faë de l'Enfer.

Oh, merde...

C'était lui la source de la cannelle qui flottait dans l'air. J'étais dans *son* lit. Enfin, celui qu'il partageait avec Melek. Son compagnon. Son *petit prince*. Un prince que j'étais en train de chevaucher toute nue.

Je me jetai sur les draps pour me couvrir, retombant sans ménagement sur le matelas à côté de Lucifer.

Il haussa un sourcil noir, ses yeux bleus saisissants capturèrent les miens.

Je déglutis, puis empoignai de nouveau la couverture pour tenter de m'y enrouler. Mais naturellement, elle était entortillée sous moi, m'empêchant de parvenir à mes fins. Je demeurai vulnérable, exposée à son regard brûlant.

— J'espère que tu es un peu plus gracieuse quand tu es

perdue dans les affres de la passion, Mlle de la Croix. (Il lança un coup d'œil à Melek.) Ou bien tu l'as gardée attachée toute la nuit ?

— Je lui ai donné un cours d'introduction, l'informa Melek. Nous travaillons encore sur la confiance.

— Hmm, fredonna le roi des Faë de l'Enfer, ramenant son regard sur moi. Un concept qui ne m'est que trop familier.

Mon cœur battit la chamade, le sens de ses paroles me parvenant haut et fort. Il ne me faisait pas confiance. J'avais touché sa Source. Et il venait d'apprendre que j'avais été littéralement créée pour voler sa lumière.

Parce que je suis un siphon. Fabriqué et moulé par son ennemie Vivaxia, une Faë Vertueuse qui se trouve être ma grand-mère.

Oui, la *confiance* n'existait pas entre Lucifer et moi. Dans son esprit, je serais mieux morte. Oh, il avait prétendu vouloir me former pour que je devienne une reine, pas juste un pion. Mais une partie de lui voulait m'éliminer de l'échiquier.

Et cette partie de lui m'étudiait maintenant, faisant scintiller ses iris de feu bleu alors qu'ils descendaient sur ma gorge et plus bas.

Il m'imagine probablement couverte de sang, songeai-je, frissonnant sous son regard.

La chaleur dans ses yeux lorsqu'ils remontèrent vers les miens me confirma ses pensées, sa faim ne pouvant être motivée que par son désir de *tuer*.

— Oui, la confiance va vraiment être un problème, murmura-t-il.

Puis il se détourna de nous avec des gestes raides. Je retins mon souffle, m'attendant à ce qu'il revienne avec un couteau ou peut-être une poignée de feu de l'Enfer. Mais lorsqu'il se rapprocha du lit, il tenait une robe de chambre.

Comme je ne faisais que le fixer, il se pencha pour draper mon corps de l'étoffe rouge pelucheuse.

— Tu es bien trop tentante dans cet état, Camillia. Nue, partiellement excitée, tout aussi effrayée. (Il inhala profondément, ses iris scintillant de ces flammes hypnotiques.) Cela me donne envie de tester tes limites, ce qu'aucun de nous n'est prêt à faire. Alors enfile ça. Parce qu'il faut qu'on parle.

Il se retourna avant que je puisse répondre, ses épaules musclées enveloppées d'un tissu noir d'aspect coûteux, son costume impeccable lui allant à la perfection. Je ne pus m'empêcher d'admirer la façon dont il moulait ses fesses tandis qu'il gagnait un bar voisin pour se servir un verre. Je ne pus m'empêcher non plus de fixer son impressionnant paquet quand il pivota de nouveau, son entrejambe étant parfaitement visible depuis ma place sur le lit.

— C'est l'apogée de l'accouplement, dit Melek, l'air amusé. J'aime plutôt ça.

— Oui, j'ai ressenti votre plaisir toute la nuit, répondit Lucifer sans ambages. J'ai essayé de te laisser de l'espace pour que tu t'y adonnes, mais malheureusement, le temps ne joue pas en notre faveur.

— Tu as découvert quelque chose.

Les mots de Melek n'avaient plus rien de son amusement quelques secondes plus tôt, son ton sérieux perça quelque peu le brouillard de mon esprit.

— Je me suis souvenu de quelque chose, corrigea le roi. (De l'énergie vibra dans l'air quand il fit apparaître un écran translucide, et il prononça d'une voix plus grave :) Petit déjeuner pour trois. Apportez une variété de tout ce qui est disponible.

— Oui, Votre Majesté, répondit quelqu'un, une voix androgyne qui parut flotter dans la pièce.

Lucifer éteignit le moniteur, puis s'installa à une table avec son verre.

— Rejoignez-moi.

Deux mots prononcés avec une fermeté qui ressemblait fort à un ordre.

Pourtant, mes membres refusèrent de bouger. J'étais figée dans cette robe de chambre. *Dans le lit du roi des Faë de l'Enfer.*

Des lèvres chaudes effleurèrent ma tempe, me faisant presque sursauter. Sauf que j'étais paralysée par la peur. Donc mon cœur s'emballa.

— Il ne va pas te mordre, petit ange, murmura Melek à mon oreille. Sauf si tu le lui demandes gentiment.

Lucifer grogna et avala une longue gorgée de son verre sans nous regarder.

Melek roula sur moi pour atterrir adroitement sur le sol. J'écarquillai les yeux lorsqu'il rejoignit Lucifer d'un pas nonchalant, complètement nu et très excité.

Le roi des Faë de l'Enfer l'observa en arquant les sourcils, puis son expression disparut à ma vue quand Melek se pencha pour l'embrasser.

— Joue finement, mon roi, dit-il avant de s'évanouir dans les airs.

Melek, sifflai-je mentalement.

Rien.

Je fermai les yeux. *Ajax ?*

Cami, répondit-il. *Tu vas bien ?*

Je… Je déglutis et rouvris les yeux pour regarder de nouveau le roi des Faë de l'Enfer. Il avait ouvert un écran et semblait se concentrer sur les mots qui y défilaient.

Est-il en train de lire un journal ?

Quoi ? s'enquit Ajax.

Je secouai la tête.

Désolée, Lucifer est… Je crois qu'il est en train de lire… Peu importe. Où es-tu ?

Chez Zenaida avec Shade et Zakkaï, murmura-t-il, ce qui me fit sourciller.

Tout va bien ?

Je crois que je t'ai déjà posé une question de ce genre, dit-il. *Mais oui, tout va bien. Juste… des négociations.*

Je faillis demander ce qu'il négociait quand Lucifer me parla :

— Tu as besoin d'aide avec cette robe de chambre, Mlle de la Croix ?

Je serrai de nouveau mes paupières.

— N-non, lui répondis-je, détestant le fait que j'avais sûrement besoin d'aide puisque mon corps semblait incapable de bouger.

Je viens de coucher avec le compagnon du roi des Faë de l'Enfer. Oh, j'avais fait plus que ça. J'avais *accouplé* Melek. Typhos Lucifer me détestait déjà. Et je venais d'apporter de l'eau à son moulin pour qu'il me haïsse encore plus.

Lequel ? demanda Ajax. *Az ou Melek ? En fait, ne réponds pas à cette question. Je suis presque sûr que tu parles de Melek puisqu'Az est parti rencontrer Maliki.*

Maliki ? relevai-je. *Qui est Maliki ?*

Son demi-frère.

Oh. Est-ce que je le savais ? Peut-être. Je ne pouvais pas…

— Mlle de la Croix ?

La voix de Lucifer résonna juste au-dessus de ma tête, me coupant le souffle. Il avait dû se lever et s'approcher du lit pendant que je parlais mentalement à Ajax.

Qu'est-ce qui se passe ? s'inquiéta mon compagnon Faë de Minuit. *Tu me parais… nerveuse.*

Je plissai les yeux, exaspérée, n'aimant pas du tout la

façon dont il m'avait décrite. Surtout parce que c'était vrai. Nerveuse. Terrifiée. Toujours excitée.

Je vais bien, grinçai-je.

Tu n'as pas l'air d'aller bien, rétorqua-t-il. *Où es-tu ?*

Avec Melek et Lucifer.

Du moins, j'*étais* avec eux jusqu'à ce que Melek disparaisse.

Tu as besoin de moi ? proposa Ajax.

Une partie de moi avait envie de dire oui, mais je ne voulais pas l'arracher à sa conversation avec Zenaida, Shade et Zakkaï. Ce devait être important, sinon il ne serait pas là-bas.

Non, je… ça va aller. Je suis juste, comme tu l'as dit, nerveuse.

Ce que je détestais. Mais comment étais-je censée…

Un contact chaud sur ma mâchoire me fit rouvrir les yeux. Lucifer se tenait au-dessus de moi, sourcils froncés, faisant la moue.

— Je te terrifie.

— Je ne suis pas terrifiée, crachai-je ce mensonge amer sur ma langue, car je venais littéralement d'employer ce mot pour me décrire quelques secondes plus tôt.

Lucifer retira sa main.

— Je ne vais pas te faire de mal, Camillia.

Oui, il avait déjà dit ça hier. J'étais quasi certaine qu'il l'avait aussi prononcé pendant qu'on dansait. Mais je ne l'avais pas cru pour autant. Pas après toutes les menaces précédentes qui traînaient entre nous.

Lucifer s'assit sur le lit en soupirant, parvenant à glisser sa carrure massive dans le petit espace entre moi et le bord du matelas. Sa grande main saisit ma mâchoire, et sa paume marqua ma peau.

— Tu as bien raison de ne pas me faire confiance. (Son ton doux était presque aussi surprenant que son contact.)

Mais nous sommes liés par Azazel et Melek à présent. Je ne pourrais pas te faire de mal même si je le voulais.

Je faillis ricaner. Parce que cela ne m'incitait pas à le croire.

— À quoi tu penses ? s'enquit-il, ses yeux saphir scrutant mes traits. Dis-le-moi pour que nous puissions en discuter. Mais s'il te plaît, ne mens pas.

Je le regardai fixement, ne sachant pas trop quoi répondre à cela. Il connaissait sûrement toutes mes pensées déjà, étant donné le lien qu'il venait de mentionner entre ses deux compagnons et moi. C'était donc peut-être une sorte de test pour voir si j'allais être franche avec lui. Connaissant Lucifer, c'était ça, à coup sûr. Un moyen de mesurer ma loyauté, de déterminer si j'étais digne de ses compagnons, digne d'être laissée en vie.

— J'ai beaucoup de pensées qui me traversent l'esprit, avouai-je.

— Dis-m'en une et nous partirons de là, suggéra-t-il.

— OK. Qu'en est-il de tes précédentes menaces ? Les entends-tu résonner à travers le lien ? Ou c'est juste mon incertitude que tu perçois ? Le fait que tu me dises que tu ne peux pas me faire de mal, donc que tu ne m'en feras pas, ne renforce pas ma confiance dans cette situation.

Cependant, énoncer tout cela à voix haute me dégela quelque peu, me réchauffa légèrement, au point que je pus de nouveau bouger. Sauf que je ne savais guère où aller avec Lucifer assis si près de moi.

— Je n'entends rien du tout, déclara-t-il, me déconcertant.

— Quoi ?

— Je suppose que je pourrais essayer d'accéder à ton esprit à travers les pensées d'Azazel ou de Melek, poursuivit-il. Mais ce serait une grave intrusion dans ta vie privée et la leur, et ce n'est pas mon genre.

Je cillai des yeux, surprise par la tristesse qui se dégageait de ces derniers mots.

— On dirait que toi et moi nous soyons mal compris depuis le début, ce qui est surtout de ma faute. (Il caressa du pouce le creux sous mon œil et planta son regard dans le mien.) Je ne suis pas du genre à recommencer, car je crois que le passé crée des bases importantes, mais peut-être que toi et moi pouvons trouver un compromis.

Ma gorge se noua, ma bouche s'assécha.

— Quel genre de compromis ? demandai-je lentement, ne sachant que penser de cette étrange tournure de notre dynamique.

— Une trêve fragile, peut-être ? proposa-t-il. Une trêve que nous pourrons consolider à mesure que nous en apprendrons plus l'un sur l'autre. (Il haussa les épaules et lâcha ma joue.) Honnêtement, dans ma très longue vie, je n'ai jamais été dans une situation pareille. Nous devons nous faire confiance. Mais ce ne sera pas facile.

Il ne se trompait pas sur ce dernier point : ce ne serait pas du tout facile.

— Cependant, rien de ce qui vaut la peine d'être acquis n'a jamais été facile, reprit-il. (Son regard noir captura le mien une fois de plus avant de descendre lentement jusqu'à ma bouche.) Tu m'as embrassé hier.

Ce saut brutal du coq à l'âne me rendit bouche bée, mon esprit revenant aussitôt à l'incident auquel il faisait référence.

— Je croyais que je rêvais.

— Alors tu rêves que je t'embrasse ? s'étonna-t-il en étudiant toujours ma bouche.

— Je rêve de pas mal de choses étranges.

La réplique m'échappa avant que je ne puisse la ravaler. Mais au lieu de s'offusquer que je qualifie notre interaction d'*étrange*, il s'esclaffa.

Hier aussi, il avait ri. Un son que je ne l'avais jamais entendu émettre auparavant. Du moins, pas comme ça. Si détendu et amusé, sans rien de sombre.

— J'imagine. Pourtant… (Il m'attrapa le menton, un contact toujours aussi chaud.) Tu m'as amadoué pour que je t'embrasse à mon tour.

J'écarquillai les yeux.

— *Amadoué* me paraît un peu fort.

— Vraiment ? (Il se pencha vers moi.) Tu as peut-être raison. Peut-être que *séduit* est un meilleur mot.

— Je ne t'ai pas *séduit*, me défendis-je.

Mais mes mots manquaient de chaleur et s'exhalèrent dans un souffle. Un souffle qui effleura ses lèvres. Car sa bouche n'était plus qu'à un cheveu de la mienne.

— Tu es nue dans mon lit en ce moment même, Mlle de la Croix, murmura-t-il. Peut-être que tu n'avais pas l'intention de me séduire, mais c'est ce que tu fais, ce que tu es. (Ses lèvres effleurèrent les miennes.) Humer ta douce excitation à l'odeur d'ambroisie n'arrange pas les choses.

Un tremblement me parcourut, moins par peur que par intérêt. Parce que je sentais aussi son épice à la cannelle, soulignée par la décadence de Melek et le feu de camp d'Az.

— Je veux une trêve, Camillia, prononça Lucifer contre ma bouche. Pas un marché. Pas un accord. Ni même une promesse ou un vœu. Simplement… une trêve. Donne-moi une chance de te montrer qui je suis vraiment. S'il te plaît.

CHAPITRE DEUX

TYPHOS

Ce *s'il te plaît* s'attarda sur ma langue comme une malédiction. Je l'employais rarement. Je le *pensais* rarement. Mais avec Camillia de la Croix, il paraissait tout à fait approprié.

Je la terrifie, me dis-je pour la millième fois depuis que j'étais entré dans ma chambre. La femme s'était figée en me voyant, visiblement effrayée. Cela, ajouté aux commentaires mentaux de Melek, confirma la cause : moi.

Elle pense que tu vas la tuer pour m'avoir accouplé, avait dit Melek, l'air quelque peu agacé. *Tu devrais arranger ça, Ty.*

Puis il m'avait embrassé et avait disparu sans un mot de plus, me laissant croire que ses paroles étaient plus un ordre qu'une suggestion. J'avais soupiré, pensant que cela pourrait s'arranger une fois que nous serions tous assis à manger et discuter de ce dont je me souvenais, mais Camillia n'avait même pas été capable de me regarder, et encore moins de bouger. Et ça m'avait fait mal, d'une certaine façon.

Elle était nue dans mon lit, encore partiellement excitée grâce aux bons soins de Melek, mais figée et incapable de faire autre chose que de tressaillir par crainte de ce que je pourrais lui faire.

Je vraiment tout fait foirer, réalisai-je encore lorsqu'elle ne répondit pas à ma demande de trêve. Je ne pouvais pas lui en vouloir d'hésiter, elle n'avait aucune raison de me faire confiance.

Tout comme je n'avais eu aucune raison de lui faire confiance, au début. Elle était une menace pour ma Source, pour *moi.* Cette menace n'avait pas changé. Mais je savais maintenant que ses intentions n'étaient pas néfastes. Elle était un pion. Une arme emballée dans une belle enveloppe féminine.

Melek avait compris sa valeur bien avant que je veuille l'envisager, mon passé m'ayant rendu trop partial pour voir la reine qui se tenait devant moi. Mais je le remarquais maintenant.

Camillia de la Croix pourrait bien devenir mon égale. Et bien plus encore…

J'inhalai, me délectant de son arôme floral. Si innocent, si séduisant. Sauf qu'en dessous planait un subtil relent de mort, qui me rappelait des fleurs fanées.

Ce miasme provenait de Vivaxia. C'était une réminiscence du cadeau qu'elle avait laissé en Camillia, un cadeau destiné à éteindre ma lumière.

— Tu es dangereuse, murmurai-je, mes lèvres effleurant les siennes. Foutrement dangereuse.

Ma proximité en était la preuve. J'avais été attiré ici par une émotion brute qui me tiraillait le cœur. Une émotion que je ne comprenais pas tout à fait, mais que je pensais être de la culpabilité. Puis je m'étais assis sur le lit parce que j'avais envie d'être plus près d'elle. Ce qui m'avait amené à me pencher ainsi, amenant ma bouche assez près de la sienne pour qu'elles se touchent, sans vraiment l'embrasser.

— Te faire confiance sera mon plus grand défi, lui dis-je. Tu as été créée pour me détruire, moi et tout ce qui m'est cher.

Ma main passa de son menton à sa joue, ma paume englobant facilement le côté de sa mâchoire.

— Mais je te vois maintenant, Camillia. Je me rends compte que tu ne veux pas me faire de mal. Cependant, tu n'auras pas le choix dans ton état actuel ; le pouvoir qui est en toi va se concrétiser et nous détruire tous les deux. C'est pourquoi nous devons travailler ensemble. Parce que je ne peux pas te tuer. Je ne *veux* pas te tuer. Pas seulement à cause de nos compagnons, mais parce que je vois un potentiel en toi.

— Un potentiel pour quoi ?

Sa méfiance me serra le cœur. Je ne pouvais peut-être pas lire dans ses pensées, mais je me doutais de la direction qu'elles prenaient. Elle supposait que je voulais me servir d'elle.

— Tu as le potentiel d'être qui et ce que tu veux, lui dis-je franchement. Tu es forte, et je ne parle pas seulement de pouvoir. Je parle de *toi*, Camillia. Ton esprit est un phare, un phare qui a attiré mon attention dès la première fois que je t'ai vue. Même si c'est Melek qui t'a courtisée au début, je t'ai remarquée moi aussi.

Putain, je l'avais plus que remarquée. Elle avait été la première femme depuis des milliers d'années à me tenter, me faire réfléchir et me forcer à évaluer son potentiel. C'est en partie pour cela que je l'avais considérée comme une menace ces derniers mois. Je n'aimais pas à quel point elle m'attirait. Et je n'avais pas apprécié non plus que mes hommes tombent amoureux d'elle.

Une enchanteresse, songeai-je en l'évaluant maintenant. *Et bien plus encore…*

Camillia frissonna à mon contact.

— Pourquoi tu me dis tout ça ?

Je m'écartai de sa bouche afin de plonger dans ses yeux orageux.

— Parce que tu dois savoir que je n'ai pas l'intention de te faire du mal. Je veux t'aider. Plus que tout, je veux que nous travaillions ensemble.

Elle m'étudia un long moment.

— Parce que nous partageons des compagnons.

Je haussai une épaule.

— C'est une raison parmi d'autres.

— Et tu n'es… pas fâché ?

Je sourcillai.

— Que tu aies touché à ma Source ? devinai-je, me rappelant la dernière fois où je m'étais mis en colère contre elle.

— Non, à propos de Melek.

Je sourcillai davantage.

— Quoi, Melek ?

Tu as manigancé quelque chose, petit prince ? lui demandai-je aussitôt en pensée.

Toujours, mon roi, murmura-t-il en retour. *Mais elle parle de mon accouplement avec elle.*

Cami le confirma l'instant suivant avec ses propres mots, ce qui transforma mon froncement de sourcils en un grand sourire.

— Non, je ne suis pas fâché. (Je gloussai à cette idée.) Melek fait ce qu'il veut, et dans ce cas, c'est avec toi. Je serais idiot de le punir pour avoir suivi ses désirs.

Surtout quand je commençais à comprendre l'attrait de ces désirs.

—Je dois rêver, marmonna-t-elle.

J'arquai un sourcil.

— Ça veut dire que tu vas encore essayer de m'embrasser ?

Ça ne me dérangerait pas forcément, même si je ne l'admettrais pas de vive voix.

Elle était une tentation que je ne pouvais pas me permettre de goûter. Un péché destiné à faire pencher la balance et à noyer ma lumière. Il m'était interdit de la désirer. Ce qui me donnait naturellement encore plus envie d'elle.

Peut-être qu'une fois que nous aurions éliminé la menace qui persistait en elle, je pourrai envisager de l'explorer avec ma langue.

En attendant, je devais – *nous* devions nous concentrer.

— Oui, dit-elle.

Ce mot me fit me demander si elle était arrivée à la même conclusion que moi à propos de se concentrer. Mais elle empoigna les revers de ma veste et me tira à elle.

Puis elle colla ses lèvres aux miennes, un contact si inattendu que je me figeai.

Il m'était arrivé la même chose hier, le choc de son baiser impromptu m'avait abasourdi. Mais l'électricité qui bourdonnait dans mes veines frappa mon cœur plus rapidement cette fois-ci, me permettant de réagir plus vite que la fois précédente. Malgré tout, je ne fus pas assez rapide car elle se retira avant que je puisse l'étreindre et approfondir le baiser.

Elle retomba sur le lit, les yeux baissés.

— C'est réel.

— Très, renchéris-je.

Tout cela était bien *réel*. La menace. Le désir. Le *besoin* sans équivoque. Je reprochais à Melek d'avoir attisé ma flamme intérieure, ses fantasmes ayant plus qu'amorcé cet engouement. Mais cela venait aussi de Camillia de la Croix.

Elle a vraiment une chatte magique, songeai-je.

Une chatte qui a le goût de l'ambroisie, répondit Melek dans un murmure. *Elle est sacrément addictive, mon roi.*

Hmm, bourdonnai-je, ne voulant pas adhérer à cette opinion. Mais un coup d'œil dans mon esprit lui donnerait la confirmation de ce que je ressentais.

Je me raclai la gorge et me levai du lit.

— Pouvons-nous parler maintenant, Mlle de la Croix ?

— Est-on revenu à employer des titres ? répliqua-t-elle, un peu du feu qui la caractérisait soulignant sa voix. *Votre Majesté.*

J'esquissai une moue devant l'ironie que véhiculaient ces deux mots. J'enroulai ma main autour de sa gorge et me penchai pour presser mes lèvres contre les siennes. Fortement. Résolument. Avec un désir à peine contenu.

Elle hoqueta, mais je la fis taire en serrant son cou délicat et j'approfondis le baiser, comme je l'avais voulu quelques secondes plus tôt.

Elle posa une main sur mon poignet, l'autre sur ma tête. Mais au lieu de me repousser, elle s'accrocha pendant que je la dévorais, sans se soucier que je lui aie coupé le souffle.

Quand j'eus fini, elle avait l'air étourdie.

— Respire, Camillia, lui intimai-je en lâchant sa jolie gorge.

Elle obéit, les pupilles dilatées par un mélange de confusion et d'excitation.

— Maintenant, enfile cette robe de chambre et rejoins-moi pour le petit-déjeuner, ajoutai-je sur le même ton. Et ne t'adresse pas à moi de façon formelle. Tu es nue dans mon lit. Les formalités ne sont pas nécessaires.

— Mais tu…

— Mlle de la Croix, ajoutai-je. Tu m'appelles par mon nom de famille. Je ne faisais que te rendre la pareille. Si tu préfères Camillia, appelle-moi Typhos.

En fait, cela ne me dérangeait pas qu'elle m'appelle Lucifer. C'était toujours mieux que des salutations formelles. Et oui, je voyais l'ironie de mes préférences, étant donné le cours que je lui avais donné quelques semaines auparavant.

Toutefois, tout avait changé. *J'avais* changé.

Je voulais entendre mon prénom sur sa langue. Pas mon titre ou Lucifer, mais *Typhos*. Juste une fois. Au moins une fois. Sûrement plus d'une fois.

— D'accord, murmura-t-elle, en me fixant avec une lueur étrange dans le regard, que je n'arrivais pas à déchiffrer.

— D'accord, répétai-je.

Puis je me relevai et quittai le lit. Je me détournai lorsqu'elle se redressa, mon envie de la reluquer étant trop forte. Je devais dompter ce désir interdit avant de commettre quelque chose d'irréfléchi, comme lui arracher sa robe de chambre, l'étaler sur le lit et faire de ses fantasmes nocturnes une réalité.

Melek apparut devant moi, ses ailes magnifiques battant une fois avant de s'éclipser dans son dos. Il avait quitté la pièce un moment pour me laisser l'occasion de parler à Camillia. J'espérais que son retour signifiait qu'il était satisfait des progrès que j'avais réalisés avec sa compagne.

Ou plus probablement, il avait entendu mes réflexions et voulait observer mes réactions à propos de la chatte magique de sa femelle.

Assoiffé, mon roi ? demanda-t-il d'une voix mentale innocente qui confirma mes soupçons quant à son arrivée opportune.

Arrête de me taquiner, grognai-je.

Jamais, répondit-il en me tendant mon verre. Il l'avait rempli à un moment donné, sa garniture caractéristique scintillant sur le bord du verre. J'acceptai son offre et bus une gorgée en soutenant son regard.

Tu te rends compte que je vais me défouler sur toi tout à l'heure, n'est-ce pas ?

Oh oui. J'attends ça avec impatience, Votre Majesté, ronronna-t-il pratiquement dans mon esprit.

Il prononça ce titre sur le même ton que Camillia, ce qui m'indiqua clairement que j'étais désormais lié non pas à un mais à *deux* sujets effrontés.

Je posai mon verre en soupirant et me frottai la tempe. Melek s'avança pour effleurer ma mâchoire de ses lèvres.

— Je t'aime, mon roi.

Je saisis sa nuque lorsqu'il fit mine de s'écarter et j'écrasai ma bouche sur la sienne, répondant à ses paroles avec ma langue plutôt qu'avec ma voix.

Il gémit contre moi, son costume repassé de frais se froissant sous mon assaut. Mais je m'en fichais complètement. Entre lui et Camillia, j'étais foutu.

Tous deux sentaient le sexe. Bon sang, si j'étais arrivé quelques minutes plus tard, je les aurais sans doute surpris en pleine séance de baise. Non pas que j'eusse besoin d'une vision en direct ; celle-ci était déjà fermement implantée dans mon esprit grâce au prince sournois qui se tenait devant moi. Il s'agrippa à mes revers, acceptant mon étreinte meurtrissante avec un empressement que je ressentis jusqu'au fond de mon âme.

L'arôme des fleurs écloses me narguait, m'évoquant celui d'une roseraie réchauffée par le soleil levant.

Camillia.

Je faillis gronder en lâchant Melek. Il s'essuya la lèvre inférieure, la trace de sang sur le bout de ses doigts montrant à quel point je l'avais embrassé fort. Mais il sourit.

Petit masochiste, lui lançai-je via notre lien.

Seulement pour toi, répliqua-t-il.

Tu ne laisserais pas Camillia te faire du mal pour le plaisir ? m'étonnai-je.

Si elle était sadique ? Absolument. Il inclina la tête. *Mais c'est toi qui prends ton pied avec les punitions et la douleur, mon roi. Pas notre petit ange.*

Je jetai un coup d'œil à la femme en question, notant ses joues rouges et le nœud soyeux autour de sa taille. Elle avait noué avec force sa robe de chambre, qui la serrait un peu trop. Mais elle ne semblait pas s'en apercevoir, trop occupée à nous observer bouche bée, Melek et moi.

— Ce n'était pas une punition, lui dis-je. Je revendiquais juste mon compagnon.

— Mais tu as dit que tu n'étais pas fâché, rappela-t-elle lentement.

Je souris.

— Je ne suis pas fâché, Camillia. Mais je suis possessif.

Elle déglutit et détourna son regard du mien.

— Oh.

Putain. Cette femme m'avait mal jugé, ce qui était entièrement de ma faute. Et maintenant, je n'avais aucune idée de comment y remédier.

— Il est à moi, Camillia. Et à présent, il est aussi à toi. Mais votre petite partie de jambes en l'air m'a mis dans une certaine humeur. Pas du genre où j'aurais envie de *punir*, mais plutôt de *revendiquer*. Tu comprends ?

Ses cils papillotèrent et elle croisa de nouveau mon regard.

— Tu veux que je m'en aille ?

Je me pinçai le nez pour m'empêcher de grogner. Toute cette situation était exaspérante.

— Non, Camillia, soupirai-je. J'ai besoin de te parler, à toi et à Melek. Ensemble. S'il te plaît.

Et revoilà encore ce mot, remarquai-je avec amertume.

Il sonne bien dans ta bouche, répondit Melek sans hésiter. *Je crois que notre ange l'aime aussi.*

Un carillon retentit dans la pièce avant que je réponde, et un Chien de l'Enfer à forme humaine apparut avec un plateau dans une main et une enveloppe dans l'autre.

— Ceci vient d'arriver pour vous, dit Payan en me tendant la lettre, les yeux baissés en signe de respect. (Je n'exigeais pas forcément leur soumission, mais ils la donnaient souvent librement.)

Je regardai l'homme avec curiosité.

— N'es-tu pas posté dans le camp des épouses Faë de l'Enfer ?

Les Chiens de l'Enfer faisaient partie de ma garde personnelle, mais ils assuraient également la sécurité dans tout le royaume. Et la dernière fois que j'avais vérifié, le général Garmr avait chargé celui-ci non seulement de garder le paradigme, mais aussi d'aider Ajax à protéger les candidates. Il devrait donc être assigné à la sécurité générale du paradigme, aux tâches de videur de boîte de nuit ou à la surveillance des dortoirs.

Bien sûr, beaucoup de choses avaient changé au cours des dernières semaines. Ajax étant hors service, Garmr gérait donc à la fois ses Chiens de l'Enfer dans le paradigme et la coordination de la garde royale autour de mon palais.

— Le général Garmr m'a transféré au palais, Votre Majesté, répondit Payan en s'inclinant plus bas tout en tenant son plateau et son enveloppe. J'espère que cela ne vous déplaît pas, mon roi.

Déplaire n'était pas le terme exact. *Troubler*, peut-être.

— Je vois. (Quelque chose avait dû provoquer ce changement. Je devrais voir Garmr plus tard pour en déterminer la cause.) Merci d'en avoir parlé.

— Tout le plaisir est pour moi, Votre Majesté, dit-il

avant de s'avancer pour poser le plateau sur la petite table du coin repas.

Il n'y avait que deux chaises, une chose que je devrais arranger. Payan ne l'avait pas remarqué, encore en train de fixer ses bottes. Mais au lieu de lui demander une autre chaise, j'acceptai simplement l'enveloppe et le laissai repartir sans autre forme de procès.

Tandis que Melek soulevait le couvercle du plateau pour révéler un buffet de plats magiques, je me penchai sur l'objet enchanté que je tenais dans ma main. Ce n'était pas une lettre ordinaire. Je passai mon doigt sur le parchemin familier en esquissant une moue. *Un marché*, reconnus-je en dépliant le document. *Un marché ancien.*

Les mots scintillaient à l'encre d'or, me faisant plisser les yeux.

Moi, Typhos Lucifer, j'accepte de prononcer les trois vœux d'accouplement avec Vivaxia Lilithu. En échange de cet accouplement, Vivaxia Lilithu accepte les conditions suivantes :

Azazel du clan du Phénix Noir sera une entité libre. L'expression « entité libre » est définie à l'annexe A. Tous les termes s'appliquent.

Melek Morningstar sera une entité libre. L'expression « entité libre » est définie à l'annexe A. Tous les termes s'appliquent.

Si l'accouplement final s'avère infructueux, les termes de ce contrat demeurent valides. Toutefois, au cas où une âme rejette l'autre…

Les points de suspension fondirent sur la page, formant des gouttes sanguinolentes tandis que les mots se transformaient en quelque chose de nouveau. Quelque chose qui n'avait pas sa place ici :

Tu te souviens de ce qui s'est passé ensuite, n'est-ce pas, mon amour ?

Mon cœur s'arrêta de battre. Je pouvais quasiment entendre Vivaxia ronronner à mon oreille. Sa présence m'entourait, ses mots défilaient encore sur le parchemin.

Ton âme a rejeté la mienne. Et nos conditions étaient très claires, chéri.

Je serrai les dents quand la suite du contrat réapparut :

Toutefois, au cas où une âme rejette l'autre, un sacrifice de sang sera exigé.

Le sang, c'était le pouvoir. Quand mon âme avait rejeté Vivaxia, je lui en avais offert une fiole, comme le prévoyaient les conditions. Mais elle avait souri, ses yeux froids exsudant un mal que j'avais ressenti jusqu'au fond de mon âme.

Tu as chuté, mon amour. Ses mots suivaient le rythme de mes souvenirs. *Mais était-ce ton choix ou le mien ?*

Quel genre de question est-ce là ? grognai-je.

Cependant, au fur et à mesure que l'encre enchantée apparaissait…

Était-ce le sacrifice de sang que mon âme souhaitait ?

… je commençai à réaliser à quel point cette question sur ma chute était importante.

L'expression « sacrifice de sang » n'a jamais été définie. J'ai refusé ta fiole et tu as chuté. Mais as-tu saigné comme je le voulais, doux Typhos ? Ou es-tu devenu un être qui a encore beaucoup à perdre ? À **sacrifier ?**

Ce dernier mot en gras me glaça le sang.

*Tant de liens. Tant de cœur. Tant de **sang**.*

— Ty ?

La voix de Melek me parvint à peine, le martèlement dans mes oreilles m'empêchant d'entendre autre chose que mon propre pouls.

— Ne mangez pas la nourriture, parvins-je à prononcer. Jetez-la.

Le plateau était accompagné de cette lettre enchantée, apportée par une source inattendue.

Le message de Vivaxia était clair et net : je peux

accéder à ton sanctuaire intérieur. Je peux t'atteindre. Tu n'es pas en sécurité. *Aucun de ceux que tu aimes n'est en sécurité.*

C'est pourquoi elle avait parlé des liens et de mon cœur, son énigme était plutôt simple. Mais que voulait-elle dire par le fait que le sacrifice de sang n'était pas ma chute ?

Ai-je fait exprès de tomber ? me demandai-je pour la première fois de mon existence.

Les déclarations de Vivaxia me tournaient en tête tandis que le texte doré s'étalait sur le papier.

Je suis prête à collecter maintenant, Typhos. Et je vais commencer par le sang qui enflamme ton cœur...

Mon regard vola aussitôt vers Melek. Il se tenait près de Camillia, la table entre eux était vide.

— Tu as mangé quelque chose ? lui demandai-je, incapable de masquer l'urgence de mon ton.

— Non, j'ai tout effacé par magie, comme tu l'as demandé.

Il baissa les yeux sur le billet que je tenais, les sourcils froncés. Le papier s'enflamma, signalant la fin du sort que Vivaxia lui avait jeté.

Je déglutis, sa dernière menace résonnant dans mes pensées : *Je vais commencer par le sang qui enflamme ton cœur...*

Les genoux de Camillia se dérobèrent soudain, elle porta la main à sa poitrine en poussant un cri de douleur.

Melek tomba avec elle, mais il n'était pas blessé. Il était inquiet. Il l'appela en lui saisissant les épaules.

— Qu'est-ce qu'il y a ? Qu'est-ce qui ne va pas ? Où as-tu mal ? demanda-t-il, sa panique me serrant les tripes.

Camillia enflamme-t-elle mon cœur ?

Ce... ce n'était pas... Peut-être ? En tout cas, elle le faisait battre très fort.

Je fis un pas vers elle, la bouche soudain sèche. Ce

devait être ce que Vivaxia avait mis en elle. L'odeur de mort sous-jacente qui planait…

Le feu transperça mon cœur, me coupant tous mes mouvements. Si intense. Si inattendu. Si *chaud*.

— Az, souffla Camillia. Az !

Un brasier se développa en moi, mon esprit et mon âme enregistrèrent l'appel de Camillia au moment même où mon cœur se refroidit. Se *glaça*.

Parce que la flamme à l'intérieur venait de… *mourir*.

CHAPITRE TROIS
AZ

Quelques minutes plus tôt

J'étais assis en face de mon frère, dont les yeux dorés brillaient d'une puissance qu'il ne pouvait dissimuler. Je comprenais ce problème : l'énergie de mon Phénix bourdonnait sans cesse sous ma peau, et sa vitalité menaçait tout mon entourage.

Maliki possédait une aura d'un autre genre. La sienne était mortelle, ses actions précises et ses paroles aussi tranchantes qu'une lame.

— Pourquoi es-tu ici en vérité, Azazel ? s'enquit-il d'une voix grave et traînante qui contrastait avec son expression violente.

De nombreux Faë étaient tombés sous son charme, pour finir du mauvais côté de sa lame. Mais je le connaissais bien. Et je ressentais parfaitement l'intention dangereuse qui sous-tendait chacun de ses mouvements.

— J'ai besoin d'une faveur, avouai-je en m'installant dans le box en cuir noir.

L'Antre de la Mort, l'endroit où mon frère avait choisi de me retrouver, n'avait rien à voir avec le club de Typhos. Il n'y avait pas de foyers de feu éternel ni d'ornements en velours rouge ici. Juste une architecture gothique soulignée d'os et de crânes, l'intérieur en obsidienne rappelant une crypte. Je supposais que c'était approprié, étant donné son emplacement au centre du royaume de l'Au-delà.

— Une faveur ? répliqua Maliki, amusé. Intéressant. Je crois que j'en aurais eu bien besoin récemment, quand j'étais détenu par ton roi.

— C'est *notre* roi, le corrigeai-je. Et c'est grâce à notre relation fraternelle que tu es resté en vie. Beaucoup considéreraient cela comme une faveur en soi.

Il ricana.

— Si c'est le jeu que tu veux jouer, qu'il en soit ainsi. Quelle est la faveur ?

— Ce n'est pas un jeu, Mal. C'est la vérité. (Je me penchai par-dessus la table en pierre, prenant soin d'éviter le pichet intact de bière d'araignée devant nous, et le fixai d'un air sévère.) Typhos voulait te tuer. Il s'est retenu pour moi. Je l'ai senti dans notre lien.

— Alors je suis heureux que nous soyons parents, ironisa-t-il, manifestement pas du tout reconnaissant de cette parenté.

— Pourquoi tu as ouvert ce putain de portail ? m'écriai-je. Tu ne t'es même pas aventuré en quête d'une compagne. La dernière fois qu'on en a parlé, tu ne voulais pas d'épouse.

— Et toi non plus, mais mon nez me dit que ça a changé, rétorqua-t-il.

— Les circonstances ont changé, précisai-je entre mes dents serrées.

— En effet.

Je restai silencieux un moment tandis qu'un Faë de la Mort vêtu d'une robe noire flottante passait devant nous.

D'autres portant la même tenue traînaient au bar orné d'ossements, s'enfilant des shots d'un liquide translucide. Quelques Faë des Cadavres occupaient un autre box au fond, un jeu de cartes étalé devant eux.

C'était le Village de l'Au-delà, la zone du royaume de l'Au-delà où les Faë de la Mort et les Faë des Cadavres venaient se mêler. Et *l'Antre de la Mort* en était le cœur. Un endroit tranquille rempli de secrets mortels, comme celui que je m'apprêtais à révéler à mon frère.

— En fait, c'est à cause de ma nouvelle compagne que je suis ici, lui dis-je à mi-voix. Vivaxia lui a fait quelque chose.

Maliki se figea, car il connaissait bien ce nom. Pas par son vécu personnel, mais par le mien.

Il avait eu la chance de naître dans le royaume des Faë de l'Enfer après la chute de Lucifer, notre donneur de sperme de père ayant survécu assez longtemps pour baiser une autre femme – la mère de Maliki. Nous ne savions pas si notre père était encore en vie, nous ne l'avions pas vu depuis plus de deux mille ans. Bien sûr, comme il avait en lui une forte proportion de sang de Faë du Paradoxe, il était très probable qu'il se soit perdu en voyageant dans le temps.

Ou peut-être avait-il choisi de vivre dans une autre ligne temporelle. Je n'en avais rien à foutre. Il n'avait jamais été un père pour moi. C'était l'une des nombreuses raisons pour lesquelles j'évitais souvent les traces de magie Faë du Paradoxe en moi. Je préférais de loin assumer mon héritage de Faë du Phénix plutôt que l'origine mixte qui avait donné naissance à mon père.

Mais Maliki n'était pas comme moi. Il s'adonnait à tous les aspects de sa nature, en particulier les plus dangereux. C'est pourquoi j'étais venu le voir pour lui demander cette faveur spécifique.

— Il faut que tu me donnes plus d'informations, me dit-il en attrapant le pichet plein entre nous pour se servir un verre. Par exemple, comment une épouse Faë de l'Enfer a pu tomber sur Vivaxia ?

Je me servis également un peu de bière d'araignée. Ce n'était pas mon breuvage préféré, la morsure venimeuse du liquide procurant un effet engourdissant, mais j'avais besoin d'une boisson forte.

Je me renversai sur le cuir luxueux et croisai les yeux d'or de mon frère.

— Appuie sur le bouton.

— Enfin, sourit-il. Tout ce bavardage me donnait mal à la tête.

Je lui jetai mon regard le plus terne. Nous savions tous deux que je lui aurais demandé d'installer l'écran d'intimité dès notre arrivée, mais qu'il aurait voulu savoir pourquoi. D'où la raison des cinq minutes de *bavardage* qu'il venait de mentionner.

— Dresse ce putain d'écran, lui intimai-je.

Avec un petit sourire narquois, il tendit la main vers l'icône de tête de mort gravée sur la table, mais s'arrêta au moment où son doigt touchait le symbole métallique.

— Vous désirez ? demanda-t-il d'un ton neutre au trio de Faë de la Mort qui s'approchait de notre table, gardant ses yeux scintillants posés sur moi.

Je ne les regardai pas, sirotant ma bière. Ils savaient qui j'étais, tout le monde dans ce foutu royaume connaissait mon nom. Et j'étais certain qu'ils connaissaient également Maliki. Même s'il n'avait pas de titre officiel, sa réputation d'assassin préféré d'Hadès était bien répandue. Surtout dans ce royaume.

— C'est pas à ton sujet, Fantôme, dit le Faë de la Mort, employant le fameux surnom de Maliki.

Il entre et sort en un clin d'œil, ne laissant derrière lui que des fantômes. C'était sa marque de fabrique. La plupart du temps, les meurtres ne pouvaient même pas être reliés à lui. Mais les Faë savaient. Et le craignaient.

Ce qui m'amena à me demander pourquoi il avait ouvert ce damné portail vers la Nuit des Monstres. Il avait prétendu que c'était pour aider les Goules à trouver des partenaires.

Foutaises, avais-je dit à Typhos.

Les bonnes actions n'étaient pas l'apanage de Maliki. Son premier amour était la violence, ce qu'il montrait maintenant en dévisageant lentement le trio de Faë de la Mort. Sauf qu'il leur offrit un sourire décontracté que démentait la noirceur de son aura.

— *C'est pas* à mon sujet ? répéta-t-il au Faë de la Mort, insistant sur ce *c'est pas*. (Connaissant mon frère, il n'avait pas apprécié la mauvaise grammaire associée à cette contraction.) Alors pourquoi te tiens-tu à portée de ma lame préférée ?

Cette lame n'était nulle part en vue. Mais elle surgirait en un clin d'œil si ce Faë de la Mort commettait le moindre faux pas.

— On doit dire deux mots au Commandant, grogna le mâle, ce qui me surprit un peu.

— Alors dis-moi tes deux mots, mais fais vite, lui intimai-je en buvant une nouvelle gorgée de mon verre.

Je ne pris pas la peine de regarder le Faë. Ce n'était pas ainsi que j'acceptais les rencontres. Et je n'avais pas l'intention de céder à…

La douleur fulgura dans ma poitrine et me fit lâcher mon verre. Il tomba sur la table en pierre avec un fracas que j'entendis à peine sous le rugissement soudain dans mes oreilles.

C'est quoi ce bordel ?

Je baissai les yeux pour constater que mon torse était en feu.

Je jaillis d'un bond du box, ma bête intérieure se déchaînant en moi. Les flammes s'éteignirent dans un tourbillon de pouvoir, mon énergie absorbant instantanément l'assaut inattendu. Or un autre suivit bientôt, une magie semblable à de la suie, étrangère et mortelle.

Maliki cria quelque chose que je n'entendis pas, mon essence nageant autour de moi en une vague violente pour contrer l'attaque. Mais cette fois, l'enchantement d'un noir d'encre se mêla à mon feu, créant un brasier qui m'empêchait de respirer.

Putain.

Je m'éclipsai hors du nuage. Sauf que… sauf qu'il me *suivit.*

Ou peut-être que mon éclipse avait échoué.

Je… je ne voyais rien. Une fumée noire impénétrable m'étouffait.

Az ! cria Cami dans mon esprit.

Cami…

Ajax était là aussi. Sa voix était un grondement de fureur que je jurerais avoir entendu juste à côté de moi. *Ne t'avise pas de mourir avant moi, Commandant,* exigea-t-il.

Je reviendrai, lui murmurai-je. Non pas que je veuille passer par le douloureux processus de renaissance. Je préférais *combattre.*

C'était le seul mot qui résonnait maintenant dans ses pensées, ainsi que dans l'esprit de Cami : *Combattre. Combattre. Combattre.*

J'essayai, mais je ne voyais rien et n'arrivais pas à respirer. La substance d'un noir d'encre m'entourait, m'enveloppait d'un *feu* liquide, brûlant ma peau et me grillant jusqu'à l'âme.

C'est quoi cette putain de magie ? m'étonnai-je, pris de vertige.

La mort, répondit Typhos d'un ton furieux. *C'est une foutue magie de mort.*

Je cillai. Ou du moins, je crus le faire. Quoi qu'il en soit, l'affirmation de Typhos n'avait aucun sens. Les Faë de la Mort aspiraient les âmes. Les Faë des Cadavres possédaient un toucher mortel. Mais cela… cela ne ressemblait à aucun de leurs plaisirs.

Je toussai, m'étouffai, luttai pour respirer, tandis que mes poumons et mes entrailles *brûlaient*.

Mon Phénix intérieur gronda, furieux que le feu nous dévore vivants. Furieux que son élément de prédilection l'ait trahi. Furieux que nous ne puissions plus bouger. Ni entendre. Ni voir. À peine penser.

Car le monde… était devenu totalement immobile.

Le processus de renaissance était sur le point de commencer. Je le connaissais bien. Cela faisait un bail que je n'étais pas mort.

Mes yeux se fermèrent, mon âme céda.

Au moins, c'était rapide, pensai-je doucement. *Mes souvenirs reviendront tout aussi vite. Je l'espère.*

CHAPITRE QUATRE
CAMI

Le chaos.

    Les ténèbres.

    La douleur.

Je ne pouvais pas me concentrer au-delà de la souffrance d'Az, mon âme exigeait que j'aille le voir. Que je le trouve. Que je l'*aide*.

Je me pris la tête entre les mains, incapable d'entendre un mot de ce que se disaient Melek ou Typhos. Mon monde tournait autour d'Az. Son esprit était incohérent, et son incapacité à me dire ce qui se passait était d'autant plus inquiétante.

Amenez-moi à lui ! criai-je à l'adresse de personne en particulier. J'ignorais comment m'éclipser, me téléporter, me dématérialiser ou je ne sais quoi. Chaque fois que je l'avais fait dans le passé, c'était contre mon gré.

Ou grâce au pouvoir de Lucifer, réalisai-je.

— N'y pense même pas, Camillia, grogna le mâle en question à mon oreille.

Mais ses mots m'échappèrent dans une rafale de vent, mes instincts s'éveillant déjà à la notion de vol. Son cri furieux résonna derrière moi, sa chaleur me poursuivit dans les ténèbres mais disparut quand j'atterris dans une crypte.

Ou… non, pas une crypte. Un bar ?

Je déglutis, promenant mon regard sur le décor gothique.

Puis je me figeai devant la boule cauchemardesque d'énergie noire qui tourbillonnait devant moi. Pas une Source, mais… mais des *Faë*.

Leurs auras se confondaient avec le sol d'obsidienne, et leurs grondements furieux hérissaient les poils de mes bras.

— Grossier, marmonna quelqu'un tandis qu'apparaissait une épée qui scintillait de flammes dorées.

Bouche bée, je vis l'arme fendre l'air, traverser les auras sombres.

Un trio de cadavres tomba au sol et la nuée d'énergie s'évapora aussitôt, ce qui me permit de distinguer le corps étendu d'Az.

Je hoquetai et accourus vers lui, mais le porteur de l'épée me barra le chemin.

— Plink.

— Quoi ? soufflai-je, ne comprenant pas ce mot.

— C'est à moi qu'il parle, siffla une voix juste derrière moi.

Je pivotai vers le nouveau venu, mais fus stoppée par un bras autour de ma taille. Une large poitrine se plaqua dans mon dos un bref instant avant que je tournoie dans les airs.

— Tu gâches tout mon plaisir, Fantôme, grogna le nouveau venu – *Plink ?*

— Et c'est quoi ton plaisir ? répliqua le porteur de

l'épée, l'air ennuyé. Essayer de tuer le Commandant des Faë de l'Enfer ? Ou jouer avec sa compagne ?

— *Les deux*, grogna Plink.

Puis sa mâchoire proéminente devint noire comme de la cendre. *Zombie*, pensai-je aussitôt, hoquetant quand son corps humanoïde prit l'apparence de la mort. Je ne savais pas si c'étaient ses mains qui étaient sur moi ou celles du dénommé Fantôme. Pour l'instant, j'espérais que c'était ce dernier.

Car il semblait que Plink possédait une magie noire, du genre qui *tuait*. C'était du moins ainsi que j'interprétais les volutes de fumée grise qui s'échappaient de ses doigts noircis.

Toutefois, Fantôme n'avait pas l'air de s'inquiéter outre mesure. Il rengaina son épée et sortit une dague à la place.

— Très bien, Plink. Dansons.

Je bondis en arrière tandis que les deux hommes se fondaient en un brouillard mortel. Leur énergie était une présence froide qui me glaçait les veines.

Une autre présence les rejoignit bientôt, me faisant serrer les dents. Je ne la voyais pas mais je la sentais, son aura était truffée d'intentions malveillantes.

D'autres arrivent, me disait mon instinct. *Beaucoup d'autres…*

Une brise glaciale me caressa, me rappelant que je ne portais qu'une courte robe de chambre soyeuse.

Mais un coup d'œil à Az me fit tout oublier et me concentrer entièrement sur lui. Il ne bougeait pas.

Pourquoi ne bouge-t-il pas ?

Une minute ou deux s'étaient écoulées depuis mon arrivée, pourtant ça m'avait semblé beaucoup plus long.

Il devrait bouger…

Je longeai un côté de la salle, les boxes en obsidienne à ma gauche et l'espace ouvert à ma droite. Fantôme brandissait de nouveau son épée, son pouvoir flashait dans l'air tandis qu'il combattait la horde d'esprits noirs qui l'encerclait.

Ils sont trop nombreux, pensai-je, le cœur serré. Et je n'avais aucune idée de l'identité de ce *Fantôme*. *Ami ou ennemi ?* Vu la façon dont il protégeait Az, je devinais qu'il était plutôt un ami. Mais ce n'était pas garanti.

Règle n°13 des Faë de l'Enfer : Rien n'est ce qu'il paraît.

Règle n°4 des Faë de l'Enfer : Ne fais confiance à personne.

Plusieurs autres règles s'appliquaient ici, mais je cessai de me les rappeler quand je rejoignis le corps étendu d'Az. Sa peau était glacée.

Mort.

Non. Non, ce n'était pas possible. Az ne pouvait pas mourir. Il… il… Je secouai la tête. *Non.*

L'air se mit à miroiter autour de moi, me faisant adopter une position défensive au-dessus d'Az. Je n'avais pas d'arme pour me défendre, mais je m'en foutais. Je me battrais jusqu'à mon dernier souffle. J'userais de mon pouvoir. J'utiliserais la Source des Faë de l'Enfer s'il le fallait. Quoi qu'il faille pour…

Ajax apparut, une pierre incandescente en main. Sa couleur vira aussitôt au noir, et ses bords déchiquetés me parurent familiers.

La pierre de la mort, réalisai-je en la reconnaissant. Il m'avait montré cette pierre en prison lorsque j'étais sa captive. Elle avait plus ou moins servi à me préparer à l'épreuve du royaume de l'Au-delà. J'avais l'impression qu'il y avait une éternité de cela. Nous ne nous étions jamais préparés à cette épreuve, Vita m'ayant entraînée dans une étrange boucle temporelle qui m'avait volé trente jours de ma vie. Ensuite, j'avais été détenue pour être interrogée, et depuis lors la vie était devenue chaotique.

En fait, ma vie avait toujours été chaotique. Mon

séjour au royaume des Faë de l'Enfer était juste encore plus tumultueux.

Quoi qu'il en soit, je n'avais aucune idée de ce que cette pierre de la mort pouvait faire, mais je l'attrapai par réflexe quand Ajax me la lança. Sa texture glacée faillit me la faire lâcher, mais l'instant d'après une chape de ténèbres s'abattit sur nous et me figea.

Poussant un juron, Ajax sortit sa baguette qui s'embrasa d'une magie violette teintée d'éclats dorés. Il jeta un sort que je n'entendis pas, le rugissement du vent couvrant tout le reste.

Un autre portail ? me demandai-je.

Cami ! me cria Melek, sa panique perçant à peine le silence mortel qui régnait dans mon esprit. Je clignai des yeux, surprise par son intrusion. C'était comme si j'avais été sous l'eau, le calme inquiétant contrastant avec la folie qui se déroulait autour de moi.

Je… J'avais été coupée de mes compagnons.

Comment ? m'étonnai-je, une nouvelle bouffée glacée me gelant les entrailles. Parce que cela me rappelait quand j'étais avec ma mère et Vivaxia. Je n'avais pas non plus réussi à joindre mes compagnons.

Un pouvoir glacial se répandit dans le bar, noircissant tout ce qui s'y trouvait. Ajax cria quelque chose que je ne pus entendre, ses mots se perdant dans le vide hurlant.

Je me couvris la bouche, l'air fuligineux étant pénible à respirer. Je ne voyais rien non plus. Bon sang, je pouvais à peine ressentir.

Mais la pierre était lourde dans ma paume, sa fermeté m'ancrant dans la réalité. Parce qu'elle était réelle, alors que tout le reste avait l'air d'un rêve.

Un rêve étrange et glacial…

Je frissonnai et fermai les yeux.

Réfléchis, Cami, me dis-je. *Réfléchis.*

Mes parents m'avaient toujours lâchée dans des environnements ardents, jamais dans des toundras balayées par des blizzards. Mais d'une certaine manière, les extrêmes étaient similaires, leur intensité oscillant entre la vie et la mort.

C'est le royaume de l'Au-delà. Son pouvoir est basé sur les âmes, les ténèbres et la vie après la mort.

Je n'étais jamais venue ici, mais je m'étais un peu renseignée sur le domaine des Faë de l'Enfer.

Alors, à quoi sert cette pierre ? me demandai-je. *Ajax me l'a donnée pour une bonne raison.*

Jusqu'à présent, ç'avait été une question d'entraînement. Maintenant, il s'agissait de survivre.

L'énergie m'engloutit, un sort inconnu griffant ma peau de sensations glaciales. Je le repoussai, mais cela ne fit qu'aiguiser les lames. Je haletai, la douleur ne ressemblait à rien de ce que j'avais jamais ressenti, tandis qu'un liquide arctique se ruait dans mes veines.

Littéralement, réalisai-je. *Ou... ou c'est tout comme...*

Mes membres se figeaient dans la glace, éteignant ma flamme intérieure.

Comme Az, pensai-je. *Ils ont refroidi son Phénix. Étouffé son feu. Et maintenant... maintenant ils me font la même chose.*

Mais lorsque l'énergie froide atteignit mes doigts, elle se dissipa et la pierre se réchauffa dans ma main. Je me focalisai sur ce conflit d'énergie, notant la façon dont il contrebalançait le froid par la chaleur. Sauf que... sauf que ce n'était pas vraiment *chaud*, c'était... *absorbant*.

Je clignai des yeux, troublée par cette révélation. Car je sentais la pierre de la mort aspirer l'air autour de moi, provoquant une sorte d'enchantement qui dévorait le pouvoir glacial qui l'entourait.

Comme moi, réalisai-je en un battement de cœur, bouche

bée. *La pierre est un siphon.* Ou du moins, elle fonctionnait comme tel.

Alors comment l'utiliser ?

Je serrai mes doigts autour des bords tranchants, la juxtaposition du froid et du chaud me fis frissonner et transpirer en même temps.

Réfléchis, Cami, m'exhortai-je. *Elle absorbe le froid comme une flamme consomme l'oxygène. Et les brasiers brûlent plus fort dans de bonnes conditions...* Donc, avec les bons paramètres, je devrais pouvoir intensifier la capacité de siphonnage de la pierre.

Je dois lui donner plus d'oxygène... Car la matière − l'*énergie* − était déjà là, prête à être dévorée. Je fermai les yeux pour me concentrer sur les paramètres de l'équation, m'efforçant de déterminer comment améliorer les conditions et augmenter son pouvoir.

La Source de Lucifer s'ouvrit aussitôt à moi, une balise d'énergie toute prête au bout de mes doigts. J'évaluerais plus tard pourquoi il était si facile de l'atteindre maintenant. Tout comme je m'excuserai plus tard auprès de son propriétaire.

Az était ce qui comptait pour le moment. Lucifer le comprendrait certainement.

Ou voudra encore me tuer, pensai-je avec amertume. *Eh bien, rien à foutre.* Ces Faë zombies devaient *brûler,* leur présence glaciale était écrasante et mortelle. *Et faisait du mal à Az.* Je le ressentais maintenant, ce blizzard qui tourbillonnait en lui et tuait son feu intérieur. Az était au bord de la mort, sa flamme presque éteinte. Il était peut-être immortel et capable de renaître, mais quelque chose dans cette situation me paraissait... *permanent.*

Non ! criai-je mentalement. Une vitalité furieuse m'envahit, le pouvoir de Lucifer était un baiser à mes sens qui rugissait dans mes veines. Je tombai sur Az, une main serrant toujours la pierre tandis que je posai l'autre sur sa poitrine, pile au-dessus de son cœur.

Puis j'employai toutes mes forces à enflammer la pierre, la forcer à en prendre plus, à brûler plus fort, à *se consumer*. Mais je ne la laissai pas tout garder. J'attirai une partie de cette énergie ardente en moi et la diffusai à travers ma paume dans Az. C'était une réaction toute naturelle dont je n'étais même pas sûre d'être capable, mais que j'accomplis aussi facilement que de respirer.

Une réorientation de l'énergie. Mon corps *siphonnait* la vitalité et la redirigeait.

Ce pour quoi j'ai été créée, pensai-je confusément.

J'avais fait cela pendant des années sans me rendre compte de ce que cela signifiait ou de comment cela fonctionnait. Mais je commençais à comprendre maintenant. C'était ce que j'avais fait avec les portails, en siphonnant la source de Lucifer et en la libérant dans le vortex. Il s'agissait alors de combattre le feu par le feu, mais j'avais absorbé le pouvoir et l'avais transformé en fonction de ce qu'exigeait la situation.

Tout comme les nombreux brasiers que j'avais allumés au fil des ans.

Plutôt que de repousser ces souvenirs, je les accueillis et m'en servis de carburant pour ma tâche présente : faire revivre *Az*.

Tout se brouillait autour de moi, le combat n'avait plus d'importance. Où nous nous trouvions n'était plus qu'une préoccupation lointaine. Tout ce qui m'importait, c'était de canaliser la chaleur vers mon Commandant. Mon *compagnon*.

Mmm, j'aime la possession que j'entends dans ton esprit, petite guerrière, répondit-il, sa voix ronronnant dans ma tête.

Az, soufflai-je.

Qu'est-ce qui ne va pas ? demanda-t-il l'instant d'après. *Que se passe-t-il ?*

Le ronronnement avait disparu, son flirt avait fondu en une vague de confusion qui se changea vite en colère. *Feux !*

Le souvenir des événements surgit dans ses pensées, alimentant sa fureur. Il avait parlé d'une faveur à Maliki, son demi-frère, lorsqu'un trio de Faë de la Mort s'était pointé.

Puis ils l'avaient attaqué.

Ce qui avait mené à une mêlée générale, le mélange des pouvoirs des Faë de la Mort et des Faë des Cadavres créant une nuée d'énergie mortelle. Tous n'avaient pas été dans le bar, mais ils avaient canalisé quelque chose de plus lointain.

Et Az n'avait aucune idée de pourquoi c'était arrivé. Mais le pourquoi n'avait pas d'importance car il était en colère et reprenait des forces à chaque seconde. Je pouvais sentir la vitalité qui tourbillonnait autour de lui, renforcée par mon propre don.

Il avait de quoi s'épanouir à présent, mais je n'arrivais pas à m'arrêter, le pouvoir me traversait avec la force d'un ouragan catastrophique. J'essayai de m'écarter, de rediriger le pouvoir, mais je… je ne pouvais pas. J'étais esclave de l'énergie qui me reliait à Az. Esclave de *la pierre de la mort*.

J'essayai de la jeter, mais mes doigts ne voulaient pas la lâcher.

Az prononça mon nom, mais il se perdit dans les vents torrentiels qui balayaient mon esprit. Non, pas mon esprit. *Mes oreilles.*

J'avais créé une sorte de vide d'énergie, le courant électrique était inarrêtable et chargé par la Source de Lucifer.

Il est là, réalisai-je. La férocité de Lucifer me frappait comme une locomotive. Pourtant je ne pouvais pas m'arrêter. Je ne pouvais pas m'écarter. Je ne pouvais pas *bouger*.

Mon nom fut prononcé par quatre voix d'hommes, que je connaissais jusqu'au fond de mon âme. Tous connectés à moi de différentes manières. Tous mes *compagnons*.

Sauf que non. Ce… ce n'était pas tout à fait ça.

J'ai trois compagnons, pas quatre, pensai-je étourdiment. Mais je… j'étais enchantée par quatre âmes.

Ajax. Az. Melek.

Et Lucifer… *à travers sa Source*. C'était lui qui avait l'emprise la plus forte sur moi, son énergie me liait d'une manière qui me donnait l'impression d'être entourée d'une myriade de cordes.

Comme les rubans de Melek, songeai-je, une corrélation qui faillit me faire rire.

Mais ce n'était pas drôle. C'était dangereux. Terrifiant, même. Je ne savais pas où aller. Comment procéder. Que faire…

Une bouche se referma sur la mienne, l'air envahit mes sens.

Une main me serra la gorge, m'empêchant de respirer.

— Lâche prise, siffla une voix à mon oreille.

J'étais d'accord avec cette assertion. *Oui, lâche prise.* Parce que je ne pouvais pas respirer. Tout était trop sombre. Trop lourd. Trop *chaud*.

— *Camillia*. (La voix grave résonna dans tout mon être, exigeant ma soumission.) *Lâche prise.*

CHAPITRE CINQ

CAMI

Je ne comprenais pas. Lâcher la pierre de la mort ? Lâcher Az ? Je… je ne sentais ni l'un ni l'autre. Alors comment étais-je censée les lâcher ?

— Écoute-moi, reprit cette voix tout contre mon oreille. Imagine que tu te trouves au bord d'un magnifique lagon. L'eau est d'un vert marin étonnant, et elle est si claire que tu peux voir le fond. Au-dessus de toi, un soleil aveuglant fait éclore la chaleur sur ta peau, presque jusqu'à l'inconfort.

Je déglutis quand ses lèvres goûtèrent mon cou et que sa chaleur m'envahit, semblable à celle du soleil dont il parlait.

— Ça t'excite tellement, Camillia. Tu la sens ? L'intensité du soleil ?

J'essayai de hocher la tête, l'esprit perdu dans cette voix masculine, son parfum de cannelle ne cadrant pas avec la scène qu'il venait de décrire. La note épicée sous-jacente était certainement plus assortie.

— L'eau est à la température idéale pour rafraîchir ta

peau, poursuivit-il, sa bouche sur ma gorge tandis que sa chaleur m'enveloppait tout entière.

Je n'avais aucune idée d'où nous étions, de comment je le ressentais dans tous les aspects de mon être, mais je… je ne voulais pas que ça s'arrête. C'était un beau rêve.

Lucifer, pensai-je, me rappelant toutes nos rencontres nocturnes précédentes. *C'est Lucifer qui me parle.*

Écoute-le, me chuchota Melek. *Écoute-le et il te récompensera.*

Oh, faillis-je gémir. *Oui, j'aimerais bien.*

Je sais, répondit Melek. Mais sa voix manquait de son amusement habituel. En fait, il avait l'air un peu inquiet.

Est-ce qu'il y a quelque chose…

— Camillia, intervint Lucifer, interrompant mon échange mental avec Melek. Concentre-toi sur le soleil. Il est aveuglant. Il est chaud. Il te *brûle* vive.

Je tremblais sous les sensations pénétrantes que ses mots évoquaient, ma respiration devenait pantelante.

— Saute dans l'eau, Camillia, m'intima-t-il d'un ton exigeant auquel j'avais envie d'obéir. Nage avec moi et je te donnerai tout ce que tu désires.

Ma gorge se noua, mon cœur manqua un battement.

Tout ce que je désire.

Je… je voulais ça. *C'est vrai ?*

Peut-être. Je…

— Maintenant, Camillia, ordonna-t-il, ne me laissant pas le temps d'en débattre. *Saute.*

Je plissai mes yeux déjà clos et pris une grande inspiration et… et… j'expirai dans un cri. Car je ne pouvais plus bouger. J'étais prisonnière du soleil, fondant sous ses rayons ardents.

Des muscles intenses se resserrèrent autour de moi.

— Je viens avec toi, me dit Lucifer à l'oreille. Lâche prise avec moi, Camillia. *Maintenant.*

Je ne comprenais pas ce qu'il voulait dire, mais je voulais désespérément aller avec lui. Je m'agrippai donc aux bras qui entouraient mon torse et luttai pour suivre son ordre.

L'air sifflait autour de nous, le brasier flamboyant formait un flash blanc sous mes paupières, et puis nous tombâmes… décollâmes… *volâmes*…

Jusqu'à ce que nous ne soyions plus rien du tout. Juste allongés… par terre.

Je sourcillai. Cillai. Sourcillai plus fort.

— Où… ?

Je toussai, la gorge sèche comme si j'avais été enfermée dans un sauna pendant des heures sans avoir d'eau à disposition.

Un visage taillé dans du marbre ancien – celui dans lequel étaient sculptées les statues jadis – s'imposa soudain à mon regard. Et une paire d'yeux bleus, les plus beaux que j'aie jamais vus, étaient baissés sur moi.

Lucifer, exhalai-je.

Ses traits angéliques étaient gravés en des lignes d'une perfection impossible. Faë, de si près, il était difficile de le regarder. Surtout quand il me donnait toute son attention comme ça.

— Tu vas bien ? me demanda-t-il de cette voix grave que j'avais entendue contre mon oreille lorsqu'il m'avait dit de lâcher prise.

Je voulus hocher la tête, mais j'étais toute raide.

— Ou-oui.

Il frissonna au-dessus de moi, ce qui me fit alors réaliser qu'il m'avait plaquée au sol de… de… Je jetai un coup d'œil autour de moi, fronçant de nouveau les sourcils. Nous étions dans une sorte de grotte. De la roche noire avec des coulées de lave le long des failles, émettant une lueur rouge-orangé vacillante. Cela créait une atmosphère étrange qui aurait dû me mettre mal à l'aise, pourtant tout ce que je ressentais, c'était la paix.

Le pouvoir glacial avait disparu, et mes mains étaient...

J'arquai les sourcils.

Az !

Je vais bien, répondit aussitôt l'homme en question, qui avait dû entendre son nom résonner dans mon esprit. *Tu m'as sauvé.*

Je... C'est vrai ? Je regardai autour de moi. *Où... ?*

— Camillia, dit Lucifer, son ton dominateur captant immédiatement mon attention. Azazel va bien. Mais je veux que tu respires et que tu restes calme.

Je le fixai.

— D'accord.

— Bonne fille, me félicita-t-il. Maintenant, inspire.

Ce que je fis.

— Expire, dit-il d'une voix un peu plus douce.

Je lui obéis une fois de plus.

Il réitéra, et je continuai à faire ce qu'il m'ordonnait pendant quelques minutes. L'air parut se stabiliser dans la grotte autour de nous.

— Magnifique, murmura-t-il, posant son front sur le mien. Maintenant, reste juste avec moi un moment.

Je frissonnai sous lui, sa chaleur s'infiltrant dans ma peau.

Ma peau nue, remarquai-je une demi-seconde plus tard. *Je suis nue.*

— Chut, fit-il. Nous sommes presque stables.

Je n'avais aucune idée de ce qu'il voulait dire par là. Tout ce que je savais, c'est que j'avais un roi des Faë de l'Enfer sexy sur mon corps *très nu.*

— Camillia, grogna-t-il. Ne m'oblige pas à te réapprendre à respirer.

— Qu'est-ce qu'on fait ? demandai-je, contente de constater que ma voix semblait un peu moins rauque, bien qu'elle soit toujours haletante.

— On calme la Source, répondit-il entre ses dents serrées.

Je répétais mentalement ces mots, me rappelant tardivement l'énergie chaotique que j'avais ressentie en infusant la chaleur dans Az.

La pierre de la mort.

La source de Lucifer.

Mon incapacité à arrêter le transfert de pouvoir…

Je déglutis. *Oh.* J'avais… j'avais encore merdé.

Et maintenant, j'étais seule avec celui qui allait sans doute me punir pour ça.

Sauf qu'il n'avait pas tant l'air en colère qu'épuisé.

— Désolée, murmurai-je, ne sachant trop quoi lui dire.

S'il te plaît, ne me tue pas traînait sur ma langue. Mais l'instant d'après, je réalisai que je n'étais pas du tout désolée ni contrite.

— J'ai sauvé Az. (C'était tout ce qui comptait.) Alors non, attends, je ne suis pas désolée.

— Tu n'as pas à t'excuser, dit-il en approchant sa bouche de la mienne. C'est moi qui dois m'excuser. Tu as besoin d'une formation, ce que j'aurais dû réaliser il y a des semaines. Mais j'étais trop têtu pour te faire confiance. Et ça a failli me coûter cher.

J'écarquillai les yeux. *Quoi ?*

— Je vais régler ça, poursuivit-il. *Nous* allons régler ça.

Régler quoi ? me demandai-je, déconcertée.

— Patiente avec moi encore un moment. (Ses lèvres touchèrent presque les miennes avant d'effleurer ma joue jusqu'à mon oreille.) Accroche-toi à moi, Camillia.

Mon corps obéit à son ordre par réflexe, et je m'agrippai à ses épaules juste au moment où une vague d'énergie brûlante déferla en lui. Je fermai les yeux, la chaleur étant un baiser bienvenu pour mes sens. Malheureusement, elle se dissipa trop tôt, me laissant frissonnante sous le corps intense de Lucifer.

Après un moment d'immobilité, je coulai un regard sur lui. Il s'était mis sur les coudes, et son corps musclé surplombait le mien.

— Je suppose qu'il est tout à fait approprié de commencer ta formation ici. Mais d'abord, tu as besoin de manger. (Il baissa les yeux sur mes seins découverts.) Et de t'habiller.

Je serrai les dents.

— Je n'arrive pas à croire que je suis encore nue.

— Tu as l'air d'aimer perdre tes vêtements en ma présence, Mlle de la Croix. (Il esquissa un sourire à ces mots.) Ce n'est pas que je m'en plaigne, mais je soupçonne que les autres n'approuveraient pas que tu retournes dans l'Au-delà sans rien sur le dos.

— Que je retourne… ? (Je promenai mon regard autour de moi pour ce qui me parut la millième fois.) Où sommes-nous ?

Parce que j'avais supposé que nous étions toujours dans l'Au-delà à cause des murs noirs de suie et des coulées de lave.

— Dans une caverne située sous mon palais, répondit-il. C'est là que j'ai chuté la première fois, Camillia.

Il s'écarta de moi et se leva, la main tendue dans un geste qui m'aurait choquée quelques jours plus tôt et me choquait encore aujourd'hui, d'une certaine façon.

Lucifer propose de m'aider. De me former. De… de…

Attends. C'est ici qu'il a chuté ?

Il s'éclaircit la gorge et arqua un sourcil.

— Désires-tu une visite avant de partir ?

Je le dévisageai et acceptai sa main.

— Tu sais quoi ? Je crois que oui.

Ses lèvres tressaillirent.

— Très bien. (Il m'aida à me relever, puis ôta sa veste.) Mais mets ça, Camillia. Tes nichons sont vraiment distrayants.

Je regardai l'étoffe qu'il me tendait avant d'assimiler ma nudité.

— Tu les as déjà vus dans cette robe en chaînes.

— Je n'arriverai jamais à te faire oublier cette fichue robe, n'est-ce pas ?

— Sans doute pas, admis-je.

Il secoua la tête en soupirant, puis passa sa veste autour de mes épaules. Elle me descendait aux genoux, mettant en évidence notre grande différence de taille.

Au lieu de me lâcher, il attrapa les revers et m'attira contre sa poitrine.

— Je m'excuserai tous les jours jusqu'à ce que tu me pardonnes.

Puis il pressa sa bouche contre la mienne dans un baiser qui me fit haleter contre lui. Un souffle qu'il avala en me dévorant avec sa langue. Je me cramponnai à ses épaules, terrifiée à l'idée de tomber. Ou de voler. Ou de me désintégrer.

Parce que *wow* Saints Faë. *Wow*.

Il m'avait déjà embrassée, mais pas comme ça. Son toucher évoquait le péché, sa bouche une bénédiction soulignée d'intentions coquines. Et son odeur… *Faë*, son odeur… toute de cannelle et d'épices et d'*immoralité* enivrante.

Melek avait vécu cela pendant des millénaires. Pourtant, il m'avait cherchée comme partenaire. *Pourquoi ?* me demandai-je étourdiment. *Pourquoi chercher ailleurs quand on a un homme comme* lui *à disposition ?*

Parce que j'ai rencontré l'ange de mes rêves, me chuchota

59

Melek, qui avait clairement perçu mon choc et ma confusion. *Un ange que j'ai hâte de partager avec mon Ty. Un ange que nous pourrons tous deux vénérer, mettre entre nous et transformer en reine.*

Je frissonnai, et mes mamelons se dressèrent en pointes dures tandis que j'essayais de tirer Lucifer à moi. Les paroles de Melek étaient passionnées et hypnotiques, son intention me réchauffait le sang, pendant que Lucifer attisait mon feu intérieur.

Mais avant que je tombe plus bas dans cet abîme érotique, l'être de mes sombres fantasmes écarta sa bouche de la mienne.

— D'habitude, j'écris mes vœux avec du sang, dit-il doucement. Mais avec toi, j'aime mieux cette méthode. (Il lâcha les revers de sa veste et pris mon visage dans ses mains.) Je suis désolé, Camillia de la Croix. J'ai beaucoup de choses à me faire pardonner, et je vais commencer par te former correctement. Ce qui veut dire retourner auprès des autres dans *l'Antre de la Mort.*

Il frôla mes lèvres des siennes.

— Je sais que j'ai dit que je te ferais visiter, mais j'aimerais qu'Ajax se joigne à nous. Il a beaucoup à apprendre, lui aussi. (Il me lâcha et recula d'un pas, me faisant trébucher à sa suite. Il me saisit par la hanche et me redressa.) Prends ton temps. Quand tu seras prête, nous volerons.

Voler, pensai-je. *Tomber… voler… tomber… voler.*

Serai-je prête un jour ? Probablement pas. Surtout avec un tel baiser s'attardant sur ma bouche.

Le roi des Faë de l'Enfer vient de sceller un vœu en me dévorant.

Oh, petit ange, tu ne fais que commencer à découvrir ce que la bouche de notre roi peut faire, murmura Melek via notre connexion mentale. *Attends qu'il referme cette bouche géniale autour de ton clito.*

Mes yeux s'écarquillèrent, mes joues s'enflammèrent. *Melek !*

Sa seule réponse fut un gloussement sensuel.

— Laisse-moi deviner, murmura Lucifer. Melek te chuchote à l'esprit des promesses indécentes ?

Je fermai les yeux. Et hochai la tête.

— Mmm, peut-être que plus tard je t'apprendrai aussi à le punir, proposa Lucifer. Mais avant, nous allons nous concentrer sur ton contrôle. Parce qu'il te faudra beaucoup de travail, Mlle de la Croix.

— Mon contrôle ? répétai-je, ne sachant trop ce qu'il voulait dire.

Le contrôle du sexe ? Le contrôle de la façon dont je donne du plaisir ? Le contrôle de…

— Ton contrôle de l'exploitation et du siphonnage de l'énergie, précisa-t-il, une note complice dans le ton qui me fit de nouveau croiser son regard. (Le mâle sensuel qu'il était quelques instants plus tôt avait disparu derrière un masque royal.) Tu as failli tuer plus de trois douzaines de Faë de l'Au-delà avec cette pierre de la mort, Camillia.

Je restai bouche bée.

— Je… (Je ne savais pas quoi répondre.) J'essayais juste de sauver Azazel.

— Je sais. Mais ce faisant, tu as failli anéantir plusieurs âmes innocentes.

Innocentes me parut un peu exagéré, vu ce qu'ils avaient fait à Az.

Lucifer avait dû lire mon opinion sur mes traits, car il ajouta doucement :

— Ils étaient sous l'influence des Faë Vertueux. Nous avons beaucoup de choses à discuter. (Il me tendit un bras.) Alors, on s'envole, siphon chéri ?

CHAPITRE SIX
AJAX

— Où est-ce qu'elle trouvé ça, bordel ? demanda le frère d'Az en pointant du doigt les cailloux noirs qui jonchaient le sol.

Des cailloux qui constituaient la pierre de la mort.

Une pierre de la mort que Cami venait d'utiliser pour mettre une petite armée de Faë de la Mort et de Faë des Cadavres à genoux, littéralement à l'agonie.

Je fis la moue, puis me raclai la gorge.

— Ça vient de moi, avouai-je. Mais je n'avais aucune idée qu'elle pouvait faire *ça*.

— « Aucune idée qu'elle pouvait faire ça », qu'il dit, se moqua Maliki en secouant la tête. Carrément incroyable.

— Où l'as-tu trouvée ? me demanda calmement Az, ignorant son blagueur de frère.

Il était assis à côté de moi dans un box, la table d'obsidienne fissurée devant nous.

Je passai la main dans mes cheveux emmêlés, puis sur ma nuque. Mon corps était anormalement endolori par tout ce qui s'était passé ici. Je devrais être à peu près guéri maintenant, mais ces enfoirés de la mort avaient bien maltraité mon corps et mon âme.

Az avait l'air dans le même état, ses gestes étaient plus lents que d'habitude tandis qu'il portait un verre à ses lèvres pour boire une sorte de liqueur brune. Du bourbon, peut-être ?

Euh, sans doute pas, étant donné l'endroit où nous étions. *L'Antre de la Mort.* Je n'avais jamais mis les pieds dans ce bar en forme de crâne, je l'avais seulement vu de loin. Pourtant, la pierre de la mort m'avait conduit directement aux côtés d'Az grâce à une incantation formulée à mi-voix.

Une incantation que Zenaida m'avait dit de murmurer juste après m'avoir rendu la pierre de la mort que son petit-fils, Shade, m'avait remise des mois auparavant.

— Je crois que tu as perdu ça, m'avait-elle dit en la posant à côté d'une assiette de ses fameux cookies. Dommage que tu n'aies jamais eu l'occasion de montrer à Camillia comment s'en servir.

J'avais froncé les sourcils devant la pierre d'obsidienne avant de croiser le regard de la femme prophétique.

— Pourquoi j'ai l'impression que tu me donnes ça pour une bonne raison ?

— Parce que tu es un garçon intelligent, avait-elle murmuré, comme si j'avais dix ans. N'oublie pas de la donner à Camillia. Ça l'aidera.

— En quoi ça l'aidera ? lui avais-je demandé, espérant obtenir plus d'informations, un indice, tout ce qui pourrait guider mes prochains mouvements.

— Pour sa formation, bien sûr, avait-elle répondu. Elle en aura besoin. Beaucoup.

Avant que je puisse lui demander plus de détails, j'avais éprouvé la douleur d'Az.

Shade et Zakkaï étaient tous deux restés assis, l'air

vacant, gardant le silence pendant que je sifflais, toussais et réagissais à la souffrance de mon compagnon.

Puis Zenaida avait tapé sur la table, juste à côté de la pierre. Je l'avais ramassée, noté l'enchantement écrit sur le parchemin qui se trouvait en dessous, et récité les mots sans réfléchir.

Et j'avais atterri à côté d'Az.

Puis j'avais lancé la pierre à Cami. Parce que je n'allais certainement pas ignorer les mystérieuses instructions de Zenaida.

Penchant la tête en arrière, j'expliquai tout cela à Az, tandis que son frère écoutait.

— Quand Shade m'a donné cette pierre – de la part de sa grand-mère –, il m'avait dit que c'était pour mon rendez-vous. (Il avait été très énigmatique, ce qui n'était pas nouveau.) J'avais supposé qu'il essayait juste d'insinuer qu'il savait pour Cami. Apparemment, ses intentions étaient plus profondes.

Cela ne me surprenait pas du tout. Shade avait toujours agi avec sept pas d'avance, et parfois même cinq pas de côté.

— Je ne comprends pas pourquoi il te l'a donnée il y a si longtemps, dit Az, les traits chiffonnés. C'est comme s'il s'attendait à ce que ça arrive plus tôt.

— Ou peut-être qu'il a anticipé plusieurs types d'événements, ajouta Maliki. Il est en partie Faë de la Fortune, pas vrai ? Son esprit est une toile de potentiels. Tout ce qu'il savait, c'est que tu aurais besoin de cette pierre un jour ou l'autre. Je m'intéresse plus à *comment* Zenaida l'a acquise.

— Moi aussi, opina Melek, avec un ton et une expression inhabituellement sérieux. Ajax, est-ce que tu pourrais créer une barrière de protection pour que nous puissions parler librement ?

Je le fixai un moment, surpris par sa demande. Melek me demandait rarement quelque chose. D'ailleurs, nous nous parlions à peine jusqu'à récemment. Mais la façon dont il me regardait maintenant me donnait l'impression d'être remarqué.

Je n'étais pas sûr d'aimer ce changement.

Au lieu de m'appesantir là-dessus, je jetai un coup d'œil autour de moi pour déterminer les possibilités d'enchantements qui s'offraient à moi.

Le bar était vide, les Faë des Cadavres et les Faë de la Mort — ceux qui étaient vivants et conscients — ayant disparu dans un nuage de brume glacée. Personne n'avait envie être ici lorsque Lucifer reviendrait. Personne d'autre que nous quatre, en tout cas.

Mais cela ne voulait pas dire qu'il n'y avait pas de Faë curieux qui rôdaient au-dehors.

Avec cette idée en tête, je jetai un sort fluide autour de nous quatre, un sort qui ne pouvait être ni vu ni senti, mais qui réduisait nos voix au silence pour quiconque était à l'extérieur de notre bulle invisible.

— Tu n'aurais pas pu faire ça l'autre jour ? me critiqua Az. Tu as préféré créer un paradigme pour frimer ?

J'arquai un sourcil.

— Je n'ai pas besoin de *frimer* devant Cami, lui rétorquai-je, sachant de quoi il parlait. Shade et moi utilisions cet enchantement pour écouter les conversations entre mes parents et la propriétaire d'une taverne locale.

Anrika.

Me rappeler son nom me serra le cœur — sa mort me hantait toujours. Tout comme celles de mes parents et d'Emelyn. Toutes par la main de Constantin.

Je m'attendis à ce que la vague de colère envahisse mon esprit, cette chaleur ardente que j'avais adoptée depuis longtemps. Mais la fureur habituelle ne vint pas, tout ce que je ressentis fut un soupçon d'amusement nostalgique.

— Je ne pouvais pas jeter ce sort au palais des Faë de Minuit, car je savais que Shade serait aussitôt intrigué et foutrait mon sort en l'air. (Nos aînés nous avaient réprimandés à maintes reprises pour les avoir espionnés, ce qui nous avait poussé à perfectionner notre technique.) On ne l'aurait pas senti, mais il aurait été là, j'en suis sûr.

— À la place, Zakkaï a joué le rôle d'espion en s'introduisant dans ton paradigme, remarqua Melek. J'aime beaucoup ces Faë de Minuit.

— Zakkaï a fait quoi ?

Melek me lança un regard.

— Allons, tu ne peux pas être si surpris que ça. Tu parlais des Faë Vertueux. Naturellement, il a voulu écouter. (Il se tourna vers Maliki.) Un sujet qui nous ramène à la raison pour laquelle j'ai demandé un peu d'intimité : cette pierre est truffée d'énergie de Faë Vertueux.

— Je sais, opina Maliki. C'est pourquoi j'ai voulu savoir comment les Faë de la Fortune l'avaient acquise. (Il plongea son regard dans celui d'Az.) Ta petite compagne est un vrai régal, cher frère. Tu peux m'expliquer comment elle a su quoi faire avec cette pierre dangereuse ?

— Cami est un cadeau, murmura Melek. *Notre* cadeau. Tu n'as pas à comprendre ses talents. Concentrons-nous plutôt sur l'origine de la pierre et laissons notre compagne en dehors de cette discussion.

Maliki sourit.

— Possessif, hein ? (Il nous dévisagea tous les trois, ses iris dorés scintillant d'une intention diabolique.) C'est fascinant.

— Et tout à fait hors sujet, répliqua Az d'un ton mordant. Qu'est-ce que tu sais à propos de cette pierre, Melek ?

Le prince des Faë de l'Enfer retroussa ses lèvres, baissant de nouveau son regard vibrant sur les cailloux.

— C'est une relique créée par Vivaxia.

Az se raidit près de moi.

—Je l'ai vue s'en servir une fois pour détruire un de ses favoris, poursuivit Melek, apparemment insensible à la réaction d'Az. Nous devons découvrir comment Zenaida est entrée en sa possession. (Il cligna des yeux et nous jeta un regard.) Je vais lui parler.

— Non, *nous* allons lui parler, intervint la voix grave de Lucifer qui apparut avec Cami à ses côtés.

Je fronçai les sourcils : son arrivée soudaine avait démantelé ma magie et l'avait reformée en un clin d'œil. Presque comme s'il l'avait commandée lui-même.

Comment diable a-t-il pu faire ça ?

Pour Cami, c'était logique : elle était ma compagne. Ma magie l'avait automatiquement englobée, l'accueillant dans mon espace vital. Mais Lucifer n'était rien pour moi. Pas mon compagnon. Pas non plus mon ami. Il n'était même pas mon roi. Alors comment avait-il pu déjouer mon sort en un clin d'œil ? Était-ce grâce au lien qui l'unissait à Az ?

— Tu vas bien ? s'enquit Melek, prenant le visage de Cami entre ses mains.

Sa question et sa réaction me firent ciller et je portai aussitôt mon attention sur elle, ignorant la présence intense de Lucifer. Je m'occuperais de lui plus tard.

Et trouverai un moyen de le bloquer pour de bon, décidai-je.

Oh, il avait bien proposé une alliance temporaire, mais ce n'était pas pour autant que j'allais lui faire confiance. Pas après tout ce qu'il avait dit et fait.

—Je…

Cami s'interrompit, puis jeta un coup d'œil à Lucifer avant de s'éclaircir la gorge.

Je plissai les yeux à ce détail. *Il t'a menacée ?* demandai-je via notre connexion mentale, parcourant du regard son corps quasi nu. Elle ne portait que la veste de costume de Lucifer – un look qui aurait été sexy en d'autres circonstances. Mais pas en ce moment.

Non. Il… (Elle fronça les sourcils.) *Il m'a aidée.*

J'esquissai une moue assortie à son froncement de sourcils. Sa réponse était inattendue. Surtout considérant les réactions précédentes de Lucifer face à ses démonstrations de pouvoir – un pouvoir qu'elle empruntait à sa Source.

— Cami ? chuchota Melek d'un ton – et d'un air – respectueux.

— Je vais bien, lui répondit-elle en se penchant sur sa main. Un peu surprise, je suppose. Je pense juste à… (Elle regarda de nouveau Lucifer.) Dis-leur ce que tu m'as dit.

Le roi des Faë de l'Enfer arqua un sourcil arrogant.

— Tu me commandes déjà, cher siphon ?

Elle lui lança un regard qui disait : *Oui. Oui, tout à fait.* Ce qui, avant, lui aurait valu un grognement de la part du puissant mâle Faë, mais qui à présent le fit simplement glousser.

— D'accord.

La surprise éclata dans l'esprit d'Az, bien qu'il n'en montre aucun signe. J'étais sûr que mes traits n'étaient pas aussi neutres, car tout ce à quoi je pensais, c'était : *Qu'est-ce qui se passe, bordel ?*

Typhos ne voit plus Cami comme une menace, mais comme une alliée.

Oui, je le savais déjà depuis notre conversation dans la cour du palais de Lucifer.

Et tu crois que ses intentions avec elle sont bonnes.

Ce n'était pas une question, mais une affirmation. Car

sinon, Az aurait bondi défendre Cami. Je pouvais me fier à cela, car je le *savais.*

Je crois que ses intentions à l'égard de Cami sont en constante évolution, admit Az. *Cependant, en ce moment, ses intentions sont certainement bonnes, oui.*

— Les Faë de la Mort et les Faë des Cadavres étaient manipulés par la magie. C'est pourquoi ils t'ont attaqué : ils étaient contrôlés par une Faë Vertueuse.

Ces paroles attirèrent l'attention d'Az – et la mienne – sur le roi des Faë de l'Enfer.

— Tu en es certain ? demanda Az.

— Oui. (Lucifer s'adressa à Melek :) Tu le sens aussi, non ?

— Oui, acquiesça le prince des Faë de l'Enfer.

— Et tu n'as pas pensé à commencer par ça ? intervint Maliki. (Son affalement paresseux en face de moi contredisait la lueur dangereuse qui brillait dans son regard.) À la place, tu m'as laissé déblatérer à propos de la pierre ?

Melek haussa les épaules.

— La pierre de la mort était tout aussi pertinente pour notre discussion.

— Hmm, fredonna le mâle. (Il se tourna vers Az.) Et cette faveur dont tu avais besoin, implique-t-elle les Faë Vertueux ?

Az tambourina une fois ses doigts sur la table en pierre d'obsidienne, puis s'écarta du box en lambeaux pour se pencher vers Maliki.

— J'allais te demander de faire un voyage dans le temps pour voir si tu pouvais découvrir ce que Vivaxia a fait à ma compagne. Mais je reconsidère ce plan à présent.

— Parce que tu vois tout ça comme un avertissement, répondit Maliki. Un peu trop concomitant de s'assurer qu'une pierre de la mort atterrisse dans les mains de ta chère compagne juste après avoir lâché sur toi une bande de Faë de la Mort et de Faë des Cadavres.

— Oui.

— Hmm, bourdonna encore son frère. Ce serait une sacrée faveur, quand même.

— Je crois que nous avons déjà abordé la question de ta dette envers moi.

Maliki s'esclaffa.

— Je crois que j'ai rejeté cette affirmation de manière plutôt ferme.

— Tu es en vie, pas vrai ?

— Ah bon ? (Maliki inclina la tête sur le côté.) Oui, je suppose.

Ses iris dorés scintillèrent lorsqu'il scruta l'épaule d'Az, et son expression s'assombrit en un instant.

Un léger coup contre mon enchantement me fit suivre son regard, et mes propres yeux s'écarquillèrent devant la chimère obscure qui se tenait dans l'ombre.

C'est qui, putain ? me demandai-je, ce qui incita Az à jeter un œil par-dessus son épaule.

Hadès, dieu de l'Au-delà, m'informa-t-il avec un soupir mental qui m'indiqua à quel point cette visite impromptue ne l'enthousiasmait pas.

CHAPITRE SEPT

AJAX

Pourquoi diable Hadès est-il ici ? demandai-je, à la fois confus et choqué par sa présence divine. Aux dernières nouvelles, les Faë du Mythe – que les Faë du Cauchemar appelaient souvent des *dieux* – se rendaient rarement dans leurs royaumes.

Parce que mon frère est son favori, marmonna Az en s'extirpant du box.

— Tu peux aussi bien démanteler la barrière, Ajax. Je soupçonne Hadès de l'avoir déjà forcée de toute façon.

— En effet, répondit celui-ci un ton impassible et cultivé. Mais vous pouvez garder votre barrière. Je ne m'intéresse pas aux Faë Vertueux. Seulement à Maliki et à une certaine déesse qu'il est censé garder.

— Tu veux dire pouponner, le corrigea Maliki en sautant souplement sur ses pieds, ses mouvements fluides m'évoquant ceux d'un chat prédateur. Ta *déesse* dort.

— Et rêve d'un autre dieu, cracha Hadès entre ses dents. Oui, j'en suis conscient. *Très* conscient.

Maliki esquissa un sourire.

— Jaloux ?

— Pas du tout.

Ce déni ne fit qu'élargir le sourire de Maliki, qui parut empreint de cruauté.

— Alors tu ne verras pas d'inconvénient à ce que je rende service à mon cher frère pendant que Morphée garde la belle au bois dormant à ma place ?

— Tu ne joueras pas avec le temps, avertit Hadès d'un ton dur assorti à ses traits de marbre.

Il sortit de l'ombre et s'avança sous les lumières vacillantes du bar.

Wow, pensa Cami, dont l'appréciation capta aussitôt mon attention. *Je comprends pourquoi il est un dieu.*

Attention, petite rebelle, lui murmurai-je. *Je ne voudrais pas déclencher une bagarre avec un dieu par jalousie.*

Ses yeux orageux croisèrent les miens.

Je n'ai pas dit que je voulais baiser avec lui.

Pourtant, tu l'admires comme si tu avais envie de voir à quoi il ressemble sans ce costume, rétorquai-je.

Vu la façon dont Az et Melek la regardaient, ils l'avaient remarqué aussi.

Je ne pense pas pouvoir supporter l'ajout d'un cinquième Faë à mon harem, dit-elle, ce qui me fit hausser les sourcils.

Un cinquième ? Qui est le quatrième ?

Ses joues rosirent en réponse, et ses yeux s'écarquillèrent.

Je... je voulais dire quatrième. Ou cinquième. Je ne sais plus. Lucifer est... eh bien, il est... il est lié à Az et Melek et...

Je continuai à la fixer, sans rien laisser paraître dans mon esprit ni sur mes traits.

Je ne... Elle serra les dents. *Je ne sais pas, Ajax. Je ne sais pas ce qui se passe. Je ne sais pas ce que je dois ressentir. Je ne...*

Je la rejoignis et la pris dans mes bras, ignorant la conversation qui se déroulait autour de nous. Tout ce qui comptait, c'était de montrer à Cami que je serais son allié, quel que soit son choix. Quels que soient ses sentiments. Quels que soient ses besoins. *Tu es ma compagne*, murmurai-je dans son esprit. *J'accepterai tous ceux que tu veux que j'accepte.*

Cependant, la démonstration de puissance qui réchauffait mon dos semblait tester mes mots avant même que je les prononce.

Sauf peut-être Hadès, rectifiai-je.

Mais je ne plaisantais qu'à moitié. Si Cami le voulait, je trouverais le moyen de l'accepter.

Je ne veux pas d'Hadès, répondit-elle. *J'étais juste… Je veux dire, regarde-le, Ajax. Il est exactement comme je me représenterais le dieu des Enfers.*

De l'Au-delà, la corrigeai-je.

Je suis presque sûre que mon professeur de mythologie ne serait pas d'accord avec toi, murmura-t-elle.

Quoi ?

Rien. Peu importe. Je ne veux pas de lui. Je… je te veux toi. Az. Melek.

Et peut-être Lucifer ? avançai-je.

Je ne sais pas, avoua-t-elle en chuchotant dans mon esprit. *Je… je rêve de lui.*

Elle prononça ces mots comme si elle confiait une grande trahison chargée de culpabilité.

C'est normal de rêver de lui, petite rebelle, lui dis-je. *C'est même normal de le désirer. Mais je ne lui fais toujours pas confiance.*

Et je ne le pourrais pas tant que je n'aurais pas compris ses intentions. Lesquelles, comme Az l'avait si bien dit, étaient en constante évolution. Quoi que cela signifie.

Je ne lui fais pas confiance non plus, reprit Cami. *Pas encore.*

Ces deux derniers mots étaient empreints d'espoir, une émotion qui s'était éteinte depuis longtemps dans mon âme. Du moins jusqu'à ce que Cami vienne raviver le feu en moi. Mais cette flamme ne brûlait plus que pour elle. Et un peu pour Az aussi.

Penser à mon autre compagnon me fit lui jeter un regard. Il se tenait maintenant épaule contre épaule avec Typhos, et tous deux semblaient dans une sorte d'impasse avec le dieu de l'Au-delà.

Qu'est-ce qu'on a raté ? demandai-je en fronçant les sourcils dans le dos d'Az.

Lucifer a demandé à Hadès son avis sur la magie de Faë Vertueux qui a servi à manipuler les Faë de la Mort et les Faë des Cadavres, expliqua Az. *Ils sont donc en train de négocier les termes d'un échange d'informations.*

Parce qu'Hadès ne veut pas répondre à la question ? devinai-je.

Non.

Je ne pus empêcher un sourire de narguer mes lèvres.

Et Lucifer doit marchander pour ça ?

Oui.

Mon amusement fleurit en un gloussement qui incita le roi des Faë de l'Enfer à me jeter un coup d'œil.

— Quelque chose t'amuse, Gardien ?

— Oui, répondis-je franchement.

— Tu veux nous en faire part ?

— Bien sûr. Ça m'amuse que tu sois obligé de jouer à ton jeu préféré… de l'autre bord.

Je ne me souciais pas le moins du monde que mes paroles puissent l'énerver. Parce que j'en avais marre de me retenir. Je m'étais prosterné à ses pieds pendant plus de dix ans. Et il m'avait rendu la monnaie de ma pièce en nous menaçant, ma compagne et moi, en posant des ultimatums et en me forçant à participer à sa version détraquée d'une punition. Roi des Faë de l'Enfer ou pas, j'en avais assez de me soumettre à lui.

Son regard saphir s'arrêta un instant sur le mien, et les coins de ses lèvres se retroussèrent.

— Qui a dit que j'étais à l'autre bord ? (Puis il revint à Hadès.) Tu sembles très intéressé par ce portail, Hadès.

Peut-être que je veux plus que des informations en guise de paiement pour l'avoir autorisé.

— Soyons clairs, Typhos. Si je voulais ouvrir un portail, je le ferais. Cet échange de faveurs est purement à ton avantage, pas au mien.

Lucifer croisa les bras, et ses muscles se gonflèrent sous sa chemise.

— Tu veux dire que tu vas demander à Maliki d'ouvrir le portail pour toi et de tester à nouveau ma miséricorde ?

Un silence tomba, les deux mâles dominants se mesurant une fois de plus.

Maliki a ouvert ce portail pour Hadès ? demandai-je mentalement à Az. *Celui qui menait au bal des monstres ?*

La Nuit des Monstres, me corrigea Az. *Apparemment, oui. C'est la première fois que j'en entends parler.*

Je scrutai le dos musclé d'Az, vu que je ne pouvais pas croiser son regard.

C'est pour ça qu'il a permis à ton frère d'être libéré de sa garde à vue ?

Peut-être, répondit Az. *Mais je pense que la libération de Maliki a plus à voir avec la discussion que Typhos a eue avec Hadès.*

Je me demande de quoi ils ont parlé, pensai-je plus pour moi-même que pour Az, mais il m'entendit malgré tout.

Moi aussi, renchérit-il.

— Pour comprendre le comment et le pourquoi, tu dois d'abord évaluer ton royaume et la satisfaction de tes Faë. Qu'est-ce qui rend une ancienne création vulnérable à son créateur ? Le mécontentement, peut-être ?

Le ton cultivé d'Hadès résonnait dans *l'Antre de la Mort,* la puissance qui se dégageait de sa voix hérissait les poils de mes bras.

Sa capacité à percer mon sort de confidentialité – que je n'avais pas désactivé bien qu'Az me l'ait recommandé – n'était pas surprenante. Je n'avais jamais rencontré un Faë du Mythe en chair et en os, j'avais seulement entendu des rumeurs sur leurs auras puissantes et leurs prouesses évidentes.

En voyant Hadès maintenant, Je croyais à ces rumeurs.

— Tes Faë te respectent, poursuivit-il. Tu les as sauvés. Tu as pris soin d'eux. Tu as créé ce royaume pour eux. Mais ce faisant, tu les as aussi isolés. Jusqu'aux épreuves. Tu savais qu'ils avaient besoin de compagnes, mais tu en as fait un test. Je comprends cela. Je l'admire, même. Mais tes Faë pourraient ne pas ressentir la même chose. Et ce soupçon d'incertitude…

Il s'interrompit, mais Lucifer acheva à sa place :

— …Crée une fracture qui peut être exploitée.

— Oui. (Hadès recula d'un pas.) Cependant, cette fracture va plus loin qu'un état mental fragile, Typhos. On peut transformer un Faë en marionnette avec un sort canalisé mentalement. Cependant, contrôler quelques dizaines de Faë à la fois nécessite un accès physique.

— Ce qui veut dire que mes murs ont été franchis.

— Je crois que tu le savais déjà, dit Hadès en regardant Cami. L'énergie d'un siphon va dans les deux sens. (Il reporta ses yeux sombres sur Maliki.) À présent, tu n'as plus besoin de voyager dans le temps et tu peux retourner à la tâche que je t'ai confiée.

Le Faë mortel croisa simplement les bras et s'appuya contre un mur fissuré proche.

— On verra bien.

Hadès plissa les yeux, clairement mécontent des paroles dédaigneuses de Maliki. Mais au lieu de répliquer, il revint à Lucifer et dit :

— Puis-je te suggérer de régler les problèmes du royaume de Morphée ? Je soupçonne que les tensions qui s'y développent pourraient être considérées comme un point faible du royaume. Tous ces esprits vulnérables…

Il s'interrompit de nouveau. Mais cette fois, Lucifer ne termina pas sa phrase, il hocha simplement la tête et répondit :

— Je n'interférerai pas avec ta chasse.

— Bien.

— Mais donne-moi des nouvelles, au moins jusqu'à ce que ce problème de *vertu* soit résolu, ajouta Lucifer, insistant sur le mot *vertu*.

— Je n'aurai pas de nouvelles avant un moment. Ma proie ne paraît pas prête à s'enfuir.

Je me demandai ce qu'Hadès voulait dire par là.

Ce type parle par énigmes, tout comme Melek.

Sauf que Melek est espiègle, répliqua Az mentalement. *Hadès est juste mortel.*

— Alors je m'attends à ce que ton royaume reste sans portail pour le moment, dit Lucifer, me ramenant à la conversation entre le Faë du Mythe et lui.

— Pour le moment, souligna Hadès.

— Fais-moi savoir quand ça changera.

— Bien sûr, acquiesça Hadès. (Cela ne ressemblait pas vraiment à un accord mais plutôt à une déclaration apaisée.) Maliki ?

Sans attendre la réponse du mâle, il disparut simplement dans un nuage de fumée en laissant une seule plume noire dans son sillage.

Maliki soupira bruyamment et s'écarta du mur pour récupérer la plume qui dérivait dans l'air.

— Le devoir m'appelle, ironisa-t-il. La prochaine fois, essaie de ne pas déclencher une bagarre dans un bar, d'accord ?

Cette dernière phrase s'adressait à Az.

— Comme si tu n'avais pas apprécié, railla le Commandant.

Maliki afficha un sourire sinistre.

— Je n'ai pas apprécié, j'ai carrément adoré.

Sur ce, il disparut. Pas de fumée. Pas de plumes. Juste… disparu. Son surnom, Fantôme, était vraiment approprié.

Lucifer se tourna vers Cami et moi, puis vers Melek qu'il scruta comme s'il cherchait quelque chose. Je suivis son regard et trouvai le prince des Faë de l'Enfer en costume, pantalon repassé et chemise impeccable comme toujours.

— Tu vas bien ? s'enquit Lucifer d'une voix douce.

— Ça va aller, répondit Melek d'un ton tranchant qui me surprit. La barrière d'Ajax m'aide.

— Ma barrière ? (Je pointai le sort protecteur qui nous entourait.) Tu parles de celle qu'Hadès et Lucifer ont franchie sans sourciller ?

Je ne pouvais cacher mon agacement. Ils avaient beau être puissants, cela blessait mon ego qu'ils aient si facilement infiltré mon sort. Shade et moi avions mis des années à perfectionner notre capacité à nous glisser à travers les enchantements, mais ces deux-là l'avaient fait en quelques secondes.

— Ta magie m'a invité à entrer, me dit Lucifer. Et pour ce qui est d'Hadès, ses capacités résident dans un autre plan d'existence. Ne le prends pas personnellement.

Il s'avança vers Melek, son expression affichant une inquiétude que je n'avais pas remarquée jusqu'à présent.

— Tu es sûr ?

— Oui. Comme je l'ai dit, la barrière m'aide.

— En quoi elle t'aide ? demandai-je, n'appréciant pas ce dialogue sibyllin. (J'avais supposé que Melek voulait que je crée une bulle d'intimité pour masquer notre conversation, mais ses intentions semblaient aller plus loin.) Qu'est-ce que tu ne m'as pas dit ?

— Beaucoup de choses, répondit Melek avec un

sourire en coin. Mais dans le cas présent, c'est simplement une faiblesse de ma part que ta magie m'aide à masquer.

— Les Cours des Âmes de ce royaume drainent sa magie, expliqua Lucifer, ce qui me surprit. Melek prône la vie, alors que cet endroit exhale la mort. C'est pourquoi il ne vient jamais ici.

Je fronçai les sourcils, turlupiné par un souvenir.

— Tu… tu l'as mentionné un jour.

Qu'est-ce qu'il avait dit ?

« Ty m'a dit que la prochaine épreuve se déroulait dans le royaume de l'Au-delà. C'est le seul endroit où je ne peux pas aller. Et je crains que Cami n'y survive pas. »

Ses mots me traversèrent l'esprit, me faisant lancer un regard alarmé à Cami.

— Tu vas bien ?

— En général ou maintenant ?

— Les deux.

— Alors non, mais oui, répondit-elle.

Je cillai.

— Melek craignait que tu ne survives pas ici…

Je me tournai de nouveau vers lui, resserrant par réflexe la barrière autour de nous et renforçant le sort de protection avec une autre vague de puissance.

— Pourquoi tu m'as dit ça ? demandai-je. Pourquoi tu t'inquiétais de sa survie dans l'Au-delà ?

— Parce que je savais qu'elle avait des dons de Faë Vertueux, mais pas lesquels, répondit Melek, à nouveau sérieux. Ma magie ne fonctionne pas ici. Je suis un humain basique dans ce royaume.

— Vraiment ? m'étonnai-je.

Quelle ironie ! Mon âme de Faë de Minuit était carrément chez elle dans l'Au-delà, l'énergie glaciale rappelant mes origines de Sang de Mort. De son côté, Melek n'était pas du tout à l'aise. Affaibli. *Impuissant.*

— Des idées meurtrières ? s'enquit-il d'un ton amusé, mais recelant un soupçon d'épuisement.

— Il y a beaucoup de choses que je dois t'apprendre, intervint Lucifer avant que je réponde. (Il se plaça entre moi et Melek comme s'il pensait que je pourrais vraiment réaliser certaines des *idées* que Melek venait de mentionner.) À Camillia et toi, je veux dire. Donc on devrait y aller.

—Je n'avais pas l'intention d'attaquer ton prince, dis-je honnêtement à Lucifer.

—Je sais. (Ses yeux bleus s'embrasèrent.) Cependant, si la journée d'aujourd'hui m'a appris quelque chose, c'est que Camillia et toi n'êtes pas du tout préparés à votre rôle dans ma cour. C'est ma faute. Et je vais y remédier. (Il tendit la main.) Tout de suite.

CHAPITRE HUIT

TYPHOS

AJAX OBSERVA ma main avec une méfiance évidente, un regard qui me blessa plus que je voulais l'admettre. Est-ce que je méritais cette réaction ? Oui, probablement. Mais je ne l'appréciais pas pour autant.

Les paroles d'Hadès me tournaient en tête, concernant les esprits affaiblis et la facilité avec laquelle ils pouvaient être manipulés. Il ne parlait pas de Faë ordinaires, mais de Faë Vertueux. Les créateurs de l'espèce Faë. Des Faë comme Vivaxia.

L'esprit d'Ajax était-il sensible à son influence lui aussi ? Sa loyauté envers moi était-elle si détériorée qu'elle pouvait se faufiler à travers les fissures de sa psyché et le manipuler pour qu'il travaille contre moi ?

Car c'est ce qui s'était passé dans le royaume de l'Au-delà ce soir. Vivaxia avait réussi à contrôler plusieurs dizaines de Faë de la Mort et de Faë des Cadavres, agissant comme une marionnettiste qui les poussait à attaquer Az. Et elle y était parvenue parce qu'il y avait déjà des graines de méfiance qui germaient dans leur esprit. Des graines que j'avais semées.

Mes punitions, réalisai-je.

Hadès n'avait pas mentionné cette partie, mais ce n'était pas nécessaire. J'avais compris ce qu'il me disait : certains de mes Faë n'étaient pas satisfaits de mon leadership.

Je le savais depuis un certain temps, d'où l'instauration des épreuves nuptiales. Mais cela n'avait pas suffi, semblait-il.

L'inquiétude qui régnait dans l'Au-delà était logique. J'avais puni les Faë d'ici – ainsi que ceux du royaume de Morphée – pour avoir participé à la Nuit des Monstres. Mais peut-être avais-je été trop sévère. Ou peut-être que mes hommes pensaient que je n'en avais pas fait assez pour assouvir leur besoin de prendre une compagne.

Était-ce le cas ? m'interrogeai-je. *Les épreuves étaient-elles de trop ?*

J'avais eu l'intention de tester les épouses, pas mes Faë mâles. Cependant, je supposais que tout le monde avait été testé au fil du temps. Y compris moi-même.

La Source des Faë de l'Enfer n'avait jamais accepté que des femmes Faë non accouplées entrent dans mon royaume, car la Source faisait partie de mon cœur. Partie de moi. Et *je* n'étais pas sûr de moi concernant les femmes, à moins qu'un puissant Faë de l'Enfer les ait approuvées. Une conséquence de la trahison de Vivaxia. Je le reconnaissais. J'en étais conscient. Et j'avais conçu les épreuves comme un moyen de me forcer à voir au-delà de mes préjugés tenaces. Pour apprendre à faire confiance. Pour accepter tous les Faë, pas seulement les mâles.

Logiquement, je comprenais que les hommes pouvaient être tout aussi peu dignes de confiance que les femmes. Les épreuves avaient donc été conçues de manière à me forcer à reconnaître cette logique, à voir que les femmes pouvaient être tout aussi dignes de confiance que les hommes.

Le cœur des Faë se trouvait dans l'âme, d'où l'importance de distinguer les âmes claires des âmes sombres dans le domaine des Faë de l'Enfer. Les intentions étaient importantes. Les Faë du Cauchemar étaient souvent incompris, et je voulais m'assurer que leurs promises pouvaient voir le cœur qu'ils cachaient sous leurs masques monstrueux.

Hélas, en voyant Ajax maintenant et la méfiance qui se dessinait sur ses traits, je réalisai de nouveau à quel point j'avais échoué.

C'était mon Gardien des Faë de l'Enfer, l'homme que j'avais chargé de surveiller les infâmes prisons des Faë du Cauchemar, et même lui ne parvenait pas à voir à travers ces mascarades.

Parce que je ne lui avais jamais appris à le faire. Je ne l'avais jamais guidé. Je ne l'avais jamais *conseillé*.

Mais cette situation allait changer.

— S'il te plaît, insistai-je, fixant toujours Ajax. Nous allons rentrer au palais manger un bon repas, discuter de choses et d'autres, et nous détendre. Ensuite, Camillia et toi me rejoindrez demain pour la formation.

— Quel genre de formation ? demanda Ajax, refusant toujours d'accepter ma main.

Non pas qu'il en ait réellement besoin. Il pouvait facilement retourner au palais en s'éclipsant. Ce n'était qu'un geste.

Ou un marché, supposai-je. Sauf que je n'attendais rien d'autre que sa bonne volonté en échange de ma tutelle.

Il n'avait pas l'air de me croire, à en juger d'après son air méfiant.

Je retins un soupir. Il semblait que notre conversation

dans la cour hier n'avait guère contribué à réparer le pont que j'avais brûlé entre nous. Ce n'était pas grave. Je pouvais me montrer patient.

Car au final, je lui prouverais, à lui et Camillia, que j'étais digne de confiance. Et ce processus commencerait par les aider à mieux me comprendre.

— Je me suis rendu compte que je ne t'avais jamais présenté correctement mon royaume et les créatures qui l'habitent. J'ai fait des suppositions quand je t'ai nommé Gardien, des suppositions qui ont entraîné une grave rupture dans notre relation. La formation — ou peut-être que *le partage d'informations* serait un meilleur terme — aidera, je l'espère, à dissiper certaines de tes idées fausses à mon sujet et au sujet de mon royaume.

Bien entendu, je ne me contenterai pas de leur faire un cours détaillé. Je devrais aussi leur montrer. Peut-être même qu'il serait plus profitable de passer direct à la partie *montrer*. Cela a toujours été la meilleure façon d'apprendre — en agissant.

Un plan commença à se former dans mon esprit, une sorte d'idée qui devrait fournir une magnifique introduction aux âmes claires et sombres.

Cela me permettrait également d'aider Camillia à perfectionner ses talents. Elle avait le potentiel pour devenir une reine, une véritable déesse en fait. Techniquement, Melek l'avait déjà mise sur cette voie en tant que compagne. Mais son destin était bien plus vaste que leur lien.

Elle était puissante, comme en témoignaient sa capacité à manier la pierre de la mort et tout ce qu'elle avait fait depuis qu'elle vivait dans mon royaume.

Cependant, son comportement dans le royaume de l'Au-delà montrait également son manque de retenue. Et elle ne semblait pas capable de voir à travers les masques des Faë du Cauchemar, son pouvoir ayant attaqué presque tout le monde alentour, comme si chaque âme était un ennemi alors que la plupart ne l'étaient pas.

Mais ce n'était pas grave. Je lui apprendrais. Une activité que j'attendais avec impatience. Peut-être un peu trop.

Il y a tant de choses que je pourrais lui montrer, pensai-je.

Je lui jetai un coup d'œil ; ses iris orageux étaient fixés sur moi, m'évaluant ouvertement. Comme si elle avait entendu mes réflexions. Ou peut-être que ma faim se lisait sur mes traits.

Je voulais lui apprendre bien plus que lire et comprendre les âmes des Faë. Je voulais l'initier à différents niveaux de contrôle, lui montrer mon pouvoir et l'entraîner à l'accepter. *De toutes les façons…*

Putain, me dis-je en me forçant à détourner mon regard. *Elle est bien trop tentante.*

Oui, acquiesça Melek dans mon esprit.

Sa voix mentale n'était pas aussi enjouée que d'habitude, me rappelant à quel point il souffrait dans ce royaume. Je l'avais senti dès notre arrivée, et cette douleur n'avait fait qu'empirer tant qu'il restait ici. Melek avait usé tout son pouvoir pour aider Camillia, le laissant épuisé et sans défense.

Le sort de barrière d'Ajax était tout ce qui permettait à mon petit prince de rester debout, ce que le Gardien ne semblait pas vraiment comprendre. Heureusement, il n'avait pas supprimé le bouclier après avoir appris que Melek en avait besoin. Au contraire, je jurerais que je l'avais senti le renforcer.

Ou peut-être que c'était simplement mon espoir qui transparaissait.

Nous serions tellement plus forts à cinq si nous travaillions ensemble, et non l'un contre l'autre. Un fait que j'aurais dû réaliser des semaines plus tôt. Bon sang, *des mois* plus tôt.

J'ai vraiment été aveugle, m'étonnai-je.

Je préfère penser « rongé par autre chose », mon roi, murmura Melek. *Tu tiens à ton royaume, Ty. Tout le monde le sait. Même Cami. Tu as cru qu'elle était une menace et tu as réagi en conséquence. Ce qui compte, c'est la façon dont tu rampes maintenant.*

Rampe ? relevai-je en plantant mon regard dans celui de Melek. *Je ne rampe pas.*

Avec elle, tu pourrais, répondit-il, un scintillement dans ses yeux séduisants.

Des yeux qui me disaient qu'il était bien plus mal en point qu'il le laissait croire.

— Ajax, si tu veux rester ici, ça me va. Mais si tu veux des réponses, rejoins-nous au palais, dis-je, fixant toujours mon prince. Melek ne peut pas rester ici plus longtemps.

Je le rejoignis, posai ma main sur sa nuque l'attirai à moi. Mais avant que je puisse nous ramener à la maison, il tendit le bras vers Camillia.

Et elle me choqua en s'avançant pour se joindre à nous.

Mon regard capta le sien, et une douzaine de questions me traversèrent l'esprit sans que je puisse les formuler.

— J'ai faim, dit-elle en guise d'explication. On n'a pas encore pris de petit-déjeuner.

L'amusement effleura mes lèvres.

— En effet.

Tu sais où nous serons, Azazel, dis-je à mon autre compagnon.

Nous arrivons sous peu, répondit-il.

Enveloppant Melek et Camillia de mon pouvoir, je les escortai jusqu'à mes quartiers dans le palais. Une odeur de nourriture flottait dans l'air, bien que le plateau ait disparu depuis longtemps.

— Je dois demander à Garmr ce qu'il en est de Payan.

Tout avait commencé lorsqu'il avait livré la lettre avec notre repas. Mais avant de m'occuper de cela, je devais m'assurer que Melek guérissait correctement.

Quelques secondes à peine dans le palais et il reprenait déjà des couleurs, les yeux pétillants de vie.

— Payan est l'un des Chiens de l'Enfer que tu as envoyés à mes trousses au début, grommela Camillia, ce qui me fit sourciller.

— Au début ?

Quand ai-je envoyé un Chien de l'Enfer après elle ? Ou parlait-elle d'Ajax ? Il avait été chargé du recrutement des épouses Faë de l'Enfer.

— Tu sais, quand je suis devenue une épouse Faë de l'Enfer, dit-elle, confirmant ce que j'avais deviné. Je l'ai poignardé dans les couilles.

— Pourquoi ça ne me surprend pas ? s'esclaffa Melek.

— C'est pour ça qu'Ajax a dû venir me kidnapper, poursuivit-elle en haussant les épaules. J'ai l'impression que c'était il y a une éternité, mais j'ai reconnu le Chien de l'Enfer quand il est entré. Je suppose que c'est une bonne chose qu'il ne m'ait pas remarquée. Je doute qu'il m'aime beaucoup.

L'amusement ondula à travers mon lien avec Melek, m'arrachant un sourire. Après tout ce qui s'était passé aujourd'hui – voire au cours des derniers mois –, Camillia conservait un air nonchalant. Comme si rien ne l'avait vraiment ébranlée. Car son commentaire sur Payan était plus de l'ordre de la réflexion que de l'inquiétude. Je soupçonnais qu'elle l'aurait volontiers poignardé à nouveau s'il avait réagi à sa présence. Et cela m'intriguait encore plus.

Elle n'a peur de rien, réalisai-je.

Sauf... de moi. Je l'avais vu dans son regard tout à

l'heure, j'avais senti le picotement de sa terreur contre mon subconscient. Quelque chose que j'avais fait, peut-être *tout* ce que j'avais fait, avait blessé son cœur de guerrière et l'avait amenée à me regarder avec effroi.

Cette connaissance – cette *prise de conscience* – effaça le sourire de mes lèvres.

— Je vais préparer le petit-déjeuner, décidai-je, ayant besoin de faire quelque chose.

Un moyen de lui offrir des faveurs. De commencer à combler ce vide entre nous.

La formation exigeait de la confiance, ce qu'elle n'éprouvait manifestement pas pour moi. Et Ajax non plus, semblait-il.

Peut-être que je devrais leur laisser quelques jours pour s'acclimater avant de commencer, pensai-je en quittant la pièce. *Prouver mes intentions par des actes. Les laisser se sentir à l'aise dans le palais. Leur permettre de voir le vrai moi... dans mon palais.*

Je devais également trouver un moyen de réparer les fractures de mes Faë de l'Enfer, déterminer comment regagner leur foi et les rendre moins vulnérables à l'influence des Faë Vertueux.

Les épreuves nuptiales des Faë de l'Enfer avaient été suspendues à cause des portails. Je devrais peut-être prendre quelques jours pour définir les prochaines étapes, organiser des réunions avec mes lieutenants pour discuter des idées et des besoins, et repartir de là. Cela me permettrait d'être productif pendant que Camillia et Ajax se mettraient plus à l'aise.

D'un signe de tête, j'approuvai mon plan interne et m'attelai à la préparation du petit-déjeuner, tâche que je n'avais pas effectuée depuis des dizaines d'années. C'était Melek qui cuisinait d'habitude, cette partie de notre suite était plus son domaine que le mien. Mais je ne faisais confiance à personne pour préparer nos repas en ce moment, pas après l'incident de la lettre.

Garmr serait le premier sur ma liste pour une réunion aujourd'hui.

Après avoir pris soin de mes compagnons. Ou *mon compagnon*, supposai-je.

Mon *compagnon* et Camillia.

C'est bizarre que mes compagnons *sonne plus naturel*, constatai-je.

Puis j'évacuai ces réflexions oiseuses et me concentrai sur ma tâche.

Ce ne sont que des crêpes. Rien de plus. Rien de moins.

CHAPITRE NEUF

TYPHOS

Sᴇɴᴛᴀɴᴛ le retour d'Azazel avec Ajax, j'interrompis mon travail au fourneau et je retournai préparer davantage de pâte à crêpes.

Besoin d'aide, mon roi ? demanda Melek.

Non. Tu es censé te détendre.

Je suis déjà guéri, Ty.

Je le savais, mais cela ne changea pas ma réponse. *Je veux le faire.* Plus encore, *j'avais besoin* de le faire. Pour m'occuper correctement de mon cercle. Pour prouver que je n'étais pas qu'un roi tyran.

Melek parut amusé par mon refus, mais n'insista pas. Il se contenta de préciser :

Camillia aime le chocolat.

À ces mots, je répartis une partie de la pâte dans un autre bol et je trouvai des pépites de chocolat dans notre garde-manger magiquement garni. Le petit cagibi contenait tout ce que nous voulions. Littéralement. Il me suffisait de penser à un ingrédient pour qu'il apparaisse. Très utile. Surtout en ce moment.

En fredonnant, je me remis au travail. Le geste de

retourner des crêpes sur une plaque de cuisson me revenait sans peine malgré mon manque de pratique.

Azazel entra au moment où j'attaquais la préparation aux pépites de chocolat. Dans ses iris tourbillonnait un mélange de flammes violettes et noires.

— Melek m'a dit que tu cuisinais. Je devais voir ça de mes propres yeux.

Ajax se tenait juste derrière lui, sourcils froncés, promenant son regard autour de mon Commandant pour inspecter la cuisine.

— Tu n'ignores pas que je sais cuisiner, dis-je à Azazel. Je t'ai préparé le petit-déjeuner des centaines de fois.

— Oui, mais je ne t'ai pas vu retourner une crêpe depuis au moins un siècle.

Je haussai les épaules.

— Ce sont les Chiens de l'Enfer qui cuisinent habituellement.

— Mais tu n'as plus confiance en eux à cause de Payan, répliqua-t-il.

Il avait dû l'apprendre par Melek. Ou peut-être le lire dans mes pensées.

— J'ai toujours confiance en eux. Mais, comme l'a souligné Hadès, nous avons quelques faiblesses à combler. Tant que je n'aurai pas pu évaluer correctement tout le monde, je ne ferai confiance à personne en dehors de cette suite.

Ajax grogna, captant mon attention.

— Tu as quelque chose à ajouter, Gardien ? demandai-je en haussant un sourcil.

Il croisa mon regard et le soutint sans broncher.

— Tu ne me faisais pas confiance il y a une semaine.

Je hochai la tête et posai ma spatule pour lui accorder toute mon attention.

— Qu'est-ce qui te fait penser ça ? Je t'ai laissé seul

dans le royaume des Faë de Minuit avec une femme que je considérais comme la menace ultime pour mon royaume. N'était-ce pas une preuve de confiance ?

— C'était de la politique Faë, rétorqua-il.

Azazel me rejoignit au fourneau pour me remplacer à la cuisson des crêpes. Je lui laissai la place tout en veillant à me glisser sur le côté et non vers Ajax. Son humeur actuelle me faisait penser à une Manticore lunatique : comme s'il allait me charger dès qu'il se sentirait menacé par ma présence.

Et je ne voulais vraiment pas avoir à riposter.

Je croisai donc simplement les bras, m'adossai au comptoir et soutins son regard.

— Tu me connais depuis plus de dix ans, Ajax. Depuis quand je me préoccupe de la politique des Faë ?

Il serra les dents.

— Tu as assisté à des événements Faë interroyaumes.

— À contrecœur, oui. Et seulement parce que j'ai bien l'intention d'être là pour ceux qui seront blessés quand ces efforts finiront par échouer, lui dis-je d'un ton égal.

— Pourquoi échoueraient-ils ? Tu as prévu quelque chose ?

Cette fois, ce fut à mon tour de grogner. Parce que *merde*.

J'avais craint que la méfiance d'Ajax soit une faiblesse que Vivaxia pourrait exploiter. Maintenant, j'étais certain que c'était le cas. Je devais régler ce problème rapidement, sinon tout mon cercle risquait d'être menacé.

— L'histoire prouve que ces efforts échouent souvent, intervint Azazel. Peut-être que celui-ci réussira. Mais nous avons vu tant d'échecs au cours des millénaires que nous avons perfectionné nos capacités à aider ceux qui sont blessés à la fin. C'est pour ça que Typhos y a assisté, pour savoir qui pourrait avoir besoin de lui à l'avenir.

— Ça me donne aussi l'occasion de faire partie du mouvement s'il réussit, ajoutai-je. C'est certainement l'effort le mieux orchestré dont j'ai été témoin, mais des Faë comme Constantin existent encore dans d'autres royaumes. Et tu as vu en direct de quoi il était capable.

Un rappel cruel, peut-être. Mais je voulais qu'Ajax mette les choses en perspective, qu'il se rende compte que sa colère à mon égard était plutôt mal dirigée.

Car je ne doutais pas que ses sentiments actuels étaient fondés sur ses expériences antérieures, et qu'il avait peaufiné ses boucliers au cours d'une vie de souffrance.

— Il y a beaucoup de choses que j'ai faites de travers, repris-je avant qu'il réponde. J'ai beaucoup de choses à me faire pardonner vis-à-vis de Camillia et toi. Mais si nous voulons survivre à Vivaxia, nous devons travailler en équipe. C'est pourquoi je veux avoir l'occasion de vous former tous les deux, pour nous préparer au combat qui nous attend.

Je n'avais jamais été aussi direct et franc avec lui. Je n'en avais jamais révélé autant. Et j'avais employé le terme *survivre* à dessein. Parce que c'était exactement ce que nous devions faire, pas seulement pour nous, mais pour tous les Faë de l'Enfer et les Faë du Cauchemar.

Si Vivaxia volait ma lumière, ce royaume brûlerait, et tous les êtres qui l'habitaient périraient. Y compris nous.

— Mais je ne peux rien t'enseigner si tu ne veux pas m'écouter, ajoutai-je. (J'avais besoin qu'il m'entende, qu'il *comprenne*.) Tu as tes raisons de te méfier de moi, et je les respecte. Cependant, si tu continues à les laisser obscurcir ton jugement, on n'avancera jamais.

Une considération qui me terrifiait. Il fallait qu'il travaille avec moi, pas contre moi. Et pas seulement à cause de ses liens avec Azazel et Camillia, mais aussi parce qu'il pourrait devenir un allié puissant. J'avais fait de lui mon Gardien pour une bonne raison. Si seulement il pouvait voir cette raison en lui-même.

— Tout ce que je peux faire maintenant, c'est prouver mes intentions par des actes, Ajax, conclus-je. Alors prends les prochains jours pour réfléchir à la façon dont tu veux procéder. Tu choisiras soit d'apprendre avec un esprit ouvert… soit de m'exclure complètement. Cette décision n'appartient qu'à toi seul.

Sur ce, je me retournai pour attraper deux assiettes remplies de crêpes et me téléportai dans la chambre de ma suite.

Camillia redressa la tête, et ses grands yeux m'évoquèrent des nuages d'orage turbulents. Leur couleur était rehaussée par sa tenue entièrement noire, que Melek avait dû trouver pour qu'elle l'enfile en mon absence. Ou peut-être l'avait-il créée par magie. Les jeans et débardeurs n'étaient guère à la mode dans le royaume des Faë de l'Enfer. Un corset et une jupe auraient été plus appropriés, pour correspondre aux danseuses holographiques de ma boîte de nuit.

Une image de Camillia portant justement cela me traversa l'esprit. Une pensée dangereuse, qui se transforma rapidement en ce à quoi elle ressemblerait attachée à mon lit avec des rubans rouges autour de ses poignets. De ses chevilles aussi. Écartées. Sans défense. Captive. *À moi pour l'explorer…*

Elle ne porterait certainement pas de sous-vêtements sous cette jupe non plus, décidai-je. *Ou alors je les brûlerais.*

Mmm, j'aime bien la tournure que prennent tes pensées, mon roi, approuva Melek en ronronnant. *Continue.*

Je faillis gronder en réponse, et le fantasme s'évanouit en un clin d'œil.

Camillia ne me faisait pas confiance ou ne m'aimait

pas assez pour me laisser l'attacher. Sans parler de *brûler* ses vêtements.

Je secouai la tête pour m'éclaircir les idées, revins aux assiettes que je tenais et les posai sur la table.

— Je vais chercher du sirop et des boissons.

— Celles-ci sont aux pépites de chocolat ? demanda Camillia avant que je disparaisse, sa voix empreinte d'une émotion que je n'arrivais pas à définir.

Ou peut-être que je ne voulais pas définir. Putain, je ne voulais même pas définir cette expérience.

Je cuisine. Pour elle. Pour Melek. Pour Azazel et Ajax.

Bien sûr, je ne faisais confiance à personne d'autre pour préparer notre repas. Mais je m'étais lancé sans réfléchir. Comme si j'essayais de m'excuser avec des aliments plutôt qu'avec des mots. Ou simplement de prendre soin d'eux ? Je n'en savais trop rien. Et ça n'avait pas d'importance. Nous avions tous besoin de manger, et c'était plus pratique. Fin de la discussion.

Sauf que Camillia venait de me demander quelque chose. *Pépites de chocolat*, me rappelai-je alors qu'elle se penchait pour examiner ses crêpes. Je fronçai les sourcils en la voyant faire.

— Melek m'a dit que tu aimais le chocolat, alors je… (Je m'interrompis et m'éclaircis la gorge.) Son assiette contient des crêpes normales, si tu les préfères. Et je peux en faire d'autres.

Bon sang, j'avais l'impression d'être un adolescent inepte. *Qu'est-ce qui ne va pas chez moi ?*

— Non, en fait, j'adore les crêpes aux pépites de chocolat, avoua-t-elle, ses joues prenant une jolie teinte rouge. Je… j'étais juste surprise. Merci.

Ses yeux séduisants croisèrent les miens, puis se détournèrent timidement.

Encore un regard troublant de la part de cette guerrière. Mais je préférais de loin cela à sa peur.

— Côté boisson, qu'est-ce que tu préfères ? demandai-je, me sentant encore à côté de la plaque.

— Du café, répondit-elle aussitôt.

— Irish coffee, précisa Ajax en entrant avec Azazel, tous deux apportant d'autres crêpes. Ils auraient pu s'éclipser ici, mais la cuisine n'était qu'à une porte, et leur méthode était presque aussi rapide que la mienne.

— Irish coffee, acquiesçai-je.

— Je peux le lui faire, proposa-t-il.

— Ou tu peux me montrer comment le préparer, suggérai-je, sincèrement curieux.

Il me fixa un moment.

— J'allais utiliser la magie.

— Oh.

C'était beaucoup moins intéressant.

— Je peux te montrer, mon roi, intervint Melek en s'écartant de la table. Nous avons tout ce qu'il faut au bar, il suffit de préparer du café.

Mon regard passa de l'un à l'autre, ne sachant trop quelle offre accepter. Je voulais apprendre, mais je ne voulais pas non plus qu'Ajax se sente rejeté.

— Et il faut du whisky, au fait, ajouta Melek en rejoignant Ajax. Tu peux m'en faire par magie ? Et aussi de la crème fouettée ?

— Ce serait plus rapide d'invoquer la boisson, dit Ajax en croisant les bras.

— Oui, mais ce n'est pas tous les jours qu'on peut apprendre quelque chose à Ty, répondit Melek avec un sourire. Fais-moi plaisir, s'il te plaît.

Ajax l'étudia un instant, puis jeta un coup d'œil à Camillia avant de poser son regard sur moi.

— Très bien. Je vais t'apprendre à préparer ça. Mais c'est toi qui fais le café.

J'acquiesçai et fis de mon mieux pour cacher mon amusement.

Merci, petit prince.

Merci pour quoi ? murmura Melek, son ton mental étant l'incarnation de l'innocence.

Mais il savait bien ce qu'il avait fait.

Préparer un irish coffee avait beau être une tâche simple, elle était monumentale à ce moment-là. Parce qu'Ajax montrait une volonté subtile de travailler avec moi plutôt que contre moi.

En supposant qu'il ne renverse pas la cafetière sur ma tête, en tout cas.

Mais cela me donna une lueur d'espoir que je pourrais peut-être régler ce problème, après tout.

Quelques jours, me répétai-je. J'avais d'abord déclaré que j'allais commencer la formation demain. Toutefois j'avais besoin de l'acceptation d'Ajax, sinon mes leçons ne serviraient à rien. Je lui laisserais donc un peu de temps pour se décider.

Si cette activité domestique indiquait une tentative d'alliance, je l'accepterais. Et je ferais tout ce qui était en mon pouvoir pour la renforcer.

Pour Ajax. Pour Camillia. Pour Azazel et Melek. *Pour tous les Faë de l'Enfer et les Faë du Cauchemar…*

CHAPITRE DIX
CAMI

Quelques jours plus tard

Les crêpes étaient devenues un rituel quotidien. Aux pépites de chocolat. Arrosées de sirop. Avec un irish coffee. Tout cela fourni par le roi des Faë de l'Enfer.

Du moins jusqu'à hier, lorsqu'il avait disparu après avoir annoncé qu'il avait une réunion avec ses lieutenants. Je ne connaissais pas les détails, mais je n'avais pas non plus posé de questions.

Puis ce matin, à mon réveil, m'attendait une note m'avertissant que la formation commencerait aujourd'hui. Peut-être avait-il simplement voulu me faire part de ses projets pour nous. Mais je l'avais interprétée comme un avertissement, qui m'avait à la fois enthousiasmée et effrayée.

Cela m'enthousiasmait car je voulais en savoir plus sur Lucifer et son royaume. J'avais aussi très envie de passer du temps seule avec lui. Ce que je ne devrais pas vouloir du tout. C'est pourquoi cela me terrifiait également.

Mais je ne serais pas vraiment seule avec lui, supposais-je. Parce qu'Ajax avait prévu de venir aussi.

— Je ne lui fais pas confiance, avait-il dit quand je lui avais montré la note.

J'étais au lit entre Az et lui, le parchemin enflammé avait atterri sur mon oreiller – sans le brûler – pendant que nous dormions tous les trois.

Az n'avait pas commenté les paroles d'Ajax, il avait juste roulé sur le matelas et était allé préparer du café pour nous trois.

— Ce n'est pas que je ne lui fais pas confiance, avais-je dit à Ajax à mi-voix. Une façon alambiquée de dire que je veux voir où ça va nous mener, je suppose.

Ajax m'avait étudiée un long moment avant d'acquiescer.

— Alors je viens avec toi.

Mais d'abord, il avait disparu avec Az, probablement pour aller s'entraîner ou quelque chose du genre, me laissant à mon propre sort pour la matinée.

C'est ainsi que je m'étais retrouvée dans la cour du palais des Faë de l'Enfer, devant un pique-nique. *Avec le prince des Faë de l'Enfer.*

Il avait remplacé les crêpes par des galettes moelleuses, garnies de fromage fondu et de viande fumée. Un plat un peu différent de nos sucreries matinales habituelles, mais je ne m'en plaignais pas. D'autant plus qu'il avait accompagné le tout de caféine. Pas d'irish coffee cette fois, mais des cappuccinos. Il avait dessiné des petits cœurs dans la mousse, une touche que j'avais trouvée à la fois attachante et suspecte.

Parce que tout ce *pique-nique* était une ruse.

Bon, pas forcément une ruse. Plutôt une façon de me flatter avant ma formation avec Lucifer.

— Je sais ce que tu fais, dis-je à Melek d'une voix douce.

— Ah ?

Ses yeux scintillaient sous les deux soleils qui brillaient au-dessus de sa tête, sa peau pâle rosissant dans l'éclat rougeâtre ambiant. Mes membres avaient la même teinte, l'atmosphère de braise qui régnait dans la cour du palais semblant représenter l'ensemble du royaume des Faë de l'Enfer.

— Et qu'est-ce que je fais, petit ange ?

— Tu m'empêches de penser à la formation de Lucifer.

— Hmm. (Il but une gorgée de sa tasse.) Ou peut-être que je suis simplement ici pour t'y préparer.

Il promena son regard dans la cour, et ses iris s'illuminèrent à la vue d'une colonne de feu toute proche, décorée d'une variété de fleurs éclatantes. J'admirai les couleurs un moment, remarquant la façon dont les lianes traînaient le long des chemins de pierre que les Faë de l'Enfer arpentaient en conversant tranquillement entre eux.

— En quoi ça me prépare à la formation ? demandai-je.

J'observai deux Chiens de l'Enfer qui flânaient sur un chemin tout en jouant à se lancer une balle enflammée. Lorsqu'ils sprintèrent vers un champ d'herbe noire, je grimaçai, me rappelant les lames de rasoir qui ornaient les jardins du palais des Faë de Minuit. Heureusement, ce champ devait être différent, car ils le traversèrent avec aisance tout en continuant à se lancer la sphère enflammée.

— Parce que c'est ici que Ty prévoit de te retrouver, répondit Melek, ramenant mon attention sur lui.

— Quoi ? (Je balayai la cour du regard avec un intérêt

accru. Ou peut-être que le mot *peur* était plus approprié.) Ici ? Où tout le monde peut nous voir ?

Un frisson me parcourut l'échine. La dernière fois que Lucifer m'avait présentée devant ses Faë de l'Enfer, j'étais vêtue de chaînes qui couvraient à peine mes atouts féminins.

Je déglutis. *Qu'est-ce qu'il mijote ?* me demandai-je, les souvenirs de cette infâme soirée dans son club m'assaillant sous tous les angles.

C'était sa version d'une punition, Cami, répondit Melek dans mon esprit.

— Il veut que tout le monde voie à quel point tu es puissante, ajouta-t-il de vive voix. C'est pour ça qu'il a choisi ce lieu.

Je lui biaisai un coup d'œil.

— À quel point je suis puissante ? répétai-je. Tu veux dire qu'il désire que tout le monde voie pourquoi il me considère comme une menace ?

En soupirant, Melek coupa un morceau de galette et l'approcha de ma bouche.

Comme je n'acceptais pas son offre, il le mangea lui-même. Puis il s'étendit sur la couverture, appuyé sur ses mains, étira ses longues jambes et croisa les chevilles.

Je le fixai, attendant sa réponse. Mais il renversa la tête en arrière pour baigner son magnifique visage dans la lumière des soleils, ses cheveux blond foncé retombant en une vague majestueuse.

— Ta beauté ne va pas me distraire, Melek, l'avertis-je.

— Tu me trouves beau ? répliqua-t-il avec un sourire, les yeux clos. Moi je te trouve éblouissante.

— Dit-il sans me regarder, ironisai-je.

— Je n'ai pas besoin de te voir pour savoir à quoi tu ressembles, murmura-t-il. Tu es dans mon esprit. De toutes les façons. (Il pencha la tête pour me regarder à travers ses cils épais et séduisants.) Mais je suis fan de ta tenue.

Je levai les yeux au ciel.

— J'ai supposé que la formation nécessiterait de courir, de se battre ou de faire quelque chose d'athlétique.

Ignorant mon commentaire, il poursuivit :

— Tes jambes paraissent longues d'un kilomètre dans ce petit short noir. Et ce débardeur moule délicieusement tes seins. C'est dommage que tu portes un soutien-gorge. (Son regard vira diabolique, et ses pensées se firent tout aussi pécheresses.) Je devrais peut-être arranger ça avant que Ty arrive ?

— Arrête d'essayer de dévier la conversation.

— Ferais-je une chose pareille ? s'étonna-t-il, l'image même de l'innocence.

Son expression, son ton et son aura générale ne laissaient planer aucun doute sur son héritage angélique. Mais un démon sensuel se cachait sous le vernis de sainteté. Un démon sensuel qui était en train de réfléchir aux moyens de *dévier la conversation* et de s'assurer que j'entende chaque pensée et chaque détail.

— Est-ce que tu fais ça à Lucifer ? lui demandai-je. Fantasmer ouvertement sur lui ?

— Auparavant, oui, avoua-t-il. Mais dernièrement, je me suis concentré sur toi. Et avant que tu poses la question, oui, il a entendu chaque mot.

— Je n'allais pas poser la question.

— Peut-être pas à voix haute. (Il sourit de nouveau en renversant la tête en arrière pour profiter des rayons des soleils.) Tu peux mentir sur ta curiosité autant que tu veux, petit ange. Je connais la vérité. Et c'est une vérité que ton esprit m'a permis d'apprendre.

Je me mordis la lèvre, ne voulant pas répondre à ce commentaire.

Lucifer m'intéressait-il ? Oui. Il faudrait être idiote pour ignorer son charme. Des traits exquis. Un physique athlétique. *Des baisers addictifs.*

Je secouai la tête, me forçant à éclaircir mes pensées.

Typhos Lucifer n'est pas à moi.

Pas encore, fredonna Melek dans mon esprit, ajoutant sa propre fin à ma phrase. *Mais il pourrait.*

Il me déteste.

Vraiment ? Ou bien les choses étaient-elles plus faciles quand tu le croyais ?

Je serrai la mâchoire.

— Parle-moi de la formation d'aujourd'hui, exigeai-je, refusant qu'il s'étende sur le sujet de notre conversation mentale.

Parce que je ne voulais pas penser à ce que je croyais ou à ce qui pourrait être. Je voulais me concentrer sur le moment présent. Cette cour parsemée de lucioles papillonnantes et de fleurs qui semblaient plus venimeuses qu'inoffensives. *Et les mâles Faë de l'Enfer vêtus de treillis noirs.*

— Il s'attend à ce que je me batte avec un Chien de l'Enfer ? m'enquis-je, cherchant les deux qui avaient joué à se lancer cette balle enflammée.

Melek s'esclaffa.

— Non, petit ange. Je crois que notre roi est bien au courant de tes capacités au combat. Sinon, il t'aurait renvoyée au camp pour jouer avec les autres épouses.

Je coulai un regard vers lui, sourcils froncés.

— Quoi ?

Il se redressa et planta son regard dans le mien.

— Je suppose que tu ne sais pas ce qu'elles font en ce moment, n'est-ce pas ?

La panique me pinça le cœur. *Les épouses Faë de l'Enfer. Les épreuves.* J'avais été tellement éloignée de tout que je... je n'avais même plus pensé aux autres.

— Est-ce qu'elles vont bien ? (Une sensation d'effroi me serra l'estomac.) À quoi s'entraînent-elles ? (*Oh, Faë.*) Y aura-t-il une autre épreuve bientôt ?

Bien sûr qu'il y aurait une autre foutue épreuve bientôt. Pourquoi j'avais pris la peine de demander ? Et comment j'avais pu oublier les autres épouses Faë de l'Enfer ?

Putain. J'avais été aveuglée par la beauté de Lucifer. Ses baisers. Son… son *tout*. À tel point que j'avais oublié le monstre sous ses costumes. Le roi qui m'avait enlevée contre ma volonté.

Était-ce le jour où j'avais plaisanté sur Payan ? Comment je l'avais poignardé dans les couilles quand il avait essayé de me prendre ? J'avais pris ma situation à la légère. *Tout en oubliant que d'autres souffrent encore.*

Règle n°6 des Faë de l'Enfer : Occupe-toi de toi-même et de personne d'autre.

Apparemment, j'avais vraiment pris celle-ci à cœur. *Je suis une égoïste…*

— Cami, m'interpela Melek d'un ton tranchant qui ramena mon attention sur lui. Les épouses Faë de l'Enfer vont bien. Les épreuves ont été suspendues depuis l'incident avec les portails. Ty ne veut pas risquer la vie de quiconque – épouse ou autre – tant que nous n'aurons pas réglé la question des Vertueux.

— Pourtant, il n'a aucun problème à sacrifier des épouses lors des épreuves.

Melek plissa les yeux, l'air anormalement irrité.

— Il n'a aucun problème à sacrifier des âmes sombres. Il y a une différence.

— Alors il joue à Dieu, soufflai-je.

— Oui. Il est le créateur de ce royaume, Camillia. Il a le devoir de protéger tout le monde et tout ce qui s'y trouve.

— Alors peut-être qu'il n'aurait pas dû kidnapper et

traîner jusqu'ici un groupe de femmes non consentantes pour le plaisir de ses hommes, rétorquai-je.

Melek me considéra un instant, ses pommettes semblant saillir sous sa peau tandis que la colère couvait dans son regard.

— Combien de temps as-tu passé à connaître les autres épouses et leurs motivations ? demanda-t-il doucement – trop doucement. Combien d'entre elles ont été *kidnappées* et *traînées* jusqu'ici ?

Comme je ne répondis pas immédiatement, il arqua un sourcil.

— Tu ne te rappelles pas ce que je t'ai dit après la première épreuve ?

Je sourcillai. Je ne me souvenais guère des suites de cet événement. J'étais à peine lucide.

Il y en avait bien eu quelques-unes qui avaient participé aux épreuves de leur plein gré, leur excitation ayant été à la fois palpable et mémorable lors des épreuves auxquelles j'avais participé. Mais la plupart d'entre elles m'avaient paru nerveuses.

Or je n'avais pas réfléchi à la cause de leur nervosité. J'avais simplement supposé qu'elles se trouvaient dans une situation similaire à la mienne et qu'elles étaient mécontentes d'être obligées de participer au programme des épouses Faë de l'Enfer.

Ai-je eu tort ? Ai-je fait des suppositions sur le dos des épouses ?

— Oui, mais personne ne peut t'en vouloir, répondit Melek, qui avait manifestement capté mes pensées et choisi de répondre à voix haute. (Sa main vint caresser ma joue.) Pour comprendre les épreuves, il faut d'abord en comprendre le but.

— Fournir des compagnes aux Faë de l'Enfer, lui dis-je, ce sujet ayant déjà été abordé lors de discussions antérieures.

Mais Melek secoua la tête.

— Pas tout à fait. C'est ce que Ty raconte, mais son désir de satisfaire les Faë de l'Enfer et les Faë du Cauchemar est bien plus profond que le simple fait de leur fournir des compagnes. Il s'agit de sa Source, de l'équilibre de son pouvoir. Tout est en danger, ce qu'il n'admettra jamais. Mais je le vois. Et je sais que c'est la force motrice derrière chaque décision qu'il a prise, même s'il n'en est pas conscient lui-même.

Melek m'attrapa la main, caressant doucement ma peau du pouce.

Tu es la seule à pouvoir le sauver, murmura-t-il dans mon esprit. *C'est la raison d'être des épouses Faë de l'Enfer depuis le début : le sauver de lui-même.*

Je fixai ses yeux multicolores.

J'ai besoin que tu développes, Melek. Plus d'énigmes, lui dis-je mentalement, ce qui me valut un petit sourire de la part de mon prince Faë de l'Enfer.

Mais au lieu de parler, il me lâcha et agita ses mains dans l'air. Je louchai sur lui, ne comprenant pas ses mouvements, jusqu'à ce qu'un écran apparaisse devant nous.

Il montrait une salle de sport, et plusieurs femmes qui couraient dedans.

Des candidates épouses, réalisai-je après un moment, remarquant leurs numéros au dos de leurs chemises, lesquelles me faisaient plutôt penser à des maillots. Peut-être parce qu'elles avaient l'air de jouer à une sorte de jeu.

— Elles s'entraînent, me dit-il alors que l'image faisait un panoramique sur la scène.

— À quoi ?

Il haussa les épaules.

— À tout ce qu'elles désirent, en fait.

— Tu redeviens énigmatique, l'avertis-je d'un ton catégorique.

Il tordit ses lèvres.

— Les épreuves étant en suspens, nombre d'entre elles ont choisi de former des alliances et de jouer en équipes. C'est une évolution intrigante, pour être honnête. C'est une preuve de leur compatibilité avec ce royaume. Car il est important de travailler ensemble ici. C'est comme ça que nous survivrons tous.

— Je vois. (Une réponse encore assez énigmatique, mais il avait fourni un peu plus de contexte. *Cependant...*) En quoi regarder ça va m'aider à comprendre le véritable but des épreuves ? Et quel est le rapport avec la formation d'aujourd'hui ?

Je me montrais peut-être impatiente, mais j'en avais vraiment marre de devoir lire entre les lignes. Je voulais une réponse directe. Plus de jeux. Plus d'énigmes. Juste une réponse cohérente qui m'aiderait à me préparer à ce que Lucifer me réservait aujourd'hui.

Parce qu'en ce moment, je ne savais pas si je devais être excitée… *ou fuir*.

CHAPITRE ONZE
MELEK

Je te sens frustré, murmura Ty dans mon esprit avant que je réponde à Cami. *Tu vas bien, petit prince ?*

Ça va, répondis-je un peu plus sèchement que j'aurais voulu. *Je prépare juste Cami pour la formation d'aujourd'hui.*

Hmm, et qu'est-ce que tu lui as confié ?

Pas assez, apparemment, marmonnai-je, plus à moi-même qu'à lui. Il entendit néanmoins chaque mot, son trouble suintant à travers le lien. *Mais je ne lui ai donné aucun indice ou conseil*, ajoutai-je avant qu'il puisse commenter. *Je te laisse lui expliquer. J'essaie juste de la préparer.*

Ce n'est pas un test, Melek.

Je sais, répondis-je. *Mais elle ne le comprend pas. Elle voit tout comme une épreuve.*

Ce qui me ramena à ses questions et à l'écran devant nous.

Je t'aime, Ty, mais je dois m'occuper de Cami. Pardonne-moi, s'il te plaît.

Je n'aimais pas lui couper la parole, mais Cami avait besoin que je me concentre maintenant. Ou plutôt, j'avais besoin qu'*elle* se concentre. Non pas sur le passé et ce qu'elle croyait savoir, mais sur l'avenir et ce qu'il signifiait réellement.

Il n'y a rien à pardonner, petit prince. Tu la formes à ta manière, et moi à la mienne. Nous serons là dans une trentaine de minutes. J'attends juste qu'Ajax me rejoigne dans les cachots.

Merci, répondis-je, notant la durée tout en étudiant l'air impatient de Cami.

— Ty sera là dans trente minutes, l'avertis-je. Il me le faisait savoir.

Elle grimaça.

— Oh. D'accord.

— Nous avons donc trente minutes pour discuter de l'objectif et de ta formation, ajoutai-je.

Je changeai d'écran pour lui donner un autre angle de vue de la salle de sport. Toutes les épouses n'étaient pas engagées dans la partie en cours. Certaines étaient sur la touche, à rire et bavarder avec quelques mâles Faë de l'Enfer qui traînaient là.

Cami les observa un moment, puis lança un coup d'œil à un couple en treillis noir qui déambulait sur le chemin.

— Ils reviennent du, euh, gymnase ? s'enquit-elle. C'est bien une salle de sport, non ? (Elle leva les yeux sur moi.) Où se trouve le gymnase sur le campus ?

Je me retins de glousser devant sa rafale de questions.

— C'est une sorte d'arène enchantée, expliquai-je. Et c'est nouveau.

— Oh. Donc ils s'en servent pour s'entraîner à d'autres épreuves.

Je perçus l'agacement subtil qui sous-tendait ce dernier mot.

Le point de vue de Cami sur les épouses Faë de l'Enfer était faussé par sa propre expérience, laquelle était fortement biaisée. Et si je ne l'aidais pas à corriger ce point de vue, cela pourrait avoir un impact sur sa relation avec

Ty. Même si c'était lui qui devrait dissiper ses doutes, je me sentais obligé d'essayer. D'abord parce que Cami avait raison : j'avais été énigmatique pendant trop longtemps. Ses commentaires sur mes *énigmes* étaient à la fois amusants et irritants.

Je n'avais pas l'intention de parler par énigmes.

Ou peut-être que si.

Les réponses directes m'échappaient souvent. Et où était le plaisir à trop détailler les choses ? Hélas, pour elle, j'essaierais. En commençant tout de suite.

— Quand les épreuves ont été suspendues, les épouses sont devenues agitées. Au lieu de toutes les renvoyer dans leurs royaumes d'origine, ce qui aurait pu entraîner des conséquences dangereuses étant donné leur exposition à la Source des Faë de l'Enfer, Ty a décidé de développer la communauté. Et pour ce faire, il a permis aux candidates de travailler avec leurs prétendants à créer quelque chose.

— Et elles ont choisi un gymnase ? s'étonna-t-elle, incrédule.

— Non, elles ont choisi une arène remplie d'activités, rectifiai-je. (Je fis défiler les images pour montrer une piscine, puis un salon, puis une patinoire couverte.) C'est un endroit où elles peuvent se détendre et tisser des liens. Un endroit pour courtiser sans la dureté des épreuves.

Je revins au salon, puis zoomai sur une table où plusieurs Faë étaient assises en train de déguster un repas. Cami observait avec une expression oscillant entre la surprise et la confusion. Ses pensées suivaient le mouvement.

— Elles ont l'air presque normales, murmura-t-elle après un instant de silence.

— Tu veux dire qu'elles n'ont pas été kidnappées et traînées jusqu'ici ? raillai-je, employant à dessein ses propres termes.

Elle me darda un regard noir.

— Tu ne peux pas me reprocher de dire ça. C'est exactement ce qui m'est arrivé.

— Je ne te reprocherai jamais rien, petit ange, lui promis-je. J'essaie simplement de te montrer que ton expérience est unique. Très peu d'épouses ignoraient les dispositions contractuelles. Beaucoup ont apposé leur propre signature sur ces contrats.

— Eh bien, pas moi.

— Et ce n'est pas la faute de Ty, mais de ton père, lui rappelai-je gentiment.

— Lucifer n'aurait quand même pas dû accepter de disposer de ma vie sans m'en parler, murmura Cami.

— Peut-être, concédai-je. Mais il ne pouvait pas savoir que ton père ne t'informerait pas du contrat. Comme je l'ai dit, la plupart des autres épouses étaient très conscientes de leur destin. Et non seulement ça, mais elles ont aussi accepté leur candidature avec un franc enthousiasme.

Je revins à l'écran et affichai la vue de deux femmes s'entraînant sur un tapis. Cami fronça les sourcils, et son anxiété grimpa en flèche en voyant les Faë tourner l'une autour de l'autre, leurs auras de magie estompées par la vidéo. Lorsqu'un éclat métallique apparut, Cami grimaça, son esprit me disant qu'elle s'attendait au pire.

Mais alors les filles culbutèrent dans une furie de feu et atterrirent sur le dos en riant, leurs dagues jetées négligemment de côté. J'esquissai un sourire.

— Elles sont ivres de pouvoir.

Plus les épouses Faë de l'Enfer demeuraient dans ce royaume, plus elles se rapprochaient de la Source. Pas de la même manière que Cami, bien sûr. Elle était littéralement capable de *manier* le pouvoir de Lucifer. Cependant, tous les Faë de l'Enfer puisaient dans la Source du royaume du simple fait de leur existence. Les candidates n'étaient pas différentes.

J'expliquai tout cela à Cami pendant que les deux épouses étaient remplacées par un couple de Faë de l'Enfer mâles. Elle m'écoutait tout en les regardant se livrer à un exercice similaire à celui des femmes, à ceci près qu'ils n'atterrirent pas sur le dos dans une crise de fou rire. L'énergie s'accumula plutôt, jusqu'à exploser autour d'eux dans une vague de feu spectaculaire.

Cami sursauta quand le feu s'évanouit presque aussitôt, laissant quelques braises qui voletèrent sur le tapis.

— Comment as-tu fait ça ? demanda l'une des femmes, visiblement aussi impressionnée que Cami à mes côtés.

— Je vais te montrer, lui proposa le Faë de l'Enfer en l'invitant sur le tapis. C'est une question de contrôle.

— Une excellente transition pour notre discussion sur la formation, dis-je en fermant l'écran.

— Hé ! (Cami tendit la main comme si elle voulait le rallumer.) Je voulais voir ce qui se passe ensuite.

— Il va faire exactement ce qu'il a promis : lui montrer comment exploiter et gérer le pouvoir qui bourdonne dans son âme depuis la Source des Faë de l'Enfer.

Mon petit ange cligna des yeux.

— Parce que les épouses sont renforcées par le pouvoir de Lucifer.

Ce n'était pas une question, mais une affirmation.

— Oui, confirmai-je, bien qu'elle n'en ait pas besoin – elle m'avait écouté lorsque j'avais expliqué comment les êtres de ce royaume bénéficiaient de la Source des Faë de l'Enfer.

— Donc ce qu'ils étaient en train de faire, c'est en gros ce que Lucifer prévoit de faire avec moi.

Je marmonnai, plus ou moins d'accord. C'était une

discussion délicate, qui nécessitait de la finesse et de l'intimité.

Bien que je puisse passer à une conversation mentale, je préférai tisser une incantation rapide qui masquait nos voix à quiconque serait assez stupide pour tendre l'oreille. Presque tous les Faë qui flânaient par là faisaient comme s'ils ne nous avaient pas vus assis au milieu de la cour, mais je n'étais pas naïf. Cette partie des terres du palais voyait généralement passer une vingtaine de Faë de l'Enfer par jour, la plupart entrant par les portes principales et non par celles de derrière. Pourtant, plusieurs dizaines d'entre eux s'étaient pointés au cours de la dernière heure, confirmant que la rumeur s'était répandue que le prince des Faë de l'Enfer et sa nouvelle compagne étaient en train de pique-niquer ici.

S'ils se croyaient malins avec leurs coups d'œil furtifs, ils se trompaient. Je les voyais. Chaque regard. Chaque petit sourire. Chaque lueur intriguée. Tout.

Mais je m'en fichais. Il fallait s'y attendre quand on était membre de la cour personnelle de Ty, et Cami allait devoir s'y habituer.

Une fois la barrière d'intimité mise en place − pas si différente de celle qu'Ajax avait élaborée l'autre jour dans le royaume de l'Au-delà −, je préparai un autre cappuccino pour Cami que je le lui tendis, et j'entrepris de finir ma galette. Cami m'observait.

— Ce marmonnement n'était pas une réponse, et tes pensées laissent entendre que la formation de Lucifer sera différente.

— Parce qu'elle le sera, admis-je avant d'engloutir une nouvelle bouchée.

Elle me dévisagea.

— Alors on en revient aux énigmes ?

Je l'étudiai tout en mâchant, puis j'avalai.

— Non. J'ai simplement faim.

— Et maintenant, tu cherches à gagner du temps.

— En fait, je suis en train de manger, ce que tu devrais faire aussi, répliquai-je en indiquant son assiette à peine touchée.

— Si je mange, tu essaieras au moins de me donner des informations utiles ?

J'arquai un sourcil.

— Je crois que j'ai déjà fait ça et bien plus, petit ange.

Je repris une bouchée. Pendant ce temps, elle contemplait sa tasse, ses pensées me disant qu'elle envisageait de me la jeter à la figure. Mais elle décida assez vite que ce serait un gaspillage de caféine délicieuse.

— Merci, murmurai-je, reconnaissant de l'issue de son débat mental. Le café chaud est assez désagréable.

— Tu le mériterais, siffla-t-elle.

— Pas du tout, lui répondis-je.

Je m'enfilai ma dernière bouchée et mis mon assiette de côté.

J'ai été très communicatif, ajoutai-je mentalement. *Et je t'ai fait jouir quatre fois sur ma langue ce matin.*

Ses joues rougirent magnifiquement, la rougeur s'étendant sur ses clavicules et sous son débardeur moulant. Un spectacle splendide qui me fit regretter ses projets pour l'après-midi.

Baiser toute la journée aurait été bien plus amusant que ce que Ty lui réservait.

Hélas, sa formation primait.

— Je n'essaie pas d'être vague ou de fournir des demi-vérités, repris-je, revenant à une conversation verbale. Je t'ai montré ce que les épouses Faë de l'Enfer sont en train de faire parce que tu dois comprendre comment elles changent et ce que ça signifie.

— OK, concéda-t-elle. Dis-moi ce que ça signifie.

Je souris à la pointe d'insolence qui soulignait ses paroles. Si Ty était là, il arquerait un sourcil et commencerait sans doute à réfléchir à diverses punitions pour sa petite bouche exigeante.

Mais je n'étais pas Ty. Et à vrai dire, je méritais probablement une telle exigence après tout ce qu'elle percevait comme étant une énigme.

— La Source des Faë de l'Enfer accepte enfin les femmes, lui dis-je. Voilà ce que ça signifie. Et c'est grâce à toi, mon cher petit ange.

Elle sourcilla.

— Parce que je n'arrête pas de toucher la Source ?

Je secouai la tête.

— Non. Parce que tu es en train d'apprendre à notre roi des Faë de l'Enfer à faire à nouveau confiance. Son ouverture à ton égard, le fait qu'il t'accepte dans son cercle intime, change le paysage même de la magie dans ce royaume. Et ça apporte un équilibre bien nécessaire à l'équation.

Sans lui laisser l'occasion de poser des questions, j'expliquai comment la Source était connectée à Ty, comment la balise d'énergie était alimentée par son essence, et comment cette connexion créait un préjugé bien enraciné.

— Parce que Vivaxia l'a trahi, remarqua-t-elle.

Ses pensées me donnaient un aperçu de ce qu'elle savait de la situation entre Ty et Vivaxia. Elle n'en savait pas grand-chose, ce que je devais réparer.

— C'est bien plus profond qu'une trahison, murmurai-je. C'est Ty qui devrait te l'expliquer, mais je ne suis pas sûr qu'il en soit capable.

Il faisait confiance à Cami maintenant ; ce n'était pas le problème. C'est plutôt que Ty pourrait avoir du mal à raconter l'histoire de manière fluide.

C'est pourquoi beaucoup de ses souvenirs étaient conservés dans Vita, ce qui permettait à son esprit de s'épanouir en dépit de son histoire ancienne. Cet exutoire unique lui donnait un moyen d'occulter ses blessures passées et de guérir.

Et rouvrir ce fil historique pourrait faire ressurgir trop de douleur, une faiblesse qu'il ne pouvait pas se permettre en ce moment. Pas dans notre vulnérabilité actuelle.

— C'est donc pour ça que Vita conserve ses souvenirs : pour l'aider à ouvrir son esprit à de nouvelles expériences. C'est fascinant, s'émerveilla Cami après que j'eus expliqué pourquoi il ne pourrait pas tout lui dire sur la trahison de Vivaxia.

— Oui, opinai-je.

Puis je continuai en détaillant le marché qu'il avait passé avec Vivaxia – celui qui avait libéré Azazel et m'avait essentiellement protégé – et j'expliquai comment Ty pensait avoir gagné.

— Elle voulait qu'il soit son compagnon, mais il savait au fond de lui qu'ils n'étaient pas compatibles, que son âme la rejetterait au dernier niveau.

— Il le savait ? s'étonna Cami.

J'acquiesçai.

— Tout comme je savais que mon âme s'accouplerait volontiers à la tienne. À un certain niveau, nous le savons tous. Mais pour le savoir, il faut être attentionné.

Devant son air perplexe, Je lui expliquai que Vivaxia avait été trop prise par son propre ego pour envisager que son âme puisse être incompatible avec celle de Ty.

Ou peut-être qu'elle le savait depuis le début, me dis-je en repensant à sa note de l'autre jour. *Peut-être qu'elle a joué sur le long terme.*

Ty s'était posé une question similaire, ayant deviné

qu'elle avait peut-être anticipé son rejet et attendu qu'il ait quelque chose de vraiment précieux à lui prendre.

— Leur marché s'articulait autour de son pouvoir, de sa *lumière*. C'est pourquoi elle voulait s'accoupler avec lui : pour voler ses dons. Et elle a élaboré cet accord pour s'assurer qu'elle pourrait le faire. Seulement, son énergie n'est pas quelque chose que l'on peut simplement prendre. D'où la raison de sa chute.

Je développai ces événements un peu plus en détail : comment la Source des Faë Vertueux s'était brisée suite au marché de Vivaxia, et comment le résultat final avait été la création par Ty du royaume des Faë de l'Enfer dans ce qui était considéré comme des terres désolées des Faë Vertueux.

Certains détails étaient déjà connus d'elle, d'autres étaient nouveaux. Mais il était important de répéter ces informations, car j'avais besoin qu'elle saisisse pleinement l'histoire pour comprendre le présent.

— Son pouvoir n'a pas cessé de croître depuis, soulignai-je. Et cette croissance a des conséquences, Cami.

Elle se pencha en avant, son plat encore oublié dans son assiette. J'envisageai de lui rappeler de manger. Cependant, le temps ne jouait pas en notre faveur. Et je voulais terminer cette conversation avant l'arrivée de Ty et d'Ajax.

Je continuai donc à lui faire part de mes inquiétudes.

Mes inquiétudes concernant la Source et l'ampleur qu'elle avait prise.

Mes inquiétudes quant à l'impact sur l'âme de Ty.

Mes inquiétudes à propos des vulnérabilités potentielles dans tout le royaume.

Et je terminai par ma plus grande inquiétude :

— Ty risque de perdre le contrôle.

Je prononçai ces mots doucement, tel un murmure

entre nous. Parce que je ne les avais jamais admis à voix haute. Oh, Ty avait perçu ces inquiétudes dans mes pensées. Mais je n'avais jamais été aussi direct jusqu'à présent.

— Il ne veut pas l'admettre. Ou peut-être qu'il ne peut pas, tout simplement. Mais la vérité, c'est qu'il dépense trop d'énergie, qu'il porte un fardeau trop lourd, et que ce n'est plus qu'une question de temps avant que tout implose.

Je marquai une pause pour laisser toutes ces informations distiller en elle, mon cœur battant la chamade. C'était beaucoup à lui confier, à faire peser sur ses épaules. Mais elle devait savoir ce qu'elle représentait pour moi, pour *nous*.

— Ces épreuves nuptiales des Faë de l'Enfer avaient pour but de trouver des compagnes pour les Faë de l'Enfer, mais aussi de trouver une reine des Faë de l'Enfer, ajoutai-je à voix toujours basse. Ty ne l'a pas encore réalisé. Ou plutôt, il commence. Parce qu'il commence enfin à te voir. Maintenant, tu dois juste voir ça en toi. Et c'est, mon doux ange, tout l'objet de la formation d'aujourd'hui.

CHAPITRE DOUZE
TYPHOS

Tr ne l'a pas encore réalisé…

Ces mots résonnèrent dans mon esprit, ma connexion avec Melek me permettant d'entendre la majeure partie de sa conversation avec Camillia.

Aucune de ces révélations n'était nouvelle pour moi. Je connaissais très bien les inquiétudes de Melek, même s'il essayait de me les cacher. Cependant, il avait raison de dire que Camillia changeait ma vision des choses.

Cette séduisante petite enchanteresse avait réussi l'impossible et franchi tous mes murs. Je l'avais combattue, j'avais même cru la détester. Mais maintenant… je voyais son potentiel en tant qu'alliée.

Et bien plus encore, murmura une voix obscure dans ma tête.

Ajax se racla la gorge à côté de moi, attirant mon attention sur lui. Ses yeux bleu nuit reflétaient sa méfiance et son expression son impatience. Sans doute parce que j'étais en train de lui faire un cours sur les âmes sombres, quand je m'étais figé lorsque Melek s'était mis à réfléchir au but véritable des épreuves nuptiales des Faë de l'Enfer.

Il était concentré sur Camillia, mais ses pensées avaient été bruyantes quand il avait formulé ce qu'il devait dire et comment l'exprimer.

Mon petit prince avait été communicatif, un trait de caractère avec lequel je savais qu'il luttait en son for intérieur. Il n'avait peut-être pas l'intention d'être énigmatique – un autre terme qui tournait en rond dans son esprit –, mais il adorait les énigmes et les mystères. Les mots n'étaient qu'un outil à utiliser dans un jeu. Toutefois, il s'était forcé à être cohérent et informatif avec Camillia.

Tu l'aimes vraiment, lui chuchotai-je.

Il ne répondit pas, mais je savais qu'il m'avait entendu. Et je sentis son accord passer à travers notre lien.

— Aimes-tu Camillia ? demandai-je à mon Gardien, ce qui accrut sa méfiance.

— Pourquoi ? Qu'est-ce que tu comptes lui faire ?

— Faire d'elle une reine, répondis-je sans ambages. Mais ce n'est pas pour ça que j'ai posé la question. Je… (Je ne savais pas trop comment exprimer la raison de ma question.) Melek l'aime. Je me demandais si tu l'aimais aussi.

— C'est ma compagne.

J'attendis qu'il développe. Comme il ne le fit pas, j'arquai un sourcil.

— Ce n'est pas la même chose, Gardien. Azazel est mon compagnon, et je l'aime comme un frère, pas comme un amant.

— Cami est mon amante.

— Et ce n'est toujours pas pareil que de dire que *toi* tu l'aimes.

— Ce que je ressens pour Cami ne te regarde pas, rétorqua-t-il. Et je ne vois pas le rapport avec ce qu'on fait ici.

— Il n'y en a pas, soupirai-je. Je… je n'aurais pas dû demander.

Parce qu'il avait raison. À ce stade, ses sentiments ne me regardaient pas.

Mais j'avais envie qu'ils me regardent.

Ce qui était une révélation en soi. Une révélation que je n'étais pas encore prêt à affronter. Or je n'étais pas sûr d'avoir le choix là-dessus.

Melek avait pensé que le temps était compté, il avait surtout voulu savoir quand j'arriverais pour la formation de Camillia. Mais au fond, il pensait aussi à la Source.

Mon pouvoir d'implosion.

Mon incapacité potentielle à tenir ce royaume dans son ensemble.

Mon besoin d'aide. *Venant d'une reine.*

— Melek pense que Camillia peut équilibrer mon pouvoir, confiai-je à Ajax, ce qui l'intrigua. S'il a raison, ton amour pour elle sera impératif. Parce qu'elle aura besoin de toi et d'Azazel pour son propre équilibre, aussi.

Comme il ne cessait de me fixer, je décidai de raconter tout ce que Melek venait de dire à Camillia. Je n'étais pas sûr de ce qu'il savait déjà, alors je n'omis aucun détail.

Et à la fin, il sembla qu'un peu de cette méfiance avait disparu de son expression. Ou peut-être prenais-je mes désirs pour des réalités. Quoi qu'il en soit, j'avais mis mon âme à nu comme je ne l'avais jamais fait jusqu'à présent.

— Même si Melek se trompe sur son potentiel en tant que reine, Camillia est en danger, poursuivis-je. Car si j'implose, Azazel et Melek en subiront les conséquences.

— Ce que Cami ressentira également, traduisit-il.

— Tout comme toi, remarquai-je. Alors tu peux me détester autant que tu veux, Ajax, mais tu as besoin de moi en ce moment. Et j'ai besoin de toi.

Ses traits parurent se dégeler un peu plus.

— D'accord. Et tu penses que faire éteindre une âme sombre à Cami est ce par quoi devrait débuter sa formation ?

— Oui, acquiesçai-je. L'objectif est de lui apprendre à concentrer et maîtriser son pouvoir. C'est aussi une tâche simple, qu'elle devrait pouvoir effectuer rapidement. Ce qui, si j'ai raison, lui redonnera confiance en elle, ce dont elle a besoin, à mon avis.

Il me dévisagea un instant avant d'incliner le menton en signe d'accord.

— Très bien. Je comprends ta logique.

— Donc tu soutiendras ma formation ?

— La soutenir comment ?

— En étant mon Gardien, répondis-je. Je me focaliserai sur les pouvoirs de Camillia et veillerai à ce qu'ils ne deviennent pas incontrôlables. Ce qui veut dire que j'ai besoin que tu t'occupes des prisonniers.

— Je suppose que tu as un certain prisonnier en tête ? avança Ajax en arquant un sourcil.

J'esquissai un sourire.

— En effet. (Le prisonnier parfait pour qu'Ajax le regarde mourir.) Tu te rappelles ce que j'ai dit à propos de ces âmes sombres ? Comment je les ai piégées dans une forme cauchemardesque en guise de punition ?

— Et tu m'as demandé de les surveiller sous prétexte que tous les Faë du Cauchemar devaient être domptés. (Un peu de cette méfiance revint sur son visage.) Comment aurais-je pu oublier ?

— Je mérite cette note de sarcasme, admis-je. Mais à un moment donné, il va falloir que tu prennes mes excuses au sérieux.

— Oh, les prendre au sérieux n'est pas le problème. C'est les croire qui pose problème.

— Je ne pense pas que le problème soit de les croire,

répliquai-je. Je pense que c'est de les *accepter*. (Je croisai les bras pour imiter sa posture défensive.) Tu es en colère, et à juste titre. J'aurais dû t'expliquer qui tu gardais dès le début. Je ne l'ai pas fait. Je reconnais cette erreur. Maintenant, je vais faire amende honorable.

— En me formant correctement, murmura-t-il. Oui, j'ai compris.

Je souris de nouveau.

— Non. En te donnant une âme sombre dont je pense que l'extermination te fera très plaisir.

Son sourcil s'arqua encore plus haut, me rappelant un peu moi-même.

C'était peut-être ce qui m'avait attiré chez Ajax au début : notre affinité. je me voyais dans sa souffrance. Il était en colère. J'avais été en colère, moi aussi.

Bon sang, je l'étais encore. Mais j'avais canalisé cette colère en pouvoir et en protection, ce que je soupçonnais qu'il ferait maintenant qu'il avait quelqu'un à qui il tenait. *Quelques-uns*, en fait. Car je ne doutais pas qu'il protégerait Azazel et Camillia avec la même férocité et la même passion.

— Il y a une personne que j'ai gardée ici, une âme que Zakkaï et Shade voulaient enfermer et torturer d'une manière très particulière. Je ne sais pas s'ils ont parlé d'elle à quelqu'un d'autre. D'après ton expression, je suppose que non, ajoutai-je, notant la curiosité d'Ajax. Zakkaï a retiré sa source de vie de la Source des Faë de Minuit, et je l'ai liée à la Source des Faë de l'Enfer à la place.

— Elle ? releva Ajax.

— Eh bien, tu as remarqué que certains Faë du Cauchemar dans ton cachot sont des femmes, non ? demandai-je, ce qui fit rouler les yeux du Gardien.

— Oui. Les Sirènes sont particulièrement irritantes.

Je souris.

— Les Sirènes ne sont pas les seules. J'ai piégé des âmes sombres sous toutes sortes de formes.

Je marquai une pause et réalisai que c'était là une occasion d'enseigner.

— Avant les épreuves nuptiales des Faë de l'Enfer, les âmes sombres sous ta garde étaient parmi les seules femelles que j'autorisais dans mon royaume, repris-je. Les autres femelles de mon royaume sont les compagnes de Faë de haut rang et de confiance, et il y en a très peu. Mais les âmes sombres gardées ici sont activement jugées par la Source. Et j'ai masqué nombre d'entre elles sous des formes cauchemardesques qui égalent leurs péchés intérieurs.

Dans ce cas, j'avais choisi une Unseelie, car ils étaient connus pour leur ruse. Ils appréciaient également la beauté, ce qui n'était pas vraiment un péché, mais qui pouvait l'être si l'on était assez vaniteux. Et cette femme – celle que Zakkaï et Shade m'avaient amenée – était notoirement vaniteuse.

Une chasseuse de trésors. Une traîtresse. Une prétendue veuve noire, sans le pouvoir ni les talents pour tuer correctement.

Tandis que j'énonçai tous ces faits, Ajax me fixai. Durement.

— Qui t'ont-ils donné ?

— Une Faë de Minuit nommée Dakota.

Ajax se raidit visiblement.

— Elle a aidé Constantin à tuer…

Il s'interrompit, la douleur pointant dans ses yeux. Il n'avait pas besoin de terminer sa phrase, je savais ce qu'il voulait dire : *Elle a aidé Constantin à tuer mes parents. Elle a aidé Constantin à tuer Emelyn.*

Même si je n'étais pas là en ce jour sombre, je savais tout des exécutions auxquelles Constantin avait procédé dans le village des Faë de Minuit. Il avait encapsulé plusieurs Faë dans un sort, les gardant captifs pendant qu'il tuait leurs proches après avoir prétendu que le Conseil des Faë de Minuit avait accepté leur destin.

— Dakota a mené plusieurs des accusés sur ce podium, dis-je à mi-voix. Et ce après toutes les manipulations qu'elle a effectuées pour le compte de Constantin. Aujourd'hui, c'est le jour de son jugement.

— Et cette salope est dans mon cachot depuis dix foutues années ? s'emporta Ajax, qui sortit de sa morosité pour plonger tête la première dans la fureur.

Je vis son poing arriver avant même que son bras se plie. Pourtant, je laissai ses jointures frapper ma pommette, tout à fait prêt à accepter sa brutalité. Il avait le droit d'être en colère. Peut-être pas contre moi, mais je serais son exutoire au besoin.

Typhos, chuchota Az dans mon esprit. *Pourquoi Ajax veut soudain te tuer ?*

Tout va bien.

Non, tout ne va...

C'est bon, Azazel, tranchai-je, voyant Ajax sortir une baguette.

— Tu as mis cette salope de traîtresse sous une forme Unseelie et tu m'as laissé la *garder* ? fulmina le Faë de Minuit. Je devrais...

— Aller la chercher et la livrer à Camillia pour qu'elle la détruise ? le coupai-je, exprimant mes paroles comme une suggestion plutôt qu'une demande.

Il plissa les yeux.

— Je ne laisserai pas cette salope s'approcher de Camillia.

— Dans son état actuel, elle ne peut pas faire grand-chose. Et tu veilleras à ce qu'elle reste comme ça.

Je sortis dans le couloir, sans prendre la peine de dire à Ajax de me suivre car il était déjà sur mes talons.

— Tu n'as aucune idée de ce que cette Faë folle a fait.

— Oh, je suis parfaitement au courant de *tout* ce qu'elle a fait, répliquai-je. C'est pourquoi j'ai accepté son âme de Zakkaï. Elle a bien mérité son destin ici.

Ce qui était une leçon de plus pour l'Ajax. Pendant dix ans, il avait cru que son rôle était simplement de garder des Faë du Cauchemar rebelles. Il était loin de se douter que ces voyous n'étaient pas vraiment des Faë du Cauchemar, mais des Faë d'une autre origine que j'avais assujettis à cette prison pour qu'ils y vivent leurs pires craintes. C'est pourquoi beaucoup d'entre eux étaient en colère et dangereux.

Le paradigme était devenu une sorte de cour pendant la préparation des épreuves nuptiales des Faë de l'Enfer, ce qui avait servi à deux choses.

Premièrement, cela avait permis à certains résidents de mes cachots de goûter à un peu de liberté et d'amplifier l'espoir – l'espoir qu'ils pourraient s'échapper. Mais cette liberté et cet espoir leur avaient été retirés.

Et deuxièmement, il avait servi de terrain d'entraînement pour les épreuves.

J'avais laissé quelques âmes sombres en liberté pour voir quelles candidates pourraient percer leurs mirages, et aussi pour tester la moralité des épouses.

De nombreuses femmes Faë voulaient rejoindre le royaume des Faë de l'Enfer, comme en témoignaient tous les accords que j'avais conclus pour leur permettre de participer aux épreuves. Certains étaient des accords entre leurs parents et moi, mais la plupart étaient entre moi et les Faë elles-mêmes.

Naturellement, je ne m'étais fié à aucune de leurs

motivations. Ce qui m'avait amené à créer un but pour toutes les âmes sombres qui traînaient dans mes cachots.

La colère d'Ajax se dissipa quelque peu tandis que j'expliquais tout cela pendant que nous marchions, et son intérêt fut de nouveau piqué.

— Comment vivent-ils leurs pires craintes ? demanda-t-il, focalisé sur cette bribe d'information.

— D'une myriade de façons. La détention de chaque âme sombre est concoctée sur mesure, comme cette cellule aux meubles enchantés dans laquelle tu avis mis Camillia. (Je me souvenais clairement de cet événement.) Le but était de la mettre mal à l'aise.

Je ne l'avais pas visitée en personne, mais je savais ce qui avait été fait. Tout comme j'avais su que mon petit prince avait essayé d'améliorer ses aménagements.

Tant de tours. Tant de jeux. Tout cela est tellement plus clair maintenant. Hmm.

Je t'entends penser à moi, mon roi, murmura le mâle en question dans mon esprit.

Toujours, répondis-je, émaillant cet unique mot d'affection et de promesses. Car j'étais soudain d'humeur punitive.

J'étais donc d'autant plus excité par la formation de Camillia cet après-midi.

Elle est prête ? lui demandai-je.

Aussi prête qu'elle puisse l'être, je pense.

Bien, répondis-je en m'arrêtant devant la porte de la cellule de Dakota. *À tout de suite, petit prince.*

— Camillia n'avait été qu'une visiteuse dans ce cachot, pas une pupille permanente, dis-je à Ajax. Tu as vu ses aménagements aussi clairement qu'elle. Mais comme tu l'as appris, les mirages sont un outil puissant dans ce royaume. Et ton cachot n'est pas différent.

Plus je me confiais à lui, plus je réalisais à quel point j'avais tout gâché.

Je l'avais mis à la tête d'une prison qu'il n'avait pas entièrement comprise, j'avais fait de lui un Gardien seulement de nom, tandis que mon pouvoir était le grand maître ici. Il avait été placé ici surtout pour veiller à ce que personne n'entre ou ne s'échappe. Mais je ne lui avais pas offert l'occasion de diriger véritablement.

Cela changerait. Dès maintenant.

D'une seule pensée, je levai le voile qui nous entourait et le laissai voir la prison telle qu'elle était vraiment : des cachots de cauchemars, chacun d'eux conçu pour le prisonnier qu'il enfermait.

Pour Dakota, c'était une scène. Je savais qu'Ajax la reconnaîtrait aussitôt.

— Le village, murmura-t-il en reculant d'un pas lorsqu'apparut le paysage gravé sur les murs de sa cellule.

Une mer de visages fixait l'Unseelie qui se tenait au centre de la pièce. Certains criaient des sorts. D'autres hurlaient. Et l'un d'eux en particulier la vouait aux gémonies.

Cette femme capta l'attention d'Ajax, l'attirant de nouveau vers la porte.

— *Emelyn*.

CHAPITRE TREIZE
AZ

Quelques minutes plus tôt

— *Putain !*

Je secouai ma main, puis lançai un regard noir à mon demi-frère qui souriait.

J'avais encore de l'énergie à dépenser après mon entraînement avec Ajax, et j'avais stupidement décidé de prendre Maliki comme exutoire potentiel.

Il semblerait que je ne sois pas le seul à chercher la bagarre, pensai-je en plissant les yeux.

— Où diable as-tu appris ce tour ? m'étonnai-je en observant la barrière magique qu'il avait créée autour de son visage.

Un visage que je venais d'essayer de frapper, d'où mon poing douloureux.

— J'ai demandé si tu voulais des limites et tu as dit non. (Il haussa les épaules.) Ton choix n'est pas de ma faute.

— Et ta réponse n'est pas une réponse.

— Il y avait une question ? demanda-t-il, feignant l'innocence.

— C'est bon, maugréai-je. Garde tes secrets. Je n'en ai pas besoin.

Mais il valait mieux savoir comment il voulait jouer.

Des flammes noires rampèrent sur mes doigts et mes paumes, ce qui le fit se réjouir à l'avance.

Il s'accroupit.

Et je bondis.

Des armes apparurent dans ses mains au moment de l'impact, des dagues mortelles qui tournoyaient et tranchaient tandis que je déchaînais le Feu du Phénix sur lui. Ses lames bloquaient mes attaques et les renvoyaient vers moi où elles étaient absorbées par ma peau.

Cela faisait un bail que nous ne nous étions pas affrontés. C'était Ajax mon partenaire préféré à présent. Cependant, les derniers événements m'avaient rendu un peu nostalgique de mon frère. Ou peut-être étais-je simplement intrigué par notre dernière rencontre.

Il se passait quelque chose avec Maliki. Quelque chose d'important. Ce n'était peut-être pas à moi d'en savoir plus, mais ma curiosité était piquée. J'avais donc décidé de passer pour faire un peu d'entraînement et obtenir des réponses potentielles.

Mais on aurait dit que mon frère voulait seulement se battre.

Ça me va.

Ajax m'avait fait monter dans les tours avec ses idées noires et sa fureur muette. Il ne faisait pas confiance à Typhos. Même si je ne ressentais pas la même chose – car je pouvais entendre les intentions actuelles de Typhos –, je comprenais les sentiments d'Ajax. Malheureusement, c'était à Typhos de regagner sa confiance. Ce qu'il devait faire très mal en ce moment, car à chaque fois que je me connectais à Ajax, je ne captais que des pensées meurtrières.

Typhos lui avait caché beaucoup de choses.

Je supposais que j'avais fait de même, ce qu'Ajax et moi devrions régler plus tard. Mais ce n'était pas à moi de révéler ou d'expliquer les installations de la prison et la magie qu'elles contenaient. Ces cellules et les âmes qui s'y trouvaient appartenaient à Typhos.

Seulement, je ne pouvais pas m'empêcher d'éprouver un pincement de culpabilité pour tout ce que j'avais caché à Ajax au cours des dix dernières années de notre amitié. Ça n'avait pas été intentionnel, juste inhérent à la situation. Typhos était mon compagnon. Par conséquent, je le protégeais et je sauvegardais ses secrets. Mais Ajax était aussi à moi maintenant, et d'une manière très différente de Typhos. Probablement…

La douleur fulgura dans ma mâchoire quand le poing de Maliki heurta mon visage de plein fouet.

Non. Pas son poing. Son foutu *pied*.

— Je croyais qu'on s'entraînait, dit-il. Mais t'es là en train de rêvasser.

Je grognai et crachai du sang par terre.

— T'es qu'un enfoiré.

Il écarta les bras, retroussant ses lèvres en un sourire arrogant.

—Je n'ai jamais prétendu être un saint, grand frère.

— D'accord.

J'invoquai mon épée, et la lame enchantée apparut aussi facilement que mon Phénix.

Les iris dorés de Maliki se mirent à tourbillonner du même pouvoir et sa propre arme apparut, sa magie formant des points dorés scintillants tandis que la mienne brûlait de flammes violettes.

— Règles ? s'enquit-il, m'offrant l'occasion de fixer à nouveau les conditions.

— Aucune, répondis-je dans un grognement.

Il avait peut-être appris de nouveaux trucs, mais moi aussi. *À cause d'Ajax et de Cami.*

Accroupi, j'attendis que Maliki passe à l'action.

Ce sourire en coin s'éteignit sur son visage avant qu'il disparaisse dans un brouillard obscur, son essence se répandant dans la Cour des Âmes vacante que nous avions choisie pour nous entraîner. C'était son terrain de jeu, ce champ évoquant un cimetière, empreint d'une magie sinistre qui scintillait dans l'air.

Mais contrairement aux fils fantomatiques de vieilles âmes qui flottaient alentour, l'esprit de mon frère était bien vivant. Et connecté au mien comme personne d'autre ne l'était. Parce qu'il était ma chair et mon sang. Ce qui rendait plus facile de me concentrer sur sa forme spectrale.

J'écartai mon épée vers la gauche pour la ramener à la volée sur la droite et l'entrechoquer à sa lame, projetant des étincelles violettes et dorées dans l'air.

Il disparut de nouveau et nous répétâmes la danse, provoquant un autre éclair qui jaillit d'où nous étions. Je ne vis pas jusqu'où il fusa, mais je l'entendis exploser haut dans le ciel.

Nous allions bientôt avoir un public, les Faë de la Mort observant sans doute notre light show depuis leur château voisin. *Qu'ils viennent*, pensai-je. *Qu'ils me craignent.*

Certains de ces connards avaient tenté de me tuer quelques jours plus tôt. Manipulés ou non, la blessure qu'ils m'avaient faite était restée.

Bien sûr, je serais revenu. *Je le pense, en tout cas.* Mais la question n'était pas là. Ils m'avaient attaqué et je n'étais pas content. Ils avaient besoin d'un rappel de ma position en tant que Commandant des Faë de l'Enfer. Une révision de ce que cela signifiait réellement.

Et Maliki était la personne idéale pour m'aider à donner cette leçon.

Nos épées s'entrechoquèrent à nouveau, provoquant un rire maniaque de la part de mon cinglé de petit frère. Il avait soif de mortalité. Il aimait la sensation de vivre sur le fil du rasoir, sans jamais savoir ce qui pourrait ou non être son dernier souffle. Certains diraient même qu'il aspirait à la mort.

Espèce de cinglé, me dis-je, épousant ses mouvements tandis que nous nous affrontions dans la Cour des Âmes. Maliki sauta par-dessus l'un des rivets enfoncés dans le sol, déployant son énergie de Faë des Cadavres tandis qu'il se faufilait à travers les âmes s'élevant de la caverne en contrebas.

Je voulus le suivre, mais mes jambes furent bloquées sur place et un choc douloureux me traversa. Une douleur qui venait de l'*intérieur* et non de l'extérieur.

Mes pieds vacillaient au bord de la falaise abrupte, et un esprit glacial me frôlait le nez.

Maliki fut soudain là et me tira en arrière, l'inquiétude gravée sur ses traits.

— Qu'est-ce qu'il y a ? s'enquit-il, suggérant que j'avais produit un son ou une grimace signalant ma douleur soudaine.

— Ajax, murmurai-je, m'accrochant à la souffrance obscure de mon compagnon.

Des mots et des images flottaient dans son esprit, tous centrés sur son passé. *Constantin. Dakota. Emelyn. Anrika.* Lorsque les noms de ses parents apparurent, je quittai Maliki dans un nuage de cendres et fonçai vers les cachots.

Tout en maudissant Typhos. Il avait laissé tomber les voiles, permettant à Ajax de voir l'intérieur de la cellule de

Dakota. C'était son enfer personnel, encadré par les hurlements des vies qu'elle avait aidé Constantin à prendre.

Des vies qui signifiaient quelque chose pour Ajax.

Des hurlements qui lui briseraient le cœur. Le forceraient à retourner à une époque qu'il voulait oublier. Lui feraient revivre ce jour fatidique…

La voix de Cami résonna dans mon esprit lorsqu'elle cria le nom d'Ajax. Son énergie s'accrocha à la mienne et nous filâmes tous deux directement aux côtés d'Ajax.

Typhos ne réagit pas, comme s'il attendait notre arrivée. Une seconde plus tard, son esprit le confirma.

C'était la formation. Sa façon foireuse de révéler la vérité à Ajax tout en offrant à Cami un endroit sûr pour réagir et utiliser son pouvoir.

Je serrai les poings.

Typhos !

Un moment, m'intima-t-il sur un ton de commandement.

Melek avait l'air tout aussi inquiet que moi lorsqu'il surgit un instant plus tard, ses plumes scintillantes disparaissant aussitôt.

— Je croyais que nous devions nous retrouver dans la cour du palais ?

— Changement de plan, répondit Typhos à voix basse.

— C'est quoi ce bordel ? intervint Cami. Qu'est-ce que tu lui fais ?

— Je lui montre la vérité, expliqua simplement Typhos.

— Et quelle est cette vérité ? lança-t-elle.

Sa fureur fouettait mes sens. Elle était en colère pour Ajax. En colère parce qu'il souffrait. En colère parce qu'elle ne pouvait rien y faire. En colère parce qu'elle ne comprenait pas bien la situation ni les intentions de Typhos.

— *Tu lui fais du mal !*

Typhos fronça les sourcils.

— Non, pas du tout. Sa douleur passée n'a rien à voir avec moi. Au contraire, je l'ai aidé.

— En faisant quoi ? (Elle écarta les bras.) En lui confiant la responsabilité de ton petit cachot des horreurs ?

Typhos s'écarta de la porte, laissant ses bras retomber sur ses flancs tandis qu'il dévisageait ma fougueuse petite compagne.

— Cachot des horreurs ? répéta-t-il, sourcils froncés. Cet espace sacré a un but bien précis, Camillia. J'étais en train de le montrer à Ajax. C'est un endroit où les mauvaises âmes sont punies.

Elle ricana.

— Tu veux dire des âmes que tu as incitées à accepter un marché ourdi de manière à te favoriser à leur détriment. Et maintenant, tu les punis pour avoir renié ou échoué dans les conditions que tu as fixées.

Typhos serra ses lèvres en une fine ligne.

— Non seulement ce résumé est inexact, mais il est également inadéquat.

Cami s'avança vers lui, ses yeux gris flamboyant avec la puissance d'un orage imminent.

— Je me fiche de ce que tu en penses. Ajax souffre. Arrange ça, grinça-t-elle entre ses dents serrées.

Il l'étudia un long moment, puis retourna s'appuyer contre le chambranle de la porte, l'air ennuyé.

— Et si tu arrangeais ça à ma place ? suggéra-t-il. Utilise ma source. Siphonne mon pouvoir. Et supprime la cause de sa souffrance.

Typhos, lançai-je dans son esprit.

Laisse-moi enseigner, Azazel, rétorqua-t-il.

Ce n'est pas de l'enseignement. C'était plutôt l'énerver, ce que je m'apprêtais à ajouter, mais il se mit à parler dans mon esprit avant que je le puisse.

Ce n'est pas parce que tu n'enseignerais pas comme ça que c'est la mauvaise façon. C'est simplement différent. Et les méthodes différentes doivent être respectées.

D'accord, soupirai-je.

Il n'avait pas tort. Mais il n'avait pas tout à fait raison non plus.

Parce qu'Ajax était déchiré par le spectacle qui s'offrait à lui, les hurlements brisant son cœur en mille morceaux, tandis qu'il était tout aussi figé que Dakota dans sa cellule.

Bien sûr, Dakota n'était pas du tout reconnaissable sous cette forme. Et à vrai dire, je n'aurais eu aucune idée de qui était l'âme dans cette créature si je n'avais pas été connecté aux pensées de Typhos.

En apparence, elle ressemblait à une Unseelie en lambeaux. Des ailes déchiquetées en lanières. Des cheveux arrachés à certains endroits, pendant en touffes sales à d'autres. Des yeux fous. Des lèvres desséchées ouvertes en un hurlement perpétuel mais inaudible – sans doute parce qu'elle n'avait plus de voix.

Une décennie dans ce cachot suffisait à rendre la plupart des Faë stupides.

Typhos excellait dans de nombreux domaines, en premier lieu dans la torture. Il avait créé cette « réalité » afin de forcer Dakota à faire face à tous ses péchés les plus sombres, encore et encore. À entendre les suppliques et les cris de ceux qui avaient été tués pendant qu'elle avait aidé un monstre à s'emparer d'un royaume. Mais ce que l'on ne pouvait pas voir, c'étaient les sensations qui accompagnaient les cris d'agonie.

Typhos n'obligeait pas seulement Dakota à assister à tout cela, mais aussi à subir chaque mort. À ressentir leur détresse. Leur peur. *Leur douleur.*

Chaque cellule de ce cachot était conçue de manière unique, et c'était le cauchemar personnel qu'il avait imaginé pour Dakota. Un cauchemar qu'il avait passé beaucoup de temps à élaborer parce qu'il voulait qu'elle souffre plus que les autres. Un cauchemar qu'il avait visité plusieurs fois au cours des dix dernières années pour le perfectionner, ce que je percevais dans son esprit à présent.

Il s'était assuré que cette âme paie ses péchés au centuple. *Pour Ajax*, réalisai-je.

Et pour toi, me chuchota Typhos. *Il a toujours compté pour toi. C'est pourquoi il compte aussi beaucoup pour moi.*

Ces paroles n'étaient qu'un souffle dans mon esprit, ses yeux étant rivés sur Cami.

Elle semblait prête à le tuer. Une minute s'est écoulée depuis notre arrivée, peut-être deux. Mais elle avait accumulé une sacrée dose de méfiance en soixante secondes.

— C'est quoi ce jeu ? voulut-elle savoir. Tu me forces à regarder Ajax souffrir pendant que tu me proposes une sorte de marché impliquant ton pouvoir ? Tu dis que tu me laisseras l'utiliser… mais pour un certain prix ?

— Nous ne négocions pas, Camillia de la Croix.

— Alors qu'est-ce qu'on fait ? demanda-t-elle.

— Eh bien, j'observe, dit-il. Et tu m'as l'air de chercher à gagner du temps pendant qu'Ajax souffre.

Elle resta bouche bée. Melek secoua la tête. Et je soupirai. Encore une fois.

— Cami…

— Non, intervint Typhos en me jetant un regard. C'est entre moi, Cami et Ajax.

Melek vint à mes côtés. Son pouvoir bourdonnait sous sa peau, mais il garda le silence en observant le roi des Faë de l'Enfer avec notre compagne.

Je serrai les dents.

Elle ne comprend pas.

Je sais, répliqua Typhos. *Et c'est à moi d'assumer ce fardeau, pas à toi.*

Je secouai la tête. Il allait aggraver la situation. Mais les mots qu'il avait prononcés tout à l'heure me revinrent à l'esprit. Même si ce n'était pas comme ça que j'aurais géré la situation, cela ne rendait pas sa façon de faire mauvaise.

Très bien. Je reculai d'un pas, les mains en l'air, et le laissai faire.

Deux minutes, l'avertis-je. *Puis j'interviendrai.*

Je n'ai pas besoin de plus, me promit-il.

Ouais, on verra bien.

Parce qu'à ce rythme, Cami allait essayer de le frapper avant de l'écouter. Nous captions tous deux l'esprit d'Ajax et les pensées brisées qui y palpitaient. Il se tenait juste devant nous, mais il n'était pas *avec* nous.

Il était de retour dans le royaume des Faë de Minuit. Debout sur une estrade. Bloqué par un sort.

Et il regardait tous ceux qu'il aimait... *mourir.*

CHAPITRE QUATORZE
AJAX

— Salayla et Tor des Faë de la Mort ont sciemment
aidé et encouragé des abominations dans tout le royaume
des Faë de Minuit, déclara Constantin Nacht, sa voix
portant sur la place du village.

Je l'entendais. Le comprenais. Le *voyais*. Pourtant, je ne
ressentais pas son pouvoir. Son énergie. Son sens de
l'existence.

Parce qu'il n'est pas réel, me dis-je. *Il n'est pas là.*

Mais ses mots… ses mots étaient *très* réels.

— Salayla et Tor des Faë de la Mort ont également
déclaré leur allégeance aux Faë du Dilemme, poursuivit-il,
provoquant des cris de fureur parmi la foule.

Pas contre Constantin, mais contre Salayla et Tor. *Mes
parents*.

Je clignai des yeux, m'efforçai de détourner mon
regard d'eux. Mais j'étais bloqué sur l'estrade, sur
Constantin, sur cette farce de procès.

Or à l'intérieur, j'avais envie de *crier*. De *brûler*.
D'anéantir tous les salauds de traîtres sur cette place.

C'est faux, me dis-je. *Tellement faux, putain.*

Pourquoi je ne peux pas bouger ?

Le sort de Constantin…

Il bourdonnait dans mes oreilles, sa magie me paralysait et me forçait à assister aux exécutions de mes parents. *Et à celle d'Emelyn…*

Comment je sais ça ? m'étonnai-je.

Parce que j'ai déjà vécu cette journée, réalisai-je l'instant suivant. *Rien de tout ça n'est réel.*

Oh, c'était arrivé il y avait très, très longtemps.

Cette baguette scintillant de magie rouge. Les mots qui avaient suivi, confirmant le destin de mes parents. Le sort qui avait marbré la peau de mes parents à genoux, qui suppliaient la foule de les sauver.

Je frémis intérieurement, l'exécution se rejouant avec vivacité dans mon esprit.

Constantin continuait à parler devant moi, encore en train d'énumérer les délits sur ce fichu parchemin qu'il serrait dans ses mains.

— D'après les témoignages fournis par leur fils Ajax…

Je cessai d'écouter et plissai les yeux. Je n'avais fourni aucun témoignage. C'était des conneries. Un bourrage de crâne destiné à me briser. À briser mes parents. À *faire mal.*

Et ça avait fait mal. Oh, putain, ça avait *fait mal.*

Suivi par Emelyn…

Je déglutis, mon regard glissant dans son dos. Elle était immobile comme une statue à quelques pas devant moi, prisonnière du même sortilège. Ils allaient bientôt la dégeler, comme mes parents, et puis…

Je fermai les yeux, refusant de revivre cette scène.

Ce n'est pas réel. C'est une illusion. Fabriquée par… par Lucifer.

Je sourcillai, cette dernière pensée emballa mon cœur.

Lucifer.

Nous étions dans son cachot. Il me montrait la cellule

de Dakota. Sa prison personnelle. Sa vision d'enfer. Son *cauchemar*. Il la forçait à revivre ses péchés, mais c'était plus profond que ça. Je le ressentais à travers Cami.

Son visage apparut dans mon esprit, ses beaux traits angéliques me coupant le souffle. *Ma Cami.*

Je suis là, me dit-elle. *Je suis là, Ajax.*

J'ouvris les yeux, désirant la voir, et me retrouvai à fixer les yeux d'Emelyn à la place. Des yeux noirs. Des cheveux noirs. Un visage empreint d'une peur et d'un tourment perpétuels.

Mon dernier souvenir d'elle, réalisai-je, le cœur serré. *Ce n'est pas ce que je veux me rappeler.* Je voulais penser à son sourire secret. Son rire que personne d'autre n'avait jamais entendu. Son bonheur que personne d'autre n'avait jamais vu.

Mon premier amour.

Sauf que… ça ne marchait plus.

J'avais pris soin d'Emelyn. J'avais apprécié son amitié. Apprécié sa compagnie. J'avais aimé pouvoir lui procurer de la joie dans une période sombre.

Mais en l'observant dans ce montage cruel, en revivant sa mort, mon cœur était un peu moins serré. Parce qu'il appartenait désormais à une autre.

Est-ce que ça fait de moi un égoïste ? me demandai-je en regardant Emelyn. *Suis-je égoïste d'en aimer une autre ? D'aimer quelqu'un… davantage ?*

Je ne pouvais pas le lui demander parce qu'elle n'était pas vraiment là. Mais je sus soudain ce qu'elle dirait : *Tu mérites d'être aimé, Ajax. Tu mérites bien plus que ça…*

C'étaient des mots datant d'il y avait bien longtemps. Des mots qu'elle m'avait dits un jour lors d'une promenade dans les bois. Elle n'avait jamais proclamé être celle qui m'aimerait comme je le méritais, et maintenant je comprenais pourquoi.

Parce que notre amour n'avait rien à voir avec les sentiments que j'éprouvais pour Cami. Ni avec ce que je ressentais pour Az non plus. Ils étaient mes compagnons. Mes raisons de vivre. Mon *cœur*. Je respirais pour eux. Mon âme était à eux à tous points de vue.

Et Emelyn m'avait mis sur la voie de ce destin.

Sa perte avait eu plus d'importance que je l'aurais jamais imaginé. Car sans elle, je ne serais pas ici. Je ne serais pas devenu le Gardien de Lucifer. Je n'aurais pas rencontré Az. *Je n'aurais pas rencontré Cami.*

Je n'étais pas du genre à me livrer à des pensées d'ange gardien ou de voies prédestinées ; c'était l'apanage de Shade, pas le mien. Cependant, je le comprenais maintenant. J'avais une vue d'ensemble. Je réalisais que tout ce que j'avais vécu avait fait de moi le Faë que je devais être pour Az et Cami. Pour être leur compagnon.

Emelyn cilla devant moi, et ses yeux se fermèrent comme pour toujours. Mais ce n'était pas ce qui s'était passé en ce jour fatidique : elle m'avait fixé droit dans les yeux pendant qu'elle mourait. Elle avait soutenu mon regard jusqu'à son dernier souffle.

Mais cette simulation l'amenait à fermer les yeux… *en paix*.

Qu'est-ce que Lucifer avait dit ? Ces cellules étaient magifiées pour leurs occupants. Élaborées pour créer des scènes infernales et cauchemardesques afin de torturer ses prisonniers.

Alors pourquoi le visage change-t-il ? m'étonnai-je.

Parce que tu n'es pas une âme sombre, me chuchota Az. *Typhos a conçu cette pièce afin de punir Dakota… pour toi.*

Je fronçai les sourcils, mes membres se dégelant enfin, et me tournai vers Lucifer.

— Pourquoi ?

— Parce que je n'ai pas pu te donner Constantin, dit-il calmement, répondant en quelque sorte à ma question.

Peut-être grâce à Azazel. Ou parce qu'il l'avait anticipée. Je n'en savais rien. Et m'en fichais.

Typhos s'approcha de moi. Avec ses yeux saphir tourbillonnant de pouvoir, il capta mon regard, m'empêchant de le détourner.

— Tu étais dévoré par la douleur et la colère quand on s'est rencontrés. Je devais faire quelque chose pour te venger. Pour arranger ça. Quand Zakkaï et Shade me l'ont amenée, j'ai su quoi faire. Et maintenant, c'est à toi de décider de la suite. Veux-tu mettre fin à ses souffrances ? Les renforcer ? La laisser dans cet état pendant encore dix ans ?

Je le fixai, à court de mots.

Lorsqu'il m'avait dit de le retrouver dans ce cachot, j'avais supposé qu'il s'agirait d'une piètre leçon sur comment choisir une créature sur laquelle Cami pourrait exercer sa magie. Même si j'avais commencé à comprendre que les âmes sombres étaient masquées sous la forme de Faë du Cauchemar – ce qui signifiait qu'aucun des êtres ici n'était un véritable Faë du Cauchemar –, je n'avais aucune idée de la profondeur de la magie ni de la complexité de l'ensemble.

— Tu aurais dû m'expliquer cet endroit depuis longtemps, lui dis-je, à la fois irrité et impressionné. Tu as fait de moi une baby-sitter pour tes favoris.

— En effet, concéda-t-il. Et maintenant, je veux faire de toi un vrai Gardien, te confier mon chef-d'œuvre et te laisser le gérer comme tu l'entends.

— Pourquoi ? Pourquoi tu me donnerais tout ça ?

— Parce que j'ai étendu mes pouvoirs trop loin. J'ai besoin d'aide.

Il détourna son regard de moi pour le poser quelqu'un

juste derrière moi. *Cami,* réalisai-je, humant sa chaleur et son parfum fleuri. Elle m'avait dit qu'elle était là. Or j'avais été tellement accaparé par Lucifer que j'avais failli l'oublier.

— Melek t'a dit que j'avais créé les épreuves pour trouver une compagne. Ou une reine, je crois. (Typhos jeta un coup d'œil à Melek, puis à Cami.) Peut-être que oui, peut-être que non. C'est discutable. Mais tu fais désormais partie de ce cercle, quels que soient tes sentiments pour moi. (Il reporta son regard sur moi.) Tel que tu es. Donc il nous incombe à tous de trouver l'équilibre, d'assurer la survie de ce royaume. Faire de toi un véritable Gardien est la prochaine étape évidente.

Je l'étudiai un moment, repensant à tout ce qu'il m'avait raconté au cours de la dernière… *Putain, ça ne faisait qu'une heure ?* J'avais l'impression qu'il m'avait transmis toute une vie de connaissances en une journée.

Mais ce qu'il m'avait dit avant d'arriver devant cette cellule me revenait à l'esprit, me rappelant ce qui nous avait amenés tous ici au départ : *la formation de Cami.* Il voulait lui choisir une âme sombre à éteindre, pour lui apprendre à se contrôler, tout en m'offrant une sorte de cadeau.

La mort de Dakota.

C'était elle qui avait amené mes parents sur cette estrade. Emelyn aussi. Je pouvais encore entendre son *rire* moqueur.

Sauf qu'elle ne riait plus à présent. En fait, elle avait l'air presque morte.

— Est-elle encore cohérente ? demandai-je.

— À toi de me le dire, éluda Lucifer, qui prenait manifestement son rôle d'enseignant au sérieux.

Au lieu d'insister, je me concentrai sur Dakota. Mais je me ravisai.

— Cami ?

— Oui ?

Je lui lançai un regard.

— Tu ressens quelque chose ? Avec Dakota, je veux dire ?

Cami sourcilla et me rejoignit.

— Je… (Elle s'interrompit et déglutit.) Je ne ressens que ténèbres en elle.

— Que ressens-tu chez Ajax ? demanda Lucifer à voix basse.

Cami lui darda un regard montrant qu'elle était fâchée contre lui.

— La douleur. À cause de toi.

— Regarde plus en profondeur, Camillia, maugréa Lucifer.

— Pourquoi ? lança-t-elle.

Son énergie fougueuse me fit sourire. Seule Camillia de la Croix pouvait m'amuser dans une situation aussi sombre.

— Parce qu'il essaie de t'apprendre, intervint Melek. Ce n'est peut-être pas l'endroit que Ty avait prévu pour la leçon d'aujourd'hui, mais il improvise.

Cami croisa les bras.

— Et je suis censée accepter ça ?

— Tu fais exprès d'être une chipie ? demanda Lucifer en fronçant les sourcils. Parce que tu devrais savoir que j'ai un penchant pour remettre les chipies à leur place.

Cami ne fit que plisser les yeux davantage.

— Je ne suis *pas* une chipie.

Melek toussa.

— Pas du tout ! (Elle écarta les mains et pivota pour me faire face.) Lucifer t'a fait du mal, puis m'a dit d'utiliser son pouvoir pour mettre fin à tes souffrances.

— Il voulait que tu tues Dakota, traduisis-je en hochant

la tête. C'est l'exercice de la formation – éteindre une âme sombre.

Elle resta bouche bée, ses bras retombant sur ses flancs.

— Il veut que je *tue* quelqu'un ? (Elle se tourna aussitôt vers Lucifer.) Pourquoi diable voudrais-je *tuer* quelqu'un ?

Je grimaçai. Lorsque Lucifer et moi avions discuté de nos plans, je n'avais pas trop envisagé *cette* réaction potentielle. Mais en voyant sa fureur maintenant, je n'en étais pas vraiment surpris.

Cami n'était pas une tueuse, encore moins un bourreau.

Putain, me dis-je. *Ça va mal tourner…*

CHAPITRE QUINZE
AJAX

Tandis que je réfléchissais à des solutions possibles, Lucifer continuait. Il n'avait manifestement pas compris ou perçu la fureur grandissante de Cami.

— Tu veux une raison ? demanda-t-il d'un ton ennuyé. D'accord. Ce *quelqu'un* a blessé ton compagnon. Tu as ressenti sa douleur. Elle faisait partie de la cause. Et si tu regardes dans son âme, tu verras à quel point elle est sombre et tordue, à quel point il n'y a aucune rédemption pour tout ce qu'elle fait. Techniquement parlant, elle mérite donc de vivre dans l'agonie pour l'éternité. Mais je t'offre une chance de mettre fin à sa cruelle existence, si tu le souhaites.

— *Cruelle* est un terme plutôt ironique venant de toi, puisque c'est toi qui as créé cette *cruelle existence*, remarqua-t-elle.

— Non, Dakota s'est fait ça toute seule, dis-je avant que Lucifer réplique. Toutes les cellules sont élaborées d'après les cauchemars de leurs occupants. Leurs souvenirs et leurs péchés créent les illusions ; la magie de Lucifer ne fait que leur donner vie.

163

Elle me regarda en cillant.

— Attends. Tu es… tu es *d'accord* avec cette leçon ?

— Je suis d'accord pour que Dakota meure, répondis-je avec véhémence. Mais si tu ne veux pas la tuer, je le ferai moi-même.

Elle cilla de nouveau, puis regarda l'Unseelie encore figée dans la cellule. Elle n'avait pas bougé d'un pouce bien que la porte soit grande ouverte. Elle ne pouvait littéralement pas, car son cauchemar l'avait transformée en statue – tout comme la magie de Constantin l'avait fait sur moi.

— D'accord, alors… peut-être qu'elle le mérite, concéda Cami après un long moment de réflexion. Mais qu'en est-il des autres ? Combien de ces *âmes sombres* sont ici à cause des marchés que tu leur as fait signer ? (Ces questions s'adressaient à Lucifer, car c'était lui qu'elle regardait, pas moi.) On sait tous les deux que tes marchés ne sont jamais équitables.

— Vraiment ? rétorqua-t-il. Ou est-ce que tu crois tout savoir sur *mes* marchés ?

— Est-ce que tu peux prouver le contraire ? le défia-t-elle.

— Oui, répondit-il sans hésiter. (Cela cloua le bec à Cami, qui ne s'attendait certainement pas à ce qu'il réponde aussi vite et fermement par l'affirmative.) En fait, je pense que c'est là que nous irons, toi et moi, quand tout ça sera terminé. Parce que tu as clairement besoin d'une leçon sur la façon dont je rédige les accords.

Elle s'éloigna de lui d'un pas, mais réalisa qu'elle était presque dans la cellule de Dakota, donc elle interrompit son mouvement.

— Je… (Elle reprit sa place à mes côtés, mais resta concentrée sur Lucifer.) Tu veux bien me montrer tes marchés ?

— Oui.

Prononcer ce mot pour la seconde fois provoqua le même effet, faisant de nouveau ciller Cami. Il arqua un sourcil, la défiant maintenant du regard, tout comme elle l'avait fait un peu plus tôt. Mais elle garda le silence.

— Alors ? railla-t-il. Que vois-tu en Dakota ? Est-elle rachetable ?

Cami contracta sa mâchoire, mais au lieu de répondre, elle observa l'ancienne Faë de Minuit. Il ne lui fallut que quelques secondes pour affirmer :

— Non, elle ne l'est pas.

— Pourquoi ? insista Lucifer. À cause des sentiments d'Ajax à son égard ?

Cami secoua lentement la tête.

— Il n'y a aucune lumière en elle.

— Et Ajax ? Quelle quantité de lumière y a-t-il en lui ?

Cami m'étudia d'un regard évaluateur.

— Il a quelques taches grises, mais son âme est bonne et ses intentions sont admirables.

— Maintenant, évalue-moi, la défia Lucifer.

— Non, refusa-t-elle.

— Pourquoi non ?

— Parce que je ne suis pas encore prête à voir ton âme, murmura-t-elle.

Lucifer resta silencieux un moment, puis acquiesça d'un signe de tête.

— Peux-tu sentir l'une ou l'autre des âmes sombres ici ? Dans ce cachot ?

Elle ne répondit pas tout de suite, mais finit par acquiescer d'un petit signe de tête.

— Comment sont-elles, comparées à Dakota ?

Cami examina sa question en silence, les réponses semblant flotter dans son esprit tandis qu'elle évaluait toutes les âmes qu'elle pouvait sentir. C'était fascinant à observer en tant que son compagnon, sa capacité étant unique par rapport à la mienne. Je pouvais sentir la noirceur et l'intention à l'occasion, mais elle *goûtait* presque leurs auras.

Parce qu'elle est un siphon, réalisai-je, intrigué par le fonctionnement de son don. Elle prenait un peu de chaque âme, évaluait son pouvoir et comment il avait été utilisé dans le passé… et comment il serait utilisé si l'âme était libérée de cet enfer.

Trop d'entre elles étaient impénitentes, y compris Dakota. Tout ce qu'elle voulait, c'était un statut, et elle se moquait de savoir qui elle blessait pour l'obtenir. Il n'y avait aucune compassion dans son âme. Aucune considération pour autrui. Sa seule aspiration dans la vie était de rechercher son propre bonheur. Ce qui aurait été bien si son bonheur ne consistait pas à écraser ceux qu'elle considérait comme inférieurs à elle.

Elle n'a pas de conscience, entendis-je Cami penser. *Pas la moindre.*

Il y en avait quelques autres qui dégageaient la même impression, et une poignée qui prenait plaisir à faire souffrir.

Lorsque Cami eut terminé, elle tremblait et secouait la tête.

—Je ne veux pas rester ici.

Melek fit un pas en avant, mais Lucifer le retint d'une main.

— Camillia.

Elle le regarda, et ce qu'il vit sur ses traits le fit taire. Comme je captais son esprit et sentais sa peur de ce que cet endroit représentait, je compris.

C'était trop. Elle n'était pas prête à tuer qui que ce soit, même une âme sombre, alors qu'elle ne comprenait pas vraiment comment toutes ces âmes étaient devenues si maléfiques. Une partie d'elle doutait encore des marchés de Lucifer, bien qu'en son for intérieur, elle semblait admettre qu'elle avait peut-être mal jugé certaines choses. Mais tant qu'elle n'en aurait pas la certitude, elle ne pourrait pas avancer.

— S'il te plaît, chuchota-t-elle.

Lucifer tendit la main vers elle avant que quiconque réponde.

— Viens. Nous poursuivrons cette leçon dans ma tanière, proposa-t-il.

Elle commença à lever sa main, mais hésita.

— Juste toi et moi ?

— Oui. Je veux te montrer comment fonctionnent mes accords, et le Gardien a du travail ici. (Il me jeta un coup d'œil entendu.) Le cachot est officiellement à lui. (Il se tourna vers Azazel.) Je pense que tu devrais l'aider.

Az, qui était resté curieusement silencieux tout au long de cette « leçon », acquiesça simplement.

— Il y a des choses dont nous devrions discuter.

Je fronçai les sourcils.

Quel genre de choses ?

Des choses, se contenta-t-il de répéter mentalement.

— Et Melek ? demanda Cami, me distrayant de mon questionnement sur l'imprécision d'Az. Non. Je reformule. Je suis d'accord, mais seulement si Melek vient avec nous.

Lucifer esquissa un sourire.

— Tu négocies avec moi ? Après m'avoir critiqué pour mes marchés ?

Elle le fixa.

— Il peut venir ou non ?

Le sourire du roi des Faë de l'Enfer s'élargit.

— Melek peut aller où bon lui semble, ma petite. Ce n'est pas pour rien qu'il est mon prince.

— Je n'entrerai dans ta tanière que si Melek vient avec nous, répéta-t-elle.

Lucifer la dévisagea avec une curiosité non dissimulée.

— D'autres conditions ?

— Melek *reste* avec moi. À mes côtés. Jusqu'à ce que j'en décide autrement.

— Ce sont de bien meilleures conditions, la félicita Lucifer.

— Et c'est aussi Melek qui m'emmènera là où nous allons, pas toi.

— Tu crois que je veux t'entraîner dans un endroit mal famé ?

— *Tanière* est un terme vague, remarqua-t-elle, ce qui arracha un grand sourire à Lucifer.

— Je vois qu'on a étudié les marchés.

— Quelqu'un a récemment essayé de me prendre mon compagnon, l'informa-t-elle. J'ai été forcée d'apprendre.

L'amusement de Lucifer mourut tandis qu'il me lançait un regard, conscient qu'elle parlait de l'accord d'accouplement qu'il avait essayé de m'imposer.

— Eh bien, ce quelqu'un était un imbécile. Mais contrairement aux âmes de cette prison, il cherche la rédemption. (Reprenant son sérieux, il laissa retomber sa main et regarda Melek.) Tu sais où je vais.

Il n'attendit pas que Melek confirme, il s'éclipsa simplement, laissant derrière lui une unique plume brûlée, qui se transforma et se fondit en une clé d'or.

Je la scrutai, surpris par la magie et ce qu'elle représentait.

Il avait dit que le cachot était officiellement à moi. Et il avait parlé sérieusement.

Je sentais la magie s'installer tout autour de moi, me considérant comme son nouveau maître. Il n'avait pas retiré ses protections ni ses enchantements tordus, il m'avait juste laissé le soin de les manier et les gérer comme si c'était les miens. Je sentais le pouvoir ramper sur ma peau, hérissant les poils de mes bras. C'était… vivifiant. Terrifiant. *Foutrement électrisant.*

— Ajax ? demanda Cami, attirant mon attention sur elle. Ça va aller pour toi ?

Je soutins son regard un moment, réfléchissant à sa question. Pendant des années, j'avais répondu à des questions similaires par des répliques sarcastiques ou des acquiescements marmonnés. J'avais appris à ne pas m'en soucier, car au fond, je n'allais pas bien du tout. J'avais souffert. J'avais été détruit de l'intérieur.

Et puis une petite rebelle avait tout changé. Dans ce foutu cachot.

Elle m'avait défié. M'avait interpellé. M'avait fait la voir. Tomber amoureux d'elle.

Et Az avait été là telle l'épine dorsale de tout cela, nous incitant à nous amuser, nous séduisant de toutes les manières possibles.

À eux deux, ils avaient remué mon âme, m'avaient forcé à revivre, m'avaient appris à guérir. Je n'avais pas encore fait tout le parcours, mais j'étais sur la bonne voie. J'avançais sur le chemin d'un avenir plus radieux. Un avenir où je serais… bien.

Plus que bien. Incroyable, même.

Parce que je les avais. J'avais une famille. J'avais *ceci.*

Je me penchai pour ramasser la clé, conscient qu'elle signifiait bien plus que ce à quoi elle ressemblait. Car il ne s'agissait pas seulement d'être Gardien. Il s'agissait d'être un Faë de l'Enfer. De faire partie du cercle intime de Lucifer. D'être une extension de son pouvoir. D'être accouplé… au roi des Faë de l'Enfer. Peut-être pas de manière romantique ou intime, mais à travers mes liens avec ses compagnons. *Cami via Melek. Az directement.*

Nous formions un cercle à présent. Unis. Peut-être pas encore complètement, mais nous allions dans la bonne direction. Et grâce à cela…

— Oui, répondis-je enfin à Cami. Oui, ça va aller.

Je l'attirai à moi pour l'embrasser et la laissai entendre mon esprit, sentir mes émotions, voir dans mon âme.

Merci, Cami, murmurai-je dans sa tête. *Merci.*

Je n'ai rien fait, argua-t-elle alors que je glissais ma langue dans sa bouche.

Au contraire, petite rebelle. Tu as tout fait et bien plus encore. Elle ne l'avait juste pas encore compris. *Tu as fait battre mon cœur à nouveau. Tu m'as appris ce que l'amour signifie vraiment. Et je vais passer l'éternité à m'assurer que tu saches à quel point je te suis reconnaissant.*

Mais d'abord, elle avait une leçon à apprendre. Tout comme j'avais un cachot à explorer.

Quand tu auras fini de jouer avec les marchés, fais-le moi savoir, murmurai-je via notre connexion. *J'ai envie de t'adorer avec ma langue.*

Elle frissonna.

On pourrait aller faire ça maintenant…

Je souris contre sa bouche et secouai la tête.

— Je sais que tu es une rebelle, Camillia de la Croix. Mais même toi, tu ne peux pas revenir sur un pacte avec le diable. Maintenant, va continuer ta leçon.

— Je n'ai rien accepté du tout, souligna-t-elle.

— Il ne t'a pas forcée non plus, répliquai-je. Alors fais preuve d'un peu de foi et vois ce que ça donne.

Ses yeux s'arrondirent un brin.

— Tu me dis de lui faire confiance ?

— Je te suggère de lui accorder le bénéfice du doute et de voir ce qu'il veut te montrer.

Elle plissa le front.

— Il t'a drogué ?

La clé se réchauffa dans ma main et je souris.

— Non. Il m'a juste montré la vérité. (Par-dessus son épaule, je regardai la cellule au-delà, la silhouette immobile de Dakota et les visages sur les murs.) Et maintenant, je suis prêt à commencer à guérir.

Lucifer avait puni Dakota assez longtemps. Il était temps pour son âme de passer à autre chose.

Et il était temps pour moi de lâcher prise.

CHAPITRE SEIZE

CAMI

Laisser Ajax dans le cachot ne fut pas facile, mais j'entendis dans son esprit ce qu'il devait faire. Et je ne pouvais pas le regarder exécuter Dakota.

Le méritait-elle ? Oui. Voulais-je assister à sa mort ? Non.

Ce n'était pas non plus à moi de la tuer. Ajax avait besoin de sa vengeance pour guérir. Lucifer avait dû le savoir, d'une manière ou d'une autre. C'était du moins ce que j'avais déduit des pensées de mes compagnons.

Lucifer avait créé ce cauchemar pour Dakota afin de la punir d'avoir blessé Ajax. Parce qu'il tenait à Ajax. Depuis le début. Et il prenait soin de ceux à qui il tenait.

Bon sang, il semblait que Lucifer prenait soin de *tout le monde.* Pas seulement de ses proches, mais du royaume tout entier.

Az, pensai-je en resserrant mes bras autour de Melek.

Tout va bien, petite guerrière, murmura mon compagnon Faë du Phénix. Je *veillerai sur notre Gardien.*

Bien sûr, il savait que c'était ce que je voulais dire. Il

captait toutes mes préoccupations et ressentait probablement mon malaise. Donc Ajax le pouvait aussi.

Merci, lui chuchotai-je.

Ne me remercie pas pour quelque chose que je ferais naturellement, reprit Az. *Il est aussi mon compagnon. Et nous avons des choses à régler entre nous.*

Mon sang s'échauffa quelque peu à la menace sensuelle dans son ton.

Je devrais peut-être revenir…

Son gloussement en réponse me chauffa encore plus les veines.

Tu es toujours invitée à te joindre à nous, petite guerrière.

Je me disais que j'aimerais regarder, avouai-je, fantasmant sur eux deux ensemble pendant qu'ils *réglaient* leurs problèmes.

Hmm, fredonna-t-il. *Ça pourrait être amusant aussi.*

— Je ne sais pas ce que tu dis à Azazel, mais je crois que ça me plaît, chuchota Melek à mon oreille.

— Tu sais que je parle à Az ?

— Je le sens, oui. Et c'est apparemment une conversation que j'aimerais surprendre.

Parce qu'il avait senti ma réaction au commentaire d'Az. Bon.

Si je ne fais pas attention, Melek pourrait vouloir regarder aussi.

Je ne suis pas sûr qu'Ajax y tienne vraiment, répondit Az. *Et toi ?*

Aujourd'hui ? Non. À un autre moment… peut-être.

C'était… intéressant.

Je vois.

Surprise, petite guerrière ?

Oui, admis-je.

Je n'ai pas dit que je voulais baiser avec Melek. Mais s'il veut me voir vous maîtriser Ajax et toi, je n'y serais pas opposé.

Mais pas aujourd'hui ? relevai-je.

Pas aujourd'hui, répéta-t-il. *Aujourd'hui… c'est pour Ajax.*

Oh, chuchotai-je, comprenant soudain. *Parce que tu as… des choses à régler.*

C'est ça.

Je hochai la tête. Non pas qu'il puisse me voir. J'étais… Je promenai mon regard alentour. J'étais dans les ailes de Melek, ses plumes d'or nous enveloppant tous deux pendant qu'il nous emmenait retrouver Lucifer. *Dans sa tanière*, avait-il dit. Quoi que ce soit.

Je soupirai, soudain épuisée par tout ce que Melek m'avait confié aujourd'hui et par ce qui venait de se passer dans le cachot. Je n'étais pas sûre d'avoir la force de rejoindre Lucifer dans sa *tanière*, ou je ne sais où nous allions le retrouver.

La chair de poule me picota les bras, l'incertitude me noua les tripes. Je ne pouvais plus rien digérer de nouveau en ce moment, après avoir ressenti toutes ces *âmes* de la prison surchauffée.

Faë, j'avais oublié à quel point il faisait chaud là-bas. Comme c'était inconfortable de marcher dans ces couloirs.

La première fois que j'y suis allée, c'était vraiment horrible…

Pourtant, ma cellule n'était rien comparée à celle de Dakota. Elle vivait dans un véritable purgatoire.

Techniquement parlant, elle mérite de vivre dans l'agonie pour l'éternité. Mais je t'offre une chance de mettre fin à sa cruelle existence, si tu le souhaites.

Les paroles de Lucifer résonnèrent dans mon esprit tandis que les murs familiers du palais apparaissaient autour de nous ; la lave qui coulait fut une vue rassurante. Car cela voulait dire que nous n'allions nulle part ailleurs que chez nous.

Je me figeai. *Chez nous*, me répétai-je. *Est-ce que c'est chez nous ?*

C'était… c'était confortable. Et les odeurs me rappelaient mes compagnons.

Menthe. Braises d'un feu de camp qui couve. Péché. Soulignés par de la cannelle chaude.

J'inspirai en fronçant les sourcils. *Cannelle.* Cette partie-là, c'était Lucifer. Je le cherchai aussitôt du regard, mais il n'était en vue nulle part. Toutefois, je savais exactement où il se trouvait : derrière les doubles portes massives devant moi. Des portes que je reconnus.

La salle des contrats.

Melek me l'avait déjà montrée. Sauf que les chaînes n'étaient plus entrecroisées et le cadenas en forme de crâne ne crachait plus de flammes comme la dernière fois que j'étais venue. Les portes métalliques étaient entrouvertes, comme pour nous inviter à entrer.

— Il appelle ça sa tanière ? m'étonnai-je.

— C'est rattaché à sa tanière, en quelque sorte, répondit Melek.

Je le dévisageai.

— Physiquement ou métaphoriquement ?

— Un peu les deux, dit Lucifer de derrière les portes. Je considère qu'il s'agit d'une extension de ma tanière, et il y a une porte qui les relie. Mais cette salle n'est pas rattachée au sens habituel du terme.

Ouais, parce que ça n'avait rien de menaçant.

Au lieu de rester sur ce que Lucifer venait de dire, j'optai pour un autre sujet, afin de me distraire de ce qui allait se passer derrière ces lourdes portes.

— Est-ce qu'on a volé jusqu'ici ? demandai-je à Melek. Parce que d'habitude, on voyage bien plus vite que ça.

Et j'avais eu l'impression d'être enveloppée dans ses plumes pendant plusieurs minutes, et non quelques secondes.

— J'ai traîné, répondit-il, laissant ce commentaire énigmatique en suspens entre nous comme un appât.

— Est-ce que j'ai même envie de savoir ce que tu veux dire ?

— Il t'a enduite de son parfum, expliqua Lucifer, cette fois depuis l'embrasure de la porte où il pointa la tête. Il a voulu te rendre encore plus séduisante que tu l'es déjà. (Son regard saphir se posa sur Melek.) Le minishort et le haut blanc moulant ne suffisaient pas ?

Melek haussa les épaules.

— Tu n'avais pas l'air d'avoir remarqué sa tenue, alors j'ai décidé de faire briller sa peau.

Briller ma peau ? Je baissai les yeux sur mes bras et maudis l'or qui scintillait dessus.

— Melek ! (J'étais de nouveau couverte de son putain de foutre doré.) Argh ! (J'avais besoin d'un bain. Ou d'une douche. Ou... ou de plonger dans un satané océan.) Ce truc met une éternité à disparaître.

— Oh, j'avais remarqué, dit Lucifer, ignorant mon emportement. Je remarque *toujours*.

Son ton tranchant hérissa les poils de mes bras et me fit le regarder de nouveau. Je déglutis devant les tourbillons de ses yeux bleu foncé, dont l'intensité le rendait encore plus beau.

Ce n'est pas l'océan dans lequel j'ai envie de plonger, songeai-je en soutenant son regard. *Mais je pourrais tout à fait me perdre dans ces iris océaniques.*

Un long silence s'écoula, la tension semblant crépiter dans l'air. Ou peut-être était-ce les murs enflammés alentour. Je n'aurais su dire. Je... j'étais hypnotisée par cette expression sur le visage de Lucifer.

Mais elle s'évanouit en un clin d'œil lorsqu'il recula d'un pas dans la salle des contrats.

— Entre, Camillia. J'ai quelque chose à te montrer.

Il disparut avant que je puisse lui demander des détails, bien qu'il ne m'en donnerait probablement aucun.

En soupirant, je commençai à avancer, mais me figeai devant les portes. Non pas parce que j'avais peur, mais parce que mon reflet déformé dans le battant métallique me rappelait que je ressemblais de nouveau à une foutue boule disco.

— Tu vas me nettoyer toute cette saleté, intimai-je à Melek. Et ensuite, tu t'excuseras en me donnant des fraises enrobées de chocolat dans le bain.

— Mmm, voilà un rendez-vous galant, répondit Melek en me serrant dans ses bras. Peut-être que notre roi se joindra à nous.

Attends, quoi ? Je…

— Seulement si Camillia apprend à bien se tenir, répliqua Lucifer derrière la porte. Je ne récompense pas les chipies, je les punis.

Je clignai des yeux, me rappelant qu'il m'avait déjà traitée de chipie.

— Je ne jouais pas les chipies, protestai-je en reprenant ma marche vers la salle des contrats. Ta leçon, ou quel que soit le nom que tu lui donnes, faisait du mal à Ajax. J'ai réagi de manière appro…

Je m'interrompis au moment où je franchis le seuil.

Parce que *wow.*

Je n'aurais su dire à quoi je m'attendais, mais pas à ça.

— Saints Faë, exhalai-je, parcourant du regard l'interminable mur de dossiers.

Ça n'en finissait pas. Il n'y avait pas de toit, juste un ciel de papiers tourbillonnants. Et des plumes dorées.

Je reculai d'un bond lorsque l'une d'elles vogua près de ma tête, et je me rappelai soudain la dernière fois que j'en avais vu une. C'était pendant la visite avec Melek. Il m'avait averti de ne pas m'en approcher, qu'elle avait des propriétés imprévisibles.

C'est un euphémisme. Le palais tout entier est truffé de magie imprévisible.

Et Lucifer était le plus imprévisible de tous.

Il se tenait au milieu de la salle, près d'un unique bureau. Il n'y avait pas d'autres meubles. Pas même une chaise. Juste un simple bureau en bois.

— Tu prétends en savoir beaucoup sur mes marchés, attaqua Lucifer tandis que les portes se refermaient derrière Melek. (Le cliquetis des chaînes qui suivit suggéra que nous venions d'être enfermés ici.) Éclaire-moi, Camillia. Qu'est-ce que tu crois savoir ?

— Je sais que je n'ai pas accepté d'être une épouse, répondis-je. Que tu as fait un arrangement avec mon père concernant ma vie sans mon consentement. (Je croisai les bras.) C'est une déduction logique de supposer qu'il y a d'autres personnes comme moi qui ont essayé de se libérer de tes arrangements. Et comme tu l'as dit, tu aimes les punitions. Donc…

J'agitai la main, laissant cette déclaration pétiller et crépiter entre nous.

Lucifer me considéra un instant.

— C'est tout ? C'est ton grand résumé ?

— Tu as aussi voulu forcer Ajax à s'accoupler avec toi, ajoutai-je. Devrions-nous en reparler ?

Il ne répondit pas tout de suite, se contentant de me fixer.

— Tu as une bien piètre opinion de moi.

Ce n'était pas vrai. En fait, je commençais à le respecter un peu. Mais je ne ressentais pas le besoin de l'exprimer à voix haute. Je me contentai donc de soutenir son regard et d'attendre qu'il en dise plus.

— D'accord.

Il claqua des doigts, et ce bruit inattendu me fit tressaillir. Il esquissa une moue en réponse, et plissa un peu les yeux.

Puis une feuille de papier apparut sur le bureau devant lui, seul document posé sur le bois sombre. Une plume d'oie apparut ensuite.

— Commençons par le commencement, murmura-t-il.

Il prit la plume entre ses doigts et griffonna sur la feuille.

Je fronçai les sourcils, je ne le suivais pas. À cette distance, je ne voyais pas ce qu'il écrivait, alors je m'avançai. Mon froncement de sourcils s'accentua lorsque je découvris ce qu'il avait invoqué avec ce claquement de doigts.

— C'est mon contrat.

— Techniquement, c'est *mon* contrat, corrigea-t-il. Celui que j'ai passé avec ton père. Et maintenant (les bords du document se mirent à brûler), il n'est plus actif.

Je cillai.

— Plus actif…

Le parchemin s'enflamma, les flammes rouges vacillantes scintillant de magie. Je regardai avec stupéfaction le papier se disperser, la signature de mon père disparaissant dans une flambée de braises qui tourbillonnaient dans l'air.

— Je ne… (Je levai les yeux sur Lucifer.) Qu'est-ce que ça veut dire ? Est-ce que mon père sera puni pour ça ?

Sauf que… Sauf que mon père ne pouvait pas être puni. Parce qu'il était mort. Du moins d'après ma mère. Par conséquent, le marché était déjà résilié.

Donc tout cela ne voulait rien dire. C'était juste pour la frime.

— Tu essaies de me rouler, affirmai-je avant qu'il

réponde à mes questions précédentes. Pourquoi ? C'est quoi la leçon ?

Il sourcilla.

— Je n'essaie pas de te *rouler*, Mlle de la Croix. J'essaie de repartir de zéro en détruisant le contrat qui te lie à mon royaume. Quant à ton père, il a respecté sa part du marché en faisant participer sa fille aux épreuves ; ainsi, son âme est toujours dégagée de ma Source.

— Ouais, parce qu'il est mort, ricanai-je.

Le regard de Lucifer passa de moi à Melek.

— C'est confirmé ?

— Non, parce que c'est la première fois que j'en entends parler. (Melek vint à mes côté et posa sa main au bas de mon dos.) Qu'est-ce qui te fait croire qu'il est mort, petit ange ?

— C'est ma mère qui me l'a dit, répondis-je, quelque peu surprise d'avoir omis d'en parler à mon compagnon.

Est-ce normal de ne pas trop penser à la mort d'un parent ? De ne pas vraiment faire le deuil de cette perte ?

Peut-être qu'il s'était passé trop de choses pour que je puisse assimiler ce que ma mère m'avait dit. Ou peut-être… peut-être que je n'étais tout simplement pas normale.

— Je vois. (La voix de Lucifer se fit plus grave.) Je l'ai libéré de ma Source dans le cadre de notre accord, je ne peux donc pas confirmer facilement les dires de ta mère. Mais je vais m'en occuper personnellement.

— Tu penses qu'elle a menti ? demandai-je, encore plus surprise.

— Je pense que c'est possible, oui. Il est également possible qu'il ait été sa marionnette depuis le début, ce que j'aurais dû saisir lorsqu'il m'a proposé son offre.

— Tu n'avais aucun moyen de soupçonner l'influence

des Faë Vertueux, Ty, intervint Melek. Ne te blâme pas pour ça.

— Il était sous ma responsabilité, et je l'ai laissé tomber. C'est aussi simple que ça, petit prince. (Lucifer agita une main dans l'air, faisant apparaître une feuille de parchemin vierge.) Cependant, nous ne sommes pas ici pour discuter de mes manquements, mais pour former Camillia. Et pour cela, il faut qu'elle comprenne comment je passe des marchés. (Il se tourna vers Melek.) Alors montrons-lui comment on pratique, petit prince. Fais-moi une offre que je ne peux pas refuser.

CHAPITRE DIX-SEPT

CAMI

JE RESTAI bouche bée devant le roi des Faë de l'Enfer. Non seulement il venait de suggérer que mon père pouvait être sous l'influence de ma mère lorsqu'il s'était engagé dans le marché scellant mon destin, mais il semblait également penser que ma mère pouvait mentir sur sa mort.

Et il avait l'intention de s'en occuper *personnellement*.

— Pourquoi ? lâchai-je, coupant court à ce que Melek s'apprêtait à dire. Pourquoi tu t'en soucies ?

Mais il avait déjà répondu à cette question. « Il était sous ma responsabilité, et je l'ai laissé tomber », avait déclaré Lucifer.

— Tu penses vraiment qu'il a été manipulé ? ajoutai-je sans lui laisser le temps de répondre à ma question précédente.

Parce que je connaissais déjà la réponse. J'avais juste du mal à l'assimiler.

— Est-ce que ça voudrait dire que ton marché avec lui était déjà nul et non avenu ? continuai-je. Ou… ou est-ce que ça n'a pas d'importance ? Est-ce que tu le punirais de toute façon ?

Y a-t-il d'autres innocents dans son cachot ? Des âmes qui étaient bonnes par ailleurs ?

Non, pensai-je dans la foulée. J'avais senti toutes les créatures emprisonnées dans ces cellules. Ce n'étaient pas de bonnes âmes.

— Mais pourquoi s'occuper d'elles ? murmurai-je à voix haute, plus à moi-même qu'à Lucifer. (Sauf qu'en fait, je voulais cette réponse.) Si tu savais qu'elles étaient mauvaises, ou manipulées par un Faë Vertueux, alors pourquoi… ?

Je m'interrompis, essayant de démêler toutes les informations que j'avais apprises aujourd'hui. Je n'y comprenais rien. Je le savais. Mais j'avais du mal à comparer la situation de mon père aux âmes sombres dans les cachots.

— Pourquoi je ne les ai pas remarquées plus tôt ? m'étonnai-je. J'étais dans ce cachot il y a quelques mois. Je ne les ai pas senties à l'époque.

Peut-être parce que je n'y avais pas prêté attention. J'étais un peu absorbée par ma propre captivité.

Parce que mon père avait donné ma vie aux épreuves nuptiales des Faë de l'Enfer.

— Est-ce que tu n'as pas remarqué l'âme de mon père ? demandai-je en regardant enfin Lucifer.

Il me rendit mon regard avec un mélange d'émotions que je n'arrivais pas à déchiffrer. De l'amusement mêlé à de la perplexité, peut-être ? Je n'avais pas été très claire.

Lucifer ne répondit pas tout de suite, peut-être parce qu'il voulait savoir si j'avais d'autres questions décousues à lui balancer.

— Je peux voir les intentions – bonnes ou mauvaises – de tout mon entourage, dit-il finalement d'un ton mesuré.

Il s'attendait sans doute à ce que je lui coupe la parole. Ou peut-être cherchait-il à fournir une réponse coulante.

Quoi qu'il en soit, cela ne m'apportait pas grand-chose. Donc je soutins son regard et attendis la suite.

— Personne n'a une âme purement lumineuse, reprit-il. Il y a surtout des nuances de gris. Certaines sont juste plus brillantes que d'autres.

— Et celle de mon père ? insistai-je.

— N'était pas sombre, répondit-il. Je n'aurais pas permis à quiconque ayant une âme sombre de conclure un marché concernant les épreuves nuptiales des Faë de l'Enfer. Seules les personnes ayant de bonnes intentions étaient autorisées à s'offrir ou à offrir leurs filles.

— Pourtant, tu as conçu tes épreuves de manière à tester les intentions de ces épouses, remarquai-je, me rappelant ce que Melek avait dit et ce que j'avais surtout constaté par moi-même.

— En effet. Parce que les intentions peuvent changer à tout moment, et j'ai fait ce qu'il fallait pour protéger le royaume des Faë de l'Enfer. (Il pencha la tête sur le côté.) Ce que tu dois comprendre, mademoiselle de la Croix, c'est qu'aucun marché n'est égal à un autre. Les offres varient. Les objectifs diffèrent. Et les personnes avec lesquelles je négocie changent tous les jours.

Je croisai les bras.

— Mais ils se terminent toujours de la même façon, pas vrai ? Avec l'autre personne qui t'est redevable d'une manière ou d'une autre ?

— La transaction elle-même constitue généralement la dette, répondit-il d'un ton égal. Quelqu'un vient me voir avec une offre, et je lui indique le prix. C'est aussi simple que ça.

— Et si elle ne tient pas son engagement, elle est transformée en Faë du Cauchemar et emprisonnée en guise de punition.

Il plissa les yeux.

— Non. Seules les âmes sombres méritent ce sort, ce que tu sais déjà car tu as senti leurs intentions dans ce cachot.

Je fis la moue. Parce qu'il avait raison, j'avais senti le mal dans cet endroit. Mais qu'en était-il des candidates comme moi ? Celles qui ne voulaient pas participer aux épreuves ?

— Certains de tes marchés impliquent des innocentes, nuançai-je. Des innocentes comme moi.

Son regard surfa sur moi sur une chaude vague d'intérêt.

— *Innocente* n'est pas un terme que j'emploierais pour te décrire, Camillia.

Je ne savais pas trop si je devais me sentir insultée… ou excitée. Car cette lueur dans son regard de braise suggérait qu'il réfléchissait à une liste de mots sensuels, une liste que j'aimerais entendre. De préférence soufflée à mon oreille. Pendant qu'il…

Je me raclai la gorge. Je ne voulais pas me laisser aller à ce fil d'idées.

C'est le diable. Il me déteste. Et il a une prison remplie de cauchemars au sens propre.

— De nombreux types de Faë me font des offres, mais il y en a trois qui sont plus communs que la plupart, me dit-il d'une voix douce, son regard croisant le mien une fois de plus. Il y a ceux qui sont désespérés et prêts à faire ou à donner n'importe quoi en échange de quelque chose dont ils ont besoin. Puis il y a ceux qui prennent part à un marché à la recherche de sensations fortes. Enfin, il y a ceux qui m'engagent pour leur propre profit égoïste. D'après mon expérience, c'est ce dernier groupe qui a tendance à ne pas respecter les termes de notre accord.

— Et mon père ? Dans quel groupe se situe-t-il ?

Il réfléchit un instant, son expression ne laissant rien transparaître.

— Il a échangé ta vie contre sa propre liberté, ce que je considère typiquement comme égoïste. Mais si ta mère l'a influencé avec sa magie de Faë Vertueuse, alors sa situation était unique.

— Est-ce que tu évalues l'âme de quelqu'un avant de conclure un marché ?

J'étais curieuse de savoir s'il avait pris note des intentions de mon père en s'engageant avec lui.

— J'évalue les objectifs plus que les âmes. (Il contourna son bureau pour s'y adosser. Ses longues jambes s'étendaient devant lui, une cheville reposant sur l'autre, et il glissa ses mains dans les poches de son pantalon noir.) L'objectif de ton père était clair : il voulait rompre les liens avec ma Source pour pouvoir être avec ta mère. Je n'ai pas pensé à creuser ce besoin ; il n'était ni le premier ni le dernier Faë de l'Enfer à faire une telle demande.

— Les Faë avant et après lui t'ont-ils aussi offert la vie de leurs filles ? demandai-je, incapable de retenir le sarcasme dans mon ton.

Il tordit ses lèvres.

— Non, Camillia. Ton cas était particulier. La plupart m'ont proposé une tâche ou un service en échange d'être libérés de la Source des Faë de l'Enfer. Mais ton père semblait penser que j'avais besoin d'une meilleure offre, ce que j'avais trouvé amusant à l'époque. (Son regard devint lointain et pensif.) Avec le recul, j'aurais dû me demander pourquoi il estimait qu'un prix aussi élevé était nécessaire. Ce n'est pas comme si mes Faë de l'Enfer étaient prisonniers.

— On ne l'est pas ? ricanai-je. Parce que c'est bien ce qu'on a ressenti pendant les épreuves.

— Pour toi, murmura-t-il en revenant à moi. Les

candidates épouses étaient gardées dans le paradigme pour être observées et testées, donc oui, tu étais captive. Mais mes Faë de l'Enfer – ceux qui ont le champ libre dans mon royaume – ne le sont pas. Le libre arbitre est une chose à laquelle j'accorde beaucoup d'importance. Je ne forcerais jamais quelqu'un à rester ici s'il ne le souhaite pas.

— Sauf si c'est une candidate épouse.

— Une situation tout à fait différente.

— Dans ton esprit, soulignai-je. Pas dans le mien.

— Parce que tu ne comprends pas mon monde, répliqua-t-il. Et jusqu'à présent, tu as été trop obtuse pour essayer.

J'arquai les sourcils.

— Pourtant je suis ici, n'est-ce pas ?

— Oui, et tu vas te débarrasser d'une attitude qui fait que ma main me démange, rétorqua-t-il. Être ici et être prête à apprendre, ce n'est pas la même chose.

Je serrai les dents. Je ne savais pas trop ce qu'il voulait dire à propos de sa main qui le démangeait, et je n'avais pas envie d'y réfléchir davantage. Je me concentrai donc sur sa dernière phrase.

— Je veux apprendre, lui affirmai-je. Je veux comprendre. Mais je ne peux pas ignorer que c'est à cause d'un marché – auquel je n'ai pas eu mon mot à dire – que je suis ici. Je ne peux pas non plus oublier ce que j'ai ressenti dans ce cachot ni ce que j'ai vécu en tant que candidate épouse. Donc, si je te montre une *attitude*, c'est parce que tu la mérites.

— Parce que j'ai accepté une offre qui, en fin de compte, t'a profité plus qu'à n'importe qui ? demanda-t-il, haussant un sourcil.

Mes dents grincèrent encore plus tandis qu'une réplique cinglante me titillait la langue. Mais il n'avait pas fini de parler.

— Tu es accouplée à mon prince, à mon Commandant *et* à mon Gardien. (Il s'écarta du bureau pour se redresser de toute sa hauteur.) Tu as accès aux profondeurs de *mon* royaume. Tu te trouves maintenant dans un lieu sacré, entourée d'accords secrets. Je t'ai même emmenée dans ma tanière, un endroit où *personne* n'a pénétré à part ceux qui font partie de mon cercle intime. Pourtant, tu me rebats les oreilles avec un marché dont je ne suis pas responsable. Un marché que j'aurais été idiot de refuser. Un marché que *ton père* m'a proposé.

— Ty…

— Non, trancha-t-il, les yeux toujours fixés sur moi. C'est à moi d'arranger ça. Je l'accepte. Mais on ne pourra pas aller de l'avant tant que ces émotions couvent entre nous. (Il pénétra dans mon espace vital et posa soudain sa main sur ma nuque.) Tu es en colère contre moi ? Très bien. Tu veux me punir pour le choix de ton père ? D'accord. Mais réfléchis à ce que ça fait à tes compagnons, Camillia. Ce que ça nous fait à *nous*. Parce que je ne peux pas t'enseigner si tu es réticente à apprendre.

Je le fusillai du regard.

— Je ne suis pas réticente. (Et j'en avais vraiment marre qu'il répète cela.) Te remettre en question, toi et tes motivations, est une réaction naturelle à la situation, Typhos. Je ne peux pas juste te faire confiance, pas après tout ce que nous avons vécu.

— Tu veux dire que tu ne *veux* pas, Camillia. Tu ne *veux* pas me faire confiance. La confiance est un choix, pas un sentiment inhérent à une situation. J'ai blessé ta foi en moi. Je comprends ça. Mais on ne peut pas changer le passé. On ne peut que se tourner vers l'avenir. Donc tu vas *choisir* de me faire confiance, ou pas. Cette décision t'appartient, reine chérie. Pas à moi.

Reine chérie résonnait dans ma tête, oblitérant tout ce

qu'il avait dit. Je n'entendais plus que le mot *reine* sur sa langue. Il ne l'avait pas prononcé comme un titre, plutôt comme une marque d'affection.

Pourquoi ? me demandai-je. *Pourquoi m'appelle-t-il ainsi ?*

Parce qu'il commence à se rendre compte de ton potentiel, murmura Melek, écoutant manifestement mes pensées. Ou peut-être les avais-je diffusées. *Il te respecte, petit ange. Tu ne le vois peut-être pas, mais moi si. Cette leçon le prouve. Il est patient et assume la responsabilité de ses fautes, tout en essayant de répondre à tes questions. Ty veut arranger les choses. Mais il a raison : le succès de cet effort dépend de ton acceptation. Soit tu lui permets de se racheter, soit tu continues à le détester.*

Je ne le déteste pas, répondis-je via notre connexion.

Tout comme il ne te déteste pas. Sa voix était une caresse mentale. *Regarde ses yeux. Regarde-le vraiment. Et tu verras que ses sentiments sont tout sauf de la haine.*

Je déglutis et portai de nouveau mon attention sur le mâle qui se tenait devant moi – bien trop près. Son regard retint le mien avec une domination qui fit bafouiller mon cœur.

— La plupart de mes marchés sont conclus au profit du royaume des Faë de l'Enfer, m'expliqua-t-il d'une voix qui s'adoucissait à chaque mot. Il y a du pouvoir dans les accords, en particulier ceux qui sont couronnés de succès. Tu as connu le côté sombre de mon monde, les offres conçues à des fins personnelles. Des offres comme celle de ton père et comme celle que j'ai faite à Ajax. Mais la plupart des accords sont bienveillants et consensuels.

Il me serra la nuque une seule fois avant de me lâcher et de se tourner vers le mur d'étagères interminable.

— Ce sont mes offres actives, reprit-il. Chaque rouleau est une affaire en cours, et chaque accord est présent dans mon esprit, car je surveille personnellement chaque résultat. Il y en a certains auxquels je prête plus d'attention que d'autres. Il y en a dont j'anticipe l'échec.

Il agita la main et fit apparaître plusieurs papiers qui flottèrent sur le bureau.

— Je passe des marchés avec les âmes sombres dans un seul but : avoir une emprise sur elles. En de très rares occasions, une âme sombre peut choisir la voie de la rédemption. Mais en général, elle cherche à me rouler dans une affaire. Elle apprend alors rapidement que la tromperie est un jeu que je maîtrise depuis longtemps.

Les documents s'organisaient magiquement sur le bureau en une pile d'une dizaine de pages. Lucifer posa sa main dessus, ses yeux captant les miens une fois de plus.

— Ce sont les contrats en cours que j'ai passés avec ceux dont je prévois l'échec. Tous les autres dans cette pièce réussiront d'une manière ou d'une autre, et la majorité de ces réussites seront en faveur de l'offrant, pas de moi.

Il en prit un sur le bureau, le parcourut du regard. Puis il entreprit de le lire à haute voix. C'était un marché conclu avec une Faë Lunaire.

Il me fallut quelques secondes pour comprendre pourquoi il avait choisi cette femme en particulier : elle lui avait offert ses trois fils en échange de son aide pour trouver un passage sûr à travers le royaume des humains.

— Elle est à Los Angeles, ajouta-t-il. Et elle n'a aucune envie d'en partir. Elle cherche la gloire et la fortune, et elle est prête à détruire tout ce qui se mettrait en travers de son chemin.

Il sortit un miroir qui révéla une femme dont les traits ne m'étaient pas inconnus. Je haussai les sourcils.

— Ce n'est pas… ?

Je m'interrompis, mon esprit ne parvenant pas à

évoquer le nom que je cherchais. Je l'avais vue des dizaines de fois dans les médias, mais je ne prêtais guère attention aux humains célèbres. Sauf qu'elle n'était pas vraiment mortelle, apparemment, vu que c'était une Faë Lunaire.

— C'est une chanteuse, me rappelai-je. Mais son nom m'échappe.

Lucifer le prononça à ma place, puis le fit suivre d'un ricanement.

— Tu n'as pas idée du nombre de mortels qu'elle a blessés dans sa quête. D'habitude ce n'est pas mon problème, mais je trouve que la façon dont on traite un être inférieur en dit long sur son propre caractère.

Je ne pouvais qu'être d'accord avec lui sur ce point, donc j'acquiesçai simplement.

— Et ses fils ?

— Ils sont actuellement dans mon royaume. Ce sont des métis, leurs pères respectifs étant divers types de Faë. (Il reposa le papier, et l'encre parut se tortiller sur la page en réaction à son contact.) La vraie raison pour laquelle elle les a négociés était de cacher ses anciennes liaisons, car c'est une Faë Lunaire royale. Si sa meute apprenait la vérité sur ses liaisons illicites, elle serait tuée par son compagnon, le roi Alpha.

— Oh. (Je cillai.) Et tu l'as aidée à s'échapper… ?

— C'est ce qu'elle pense, répondit Lucifer avec un léger sourire. Ses fils sont des abominations selon les critères des Faë Lunaires. Ils auraient été éliminés s'ils avaient été découverts. Je les ai acceptés en guise de paiement pour les sauver, et j'attends qu'elle ne respecte pas nos conditions pour pouvoir l'emprisonner pour sa cruauté.

— Mais elle t'a donné ses fils. C'est ce qu'elle avait promis, non ?

— En échange de son passage à travers le royaume humain. Mais elle ne l'a pas traversé, elle y a demeuré. Ce qui annule nos conditions.

Il tapota le parchemin, m'incitant à m'approcher pour lire le texte moi-même.

— Est-ce qu'elle se rend compte qu'elle a rompu ton accord ? interrogeai-je en parcourant des yeux les mots rédigés de son élégante écriture.

— Bien sûr que non. Elle croit qu'elle a gagné, et elle est trop absorbée par ce qu'elle perçoit comme un succès pour envisager une alternative.

Lucifer retira sa main, faisant de nouveau se tortiller le texte. Mais les mots ne changèrent pas. Ils vacillaient simplement.

— Quand est-ce que tu lui feras savoir ?

— Quand ses fils seront prêts. (Il fit disparaître le miroir d'une chiquenaude.) Ils sont en train de concocter son cauchemar, quelque chose en rapport avec un trou dans le sol où elle n'est nourrie qu'avec des restes.

— C'est très spécifique, m'étonnai-je.

— C'est ainsi qu'ils ont grandi, loin de la meute, traités comme des rats domestiques dans un trou où elle cachait ses péchés. (Quelque chose scintilla dans son regard, une émotion empreinte de ténèbres et de fureur.) Ils étaient des chiots sauvages quand elle les déposés devant ma porte. Un de mes Chiens de l'Enfer les a recueillis. Ça a pris des années pour les rééduquer, pendant qu'elle parcourait le royaume des humains en semant la discorde et la souffrance.

Mon regard passa de lui au feuillet, puis revint à lui.

— Cet accord a donc profité à ton royaume puisque tu as acquis plus de Faë. (Je parlais lentement, essayant de comprendre.) Mais en réalité, tu les aides à survivre. Et tu vas punir une âme sombre pour les apaiser.

— Je vais punir une âme sombre parce qu'elle me donne une raison de réutiliser sa vitalité, répondit-il. Le fait que cela venge certains de ses méfaits n'est qu'un avantage. La principale récompense – la raison pour laquelle ces accords *me* sont si bénéfiques – est que cela m'offre un prétexte pour exercer mes capacités. Je siphonne l'énergie de l'âme sombre et l'injecte dans ma Source, qui à son tour protège mon royaume.

— Siphonne, répétai-je, ce mot touchant une corde sensible en moi.

— Oui. J'étais un siphon comme toi. Mais j'ai désactivé cette capacité il y a longtemps. (Il fronça les sourcils.) Enfin, *désactivé* n'est peut-être pas le bon terme. Après avoir réalisé qu'il y avait du pouvoir dans les accords, j'ai restructuré et redéveloppé mon talent pour l'utiliser à des fins de protection plutôt que de destruction.

— Tu es aussi un siphon ? m'étonnai-je, incapable de dissimuler ma stupeur.

— Je l'étais. (Un petit sourire flirta sur ses lèvres.) Mais oui, en principe. Mon pouvoir a juste évolué, comme je l'ai dit.

— Oh, fis-je en cillant.

C'est pour ça qu'il ne me considère plus comme une menace ? Parce qu'il comprend mes capacités ?

C'est pourquoi il veut te former, Cami, répondit Melek, captant mes pensées. *Et pourquoi il te considère comme une reine.*

Je ne savais pas trop quoi répondre à cela. Du coup je me concentrai sur tout ce qu'il avait dit à propos de ses contrats et de ce qu'il faisait avec les âmes – *l'énergie* qu'il en retirait.

C'est ainsi qu'il alimente le royaume des Faë de l'Enfer, réalisai-je.

Oui, répondit Melek, bien que je n'aie pas besoin de confirmation.

Je croisai de nouveau le regard de Lucifer.

— Tu as absorbé beaucoup de pouvoir au cours de ta vie, créant ce vaste univers de royaumes où tu protèges tes Faë du Cauchemar et de l'Enfer, et la Source s'est maintenant développée au point de risquer d'être mal gérée.

Je regardai Melek en quête de son assentiment, mon évaluation étant surtout basée sur ses diverses explications, mais il ne répondit pas. Il fixait Lucifer, ce qui attira de nouveau mon attention sur le roi des Faë de l'Enfer.

— C'est l'opinion de mon prince, dit-il après un moment interminable de tension palpable. Et c'est une opinion… que je commence à accepter.

La surprise traversa les traits de Melek.

— Je te dois une faveur, petit prince, continua Lucifer. Tu veux en profiter maintenant ? Ou tu préfères qu'on s'amuse plus tard ?

Melek le dévisagea longuement, esquissant lentement un sourire.

— J'ai toujours envie de m'amuser, mon roi.

— Je sais.

— Mais tu m'as demandé de te faire une offre.

— En effet.

— Hmm.

Ses iris chamarrés scintillèrent, son énergie sournoise vibra dans notre lien. Je ne percevais pas ses pensées, mais je sentis qu'il préparait quelque chose de sensuel. Quelque chose de dangereux.

Quelque chose qui m'impliquait.

Melek, l'avertis-je.

Chut, chuchota-t-il, fixant toujours Lucifer bien que son esprit soit clairement focalisé sur moi. *Je réfléchis, petit ange.*

— Tout ça a commencé à cause de ton marché avec

Pierre de la Croix, reprit Melek. (Je retins mon souffle.) Il me paraît tout naturel de négocier des conditions similaires. À des fins éducatives, bien sûr.

— Des conditions similaires ? m'ébahis-je.

— Tais-toi, Camillia, m'intima Lucifer. C'est entre Melek et moi.

— Pourtant ça me concerne. (Je ne pus réfréner l'exaspération dans ma voix.) Tu ne peux pas être sér–

Lucifer plaqua sa bouche sur la mienne, me coupant la parole. Son baiser exigeait mon silence. Ma soumission. Mon… mon *tout*. Un mouvement si vif, si inattendu, que je… je succombai. Je le laissai me serrer dans ses bras. M'embrasser. *Me maîtriser.*

Parce qu'il était un roi. Un Dieu parmi les Faë.

Typhos Lucifer.

Et j'étais esclave du pouvoir dégagé par ses lèvres sur les miennes.

Comment… ? me dis-je, à bout de souffle. *Pourquoi ?*

Avant, j'avais été prête à le tuer. À le haïr. À *hurler* ma protestation. Or à présent, je me sentais totalement possédée.

Lorsqu'il me lâcha, je pouvais à peine penser. Il n'avait même pas glissé sa langue dans ma bouche. Il s'était contenté d'utiliser ses lèvres. Son aura. Son *pouvoir*.

— Il s'agit d'un exercice de confiance, reine chérie. (Ce terme affectueux me laissa encore sans voix, ni avec assez d'oxygène dans mes poumons pour formuler des mots.) Observe et apprends. Et surtout, sois certaine que ton compagnon te protégera.

Ses lèvres frôlèrent de nouveau les miennes, puis il s'écarta avec une soudaineté qui valait bien la vivacité avec laquelle il m'avait saisie.

Un large torse me rattrapa tandis que je trébuchais en

arrière, et des bras puissants entourèrent ma taille. Puis la bouche de Melek effleura mon oreille.

— Je crois qu'il a été question d'une douche ou d'un bain, murmura-t-il, sa voix soyeuse caressant mes sens. Commençons la négociation par ça.

CHAPITRE DIX-HUIT
AJAX

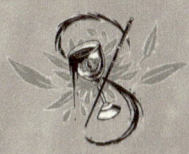

Je croisai les bras, les yeux rivés sur le tas de cendres au fond de la cellule.

Ces cendres avaient été Dakota. Ou du moins ce qu'il en restait.

J'avais enlevé le mirage de Lucifer – un truc qu'Az m'avait appris peu après le départ du roi des Faë de l'Enfer – et attendu que l'esprit de Dakota refasse surface. Seulement, elle n'avait pas bougé, ni parlé. Elle avait juste fixé le mur d'un regard vide, comme si elle était toujours piégée dans le passé.

J'aurais pu prononcer un sort pour l'assommer et la forcer à revenir dans le présent pour me faire face. Mais la voir en chair et en os – son déguisement d'Unseelie ayant disparu quand j'avais démantelé l'enchantement cauchemardesque de Lucifer – ne m'avait fait aucun effet.

— Tu as l'air déçu, remarqua Az.

Son grand corps appuyé contre le mur près de moi, une cheville reposant sur l'autre, il était l'image même de la désinvolture, sa posture et son expression indiquant qu'il était indifférent au sort de mort que je venais d'invoquer devant lui.

— Je m'attendais à éprouver plus d'émotion, je crois, avouai-je. Mais je ne ressens pas grand-chose, à part du soulagement, peut-être.

Ce qui était étrange. Chaque fois que je faisais face à mon passé, j'éprouvais généralement de la souffrance. Parfois de la tristesse. Et je réagissais toujours avec fureur.

Et pourtant… je me sentais curieusement en paix en ce moment. Comme si je venais de refermer un livre achevé.

— Cami a tout changé en moi, murmurai-je, conscient qu'elle était la source de mon contentement.

Ou peut-être de mon développement. Je ne savais pas trop quelle étiquette mettre dessus, mais je reconnaissais ce qu'elle représentait pour moi, comment elle m'avait aidé à guérir.

— Je ne crois pas que c'était volontaire, mais elle l'a fait, ajoutai-je.

— Elle a tout changé en nous tous, opina Az d'un ton amusé. Je n'avais jamais vu Melek se montrer sérieux, ni entendu Typhos s'excuser. Pourtant, ces deux choses se sont produites plus d'une fois au cours de la semaine dernière. Quant à moi… (Il s'interrompit pour réfléchir.) Elle me fait me sentir vivant d'une façon que je n'avais jamais ressentie.

J'acquiesçai, comprenant ce qu'il voulait dire.

— Elle m'a fait découvrir ce qu'est le véritable amour, énonçai-je.

Je grimaçai, trouvant que ça faisait nunuche prononcé à haute voix. Mais c'était la vérité. Emelyn Jyn avait été mon premier amour, mais Camillia de la Croix était mon *vrai* amour.

La première m'avait appris à ressentir, à me soucier d'autrui, à ouvrir mon cœur et à profiter de petites doses de chaleur dans un monde froid. Puis sa mort avait enfermé mon âme dans un tombeau glacial pendant dix très longues années. Jusqu'à ce que Cami fasse irruption avec son énergie rebelle et sa personnalité séduisante. Elle m'avait réveillé et plongé tête la première dans son monde fougueux. Et depuis, j'essayais de rattraper mon retard.

Je fixai de nouveau le tas de cendres, attendant qu'une expérience profonde prenne le relais. Quelques instants plus tôt, ces murs abritaient un cauchemar que je revivais souvent mentalement. Or jeter ce sort m'avait bizarrement soulagé, comme une conclusion. Comme si je pouvais enfin tourner la page et vivre dans le présent plutôt que dans le passé.

Cela fait-il de moi un mauvais Faë de Minuit ? me demandai-je, toujours focalisé sur ce qui restait de Dakota. *Ou est-ce que ça fait de moi un bon Gardien Faë de l'Enfer ?*

Je ruminai ces questions, les laissai rouler dans mon esprit, puis je décidai qu'aucune des deux n'était vraiment pertinente. Je n'étais pas un mauvais Faë de Minuit pour être passé à autre chose, et je n'étais pas non plus un bon Gardien Faë de l'Enfer. J'étais juste moi. Ajax. Un Faë de Minuit attaché au royaume des Faë de l'Enfer. Grâce à mon compagnon Faë du Phénix et à notre magnifique petit rebelle.

Je fermai les yeux et connectai aussitôt mon esprit aux pensées de Cami. Elle était perdue dans un océan de pouvoir, captivée par les explications de Lucifer sur ses marchés. Diverses émotions palpitaient à travers notre lien. La colère. L'excitation. La peur. La perplexité.

Je faillis lui demander si elle avait besoin d'être secourue, mais je sentis une bouffée de détermination onduler dans notre connexion. Une détermination à *faire confiance*.

J'ignorais ce qui l'avait incitée à se sentir ainsi, mais je ne voulus pas m'immiscer davantage. Donc je me retirai et revins à la cellule sans vie de Dakota. J'avais envisagé de la transformer en statue, comme Constantin l'avait fait pour Emelyn et mes parents. Mais j'avais changé d'avis et opté pour un simple sort d'exsanguination.

Rapide et décevant. Ce n'était pas du tout ce qu'elle méritait. Cependant, je n'avais pas vu de raison de prolonger son agonie, alors que Dakota semblait ne plus avoir d'esprit, de toute façon.

Faisant tourner ma baguette dans ma main, j'examinai la cellule devant moi. Elle était minimaliste à présent que le mirage s'était effacé, laissant la pièce nue. Lucifer n'avait pas parlé de la préparer pour un autre détenu, aussi décidai-je de la vider entièrement pour le moment.

Marmonnant un sort dans ma barbe, je dessinai un motif avec ma baguette, remarquant les éclats dorés qui dansaient autour de ma magie violette.

— Je ne sais pas si je dois te remercier pour tes améliorations de Faë du Phénix ou te balancer mon poing dans la figure pour me les avoir imposées, lançai-je à Az.

Son regard violet se teinta de noir quand son animal me jeta un coup d'œil.

— Tu pourrais faire les deux. Me balancer ton poing dans la figure puis montrer ta gratitude en me suçant.

J'arquai un sourcil.

— Je ne suis pas reconnaissant à ce point-là.

Az s'écarta du mur, son Phénix me fixant à nouveau à travers son regard.

— Tu en es sûr ?

— J'en suis tout à fait sûr, putain, persiflai-je.

Il inclina la tête de cette manière d'oiseau qu'il affectionnait, et colla sa poitrine à la mienne. Mais je tins bon et le scrutai droit dans les yeux, nos tailles étant presque égales.

— Je ne me soumettrai pas à toi, Az. Pas maintenant. Peut-être plus jamais.

Car je n'étais pas encore tout à fait d'accord avec tout ce qui s'était passé entre nous.

Oh, je le comprenais. Et même, je me sentais mal de l'avoir asservi avec la magie de Faë Vertueux. Cependant, il y avait d'anciennes blessures qui n'avaient pas encore guéri.

Az fouailla mes yeux comme s'il cherchait des réponses au fond de mon âme. Il n'aurait pas à chercher bien loin, notre lien gardant mon esprit ouvert à lui d'une manière que je ne pourrais jamais rejeter, même si je le voulais.

Et je… je ne voulais pas. Je le savais au fond de moi.

Az était mon ami. Voire mon meilleur ami. J'aimais Shade comme un frère, je cautionnais notre passé commun et je savais qu'il me comprenait mieux que quiconque. Mais Az avait été avec moi pendant la période la plus sombre de ma vie. Il m'avait aidé à guérir à sa façon. M'avait donné un exutoire à ma douleur. Il ne m'avait jamais bousculé, il était simplement resté à mes côtés, comme une présence loyale.

Il m'avait fait mal, aussi. Très mal. Toutefois je percevais ses remords, ainsi que son raisonnement, qui était alambiqué et foireux. Mais tout cela menait à une conclusion inévitable : le pardon.

Je n'avais pas trop idée de comment y parvenir ni quand je serais prêt à le faire.

Az posa sa main sur ma joue, un geste étrangement doux de sa part. Et en totale contradiction avec le feu qui couvait dans son regard.

— Je suis désolé, Ajax, dit-il. Je suis désolé de t'avoir bloqué avec mon pouvoir. Je suis désolé de t'avoir forcé à regarder Cami souffrir. Je suis désolé d'avoir préféré mon allégeance à Typhos à mon allégeance à toi. Et je suis désolé d'avoir échoué non seulement en tant que meilleur ami, mais aussi en tant que compagnon. C'était mal à l'époque, et je n'avais pas compris pourquoi. Mais je saisis maintenant. Je mérite bien pire qu'un coup de poing dans la figure, c'est pourquoi j'accepte les coups au cœur. C'est ce que j'ai gagné par mes actions.

— Tu te sens bien ? m'inquiétai-je.

Je ne l'avais jamais entendu s'excuser autant, et encore moins s'émouvoir. *Des coups au cœur ?* C'était quoi cette merde poétique ?

— C'est toi qui as dit que Cami t'avait appris à aimer.

— J'ai dit qu'elle m'avait fait découvrir ce qu'est le véritable amour.

— C'est pareil.

— Ça n'explique pas ta harangue, rétorquai-je.

— Ah non ? (Avec un sourire, il traça du pouce une douce caresse sur ma pommette.) Peut-être que Cami nous a ramollis tous les deux.

— Je ne suis pas ramolli.

Il me plaqua contre le mur, pressa ses hanches contre les miennes.

— Non, tu es toujours aussi dur et chaud, constata-t-il. Maintenant, arrête d'éviter le sujet et écoute ce que j'ai à dire.

Un grondement fit vibrer ma poitrine.

— Je te répète que je ne me soumettrai pas, Az. Je suis sérieux. Alors ne me force pas à le faire, putain.

— Je ne te demande pas de te soumettre, Ajax. Je te demande d'*écouter*. D'entendre mes excuses. De savoir à quel point je suis désolé. De comprendre que je suis prêt à tout faire pour me racheter. (Il posa son front sur le mien, et son haleine mentholée éventa mes lèvres.) Nous parlons avec nos corps, Ajax. Pas avec nos bouches. Ça a toujours été comme ça entre nous. Alors détruis-moi s'il le faut. Je l'accepterai. Mais…

Il s'interrompit sur un soupir qui me donna envie de le repousser. Car on ne se livrait pas à ces conneries émotionnelles. On se bagarrait. On baisait. Et on se bagarrait encore. Il n'était pas question de *parler* ou d'admettre des *sentiments*.

C'était… c'était… Je crispai la mâchoire, car je n'arrivais pas à définir ce moment. Je me sentais vulnérable et bien plus accablé que quelques instants plus tôt, lorsque j'avais fait face à mon passé.

Qu'est-ce qui ne va pas chez moi ? m'étonnai-je. *Pourquoi ça a tellement plus d'impact que la mort de Dakota ?*

Parce que c'est Az, murmura une voix en moi. *C'est le futur. Le présent. La façon dont les choses se passeront désormais.*

Nous étions connectés via son Phénix. Compagnons pour la vie. Et nous partagions Cami, aussi. Un cercle intime.

Avec Melek aussi, pensai-je à contrecœur. *Et Lucifer.*

Merde, c'était trop. J'avais envie de fulminer, de me mettre en rage, de… de *frapper quelque chose.*

Non. Pas *quelque chose*. *Quelqu'un.* Az.

Et quelque part, il le savait. Il savait que c'était l'exutoire émotionnel qu'il me fallait. Le combat dont j'avais besoin. L'inévitable explosion dont j'avais si envie en mon for intérieur.

Pas à cause de mon passé, ni de Dakota, ni de la mort d'Emelyn et de mes parents. Mais à cause de *ça* – la passion qui couvait entre Az et moi. Le bourdonnement de mon lien avec Cami. La colère que j'éprouvais contre Lucifer pour m'avoir laissé trop longtemps sur la touche. La fureur résiduelle que je nourrissais envers Az pour m'avoir tenu à bout de bras.

Comprendre ses raisons était une chose. Les accepter en était une autre.

Az n'avait pas tort. Nous avions besoin de cela – notre exutoire. Une communication entre nos corps. Une lutte entre nos âmes.

— Flammes, je déteste que tu me connaisses si bien, lui reprochai-je. Alors que j'ai l'impression de ne rien savoir de toi.

— Tu en sais plus que tout le monde, concéda-t-il. Mais vas-y, apprends à mieux me connaître.

Je le repoussai en grognant.

— Comment ? En bavardant ?

— Non. (Il revint sur moi et me plaqua de nouveau contre le mur.) En nous battant.

Il me mordit la lèvre inférieure, faisant couler le sang. Je tentai de le repousser à nouveau en grondant. Il riposta en m'empoignant la gorge et en la serrant si fort qu'il me coupa la respiration.

— En *baisant*, reprit-il. Tout ce que tu veux, Ajax. Tout ce dont tu as besoin. Mon corps est à toi. Mon esprit et mon âme aussi. Alors ramène-moi dans ta chambre et fais-moi ce que tu veux, bon sang !

Az relâcha sa poigne, ce qui me permit d'émettre un rire rauque.

— Va te faire foutre, Az, exhalai-je. On sait tous les deux que tu ne te soumettras jamais de cette façon.

Son Phénix me reluqua de nouveau à travers les yeux d'Az, puis disparut complètement, ne laissant que des flammes violettes dans son sillage. Sa paume sur ma gorge se déplaça sur le côté de mon cou tandis qu'il suivait ma mâchoire avec son pouce.

— Laisse-moi te prouver que je suis sincère. Laisse-moi m'excuser de la seule façon que je connaisse – en te donnant tout.

Je frissonnai, ses paroles dénouant quelque chose en moi. Car j'entendais leur gravité résonner dans son esprit. Il pensait vraiment chaque mot. Chaque promesse. Chaque once de son désir.

C'était la méthode d'Az pour me donner le contrôle, un cadeau qu'il n'avait jamais fait à personne de son plein gré. Sauf peut-être à Cami, et même alors, au fond de lui, il l'avait toujours guidée vers ses préférences.

Mais ça... ça, c'était vraiment lui qui me tendait les rênes. En me disant de faire ce que je voulais. En me donnant la permission de m'amuser.

Je le scrutai, fouaillai ses yeux jusqu'à son âme, et je fis la seule chose qui me vint à l'esprit : je l'embrassai. *Durement.* Je le maîtrisai avec ma bouche et ma langue. Le goûtai. Le léchai. Le *possédai.*

Et il me laissa faire.

Pas de poussée ni de traction. Pas de lutte. Juste Az qui se soumettait à moi et me laissait diriger.

Quand je reculai, il me regarda avec des yeux qui irradiaient un mélange d'excitation et de douleur. Ce n'était pas Az. Il avait besoin de contrôle pour s'épanouir. Pour combattre son passé. Pour s'assurer de ne plus jamais blesser.

Cependant, pour moi, il était prêt à accepter la gêne que lui procurait le fait de se plier à la force d'un autre. Parce qu'il me faisait confiance. Et à un certain niveau, il m'aimait. Peut-être pas de la même manière qu'il aimait Cami, mais mes sentiments pour lui étaient également différents de ceux que j'éprouvais pour elle. Az et moi possédions un lien profond fondé sur l'amitié et la fraternité, souligné par une attirance mutuelle.

Nous prenions plaisir à baiser. Nous prenions plaisir à nous bagarrer.

Sauf que sous la surface, nous étions aussi

profondément attachés l'un à l'autre. Cami avait renforcé cette affection, la transformant en bien plus. Puis le Phénix d'Az avait fait en sorte que nous soyons liés l'un à l'autre pour l'éternité.

Je voulais maintenant lui rendre la pareille.

J'avais déjà commencé sans réfléchir, ayant fait couler le sang par mégarde avec mon baiser. Sauf que ce n'étaient pas mes dents qui avaient entaillé sa peau, mais lui qui m'avait mordu. Peut-être à cause de la force avec laquelle je l'avais réclamé avec ma bouche. Ou peut-être l'avait-il fait instinctivement, comme un cadeau.

Quoi qu'il en soit, cela n'avait pas d'importance.

Parce que tout ce que je désirais maintenant, c'était une issue simple – une *revendication*.

Entre mon âme et celle d'Az. Poussée par mes instincts de Faë de Minuit.

Son Phénix m'avait mordu.

C'était à mon tour de le mordre.

Et de le faire mien.

CHAPITRE DIX-NEUF
AZ

Je perçus l'intention d'Ajax une seconde avant que ses canines se plantent dans ma gorge. Je sursautai violemment, puis je gémis quand du feu liquide se répandit dans mes veines.

— *Feux*, sifflai-je, me perdant dans le baiser vampirique d'Ajax.

Comment diable avais-je pu passer une décennie sans ressentir cela ? Si j'avais su, je l'aurais incité à me mordre dès la première fois qu'on avait baisé.

Ajax se recula, ses yeux bleu nuit allumés par la faim.

— Ton sang a toujours été une source de pouvoir. Mais ça…

Il s'interrompit et mordit mon cou de l'autre côté, provoquant une nouvelle bouffée de chaleur dans mes entrailles.

— Putain, grinçai-je, me penchant sur lui, ayant soif de plus. Ça me fait sacrément bander.

Mais j'étais déjà raide avant qu'il commence. L'observer régler son sort à Dakota m'avait excité, ce qui était complètement tordu, mais j'avais apprécié de le voir prononcer sa sentence de mort. J'aurais juste aimé qu'il la torture un peu, mais ce n'était pas ce dont il avait besoin. Et j'avais respecté la façon dont il avait géré la situation.

Tout comme je respectais son choix de me revendiquer en me mordant.

— Feux, je veux que tu fasses ça à ma bite, réclamai-je en gémissant encore.

Je savais que ça ferait mal de sentir ses dents s'enfoncer dans ma chair dure, mais j'étais tout à fait pour le plaisir qui s'ensuivrait.

— Ça va sûrement me faire jouir, ajoutai-je.

Ajax écarta sa bouche de mon cou.

— Je ne vais pas te sucer, grogna-t-il.

— Je ne t'ai pas demandé de me sucer, juste de me mordre.

— Tu veux que je me mette à genoux.

— En effet, admis-je. Mais seulement si en as envie.

— Toujours en contrôle, râla-t-il, ce qui me fit grimacer.

— Ajax…

Sa bouche couvrit la mienne, me coupant la parole. Quoique je ne savais pas trop quoi dire. C'était lui qui commandait, je ne faisais qu'exprimer mes désirs. Mais je comprenais pourquoi il pensait que je reprenais les rênes. Parce que c'était ce que je faisais. Ce qui nous venait naturellement, à moi et mon Phénix. Pourtant, j'essayais de me soumettre à lui. De le laisser me maîtriser et…

Ajax tressauta contre moi quand les fondations sous nos pieds tremblèrent. J'arrachai ma bouche de la sienne et scrutai le couloir du cachot.

— C'était quoi ce bordel ? m'alarmai-je, cherchant des yeux la créature qui avait provoqué ce petit séisme.

— Je ne…

Une autre secousse coupa la parole à Ajax, et nous fîmes face chacun à un côté du couloir, son dos frôlant le mien. Notre excitation fut aussitôt oubliée.

Quelque chose arrivait, mais les vibrations irrégulières ne permettaient pas de savoir de quelle direction cela venait.

— On est quelques heures avant le couvre-feu, dit Ajax d'un ton inquiet. Il ne devrait pas y avoir de prisonniers dehors en ce moment.

— À moins que les Chiens de l'Enfer aient fait une connerie, grognai-je. C'est Garmr qui a joué le Gardien en ton absence.

Ajax émit un bruit indiquant ce qu'il en pensait. Garmr n'était pas incompétent, mais il gérait trop de choses dans ce royaume, ce qui l'obligeait souvent à déléguer des tâches à ses sbires Chiens de l'Enfer.

Lesquels étaient souvent incompétents, eux.

— Merde, grommela Ajax. Il est temps de se mettre en chasse.

— Ça me plaît bien, en fait, approuvai-je en souriant.

— Dit le Commandant, railla-t-il, scrutant toujours son côté du couloir tandis que je surveillais le mien.

Or ce qui arrivait semblait avoir disparu.

Ou bien a quitté le sol.

Je levai les yeux au plafond.

— Tu ne crois pas…

— Merde, répéta Ajax, qui avait manifestement suivi le fil de mes pensées.

Nous nous éclipsâmes tous deux en même temps, Ajax dans l'ombre et moi dans la cendre, et ressurgîmes juste à l'extérieur du cachot. Un coup d'œil vers le quartier général des candidates confirma mes craintes : les prisonniers s'étaient échappés.

Et pas seulement une poignée, mais beaucoup.

Ajax sortit aussitôt sa baguette tandis que mon épée se formait dans ma main.

— Je prends le Minotaure, lui annonçai-je.

— Lequel ? s'enquit Ajax, ce qui me fit grimacer.

Il scrutait l'arène toute proche où, parmi d'autres, rôdaient deux Faë du Cauchemar ressemblant à des taureaux.

— C'est impossible, marmonnai-je dans ma barbe. Typhos n'aurait pas autant de prisonniers déguisés en Faë du Cauchemar.

— Ouais, sans compter que la dernière fois que j'ai vérifié, il n'y avait qu'un seul Minotaure dans les cellules, pas deux, renchérit Ajax.

Merde. Il y a quelque chose qui cloche.

Une pensée qui se confirma lorsque de nombreux Faë du Cauchemar surgirent de l'arène et foncèrent droit vers les murs couverts de lianes-serpents qui entouraient la bibliothèque et les dortoirs des épouses.

Des hurlements féminins déchirèrent l'air, hérissant les poils de mes bras.

C'est le chaos, murmurai-je, sentant une magie croissante s'infiltrer dans le paradigme. *Typhos*, appelai-je, me focalisant sur le roi des Faë de l'Enfer.

Seul le silence répondit. Un silence inquiétant qui alerta mes instincts.

Cami, tentai-je ensuite.

Rien.

Az, m'interpela Ajax. *Je n'entends pas Cami.*

Moi non plus. Ni Typhos.

La mâchoire d'Ajax se crispa visiblement.

Vivaxia ?

Peut-être, répondis-je. Cette électricité statique augmentait. *Probablement.*

Ajax fit tournoyer sa baguette.

Qu'est-ce que tu veux faire, Commandant ? Dompter quelques bêtes avec moi ou aller chercher des renforts ?

Et te laisser t'éclater seul ici ? rétorquai-je avec un rire mental. *Pas question.* Mon épée brilla de flammes violettes, ma bête s'agitait en moi. *Ce sont nos préliminaires préférés, Gardien.*

— On en revient toujours au sexe avec toi, remarqua Ajax à voix haute.

— Le sexe et le sang vont plutôt bien ensemble, répondis-je, lançant un regard appuyé à sa bouche et à la tache de mon essence qui peignait ses lèvres.

Il lécha le sang en réponse, puis m'adressa un sourire glacial.

— Je vais prendre les portes de la bibliothèque. Occupe-toi des dortoirs.

— D'accord, acceptai-je.

Je m'éclipsai sans un mot de plus. Et grimaçai en apparaissant dans une mer d'énergie nerveuse. Plusieurs candidates épouses s'étaient rassemblées ici, anticipant le combat à venir.

Une femme aux cheveux d'un roux flamboyant tenta de me frapper avec une boule enflammée de magie collante, que je tranchai avec mon épée. Dès que ses yeux noisette croisèrent les miens, elle hoqueta une excuse que j'écartai d'un léger signe de tête.

Lorsqu'une autre femme faillit me frapper avec une étrange batte enflammée, je grondai.

— Dégagez de mon chemin et laissez-moi m'occuper de ça.

Mais quand je traversai la foule pour aller voir au portail, je découvris qu'il n'y avait pas seulement quelques Minotaures et Manticores qui venaient par ici. Il y avait aussi des Centaures, plusieurs Banshees, deux Nagas et un foutu dragon de mer.

Qu'est-ce qui se passe, bordel ? m'inquiétai-je, écarquillant les yeux quand un Unseelie se joignit à la fête.

Nous sommes attaqués, répondit Ajax. *Et ils ne viennent pas de la prison, Az.*

Un portail s'ouvrit à proximité et la puissance qui s'en dégagea heurta mes sens, confirmant les dires d'Ajax.

C'est bien l'œuvre de Vivaxia, opinai-je.

Ce n'était pas nécessaire, car nous savions tous deux ce qui se passait ici : un nouveau sort. Mais celui-ci impactait tous les Faë du Cauchemar qui se pointaient – il les rendait sauvages. Je le voyais dans leurs expressions tandis qu'ils chargeaient, les yeux braqués sur les épouses derrière moi.

Ils vont détruire tout le monde ici, avertis-je Ajax.

Ils devront d'abord passer par nous, rétorqua-t-il.

En effet.

Je m'accroupis, prêt à en découdre. Mais je me rendais compte qu'ils étaient trop nombreux pour que nous puissions les affronter seuls. Et d'autres arrivaient.

Les épouses allaient devoir se battre. Les quelques Faë de l'Enfer présents aussi. En supposant que le sort de Vivaxia ne les ait pas infectés en premier.

Feux. Nous avions besoin de Typhos, et tout de suite.

— Qui peut se téléporter ? m'enquis-je.

J'étais braqué sur les Faë du Cauchemar en approche, mais ma question s'adressait aux candidates et aux Faë de l'Enfer qui traînaient dans le coin.

Un chœur d'affirmations s'éleva.

— Alors allez tous au palais des Faë de l'Enfer chercher Lucifer.

Je ne me retournai pas pour m'assurer qu'ils obéissaient à mon ordre. Quelqu'un écouterait. En espérant qu'il y en ait plus d'un.

Et en espérant qu'ils parviennent à rejoindre le royaume des Faë de l'Enfer.

Car qui sait quel sort Vivaxia avait jeté sur ce paradigme ? Quoi qu'il soit, j'espérais que Typhos le ressentirait. *Et vite…*

CHAPITRE VINGT
CAMI

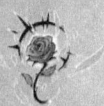

— Des rubans dorés ? répéta Lucifer en haussant les sourcils. Je croyais que tu voulais te servir d'une corde rouge.

— Seulement quand c'est un cadeau pour toi, mon roi, répondit Melek en ronronnant. Là, c'est pour moi.

— Et qu'est-ce que j'obtiens en échange de cette *offre*, hein ?

— Tu vas regarder, déclara simplement Melek, ce qui enflamma mes joues.

Je ne peux pas croire que tu proposes de m'attacher devant lui, murmurai-je dans son esprit. *Sans mon consentement, en plus.*

Ton corps est consentant, petit ange.

Melek enroula ses bras autour de ma taille et posa son menton sur mon épaule. Un frisson me parcourut l'échine lorsqu'il m'embrassa dans le cou, un geste affectueux qu'il faisait pour moi et pour Lucifer. Je percevais ses intentions dans son esprit, le jeu qu'il était en train de jouer.

Tout avait commencé par mon besoin d'une douche ou

d'un bain, et par Lucifer disant qu'il ne récompensait pas les chipies. Apparemment, Melek avait vu cela comme une opportunité, qui lui servait maintenant dans sa négociation.

— Je ne vois pas le rapport avec la formation, maugréai-je.

— Il te montre comment des négociations peuvent impliquer une tierce partie, expliqua Lucifer en croisant les bras sur sa large poitrine, son regard posé sur Melek bien qu'il s'adresse à moi. D'ordinaire, j'autorise ce genre de discussion lorsque l'offrant a un droit sur ce qu'il ou sur qui il propose.

— Donc tu traites tes compagnons comme des biens, déduisis-je. Et je suppose que l'on peut dire la même chose des enfants puisque mon père m'a offert – vu qu'il avait un droit sur moi – à toi en échange de sa liberté.

— Non. (Il me regarda enfin.) La négociation est une compétence qui me sert à déterminer la moralité d'autrui.

Je sourcillai, car je ne le suivais pas. Heureusement, il n'avait pas terminé :

— Je permets à mes sujets de prendre ce qu'ils désirent comme garantie parce que leur choix m'en dit long sur eux. Dans le cas de ton père, le fait qu'il t'ait offerte m'a appris qu'il n'était pas seulement égoïste, mais aussi un mauvais parent. Car quiconque est prêt à abandonner sa propre fille pour des bénéfices personnels n'est clairement pas un bon père. Par conséquent, sa fille – une Faë d'origine mixte – gagnerait certainement à être accueillie dans mon royaume.

Ses paroles m'ouvraient une piste de réflexion que je n'avais pas encore envisagée.

— Tu t'es dit que j'avais besoin d'être sauvée. C'est pour ça que tu as conclu ce marché.

— Pas exactement. J'ai pensé que tu pourrais avoir

besoin de conseils ou d'un lieu sûr pour te cacher des autres Faë. Donc j'ai considéré la transaction comme bénéfique : je ne voulais pas d'un Faë de l'Enfer lié à ma Source qui abandonne si facilement sa progéniture, et j'étais relativement en avance dans la sélection des candidats pour les épreuves nuptiales des Faë de l'Enfer. J'ai donc accepté l'offre.

C'était une approche pragmatique que j'avais du mal à admettre, bien que son fil de réflexion soit logique.

— Tu n'aimes peut-être pas mes méthodes, mais le résultat a été bénéfique, Camillia.

Il lança un regard entendu à Melek, ce qui emballa mon cœur. Car il n'avait pas tort. Sans le marché de mon père, je n'aurais jamais été emmenée dans le royaume des Faë de l'Enfer. *Alors où serais-je maintenant ? Toujours à l'université ? À obtenir un diplôme inutile ?*

Non. Cela n'avait jamais été mon destin.

Ma destinée avait toujours été de venir ici ; que ce soit en tant que candidate ou autre, j'avais été créée pour rencontrer Lucifer. *Pour le détruire*, me rappelai-je en frissonnant. À cause de *Vivaxia* et de sa vendetta millénaire.

— À présent, ton compagnon me fait une offre plutôt séduisante, reprit Lucifer en reportant son regard sur moi. Contrairement à d'autres propositions, celle-ci vient de quelqu'un en qui j'ai confiance. Je connais ses intentions. Et au fond de toi, tu les connais aussi. Melek ne te fera aucun mal et ne te forcera pas à faire quoi que ce soit contre ton gré. Par conséquent, j'entre dans son jeu. À moins que tu souhaites que j'arrête cette leçon ?

— Ah, un mot de sécurité, murmura Melek, caressant mon pouls battant de ses lèvres. Tu peux m'en donner un, petit ange ? Un terme simple qui mettrait fin à ce jeu délicieux ?

Je frissonnai, me rappelant la dernière fois que j'avais discuté d'un mot de sécurité. *Avec Az et Ajax.*

Penser à eux me fit me demander s'ils avaient déjà résolu leurs problèmes, ou s'ils y étaient encore. La tentation de les contacter pour le savoir était forte, mais je ne voulais pas m'imposer.

Quoique les imaginer en train de baiser me brûlait les entrailles. Parce que oui. Oui, s'il vous plaît.

— Camillia ? m'interpela Lucifer, me ramenant à lui.

Il avait dû dire quelque chose après Melek, que j'avais raté en pensant à Az et Ajax.

Je m'éclaircis la gorge et annonçai :

— Mon mot de sécurité est *camping*.

— Camping ? s'étonna-t-il.

— Je *déteste* le camping, soulignai-je. (Je n'avais pas trop envie d'expliquer pourquoi. J'ajoutai donc simplement :) C'est le mot que j'emploie avec Az et Ajax.

Ses iris océaniques s'animèrent de flammes bleues, un chaud regard qui me serra la gorge. *Wow*, ses yeux étaient magnifiques. Hypnotiques, aussi. Deux flaques de désir ardent.

Parce qu'il pense à… à moi avec Az et Ajax ? Mais il ne les aime pas de cette façon… si ?

Hmm, peut-être pas. Mais c'est comme ça qu'il t'aime, chuchota Melek dans mon esprit, ses lèvres effleurant de nouveau ma gorge. *Et notre roi aime mater, Camillia.*

— Rubans dorés, dit-il à voix haute. Je lui attacherai les bras dans le dos, et je lui tresserai aussi les cheveux. Tout ça devant toi.

— Que demandes-tu en retour, petit prince ? s'enquit Lucifer sans me quitter des yeux.

— Je veux que tu la baignes. Elle n'est pas fan de ma touche dorée, et tu sais comment l'enlever proprement. Je vais donc l'attacher pour toi, puis tu la laveras.

— Hmm, fredonna Lucifer.

Il s'avança d'un pas, ce qui me permit de sentir la chaleur qui émanait de son torse. Si la tentation avait un corps, c'était bien celui de Typhos Lucifer. Grand. Large d'épaules. Taille fuselée. Vêtu d'un costume impeccable.

Je ne devrais pas avoir envie de lui. Pourtant, je doutais que quiconque puisse lutter contre son attraction magnétique. Il était tout simplement le péché personnifié. Son statut de roi des Faë de l'Enfer n'était pas seulement digne de lui, mais également propre à lui.

— Tu veux me regarder la câliner, dit-il lentement. Et en échange, tu l'attacheras pour moi.

— Oui.

— Et le bain est pour elle, ajouta Lucifer en se rapprochant encore de moi. Parce que tu tiens compte aussi de ses désirs.

— Oui, répéta Melek.

Il desserra ses bras jusqu'à ce que je ne sente plus que ses paumes effleurer mon abdomen.

— Tu saisis comment ça marche, petite tentatrice ? dit Lucifer d'une voix douce, tout en suivant du doigt le bord de ma mâchoire. Ton compagnon me fait une offre qui t'inclut, mais il s'assure de ta satisfaction. C'est la marque d'un Faë qui a de bonnes intentions. (Il pencha la tête et ses longs cheveux tombèrent sur son épaule.) Alors, est-ce une offre que je devrais accepter ? Ou dois-je la contrer ?

Je voulus déglutir, mais ma gorge ne semblait plus fonctionner. J'étais figée entre eux. Melek me tenait par les hanches et Lucifer me caressait légèrement la joue.

Tant de chaleur. Tant de puissance. Tant de *virilité Faë*.

Dieux, j'avais déjà été coincée entre Az et Ajax. Mais là, c'était différent. Plus intense d'une certaine manière. Plus… plus terrifiant ? Dans le bon sens du terme, alors. Non pas que tout cela ait le moindre sens. Cependant, je n'étais pas certaine d'avoir envie de pensées sensées en ce moment.

Quelque part, j'aimais bien l'idée de juste… me soumettre. Laisser Melek m'attacher. Sentir les mains de Lucifer sur moi.

— Alors ? insista-t-il, son regard posé sur ma bouche. Que ferais-tu à ma place ? Accepter ou contrer ?

— Si j'étais toi ? (J'inspirai, puis parvins finalement à déglutir.) Je contrerais.

Parce que je n'imaginai pas que Lucifer ait jamais accepté un marché du premier coup.

Il esquissa un sourire.

— J'apprécie une bonne contre-offre. Des idées sur ce que je devrais exiger ?

— Heu…

Je ne comprenais pas bien sa question. La façon dont il regardait ma bouche me rappela qu'il m'avait embrassée. Et ce que j'avais ressenti. J'avais vécu une expérience directe. Ce n'était plus un rêve, mais une pratique *réelle*.

— Combien de temps veux-tu que je la baigne ? s'enquit-il, son doigt effleurant ma lèvre inférieure.

— Le temps qu'il faudra pour débarrasser sa peau de mes dorures, répondit Melek, ce qui fit glousser Lucifer.

— Oh, petit prince, tu dois être plus précis. (Ses yeux quittèrent ma bouche pour se porter sur Melek par-dessus mon épaule.) Dans ces conditions, tu pourrais l'arroser pendant des heures, ce qui m'obligerait à la dorloter tout aussi longtemps.

L'amusement de Melek chauffa mes pensées.

— Es-tu en train de me dire que ça ne te plairait pas, mon roi ?

— Bien sûr que si, mais il faut établir une durée. Il s'agit d'un marché, après tout.

Dieux, je n'arrive pas à croire que c'est en train d'arriver, songeai-je, étourdie par leur conversation. Ou peut-être était-ce leur toucher qui me tournait la tête. Ils irradiaient tous deux d'obscures intentions, qui étaient comme une drogue à mes sens.

Je voulais m'y noyer. Ce qui était insensé.

Lucifer et moi… Je baissai à moitié mes paupières, et cette pensée s'évanouit avant que je puisse la mener au bout. Parce que je ne savais pas comment définir ma relation avec le roi des Faë de l'Enfer. Elle était fragile. Chaude. *Combustible.*

— Une heure, proposa Melek, me ramenant à leur négociation. Mais elle ne sera attachée que pendant trente minutes.

Lucifer arqua un sourcil.

— Tu veux lui donner la liberté de me toucher ?

— Si elle le désire, oui. Mais je veux aussi procéder lentement. Une heure de ligotage, c'est trop long pour qui ne connaît pas la sensation d'être attaché.

Le roi des Faë de l'Enfer se tourna de nouveau vers moi.

— Tu vois comme il prend soin de toi, petite reine ?

Faë, ce surnom allait m'anéantir.

— Oui, admis-je d'une voix à peine audible.

Il y avait quelque chose d'indéniablement excitant dans toute cette situation. Tous deux déterminaient comment ils allaient me traiter – *ensemble.*

Et il n'était même pas question de sexe. Seulement d'un bain.

Où je serais nue et où j'aurais les mains de Lucifer partout…

Un frisson me traversa, en décalage avec la chaleur qu'ils dégageaient autour de moi. Une glace invisible rampa sur ma peau, un peu comme l'avait fait la magie de mort dans l'Au-delà.

Je me mis à trembler, cet attouchement glacial se faufilant dans mes veines à une vitesse alarmante.

— Camillia ? s'inquiéta Lucifer, sa paume moulant ma joue.

Il était chaud. Je le savais. Pourtant, je… je ne le sentais pas du tout. Je ne sentais pas Melek non plus. Tout était si froid.

Qu'est-ce qui se passe ? Je regardai autour de moi en un mouvement très lent. *Pourquoi… pourquoi j'ai l'impression… de mourir ?*

— *Camillia*, tenta encore Lucifer d'une voix tranchante qui me fit cligner des yeux.

Est-ce que j'ai manqué quelque chose ? Des paroles ? Une question ? Je le fixai, remarquai ses yeux brûlants. Si intenses. Or ce feu couvait pour une tout autre raison. Ce n'était plus de l'excitation, mais de la colère.

Non. Pas de la colère. *De la peur.*

Je me mis à claquer des dents tandis que l'engourdissement se répandait.

Je devrais être plus inquiète. Je… je devrais essayer de… de… *bouger.*

Pourtant, un sentiment de satisfaction m'envahit, ce qui n'avait aucun sens, vu que je tremblais maintenant de tous mes membres.

— On dirait qu'elle n'entend pas, dit Melek, me rappelant qu'il était toujours derrière moi, ses bras entourant mon torse et me tenant fermement.

Et il était… il était *brûlant.* Je la ressentais, cette chaleur. Cette chaleur délicieuse qui fondait un peu de ma glace.

Qu'est-ce qui se passe, bordel ? me demandai-je étourdiment. *Pourquoi… pourquoi je suis… ?*

Je cillai quand la chaleur se répandit dans mon torse, venant de Lucifer qui me tenait aussi. Et sa bouche était contre mon oreille, murmurant quelque chose que je n'entendais pas. Un sort, peut-être ?

La magie me picota la peau, me tirant de profonds frissons. Puis quelque chose *craqua*. Peut-être pas physiquement, mais je l'entendis.

Et soudain, je pus *sentir*. Entendre. *Capter…*

J'écarquillai les yeux, mon cœur battit la chamade.

Car ce que je *captais* n'était pas ici. C'était ailleurs. C'était… c'était *dans mon âme*.

— Ajax, soufflai-je, son essence glaciale se déversant en moi. Ajax a un problème !

Lucifer m'attrapa avant que je m'éclipse, mon réflexe de rejoindre mon compagnon l'emportant sur la logique. Mais le roi des Faë de l'Enfer me retint sur place, son pouvoir écrasant le mien.

— Concentre-toi, exigea-t-il. Dis-moi ce que tu ressens.

— Je… Je ne sais pas, balbutiai-je, vibrant sous sa domination.

Tout ce que je voulais, c'était rejoindre Ajax.

Mais son esprit était silencieux. *Tout comme celui d'Az*, réalisai-je.

— C'est comme quand j'étais avec Vivaxia et ma mère, chuchotai-je, réalisant que j'étais à nouveau étrangement coupée de mes compagnons. Qu'est-ce qui m'arrive ? Vivaxia est-elle ici ?

— Elle est quelque part, gronda Lucifer. Et elle t'utilise comme une sorte de réceptacle.

— Qu'est-ce que tu veux dire ?

— Il faut nous rendre au paradigme, intervint Melek. Garmr confirme que tout a été coupé. Les Chiens de l'Enfer ne peuvent ni entrer ni sortir. Donc Az et Ajax…

— Sont coincés là-bas aussi. (Les ailes de Lucifer se déployèrent, ses plumes brûlées me firent sursauter.) On va donc y aller à l'ancienne. Tu prends Camillia ou c'est moi ?

CHAPITRE VINGT-ET-UN
AJAX

Au moment où le juron d'Az résonnait dans mon esprit, une éruption de flammes tomba du ciel près des dortoirs des épouses.

C'est quoi ce bordel ?

Un Chien de l'Enfer très énervé, me grogna-t-il. *Personne ne peut sortir du paradigme.*

Quoi ? je regardai les portails qui s'ouvraient un peu partout devant l'arène. *En tout cas, ils n'ont aucun mal à entrer.*

Il semble que ce soit un aller simple, répondit-t-il.

Merde.

Exactement, opina-t-il. *Ton cachot va être rempli de Faë du Cauchemar en pétard.*

La mâchoire crispée, j'étudiai le terrain depuis ma position aux portes de la bibliothèque. Je ne pus lui répondre que *ouais* en voyant au moins trois nouveaux portails s'ouvrir dans le paradigme. Az était occupé avec les épouses, me laissant le soin d'élaborer une stratégie. Il fallait que je trouve par où commencer.

Car ce n'était pas comme les jeux du couvre-feu, quand les Faë du Cauchemar vagabondaient et que l'un d'eux refusait de temps en temps de retourner dans sa cellule.

Là, c'était une pagaille cauchemardesque.

J'étais sur le point d'appeler mon animal familier pour lui demander assistance. Vu le nombre croissant de Faë, nous aurions bien besoin de toute l'aide possible. Mais je ne voulais pas risquer que Kuro soit piégé dans le paradigme avec nous, alors je m'en abstins.

Les voilà, annonça Az juste avant qu'une cascade de feu éclate dans les hauteurs. Je lui faisais confiance pour gérer le chaos dans les dortoirs pendant que je préparais un plan, mais on aurait dit que c'était lui qui s'amusait le plus.

Heureusement, je n'étais pas en reste. Deux Minotaures et une Manticore surgirent au coin de la rue et me repérèrent. Ils poussèrent des rugissements et leurs pas firent trembler le sol. Je traçai un cercle avec mon doigt et chuchotai une formule connue destinée à défendre, non à consumer :

— *Hamaya Fuquay.*

Les Minotaures me chargèrent comme prévu, vu leur tendance à la violence. Ils s'écrasèrent contre mon sort défensif, le fissurant mais sans le briser.

La Manticore s'élança dans le ciel. Ses ailes de chauve-souris la décollaient du sol, ce qui lui donnait un avantage, tout comme sa queue de scorpion. Un seul coup de queue pourrait suffire à démanteler mon sort. Mais à la place, elle se laissa tomber sur le sommet de la barrière, se servant de son poids au lieu de ses défenses naturelles, ce qui me fit sourciller. Car je n'avais jamais vu une Manticore faire ça.

Comment vont les épouses ? m'enquis-je. *Est-ce qu'elles vont bien ?*

Beaucoup sont bloquées derrière un mur effondré, mais celles qui sont ici vont plus que bien, répondit Az d'un ton approbateur. *Leur entraînement a porté ses fruits. Elles peuvent se débrouiller seules pour l'instant. Mais si ça continue, on va être envahi. On a besoin de Typhos.*

Mais on n'avait pas pu joindre Typhos. Donc Vivaxia ne voulait pas qu'il soit là.

Qu'est-ce que tu cherches ? me demandai-je, observant les flammes qui dansaient près des dortoirs. De la poussière et des pierres volèrent quand un autre mur s'effondra, ce qui me fit penser que le but était de séparer nos forces et de nous prendre un par un. *Les épouses ? C'est ça que tu veux ?*

Toutefois, les Faë du Cauchemar restants ne se dirigeaient pas forcément tous vers le camp nuptial. Des groupes restaient sur place à détruire des bâtiments et causer des ravages parmi les Chiens de l'Enfer.

Vivaxia attaquait ce paradigme entier. *Pourquoi ?*

Une simple destruction me paraissait… mesquine. Et inutile. D'après ce que j'avais compris jusqu'à présent, tout ce que faisait Vivaxia était calculé, donc il y avait quelque chose qui m'échappait.

Les Manticores commençaient à se lasser de s'écraser contre la barrière, mais si elles continuaient, elles risquaient de la briser. L'une d'elles se mit à creuser, projetant des pierres et de la terre. L'autre se contentait de me fixer, les narines dilatées, les yeux fous et… pleins de souffrance.

Vous n'avez pas envie de faire ça, pas vrai ?

Cette attaque ne semblait pas avoir été organisée, ni même un tant soit peu réfléchie. Le ciel s'illumina de rouge et d'orange quand une nouvelle colonne de feu s'éleva au-dessus de la bibliothèque. Les Chiens de l'Enfer se mirent à gronder tandis que les Faë du Cauchemar envahissaient les flammes. L'un des Chiens de l'Enfer me regarda, et je lui adressai un signe de tête – un geste universel signifiant *je peux gérer ça.*

Il partit avec son groupe pour s'occuper du Faë du Cauchemar en liberté qui saccageait la rue. Vu qu'il était d'une race de dragon, il faudrait plusieurs Chiens de l'Enfer pour l'attraper. Un mur de feu de l'Enfer s'éleva en ronflant dans leur sillage.

Comme attirée par le brasier, la Manticore qui me tombait dessus se tourna vers l'effervescence et, battant des ailes, fila vers la cible mouvante. Elle plongea droit dans les flammes, sans se soucier de se brûler. Les Manticores pouvaient supporter des températures élevées, mais pas un feu de l'Enfer avec leurs ailes de chauve-souris.

Les Minotaures la suivirent en rugissant, ce qui, une fois de plus, ne leur ressemblait pas du tout. Ils ne chassaient pas en meute.

Comme s'ils étaient devenus… sauvages. C'était le terme que j'avais entendu dans la déduction d'Az, mais je n'avais jamais rien vu de tel.

Deux petits portails s'ouvrirent juste devant moi. L'un produisit une Sirène, venant sûrement du royaume Sous-marin. L'autre un Naga des Terres Marécageuses, mais des ombres étranges flottèrent autour de ses écailles lorsqu'il passa au travers.

Les deux étaient intimidants, mais ce fut la Sirène qui piqua le plus mon intérêt.

Car c'était un *mâle.* Pas une femelle.

Il y a des sirènes mâles ? m'étonnai-je en mon for intérieur.

Az dut m'entendre car il répondit :

Quelques-unes.

Je n'en avais jamais vu jusqu'ici. Les Sirènes dans mon cachot étaient toutes d'apparence féminine. Mais bien sûr, ce n'étaient pas de *vraies* sirènes. C'étaient des âmes sombres portant un masque cauchemardesque.

Cependant, cette Sirène-là était bien réelle. Et comme tous les autres Faë du Cauchemar ayant déjà coopéré avec Lucifer, elle attendait avec impatience sa nouvelle épouse.

Alors pourquoi vous battez-vous du mauvais côté ? me demandai-je, prenant le temps de fixer la Sirène dans ses yeux laiteux. Une fois de plus, j'y décelai une souffrance qui ne correspondait pas à ses traits ricanants.

Profitant de mon hésitation, le Naga se jeta sur moi, réduisant mon sort défensif en miettes. Un *pop* retentit dans l'air tandis que le Faë se frayait un chemin à coups de griffes.

J'esquivai juste à temps, notant son attaque frontale inhabituelle. Les Nagas étaient des Faë de l'Enfer, pas des Faë du Cauchemar, donc ils fonctionnaient moins à l'instinct qu'à la raison. Et ils étaient sournois ; ils ne chargeaient pas simplement comme un Minotaure.

Et c'était bizarre que ces ombres s'y accrochent encore. *Qu'est-ce que c'est ?*

Je reçus un coup derrière la tête, et la douleur me fit voir des étoiles. Je n'avais pas l'habitude de repousser plusieurs Faë du Cauchemar en même temps. Je palpai la plaie ensanglantée en sifflant, puis une nouvelle pierre me frappa et me fit trébucher.

Déjà à genoux ? me taquina Az. Malgré ses paroles moqueuses, je perçus son inquiétude. Il était suffisamment soucieux pour accéder à mon esprit et surveiller ma progression via notre lien. Un lien qui était bien plus fort maintenant que je l'avais mordu. Deux fois.

Ne t'inquiète pas pour moi, ronronnai-je à son intention.

La Sirène mâle ramassa un caillou. Elle me sourit de toutes ses dents − ou était-ce une mimique d'excuse ? − avant de me le lancer à la figure.

Je crois que je suis plus inquiet pour elle, répondit Az. *Qu'est-ce qu'une Sirène fait ici ?*

Je n'aimais pas les Sirènes, mais j'essayai de mettre mes sentiments personnels de côté parce qu'Az avait raison. Une Sirène ne devrait pas être sur la terre. Elles peuvent survivre en dehors de leur royaume aquatique pendant de courtes périodes, mais celle-ci n'allait pas durer longtemps comme ça.

Il y a quelque chose qui cloche, dis-je à Az. Et je ne parlais pas seulement de l'état du paradigme et des portails.

Je connaissais le comportement des Faë du Cauchemar, et ils n'agissaient pas comme ça. Même les âmes sombres que j'avais chassées et gérées possédaient un instinct de conservation.

Les branchies de la Sirène se pliaient et se fermaient tandis qu'elle s'efforçait d'aspirer l'oxygène de l'air. Elle pouvait respirer, mais difficilement. Elle dépensait beaucoup trop d'énergie à forcer sa queue puissante à la soutenir pour me faire face. Je m'approchai d'elle pour l'examiner tandis qu'elle peinait visiblement.

— Pourquoi tu jettes des pierres ? l'apostrophai-je. Tu ne sais pas chanter ? Et qu'est-ce que tu fais ici ?

Elle siffla pour toute réponse.

Je sortis ma baguette de ma botte et creusai un trou dans le sol avec de la magie brute, puis le remplis d'une eau salée qui ne s'évaporerait pas.

— Allez, saute là-dedans, lui dis-je.

Elle se contenta de siffler encore, ignorant l'eau, ce qui n'avait aucun sens. Pas plus que la souffrance qui se reflétait toujours dans son regard flageolant, comme si elle était piégée dans sa propre tête.

Ce qui me parut… familier.

J'ouvris des yeux ronds en réalisant ce qui se passait.

Vivaxia utilise sa magie sur les Faë du Cauchemar, dis-je à Az. *C'est ce fichu sort de domestication.*

Un tressaillement de douleur traversa mes sens. Je savais que c'était un sujet sensible pour Az, et je regrettais encore d'avoir jeté ce sort sur lui. Même si je n'avais pas connu son passé, ou le traumatisme que j'avais rouvert en lui, je n'aurais pas dû lui ôter son libre arbitre de la sorte.

Mais maintenant, je comprenais les profondeurs de la dépravation de Vivaxia. Elle considérait les Faë du Cauchemar et les Faë comme Azazel comme des animaux à contrôler. Et se fichait éperdument du libre arbitre.

Je sais, répondit Az d'une voix mentale plus douce que d'habitude. *Je le reconnais. Et je vois aussi que ce ne sont pas des âmes sombres. Du moins, pas toutes.*

Mes dents me faisaient mal tant je les serrais. Bien sûr, Az pouvait faire la différence entre les âmes innocentes et les mauvaises. Il avait toujours eu cette capacité, mais ne me l'avait jamais expliquée. J'avais été laissé dans le noir, non seulement par Lucifer, mais aussi par Az.

Tu n'es plus dans le noir, m'assura-t-il, ayant sans doute suivi le fil de mes pensées. *Je partage tout avec toi maintenant. C'est une promesse.*

Je savais qu'il était sincère. L'intensité de ses paroles me donna envie de lui, non seulement de reprendre là où nous nous étions arrêtés, mais aussi de lui montrer avec mon corps que j'acceptais ses excuses.

Je l'acceptais lui. Et je le lui montrerais bientôt en le mordant une troisième fois.

Mmm, ronronna Az dans mon esprit, qui avait manifestement capté mon intention. *Cami va-t-elle regarder ?*

Si nous survivons tous à cette épreuve, elle fera plus que regarder, promis-je.

Nos préliminaires consisteraient à dompter ces bêtes

ensemble. Pas en les vainquant, mais en les sauvant – du moins, celles qui méritaient d'être sauvées.

Tandis que je tournais autour des Faë du Cauchemar, prenant le temps de les analyser, je distinguais la différence entre la Sirène et le Naga maintenant.

Du Naga émanait une aura sombre que j'avais prise pour une ombre étrange, mais ce n'était pas une ombre. C'était l'aura de son âme.

La Sirène ne possédait pas les mêmes ombres.

Je n'avais pas cette capacité jusqu'à présent. Mais encore une fois, je n'avais été Gardien que de nom. Puis Lucifer m'avait donné la clé, symbole du véritable pouvoir qui accompagnait ce rôle. Je faisais en effet partie de son cercle intime à présent.

La Sirène était une protégée de Lucifer, et Vivaxia essayait de nous troubler, de nous pousser à nous attaquer les uns les autres. Je comprenais la souffrance dans ses yeux : elle ne voulait pas être ici. C'était donc une innocente piégée par le pouvoir de Vivaxia.

Merde.

Le Naga s'élança de nouveau juste au moment où j'usais de magie pour pousser la Sirène sauvage dans le bassin que j'avais créé afin de l'y coincer. J'avais été distrait, ce qui permit au Naga de me griffer la jambe. Le sang imbiba le tissu de mon pantalon, et je fus pris de vertige tandis qu'une chaleur cuisante s'insinuait dans mes veines.

Ajax, appela Az. Cette chaleur s'accrut, brûlant ma psyché alors que j'entrais dans l'esprit d'Az et captais la bataille qu'il menait toujours de son côté dans les dortoirs. *La situation empire ici. Dis-moi ce que je dois faire, parce que pour l'instant, je ne fais que gagner du temps.*

Az essayait encore de me laisser diriger, quoique je ne sois pas très efficace jusqu'à présent.

Putain, comment je peux arranger ça ?

Je ne pouvais pas élaborer de plan tant que je n'avais pas trouvé comment séparer les âmes sombres des âmes claires – et maintenant, ma jambe me faisait un mal de chien. Les Nagas pouvant inoculer des poisons dans leurs frappes, je marmonnai un rapide sort d'antivenin, mais il ne fonctionna pas. La chaleur glacée du poison s'infiltrait dans l'os de ma hanche et me provoquait un méchant pincement au flanc.

Quel est le plan, Gardien ? s'enquit Az.

Il voulait me donner une chance de diriger, donc c'était à moi de gérer tout ça. Az savait que c'était ce dont j'avais besoin pour accepter mon rôle de vrai Gardien, et je n'allais pas le décevoir.

Essayer de neutraliser ou de capturer ceux qui sont manipulés par Vivaxia jusqu'à ce qu'on trouve un moyen de les aider, répondis-je.

Az avait rompu le sort, donc les altérations qu'elle avait opérées jusqu'à présent devaient pouvoir être rompues elles aussi.

Nous devons les rassembler tous dans le cachot. Nous séparerons les âmes claires des âmes sombres une fois qu'ils y seront.

Mon cachot n'allait plus être un simple lieu de cauchemars. Lucifer m'avait fait confiance en tant que Gardien, et j'allais procéder à quelques changements. Je le remplirais avec ceux qui avaient besoin d'être réhabilités, pas seulement tourmentés. Mais je devrais décider de quoi faire des âmes sombres quand nous les aurons enfermées dans leurs cellules.

Tuer Dakota avait créé en moi une énigme que je n'avais pas eu le temps d'évaluer. Mais c'était quelque chose que je devais prendre en compte alors que j'avançais dans mon rôle de Gardien officiel des Faë de l'Enfer. Car j'avais désormais le pouvoir d'éliminer les mirages et de tuer les âmes sombres incarcérées dans ces cellules. Il ne me restait plus qu'à déterminer comment procéder et qui méritait quelle sentence.

Toutefois, certaines âmes étaient innocentes, juste corrompues par une magie visant à manipuler et à détruire. Elles ne méritaient pas d'être enfermées dans ces cachots.

Je les réhabiliterais donc. Celles qui méritaient d'être sauvées le seraient.

C'était juste. C'était le genre de Gardien que je voulais être.

Je murmurai un sort qui amplifia l'air autour de moi, puis je sifflai. Le son attira l'attention de plusieurs Faë du Cauchemar qui causaient des ravages loin des Chiens de l'Enfer aux prises avec un Dragon de mer, ainsi que de trois autres Faë erratiques.

Tous se dirigèrent vers moi. Comme je m'y attendais, leur sauvagerie les rendait plus sensibles aux cibles bruyantes.

— Par ici, les sauvageons, les encourageai-je, l'excitation palpitant dans mes veines.

Le pincement dans mon flanc s'était atténué, ou peut-être l'avais-je imaginé. Peu importait, ce serait bientôt fini. Lucifer m'avait donné la clé, une clé qui brûlait dans ma poche et qui offrait le pouvoir au Gardien. À *moi*.

— Suivez le bruit !

Ce n'était pas une chasse typique, mais un côté tordu en moi appréciait le défi que cela représentait.

Je devais capturer, pas tuer. Chaque âme serait évaluée une fois que nous aurions maté les bêtes. Et après avoir attiré les Faë sauvages dans les cachots, j'utiliserais le pouvoir que Lucifer m'avait confié pour protéger son peuple. *Notre* peuple, désormais.

Je sursautai quand un autre portail s'ouvrit pile devant

moi. Au lieu de me battre, je fis tournoyer mon doigt et invoquai à nouveau un sort défensif.

Qu'est-ce que tu fous ? demanda Az, alors que j'amplifiais mon sifflement et que les nouveaux arrivants s'écrasaient sur ma barrière défensive. *J'entends ce bruit d'ici.*

Le sort sonore fonctionnait mieux que prévu, sans doute parce que Vivaxia avait fait quelque chose à ce paradigme pour qu'il se comporte comme une chambre d'écho.

Je les ramène vers le cachot, informai-je Az, mais je n'eus pas l'occasion d'en dire plus car la réverbération stridente de mon sifflement me frappa de plein fouet, me faisant plaquer les mains sur les oreilles tandis que ma barrière se brisait comme du verre.

Az ! appelai-je tandis que le corps puissant d'un Dragon de mer s'enroulait autour de mon torse. L'électricité statique qui bourdonnait perpétuellement augmenta jusqu'à ce que je n'entende plus que le zonzonnement étouffant d'une magie étrangère et mauvaise.

Ce qui m'avait séparé de Cami se tenait maintenant entre moi et Az. Je ne pouvais plus le sentir ni l'entendre.

Une nouvelle sensation palpita dans mon corps, me glaçant pendant que j'utilisais ma baguette pour forcer le Dragon de mer à me lâcher. *Glacé comme le cœur de Vivaxia,* pensai-je en claquant des dents. Je trébuchai et partis au pas de course, jetant un coup d'œil au ciel brisé. Littéralement brisé, car des fissures se formaient à la surface du paradigme, comme s'il était sur le point de se déchirer.

— Putain, jurai-je en forçant mes jambes à courir, car les Faë du Cauchemar étaient toujours sur mes talons.

Je voulus m'éclipser pour les distancer, mais ma magie

crachotait autour de moi et vibrait comme des aimants opposés piégés dans une barre de fer.

La plaie lancinante sur ma cuisse me brûlait comme du givre, engourdissant mes extrémités. Ce n'était pas un poison Naga comme j'en avais déjà connu.

Car ce n'est pas du poison, réalisai-je tandis que ma vision virait étrangement à un blanc brillant. *C'est elle.*

Vivaxia ne se contentait pas de trouver un moyen d'entrer dans le royaume, elle creusait dans l'esprit d'innocents Faë du Cauchemar et essayait de nous briser tous. En commençant par Cami et ses compagnons. Je soupçonnais que le reste ne soit qu'un bonus.

Tuer les épouses ramènerait Lucifer des siècles en arrière.

Saper mon autorité de Gardien amènerait la confusion et sèmerait encore plus de défiance et de chaos.

C'était ainsi qu'elle gagnerait, en démantelant tout ce que Lucifer avait construit. En l'attaquant au cœur. Et je faisais désormais partie de ce cœur, que je sois prêt ou non. J'étais accouplé à Az, ce qui me rendait indirectement membre du cercle intime de Lucifer.

Même si je ne sentais pas Az, il était toujours là. Tout comme Cami était de l'autre côté de la barrière invisible qui étouffait la vie de ce paradigme. Cette barrière voulait m'étouffer, me séparer d'elle, mais il y avait un problème.

Tu ne connais pas le pouvoir de l'amour, Vivaxia.

Un étrange sentiment de paix s'installa en moi quand je parvins à invoquer une barrière défensive supplémentaire. Même si les Faë du Cauchemar se regroupaient autour de moi, sifflant et menaçant de me submerger, rien n'effacerait cette vérité.

Je croyais avoir compris l'amour, l'avoir vécu même, mais cela n'avait rien à voir avec la réalité. Camillia était mon cœur et mon âme, et tout le pouvoir du Ciel et de l'Enfer ne pouvait pas nous séparer.

Je levai les yeux, comme si j'avais été attiré par le plafond du paradigme par réflexe. La lumière blanche et brillante qui se répandait dans le ciel n'était pas seulement la magie envahissante qui s'insinuait dans mes veines.

C'était l'amour lui-même.

Des étoiles de verre et d'or grésillant percèrent la cage entourant le paradigme, et au-delà du gouffre, c'était l'amour de Cami qui rayonnait.

Melek la tenait dans ses bras tout en déployant ses ailes impressionnantes, donnant l'impression que c'était Camillia qui volait dans le ciel.

Comme un ange. Mon ange.

Notre ange, sembla dire une voix tandis que le ciel vibrant virait lentement au noir.

Et les Faë sauvages attaquèrent.

CHAPITRE VINGT-DEUX

CAMI

— *Melek*, soufflai-je, l'exhortant à voler plus vite, ou à surmonter ce stupide sort et à s'éclipser aux côtés d'Ajax.

Car mon compagnon venait de *disparaître* sous une montagne de monstres. Ou du moins, ils étaient assez gros pour former une montagne, entre le dragon et les deux autres grandes espèces de Faë du Cauchemar qui s'étaient effondrés sur lui.

J'avais presque perdu Az. Je n'allais pas revivre la même chose avec Ajax.

— Je descends, m'annonça Melek.

J'eus l'estomac retourné par la chute. Toutefois elle me parut trop lente, trop stagnante au-dessus du campus qui s'étendait jusqu'à l'horizon brisé.

— Mais nous devons être prudents, petit ange. C'est sûrement un piège, m'avertit Melek en prenant tout son temps pour plonger dans le paradigme.

La magie de Vivaxia était partout, bien qu'une grande partie ne soit qu'un mirage inoffensif. Certains blocages bien réels nous empêchaient d'entrer dans le paradigme, mais dès que je sentis la douleur d'Ajax, je sus où chercher.

Typhos ne parut pas se soucier du sort à présent que j'avais utilisé mon lien avec Ajax pour nous tirer au-delà du mirage vacillant qui masquait un filet autrement délicat. Ou j'avais… siphonné un trou dans le mirage. Je ne savais pas trop.

Quoi qu'il en soit, le roi des Faë de l'Enfer avait profité de l'occasion pour régler un problème dans son royaume. L'air grésilla lorsque son corps puissant flamboya, son assurance créant littéralement des flammes tandis qu'il s'écrasait au sol.

Des pierres et de la terre jaillirent, mais l'atterrissage était calculé. Pas un seul caillou ne vola vers moi, et dès que Melek atterrit, je bondis au sol et me mis à courir, portant la main à ma hanche pour y chercher une lame.

Bien sûr, je n'en avais pas. Ce n'était pas vraiment un entraînement *armé* que je pratiquais quelques instants plus tôt.

Garder une arme sur moi en permanence avait été ma norme pendant de nombreuses années. Même lorsque je suivais des cours à l'université, j'en gardais une à l'abri des regards, en cas de nuisance surnaturelle ou de n'importe quelle merde avec laquelle mon père me surprenait. Mais depuis que j'avais pris en mains ma destinée, il semblait que j'étais constamment désarmée.

Tu n'as pas besoin d'arme, petit ange, m'assura mentalement Melek. *Tu en es une.*

À ces mots, je biaisais un regard vers Typhos, car j'étais un siphon conçu pour puiser dans *son* pouvoir. Et quel pouvoir !

D'un geste de la main, le roi des Faë de l'Enfer sépara le groupe de Faë du Cauchemar sauvages. J'en avais repéré au moins six jusqu'à présent, et les incendies et le chaos au loin suggéraient qu'il y en avait d'autres à affronter.

Les créatures les plus proches de lui gémirent et

reculèrent, tandis qu'une étrange énergie vacillante les submergeait comme un raz-de-marée.

Qu'est-ce que c'est ?

Toutes les bêtes du royaume des Faë de l'Enfer s'inclinèrent devant leur roi, même celles qui étaient devenues sauvages.

Au moins, c'était ce à quoi Typhos s'attendait. Le choc initial de notre arrivée les avait perturbées, mais seulement momentanément.

Cette énergie étrangère se remit aussitôt en place, ce qui les fit se rouler en boule.

— Cami ! cria Melek, à la fois de vive voix et dans ma tête, mon âme percevant sa panique.

Je m'accroupis et m'esquivai juste au moment où un mur de chair écailleuse s'abattit pile là où j'étais un instant plus tôt.

Est-ce un dragon ?

— Stop ! rugit Typhos.

Le pouvoir que véhiculait ce simple mot me frappa en pleine poitrine et mon corps fléchit comme s'il voulait obéir, mais l'ordre ne s'adressait pas à moi.

Le groupe d'au moins six Faë du Cauchemar, ainsi que quelques Faë de l'Enfer, se jetèrent tous ensemble sur le roi des Faë de l'Enfer. Il n'était plus visible, mais un feu de l'Enfer monta en spirale dans le ciel. La chaleur se propagea vers le haut, sans viser aucun des Faë, mais elle permit de les disperser.

Il ne leur faisait pas de mal. Il les repoussait seulement pour que nous puissions mieux les gérer. Bien qu'ils ne soient pas vraiment nombreux, les Faë du Cauchemar étaient… grands. Mais le roi des Faë de l'Enfer pouvait bien s'occuper de quelques bêtes. C'était son domaine, après tout.

Satisfaite que Lucifer s'en sorte, je cherchai du regard,

sur cette terre brisée, le compagnon qui m'avait attirée ici et que je ne ressentais toujours pas – *Ajax*.

Je l'aperçus, recroquevillé par terre et couvert de sang. J'ouvris des yeux ronds, le cœur serré. Je ne le ressentais pas, mais cela ne voulait pas dire…

Une griffe dentelée laboura ma chair, et la douleur me déchira l'échine. Un cri suivit, mais ce n'était pas le mien.

Une Banshee aux yeux sauvages et mauvais surgit devant moi.

Attends… ce n'est pas une Banshee, me dis-je, fronçant les sourcils.

Une sensation semblable à un coup de couteau me perça les oreilles. Tout en repoussant la douleur, je m'efforçai de voir au-delà du masque que portait cette créature. Son hurlement paraissait bien réel et faisait flageoler mes jambes. Mais ce n'était pas pour autant une véritable Banshee. Les âmes sombres étaient forcées de prendre des apparences de Faë du Cauchemar, ce qui leur donnait accès à certaines de leurs capacités, de nature plutôt défensive.

Les Faë du Cauchemar n'étaient pas maléfiques – tout le contraire, si j'avais bien compris –, mais cette bête recelait une âme sombre. Ses intentions glaciales ne correspondaient pas à ce que j'avais appris jusqu'à présent sur les espèces protégées par le royaume de Lucifer.

Je comprenais maintenant pourquoi Lucifer avait dit qu'aucune femelle non accouplée n'était acceptée par sa Source. Parce qu'il n'y avait guère de femelles Faë du Cauchemar dans son royaume, pas des vraies en tout cas. Elles étaient des masques portés par les âmes sombres.

Elles ont pourtant l'air bien réelles.

La créature qui se tenait torse nu devant moi avait des cheveux hirsutes et des ailes filiformes couvertes de taches avec un duvet bouffant sur les membrures centrales, ainsi que de longues griffes tordues au bout de mains humaines. En l'étudiant vraiment, je pus distinguer la vraie Faë qui se cachait derrière : les traits crispés d'une Faë aux oreilles pointues et aux yeux d'un bleu terne transparaissaient. J'ignorais qui elle était, mais ce n'était pas l'une des Faë du Cauchemar de Lucifer.

Les narines dilatées, elle s'approcha de moi furtivement, pas à pas.

Tout à coup sa tête disparut, tranchée par un éclair d'or, et son sang m'éclaboussa le visage. Je tressaillis, puis je vis Melek qui brandissait une épée que je ne l'avais même pas vu invoquer.

— Rejoins Ajax, m'intima-t-il d'un ton des plus sérieux que je n'avais jamais entendu chez lui, sans quitter des yeux le corps sans tête qui s'effondrait à terre.

— Melek…

Ses yeux irisés croisèrent les miens.

— Je sais. J'ai capté tes pensées. C'est pourquoi je l'ai tuée avant qu'elle… (Il serra les dents.) Rejoins le Gardien. Je vais les tenir à distance.

Je cillai. Tuer une créature ne ressemblait pas du tout à Melek, qui était tout en sensualité et en espièglerie. Mais apparemment, il pouvait aussi être mortel. Une lame finement aiguisée comme bras droit du roi des Faë de l'Enfer.

— Vas-y, Cami ! me pressa-t-il, m'arrachant à mes pensées.

D'accord. Je m'élançai vers Ajax, mais je ralentis en remarquant la barrière miroitante qui l'entourait.

C'est un sort de protection ?

Oui, confirma Az, ma question ayant manifestement été transmise à mes compagnons.

Et c'est une Sirène ? me demandai-je ensuite.

Personne ne répondit, mais ils n'eurent pas à le faire, car mes yeux avaient la réponse.

Une barrière similaire chatoyait autour de la créature, sauf qu'elle semblait la maintenir dans un bassin d'eau enchantée. Balayant son corps du regard, je compris pourquoi : *Aucune noirceur n'entoure cette bête.* Or elle avait l'air de souffrir, ses yeux laiteux exsudant une sorte d'agonie frénétique.

La panique, reconnus-je. Mais c'était sans danger.

Je revins à Ajax, émerveillée par sa démonstration de pouvoir. Non seulement avec sa bulle magique, mais aussi sa déduction évidente que cet être n'était pas une âme sombre.

Des louanges fleurirent dans mes pensées — qui s'évanouirent aussitôt que je vis le visage blême d'Ajax. *Il a l'air…*

Je ne laissai pas mon esprit divaguer plus loin dans les spéculations. Mais la raison pour laquelle Melek m'avait pressée de venir ici était claire. Quoique je ne savais pas trop ce qu'il attendait de moi. Ni même ce qui s'était passé.

Ajax, murmurai-je en m'approchant de lui.

Je fus interceptée par un autre Faë du Cauchemar, un Centaure cette fois. Ses gracieux bois arqués dressés vers le ciel, il martelait le sol de ses sabots. Mais ce qui était le plus remarquable, c'était l'absence d'aura sombre autour de lui.

C'est un bon Faë du Cauchemar, reconnus-je. Sauf que ses narines se dilataient tandis qu'il serrait les poings avec une fureur palpable.

Cami, avertit Melek.

Je m'en occupe, lui répondis-je.

Mais Ajax…

La bête rugit, coupant court à ce que Melek s'apprêtait à dire. Ce cri me rappela la panique que j'avais vue dans les yeux de la Sirène.

Parce qu'il l'air angoissé, réalisai-je. *Comme s'il ne voulait pas faire ça… et qu'il n'avait pas le choix.*

Je le voyais à la façon dont ses sabots hésitaient sur le sol, comme s'il essayait de se retenir de me charger.

Je m'avançai doucement vers lui, comme on le ferait avec un animal sauvage. Il émit un grondement furieux, clairement menaçant. Pourtant, il ne me chargeait pas.

Son grondement se réduisit à un grognement quand je touchai son torse. Je ne savais pas trop pourquoi j'avais décidé de m'approcher de lui de cette façon, simplement… ça me paraissait normal.

Mais ce que je sentis sous ma paume n'était pas du tout *normal*. Sa peau ressemblait à de la glace.

La créature tenta de reculer, mais je la suivis, bien décidée à traquer le brin de magie glacée qui tourbillonnait autour d'elle.

La mort, songeai-je en fronçant les sourcils. *Mais non.* Cela me rappelait en quelque sorte l'énergie que j'avais siphonnée dans le royaume de l'Au-delà. Bien que ce soit également différent.

Vivaxia, pensai-je. C'était son sort de manipulation que j'avais absorbé à l'époque. Mais j'avais fini par en prendre trop. J'avais aussi absorbé des âmes de Faë du Cauchemar. *Innocents.*

Je ne pouvais pas recommencer.

Mais si ses enchantements s'appliquaient à ces Faë, je devais faire quelque chose. Parce que cette magie n'avait pas sa place ici. C'était mal. *Très, très mal…*

J'essayai de plonger plus profond afin de trouver les éléments magiques qui lui étaient propres. L'air bourdonnait comme un essaim d'abeilles autour de moi, hérissant les poils de ma nuque.

Mais je devais trouver le fil pour… pour *réparer* ça.

Le Centaure grogna de nouveau.

— J'essaie de t'aider, lui dis-je.

Un éclair de compréhension illumina son regard, suivi d'une lueur chaotique qui n'avait pas lieu d'être, provoquée par la magie de Vivaxia.

J'y suis presque, m'exhortai-je, démêlant les cordes invisibles avec mon esprit.

Mais je fus distraite par une puissante explosion derrière moi, qui enflamma mes veines et m'arracha un hoquet.

Je veux ça, pensai-je. *Ce pouvoir… je veux… le* prendre…

Je cherchai aussitôt des yeux la source de ce bruit : *Typhos*.

Car bien sûr, c'était son pouvoir que désirait mon siphon intérieur.

Il avait piégé deux Faë du Cauchemar dans des chaînes magiques, créant une ligne de feu de l'Enfer sur leur peau. Les fils d'électricité vibrante s'enroulaient autour du cou d'un Dragon de mer et de la jambe d'une Manticore qui tentait de s'envoler, un résultat magnifique puisqu'il avait habilement réussi à ne bloquer que les coupables, non les innocents pris dans leurs griffes.

Une rafale de braises éclata dans l'air quand Az apparut et attrapa une nouvelle chaîne de feu de Typhos, tous deux travaillant de concert à maîtriser les Faë du Cauchemar autour d'eux.

Sauf que… sauf que plusieurs n'étaient pas des âmes sombres.

Comme le Centaure, me dis-je, ma main toujours sur sa poitrine. Me retournant vers lui, je vis presque une supplication dans son regard, comme s'il perdait un combat intérieur.

— Tu t'efforces de ne pas m'attaquer, réalisai-je à haute voix, mon cœur battant la chamade.

Il cligna des yeux comme pour confirmer, un peu de

cette douceur lui revenant. Avant d'être à nouveau envahi par le chaos.

Dieux… C'est le sort de domestication, saisis-je soudain. *Ou une version de celui-ci.*

Je n'étais pas sûre du nom officiel − non que ça ait de l'importance.

Car en ce moment, ces créatures souffraient. À cause de Vivaxia.

Je devais les aider à… à *réparer* ça.

En les siphonnant, réalisai-je, les yeux écarquillés. *Je peux siphonner la magie.*

Tout comme j'avais essayé de le faire dans l'Au-delà avec cette pierre de la mort, mais je… j'étais un siphon. Je n'avais pas à siphonner que l'énergie de Typhos, n'est-ce pas ? Je pourrais aussi siphonner le sort de Vivaxia.

Le bout de mes doigts picotait tandis que j'essayais une fois de plus de localiser les fils à l'intérieur du Centaure. *Pas son âme*, me dis-je. *Pas son pouvoir. Mais la… la* maladie *qui ne lui appartient pas.*

Je n'avais aucune idée de ce que je faisais. J'étais juste… en train de *chasser*. De trier.

De chasser les ténèbres. La glace. Cette familière frigidité.

J'avais été exposée à cette magie plus d'une fois. Cependant, ce que j'en comprenais dépassait mon expérience. Elle était presque *enracinée* dans ma psyché.

Parce que c'est de la magie de Faë Vertueux, réalisai-je. *Et je suis une Faë Vertueuse. Un siphon.* J'avais été littéralement créée pour *absorber*.

Alors c'est ce que je vais faire… Je m'accrochai au fil le plus sombre, celui qui était étranger, et je me mis à tirer. Démêler. *Siphonner.*

Ce fut lent au début, mes tiraillements étaient hésitants. Mais la souffrance du Centaure parut s'atténuer de seconde en seconde, ses yeux devenant de plus en plus clairs… jusqu'à ce qu'il batte des paupières.

— Merci, souffla-t-il. *Merci*.

Je fis un pas en arrière, mon corps soudain envahi par cette magie étrangère. Elle bourdonnait sur moi, à travers moi, *en moi*. Comme si elle cherchait une soupape, une échappatoire.

Le Centaure s'envola et je me tournai vers d'autres Faë du Cauchemar, curieuse de savoir si je pouvais les débarrasser du sort empoisonné sans les toucher.

Il ne me fallut que quelques secondes de concentration pour trouver la source – ce fil d'un noir d'encre – et l'arracher.

L'électricité vibrait plus fort autour de moi. Je tremblais sous son intensité, mais je continuai à chercher le sort, le siphonnant de chaque Faë du Cauchemar qui croisait mon regard.

C'était revigorant. *Une source de pouvoir*. Quoique j'ignorais où renvoyer ce pouvoir. Il continuait à s'accumuler en moi comme une boule chargée d'électricité. À me transformer. À me brasser. À s'enrouler en moi. À me *menacer*.

Je reportai mon attention sur la Sirène, celle qu'Ajax avait piégée avec sa magie, et la libérai du sort de Vivaxia tout en m'assurant que la barrière demeurait autour d'elle.

Un frisson ondula en moi quand la dernière vrille s'enroula autour de moi. Le pouvoir brûlait trop fort dans mes entrailles. Il voulait creuser plus profond. S'enfoncer en moi. *Jusqu'à cet endroit… celui qui me relie à* elle.

Non. Je ne pouvais pas le laisser aller là. Mais je ne pouvais pas non plus tout retenir. Il allait me brûler vive. M'étouffer. *Me tuer*.

Je devais le pousser quelque part. *En un lieu sûr*.

Je me tournai vers Typhos, qui bataillait contre ses bêtes à l'aide de mèches de pouvoir brûlant.

Ou en quelqu'un *de sûr,* pensai-je lentement. *Sa Source…*

Je ne réfléchis pas davantage ; j'agis simplement, ouvrant mon cœur tandis que je me connectais à Typhos avec facilité.

Trop de facilité. Car j'avais été créée pour voler sa lumière. Sauf que j'allais lutter contre cette envie et faire le contraire de ce que Vivaxia attendait de moi. J'allais faire sauter tout ce que je lui avais pris – cet horrible enchantement – et le donner à sa némésis.

À Typhos. À sa Source.

Je sentis ses yeux sur moi, mais je refusai de le regarder. Refusai de l'écouter.

Il pouvait l'accepter. Bon sang, il *devait* l'accepter. Parce que je ne donnerais rien à Vivaxia. Si elle voulait ensorceler les Faë qui résidaient ici, elle devrait payer le prix de la perte de cette magie.

Elle appartient à Typhos maintenant, salope, lui lançai-je. Elle ne pouvait pas m'entendre, mais je m'en foutais.

Je continuai à siphonner et à envoyer.

Siphonner et envoyer.

Siphonner et…

Cami ! cria Melek dans mon esprit. *Tu dois ralentir et reprendre ton souffle.*

Je cillai, ne comprenant pas son inquiétude. Je me sentais bien. En fait, je me sentais pleine d'énergie.

Je n'absorbe que les sorts de Vivaxia, lui dis-je, certaine de mes actes. *Pas des âmes innocentes.*

Car tous les fils que j'avais tirés étaient des torons sombres de maladie – manipulateurs jusqu'à leurs extrémités effilochées.

Tant d'obscurité, constatai-je en tourbillonnant.

Puis mon regard se posa sur Ajax. Toujours inconscient. Protégé par sa bulle.

Ajax, soufflai-je, un instant désarçonnée à l'idée que je l'avais laissé souffrir. *Ajax !*

J'accourus vers lui, quelque peu confuse de m'être autant éloignée de lui. *Est-ce que j'ai bougé pendant que je siphonnais tous ces sorts ?* me demandai-je. Mais je n'avais pas le temps de chercher une réponse à ma question inepte. Tout ce qui comptait, c'était Ajax. Et la quantité imposante de magie noire qui recouvrait son corps.

Dieux… Comment avais-je pu rater ça ?

Ou peut-être que je voyais simplement les fils magiques plus en détail à présent, parce que j'étais hyper-fixée sur eux. Mais le *comment* importait peu. Le fait est que je pouvais les voir, et qu'Ajax était infecté par plusieurs brins.

Ça… ça va être difficile à siphonner.

Il était truffé de pouvoir, à tel point qu'à lui seul, il pouvait me pousser à bout et forcer cette soupape en moi à s'ouvrir.

Non, décidai-je. *Je peux le faire. Je* dois *le faire.*

Je n'avais qu'à envoyer encore plus de pouvoir dans la Source des Faë de l'Enfer. Si un peu de moi partait avec, qu'il en soit ainsi.

Je posai mes mains sur le corps bien trop froid d'Ajax et tentai de démêler mentalement tous les fils de magie qui le cernaient.

— Camillia ! appela le roi des Faë de l'Enfer, sa voix portant à travers le chaos.

Il était près des portes, tandis que j'étais toujours à côté de la bibliothèque où Ajax était tombé, mais c'était comme si les lèvres de Typhos étaient juste au bord de mon oreille. Comme la première fois que j'avais entendu sa voix dans l'arène, mais cette fois-ci, toute son attention était tournée vers moi.

Il était entouré de chaînes miraculeuses et incandescentes, dont les extrémités retenaient plusieurs Faë du Cauchemar en otage.

Il avait commencé à les aligner pour moi. Az et Melek aussi. Parce qu'ils avaient compris ce que je faisais, et maintenant ils gardaient les Faë enchaînés. *En attendant que je les libère de leurs sorts,* réalisai-je, ce qui me fit chaud au cœur.

Typhos avait non seulement discerné ce que j'étais en train de faire, mais il avait également décidé de s'associer à moi dans cet effort.

Et s'il m'en voulait d'avoir touché sa Source, il n'en montrait aucun signe. Son expression était plutôt empreinte d'inquiétude. Ce qui était déroutant, vu tout ce que nous venions de démêler ensemble, en tant qu'équipe.

Il dit quelque chose que je ne pus entendre, l'esprit de nouveau accaparé par Ajax.

Les ténèbres, réalisai-je, les sentant ramper le long de mes bras depuis l'endroit où j'avais touché Ajax. *Elles s'étendent.*

Parce que c'était vraiment comme une maladie. Sauf que j'avais le remède. *Moi.*

Ajax tressaillit quand je commençai à dérouler les fils de ténèbres qui le retenaient captif.

Tu vas t'en sortir, lui dis-je en pensée. *Je dois… je dois juste…* Je déglutis, la première ruée de pouvoir me fit presque perdre l'équilibre. *Tiens bon…*

Je ne savais pas trop si ces mots étaient pour lui ou pour moi, car j'eus soudain l'impression de décoller. De m'envoler. *Trop haut.*

Dieux, c'est un sacré sort… Il m'étouffa pratiquement quand j'effilochai la première couche ; le poison s'infiltra dans mon esprit et se dirigea droit vers cet endroit interdit : ma connexion avec Vivaxia.

Non, grondai-je en le poussant dans la Source de Typhos.

Mais il rebroussa chemin, menaçant de revenir à Vivaxia. *Via moi. Comme si j'étais une sorte de foutu conduit.*

Non ! criai-je de nouveau, le repoussant hors de moi avec tant de force que mon souffle s'envola avec lui.

Mais je m'en fichais.

Je ne renvoyais *rien* de tout cela à Vivaxia. Car si j'ouvrais cette connexion, qui savait ce qu'elle accomplirait ? je devais *pousser. Expulser. Dérouler... et... lâcher.*

Mes paupières tombèrent tandis qu'un souffle résonnait dans mes oreilles, dont l'intensité emballa mon cœur.

Quelqu'un cria après moi dans mon esprit, mais je l'ignorai, trop concentrée sur Ajax.

Prochaine couche, m'encourageai-je. *J'y suis... presque...*

Je me forçai à respirer, la morsure glacée du pouvoir de Vivaxia me secouant jusqu'au plus profond de moi-même. Il s'enfonçait dans mon âme, aspirant et tranchant au passage.

Cami ! cria encore quelqu'un.

Mais j'étais perdue dans cette toile de pouvoir, que je siphonnais couche après couche hors Ajax. Avec... avec d'autres sorts. Tous noirs. Tous provenant de Vivaxia.

C'était lourd. Intense. *Suffoquant.*

La glace piquait mon être, comme si j'avais été soudainement entraînée sous une cascade écrasante, gelée sous un barrage de vagues puissantes.

Le sort, réalisai-je. *Il se rompt...* Pas seulement chez Ajax, mais chez tous ceux qui m'entouraient. Dans tout ce satané paradigme.

J'étais en train de tout absorber. De m'y noyer.

Permettant à ces griffes glacées de gratter la soupape… cherchant Vivaxia… désirant…

Non ! hurlai-je en le repoussant encore une fois. Sa force m'écrasait. Me tirait. *Me brisait.* Mais je ne pouvais pas le laisser retourner à Vivaxia, alors j'injectai tout ce que je pouvais dans la Source des Faë de l'Enfer. Tout ce que je pouvais donner. *Chaque parcelle de moi.*

Je perdis mon souffle, et mon âme elle-même parut se détacher de mon corps. Or je ne pouvais pas m'arrêter. Je *ne voulais pas* m'arrêter. Pas maintenant. Jamais. Je devais continuer.

Je ne peux pas la laisser gagner.

Je ne veux pas *la laisser gagner.*

Ce pouvoir… appartient… à Typhos Lucifer maintenant. Tout entier. Toute la magie. L'énergie. Même… même moi. Car il ne me restait plus rien. *Tout ce que je suis… a disparu.* Chaque gramme. Chaque sort. Chaque souffle. Me laissant démunie de tout. Faisant de moi un néant. Créant… *rien.*

Pourtant, je continuai à donner. Car je devais tout retourner à la Source. À Lucifer. Aux Faë de l'Enfer. À ce royaume. Rien ne pouvait revenir à la Faë Vertueuse. À *elle.*

Je ne serai pas un siphon pour toi, Vivaxia, pensai-je alors que le monde se mettait à vaciller. *Parce qu'en fin de compte, je choisirai la mort… Chaque fois.*

CHAPITRE VINGT-TROIS
TYPHOS

— Putain !

Soit Camillia ne m'entendait pas, soit elle était trop têtue pour m'écouter. Ou bien c'était un mélange des deux, mais si elle n'arrêtait pas ça, elle allait mourir.

J'effaçai la distance qui nous séparait et la pris dans mes bras, puis réinjectai l'énergie de la Source dans sa poitrine. Mais cette petite chipie la repoussa, refusa mon pouvoir. Refusa de le *siphonner*. À la place, elle se donnait entièrement au royaume des Faë de l'Enfer.

Elle se sacrifiait pour mes Faë comme une reine devrait le faire.

— Il faut la ramener au palais, intimai-je entre mes dents serrées.

J'ordonnai à mes Chiens de l'Enfer de renvoyer les Faë du Cauchemar hébétés dans leurs royaumes, puis je m'éclipsai, laissant les compagnons de Camillia nous suivre jusqu'à mes appartements. La téléportation ne dura que quelques secondes, mais dans ce court laps de temps, la peau de Camillia devint blême et froide, et son âme palpitait à peine de vie.

— Toi et moi aurons une longue discussion quand je t'aurai ranimée, ma petite, grognai-je.

Une discussion qui impliquerait un changement de méthodologie. Parce que j'en avais marre de jouer le rôle d'un professeur lent et patient. Camillia de la Croix avait besoin d'une main ferme. Sinon, elle allait finir par mourir. Ce que je refusais.

Az se matérialisa près de moi, dans une forte odeur de cendre et de feu.

— Elle ne respire plus, constata-t-il.

Ajax arriva ensuite, quelque peu essoufflé mais pratiquement rétabli, grâce à Camillia qui avait siphonné hors de lui le sort de la Faë Vertueuse. Malheureusement, c'était cet acte qui l'avait poussée à bout, la puissante magie de Vivaxia ayant créé une vague qui avait envoyé Camillia dans une spirale.

— Je ne l'entends pas, insista Ajax, nettement plus focalisé sur sa compagne que sur ses blessures persistantes.

Melek apparut juste derrière le Gardien, et son air angoissé me fendit le cœur. Il le masqua rapidement, mais pas assez vite.

Merde, ces traits tourmentés resteraient gravés à jamais dans mon esprit. Je ne voulais *plus jamais* les revoir. Pourtant, quelque chose me disait que mes propres traits ressembleraient aux siens si je ne trouvais pas un moyen d'arranger ça.

Camillia avait tout donné pour protéger mon royaume, pour *me* protéger. Comme lors du bal des Faë interroyaume. Cette femme était tout le contraire d'une menace. Elle était une foutue lueur d'espoir. Une sacrée *reine*. Et je lui avais fait du tort à bien des égards. Y compris pendant notre formation. J'avais été trop lent, trop *doux*, alors que j'aurais dû être plus avisé. Avec Vivaxia comme menace, ce n'était pas le moment d'être gentil.

Camillia devait maîtriser son pouvoir. Et elle devait le faire *maintenant*.

— Elle rejette mon injection de pouvoir, dis-je, irrité non seulement contre elle, mais aussi contre moi-même.

Je ne pouvais m'empêcher de penser que son rejet était fondé sur la méfiance. Mais nous y remédierions une fois qu'elle aurait survécu à cette épreuve.

Je la déposai sur mon lit et m'adressai à mon Commandant :

— Azazel, j'ai besoin que tu...

Il pressa une main sur son cœur et l'électricité vibra dans l'air, le Phénix en lui étant déjà chargé et prêt avant même que j'aie achevé ma demande. Le pouvoir ondula hors de lui, une énergie palpable qui me coupa le souffle.

La pâleur de la peau de Cami s'estompa, laissant place à une teinte crémeuse. *Merci, pu*–

La couleur s'estompa avant que j'aille au bout de ma pensée, et mon âme s'échauffa lorsqu'un feu rugissant frappa ma Source avec force.

Et Cami redevint pâle comme un mort.

Je grondai. Azazel réessaya.

— *Feux*, siffla-t-il, la même scène se répétant au bout de quelques secondes.

Au moins, il ne s'agit pas d'un rejet, me dis-je, une partie inconnue de moi quelque peu soulagée. Mais je ravalai ce répit temporaire, car nous avions encore un putain de gros problème.

— On doit la noyer sous le pouvoir, décidai-je. (J'exprimai la solution au fur et à mesure qu'elle se formait dans mon esprit. On n'avait pas le temps de réfléchir, seulement d'agir.) Et nous devons la distraire, lui donner autre chose sur quoi se concentrer, afin qu'elle ne puisse pas tout renvoyer dans mon royaume.

Puis, une fois qu'elle serait assez réveillée, je prendrais

le contrôle et lui montrerais comment un roi apprivoise une reine.

— Quel genre de distraction ? s'enquit Azazel, sa main frôlant toujours la poitrine de Camillia.

— Tout ce qui peut lui faire oublier l'énergie qui la traverse, lui dis-je. Elle est hyper-fixée sur la redirection du pouvoir en ce moment, même en étant inconsciente. Si nous attirons son attention sur autre chose, je devrais pouvoir l'aider à reprendre pied.

Mon Commandant hocha la tête, puis regarda Ajax.

— Mords-la.

Le Gardien arqua un sourcil.

— Tu veux que je me nourrisse d'elle pendant qu'elle est faible ?

— Je veux que tu ramènes son corps à la vie pendant que Typhos, Melek et moi l'inondons de pouvoir, commanda Azazel, prenant les choses en main.

Ajax lui lança un regard sceptique.

— Tu crois que ça suffira ?

— Après ce que j'ai vécu dans ce cachot ? (Le regard d'Azazel s'illumina de deux flammes dorées de désir.) Oui. Oui, je le crois, putain.

Dans tout ce chaos, je n'avais pas remarqué ce qui s'était passé entre eux jusqu'à maintenant : ils avaient approfondi leur connexion.

— Ajax t'a mordu.

— Deux fois, précisa Azazel sans me regarder. Maintenant mords Cami, Ajax. (Il arracha son minuscule débardeur, dévoilant son soutien-gorge qui s'enflamma une seconde plus tard.) Excite-la. Fais-la haleter. Rends-la si folle qu'elle ne pourra penser à rien d'autre qu'à nos bites en elle.

Ajax bougea avant qu'Azazel ait terminé, posa une main sur un sein et sa bouche sur l'autre. Azazel brûla le reste de ses vêtements, et j'aurais apprécié sa nudité si elle ne ressemblait pas à un satané cadavre.

Bon sang, Camillia, pensai-je à son intention, furieux qu'elle se sacrifie. Mais une part de moi était également excitée, ce qui était vraiment déconcertant.

Je ne devrais pas vouloir la punir. Pas comme ça. Pas maintenant. Et pourtant, tout ce dont j'avais envie, c'était de la mettre sur mes genoux et rougir son cul pâle jusqu'à ce qu'elle crie.

Je la saisis à la gorge, appuyai mon pouce sur son pouls déclinant. Melek me rejoignit, s'agenouilla sur le lit près de sa tête et passa les doigts dans ses cheveux. Puis il se pencha et souffla de l'air dans sa bouche. De l'air chargé de pouvoir.

J'en sentis la chaleur sur ma main et j'ajoutai ma propre énergie à la sienne.

Puis Azazel posa ses lèvres sur l'intérieur de la cuisse de Camillia avec un grondement bas qui résonna dans la chambre. L'énergie bourdonnait tout autour de lui, le Phénix en lui produisait une poussée qui pourrait tous nous brûler. Mais je m'en foutais, tant qu'elle submergeait la femme qui gisait sans vie dans mon lit.

— À mon signal, grinça Azazel.

Il écarta les jambes de Camillia pour se placer entre elles. Sa bouche remonta jusqu'à l'apex entre ses cuisses, effleura son doux petit clito. Une vision de lui la mordant à cet endroit m'assaillit l'esprit, le désir de l'entendre crier étant un besoin intrinsèque qui fit onduler le pouvoir en moi.

Elle aurait mérité cette pointe de douleur.

Petite tentatrice, songeai-je. *Tu fais du mal à tes compagnons en jouant le rôle de l'agneau sacrificiel. Ils devraient te le faire payer, Camillia. S'ils ne le font pas, c'est moi qui le ferai, je te jure.*

Mais elle n'entendait pas ma menace, car nous n'étions

pas liés. Un fait qui me perturba quelque peu tandis que je regardais ses compagnons combiner leurs pouvoirs pour la ramener à la vie. Je pouvais aider en tant que roi des Faë de l'Enfer, mais je l'aurais pu bien davantage si j'avais été compagnon de Camillia.

Je crispai la mâchoire. *Ça n'arrivera pas. Même si elle est la reine parfaite.*

Et ce n'était pas parce que je ne voulais pas la lier, mais parce qu'*elle* ne voulait pas me lier. Elle ne me faisait pas confiance et ne m'aimait pas, ce que son corps et son âme avaient manifesté en rejetant mon essence régénératrice.

À moins que... à moins qu'elle me rejette seulement parce qu'elle ne peut pas le contrôler.

Je secouai la tête, mes réflexions dérivant en une spirale d'absurdités rhétoriques.

Camillia de la Croix devait respirer. Ensuite, je pourrais... comprendre tout le reste.

Des flammes jaillirent le long de la colonne vertébrale d'Azazel, brûlant sa chemise qui partit en lambeaux dans l'air. Il l'ignora, son Phénix continuant à créer un brasier d'une vitalité cataclysmique. Je n'avais jamais rien vu de tel chez le Commandant, sa magie tourbillonnait d'une manière qui semblait renforcée par son nouveau lien avec le Faë de Minuit.

Des étincelles violettes et dorées dansaient autour de lui, ses mains parcouraient les jambes de Camillia. Entre ses cuisses, il croisa mon regard, son expression était limite féroce.

— *Maintenant,* intima-t-il.

Pas de compte à rebours. Pas d'avertissement. Juste un ordre, auquel j'obéis sans hésitation.

Un tourbillon de chaleur s'éleva entre nous cinq, un maelström d'électricité qui hérissa tous les poils de mes bras. Le feu suivit, les flammes violettes nous engloutirent dans un brasier qui aurait dû brûler, mais ne le fit pas. Car je le contrais avec mon propre pouvoir, tempérant le feu et assurant notre sécurité pendant qu'Azazel vidait chaque once de son pouvoir dans sa compagne.

Melek gémit. Ajax grogna. Et je savourai l'éclat de notre cercle.

C'était intense. Magnifique. Dévorant. *Parfait*.

Faë, j'en voulais plus. Ressentir cela chaque jour pour l'éternité. Vivre dans cette bulle de braises ardentes, me prélasser dans les flammes et ériger un nouveau trône que nous pourrions tous partager.

Y compris Camillia, réalisai-je. Mon cœur s'emballa quand je sentis qu'elle commençait à filtrer ce pouvoir dans ma Source. Mais il y avait trop de choses à équilibrer pour elle, trop de choses à consumer et à transmettre, trop de choses à *siphonner*.

Parce que nous inondions ses veines de vie, la forçant à se régénérer, *à se réveiller*.

Ses grands yeux s'ouvrirent et ses lèvres s'écartèrent sur un cri, un son si délicieux que je voulus écarter Melek pour me l'approprier. Mais il était déjà là, à souffler sur ses lèvres, et son essence était un baiser décadent qui transforma son cri en gémissement en un clin d'œil.

Ou peut-être était-ce à cause d'Ajax et d'Azazel. Ou bien une combinaison de tous ces éléments.

Notre Gardien avait changé de sein, laissant des traces de sang sur l'autre mamelon. Et notre Commandant était bien installé entre ses jambes, scellant ses lèvres sur son clitoris quand il avait injecté tout ce pouvoir dans le corps de Camillia.

À présent, il la rendait folle avec sa langue, la forçant à se concentrer sur les sensations et à ignorer son talent de siphonnage. Tout cela pendant que nous la remplissions de notre essence magique.

Si seulement c'était notre semence, pensai-je, ma main menaçant de serrer plus fort sa gorge. Je voulais la voir baigner dans le sperme, marquée par tous ses compagnons. *Et moi…*

Putain, c'était un désir inattendu. Ou peut-être pas inattendu du tout.

J'avais l'intention de refuser cette attirance interdite, de la laisser à Melek et aux autres, mais la voir craquer sous ses compagnons me faisait panteler de désir.

Moi. Le roi des Faë de l'Enfer… en train de haleter. C'était du jamais vu.

Melek savait comment me titiller, me rendre plus dur que de l'obsidienne et me faire désirer sa bouche ardente. Mais il s'agissait là d'un tout autre niveau de luxure. Ce désir calamiteux me piégeait dans une toile sensuelle qui menaçait ma santé mentale.

Je devais maintenir l'ordre. Garder le *contrôle*. Dominer le pouvoir de cette femme.

Or son *parfum* envahissait chacun de mes pores et ses gémissements étaient le seul son que j'entendais. J'avais voulu noyer son pouvoir, et maintenant tout ce que je désirais, c'était me noyer en elle.

Putain de Faë… Je ne pouvais pas détourner mon regard du festin pécheur qui se déroulait devant moi. Le pouvoir tourbillonnait, la passion appelait, les désirs charnels fleurissaient.

Camillia était bien réveillée maintenant, ivre de l'énergie qui lui donnait vie.

De plus, elle était distraite par ses compagnons. Perdue dans leurs caresses. Les yeux clos de nouveau. Se délectant du baiser de Melek tout en empoignant les cheveux d'Ajax qu'elle tenait contre ses seins. Pendant ce temps, Azazel *léchait.*

Et moi… je regardais. Captivé. Tenu en place par ma

main autour de sa gorge. Tenu en laisse par l'étalage décadent d'une débauche désinhibée.

— Putain, petite guerrière, gémit Azazel contre sa chatte humide. J'ai envie d'être en toi.

Il n'avait plus de vêtements, le feu les ayant dévorés. Et sa bite était dure. Prête. *Rugissant* de désir.

Ajax lâcha le sein de Camillia et fixa Azazel, les dents serrées.

Le Commandant et le Gardien se dévisagèrent, et une discussion silencieuse s'engagea entre eux qui fit s'agripper Camillia aux draps, dans l'expectative. Melek quitta enfin sa bouche, et les cils épais de Cami papillotèrent. Mais ce n'était pas mon prince qu'elle regardait.

C'était moi.

Deux intenses tempêtes percèrent la mienne tandis qu'un cyclone d'énergie tourbillonnait entre nous.

— Si tu pousses encore du pouvoir dans ma Source, je t'étrangle, l'avertis-je. Et pas avec ma main, mais avec ma bite au fond de ta gorge.

Parce que j'en avais assez de jouer les gentils. S'il lui fallait du sexe pour se concentrer, je lui en donnerais. Putain, je lui donnerais *n'importe quoi*.

Elle écarta ses lèvres gonflées, ce que j'aurais aimé interpréter comme une invitation. Cependant, je soupçonnais que c'était plutôt une réaction à ma menace.

Sauf que ce n'était pas du tout une menace, mais une promesse.

Parce qu'en ce moment, je ne voulais rien d'autre que serrer tous ces cheveux brun doré et guider sa bouche vers ma bite endolorie.

Mais nous n'étions pas encore prêts pour ça. Putain, je n'étais même pas sûr qu'elle soit prête pour quoi que ce soit. Toutefois cela ne m'empêchait pas de lui serrer la gorge et de me pencher jusqu'à ce que nous soyons les yeux dans les yeux.

— Teste-moi, la défiai-je. Vois ce qui se passe.

Elle déglutit contre ma paume.

Melek ronronna d'approbation, et ses doigts glissèrent sur ma main pour venir jouer avec son mamelon maltraité.

— Ty ne fait pas de fausses promesses, petit ange. Mais ça pourrait être amusant de le tenter, hmm ?

Ses cils s'étalèrent en éventail sur ses joues rougies et ses pupilles se dilatèrent tandis qu'elle continuait à soutenir mon regard. Un conflit dansait dans ces jolis yeux. Un conflit entre l'obéissance et le défi.

Oh, elle avait cessé d'inonder ma Source de pouvoir. Mais maintenant, elle envisageait de le refaire juste pour me contrarier. Je le voyais dans son expression et captais l'amusement de Melek qui lisait dans ses pensées.

— Si tu veux ma bite, demande-la, lui dis-je. Ne m'énerve pas juste pour que je te baise.

Elle plissa les yeux.

— Peut-être que je ne le veux pas.

Je haussai un sourcil, mon pouce dansant sur son pouls qui battait la chamade.

— Alors qu'est-ce que tu veux, petite tentatrice ? Que je regarde Azazel te baiser ?

Je me penchai sur elle, voulant être le seul qu'elle puisse voir.

— Ou peut-être que tu veux que tes trois compagnons te baisent en même temps, poursuivis-je, ma bouche si proche de la sienne que son souffle embrassait mes lèvres. Ajax dans ton cul. Melek dans ta bouche. Azazel dans ta chatte mouillée. (J'étudiai ses traits, notai la façon dont ses narines se dilatèrent.) Mmm, c'est bien ce que tu veux, n'est-ce pas, douce reine ? Qu'on remplisse tes trois trous pendant que je regarde.

Son frémissement en réaction confirma chacun de mes mots. Je me redressais lentement, un sourire au coin des lèvres.

— D'accord, murmurai-je, croisant le regard de Melek avant de jeter un coup d'œil à Azazel et Ajax. Montrez-moi ce que je rate. Rendez-moi jaloux. Mieux encore, faites-moi *supplier*.

Cela me paraissait une bonne punition. Une façon de me racheter d'avoir été un imbécile pendant tous ces mois.

Peut-être que Camillia me pardonnerait à la fin.

Ou peut-être qu'elle passerait l'éternité à me faire regretter mes choix. Et serait à jamais… *mon fruit défendu.*

CHAPITRE VINGT-QUATRE

CAMI

FAË…

Je n'avais aucune idée de comment ce rêve avait commencé, mais j'espérais qu'il ne se terminerait jamais. La dernière chose dont je me souvenais, c'est de m'être abandonnée au brasier qui m'habitait et d'avoir juré de ne jamais être le siphon de Vivaxia.

Et maintenant…

Maintenant, je suis nue. Sur un lit. Entourée de quatre Faë chauds comme la braise.

L'un d'eux venait de dire qu'il voulait regarder mes trois compagnons me baiser.

Une partie de moi savait que c'était réel, non pas un fantasme. Pourtant, tout cela était trop incroyable. D'autant plus que Typhos était là à proférer des remarques sensuelles.

Lorsqu'il menaça de m'étouffer avec sa bite, je faillis m'enflammer.

Ensuite, il se montra arrogant avec moi et me nargua en me disant que je devais demander ce que je voulais. Je ne pouvais pas avouer à voix haute que je désirais le voir mettre sa menace à exécution. Cela me faisait… me faisait… Eh bien, je ne savais pas trop. Ça me faisait *quelque chose*.

Parce que je ne devrais pas avoir envie de lui. Sauf que j'avais beaucoup de mal à me rappeler *pourquoi* je ne devrais pas. Surtout quand il me regardait comme ça. Il s'était adressé à mes compagnons, mais là il me fixait à nouveau, sa main toujours sur ma gorge.

— Azazel va s'allonger et tu vas le chevaucher, m'intima-t-il.

Une partie de moi voulait rejeter cet ordre, juste pour voir ce qu'il ferait. Mais Az se mit à bouger, et je fus soudain hypnotisée par toute la beauté masculine qui s'offrait à moi. Sa musculature était délicieusement dessinée, toute en lignes tendineuses et en force saillante. Et ce Phénix tatoué sur sa poitrine… Faë, il semblait presque *vivant*.

Je glissai ma langue entre mes lèvres pour les humidifier quand j'aperçus l'impressionnante longueur entre ses jambes, le désir de le goûter me frappant en plein cœur. Faë, je voulais lécher cette goutte de liquide sur son gland et me livrer à ce pouvoir qui était tout Az.

Mais Ajax me devança.

Au moment où Az s'appuya sur ses coudes, Ajax se pencha, les yeux sur notre compagnon, et referma sa bouche autour du gland.

Mon cœur se mit à battre la chamade, mes poumons devinrent trop étroits pour respirer. Parce que, *putain*, c'était chaud. Mais aussi…

Tu vas bien, constatai-je en me connectant à l'esprit d'Ajax.

Je vais plus que bien, petite rebelle, répondit-il d'une voix chaude tandis qu'il prenait Az plus profondément dans sa bouche. *Je suis carrément phénoménal.*

Je déglutis, promenant mon regard sur son corps nu. Je ne savais pas trop quand il avait perdu ses vêtements ni... ni quand je les avais perdus moi aussi. Je soupçonnais que ça avait quelque chose à voir avec Az.

Mais tout cela me paraissait si onirique. Si irréel. *Quatre Faë sexy...* Je faillis fermer les yeux, me demandant si je devais me réveiller. Ou si j'étais morte.

Il y avait eu tellement de pouvoir. *Trop* de pouvoir. J'avais... j'avais été incapable de l'exploiter. *Et Vivaxia...*

Chut, chuchota Ajax dans mon esprit. *Reste avec nous dans l'instant présent, Cami. Et ne pense même pas à repousser notre pouvoir hors de toi.*

Notre pouvoir... ? répétai-je, frissonnant quand une vague d'électricité roula sur ma peau. Il me fallut un moment pour réaliser que c'était le doigt de Melek qui envoyait des décharges à travers mon corps, et je croisai son regard intense.

— Tu as trop poussé dans la Source, murmura-t-il à voix haute, répondant au fil de mes pensées. Ty nous a dit de t'inonder d'énergie et de t'amadouer pour que tu la prennes. (Ses iris multicolores scintillèrent de chaleur.) Maintenant, nous allons nous assurer que tu la gardes.

Il posa ses lèvres sur mon abdomen, et son expression s'emplit d'un plaisir malicieux quand il se mit à tracer un chemin de baisers vers le bas. Chaque attouchement enflammait ma peau, son pouvoir ronronnait le long de mon corps et imprégnait mon esprit.

— Je ne savais pas que tu pouvais faire ça, murmurai-je, me sentant pleine de vie.

Melek m'avait déjà embrassée. Il m'avait caressée, aussi. Mais ça... c'était souligné par de puissantes vibrations qui faisaient soupirer mon âme.

Az siffla, attirant mon attention sur lui alors qu'Ajax promenait ses dents le long de sa hampe.

— Tu te fous de moi, accusa mon compagnon Faë Phénix.

— Je te domine, rétorqua Ajax. Alors assieds-toi et profites-en.

Je serrai les cuisses en réaction à leurs paroles, mais Melek écarta mes jambes et s'installa entre elles.

— Ty et moi allons la préparer à être baisée pendant que vous vous amusez tous les deux, dit-il, sa bouche sur mon centre chaud.

Ty et moi, relevai-je, levant les yeux sur le roi des Faë de l'Enfer. Il était assis sur le lit près de moi, dans son costume froissé mais intact. Les autres étaient nus, y compris Melek, ce que je notai en observant les tatouages qui ornaient son torse ciselé, avant de revenir à Typhos.

Il inclinait la tête, comme s'il réfléchissait à quelque chose. Puis il se pencha et pressa sa bouche contre la mienne, tandis que Melek glissait deux doigts en moi. Je sursautai, ce mélange de sensations étant souligné par un éclair de feu tandis qu'ils me noyaient dans leurs auras.

Tant de pouvoir, m'émerveillai-je en frissonnant. *Si Vivaxia…*

Non, intervint Melek. *Ne pense pas à elle. Concentre-toi sur ça – sur nous.*

Mais si elle…

— Non, petit ange, proféra-t-il à voix haute. Nous sommes en sécurité ici. *Tu es* en sécurité. Laisse-nous guérir ton âme.

— Personne ne peut nous atteindre ici, ajouta Typhos contre ma bouche. (Il avait l'air de suivre la conversation alors qu'elle avait commencé dans mon esprit avec Melek.) Ma Source est plus forte que jamais grâce à toi, petit siphon. Alors détends-toi, profite, et laisse tes compagnons te vénérer pendant que je vous protège tous.

Je tremblai sous le poids de son commentaire. Il y avait un soupçon d'éloge dans ses paroles de gratitude, mais aussi une note de commandement soulignant ses derniers mots.

Puis-je lui faire confiance pour nous protéger ? me demandais-je en le fixant dans les yeux.

Il avait cessé de m'embrasser pour parler mais était resté tout contre mes lèvres. Et maintenant, il me regardait avec une férocité qui me coupa le souffle.

Il élevait la domination à un tout autre niveau.

Soudain, j'eus envie de le laisser faire. De céder à son besoin de contrôle et d'en profiter, tout comme il me l'avait demandé.

Remettre en question ma foi en lui était un débat stérile. Car je connaissais déjà la réponse : bien sûr qu'il nous protégerait. C'était ce que faisait Typhos Lucifer – il protégeait tout le monde dans son royaume, *surtout* son cercle intime.

Au lieu de répondre verbalement, j'arquai mon cou et l'embrassai. Un peu comme ce que j'avais fait dans son lit l'autre jour, quand j'avais cru que c'était un rêve.

Mais c'était bien plus qu'un fantasme. C'était moi qui m'inclinais devant le roi des Faë de l'Enfer et exprimais ma gratitude pour sa conduite. Pour son leadership. Pour m'avoir gardée – *nous* avoir gardés – en sécurité.

Je ne voulais plus lutter contre cette attirance. Je ne voulais pas lutter contre *lui*. Je voulais simplement vivre le moment présent, et advienne que pourra.

Sa paume recouvrit ma joue en une douce caresse.

Jusqu'à ce qu'elle ne le soit plus.

Le roi des Faë de l'Enfer m'avait laissée mener la danse, mais c'était terminé.

Il glissa sa langue dans ma bouche, exigeant réciprocité et docilité alors qu'il prenait possession de moi comme seul Typhos en était capable. Et je le laissai faire. Oh, comme je le *laissai faire.*

Des flammes jaillirent dans mes veines et son pouvoir s'épanouit en moi, tandis que Melek m'embrochait avec un troisième doigt et refermait ses lèvres sur mon clitoris.

Je gémis, mais le son se perdit dans la bouche de Typhos. *Mon roi,* pensai-je, m'inclinant devant son commandement tout en me cambrant au contact de Melek. *Mon prince.* Un grognement d'Az me fit ajouter : *Mon Commandant… et mon Gardien.* Car je *sentais* Ajax faire plaisir à Az, le titiller, le taquiner avec sa langue et sa bouche.

Quelque chose dans leur étreinte était différent maintenant.

Parce qu'Ajax dirige. Az lui disait toujours quoi faire. Pourtant… c'était le choix d'Ajax. Il disait à Az ce qu'il devait faire. Pas avec ses mots, mais avec ses actes.

Et je captais ses intentions dans son esprit. Son désir de contrôler, de forcer Az à *se soumettre.* C'était une bataille de volontés, sauf qu'Az ne se battait pas. Il laissait Ajax prendre le contrôle.

C'est… tellement… chaud.

Ça va être encore plus chaud, promit Ajax avec un sourire en coin.

J'allais demander ce qu'il voulait dire quand le pouvoir explosa dans la pièce… *à cause de la morsure d'Ajax.* Le grondement d'Az fit vibrer tout mon être. Typhos glissa sa main sur ma gorge pour me maintenir en place, et continua à me dévorer.

Je haletais. Me tortillais. J'étais tellement absorbée par cette explosion d'énergie magnétique que je pouvais à peine respirer.

Tu viens de t'accoupler avec Az…

Les mots étaient pantelants dans mon esprit, ma capacité à traiter ce qui se passait surmontant à peine le courant chaotique qui tourbillonnait dans l'air.

Oui. Il est à moi. Et je suis à lui. Et toi, ma petite rebelle chérie, tu es à nous.

Ce dernier mot résonna dans mon esprit, peut-être prononcé à voix haute. Je n'aurais su dire ce qui était mental ou vocal. Et je m'en fichais, toute aux sensations que me procuraient les bons soins de Melek entre mes cuisses. À un moment donné, il s'était mis à me titiller aussi l'anus, ses mains me travaillant délicieusement tandis que Typhos s'emparait de ma bouche.

Faë, je suis en train de brûler vive, songeai-je, gémissant sous le baiser du roi des Faë de l'Enfer tout en essayant de bouger mes hanches. Mais une main sur mon abdomen me retint. *La main de Typhos…*

Une partie de moi se rendit compte que je ne pensais plus à lui en tant que *Lucifer*, mais en tant que *Typhos*. Puis une autre partie de moi surmonta l'instinct de demander pourquoi et me força à me concentrer sur sa bouche.

Laisse-toi aller, m'exhortai-je. *Arrête de penser… et fais-toi plaisir.*

— Mmm, quel bon petit ange, qui nous laisse prendre soin de lui, me félicita Melek entre mes cuisses. Attends un peu que nos bites soient en toi, qu'on te revendique de l'intérieur.

Un frisson me parcourut, mon esprit se fracturant sous l'assaut des sensations et du désir inhérent.

Je sentais monter le plaisir d'Az, la morsure d'Ajax l'ayant presque fait jouir. Seulement, le Gardien ne le permettait pas. Il forçait Az à se retenir, à attendre qu'il soit en moi. Pendant ce temps, il attisait son désir, l'amenant au point d'orgasme pour le réfréner ensuite.

Parce qu'il voulait que l'éruption d'Az soit chargée de l'énergie la plus puissante que l'on puisse imaginer, pour me forcer à la prendre et à la garder.

Je déglutis, incertaine de pouvoir supporter ça. *Au moins, je peux pousser…*

La paume de Typhos se resserra sur ma gorge, ses dents effleurèrent ma lèvre inférieure.

— Je l'ai senti, petite tentatrice, souffla-t-il contre ma bouche. Ne pense même pas à toucher ma Source maintenant. (Son pouce suivit mes vertèbres cervicales tandis qu'il se reculait pour me fixer.) Je veux que tu sois remplie d'une telle énergie que tu exploseras comme une étoile. Et je veux voir la semence de tes compagnons couler de tes orifices. Tu me comprends, Camillia ?

Ses mots me coupaient le souffle. Ils court-circuitaient même ma fichue cervelle. Parce que personne ne m'avait jamais rien dit de tel. Et maintenant, tout ce que je pouvais imaginer, c'était d'être *remplie*.

— Parle, Camillia, dit Typhos, les yeux plissés. Dis-moi que tu comprends.

Ma gorge se serra sous sa paume, mon cœur battant si vite que je fus surprise de pouvoir l'entendre par-dessus le martèlement dans mes oreilles.

— Je… je comprends.

C'était vrai, non ? je comprenais ce qu'il voulait : regarder mes compagnons me baiser. Mais je… je n'étais pas sûre de comprendre *pourquoi*.

Est-ce que ça a de l'importance ? me demandai-je.

— Hum, ce n'est pas parfait, mais nous travaillerons sur ton obéissance, ma petite, murmura-t-il, posant ses lèvres sur les miennes.

— Tu lui as dit de ne pas employer de titres, mon roi, rappela Melek, ses lèvres effleurant ma vulve et provoquant des picotements dans tout mon corps.

— Je ne veux pas qu'elle emploie de titres.

— Pourtant, tu penses à ce qu'elle t'appelle son roi, reprit Melek en souriant. Ce qui, j'en conviens, serait délicieux sur ses lèvres, hein ?

— Toujours à te mêler de tout, petit prince, répliqua Typhos.

— Ça m'a valu une orgie dans notre lit, n'est-ce pas ?

Melek referma ses lèvres sur mon clito avant même que je puisse assimiler ses paroles. Mais Typhos les avait certainement comprises.

Il gloussa en réponse, puis réclama ma bouche avec une ardeur redoublée.

Les flammes dansaient à nouveau sur mon corps, exacerbées par l'excitation et l'attente de mes compagnons. Melek suçait fort, m'amenant au bord de l'orgasme – qu'il interrompit en se retirant brusquement. Puis il répéta l'action pendant que Typhos tenait mes lèvres captives sous les siennes, m'empêchant de crier ma frustration.

Je m'agrippais à la literie, mes jointures sans doute blanchies tant je serrais les draps soyeux dans mes poings.

Melek me titillait encore et encore, pendant qu'Ajax faisait *brûler* Az.

C'était une passion torturante, qui me rendit si mouillée que je *dégoulinais*.

L'esprit d'Az me disait à quel point il était dur, à quel point il voulait jouir. Mais Ajax était implacable, sa bouche poussant Az à ses limites. Il voulait voir s'il allait craquer et exiger de prendre le contrôle. Or Az était résolu à laisser Ajax mener la danse, son besoin de s'incliner devant son compagnon étant un cadeau enveloppé d'excuses inexprimées.

Quand Ajax se rendit compte que notre compagnon Faë Phénix n'allait pas prendre les rênes, il le lâcha enfin.

— Tu réalises que tenir aussi longtemps n'est qu'une

autre forme de contrôle, hein ? lui demanda-t-il. Tu prouves ta propre retenue. (Il embrassa la queue d'Az – une action que je ressentis à travers le lien, plus que je la vis.) Tu n'as donc jamais vraiment perdu le contrôle, mais j'apprécie ton effort. Maintenant, allons baiser notre petite rebelle.

CHAPITRE VINGT-CINQ
MELEK

Mes lèvres enveloppant la chatte humide de Cami, je piaffais d'impatience. Je l'avais torturée avec ma langue et mes doigts en attendant qu'Az et Ajax cessent leur petit jeu, et ils avaient l'air d'être enfin prêts à *baiser*.

Ty croisa mon regard, ses iris bleus tourbillonnant d'une excitation que je connaissais très bien. Mais elle était plus profonde à présent, plus puissante que jamais.

Pourtant il parvint à lâcher Cami et s'assit pour observer.

Les commentaires d'Ajax à Az sur le contrôle s'appliquaient ici aussi, car Ty faisait preuve d'une force extrême en étant capable de s'écarter de la tentation sur le lit.

Tu te punis toi-même, réalisai-je, mes pensées l'atteignant via notre connexion.

Non, petit prince. Toi, Camillia, Ajax et Azazel, vous m'infligerez cette punition.

Parce que tu refuses de te joindre à nous, remarquai-je.

Ce n'est pas à moi de la toucher, répliqua-t-il. *Pas encore.*

Ce dernier mot me parut être une pensée chuchotée,

285

une pensée que mon roi n'aurait pas voulu que j'entende. Ce petit lapsus fut la seule chose qui m'empêcha de souligner qu'il l'avait déjà pratiquement touchée en l'embrassant.

Bien sûr, Ty ne le verrait pas de cette façon. Un baiser était une caresse innocente dans son esprit. Quand il parlait de *toucher*, il voulait dire tout autre chose.

Ce n'est pas à moi de la posséder, c'était ce qu'il avait vraiment eu l'intention de dire. Suivi de *pas encore*.

Savoir ce qu'il ressentait me donnait encore plus envie de m'amuser avec Cami devant lui. Car je voulais taquiner notre roi, le rendre fou de jalousie et lui montrer ce que son côté têtu l'empêchait de vivre.

Camillia n'était plus son avenir, mais son présent. Il n'avait plus qu'à accepter le destin et se faire plaisir.

Je démontrai ledit plaisir en léchant longuement la fente suintante de notre femelle, puis en ronronnant contre son clitoris. Le gémissement qui s'ensuivit poussa Ty à prendre une grande inspiration, sa lutte interne étant évidente tant il se forçait à garder le contrôle.

— Es-tu prête à ce qu'on te baise, petit ange ? demandai-je contre sa peau moite, levant les yeux vers son beau visage.

Les siens étaient clos, sa tête un peu rejetée en arrière, tandis qu'elle essayait de cambrer ses hanches vers ma bouche. Mais Az posa une main sur son ventre pour la repousser vers le bas. Le Commandant se redressa, reprenant les commandes. De l'autre main, il attrapa la nuque d'Ajax et l'attira dans un violent baiser.

Cami frissonna. Et je souris encore.

Ignorant la main d'Az sur son abdomen, je rampai vers les lèvres de Cami, désirant l'embrasser. Elle enroula ses bras autour de mes épaules et entoura le bas de mon corps de ses cuisses ouvertes. Si elle avait quelques réserves quant à la présence de Ty, elle ne les montrait pas ou n'y pensait pas. Elle profitait simplement du moment avec ses compagnons et se délectait du pouvoir qui s'épanouissait dans ses veines.

Un si bon petit ange, la félicitai-je mentalement. *Laisser tes compagnons s'occuper de toi.* J'avais déjà prononcé ces mots à voix haute, mais ils valaient la peine d'être répétés. *Je suis fier de toi, Cami.*

Je glissai ma bite en elle sans avertissement, la récompensant avec une poussée puissante qui la fit hoqueter contre mes lèvres. Ty avait dit qu'Az prendrait sa chatte, mais je l'avais préparée à notre revendication ; par conséquent, c'était à moi de la baiser en premier.

La main du Commandant se tendit entre nous, coincée entre mon abdomen et le ventre plat de Cami. Il aurait pu facilement bouger, mais il choisit de ne pas le faire. Ce qui me convenait parfaitement.

Az et moi n'aurions peut-être jamais joué ensemble de cette manière, mais il y avait une première fois à tout. Et j'adorais que Cami soit la star de cette première.

Elle haleta contre moi quand je me mis à bouger, planta ses ongles dans mes épaules pour s'accrocher tandis que je la possédais de la manière la plus intime.

À moi, dit mon corps.

À nous, dit la paume d'Az.

Mmm, songea Ty, comme s'il considérait nos revendications. Ou peut-être qu'il prenait simplement plaisir à me regarder baiser Camillia.

Je l'ignorai et me consacrai à adorer Cami avec mes mains, ma bouche, ma *bite.*

Dieux, elle était phénoménale. Sacrément parfaite.

Mon doux amour, murmurai-je dans son esprit. *Tu es la clé de tout.*

Équilibrer les pouvoirs au sein du royaume des Faë de l'Enfer.

Vaincre Vivaxia une fois pour toutes.

Fournir une raison d'être.

Me donner envie de respirer.

Je ne savais pas trop comment exprimer toutes ces précieuses raisons, donc je les fis simplement passer dans mes attouchements. Son vagin se contracta autour de ma queue, son orgasme monta de nouveau. Elle serra ses chevilles sur mes fesses, voulant me forcer à continuer à bouger, s'assurer que je ne me retire pas. Mais ce n'était pas elle qui commandait.

Il s'agissait d'un échange de pouvoir. L'inonder de tant de sensations et d'énergie qu'elle ne pourrait même pas envisager de les rendre.

C'est pourquoi je me retirai d'elle avant qu'elle explose.

Elle cria de frustration, me fit saigner avec ses ongles comme des griffes.

— *Melek !*

— Tu n'as pas encore gagné le droit de jouir, petit siphon, intervint Ty. Les récompenses se méritent. Maintenant, laisse tes compagnons te baiser et œuvrer à ton plaisir.

Cami arracha ses lèvres des miennes pour lancer un regard noir à Ty.

— Tu n'es pas aux commandes ici, lâcha-t-elle en haletant, sapant l'intention derrière sa déclaration.

— Ah non ? rétorqua-t-il en haussant un sourcil.

Il était l'image même de l'élégance ennuyée, adossé à la tête de lit près d'elle, ses longues jambes croisées au niveau des chevilles. Mais je sentais la chaleur qui mijotait sous son costume.

Il avait du mal à se contrôler. Ce qu'il ne laissait pas Cami voir mais qu'il me permit de ressentir. Son désir était une marque dans notre lien qui me transperçait de l'intérieur.

Si Cami ne faisait pas attention, il perdrait toute forme de retenue et la clouerait sur le lit – une réaction dont je voulais absolument être témoin.

Donc je me reculai prudemment pour la libérer. Elle se redressa aussitôt, ses seins magnifiquement excités se balançant dans son mouvement.

— Je pourrais te demander de partir, lança-t-elle à Ty.

— Tu pourrais, admit-il. Tu veux que je m'en aille ?

Mon rythme cardiaque ralentit pendant que j'attendais, l'estomac serré par une émotion que je ne voulais pas nommer.

— N-non, balbutia-t-elle. Je voulais dire…

— Tu voulais dire… ? la pressa-t-il, arquant davantage son sourcil.

— Que j'ai le pouvoir de te faire partir, acheva-t-elle dans un murmure.

— Bien sûr, acquiesça-t-il en prenant sa joue en coupe. Ton mot de sécurité te permet d'avoir le pouvoir chaque fois que nous nous amusons. Mais ça ne veut pas dire que tu es aux commandes, Camillia de la Croix. La capacité d'arrêter une scène et celle de la contrôler sont deux concepts distincts.

— Est-ce que tu lui as communiqué ton mot de sécurité, Cami ? demanda Az en faisant glisser son doigt le long de sa délicate échine.

— Oui.

— Prononce-le, lui intima-t-il, sa propre domination entrant en jeu.

Elle déglutit, son regard restant fixé sur Ty.

— Camping.

— Bonne fille, dis-je en me penchant vers elle pour poser un baiser sur son épaule.

— Quel est ton geste de sécurité non verbal ? poursuivit Az en m'ignorant.

Cami leva la main en l'air et serra le poing, ce qui fit sourire le Commandant.

— Maintenant tu peux la porter aux nues, Melek.

— Je peux la porter aux nues quand je veux, répliquai-je. Elle est belle et parfaite et c'est à moi de l'adorer.

— À nous, corrigea-t-il.

— Bien sûr, acceptai-je. Mais c'est à moi de la louer comme je l'entends. *Et je te louerai à chaque instant de chaque jour*, ajoutai-je via notre lien. *Parce que tu es angélique, Cami.*

Je ne te pardonne toujours pas de m'avoir privée de mes orgasmes, répondit-elle du tac au tac.

Je vais m'efforcer de me rattraper, petit ange, promis-je.

Seulement, Az bougea avant que je m'y remette, plantant ses doigts dans les cheveux de Cami pour l'éloigner de Ty.

— Je sais que Typhos a dit de prendre ta chatte, mais je veux ton cul. Alors c'est Ajax qui va baiser ta douce chatte pendant que je te tiens sur mes genoux.

Cami écarquilla les yeux, les pupilles dilatées, puis Az profita de sa prise dans ses cheveux pour la tirer à lui. Ce geste brusque me donna envie de tendre la main vers elle pour m'assurer qu'elle allait bien, mais le gémissement qu'elle émit me dit qu'elle n'approuvait pas seulement la brutalité d'Az, mais qu'elle *l'aimait*.

Hmm, fredonnai-je à Ty. *Cette réaction est de bon augure pour toi, mon roi.*

Il ne répondit pas, ce qui m'incita à le regarder. Mais lui n'observait que Cami. Ses narines se dilatèrent devant ce qu'il voyait, ce qui ramena mon attention sur notre petit ange juste à temps pour voir Az s'enfoncer dans son cul.

Pas de manipulation délicate. Pas même un test pour s'assurer qu'elle était prête. Il la prit simplement comme il le voulait, ce mouvement sauvage arrachant un hoquet des lèvres pulpeuses de Cami.

Puis il s'assit sur ses talons et l'attira sur ses genoux, comme il l'avait annoncé, tout en maintenant sa prise dans ses cheveux.

Les yeux de Cami s'embrasèrent de plaisir, ses traits affichant un délice dévergondé. Un délice qui ne fit que s'accentuer lorsqu'il lâcha ses tresses blondes et saisit ses jambes. Sans perdre une seconde, il écarta ses cuisses pour montrer à tous sa chatte luisante.

Putain, pensa Ty, un juron qui résonna dans notre lien mental. Pourtant il restait calme en apparence, ayant l'air à peine échauffé. Je souris, intrigué par sa retenue déclinante. Je ne l'avais jamais vu comme ça, et je n'étais pas du tout surpris que ce soit Cami qui le pousse à bout.

— Prends-la, dit Az à Ajax, ses mains écartant les cuisses de Cami qu'il présentait comme un cadeau érotique. Elle est tout à fait prête.

Ajax s'agenouilla devant eux, la main sur sa bite qu'il caressa fermement.

— Elle est toujours prête, putain.

— C'est vrai, gloussa Az. (Il déposa un baiser dans son cou.) Tu adores qu'on te baise, n'est-ce pas, Cami ?

Elle tremblait visiblement, serrant les cuisses comme si elle voulait les refermer en quête de friction.

— Oui, souffla-t-elle. Baise-moi, Ajax.

Le Gardien sourit.

— Az t'a bien entraînée, petite rebelle.

En effet, constatai-je. Mon pouls s'emballa quand Ajax vint se placer entre les jambes de Cami et s'aligner sur son entrée.

Elle émit un son magnifique lorsqu'il se glissa en elle, un son qui me serra les couilles par anticipation. Parce que je voulais me joindre à eux, et le regard qu'Az me lança me dit que je le pouvais. Mieux, qu'il n'attendait que ça.

C'était un nouveau jeu. Une nouvelle expérience. Une rareté pour notre âge.

Cami gémit de nouveau, sa tête retombant contre l'épaule d'Az. Il lâcha ses cuisses et porta une main à sa hanche tandis que de l'autre il saisissait son menton.

— Tu as entendu le roi des Faë de l'Enfer, Cami. Il veut te voir prendre tes trois compagnons. Alors écarte ces lèvres et invite Melek à te baiser.

Ses yeux gris séduisants se posèrent sur moi, son expression m'évoquant une succube.

Tu es l'ange de la luxure, lui dis-je en pensée. *Même un saint ne pourrait pas te refuser dans cet état.*

Les cils de Cami balayèrent ses joues rosies, sa langue se faufila pour lécher sa jolie bouche.

— Melek, lança-elle, sa voix sensuelle étant un appel au sexe. Laisse-moi sucer ta queue.

Ty grogna, non pas vocalement mais intérieurement, faisant palpiter ma bite en réponse à son désir et aux mots de Cami.

— Tout pour toi, petit ange, murmurai-je en m'approchant d'elle.

Je me mis à genoux et j'effleurai sa joue de mes phalanges. Un geste apparemment trop doux pour Az, car il s'empara d'elle une fois de plus et poussa son visage vers mon aine.

— Lèche-le, exigea-t-il. Goûte ta douce excitation mélangée à la sienne, et donne-nous ce que nous voulons tous – du plaisir.

—J'ai toujours pensé qu'il serait amusant de vous voir, Ty et toi, vous battre pour la domination. (Mes paroles étaient destinées à Az mais je gardais mon regard posé sur mon ange et sa bouche délectable.) Maintenant, je crois qu'il serait encore plus amusant de vous regarder tous les deux dominer Cami.

Elle aurait alors absolument besoin de son mot de sécurité. Car ils risqueraient de la détruire par leur présence dominante. Mais si quelqu'un pouvait le supporter, c'était bien Cami.

— Elle ne peut pas gérer mon style de domination, dit Ty, provoquant un froncement de sourcils chez Cami tandis qu'elle approchait ses lèvres de ma bite. Je lui ai dit ce que je voulais voir, et elle n'a pas encore obéi. Et tu sais ce que je pense des chipies, petit prince.

J'esquissai un sourire.

— Tu aimes les bonnes punitions, lui rappelai-je en faisant glisser ma main du visage de Cami à sa nuque. (Az la lâcha, me permettant de prendre le relais tandis que je croisais le regard de Ty.) Alors oui, nous savons tous les deux à quel point tu adores les gosses mal élevés.

Je pressai ma bite contre les lèvres pulpeuses de Cami.

— Prouve-lui qu'il a tort, petit ange. Montre au roi des Faë de l'Enfer à quel point tu es parfaite en avalant ma bite.

Et en le rendant fou de jalousie, ajoutai-je mentalement, ne m'adressant qu'à elle.

Je sentis son étincelle d'intérêt, son envie de se donner en spectacle et de faire en sorte que Ty souhaite qu'elle soit sienne.

Car Cami aimait les défis.

Et Ty venait d'en émettre un avec son commentaire.

Que les jeux sensuels commencent…

CHAPITRE VINGT-SIX

CAMI

Je ne savais pas trop pourquoi j'interprétais les paroles de Typhos comme l'expression d'un doute, mais c'était le cas. Il semblait penser que je ne pourrais pas gérer mes compagnons, ce qui me donnait encore plus envie de leur donner du plaisir. Et si cela donnait un peu envie à Typhos, tant mieux. Je considérerais cela comme un bonus.

Ou peut-être que c'est mon but réel, pensai-je en refermant mes lèvres autour de la queue de Melek. *Peut-être que je veux faire supplier le roi des Faë de l'Enfer…*

Comme il l'avait dit plus tôt en demandant à mes compagnons de me baiser. De me remplir de leurs bites et de leur sperme. *Pour qu'il puisse voir leur semence goutter de mes orifices…* Ce n'était pas exactement ce qu'il avait dit, mais le concept me titillait l'esprit à présent que mes trois hommes commençaient leurs va-et-vient en moi.

Faë, à quoi je dois ressembler, songeai-je, frissonnant tandis que Melek s'enfonçait davantage dans ma bouche.

— À une déesse, dit-il, ses doigts dans mes cheveux, tirant sur mes mèches sensibles.

Az avait été rude avec moi, son Phénix le chevauchant durement après qu'Ajax l'ait nargué avec sa morsure vampirique. Maintenant, les deux hommes me baisaient comme si j'étais incassable, leurs bites me frappant si profond qu'elles risquaient de me déchirer.

Mais je m'en fichais. Parce que c'était si bon. Si puissant. Si *juste*.

— Tu as l'air d'une déesse, répéta Melek d'un ton élogieux en me contemplant avec admiration.

J'avais déjà oublié mes ruminations à propos d'à quoi je devais ressembler, mais j'adorais son commentaire à présent. Je faillis faire la fière. Sauf qu'une poussée particulièrement rude d'Az me fit gémir à la place.

— Peut-elle en prendre plus ? s'enquit Typhos, l'air ennuyé. Ou est-ce le mieux qu'elle puisse faire ?

Mes narines se dilatèrent et je plantai mes ongles dans les hanches d'Ajax. Je m'étais cramponnée à lui pour garder l'équilibre, laissant Az et lui diriger leurs mouvements pendant que j'essayais de me concentrer sur Melek dans ma bouche. Mais maintenant, je voulais aussi envoyer mon poing dans la figure de Typhos.

— Elle me prend très bien, l'informa Melek, toujours aussi élogieux, sans cesser de soutenir mon regard.

— Tu n'es même pas à moitié dans sa bouche, remarqua Typhos. Ne lui dis pas qu'elle se débrouille bien ou qu'elle est une déesse alors qu'elle n'essaie pas de te prendre dans sa gorge. Ça ne mérite pas d'être loué, Melek. Ça mérite d'être *enseigné*.

Melek soupira, son regard quitta le mien pour se poser sur Typhos.

— Sa langue est un sacré paradis, Ty. Je ne…

Il s'interrompit sur un juron quand je le pris plus loin dans ma bouche, jusqu'au fond de ma gorge.

Que Typhos aille se faire foutre avec ses commentaires.

Je peux en prendre plus, décidai-je. *Je peux prendre tout ce que mes compagnons me donnent.*

Je m'évertuai à le prouver en faisant exploser l'esprit de Melek tout en me servant de ma prise sur Ajax pour soulever mes hanches et les rabaisser sur Az. Des grondements résonnèrent en réponse, mes hommes réagissant à mes mouvements et me poussant à aller de l'avant. Me forçant à accepter chaque parcelle d'eux et à me donner entièrement en retour. À bouger. À avaler. À me perdre totalement dans la danse sensuelle créée par mes compagnons.

— Putain, Cami, grinça Melek, tendant le cou pendant que je m'étouffais presque avec sa queue.

Comme ce que Typhos a menacé de me faire, me rappelai-je. *Sauf qu'à la place, c'est la bite de Melek qui est dans ma bouche.*

Et je prenais beaucoup de plaisir à montrer au roi des Faë de l'Enfer ce qu'il ratait.

Ajax saisit mes hanches, m'incitant à me pousser vers lui, tandis qu'Az palpait mon sein d'une main et glissait l'autre entre mes jambes pour me tripoter le clitoris.

Des sensations ondulaient dans mon échine, mon corps était possédé de toutes les manières imaginables.

Si pleine, m'émerveillai-je. *Je suis si… si pleine.* D'Ajax. D'Az. de Melek.

Ma gorge travaillait autour de mon prince Faë de l'Enfer tandis que ma chatte et mon cul serraient mon Gardien et mon Commandant. Je me sentais *revigorée*. Ressuscitée. Si diablement *vivante*.

Je ne me rappelais plus comment tout cela avait commencé, mais peu importait. Tout ce qui comptait, c'était ce moment, cette revendication, cette *expérience*.

Les désirs masculins s'épanouissaient tout autour de moi, dans la façon dont mes compagnons me prenaient et dans leur esprit. Je goûtais leur luxure. Sentais la montée de leurs orgasmes. Éprouvais leurs désirs brûlants. Cela attisait ma propre passion charnelle, m'enflammait de l'intérieur et me faisait perdre la raison dans l'intensité de notre étreinte.

Tant de chaleur. Tant de virilité. Tant d'énergie.

Cette dernière tourbillonnait dans l'air, menaçant de me noyer dans son puissant baiser. Et je l'accueillais. J'accueillais la fin cataclysmique de cette folie. J'accueillais la possession sauvage de mes compagnons. Car c'était eux qui avaient créé ce brasier infernal, leurs désirs combinés générant un cyclone de besoins brûlants mêlés à une intensité torride.

J'allais exploser. Une combustion totale. Peut-être même allaient-ils mourir suite à cette éruption tonitruante.

Mais je faisais confiance à mes compagnons pour me ramener sur terre. Pour me faire revivre. Pour m'*aimer*. Parce que je ressentais leur adoration sous la brutalité, leur besoin de me protéger alors même qu'ils me souillaient.

Tout ça sous son *regard*, pensai-je, les entrailles nouées. *Typhos va me voir m'effondrer.*

Une secousse me parcourut l'échine, née de l'appréhension et d'autre chose. Quelque chose d'électrisant. Quelque chose de *puissant*.

— N'essaie pas d'y échapper, Camillia, dit Typhos, envoyant des étincelles dans tous mes nerfs. Ouvre les yeux et accepte ça. Parce que tu es la petite tentatrice qui a séduit tous ses compagnons. Et maintenant, ils vont te noyer dans leur pouvoir et leur sperme.

Tout mon corps vibrait dans cette attente, ses mots me faisant brûler d'autant plus que je lui obéissais.

Je n'arrivais pas à croire qu'il était là, à mater ça. À *me* mater.

Je n'arrivais pas à croire que mes compagnons me partageaient ainsi.

Je n'arrivais pas à croire que c'était ma réalité. Ma vie. Mon *destin*.

Mais je n'échangerais tout cela pour rien au monde.

C'était mon univers. Mes compagnons. *Mon existence*.

— Melek a raison, murmura Az à mon oreille. Tu es une sacrée déesse, Cami.

— Une reine, ajouta Ajax en poussant en moi en même temps qu'Az.

— Une reine déesse, gémit Melek. (Il bascula sa tête en arrière en s'enfonçant dans ma gorge.) Qui ferait mieux d'av–

Il explosa dans ma bouche, sa semence chauffant ma gorge tandis que je faisais précisément ce qu'il allait exiger : j'*avalai*.

J'avalai chaque once de la puissante essence de Melek.

J'avalai bien que j'aie besoin de respirer.

J'avalai jusqu'à ce qu'il ne reste plus une goutte.

Jusqu'à ce qu'une main autour de ma gorge me fasse arrêter et m'arrache à Melek. Puis une langue entra dans ma bouche tandis que l'énergie pulsait en bas.

Az ; je le reconnus, même les yeux clos. Typhos m'avait dit de les ouvrir et je l'avais écouté, mais sitôt que Melek avait commencé à jouir, je les avais refermés.

Et maintenant, j'étais perdue dans le baiser d'Az.

Ajax ne fut pas en reste, ses crocs effleurèrent ma gorge avant de se planter dans mon cou, juste au moment où Melek palpa mon clito – une caresse que je reconnus grâce à son pouvoir bouillonnant. Son énergie se répandait en moi, me faisant serrer les cuisses tandis qu'Ajax et Az me baisaient jusqu'à l'inconscience.

Je perdis la tête, les sensations envahissant tout mon être. Puis le plaisir se propagea en moi avec une force qui me coupa le souffle. Les orgasmes que Melek m'avait refusés plus tôt semblaient s'être combinés en un climax catastrophique qui anéantissait chaque parcelle de moi.

Je ne pouvais plus respirer. Je ne pouvais plus penser. Je ne pouvais plus *voir*. Le pouvoir déferlait en moi comme une vague, me noyant dans une mer d'intensité qui refusait de me lâcher. Je griffai le tourbillon qui m'entourait, essayant de me libérer. Mais un nouveau choc m'abattit, me laissant me tordre dans un abîme d'obsidienne.

Mais oh, c'était trop bon. Comme si je renaissais. Rechargée. *Possédée.*

Car tous mes compagnons étaient là, leurs auras tourbillonnant autour de moi dans une revendication érotique.

Je soupirai. Criai. Tremblai.

Et puis je m'envolai, éclatant en un contrecoup de plaisir qui me fit jouir encore une fois. C'était une étreinte comme je n'en avais jamais connu, qui me laissa plus comblée que je l'avais jamais été.

Lorsque je redescendis, j'étais toute en nage et dans un état lamentable. Recouverte d'une nouvelle vague de paillettes dorées de Melek. Dégoulinante des éjaculations d'Ajax et d'Az. Saignant de la morsure d'Ajax. Subjuguée par l'explosion d'Az. Épuisée d'avoir pris leurs bites.

Et… *Et interloquée par l'expression du roi des Fées de l'Enfer…*

Je levai sur lui des yeux papillotants, quelque peu surprise de le trouver si près de moi. Puis stupéfaite de réaliser qu'il ne se contentait pas de me fixer, mais qu'il me tenait également dans ses bras.

Je promenai mon regard autour de moi, cherchant Melek, Az et Ajax, mais ils n'étaient pas là. À la place, je ne voyais que du marbre.

Une douche, réalisai-je, mes yeux écarquillés revenant à Typhos.

Il ne portait plus son costume. En fait… il n'avait plus aucun vêtement sur lui.

—Je te dois un bain, petit siphon, déclara-t-il, sa voix grave résonnant dans mon esprit. Mais tu es couverte de sperme et de la marque de Melek, alors commençons par une douche.

CHAPITRE VINGT-SEPT

TYPHOS

L'expression de Camillia révélait un mélange de confusion et d'inquiétude, deux émotions que je n'avais vraiment pas envie de voir sur ses traits en ce moment.

— Détends-toi, lui dis-je. Laisse-moi prendre soin de toi.

Elle avait été prise à fond par ses compagnons, ce qui avait été un plaisir absolu à observer. Mais ce niveau d'intensité nécessitait certains soins, que je m'étais proposé de prodiguer.

En fait, je ne m'étais pas vraiment proposé. J'avais plutôt saisi l'occasion pendant que Melek, Ajax et Azazel se prélassaient dans le bien-être suivant leurs explosions de pouvoir. Lorsqu'ils avaient réalisé que je leur volais leur compagne, il était trop tard.

— Elle mérite une récompense, les avais-je informés. Et je vais la lui donner.

Camillia n'avait pas entendu ma déclaration, trop béate à cause de l'énergie qui se répandait dans son corps et son âme. Mais ses compagnons avaient compris. Et n'avaient pas tenté de m'arrêter. Pas même Ajax.

— Je ne te comprends pas, marmonna Camillia, attirant mon regard sur ses lèvres gonflées. Une minute, tu me détestes. L'instant d'après, tu…

Elle s'interrompit sur une grimace, suggérant qu'elle n'avait pas eu l'intention de prononcer ces mots à voix haute.

— Je ne t'ai jamais détestée, Camillia, murmurai-je, quelque peu perplexe devant cette affirmation. (Je m'étais senti menacé par elle, oui. Mais la détester ?) Je ne crois pas qu'un tel sentiment soit possible en ce qui te concerne.

— Mais tu…

Elle ne poursuivit pas.

— Mais je quoi ? la pressai-je en ouvrant le robinet.

Cami se recroquevilla contre moi comme si elle craignait un jet d'eau froide, mais l'eau chauffa instantanément. Un avantage d'habiter dans le royaume des Faë de l'Enfer, supposais-je. Camillia ne bougea pas tout de suite, mais lorsqu'elle réalisa que la douche était déjà à température, elle se détendit.

— Tu es nu, constata-t-elle.

Ce qui me fit hausser un sourcil, car je doutais fort que ce soit la phrase qu'elle avait commencée. Mais je ne relevai pas, préférant m'en tenir à ce qu'elle venait de dire plutôt que d'insister sur ce qu'elle n'avait pas dit.

— Je ne suis pas complètement nu, lui fis-je remarquer. J'ai juste ôté la plupart de mes vêtements. Sinon la douche serait inconfortable.

Et le but était de l'aider à récupérer.

— Oh.

Elle ferma les yeux et s'appuya contre ma poitrine comme si elle désirait faire une sieste. C'était assez attachant de la voir ainsi. Comme si elle me faisait confiance.

Mais dès que je m'assis sur le banc de douche, elle se

raidit. Je voulus la pencher pour qu'elle reçoive plus d'eau, pensant qu'elle devait avoir froid. Mais elle est demeura figée sur mes genoux.

— Parle-moi, Camillia, l'incitai-je, faisant de mon mieux pour garder un ton tranquille. Je ne peux pas lire dans tes pensées.

Ce qui n'était pas tout à fait vrai. Je pouvais essayer de pénétrer dans ses pensées via ses liens avec Azazel et Melek, mais je refusais de la violer ou de les violer de cette manière.

Comme elle ne disait toujours rien, je soupirai.

— Je ne peux pas t'aider à récupérer si tu ne me parles pas, petite reine.

Elle frémit en réponse.

— Pourquoi ?

— Parce que ça m'aiderait à connaître tes besoins, expliquai-je.

— Non, je… je veux dire… pourquoi tu es gentil avec moi ?

— Pourquoi je ne serais pas gentil avec toi ?

— Parce que tu ne m'aimes pas.

J'émis un petit rire et la fis s'asseoir sur le banc, le dos au mur et les jambes sur mes cuisses. Son regard passa aussitôt de mon torse nu à mon boxer noir, où il resta collé à l'érection dissimulée par le tissu serré.

Un soupçon de peur se glissa dans son regard, tuant mon hilarité.

— Je ne vais pas te baiser, Camillia.

Pas aujourd'hui, en tout cas, ajoutai-je mentalement.

Mais cette peur ne quitta pas son regard. Elle assombrissait ses traits et menaçait de détruire ma bonne humeur.

— Pourquoi penses-tu que je ne t'aime pas ? demandai-je finalement.

Je devais reprendre le contrôle de ma raison avant de faire quelque chose que nous regretterions tous les deux, comme l'embrasser jusqu'à ce que ce regard craintif quitte ses jolis yeux gris. C'était une mauvaise idée, qui ne marcherait probablement pas. Mais son expression me désespérait. Et j'étais déjà excité de l'avoir reluquée prendre trois bites à la fois.

Le sexe me semblait un excellent remède au stress créé par son expression. Sauf que cela entrait directement en conflit avec la promesse que je venais de faire de ne pas la baiser.

— Tu voulais me tuer, marmonna-t-elle. Ce que… ce que je comprends. Mais tu n'avais pas non plus l'air très impressionné par moi.

Je fronçai les sourcils.

— Tu crois que tu ne m'impressionnes pas ?

Elle émit un son qui ressemblait à une moquerie.

— « Est-ce le mieux qu'elle puisse faire ? »

Sa voix prit une gravité presque comique alors qu'elle essayait de m'imiter.

— Tu crois que je n'étais pas impressionné ?

Ses yeux orageux croisèrent enfin les miens, la peur remplacée par une émotion bien plus excitante : la colère.

— Oui.

Je ne cachai pas mon sourire.

— Regarde ma bite, Camillia. Elle a beau être couverte par mon boxer, je suis sûr que tu peux voir à quel point je suis *impressionné*.

— Être attiré est différent d'être… d'être, eh bien, *impressionné*, argua-t-elle. Je suis nue, alors bien sûr tu réagis à moi. Mais ce n'est pas pareil que de me trouver assez bien ou assez digne ou tout ce que je dois être pour toi.

D'accord. Je fronçai de nouveau les sourcils.

— Camillia, je suis constamment en admiration devant toi. Ce qui me donne envie de te tester.

Une envie qui s'était manifestée avec force en la regardant s'amuser avec ses compagnons. Il m'avait fallu un réel effort pour feindre l'ennui et garder mes mains sur moi. Mais j'avais été captivé par ses mouvements, ses gémissements, son excitation sexuelle.

— Tout ce que je voulais, c'était m'emparer du contrôle et te forcer à prendre ma bite, confiai-je. (J'étais bien conscient que mon aveu n'était pas très cohérent avec ma déclaration précédente, mais cette femme menaçait ma raison.) J'ai dit tout ça pour calmer mes pulsions. Ces mots n'étaient pas destinés à déprécier ta valeur ou à suggérer que je ne t'aime pas, Camillia.

Elle me fixa, le front un peu plissé.

— J'aime te défier, ajoutai-je. Je veux repousser tes limites et voir ce que tu peux supporter.

Cependant, en l'observant maintenant, je me rendais compte à quel point je m'étais retenu ces derniers mois. Et à quel point cette retenue avait impacté mes besoins au lit.

— J'ai été doux avec toi, reconnus-je d'une voix basse, à peine perceptible par-dessus l'eau qui coulait à flots. (Cet aveu était plus adressé à moi qu'à elle.) Pas vraiment doux, mais… mais pas direct non plus. En vérité, tu as été exceptionnellement difficile à maîtriser.

Ce qui m'intriguait et m'effrayait à la fois.

Je fis courir ma main le long de sa jambe, très conscient qu'elle était nue à mes côtés. Et tout aussi conscient de la proximité de ses mollets avec ma bite douloureuse. Mais j'étais trop concentré sur cette conversation pour me laisser distraire par ses jambes sexy. Je massai néanmoins ses muscles tendus, mon besoin d'exprimer un certain genre de soin personnel contrôlant mes actions.

En même temps, la raison contrôlait ma bouche.

— Je dois être plus dur avec toi, l'avertis-je. Vivaxia ne me laissera pas le temps de te former correctement. Je le savais, et pourtant, j'y suis allé doucement avec toi. J'ai voulu commencer par le début et t'expliquer les choses. Mais ce n'est pas comme ça que nous fonctionnons, Camillia. Je *pousse*. Et tu pousses à ton tour.

Ç'avait été ainsi depuis son arrivée. Bon sang, ç'avait même commencé avant, lorsqu'elle avait défié mes Chiens de l'Enfer et forcé Ajax à la traquer. Puis elle avait intrigué Melek, s'était retrouvée dans le cachot de mon Gardien et avait relevé tous les foutus défis qui se présentaient à elle.

Je répétai tout cela maintenant, et continuai par ce qui avait suivi : elle tombée dans mon livre, mon Commandant et mon Gardien sur ses traces, comment elle les avait piégés dans sa toile, le châtiment inévitable…

— C'est moi qui t'ai poussée, toi et les autres, avouai-je. Je voulais vous mettre à l'épreuve tout en observant les réactions d'Ajax, d'Azazel et de Melek. Et je l'admets, cette robe avait aussi pour but de me punir. Pour que j'admire ce que je ne pourrai jamais avoir. (Je levai la main pour effleurer sa mâchoire du pouce.) Mon fruit défendu.

Elle n'avait pas dit un mot depuis son commentaire sur sa valeur, ce qui me laissait la liberté de développer ma réponse. De lui expliquer à quel point je la trouvais digne d'estime, tout en évoquant mes défauts et mes faux pas. C'était beaucoup, notre passé étant parsemé de moments marquants et de malentendus. Mais tout cela était nécessaire.

Tout comme nos prochaines étapes étaient primordiales.

— Vivaxia va attaquer à nouveau, et bientôt. Elle utilise son lien avec toi pour tisser d'anciens sortilèges dans mon royaume. Il est donc impératif que je t'apprenne à l'arrêter. Et pas en redirigeant ton pouvoir vers ma Source.

Ç'avait été la solution de Camillia dans le paradigme : renvoyer toute l'énergie dans mon royaume après avoir démantelé le sort de Vivaxia.

— Je soupçonne Vivaxia de vouloir te faire perdre le contrôle, comme tu l'as fait dans l'Au-delà. Et je pense qu'elle joue aussi sur tes émotions. Elle a vu comment tu as réagi aux blessures d'Azazel et a tenté de reproduire cet acte avec Ajax. Or aujourd'hui, tu as ressenti quelque chose qui t'a poussé à réorienter ton afflux de pouvoir. Et tu as réussi à siphonner uniquement son sort, pas l'essence des Faë du Cauchemar.

Ce qui était vraiment impressionnant. Mais tout aussi frustrant puisqu'elle s'était comportée comme une fichue martyre.

— Ce que tu aurais dû faire, c'est utiliser cette énergie pour former une arme que tu aurais pu renvoyer à Vivaxia à travers votre lien, quelque chose pour la blesser. Mais nous y travaillerons.

Car à présent que je savais que Camillia ressentait le lien, elle pouvait l'utiliser.

— Tu sais qu'elle se sert de moi, chuchota-t-elle. Je… je n'ai même pas… je l'ai juste senti et j'ai réagi.

— Je sais.

— Mais *comment* tu le sais ? (Elle cilla.) Comment as-tu… ?

— Je l'ai senti. Et j'ai senti la connexion au moment où tu es revenue dans mon royaume. Elle avait activé quelque chose en toi en rapport avec ta capacité de siphonnage, et j'ai compris ce que c'était au moment où tu t'es mise à rediriger ton pouvoir vers moi et mon royaume.

— Je savais juste que je devais l'éloigner d'elle.

— Alors tu as jeté ton dévolu sur le seul autre exutoire que tu pouvais trouver – ta connexion à ma Source. Ce qui aurait été bien si tu n'y avais pas balancé ta propre âme.

Elle tressaillit.

— Je ne pensais qu'à contrer Vivaxia. Et je n'avais aucune idée de comment conserver le pouvoir, alors je l'ai juste… poussé vers l'exutoire de confiance le plus proche.

— Ma Source, murmurai-je, remontant ma main de sa cuisse jusqu'à sa hanche.

— Ta Source, répéta-t-elle, ce qui me fit esquisser une moue.

— Oui, mais pour ce qui est de garder le pouvoir, tu peux le faire et tu l'as fait. (Je penchai la tête en soutenant son regard.) Azazel a libéré une quantité astronomique d'énergie en toi, et non seulement tu l'as acceptée, mais tu l'as *gardée*. C'est donc possible, Camillia. Tu as juste besoin de pratique, ce que je vais t'enseigner. Car malheureusement, Vivaxia sait ce que tu peux faire maintenant, et elle sera prête à contrecarrer ta redirection lors de sa prochaine attaque.

— Qui ne saurait tarder, grommela-t-elle avec circonspection.

J'acquiesçai.

— Tu l'as sans doute affaiblie en absorbant ses sorts et en les envoyant dans le royaume des Faë de l'Enfer, mais elle va se régénérer rapidement.

— Nous devons donc anticiper son prochain mouvement avant qu'elle agisse, devina Camillia.

— Et faire en sorte que tu sois prête pour ça, renchéris-je. Ce qui me ramène à mon rôle dans tout ça : je dois être dur avec toi. C'est le seul moyen de te préparer au véritable pouvoir de Vivaxia.

Camillia fronça les sourcils, ses iris tempétueux tourbillonnant de pensées. J'attendis, conscient que je lui avais fourni beaucoup d'informations alors qu'elle était épuisée. Pourtant, ses joues rosées et son regard alerte m'indiquaient que cela ne la dérangeait pas. Elle prenait en compte tout ce que j'avais dit, voire plus.

— Pourquoi toutes ces petites attaques ? demanda-t-elle lentement. Quel est son véritable objectif ? Si elle est assez puissante pour t'affronter de face, pourquoi s'embarrasser de tout le reste ?

— Parce qu'elle n'est pas assez puissante pour m'affronter. Tu es son intermédiaire. Elle travaille à travers toi − essayant de *te* provoquer − pour que tu fasses ce qu'elle n'a pas pu faire.

— M'accoupler avec toi ?

J'esquissai un sourire.

— Non. Elle veut que tu voles ma lumière et que tu la lui renvoies. Mais tu te montres un poil rebelle, Mlle de la Croix. Et je suis certain que ça exaspère royalement ta chère grand-mère.

Camillia grogna, un son qui alla directement à ma queue.

— Ne l'appelle pas comme ça.

— Tu n'es pas fan de ce lien de parenté ? (Je portai la main à son cou, ma paume épousant parfaitement sa gorge fine.) C'est malheureux, mais c'est aussi providentiel.

Elle plissa les yeux, la méfiance s'étala sur ses traits.

— En quoi c'est providentiel ?

— Parce que la lignée familiale est ce qui fera de toi la parfaite reine des Faë de l'Enfer.

Sa méfiance s'évanouit derrière un regard étonné.

— Quoi ?

— Tu m'as bien entendu, Camillia, murmurai-je, posant mon regard sur ses lèvres. Mais au cas où tu ne les aurais pas compris, laisse-moi te montrer ce que ces mots signifient − en te vénérant comme ton roi des Faë de l'Enfer.

CHAPITRE VINGT-HUIT

CAMI

REINE DES FAË de l'Enfer.

Ces mots résonnaient dans mon esprit tandis que Typhos écartait mes jambes pour se lever et attraper l'une des douchettes.

Je le contemplai. J'admirai son dos. Tous ces muscles. Toute cette force. Puis je regardai son torse lorsqu'il se retourna, la bouche sèche devant toutes les lignes bien définies qu'il exhibait. C'était une véritable œuvre d'art.

Et il vient de m'appeler reine des Faë de l'Enfer.

Il avait employé le mot *reine* comme une marque d'affection, avait même dit parfois qu'il voulait faire de moi *une* reine. Mais il n'avait pas dit *reine des Faë de l'Enfer*. Il ne s'était jamais non plus appelé *mon* roi des Faë de l'Enfer.

« Laisse-moi te montrer ce que ces mots signifient – en te vénérant comme ton roi des Faë de l'Enfer. »

Je me léchai les lèvres, et mon corps parut s'animer à la perspective de ce qu'il avait l'intention de faire. Peu importait que je sois encore en train de me remettre de ce qu'Az, Ajax et Melek m'avaient fait. Je m'échauffais déjà à l'idée de ce qui pourrait se passer dans cette douche.

Sauf que Typhos n'avait pas ôté son boxer. Il s'avança simplement avec la douchette et se mit à me mouiller les cheveux.

OK, peut-être qu'il a quelque chose de coquin en tête pour après…

Non. Rien de coquin. Juste du shampoing. Suivi d'un après-shampoing.

Je fis la moue, mon esprit essayant d'assimiler le fait que le roi des Faë de l'Enfer me *lavait*.

D'accord, oui, il avait dit quelque chose à ce sujet. Et il avait affirmé qu'il avait l'intention de m'adorer maintenant. Alors c'était peut-être ce qu'il entendait par là ? En me lavant soigneusement ?

Quand le savon glissa dans sa main et qu'il s'agenouilla devant moi, je réalisai que c'était exactement cela.

— Tu prends soin de moi, chuchotai-je, étonnée.

— C'est ce que j'ai dit que je ferais, répondit-il en levant les yeux sur moi. Surprise que je sois sincère ?

— Juste… surprise que tu le veuilles.

Son regard saphir s'assombrit pour devenir deux flaques océaniques.

— Tu es surprise que je veuille te toucher, Camillia ? (Il frotta la savonnette sur mon abdomen, puis la glissa vers mes seins.) Tu es mon fruit défendu, petite tentatrice. La première femme que je désire depuis des lustres. Et je me suis dit que je ne pouvais pas t'avoir.

— Pourquoi ? exhalai-je, essayant de le comprendre.

Essayant de comprendre comment nous en étions arrivés là, à cet endroit intime où nous exprimions nos désirs.

J'avais rêvé de lui pendant des semaines. Ou bien des mois ? Le temps était fuyant ici. Et tout du long, je m'étais persuadée que je ne voulais pas de lui. Mais c'était un mensonge. Cela avait toujours été un mensonge.

Tout comme le mensonge que j'avais cru comme quoi il me détestait.

Melek m'avait répété que ce n'était pas vrai, mais j'avais refusé de le croire. Parce que le croire signifiait accepter l'idée que Typhos puisse avoir d'autres sentiments pour moi.

Or le roi des Faë de l'Enfer ne se cachait plus désormais. Il me laissait voir ses désirs et n'essayait même pas de se retenir.

Sauf qu'il a dit qu'il n'allait pas me baiser...

— Tu m'écoutes, Mlle de la Croix ? demanda Typhos, me faisant cligner des yeux.

— Je, euh...

Je me léchai les lèvres, le front plissé.

— Hum, je ne crois pas. Tu m'as demandé pourquoi je m'étais dit que je ne pouvais pas t'avoir – et je viens d'avouer que ce n'est pas à moi de te toucher. (Il effleura mon mamelon avec le savon, ce qui me provoqua un sursaut.) Tu appartiens à Azazel, Ajax et Melek. Et ils t'appartiennent.

Je déglutis quand il se mit à masser mon sein avec la savonnette, produisant une mousse glissante.

— Mais Melek voulait que je te baigne, que je te montre comment enlever sa marque. Je suppose donc que ça veut dire que tu es temporairement à moi (il passa à mon autre sein) pour te caresser.

— Seulement temporairement ? chuchotai-je.

— À moins que fasses un autre choix, murmura-t-il. Sinon oui, seulement temporairement.

— Mais toi, qu'est-ce que tu veux ? l'interrogeai-je. Pourquoi c'est à moi de décider ?

— Parce que tu es notre reine, Camillia. Donc c'est toi qui commandes.

J'arquai un sourcil.

— Ce n'est pas ce que tu as dit dans la chambre.

— Parce que là, c'est moi qui commande, répliqua-t-il.

La savonnette glissa vers mon abdomen. Je lui lançai un regard.

— Je suis quasi sûre que tu es partout aux commandes, Typhos.

Il esquissa un sourire.

— Un bon roi sait quand il doit s'incliner devant sa reine.

— Et c'est ce que je suis ? (J'essayais encore de comprendre ce changement dans notre relation.) Ta reine ?

Il marqua une pause, ses yeux soutenant les miens, la savonnette toujours sur mon bas-ventre. Je frémis, sa position à genoux étant exceptionnellement intime. Il m'avait laissée sur le banc, me manœuvrant selon les besoins et utilisant la douchette pour rincer le shampoing et l'après-shampoing dans mes cheveux.

Mais maintenant, il se servait de ce savon comme d'une sorte de jouet sensuel, caressant ma peau surchauffée, à genoux entre mes jambes écartées. Il avait ainsi une vue imprenable sur ma vulve, mais son regard restait fixé sur moi.

— Oui.

Un seul mot. Aucun développement. Juste émis avec une résolution qui me tira un frisson.

— OK, murmurai-je.

Ce fut tout ce que je pus prononcer, un simple consentement, dont je savais qu'il avait besoin.

Ce qui était le but recherché, supposai-je. Il avait dit que c'était moi qui commandais, que c'était à moi de décider si c'était temporaire ou absolu. Et il avait suffi de quelques secondes de conversation pour saisir ce qu'il voulait dire.

Il me considérait comme sienne ; c'était à moi de

choisir si je voulais ou non qu'il soit mien. Mais nous étions déjà liés via nos compagnons.

Ce qui fait de moi une reine des Faë de l'Enfer, réalisai-je. Pas seulement à cause de mes liens, mais aussi à cause de ma capacité de siphonnage.

Un talent qui me venait de mon ascendance Faë Vertueuse.

Un talent qui rivalisait avec ceux de Typhos.

Un talent qui faisait de moi une compagne idéale.

— Nos âmes sont compatibles, m'étonnai-je à haute voix, la vérité me frappant en plein cœur. Elles l'ont toujours été.

Il acquiesça et reprit ses frottements en faisant descendre le savon sur ma hanche, puis sur ma cuisse.

— Melek s'en est rendu compte quand il t'a vue lire Vita dans la bibliothèque. Il a su alors que tu étais faite pour être notre reine. Et je crois qu'il t'a adorée dès ce moment-là.

— Adorée, c'est un peu exagéré, ricanai-je.

Les compagnons prédestinés existaient chez certaines espèces de Faë, mais pas toutes. Et certainement pas chez moi.

— Obsédé est sûrement plus exact, opina Typhos. Cependant, il connaissait ton potentiel en tant que compagne, alors que je refusais d'admettre cette possibilité. Je sais qu'il pense que j'ai créé les épreuves pour trouver une partenaire idéale, et c'est peut-être le cas. Mais je ne l'ai pas fait intentionnellement. Honnêtement, j'étais trop pris par les exigences de mon royaume pour penser à mes besoins.

Après tout ce dont j'avais été témoin avec Typhos, je le croyais.

— Tu mets tout et tout le monde au-dessus de toi.

— Tout comme toi, répliqua-t-il, son regard cherchant

le mien. Tu n'as pas pu contrôler ton exportation de pouvoir parce que tu te concentrais sur la survie des autres, pas sur la tienne. C'est une réaction désintéressée, celle d'une reine. Mais si tu veux survivre dans ton rôle, tu dois maîtriser l'art de l'équilibre.

Il fit descendre la savonnette le long de l'intérieur de ma cuisse jusqu'à mon genou puis mon tibia, me détournant un instant du poids de notre conversation.

— Tu peux te lever ? demanda Typhos au bout d'un long moment, son frottis s'étant rapproché de mes chevilles.

Il ne recula pas, me regarda juste avec une attente silencieuse.

J'attrapai ses épaules et m'appuyai dessus en glissant du banc pour me mettre debout, plaçant ainsi ma chair intime à quelques centimètres de sa bouche.

Toutefois, il ne regardait toujours pas là, il avait juste les yeux levés sur moi tandis qu'il tournait sa main autour mon talon et traçait un chemin sensuel vers mon mollet.

Je plantai mes ongles dans sa peau, troublée par cette danse érotique.

J'avais eu des réserves à l'égard de Typhos, j'avais hésité à lui accorder ma confiance, je m'étais inquiétée de ce qu'il pourrait me faire… et à Ajax… Mais voir le roi des Faë de l'Enfer à genoux comme ça… c'était…

J'avais la gorge nouée, mon cœur battait la chamade. Je n'arrivais pas à trouver les mots justes pour exprimer mes sentiments. Tout était confus. Un chaos de sensations. De besoins. De peurs. De *désirs*.

Et ces douces caresses, pensai-je, les yeux mi-clos, tandis qu'il changeait de jambe. *Dieux, je n'aurais jamais imaginé que Typhos pouvait être comme ça…*

Je m'attendais à moitié à entendre dans ma tête Melek

me dire qu'il l'avait toujours su, mais mes compagnons étaient étrangement silencieux.

Cette constatation me fit plisser le front et mon esprit les rechercha aussitôt. *Ajax ?* murmurai-je d'abord, son nom et son lien ayant le plus de sens à cet instant. Parce qu'il ne faisait pas confiance à Typhos. Ou du moins, il ne lui avait pas fait confiance. Mais maintenant… maintenant je n'en étais plus très sûre.

Hé, petite rebelle, répondit-il doucement, sa voix mentale plus endormie que je m'y attendais.

Où es-tu ? demandai-je, confuse.

Dans le lit où je viens de te baiser, murmura-t-il, un peu plus réveillé. *Tu vas bien ?*

Je…

Je clignai des yeux et les baissai de nouveau sur Typhos, réalisant un peu tard que j'avais brisé notre regard. Cependant, il n'avait plus les yeux levés sur moi mais s'occupait de mes jambes, son expression n'ayant plus la chaleur et l'intensité de tout à l'heure. On aurait presque dit qu'il se cachait derrière un masque.

Est-ce que je l'ai blessé ? me demandai-je. C'était une question bizarre, que je n'aurais jamais cru possible concernant Typhos. Pourtant… la crispation de sa mâchoire suggérait…

Cami ? appela Ajax, me ramenant à notre conversation mentale.

Je vais bien. Je voulais… juste comprendre pourquoi vous étiez si silencieux, avouai-je.

Lucifer a dit qu'il voulait prendre soin de toi, alors on te laisse tranquille. Mais on t'entend très bien, Cami. Tu es dans la salle de bains à même pas cinq mètres de nous.

Oh. Je le savais. Ou en tout cas, je le supposais. Le déduisais ? Je faillis secouer la tête pour effacer ce bavardage inepte et vain. *Merci*, dis-je à Ajax.

Puis je lâchai l'une des épaules de Typhos pour lui saisir le menton et ramener son regard vers le mien. Ses yeux étaient aussi vides que son expression, ne montraient rien. Pourtant, d'une manière ou d'une autre, je percevais la blessure sous la surface. Peut-être que Melek la projetait sur moi. Ou peut-être… peut-être que mon âme le savait simplement.

Pour autant, je me sentis obligée de lui dire :

— Je suis désolée.

Il fronça les sourcils.

— Tu n'as pas à t'excuser, Camillia. Je comprends ta méfiance. Et non seulement ça, mais je la mérite.

— Je… Non. Il ne s'agit pas de méfiance. J'ai juste été distraite par le silence dans ma tête. Ça m'a poussée à chercher mes compagnons, à m'assurer qu'ils étaient toujours là et qu'ils allaient bien.

Un réflexe sans doute issu des quelques instants où j'avais été coupée d'eux. Je ne pensais pas que Typhos m'aurait séparée de mes compagnons, mais avec les jeux d'esprit incessants de Vivaxia, je devais vérifier. Qui sait quand et comment elle attaquerait à nouveau ?

Typhos avait suggéré qu'elle pourrait être affaiblie du fait que j'avais absorbé sa magie et l'avais redistribuée à sa Source, mais je soupçonnais qu'elle n'était pas du tout affaiblie. En fait, elle devait déjà être en train de préparer sa prochaine attaque.

Alors, qu'est-ce que ce sera ? songeai-je.

— À quoi penses-tu ? s'enquit Typhos.

Je me rendis compte que je m'étais encore égarée. Mais cette fois, j'avais soutenu son regard tout en réfléchissant aux intentions de Vivaxia.

— À son prochain mouvement, murmurai-je, fronçant les sourcils. Celui de Vivaxia, je veux dire.

Il remonta sa main jusqu'à ma hanche, puis se releva

lentement devant moi. Mon regard suivi le sien tout du long, et je dus pencher la tête en arrière pour maintenir notre contact visuel. Dieux, j'oubliais parfois la taille de Typhos, mais je la ressentais bien à présent. Il était plus grand que moi d'au moins trente centimètres, ce qui m'intimidait auparavant. Or je me sentais plus en sécurité que jamais à cet instant. Parce que cet homme exsudait la force et la protection. Je soupçonnais qu'il l'avait toujours fait, mais je n'avais pas été assez ouverte pour l'accepter jusqu'à présent.

Tout avait changé entre nous.

Une part de moi devrait probablement être encore effrayée, mais les papillons dans mon bas-ventre n'avaient rien à voir avec la peur et tout à voir avec l'intérêt.

— Tu pourrais peut-être utiliser ton lien avec elle pour déterminer son prochain mouvement, proposa Typhos, son commentaire étant en décalage avec mes réflexions mais me rappelant ce que j'avais dit quelques secondes plus tôt.

Dieux, on dirait que je perds la raison en présence de cet homme, pensai-je, frémissant intérieurement. Les différents sujets qui se bousculaient dans ma tête me donnaient le tournis.

— Comment je peux faire ça ? lui demandai-je. Essayer de suivre le lien qu'elle a créé et… envahir sa tête ? (Je sourcillai, car mes paroles me firent prendre conscience d'une autre réalité.) Et si je peux lui faire ça, est-ce qu'elle peut me le faire aussi ? (Je me raidis, mon cœur manqua un battement.) Est-ce qu'elle peut…

— Respire, Camillia, m'intima Typhos.

Il posa soudain les mains sur mes joues et me tira sous le jet de la douche. Je toussotai quand l'eau frappa mon visage, et l'envie de le repousser m'envahit. Mais il me plaqua contre la paroi de la douche avant même que je puisse réagir.

— Calme-toi, m'ordonna-t-il.

— *Me calmer ?* glapis-je. Tu viens d'essayer de me noyer !

— Je t'ai juste sorti de ta panique, rétorqua-t-il.

Je grondai. Il gronda en retour.

— Tu es impossible, râlai-je.

— Je pourrais te dire la même chose, Camillia de la Croix.

— Qu'est-ce qui vient de se passer, bordel ? faillis-je crier. Tu étais tout doux, et maintenant… maintenant tu…

— Prends les commandes ? suggéra-t-il en arquant un sourcil.

Je voulus croiser les bras, mais il était trop près pour que je puisse les remonter jusqu'à ma poitrine.

Dieux, il m'a coincée… Je ne m'en étais pas rendu compte, mais il appuyait ses mains sur le mur de pierre derrière moi, me coinçant effectivement entre son corps musclé et la surface dure dans mon dos.

Je lui dardai un regard noir. Il répondit de même.

— Tu dois apprendre à te contrôler, Camillia.

— Et tu vas me l'apprendre en me dominant ?

— Oui.

— D'accord, ricanai-je.

Encore une fois, je voulus croiser les bras mais je le pouvais pas, ce qui me… m'énervait.

— *Comment ?* exigeai-je.

— En t'obligeant à me combattre, ma reine, murmura-t-il, retroussant ses lèvres en un sourire moqueur.

Puis il m'embrassa avant que je puisse répondre, sa langue envahissant ma bouche dans une quête de domination qui me laissa essoufflée et quelque peu étourdie.

Parce que *putain*, je ne m'attendais pas à ça. Mais j'aurais sûrement dû m'y attendre après tous ces attouchements. Sauf qu'il avait dit qu'il n'allait pas me baiser.

Dieux, ce mâle est exaspérant.

Mais il en était de même pour les sentiments mêlés qui m'habitaient. La peur mêlée au désir. La colère mêlée au besoin. *Une haine qui n'en avait jamais été une… mais une convoitise déguisée.*

J'enroulai mes bras autour de lui, enfonçai mes ongles dans sa peau pour une tout autre raison : je voulais grimper sur son grand corps et me coller à ses formes exquises. Sauf qu'il posa ses mains sur mes hanches pour me plaquer contre le mur tandis que sa bouche continuait à s'emparer de la mienne.

Il me nargue, réalisai-je. *Me piège sous son pouvoir, son corps, son être même.*

Parce qu'il voulait que je me *batte*.

J'ignorais ce qui avait provoqué cela, comment il avait anticipé ma panique avant qu'elle commence vraiment, mais je m'en fichais. Tout ce que je voulais, c'était l'anéantir par mes caresses, le mettre à genoux avec ma bouche et lui prouver que j'étais vraiment une reine. Une reine qui n'était pas seulement compatible avec lui, mais aussi capable de le combattre quand ça comptait.

Ses dents effleurèrent ma lèvre inférieure, un ronronnement approbateur émana de sa poitrine.

— J'aime te voir comme ça, me dit-il. Toute fougueuse et énervée.

— Je ne sais même pas pourquoi je suis en colère, avouai-je. Mais je le suis.

— Parce que je t'ai tirée d'une spirale infernale, répondit-il, sa bouche contre la mienne. Si tu t'inquiètes de jusqu'où Vivaxia peut pénétrer dans ton esprit, tu ne feras que lui ouvrir la voie vers tes pensées les plus intimes. À la place, tu dois localiser ce lien en toi et l'utiliser à ton avantage. Mais il te faudra de l'entraînement pour y parvenir.

Je me figeai, ses paroles me ramenant à mes préoccupations.

— Mais si elle l'a déjà…

— Chut, souffla-t-il. Si elle l'a déjà fait, il est trop tard pour l'arrêter. Alors ne l'invitons pas à entrer et trouvons plutôt un moyen de la repousser.

Ma tête tournait.

— Comment ? Comment je peux la repousser ?

— Là est la question, n'est-ce pas ? murmura-t-il, son nez effleurant le mien en un geste de tendresse qui contredisait sa manière brutale quelques instants plus tôt. C'est une énigme que nous résoudrons ensemble, mais tu vas devoir me faire confiance, Camillia. Penses-tu en être capable ? Peux-tu me faire confiance ?

Je le fixai dans les yeux, et la réponse me vint sans hésitation.

— Oui.

Parce que c'était déjà le cas.

C'était de la folie. Voire limite suicidaire. Mais je faisais confiance à ce mâle exaspérant. Ce roi des Faë de l'Enfer. *De tout mon cœur et de toute mon âme…*

—Je te fais confiance, Typhos Lucifer.

— Alors commençons, Camillia de la Croix…

CHAPITRE VINGT-NEUF
CAMI

Si Typhos me frappe avec une autre explosion de pouvoir, je…

Un cri s'échappa de ma gorge, un cri de fureur et de douleur alors qu'une énergie ardente submergeait tout mon être.

— Ty…

— Reste en dehors de ça, petit prince, dit Typhos, sa voix dégageant une froideur en contradiction avec la chaleur qui s'épanouissait dans mes veines.

— Typhos a raison, ajouta Az. C'est entre eux.

Traître, me dis-je avec un grognement intérieur. Mais une autre vague d'énergie furieuse balaya mes pensées. Tout ce que je pouvais faire, c'était *absorber* et me battre comme un diable pour ne pas *expulser*.

C'était le but de l'opération : siphonner le pouvoir de Typhos sans le rendre.

Et sans le donner à Vivaxia.

— La clé est d'isoler la source de sa connexion, avait expliqué Typhos l'autre matin, quand cet enfer avait commencé. Pour cela, tu dois découvrir où ce lien existe en toi.

— D'accord, avais-je répondu lentement. Alors comment veux-tu que je m'y prenne pour trouver ce lien ?

Il s'était contenté de sourire. Puis il avait prononcé deux mots qui tournaient en boucle dans mon esprit depuis près d'une semaine :

— *En survivant.*

Toute la tendresse dont il avait fait preuve dans cette douche l'autre jour avait disparu derrière son masque de roi des Faë de l'Enfer, ce qui m'avait bien vite rappelé pourquoi j'avais jadis pris ma convoitise pour de la haine.

Au moins jusqu'à la fin de ses exercices de torture. Après quoi il me laissait voir à nouveau ce mâle, celui qui m'avait montré de l'attention et de la compassion, me mettant ainsi de nouveau en conflit avec moi-même.

Mais maintenant ? Oui, là, je le *détestais*. Et il le savait, parce que je n'arrêtais pas de le dire. Malheureusement, il s'en moquait. Comme en témoignait le brasier qui s'étendait autour de moi.

Je sentis le malaise croissant de Melek. Contrairement aux jours précédents, Typhos avait décidé d'intensifier notre séance d'entraînement à un niveau catastrophique.

Tout cela dans la cour de son palais des Faë de l'Enfer.

Là où tout le monde pouvait me voir être anéantie par son pouvoir.

Là où tout le monde te voit devenir la reine des Faë de l'Enfer, corrigea Ajax dans mon esprit d'une voix mentale catégorique. *Ils te regardent tous avec admiration, Cami. Maintenant, montre-leur ce que tu peux faire en avalant le pouvoir.*

Comme si c'était facile, lui répondis-je en grognant.

Tu as très bien avalé Az ce matin, rétorqua-t-il. *Et nous savons tous deux à quel point ses explosions sont impressionnantes.*

Son amusement m'aurait fait sourire n'importe quel autre jour, mais pas aujourd'hui.

Contente que tu trouves un peu d'humour dans tout ça.

C'est la seule façon de l'accepter, petite rebelle. Sinon, je serai tenté de donner un coup de poing à Lucifer.

Voilà un plan que je peux soutenir, pensai-je en tissant des bandes invisibles de pouvoir autour de mes bras et de mes jambes pour tenter de m'ancrer.

Typhos répondit quelque chose, des mots qui sonnaient mystérieusement comme des *louanges*. Mais cela ne m'intéressait pas pour l'instant. Je voulais juste lui montrer que j'étais capable de le faire.

Puis le noyer dans une vague de chaleur, décidai-je.

Seulement, je soupçonnais que cela irait à l'encontre du but de notre entraînement. Il m'accuserait de relâcher toute le pouvoir dans sa Source.

J'émis un autre grognement, mon exaspération croissant tandis qu'il me frappait encore.

Il y avait une partie de moi qui avait très envie de s'ouvrir, une caverne que je voulais désespérément remplir. *Un endroit que j'évitais…* Parce que c'était mon lien avec Vivaxia. Ou du moins, l'amorce de ce lien.

Je le sentais maintenant, mais je ne savais pas comment le gérer. Ou le contrecarrer. Ou le *briser*. Cependant, je savais comment le bloquer. Ce qui était un début. Mais je n'avais aucune idée d'où expulser l'excès de pouvoir. Et Typhos m'en donnait trop.

Je n'en peux plus, me dis-je, mes entrailles commençant à brûler. *Je vais exploser.*

Tu peux le supporter, m'encouragea Az, sa voix mentale me rappelant un peu trop Typhos. *Il t'a seulement poussée un peu plus fort qu'hier.*

J'ai à peine survécu à la journée d'hier, grinçai-je.

Ce qui me valut un ricanement de la part du Commandant.

Tu parles de l'entraînement avec Typhos ou de tous les orgasmes que je t'ai donnés hier soir ?

Je lui lançai un grognement à travers notre lien.

Mais je m'échauffais aussi pour une tout autre raison. Parce que oui, Ajax et lui s'étaient relayés pour me faire jouir, tous deux essayant de rendre Melek fou de jalousie.

Tous mes compagnons avaient beau s'être amusés avec moi l'autre jour, un soupçon de rivalité subsistait. Toutefois, il s'agissait davantage d'un jeu taquin que d'une compétition sérieuse. Car après qu'Ajax et Az en eurent fini avec moi, Melek m'avait ramassée pour me faire prendre un bain. *Un bain que Typhos avait supervisé.*

Je frissonnai, une réaction en contradiction avec l'intensité qui m'envahissait. Mais penser à Typhos et à l'eau me donnait envie d'une autre expérience. Où nous ferions plus que nous embrasser.

Car c'était tout ce que nous avions fait cette semaine. Bien que la bouche de ce mâle soit absolument divine. J'étais accro à lui.

Donc je ne le détestais pas totalement. Pas même quand il me frappa avec une nouvelle vague de férocité.

Oh, mais il s'en fallut de peu. Parce que c'était juste… *trop.*

J'avais besoin d'un exutoire. Un endroit où pousser mon excès de pouvoir. *Un endroit qui ne soit pas connecté à Vivaxia*, me dis-je.

Le but de cet exercice était de me forcer à gérer les afflux de magie, à contrôler ma capacité de siphonnage et à chercher un moyen de repousser définitivement Vivaxia.

Il y avait donc beaucoup d'objectifs à atteindre. Mais il me fallait aussi un point de redistribution que je pourrais gérer.

Comme Typhos en a un avec sa Source, songeai-je. *Et Vita…*

Il insufflait des souvenirs et du pouvoir dans Vita, et en

retirait selon ses besoins. Le livre servait en quelque sorte de passerelle, une passerelle qui était probablement moins dévorante que sa Source.

Donc il me faut un Vita, décidai-je. Sauf que je n'en avais pas. *Mais Typhos pourrait peut-être m'aider à en créer un…*

J'y réfléchis un instant, tandis que le brasier prenait encore plus d'ampleur en moi, tourbillonnant comme un cyclone intense qui menaçait de m'emporter dans le ciel.

Peut-être pas au sens propre.

Ou peut-être qu'il me poussera des ailes, songeai-je follement.

— Ty, entendis-je répéter Melek avec une pointe d'urgence dans son ton.

— Je vois, répondit Typhos, l'air déçu.

C'était un ton que je n'aimais pas. Un ton que je voulais changer en faisant quelque chose d'inattendu. En… en le *surprenant*.

Mais je ne peux pas garder toute cette énergie en moi… Cela me donnait le vertige, au point que j'avais l'impression que je pourrais tomber malgré les racines de pouvoir que j'avais créées autour de mes membres. *Réfléchis, Cami, réfléchis…*

C'est alors qu'il me vint une idée. Un acte qui serait une déclaration, que je pourrais expliquer ensuite en demandant de l'aide à Typhos…

Quelle est la pire chose qu'il puisse faire ? me demandai-je. *Me réprimander ?*

Ou peut-être qu'il me punira, considéra une autre partie de moi avec un frémissement d'appréhension.

Bon, ça suffit, décidai-je, me concentrant plutôt sur mon plan.

Il était temps que j'appelle Vita. Ce maudit livre tombait toujours à des moments inopportuns pour moi, me mettant dans le pétrin et m'entraînant dans des périples inattendus.

Eh bien, maintenant, il pourrait faire quelque chose pour moi.

— Cami, intervint Az. Ne fais…

Mais il était trop tard pour que j'écoute quiconque. C'était à moi de prendre les choses en main et de faire ce qu'il fallait avec tout cet excès de pouvoir. Et je prouverais à Typhos que je pouvais non seulement gérer un exutoire, mais aussi le contrôler.

Je l'espérais en tout cas.

Repoussant mes doutes, je me concentrai sur Vita. *Viens ici, livre importun,* commandai-je.

— Camillia, gronda Typhos.

Je l'ignorai, tous mes désirs étant centrés sur son livre infâme. Lequel apparut par terre juste devant moi, les pages s'ouvrant déjà pour révéler l'image d'une chambre à coucher.

Ce n'est sûrement pas quelque chose que je veux savoir, émis-je à Vita.

Un fait qui se vérifia lorsqu'une mèche de cheveux d'un noir d'encre apparut tel un ruban attirant. Elle était trop foncée pour appartenir à Typhos, et ne venait certainement pas de Melek.

Ignorant cette image troublante – une ancienne conquête, sans doute –, je m'agenouillai et appuyai ma main sur les pages. Puis je libérai tout ce que Typhos m'avait donné.

Son rugissement de fureur résonna à mes oreilles, mais je ne m'arrêtai pas.

C'était son pouvoir, de toute façon. Autant qu'il le reprenne. *Peut-être que ça lui fera un souvenir,* pensai-je sombrement. *Un souvenir où je prendrai en charge mon propre entraînement et prouverai que toute cette manipulation de pouvoir est futile.*

Az et Melek parlèrent tous deux en même temps, leurs

paroles se fondant en arrière-plan tandis que je fermais les yeux. Car cela demandait de la concentration.

Je ne voulais donner à Typhos aucune partie de moi, seulement le pouvoir qu'il m'avait fourni aujourd'hui. Donc je devais décrypter son énergie de la mienne, une action que je trouvai étrangement simple. Car je distinguais ses fils de pouvoir, les rubans chauds et pleins d'intensité, à l'image de l'homme lui-même.

Je détressai son essence de la mienne, la donnant soigneusement à Vita, puis je soupirai quand mon âme s'équilibra à nouveau.

Dès que la dernière vrille quitta le bout de mes doigts, je me retirai, triomphante.

— *Voilà*, claironnai-je en souriant. Je n'en ai pas trop donné, juste assez.

Mais quand je levai les yeux vers Typhos, je ne vis pas de fierté sur ses traits. Au contraire, j'y trouvai un soupçon de méfiance.

— Ce n'est pas comme ça que Vita est censée fonctionner, Camillia.

— Ah non ? rétorquai-je. Mais Melek a dit que tu stockais tes souvenirs dans le livre, et les souvenirs sont un pouvoir, n'est-ce pas ?

Il fit la moue et posa une main sur sa nuque.

— Oui, je suppose, mais ce n'est toujours pas le but de Vita. Elle contient mes souvenirs parce que j'ai vécu trop longtemps pour les garder tous dans mon esprit. Tout pouvoir que je lui donne est lié à ces expériences, pas à des échanges d'énergie quotidiens.

— D'accord, mais tu t'en sers toujours comme d'un exutoire ?

Il serra sa nuque comme s'il essayait de résoudre un problème. Puis il laissa retomber sa main et s'accroupit devant Vita et moi.

— Il est un exutoire pour mon esprit, pas pour mon pouvoir. Ce sont des échanges différents.

— Oh.

— Oh, répéta-t-il, un doux sourire taquinant ses lèvres. Ceci dit, c'était une idée astucieuse, petite reine.

Je haussai les sourcils.

— Tu me complimentes ?

— Tu préfères que je te réprimande ? répliqua-t-il, haussant les sourcils à son tour.

— Eh bien, je veux dire, Melek m'a confié que tu aimais les punitions…

Dieux, je flirte, réalisai-je, les joues en feu. *Je flirte avec le roi des Faë de l'Enfer.*

Et je ne pourrais pas être plus fier de toi pour ça, me transmit Melek. *Je suis sûr que ça n'a pas du tout échappé à Ty que tu es déjà à genoux, petit ange.*

Le regard brûlant de Typhos suggérait que Melek avait raison.

Ou peut-être que le roi des Faë de l'Enfer avait simplement apprécié mon commentaire pas si innocent.

— Je vois que tu es d'humeur à prendre un autre type de leçon aujourd'hui, murmura Typhos, baissant les yeux sur mon débardeur et mon jean.

Lui, bien sûr, était vêtu d'un pantalon de ville et d'une chemise boutonnée dont il avait retroussé les manches pour dévoiler ses délicieux avant-bras.

Je commence à me demander si tu n'aimes pas l'exhibitionnisme, chuchota Ajax dans mon esprit. *Parce que la façon dont tu regardes Lucifer en ce moment suggère que tu veux donner au Faë de l'Enfer un tout autre spectacle.*

Je déglutis, consciente que ses mots devraient me faire reprendre mes esprits. Or ce ne fut pas le cas. Au contraire, je… je caressai l'idée d'embrasser Typhos devant tous ces Faë.

Je perds la tête.

Ou tu es simplement en train de trouver ton vrai moi, répliqua Az. *Ton avenir est ici, Cami. Avec nous. Et je crois que tu acceptes enfin ce destin.*

Je le crois aussi, acquiesçai-je en me penchant vers Typhos.

Mais un raclement de gorge lui fit détourner les yeux et les pointer sur un Chien de l'Enfer à proximité. Il se leva une seconde plus tard et rejoignit le nouvel arrivant.

Payan, reconnus-je, mordillant ma lèvre inférieure pour m'empêcher de sourire. Car contrairement à la dernière fois où nous nous étions croisés, il me regardait à présent. Et son regard acéré m'indiquait qu'il savait très bien qui j'étais.

Me sentant audacieuse, je lui adressai un petit signe de la main.

— Les Chiens de l'Enfer se régénèrent, c'est ça ? demandai-je, feignant l'innocence.

Typhos me lança un regard.

— Pourquoi ? Tu penses encore à poignarder Payan dans les couilles ?

Cette fois, je ne pus dissimuler mon sourire.

— Ai-je une raison de le faire ?

— En avais-tu une la première fois ? répliqua Typhos avec une pointe de taquinerie.

— Je pense que oui, lui dis-je franchement.

— Hmm, fredonna-t-il, une lueur d'amusement dansant dans ses yeux bleus intenses.

Mais cette expression disparut quand il se concentra sur Payan.

— Oui ?

Le Chien de l'Enfer me fixa une minute de plus, ce qui me poussa à lui rendre son regard. Ce n'était pas parce que j'étais à genoux que j'allais me soumettre. Pas à lui, en tout cas.

Payan finit par détourner les yeux et se racla la gorge.

— On vous demande dans le royaume de Morphée, Votre Majesté. (Il jeta un coup d'œil autour de lui, puis ajouta en baissant la voix :) C'est le roi Nos, sire. On dit qu'il ne lui reste que quelques heures.

Trois Faë de l'Enfer chuchotaient non loin, ayant manifestement entendu les nouvelles de Payan. Typhos lança au trio un regard mortel.

— Cessez de tendre l'oreille et allez faire quelque chose d'utile, exigea-t-il. (Il revint à Payan.) Merci. Je prends les choses en main.

— Bien sûr, mon seigneur, répondit Payan.

Il s'inclina si bas que je crus qu'il allait embrasser les chaussures élégantes de Lucifer. Mais il s'éclipsa avant.

— Nos est malade depuis un certain temps, mais j'ai entendu dire que son état avait empiré ces dernières semaines, déclara Melek en rejoignant Typhos. Je suppose que c'est lié à la disparition de Sabre.

Typhos soupira et se passa une main sur le visage.

— Cette foutue excursion de la Nuit des Monstres a créé un tas de problèmes.

— Je pense que nous n'avons fait qu'effleurer cette question, opina Az en croisant les bras. Maliki en sait plus qu'il l'a dit. Hadès aussi.

Typhos secoua la tête.

— Nous nous en occuperons en temps voulu. Mais il paraît que Nos est mourant, du coup je dois interrompre notre entraînement pour aujourd'hui. (Il me regarda avec un soupçon d'excuse.) J'avais initialement prévu de vous emmener au royaume de Morphée, Ajax et toi, pour vous présenter la politique des Faë du Cauchemar dans ce royaume, mais je crains de devoir régler ce problème tout seul.

— Ce n'est pas grave, opinai-je. Nous irons avec toi la prochaine fois.

Il prit mon visage dans sa main en coupe, son pouce suivant ma lèvre inférieure.

— Melek prendra le relais en mon absence. (Il lança un regard à notre compagnon princier, qui était impeccablement vêtu d'un complet comme d'habitude.) Apprends-lui tout ce que tu sais sur Vita, y compris comment tu as acquis le livre. (Il regarda Vita sur le sol.) Elle a montré à Camillia cette scène de la chambre de Vivaxia pour une bonne raison. Cherche à savoir laquelle.

Melek se pencha pour ramasser le livre, le ferma et glissa le volume relié en cuir sous son bras.

— Comme si c'était fait, mon roi.

Typhos sourit, puis revint à moi et au pouce qu'il avait laissé près de ma bouche.

— À mon retour, je veux que tu sois nue et que tu m'attendes à genoux, Camillia. Je pense qu'il est temps que tu apprennes comment je m'y prends avec les chipies.

Je restai bouche bée, surprise et excitée par ces paroles inattendues.

Puis il disparut avant même que je puisse imaginer une réponse.

Et il me traite de tentatrice, songeai-je, tremblant sous sa caresse prolongée.

Seule une tentatrice peut mettre un roi à genoux, petit ange, murmura Melek via notre lien. Puis il ajouta à voix haute :

— Cesse de rêvasser et suis-moi au palais. Le professeur Melek va donner un cours.

— Si le professeur Melek parle de lui à la troisième personne, je passe mon tour, grogna Ajax.

— Très bien, dit Az. Le professeur Azazel a une leçon

de son cru à te donner. (Son regard s'arrêta sur Ajax.) Et je vais vraiment te forcer à t'agenouiller, Gardien.

Mon sang s'échauffa pour une tout autre raison lorsque je vis Ajax plisser les yeux en signe de défi.

— Combat ? s'enquit-il.

— Combat, confirma Az.

— Limites ?

— Aucune.

Ajax arqua un sourcil.

— Eh bien, ça m'a l'air d'une leçon marrante.

— N'est-ce pas ? répliqua Az.

Soudain il m'attrapa et m'attira dans un long baiser inattendu.

— Viens nous trouver si tu préfères notre style de plaisir aux jeux de punition de Typhos. Tu sais où nous serons.

En effet. Ils avaient investi l'une des cours intérieures du palais, située dans l'aile privée de Typhos. Ou plutôt, je suppose que c'était notre aile privée maintenant. Un concept étrange, mais je m'y habituerais… un jour ou l'autre.

Comme Az l'avait plus ou moins suggéré, je commençais à me sentir chez moi ici.

Toutefois, il me restait encore beaucoup à apprendre.

C'est pourquoi je me retournai vers Melek et acceptai son bras tendu.

— Très bien, *professeur*. Allons en apprendre plus sur Vita.

CHAPITRE TRENTE
MELEK

Camillia fredonnait d'excitation à mes côtés, que je supposais être plus liée à la promesse licencieuse de Typhos qu'à mon « cours » à venir.

En vérité, il ne s'agirait pas vraiment d'une leçon, plutôt d'une histoire.

Car Vita était en grande partie le secret de Typhos. Toutefois j'en savais assez pour lui fournir des informations de base, ainsi qu'un contexte important.

Je la conduisis dans l'un de mes coins lecture préférés de notre aile privée, m'installai dans une causeuse bien usée et tapotai la place à côté de moi.

— Assieds-toi, élève ange.

Elle pouffa un peu à ce surnom ridicule.

— Je ne t'appelle pas *professeur*, Melek.

— Ce n'est pas ton truc ? Parce que tu avais l'air carrément enthousiaste à l'idée de la domination de Typhos, et je peux te dire que les relations entre professeurs et étudiants sont bien définies par leur dynamique d'échange de pouvoir.

Elle me lança un regard.

— Je t'appellerai *mon prince*, mais je n'aime pas ce côté écolière. De plus, si tu voyais les professeurs de mon université, tu comprendrais tout de suite pourquoi ce penchant n'a jamais été développé chez moi.

J'esquissai un sourire.

— Très bien, petit ange. (Je me penchai pour déposer un baiser sur sa joue.) Bon, par où commencer…

— Tu pourrais commencer par ouvrir ce manuel, suggéra-t-elle, désignant le livre que j'avais toujours sous le bras. (Puis, de sa voix la plus séduisante, elle ajouta :) *Mon prince.*

Je plissai les yeux. Je comprenais pourquoi Typhos la traitait sans cesse de *petite tentatrice*. Je comprenais aussi pourquoi il la considérait comme une chipie. Son inflexion sensuelle, associée à la façon dont elle faisait courir à présent son pied le long de ma jambe, tout cela était très distrayant. Et absolument délicieux.

Je vais vraiment aider Ty à te punir plus tard, l'avertis-je. *Peut-être que je t'attacherai pour lui.*

Il m'a dit d'être nue et à genoux, me rappela-t-elle.

Non pas que j'aie besoin de ce rappel. Je savais parfaitement ce qu'il avait dit.

Mais il n'a pas mentionné d'autres paramètres, donc les rubans sont autorisés. Mais je m'égare…

— Je me garderais bien de qualifier Vita de manuel, petit ange, dis-je, passant de notre échange mental à une conversation verbale. Vita est bien plus qu'un simple livre. J'oserais même dire qu'elle est unique.

Cami croisa les bras en baissant les yeux sur le livre magique que j'avais posé sur mes genoux.

— Le voyage physique à travers les souvenirs de Typhos était un assez bon indice de son *caractère unique*, dit Cami d'un ton pince-sans-rire.

Tu es vraiment une chipie, hein ? souris-je.

Elle ne répondit pas, arqua juste un sourcil comme si elle me défiait de répéter ces mots à haute voix.

Je ne le fis pas. À la place, je lissai de la main la couverture de Vita. Elle vibrait de pouvoir, sans doute à cause de l'explosion de Cami. Ou peut-être qu'elle aimait notre conversation. Avec Vita, c'était difficile de savoir.

— Bon, quand je dis *unique*, je pense plutôt à son origine. Elle était en fait un journal, pas un livre.

Un journal très important.

— D'accord, c'est un journal. (Cami plissa le front.) Euh, *elle*. Mais, hum, pourquoi elle ? (Ses yeux s'écarquillèrent.) Attends, ce n'est pas une pauvre âme transformée en objet inanimé à cause d'un marché non honoré, dis-moi ?

J'éclatai de rire.

— Non, elle n'est pas une âme sombre. (Je fis glisser Vita sur la table basse en verre devant nous et je déployai ses pages, mon hilarité se dissipant quelque peu.) Elle est plutôt comme… un souvenir.

Elle était un livre de souvenirs, c'était ce qu'on avait déjà dit à Cami. Mais elle ne connaissait que les souvenirs de Typhos. *Pas ceux de la propriétaire originelle…*

J'attendis que Vita montre ce que je désirais, sachant que ma pensée générerait une image. Sauf que… les pages restaient vierges.

Bizarre.

Je sourcillai. Vita dépeignait toujours quelque chose, même pour moi. Mais à présent, le parchemin luisait simplement d'un résidu de pouvoir, émettant des étincelles rouges et dorées.

Hmm. Peut-être qu'elle se remettait encore de l'explosion d'énergie, ce qui était logique, mais ça m'inquiétait. *J'en parlerai à Ty à son retour.*

Mais en attendant, j'enseignerai. Comme il l'avait demandé.

— Vita appartenait à la mère de Typhos, attaquai-je, un petit sourire au coin des lèvres. C'était son journal. C'est pour ça que je parle d'elle au féminin.

— Oh, murmura Cami.

Son espièglerie s'était évanouie et une note d'intérêt brillait dans ses yeux orageux, m'incitant à poursuivre.

— Il y a longtemps, Typhos m'a demandé de récupérer le journal. Il m'avait dit qu'il était important pour elle et qu'il était rempli de souvenirs qu'il ne voulait jamais oublier. Je pense que c'est pour cette raison qu'elle a fini par devenir la gardienne de sa mémoire. Sauf que sa version du journal était un peu différente de celle de sa mère.

— C'est vraiment très gentil, sourit Cami.

Son humour toucha mon cœur, me donnant envie de rire. Parce que *gentil* et *Ty* n'allaient généralement pas ensemble. Mais elle n'avait pas tort : Ty avait voulu honorer sa mère. Et il l'avait fait d'une manière très spéciale.

— Comment était sa mère ? demanda doucement Cami.

— Je ne l'ai jamais rencontrée. Mais d'après les souvenirs que j'ai vus à travers Ty, je sais qu'elle était une bonne mère.

— Elle est morte ? (Cami plissa le front.) Les Faë Vertueux… peuvent mourir ?

— Pas dans le sens habituel du terme. Il faut un événement très puissant pour éliminer l'âme d'un Faë Vertueux. Et même dans ce cas, leur énergie ne peut pas vraiment être détruite.

Je n'en avais aucune preuve. Cependant, l'accident de Typhos avait certainement fourni un indice important sur ce qui se passait dans la version de l'au-delà d'un Faë Vertueux.

— Ce n'est pas pour rien que les gens de mon espèce sont souvent comparés à des anges, songeai-je à voix haute, complétant à la fois ma réponse à Cami et le fil de mes pensées.

— Est-ce que j'ai envie de savoir ce qui est arrivé à sa mère ? demanda-t-elle avec méfiance, son esprit me disant que j'étais encore énigmatique.

Mais ce n'était pas intentionnel. C'est juste que… je n'avais pas toutes les réponses concernant la mort des Faë Vertueux. Cependant, je connaissais la réponse à cette question particulière. Et je n'avais pas envie de l'exprimer.

Hélas, Cami avait besoin de savoir car l'incident définissait l'existence de Ty. Sa raison d'être dans ce royaume.

— Ty… (Je déglutis, puis soupirai avant de forcer la phrase à quitter mes lèvres.) Ty a tué sa mère.

Cami ouvrit des yeux ronds.

— *Quoi ?*

— Par accident, ajoutai-je. Il était jeune et ne se rendait pas compte de ce qu'il faisait. (Je fis la moue. Nous nous étions un peu éloignés du sujet, ce à quoi j'aurais dû m'attendre en évoquant l'origine de Vita.) C'est vraiment à Ty de raconter cette histoire…

Mais vu le regard de Cami en ce moment, c'était à moi qu'il incombait de lui parler du passé de Ty. Elle n'avait commencé à lui faire confiance que tout récemment. Je ne pouvais pas laisser *ça* l'inciter à faire marche arrière, surtout que ce n'était pas la faute de Ty.

— Tu te rappelles qu'il a dit qu'il était un siphon comme toi ? demandai-je.

— Oui. (Elle pâlit en devinant sans doute où je voulais en venir. Elle avait failli tuer une douzaine de Faë dans le royaume de l'Au-delà récemment. Elle savait ce que son pouvoir pouvait accomplir.) Il… il a perdu le contrôle ?

— Il n'avait aucun contrôle. Il ne savait même pas qu'il était un siphon. Il savait juste que quelque chose qu'il faisait affaiblissait ses parents jusqu'à… jusqu'à ce qu'ils n'existent plus.

— Ses parents ? releva-t-elle, ce qui me fit réaliser que je ne n'avais parlé que de sa mère, à cause du journal.

— Oui. Il a siphonné l'énergie de sa mère et de son père jusqu'à ce que leurs corps physiques disparaissent, expliquai-je. Je n'étais pas là, mais d'après ce que j'ai saisi, leurs âmes se sont fracturées et font maintenant partie de Typhos… pour toujours.

Ce n'était pas une belle histoire. Je ne pouvais guère fournir plus de détails, car je n'étais pas là et je n'étais pas un siphon. Mais je lui racontai ce que je savais.

Ty s'était nourri de leur énergie pendant des années dans son enfance, son âme consommant la leur comme subsistance. Et bien qu'ils aient su clairement ce qui se passait, ils n'avaient pas essayé de l'arrêter.

— Le journal de sa mère contenait plusieurs entrées à ce sujet, ajoutai-je, expliquant l'importance de Vita. Beaucoup de ces entrées étaient écrites sous forme de lettres à Ty, des lettres dont elle savait qu'il aurait besoin un jour. Des lettres de pardon et de compréhension. Et l'assurance qu'elle continuerait à vivre à travers lui, qu'elle serait toujours avec lui. Mais physiquement, elle serait partie et ils ne se parleraient plus jamais. D'où l'importance de son journal.

Cami porta une main à sa bouche, au bord des larmes.

— C'est horrible.

— C'est de l'amour, répliquai-je. L'amour de deux parents prêts à tout donner à leur enfant pour survivre, même leur propre vie. Certains diraient que c'est le sacrifice ultime.

— Ou incroyablement malheureux, rétorqua Cami. Pourquoi ne l'ont-ils pas aidé ?

— Ils ignoraient qui pouvait l'aider. (Je haussai les épaules.) Personne ne le voulait. Les Faë Vertueux créent, et beaucoup ont vu le don de Ty comme destructeur, ce qui est à l'opposé de notre nature.

Je me tordis les lèvres, mon esprit tournoyant autour de la souffrance que Ty avait dû connaître à l'époque.

— Mais en vérité, il s'agit d'une forme de création entièrement nouvelle, poursuivis-je lentement, pesant mes mots à mesure que je les prononçais. Ty peut prendre de l'énergie et *créer* quelque chose de complètement nouveau. Il peut *transformer*.

Tout comme il l'avait fait pour lui-même. Le jour où il avait chuté, il avait changé son énergie de Faë Vertueux en une toute nouvelle manifestation.

C'était le jour où il était devenu un roi.

— Qu'est-ce qui s'est passé ? Après la mort de ses parents ? Personne ne l'a aidé ?

— Pas au début, non. (Cette histoire était triste à raconter.) Sa famille n'était pas royale et il n'avait pas de proches. Il a donc assumé seul cette perte, et a fini par partir, ce qui l'a conduit à moi. Et à… Vivaxia.

Cami me fixa.

— Il a dû être très triste.

— Triste. Furieux. Amer. Brisé. (Je grimaçai, détestant employer ce dernier mot, mais il était approprié.) Typhos ressentait beaucoup de choses, mais la culpabilité était sans doute l'émotion la plus prégnante. C'est d'ailleurs cette culpabilité qui l'a amené à créer sa Source.

— Sa culpabilité ? releva Cami.

— Oui. Il voulait trouver un moyen de siphonner le

pouvoir pour le bien, pour expier ses péchés passés. Et il l'a fait en manifestant un exutoire pour son pouvoir, un exutoire pour toute sa *lumière*. Mais la clé, c'est qu'il n'a pas utilisé cette énergie. À la place, il l'a offerte à d'autres. Principalement à ceux qui avaient besoin de protection.

— Les Faë du Cauchemar, devina-t-elle.

— Oui. Maintenant, ce sont les Faë du Cauchemar. À l'époque, c'était les Faë Vertueux et d'autres qu'il estimait avoir besoin d'un coup de pouce supplémentaire. Ce que tu vois aujourd'hui date de plusieurs milliers d'années. Crois-moi quand je dis qu'il a commencé petit. Cependant, il a toujours été puissant.

— Comment a-t-il appris à faire ça ? demanda Cami. Ce ne sont manifestement pas ses parents. Pas parce qu'ils ne voulaient pas, mais parce qu'ils ne pouvaient pas, semble-t-il. Alors qui l'a aidé ?

— Vivaxia, répondis-je. Par des moyens détournés, en tout cas.

— Oh. (Cami s'assombrit.) Elle lui a appris à siphonner son pouvoir… pour le bien ?

— Pas exactement. (Je marquai une pause, réfléchissant à la manière d'expliquer cela.) Après ce qui s'est passé avec ses parents, il a plus ou moins étouffé sa capacité de siphonnage. Mais ce n'était pas une solution permanente, car le pouvoir existait toujours en lui. Il donc trouvé un nouvel exutoire, né de ses leçons avec Vivaxia sur la façon de conclure des marchés. Bien que l'exutoire n'ait pas été le but de ces leçons, c'était quelque chose qu'il a appris en maîtrisant l'art de la négociation avec autrui.

— Elle ne l'a donc pas vraiment aidé à maîtriser son talent de siphonnage, déduisit Cami.

— Non. Je ne suis même pas sûr qu'elle soit au courant. Ty dit qu'elle ne le sait pas.

Mais je m'étais toujours demandé au fond de moi si

elle connaissait la vérité et si c'était sa capacité à siphonner qu'elle désirait exploiter. Parce que c'était cette capacité qui lui permettait de manifester son énergie créatrice.

— Ça prend plus de sens à mes yeux, dit lentement Cami. Mais en lui enseignant l'art de conclure des marchés, je suppose qu'elle avait une arrière-pensée.

— Oh, tout à fait. Elle voulait sa lumière, comme tu le sais. Mais elle l'a aidé à maîtriser son talent et a vu son pouvoir grandir. En fait, elle l'a préparé, lui et son don, tout en sachant qu'elle avait l'intention de s'en emparer un jour.

— Sauf que le marché ne s'est pas déroulé comme prévu, remarqua Cami.

— Exact. Et ce marché me ramène à Vita, murmurai-je, heureux d'avoir enfin atteint le but de cette discussion : expliquer l'histoire de Vita, comme Ty l'avait demandé. Le jour où j'ai récupéré ce journal est le jour où il a conclu cet infâme accord avec Vivaxia.

Cami se pencha un peu en avant, comme si elle était impatiente d'en savoir plus.

— Ty m'a envoyé chercher ce petit livre, en disant qu'il le voulait pour des raisons nostalgiques. Bien sûr, je savais que le motif était plus profond. À ce stade, il avait perfectionné ses talents et utilisait les marchés comme moyen d'alimenter sa Source.

— En recouvrant des dettes, devina Cami.

— Oui, exactement. (J'étendis mon bras derrière elle sur le dossier de la causeuse.) J'avais pensé qu'il voulait le journal pour y consigner ses affaires, ou simplement comme souvenir. J'ai appris plus tard que le but était d'avoir un endroit où sauvegarder sa mémoire et s'assurer que personne ne puisse accéder à son esprit.

Les traits de Cami exprimaient de la confusion, m'indiquant que je devais clarifier mes propos. Ce qui, supposais-je, était le but de cette leçon et ce que Ty voulait vraiment qu'elle comprenne.

— Il est en vie depuis très longtemps, ce qui augmente souvent le risque de folie immortelle. Mais Vita lui offre un espace sûr pour expurger certaines de ses vastes connaissances et expériences, ce qui est impératif pour quelqu'un dans sa position.

— Mais pas impératif pour toi ? releva-t-elle.

Je souris.

— Ce n'est pas moi qui ai un royaume entier sous ma seule protection.

— Oui, mais tu es accouplé à celui qui l'a.

— C'est vrai, convins-je. Et si un jour je sens mon esprit s'affaiblir, je pourrais chercher un exutoire similaire. Ty a simplement choisi sa méthode assez tôt, ce qui est logique pour quelqu'un qui a ses responsabilités.

Elle me dévisagea un moment.

— Donc il n'avait pas vraiment besoin de Vita à l'époque ?

— Peut-être que si, peut-être que non. Le fait est qu'il l'a créée au cas où il aurait besoin d'elle, parce que la sécurité du royaume passe toujours en premier. Et il sait qu'il est important de sauvegarder ses pensées.

— C'est ce que fait Vita pour lui. Ce n'est pas un échange de pouvoir. C'est un exutoire pour ses souvenirs, qui lui permet de garder, euh, un esprit ouvert.

J'esquissai un sourire à sa description pertinente.

— En fait, oui. C'est exactement ce qu'est Vita pour lui. Toutefois, j'ignorais ce jour-là que ça deviendrait son but. À ce moment-là, nous n'étions pas encore complètement accouplés, donc je ne pouvais pas lire dans son esprit ni capter ses intentions.

Ce que je n'avais pas apprécié à l'époque. Mais je l'avais compris.

— Ty ne pouvait pas s'accoupler complètement avec moi tant qu'il ne maîtrisait pas son pouvoir, précisai-je. Il ne voulait pas risquer de me faire du mal.

Cami déglutit.

— Il avait déjà perdu ses parents, il ne voulait pas te perdre toi aussi.

— Oui, acquiesçai-je, une chaleur se répandant dans ma poitrine.

Bien sûr, cette chaleur s'évanouit lorsque je narrai ce qui s'était passé ensuite... *après* que j'avais trouvé le journal.

Je lui racontai comment Ty m'avait donné des instructions, facilitant ainsi sa recherche et sa récupération.

— Mais pendant que j'étais parti, il a conclu cet accord avec Vivaxia.

Un accord par lequel il avait accepté de l'accoupler.

Un accord qui m'avait brisé le cœur... pendant quelques secondes. Du moins jusqu'à ce que je comprenne ses véritables intentions. Il avait voulu libérer Az. Il avait aussi voulu se libérer lui-même. Afin qu'il puisse enfin être avec moi.

J'avais donc joué le jeu en faisant semblant de le trahir. J'avais jeté ce journal sur la table de nuit de Vivaxia après lui avoir dit que j'avais couché avec elle. Puis j'étais parti.

— Et plus tard ce jour-là, il a chuté, conclus-je, après avoir résumé l'ensemble des événements.

Cami garda le silence, son regard posé sur moi tandis qu'elle assimilait tout ce que je lui avais dit.

— Pour le sauver, tu as orchestré sa chute, commenta-t-elle enfin.

Tout ce qui s'était passé était dû à ce que j'avais mis en place cette nuit-là. Vivaxia avait préparé Ty au point qu'il pensait gagner. Mais je savais que le jeu était truqué. J'avais donc fait le nécessaire.

— Parfois, c'est dans les ténèbres que l'on peut enfin voir la lumière, dis-je.

J'eus soudain besoin d'un verre. Je me levai de la causeuse et jetai un coup d'œil à Vita. Les pages étaient toujours vierges.

Très étrange.

Je rabattis sa couverture, me demandant si cela l'aiderait à mieux traiter cette surtension. Puis je gagnai un bar situé dans un autre recoin. Cami me suivit d'un pas silencieux, mais sa présence était très palpable.

— Hé ! s'écria-t-elle. (Je fis volte-face juste au moment où une plume d'oie vola devant son visage.) Argh, je me souviens de ce truc. Tu m'as dit de ne pas y toucher.

Elle esquiva la plume qui bourdonnait autour d'elle, ce qui m'arracha un sourire.

— Comme Vita, elle est également pleine de magie. Elle a dû nous entendre parler de l'accord entre Ty et Vivaxia.

Cami haussa un sourcil.

— Hein ?

— C'est la plume qu'ils ont utilisée, expliquai-je tandis qu'elle tournoyait de nouveau autour de Cami.

— Oh. (Elle se raidit.) Pas étonnant que tu m'aies dit de ne pas m'en approcher.

— Oui, elle a son propre caractère.

Comme la plupart des objets du royaume des Faë Vertueux. Cependant, celle-ci semblait vouloir dire quelque chose, ce qui était bizarre.

La plume d'oie virevoltait devant le visage de Cami, ce qui me fit plisser les yeux. Elle était toujours en train de jouer des tours, la magie constituant en quelque sorte sa personnalité.

Un peu comme Vita, pensai-je en jetant un nouveau coup

d'œil au livre. Je l'avais laissé fermé sur la table, mais ses pages étaient de nouveau ouvertes.

Et toujours vierges.

Que se passe-t-il ? Elle aurait dû avoir bien assez de temps pour se rétablir. Et Vita avait toujours quelque chose à dire. *Parce qu'elle a un caractère bien à elle,* me dis-je. Mais quelque chose me tracassait à ce sujet. Elle était un objet unique, dont l'existence était étroitement liée à Ty.

Et la plume… je l'observai encore, notant sa vitesse croissante à mesure que Cami s'éloignait. *La plume est liée à Vivaxia.*

Ty s'en était servi pour signer leur accord légendaire, mais c'était sa plume, pas celle de Vivaxia. Idem pour Vita.

Mais Vivaxia a touché les deux. J'écarquillai les yeux. *Elle a touché les deux.*

— Oh, putain, soufflai-je.

Les pièces s'assemblaient dans mon esprit. Des pièces qui auraient dû me paraître évidentes, mais qui ne l'étaient pas. Parce que je n'aurais jamais envisagé qu'elle ait pu laisser sa marque dans…

Une douleur explosa dans ma poitrine, coupant le fil de mes pensées. Je baissai les yeux.

Et vis la plume infâme qui venait de se loger… *dans ma poitrine.*

CHAPITRE TRENTE-ET-UN
CAMI

— MELEK ! criai-je en le voyant tomber à genoux.

La plume dansait dans sa poitrine, me narguant avec ses barbes dorées. Melek m'avait dit de ne pas y toucher, et me l'avait rappelé quelques instants plus tôt.

Eh bien, rien à foutre. Elle l'avait *poignardé !*

J'empoignai l'arme tournoyante et la lui arrachait. Ce qui n'était sans doute pas la bonne chose à faire, vu le sang qui jaillissait de la blessure, mais il guérirait à coup sûr. Il… il était immortel. *N'est-ce pas ?*

Ses yeux capturèrent les miens, une terreur pure brillant dans leurs profondeurs irisées. C'était un regard que je n'aurais jamais cru voir sur son visage, et qui me fit serrer encore plus fort la plume qui se tortillait pour échapper à mon emprise. Je la soupçonnais de vouloir le poignarder à nouveau.

Cami, chuchota-t-il dans mon esprit. *Vivaxia… a touché la… et Vita, Cami… tu dois… avertir Ty…*

Ses yeux se révulsèrent et il devint muet.

— Melek ?

Je tendis la main vers lui, remarquant le sang qui

coulait encore de sa poitrine, et je grimaçai quand cette fichue plume tenta de s'échapper de mon autre main. Elle semblait fermement décidée à voler de nouveau, mais je n'étais pas d'humeur à la laisser faire.

Ses barbes dorées devinrent acérées, essayant de se couper la main.

— Oh, non, tu ne fais pas ça, grognai-je à cette satanée chose.

Mon talent de siphonnage se déclencha et je me mis à absorber la magie de ses bords métalliques. C'était une réaction toute naturelle.

Au bout d'un moment, j'en reconnus l'essence. *Vivaxia*, découvris-je, clignant des yeux. Melek avait dit que c'était la plume dont Typhos s'était servi pour signer son accord avec elle. *C'est pour ça que je la sens ?*

Non. C'était… c'était plus profond que ça. Son pouvoir était implanté dans l'objet enchanté. Un peu comme si elle l'avait manié elle-même…

J'écarquillai les yeux.

Az ! Ajax ! les appelai-je, voulant m'assurer que notre lien existait toujours.

Rien.

Putain de merde !

Elle était de nouveau là, ayant choisi cette fois de blesser Melek. *Pour jouer avec mes émotions,* réalisai-je en grognant pour moi-même.

Ce devait être ce que Melek avait essayé de dire à propos d'avertir Typhos.

Sauf que… Qu'est-ce que ça a à voir avec Vita ?

Je siphonnai la dernière goutte d'énergie de la plume, faisant mourir l'éclat doré dans mes mains. Puis je lâchai l'objet, qui tomba par terre avec un petit bruit sourd. Il n'avait plus de pouvoir, la magie scintillante était en moi et plus dans la plume.

Au lieu de l'expulser, je la gardai, sachant que j'allais probablement avoir besoin de ce regain d'énergie pour combattre l'enchantement que Vivaxia avait tissé à travers le royaume des Faë de l'Enfer.

Mais qu'en est-il de Vita ? me demandai-je encore, ayant clairement les paroles de Melek à l'esprit. Il gisait par terre, inconscient, sa blessure encore fraîche.

Je me mordis la lèvre, mon regard passant de lui au livre.

Il est immortel. Il ne peut pas mourir.

Mais ce n'était pas une plume ordinaire.

Et si…

Non. Je le sentais encore, en quelque sorte. Je ne pouvais pas l'entendre, mais je… je ressentais sa vie en moi. *Est-ce qu'il s'affaiblit malgré tout ?* Je déglutis, m'efforçant de ne pas perdre la tête. De garder mon calme. Parce que perdre le contrôle de mes émotions était l'objectif de Vivaxia.

S'en prend-elle aussi à Az et Ajax ?

Leurs fils de vie étaient tout aussi vifs en moi. Mais cela ne voulait pas dire qu'ils n'étaient pas blessés.

Putain de merde. Je fermai les yeux et me concentrai sur ma respiration.

Ne la laisse pas t'embrouiller l'esprit. Réfléchis… Réfléchis, Cami.

Règle n°3 des Faë de l'Enfer : Connais ton ennemi avant de t'engager.

Règle n°13 des Faë de l'Enfer : Rien n'est ce qu'il paraît.

Je rouvris les yeux. Ces règles m'avaient été enseignées par mes parents. Des parents en qui je n'avais jamais eu confiance. En qui je n'*aurais* jamais confiance.

Mais mes compagnons… je leur faisais confiance. À Typhos aussi.

Ils suivaient leur propre direction, faisaient leurs

propres choix et prenaient leurs propres décisions à chaque moment opportun.

Règle n°1 de la Reine des Faë de l'Enfer, pensai-je. *Il n'y a pas de règles.*

Je devais sortir des sentiers battus et envisager toutes les solutions possibles.

Melek est immortel. Un Faë Vertueux. Il ne peut pas mourir.

Sauf qu'il avait été poignardé par un objet enchanté de Faë Vertueux. Cependant, j'avais cette magie en moi maintenant, donc je devais être capable de déterminer les intentions du sort.

Fermant de nouveau les yeux, je plongeai au fond de moi-même et fis appel à ce brin de magie, l'évaluai en quête d'éventuelles propriétés mortelles. Mais tout ce que j'y trouvai, ce fut une connotation créationniste. Et une note de possession.

Comme le sort de domestication, reconnus-je. *Vivaxia a simplement enchanté l'objet pour pouvoir l'utiliser à distance. Mais il n'est pas mortel. C'est juste… une plume très aiguisée.*

Qui avait détruit le cœur de Melek avec son tournoiement.

Mes cils papillotèrent tandis que je me penchais de nouveau sur sa poitrine. *Il survivra.* J'en étais certaine.

OK. Et maintenant, qu'en est-il de… ? Je me tournai vers Vita, me forçant à respirer. Ce n'était pas facile, surtout que mes compagnons étaient à nouveau bloqués hors de mon esprit, mais si j'avais appris quelque chose de ma nouvelle vie ici, c'était comment me concentrer correctement.

Melek avait dit quelque chose à propos de Vita. Quelque chose d'important. *Vivaxia a touché la… et Vita.*

— Tu parlais de la plume d'oie ? m'interrogeai-je à voix haute. La plume… et Vita ?

Il venait de me raconter comment le livre s'était

retrouvé dans la chambre de Vivaxia. Et Vita m'avait aussi montré cette scène.

Il devait donc y avoir quelque chose qu'il – qu'*elle* – voulait que je voie.

— Et maintenant ? Quelque chose d'utile maintenant ?

Mais lorsque j'atteignis le livre, il ne montra que des pages vierges.

Je me penchai pour le refermer, mais reculai d'un bond lorsque mes doigts furent accueillis par un contact glacial.

C'est quoi ce bordel ?

— Pourquoi…

— Cami ! cria Az de quelque part au loin. Où tu es, merde ?!

— Je suis là ! criai-je en retour. (Mon cœur battait la chamade à cause à la fois de la panique dans sa voix et du livre glacé sur la table.) Vivaxia…

Je m'interrompis, ne sachant pas trop comment terminer ma phrase. Je ne voulais pas non plus crier mes soupçons sur les toits. Même si j'étais dans nos quartiers privés, elle pouvait aussi bien se trouver à proximité. Elle ou l'un de ses larbins enchantés.

Jusqu'à présent, elle n'était pas entrée dans le royaume. Typhos avait dit qu'il l'aurait sentie. Et je le croyais. Car elle émettait du pouvoir, tout comme lui.

J'avais capté cette énergie autour d'elle. Je l'avais ressentie dans mon âme même. *Je la reconnais maintenant,* réalisai-je, fronçant les sourcils. *Pourquoi j'ai l'impression qu'elle est partout dans cette pièce ?*

Je n'avais jamais éprouvé cela auparavant. Ou bien si, et je ne l'avais pas remarqué ?

— Cami, souffla Az, qui apparut juste devant moi.

Je ne savais pas s'il s'était éclipsé ou s'il avait juste couru très vite. Mais l'instant d'après, j'étais dans ses bras, et ses mains me palpaient comme pour s'assurer que j'étais bien réelle.

Ajax le rejoignit dans la seconde qui suivit et posa ses lèvres dans mes cheveux.

— Putain, petite rebelle, chuchota-t-il. On… On ne t'entendait plus…

— On a pensé… (Az s'interrompit.) *Melek !* (Il me lâcha et bondit vers le prince à terre.) Qu'est-ce qui s'est passé, bordel ?!

— La plume l'a poignardé, dis-je, hébétée. Je… je crois qu'il est vivant, malgré tout ?

C'était sorti comme une question. Parce que tout semblait si irréel. *Comme dans un rêve,* m'étonnais-je en cillant.

— Vivaxia a fait quelque chose.

Je ne pouvais pas le définir, mais je le sentais. J'essayai de retracer les fils d'énergie – ceux qui semblaient s'intensifier à chaque seconde – et me retrouvai à fixer de nouveau Vita.

Pourquoi es-tu si froide ? me demandai-je.

Je me dégageai des bras d'Ajax, m'agenouillai près de la table, levai la main et plaçai mes doigts à quelques centimètres du livre glacé.

—Je ne sens pas Typhos, murmurai-je.

Ce qui était étrange. Chaque fois que je touchais ce livre, je sentais de la chaleur, je le sentais *lui.* Or à cet instant, je ne ressentais rien.

Juste… de la glace.

Je posai ma main à plat sur les pages, déterminée à résoudre cette énigme.

Az et Ajax dirent quelque chose en réaction, ou peut-être l'un à l'autre. Je ne savais pas trop, car je ne les entendais pas à cause des battements rythmiques de mon cœur.

Boum.

Boum.

Boum.

Froid.

Froid.

Froid.

Ça n'avait aucun sens. Je venais d'injecter toute cette énergie dans Vita. Elle devrait être pleine de vie, et non ressembler à de la glace.

Je feuilletai les pages en quête de quelque chose d'utile. Mais elle ne révélait rien.

Pourquoi ne puis-je pas te lire ? demandai-je en refermant le livre et en regardant la couverture de travers. Une couverture en lambeaux… qui avait l'air vieille. *Tellement, tellement vieille…*

Contrairement à la Vita que je connaissais. Elle… elle ressemblait à un livre normal.

Non, un journal, pensai-je. Mon cœur cessa de battre tandis qu'un souffle résonnait dans mes oreilles. *Non…*

Je l'ouvris de nouveau, parcourus la première page. Une page remplie d'un texte que je ne reconnaissais pas, dans une langue ancienne. *Les mots de la mère de Typhos,* supposai-je, clignant des yeux.

— C'est impossible, murmurai-je. (C'était comme si Vita avait repris sa forme originelle.) Où sont passés tous les souvenirs de Typhos ?

Et qu'était-il advenu de l'énergie que j'y avais injectée ?

Vivaxia… a touché la… et Vita… m'avait soufflé Melek.

Vivaxia a touché la plume et Vita, complétai-je. *Avertis Ty…*

— Elle a fait quelque chose à Vita. (Qui avait essayé de me le dire.) C'est pour ça que Vita m'a montré la chambre.

Ainsi que cette mèche de cheveux noirs.

Vivaxia a les cheveux noirs.

Je restai bouche bée. Et si je n'étais pas le premier

siphon ? Et si… et si elle avait mis quelque chose dans Vita ? Quelque chose que j'avais déclenché… *en inondant le livre d'énergie.*

— Oh, merde, exhalai-je en levant les yeux vers Az.

Il se tenait à côté d'Ajax, et tous deux m'observaient intensément.

— Qu'est-ce qu'il y a, Cami ? s'enquit-il.

— Tu sens Ty ? lui demandai-je.

Az secoua la tête.

— Je ne sens aucun d'entre vous. Vivaxia est clairement en train de foutre en l'air le royaume des Faë de l'Enfer, comme elle l'a fait avec le paradigme.

— Ou bien elle fout en l'air tout le domaine des Faë de l'Enfer, lui dis-je, le livre glacé répandant son gel dans mes veines. Quelque chose ne va pas avec Typhos.

C'était la seule explication pour qu'elle ait gagné autant de terrain aussi vite.

— Elle est ici quelque part, repris-je. (C'était pourquoi je pouvais la sentir maintenant, capter sa magie dans tout le palais.) Elle a infecté le royaume. (Je déglutis.) Et je… je pense que c'est parce que je lui ai donné l'accès qu'il lui fallait pour franchir les portes.

En étant la clé, réalisai-je.

Melek m'avait déjà appelée ainsi. Si seulement il s'était rendu compte de la justesse de ses propos…

Parce que j'avais débloqué l'esprit de Typhos en libérant ses souvenirs. En absorbant son essence. Et en balançant tout dans Vita.

Le siphon originel de Vivaxia…

CHAPITRE TRENTE-DEUX
TYPHOS

Mes ailes éthérées disparurent quand j'atterris dans le royaume de Morphée, plus précisément devant le palais des Strigoï.

Bien que je suppose que Nos m'attendait quelque part à l'intérieur, j'avais opté pour le chemin le plus long. Cela me donnait l'occasion de prendre mes repères, une pause dont j'avais grandement besoin.

Parce que je ne me sentais pas bien.

Peut-être était-ce dû à la décharge de pouvoir que Camillia avait envoyée à travers Vita.

Ou peut-être est-ce parce que je sais ce qui m'attend, songeai-je, conscient d'avoir été loin de ce royaume pendant bien trop longtemps. Surtout du côté Strigoï.

Il y avait eu beaucoup de troubles ici. Des troubles causés par le manque de compagnes disponibles.

Les Strigoï avaient besoin de Sigils pour prospérer. Et ma Source – *mes portes* – avait rendu la tâche plutôt difficile,

365

car les femelles n'étaient généralement pas autorisées à entrer dans ce royaume.

Lâchant un soupir, j'observai la cour autour de moi.

Une odeur dérangeante de fleurs flétries assaillit mes sens. *Des roses dégoulinantes de sang*, remarquai-je en scrutant l'imposante fontaine trônant au milieu de la scène d'un rouge violent. Une lune rouge sang était suspendue derrière elle, formant un spectacle macabre digne d'un terrain de jeu vampirique.

Je fronçai les sourcils. Les Strigoï étaient comme des vampires vu qu'ils se nourrissaient de sang, mais ils n'étaient normalement pas si… *sombres*.

La terre qui m'entourait paraissait mélancolique. *Maladive.*

J'eus le cœur serré. Parce que cela n'allait qu'empirer une fois que Nos serait mort. C'était le roi des Strigoï, l'un de mes lieutenants les plus précieux.

Quoiqu'il n'ait pas été très fiable ces derniers temps. Quand a-t-il répondu pour la dernière fois à l'un de mes appels à mes lieutenants ? Vers le début des épreuves, peut-être ?

Je n'en étais pas sûr. Ce qui en disait long sur ma performance en tant que roi des Faë de l'Enfer de ce royaume.

Un autre soupir m'échappa tandis que je suivais le chemin couvert de pétales qui contournait le palais en direction de l'entrée principale. Les fleurs craquaient vraiment sous mes chaussures, un crissement qui résonnait sinistrement à mes oreilles. *Depuis quand des roses font-elles ce bruit ?* me demandai-je en jetant un coup d'œil par-dessus mon épaule. Des traces de pas sanglantes jonchaient le sol, ce qui m'arracha une moue.

C'est sûrement un mauvais présage…

Merde. Cette visite allait être longue et épuisante.

— Votre Majesté, me salua un garde Strigoï lorsque je

franchis les portes du palais, semblables à celles d'une cathédrale. (Ses yeux sombres ne recelaient pas ce rouge caractéristique qu'ils auraient dû avoir, ce qui laissait supposer qu'il avait faim.) Le roi Nos vous demande. Il est dans la salle du trône. (Les portes s'ouvrirent en grinçant sans qu'il les ait touchées.) Si vous voulez bien me suivre…

La salle du trône ? m'étonnai-je. *S'il est censé mourir aujourd'hui, pourquoi n'est-il pas sur son lit de mort ?*

Je réfléchis à cela tandis que le garde m'emmenait dans les couloirs anormalement vides du palais obscur. Je me rappelais que c'était plus… vivant… la dernière fois que j'étais venu.

— Où est tout le monde ? demandai-je au garde après qu'il m'eut fait gravir plusieurs escaliers.

La salle du trône se trouvait au sommet du palais, si ma mémoire était bonne.

Le garde s'arrêta devant une double porte ornée, la main sur la poignée.

— Les Strigoï sont en train de mourir, Votre Majesté. Les champs de sang ont dépéri à cause de la pourriture, si bien que nombre d'entre nous sont obligés de chasser dans d'autres royaumes. Et la plupart des Strigoï n'ont pas réussi à trouver d'autres méthodes de survie. (Il serra ses doigts sur la poignée de la porte, faisant gonfler ses veines pâles.) Maintenant que vous êtes là, j'espère que cela changera.

Mon cœur se serra à ses paroles. Les Strigoï fonctionnaient selon un esprit de ruche, leur lignée royale étant leur principale source de pouvoir. Et les champs de sang étaient ce qui donnait du pouvoir à cette lignée. S'ils étaient en train de pourrir comme le prétendait ce garde, tous les Strigoï risquaient de mourir. Car si la lignée royale périssait, ils périraient également.

Pourquoi Nos ne m'a rien rapporté de tout cela ? m'étonnai-je.

Après l'incident de la Nuit des Monstres, j'avais

discipliné le royaume de Morphée et le royaume de l'Au-delà en les disqualifiant pour les épreuves nuptiales des Faë de l'Enfer. J'avais pensé que puisqu'ils s'étaient enfuis dans un autre royaume pour trouver leurs compagnes, ils n'avaient plus besoin de ce que j'avais à leur offrir.

Cruel, peut-être. Mais c'était aussi une punition logique.

Quelques-uns de mes lieutenants s'en étaient plaints. *Mais pas Nos.*

En fait, je n'avais plus eu de nouvelles de lui du tout.

Ce qui était étrange, car apparemment son fils Sabre, l'héritier du trône des Strigoï, avait déménagé dans une autre dimension − ce que j'avais appris par Hadès et non par Nos.

Alors pourquoi as-tu gardé le silence sur tout cela ? me demandai-je tandis que le garde ouvrait la porte ornée pour révéler Nos assis seul sur son trône.

Je cillai, déconcerté par la scène alors que des souvenirs dansaient dans cet espace familier. C'était une sensation bizarre. Comme si des centaines d'âmes s'ébattaient dans la pièce. Sauf qu'elle était vide. *Et tout à fait… morte.*

Les rayons sanglants de la lune des Strigoï se heurtaient à la poussière de l'air, comme si c'était l'intérieur d'une crypte. Cela faisait plus penser à un cimetière qu'à une salle du trône. Ce qui ne devrait pas être le cas. Ce n'était pas le royaume de l'Au-delà, c'était le pays des rêves.

Le royaume de Morphée pouvait jouer des tours à l'esprit, mais ceci n'était pas une illusion. La scène décrépite qui s'offrait à moi était le résultat de la négligence d'un roi Strigoï. En tant que chef de la lignée royale, il lui incombait d'entretenir les champs de sang, d'assurer leur vie et leur prospérité en échange d'une abondance d'énergie.

Mais il avait clairement échoué dans cette tâche.

Et dans bien d'autres, pensai-je en m'avançant dans la salle.

La puanteur des fleurs fanées flottait autour de moi, bien que nous soyions loin de la cour à présent. Je cherchai des restes de bouquets jetés, mais ne trouvait qu'une massive estrade au fond et des lianes argentées enfilées dans le marbre nu. Ces lianes se rassemblaient autour d'un motif rouge sang qui brillait sur le sol, juste sous les bottes éculées de Nos.

Les poils de mes bras se hérissèrent, mes nerfs me picotaient à chaque pas que je faisais à travers la salle.

Rien n'allait bien depuis mon arrivée.

Bon sang, j'étais quasi sûr que cette sensation avait commencé avant que je parte. *Quand Camillia a modifié Vita.* C'était comme une secousse dans mon esprit, l'énergie m'arrivant d'une mauvaise direction et me déstabilisant.

J'avais espéré que le vol plus long et la marche jusqu'ici auraient aidé à dissiper un peu ce brouillard de mon esprit, mais il ne faisait qu'empirer. Et la température en chute libre dans cette salle n'arrangeait rien.

Mes chaussures de ville claquaient sur le sol tandis que la morsure glacée de l'air piquait toute peau exposée. Le royaume de Morphée n'était pas nécessairement *chaud* d'ordinaire. Mais j'étais certain qu'il n'avait jamais fait aussi froid.

Les yeux rouges de Nos m'observaient pendant que je m'approchais. Il n'avait pas du tout l'air mourant. En fait, il était presque *rayonnant*.

Parce qu'il a puisé tout le pouvoir de son territoire, affamant son propre peuple pour se maintenir en vie, réalisai-je. C'était la seule conclusion qui avait du sens.

Et il était assis sur le trône même que j'avais offert aux Strigoï. Celui que j'avais créé par magie pour servir de source d'énergie en l'absence d'une Sigil.

« Celui qui s'assoit sur le trône contrôle la lignée royale des Strigoï », avais-je annoncé il y avait bien longtemps.

Après quoi j'avais laissé les Strigoï décider de leur sort.

Nos était le dernier monarque en date, de nombreux rois s'étant assis sur ce trône avant lui.

Or en voyant le roi Strigoï ainsi, glouton et impénitent, je regrettai de ne pas avoir surveillé la situation de plus près au fil des millénaires.

Je croyais au libre arbitre. Permettre à mes Faë du Cauchemar de prospérer. Mais ceci n'était pas prospérer. C'était *mourir*.

J'ai grandement négligé mon rôle de guide et de protecteur ici.

J'avais été trop occupé. Trop surchargé pour remarquer que les Strigoï me glissaient sous le nez. Et maintenant, ce qui restait de pouvoir dans ce territoire brillait aux pieds de Nos, paraissant être la seule étincelle de vie dans ce royaume souffrant.

Du moins jusqu'à ce qu'il efface le mirage qui voilait la pièce – un mirage que j'avais ressenti en sentant les âmes qui traînaient là.

Elles étaient réelles. *Et très, très mortes.*

Des dizaines de corps apparurent tandis que son voile continuait de se lever, tous des Strigoï déchus. *Et une seule femme*, remarquai-je. *Vient-elle de cette infâme Nuit des Monstres ?*

— Vous me faites enfin l'honneur de votre majestueuse présence, ricana Nos d'un ton qui me fit hausser un sourcil.

Il n'était pas vraiment sur son lit de mort, mais je pourrais changer cela en un clin d'œil. Quoique je n'étais pas sûr qu'il reste des Strigoï pour prendre sa place sur le trône. Ce qui me poussa à réfréner ma colère.

— Qu'est-ce que tu as fait, Nos ? Pourquoi tu as infligé ça à ton peuple ?

Car j'étais certain qu'il était responsable de la pourriture dont le garde avait parlé.

Mais c'est moi qui suis responsable de lui, pensai-je avec un pincement dans la poitrine. Un pincement qui ne cessa de croître au lieu de s'atténuer. Le même pincement qui m'habitait depuis que Camillia avait explosé Vita.

Je caressai ma Source mais ne trouvai rien d'anormal. Pourtant, je me sentais… affaibli.

Est-ce cette pièce ? Ce territoire en décomposition ?

— Tu as l'audace de me demander pourquoi j'ai fait ça alors que tu savais que les Strigoï étaient affamés ? cracha Nos, captant mon attention. Tu n'as rien fait pour juguler notre faim, *ma* faim. Rien pour soigner nos champs ou t'occuper de nos faiblesses. Peut-être que j'ai pris une page de ton livre, hein ? Peut-être que j'ai fait passer *mes besoins* avant ceux des autres.

— J'ai dit à Onyx de fournir des remplacements pour les dommages que les Faë des Cadavres auraient pu causer à vos champs, lui rappelai-je, me souvenant clairement de la discussion et de la solution. Mais je ne crois pas que ce soit le vrai problème ici.

Parce qu'il se passait autre chose. Quelque chose qui allait au-delà de Nos et de sa mauvaise gestion de son rôle de roi des Strigoï.

Payan avait dit qu'il était mourant, pensai-je. *Il avait donné l'impression qu'il ne lui restait que quelques heures à vivre.*

Ce qui était évidemment un mensonge. Mais pourquoi ? Pourquoi m'amener ici ? Parce qu'il savait que c'était devenu incontrôlable ? Ou était-ce quelqu'un d'autre qui avait poussé Payan à faire ça ?

Quoi qu'il en soit, ce territoire avait besoin de mon aide. J'aurais dû m'en rendre compte bien avant qu'il en arrive là.

Putain de merde. Melek avait raison. Je m'étendais trop, et mes Faë en souffraient.

Nos joignit le bout de ses doigts, tapotant ses longs ongles l'un contre l'autre.

— Oui, cette conversation de cinq minutes avec le roi des Faë des Cadavres a été un cadeau très généreux, vu ton temps précieux.

Je plissai les yeux.

— Tu cherches à me contrarier, Nos ? lui demandai-je. À me défier pour gagner un quelconque pouvoir ? Parce que je peux t'assurer que ce serait une très mauvaise décision de ta part.

— Non, Votre Majesté, sourit-il. Je ne fais que jouer mon rôle et retenir votre attention.

Quoi ? Je jetai un regard autour de moi tandis les poils de ma nuque se hérissaient.

Depuis mon arrivée, tout me paraissait anormal. *Avant* ce moment, en fait. J'avais pensé que c'était lié à Vita. Mais ce n'était pas du tout le cas.

C'était lié au mirage que Nos avait développé ici. Un mirage qui commençait à virer.

— Avec qui tu travailles, Nos ? demandai-je avec méfiance.

Cependant, je craignais de le savoir déjà.

Un roi blessé était justement le genre d'âme dont *elle* s'emparait.

— Avec moi, murmura une voix féminine qui me rappela les longues nuits passées dans ses draps.

Une séductrice. Une sorcière. *Une putain de salope diabolique.*

Elle se tenait maintenant devant moi en chair et en os. Juste derrière le trône de Nos.

Oh, le royaume de Morphée était connu pour ses rêves et ses cauchemars, mais la vision dévastatrice de Vivaxia elle-même était trop réelle pour être un rêve, même pour cet endroit.

Un rideau de cheveux noirs encadrait son visage faussement angélique, qui n'avait pas pris une ride depuis la dernière fois que je l'avais vue. De larges ailes s'étendaient dans son dos, les plumes aux extrémités dorées oscillant entre le blanc et le noir. Une couleur était réelle, l'autre un mirage. Son cœur était d'un noir d'encre, je connaissais donc les vraies couleurs de Vivaxia, même si elle essayait de les cacher.

Ce que j'ignorais, c'était comment elle avait réussi à pénétrer dans mon domaine.

— Comment diable as-tu fracturé mes portes ? demandai-je tandis que la puanteur des roses mortes s'intensifiait.

Le parfum de Vivaxia. Il était partout maintenant, confirmant que ce n'était pas sa première visite.

Non, elle était là depuis longtemps. À jouer à ses jeux. Tordre l'esprit de mes Faë. *Manipuler mes lieutenants.*

— Oh, je n'ai pas eu besoin de fracturer tes portes, Typhos, ronronna-t-elle tandis que ses yeux gris brillaient de triomphe. Je n'avais besoin que d'une *clé*.

CHAPITRE TRENTE-TROIS
AZ

Quelques minutes plus tôt

— Cami ? chuchotai-je. (Elle était d'une pâleur anormale.) Tu as dit que tu avais donné à Vivaxia l'accès pour franchir les portes. Explique-moi ce que ça signifie.

— C'est le livre, dit-elle, son regard vitreux croisant le mien. (Elle avait l'air endormie alors qu'elle était éveillée, son expression était étrangement rêveuse.) Vita, Az. J'ai poussé toute ce pouvoir dans Vita, et Vita était le siphon originel.

Je fronçai les sourcils, essayant de déchiffrer ses propos. Mais Ajax intervint :

— Je ne comprends pas. En quoi un livre est-il un siphon ?

— Typhos en a fait une extension de son pouvoir, destinée à conserver ses souvenirs. Mais Vivaxia avait le livre en sa possession *avant* qu'il l'enchante. (Ses traits s'éclaircirent un peu, ses yeux devinrent moins vitreux.) Et si elle avait laissé une sorte de déclencheur à l'intérieur ?

Comme celui qu'elle a mis en moi ? Quelque chose qui…
qui *s'ouvrirait* et lui transmettrait directement le pouvoir…

— Si on lui fournit suffisamment d'énergie, terminai-je
à sa place, comprenant maintenant sa logique. Tu penses
que Vivaxia y a laissé un vieil enchantement.

Cami acquiesça.

— Que tu as activé, ajoutai-je.

Un autre hochement de tête, cette fois avec un léger
tremblement.

— Le livre n'est plus enchanté, chuchota-t-elle. C'est…
c'est à nouveau le journal de sa mère.

Je me tournai finalement vers le volume en question,
ainsi qu'Ajax.

— C'est… Vita ? demanda-t-il d'un ton incertain. Je ne
me rappelle pas qu'il ressemblait à ça.

— Parce qu'il était truffé de l'essence de Typhos, dis-je
d'une voix plus basse que je l'aurais voulu, car j'étais en
état de choc. Cami a raison. (Et pas seulement à propos de
Vita, mais sur tout ce qu'elle avait dit.) Quelque chose ne
va pas avec Typhos. (C'étaient les mots exacts qu'elle avait
prononcés quelques instants plus tôt, mais maintenant je le
sentais dans mon âme.) Ça ne va pas *du tout*.

Parce qu'il n'était plus du tout en moi.

Le palais trembla autour de nous, comme s'il était
d'accord avec notre évaluation. Ou peut-être qu'il nous
avertissait d'une catastrophe imminente.

— La blessure de Melek est une diversion, déclara
Cami, penchée sur le prince Faë de l'Enfer. Un moyen
d'altérer mes émotions et de me forcer à réagir, pendant
que Vivaxia dissimule ce qu'elle fait vraiment.

— Comment tu le sais ? s'étonna Ajax.

— Parce que c'est ce qu'elle fait tout le temps,
répondit-t-elle, sa voix retrouvant un peu de force sous
l'effet de la frustration. Les portails, le chaos, le fait de vous

blesser, toi et Az… tout ça n'était qu'une diversion. Ou peut-être que c'était une facette de son plan, pour instiller la méfiance chez les autres. Quoi qu'il en soit, elle prépare quelque chose depuis très longtemps.

Elle montra le livre, puis une plume d'oie par terre.

— Vivaxia n'a jamais cessé de jouer à ce jeu avec Typhos, poursuivit-elle, de plus en plus en colère. Et ce qui se passe en ce moment est son véritable jeu. Parce qu'elle est là. Je la sens *partout*.

Ce dernier mot s'accompagna d'un grognement. J'étudiai Cami, inquiet.

— Dis-moi ce que tu ressens, Cami. Parce que moi je ne la sens pas du tout.

Ce que percevait Camillia pouvait être lié à sa connexion avec Vivaxia. Ou peut-être à ce qui s'était passé avec Vita.

Comment a-t-on pu rater ça ? me demandai-je. *Si Vivaxia a mis quelque chose dans le livre, pourquoi aucun de nous ne l'a remarqué ?*

Parce que nous pensions que c'était fini. Typhos avait chuté, et elle était restée dans son précieux royaume des Faë Vertueux. Nous n'avions réalisé que récemment qu'elle était à l'origine de toutes les attaques de portails. Son objectif paraissait fondé sur la vengeance, mais Typhos s'était demandé si elle n'avait pas plutôt une vision à long terme. Ce qui ajouterait foi à l'évaluation de Cami concernant Vita.

— Cami ? la relança Ajax, ses yeux reprenant un air rêveur.

Rien. Comme si elle ne l'avait pas entendu.

— Il faut réveiller Melek, dit Ajax un instant plus tard.

Je lui jetai un regard, puis baissai les yeux sur Melek toujours étendu par terre.

— Le réveiller comment ?

— En l'inondant d'énergie, répondit Cami, soudain de nouveau avec nous. Aide-moi, Az.

Ce n'était pas une demande, mais une exigence. Et c'était comme si elle n'avait pas du tout entendu ma question ni perçu l'inquiétude d'Ajax.

— Je peux canaliser vers lui une partie de la magie que j'ai absorbée de la plume d'oie, mais je ne sais pas si ce sera suffisant. J'ai donc besoin de ton Phénix intérieur pour le choquer, d'accord ?

Elle ne me regardait pas pendant qu'elle parlait, mais c'était clair qu'elle s'adressait à moi.

— OK, répondis-je.

Quoique j'essayais de comprendre ce qu'elle voulait dire à propos de la *plume d'oie*. *La plume qui a poignardé Melek ?* me demandai-je en remarquant la plume ancienne sur le sol. Ses barbes semblaient flétries, comme si elle était morte depuis peu. *Parce que Cami en a siphonné le sort.*

Attends… Mes yeux s'écarquillèrent.

Ce n'était pas n'importe quelle plume, c'était *la* plume. Celle que Typhos avait utilisée pour signer son accord avec Vivaxia. Une plume criblée de magie depuis des lustres.

Tout comme Vita…

Les pièces du puzzle commençaient enfin à se mettre en place, et je comprenais ce que Cami avait essayé de dire : Vivaxia avait enchanté ces deux objets. Puis les avait laissés à la vue de tous, tout en faisant quoi ? En attendant son dénouement ?

Un dénouement que Cami a déclenché… saisissais-je lentement. *Quand elle a injecté l'énergie dans Vita…*

Oh, putain.

C'était tellement logique. *Trop logique.*

Vivaxia adorait ce genre de jeux, son esprit immortel ne se souciant guère du temps qui passe. Elle attendrait une éternité si cela lui permettait de gagner.

Elle avait désiré la lumière de Typhos dès le début. Sa capacité de siphonnage était absolument unique, au point d'être l'un des talents les plus puissants qui soient. Car son pouvoir allait au-delà de la création. Il transformait littéralement l'énergie négative en quelque chose de positif, de *vital*.

Sa Source.

Il l'avait forgée à partir d'une énergie brute, une énergie qui avait créé un monde entièrement nouveau. Ce que Vivaxia ne pourrait jamais faire. À mon avis, du moins.

Je supposais que c'était ce qui la fascinait chez Typhos, la raison pour laquelle elle désirait tant son pouvoir. Un pouvoir qui devait être encore plus étendu qu'on le croyait, parce qu'il en avait scellé la plus grande partie après avoir tué ses parents par accident.

Typhos concentrait désormais ses capacités en les appliquant aux marchés, où il siphonnait le pouvoir pour le bien commun et le redirigeait vers ceux qui en avaient le plus besoin.

C'est ainsi qu'il avait créé la Source des Faë de l'Enfer. Une Source de pouvoir qui s'était lentement transformée en quelque chose de trop vaste pour qu'il puisse la gérer. Melek et moi avions ressenti ce déséquilibre, mais nous faisions confiance à Typhos pour y remédier. Ce qu'il avait fait, jusqu'à présent.

Hélas, Vivaxia… Elle avait attendu ce moment pour tout lui prendre. Attendu que sa lumière brûle si fort qu'elle exploserait, et Vivaxia serait là pour ramasser les morceaux.

Elle avait juste eu besoin d'un instigateur. Lequel n'était autre que Camillia de la Croix. Un siphon créé pour voler son pouvoir. Un être qui fonctionnait presque comme son égal. Une Faë dans laquelle Vivaxia avait planté ses propres graines, lui permettant de devenir l'ultime marionnettiste.

Mais elle n'aurait pas pu prévoir mes réactions face à Cami, et encore moins celles de Melek, Ajax et Typhos.

Donc son plan n'était pas infaillible.

D'où les réactions de Cami à présent. Elle ne laissait pas Vivaxia contrôler ses émotions. Au contraire, elle était concentrée sur la recherche de solutions.

Cependant, ce regard rêveur dans ses yeux… Je déglutis à cette pensée, inquiet de ce que cela pouvait impliquer. *Est-ce elle qui lutte contre le contrôle de Vivaxia ?*

Typhos avait dit que l'exutoire en elle était celui que Vivaxia lui avait implanté. Mais si c'était plus que ça ? Et si c'était une sorte d'interrupteur qu'aucun de nous ne pouvait sentir ? Pas même Camillia ?

— À mon signal, lança Cami, inconsciente de l'emballement de mes pensées. Trois, deux…

Je fis appel à mon Phénix, le pouvoir s'accumulant au bout de mes doigts.

Juste pour perdre l'équilibre quand le sol bougea.

Suivi par le bruit de griffes sur le marbre.

Merde.

— Des Chiens de l'Enfer, marmonna Ajax, sa baguette tombant dans sa main. Je m'en occupe pendant que vous réanimez le prince.

Sauf que lorsqu'ils apparurent, leurs traits de loups n'affichaient pas une folie féroce, seulement de la panique. Je me levai, leur cachant la vue de Melek à terre. Bien sûr, ils pouvaient toujours le sentir. Mais c'était à moi de jouer le rôle de leur Commandant, d'autant plus que leur roi et leur prince étaient hors service.

— Au rapport, ordonnai-je, ce qui fit reprendre à Garmr sa forme humaine.

— Nous sommes attaqués par une entité inconnue, m'informa-t-il de sa voix rocailleuse.

— Une entité inconnue ? répétai-je.

Il acquiesça.

— Nous ne pouvons pas la voir. Mais… les bâtiments implosent, comme si des bombes avaient été posées à l'intérieur. Et certains royaumes affirment que leur ciel s'effondre.

— À cause des portails ? devina Ajax. Comme ce qui s'est passé dans le royaume Sous-marin ?

Garmr secoua la tête.

— Non, Gardien. Ceci… ceci semble différent de cela.

— C'est la Source, dit Cami. Elle… elle s'autodétruit.

Je la regardai par-dessus mon épaule.

— Qu'est-ce que tu veux dire ?

— Vous ne le sentez pas ? s'étonna-t-elle, confuse. Vous ne sentez pas ce qu'elle fait ?

— Non, Cami. Tout ce que je sens, c'est que le palais tremble. (Je ne le dis pas d'un ton narquois, mais plutôt direct.) Je ne ressens pas du tout Vivaxia.

Elle me fixa en déglutissant.

— Moi je la sens partout.

— Oui, tu l'as déjà dit. Ça veut dire quoi ?

— Je ne sais pas, répondit-elle dans un murmure. Je… (Le front plissé, elle revint à Melek.) Tu dois te réveiller, lui intima-t-elle, une main sur sa poitrine. J'ai besoin que tu sois cohérent *tout de suite*.

L'électricité chauffa l'air tandis que Camillia explosait de pouvoir.

Merde. Je fis un pas en avant, prêt à intervenir, mais son pouvoir me repoussa. Ajax poussa un juron, et nous essayâmes tous deux de l'atteindre.

Mais le silence retomba l'instant suivant − et Melek ouvrit les yeux.

Je le regardai bouche bée, ainsi que sa poitrine ensanglantée. Il porta la main à sa blessure, ses épaules tressaillant sous l'effort.

— Putain, petit ange, grinça-t-il en grimaçant. Ça fait mal.

— Désolée, murmura-t-elle. Mais j'ai besoin de toi. *Nous* avons besoin de toi.

Le palais tremblait autour de nous, soulignant cette requête. Pourtant, Melek se contenta de sourire et de proférer :

— C'est sympa de se sentir désiré, petit ange.

Bien sûr, il ne se souciait pas d'avoir été ramené à la vie tout en se remettant d'une blessure à la poitrine.

— Comment une plume a-t-elle pu faire autant de dégâts ? demandai-je en revoyant tout ce sang.

— Elle a tournoyé, répondit Melek. *Beaucoup*.

— J'en ai siphonné la magie, l'informa Cami. Elle ne te fera plus de mal.

Melek arqua un sourcil, puis lui adressa un autre sourire.

— Ma petite héroïne.

Ajax posa une main sur la nuque et lâcha un soupir.

— Bon, eh bien, Melek va nettement mieux. Qu'est-ce qu'on fait pour le reste ?

— On se fie à l'instinct de Cami, dis-je sans hésiter. Elle dit que ça vient de la Source et que c'est quelque chose que Vivaxia est en train de lui faire ou de faire à Typhos. Alors je dis qu'il faut trouver Typhos, mais en équipe. On ne peut pas se séparer. Pas tant qu'on ne peut pas s'entendre. Et on a besoin des conseils de Cami.

Elle me fixa un moment, la gorge serrée. Puis elle hocha la tête.

— Est-ce que Typhos est arrivé au royaume de Morphée ? (Ses yeux s'agrandirent dès qu'elle termina sa question.) Oui. Oui, il y est. C'est pourquoi je me sens tellement dans la lune. C'est un royaume de créatures de rêve, n'est-ce pas ?

— Pas tout à fait, toussa Melek.

— Les Strigoï marchent dans les rêves mais ont besoin de sang pour vivre. Un peu comme les vampires. Et les Goules se nourrissent principalement de cauchemars, ajoutai-je avant de revenir au sujet. Qu'est-ce que tu veux dire par « dans la lune » ?

— Tout est assourdi, dit-elle, sourcils froncés. Comme si j'étais trop calme. Comme si tout était, eh bien, un *rêve*. Je… (Sa crispation s'accentua.) Az, je crois que la Source essaie de me dire que le royaume de Morphée est en danger. Je ne peux pas t'expliquer pourquoi je ressens cela ; je… je le ressens, c'est tout.

— L'instinct d'une reine, murmurai-je en hochant la tête. (Puis j'échangeai un autre regard avec Ajax.) Tu sens quelque chose ?

— Rien du tout. (Il se tourna vers les Chiens de l'Enfer.) As-tu des nouvelles du royaume de Morphée ? demanda-t-il à Garmr.

Le chef des Chiens de l'Enfer secoua la tête, faisant danser ses longs cheveux argentés sur ses épaules nues.

— Désirez-vous que je lance des recherches ?

— Non, répondis-je en lui faisant face, prenant la relève. Mais je veux que tu nous aides à trouver un passage sûr vers le royaume de l'Au-delà.

De là, on emprunterait le tunnel pour atteindre le royaume de Morphée. Car s'il arrivait quelque chose à Ty là-bas, je soupçonnais que nous ne pourrions pas juste nous y éclipser. Nous devions l'approcher avec précaution, évaluer la situation et préparer notre prochaine action.

Vivaxia pourrait avoir une reine de son côté de l'échiquier, et pourrait avoir capturé notre roi.

Mais nous avions notre propre reine à jouer. Une reine que Vivaxia sous-estimait probablement. Elle avait créé Cami, et la considérait sans doute comme une marionnette dans ce jeu.

Toutefois nous connaissions la vérité : Camillia de la Croix était notre reine des Faë de l'Enfer. C'était donc à nous, ses protecteurs, qu'il incombait de lui faire traverser le domaine. L'amener là-bas indemne. Dûment chargée. Et prête à se battre.

Car il était temps que Vivaxia tombe, une bonne fois pour toutes.

CHAPITRE TRENTE-QUATRE
TYPHOS

PENDANT CE TEMPS...

VIVAXIA FIT GLISSER ses ongles manucurés sur le trône de Nos, lequel avait autrefois brillé de pouvoir. Un pouvoir que j'avais donné aux Strigoï pour les aider à prospérer.

Aujourd'hui, il évoquait tout simplement la *mort*.

C'était tout à fait approprié que Vivaxia ait choisi cette relique pour la caresser. Peut-être même était-ce prophétique.

Melek, appelai-je mentalement. *Vivaxia est dans le palais des Strigoï.*

J'attendis qu'il réagisse, qu'il s'étonne. Un sentiment que je partageais totalement. Parce que cela n'aurait pas dû être possible. Elle avait prétendu avoir une *clé*.

— Quelle clé ? lui demandai-je.

Mais je ne m'attendais pas à une réponse directe, ni même à une réponse tout court. Vivaxia privilégiait les mensonges et les énigmes. Je devais donc résoudre celle-ci.

Je ne pouvais que supposer qu'elle faisait référence à la magie qu'elle avait laissée en Camillia. Cependant, je me demandais s'il ne se passait pas autre chose. Car sa présence ici semblait… *permanente.* Comme si elle était dans ce royaume depuis bien plus longtemps que quelques minutes.

Nos avait dit qu'il essayait de *retenir mon attention.* Qu'est-ce que cela signifiait ? Et pourquoi travaillait-il avec Vivaxia ?

Elle avait créé tant de Faë du Cauchemar dans ce royaume. Ils la détestaient tous, elle et ce qu'elle leur avait fait subir il y avait bien longtemps.

Peut-être que les ancêtres de Nos ne l'avaient pas suffisamment mis en garde, le rendant ainsi vulnérable à son influence.

— Hmm, fredonna Vivaxia, ses longs ongles dansant toujours sur le trône tandis que l'énergie vibrait dans l'air.

Une énergie que je reconnus.

Plus de mirages. Plus de tours. Plus de jeux d'esprit.

Je me demandais si elle était vraiment là. Tout ce royaume était réputé pour ses illusions. Peut-être que quelqu'un se moquait de moi en ce moment.

Mais qui ? Et pourquoi ?

Mon principal ennemi était la femme qui se tenait à quelques mètres de moi. *Dans mon domaine*, pensai-je encore. *Parce qu'elle a trouvé une clé.*

Naturellement, elle ne s'étendit pas sur le sujet. Elle se contenta d'incliner la tête d'un air amusé, un geste qui balança ses cheveux noirs sur un côté.

— Je t'ai apporté un cadeau. Une pendaison de crémaillère tardive, si tu veux.

J'arquai un sourcil et croisai les bras sur ma poitrine.

— Tes *cadeaux* ne m'intéressent pas, Vivaxia.

Parce qu'ils avaient toujours un prix, que je n'avais pas l'intention de payer.

Melek, réessayai-je.

Son absence de réponse était inhabituelle chez lui. Cela me poussa à aller plus loin, à chercher son état d'esprit.

Je ne trouvai rien ; un frisson me parcourut l'échine.

Azazel, pensai-je, passant à mon lien avec lui. Mais il était tout aussi silencieux. Tout aussi *muet*.

Je serrai les lèvres, mon cœur bafouilla un peu dans ma poitrine.

Est-ce le cadeau *dont elle a parlé ? A-t-elle fait quelque chose à mes compagnons ?*

Était-ce un autre de ses sortilèges, semblable à l'expérience de l'autre jour ? Ou avait-elle fait quelque chose de pire ?

Mon âme ne se sentait pas si blessée que ça, ce qui me disait que Melek et Azazel étaient bien vivants. Mais cela ne me rendait pas moins inquiet.

Vivaxia foutait la merde dans mon domaine depuis des mois, voire plus longtemps. Sa présence ici − en chair et en os − suggérait que nous étions sur le point d'achever la dernière manche de ses jeux.

À moins qu'elle ne fasse que commencer, pensai-je, le sang glacé. Avec Vivaxia, rien n'était jamais définitif. Je l'avais appris à mes dépens avec ses accords.

Elle produisit l'un d'eux à l'instant même, en agitant une main délicate.

Sauf que ce parchemin ne portait pas ma signature. Cependant, je reconnus son griffonnage alambiqué.

— Il semblerait que certains de tes Faë ne soient pas si fidèles que ça à ton dessein, murmura-t-elle en envoyant le document vers moi avec un petit courant magique au bout de ses doigts.

Je faillis ne pas prendre le papier, sachant qu'elle avait certainement enchanté le texte. Mais quand je vis la date en haut de la page, je l'attrapai au vol.

Parce que je reconnus ce jour-là : *le jour de la naissance de Camillia*.

Mon regard se porta sur Nos – qui avait *signé* cet accord – avant de revenir sur le document. J'arquai un sourcil, les termes étant presque risibles.

— Tu m'as trahi en échange d'une reine ? Une reine qui ne pourrait jamais survivre correctement dans ce royaume ?

Ma Source était très exigeante sur les personnes à qui elle donnait du pouvoir. Amener ici quelqu'un qui n'y avait pas sa place était une condamnation à mort pour la plupart des Faë. Non pas parce que je tuerais l'intrus – ou l'être responsable de cet intrus – mais parce que ma Source ne lui permettrait pas de prospérer.

Les royaumes et les Faë qui les habitaient avaient tous besoin d'énergie pour survivre. C'était ainsi que nos mondes fonctionnaient.

— Mes portes sont là pour protéger, Nos. Elles empêchent les visiteurs indésirables d'entrer, mais elles garantissent aussi que seuls ceux que ma Source peut nourrir correctement sont autorisés. Et ton incapacité à comprendre cela t'a valu une condamnation à mort.

Ce qui expliquait officiellement la présence de la pourriture sur son territoire.

Ma Source avait cessé de le nourrir, d'où son besoin de voler les âmes de tous ceux qui l'entouraient. Y compris la femelle qu'il avait revendiquée comme reine, supposai-je, celle qui gisait morte à ses pieds. Ou peut-être était-ce une autre victime. Quoi qu'il en soit, cela n'avait pas d'importance.

Il m'avait trahi. Et la date qu'il avait choisie pour le faire était également très significative.

Parce que c'était la date de naissance de Camillia, le jour exact où elle avait été créée.

Ce n'était évidemment pas une coïncidence.

Mais je me demandais à présent si Camillia n'avait été qu'un leurre et si les véritables intentions de Vivaxia résidaient dans ce royaume.

Sur le trône de Nos, pensai-je en remarquant la façon dont sa main s'aventurait sur le conduit, comme si elle en avait besoin pour rester stable à l'intérieur de mon domaine.

Il était aussi tout à fait possible que tout serve un objectif, que Camillia ne soit pas tant un leurre qu'une facette des plans de Vivaxia.

Elle avait toujours plusieurs longueurs d'avance, ce qui m'avait enchanté bien des lustres plus tôt. Mais j'avais appris ses tours, je les avais maîtrisés pour moi-même et j'avais bien l'intention de m'en servir maintenant pour démêler son jeu actuel.

Sauf que quelque chose me turlupinait. Une pensée à la traîne. *Un...* Je fronçai les sourcils. *Un souvenir enfoui.* Quelque chose à propos de conclure des marchés au bon moment et au bon endroit.

En quoi est-ce important ? songeai-je. *Et pourquoi ne puis-je pas saisir toute l'intention de cette pensée ?*

— Qu'y a-t-il, Ty ? demanda Vivaxia. (Son emploi du surnom de Melek à mon égard m'agaçait.) Tu as du mal à comprendre mon don ? Besoin d'aide pour le déchiffrer ?

Le ton condescendant de ses questions me donna envie de gronder. C'était comme si elle était dans ma tête, à danser avec moi alors que j'essayais de démêler ses motivations. J'avais toujours méprisé cette sensation, et elle était l'une des rares à m'avoir fait ressentir cela.

Pourtant, cela semblait pire d'une certaine manière. Ce qui était impossible. J'avais passé des milliers d'années loin d'elle. Elle n'avait aucune idée de ce dont j'étais capable maintenant.

—Je dois dire que je ne suis pas surprise, reprit-elle. Tu

as vraiment étendu tes pouvoirs jusqu'au bord de l'autodestruction.

Elle avait l'air triste, comme si elle s'en souciait. Mais je perçus une lueur de malice dans ses cruels yeux gris. Toutefois, elle la chassa et baissa les yeux sur Nos.

— Je veux dire qu'il n'a même pas remarqué que tu n'as pas répondu. N'est-ce pas typique ?

Elle tchipa et le bruit résonna dans la pièce trop silencieuse, puis elle glissa son ongle à travers la gorge de Nos.

Il gargouilla en réaction, ce qui m'interloqua. Puis le sang s'écoula de la coupure fraîche, bien plus profonde qu'il aurait été possible avec juste un ongle.

— Merci pour ton service, Nos, dit-elle, ses lèvres soudain à son oreille.

Je ne l'avais même pas vue se pencher. Comme si elle avait été à deux endroits à la fois.

Parce qu'elle joue avec des mirages, réalisai-je, tandis qu'elle chuchotait quelque chose à mon lieutenant mourant.

Je voulus faire un pas en avant, mais mes pieds ne bougèrent pas. Je baissai les yeux sur mes jambes, déconcerté par leur absence de réaction.

— Tu ne peux pas bouger ? constata Vivaxia. Ou tu ne *veux* pas bouger ?

Je reportai mon regard sur elle, la mâchoire serrée.

— Arrête de me prendre la tête.

— Oh, donc c'est ma faute maintenant ? (Elle était l'image même de l'innocence, tandis qu'elle regardait Nos avec incrédulité.) Tu peux le croire ?

Nos émit un son torturé qui me fit grincer des dents.

— Tu as eu raison, Vivaxia. Il m'a trahi. Mais ce n'est pas à toi de prendre sa vie.

— En fait si, dit-elle d'une voix traînante. (Elle désigna le contrat que je serrais toujours dans ma main.) Je lui ai donné une reine et un héritier. En échange, il a accepté d'être à moi, un marché que nous avons conclu en utilisant un sort dont tu te souviens peut-être – ou pas.

Je faillis serrer les poings, mon courroux grandissant. Car oui, je connaissais ce sort. Je le connaissais bien. C'était le même que celui qu'elle avait jeté à Az pour en faire son esclave personnel. Elle avait possédé sa vie. Ses moindres faits et gestes. Son moindre souffle. Son droit au libre arbitre.

Je m'étais battu pour sa liberté, j'avais accepté d'innombrables marchés jusqu'à ce que j'en élabore un parfait. Mais je commençais à douter de mon succès.

Ce qui était exactement ce que voulait Vivaxia, sans nul doute.

C'était le motif de sa lettre, celle où elle insinuait que je ne lui avais pas offert un sacrifice de sang digne de ce nom.

*« Mais as-tu saigné comme je le voulais, doux Typhos ? Ou es-tu devenu un être qui a encore beaucoup à perdre ? À **sacrifier** ? »*

Les souvenirs de notre marché défilaient dans mon esprit, des termes que je connaissais par cœur et n'oublierais jamais. Et pourtant, quelque chose en eux me paraissait obscur en ce moment. Ce qui était bizarre. Je revisitais souvent cette histoire avec Vita. C'était ma façon de m'assurer que rien de tel ne se reproduise.

Chaque accord que je concluais contenait des paramètres spécifiques, la plupart étant guidés par mes expériences. Ceux concernant Vivaxia avaient été les plus importants de tous.

Alors pourquoi ai-je du mal à me souvenir de ce point crucial de notre longue histoire ? m'étonnai-je.

Parce que cette salope est dans ma tête, réalisai-je l'instant d'après.

Mais comment ? Comment a-t-elle pu… ? Mes yeux s'écarquillèrent. *Vita.*

Vita abritait tous mes souvenirs. Et Camillia avait balancé toute cette énergie dedans…

— Je vous avais dit qu'il ne vous aiderait pas, murmura Vivaxia, dont les mots roucoulants me détournèrent de mes propres pensées.

Un brouillard avait rampé dans la pièce. Un brouillard mortel.

— Je vous ai tous prévenus, n'est-ce pas ? continua-t-elle d'un ton apparemment sans équivoque, alors que le brouillard s'épaississait. Et maintenant, vous le voyez par vous-mêmes, hein ? Votre roi s'est *affaibli*.

Quoi ? À qui parlait-elle, putain ? À Nos ?

Il était presque mort. Et pas à cause de sa gorge tranchée, mais à cause du *pouvoir* de Vivaxia. Elle possédait son âme à présent. Son être même. Et elle était en train d'anéantir son essence par la force de sa volonté.

Une façon horrible de mourir. Douloureuse, aussi.

Il le méritait peut-être après ce qu'il avait fait aux Faë sous son commandement, mais ce n'était pas à elle de le punir.

Or je ne pouvais pas bouger. J'étais contraint de la regarder démanteler son âme sous mes yeux.

Qu'est-ce qui se passe, bordel ? m'inquiétai-je. *Pourquoi j'ai l'impression qu'elle me contrôle ?*

Je n'avais pas accepté l'un de ses sorts de *domestication*. Je n'étais pas non plus une création qu'elle pouvait contrôler. Notre marché n'avait jamais porté sur la *possession*. C'était juste un lien d'âme. Un lien que mon âme avait rejeté, annulant ainsi tout l'accord. C'était là que sa clause de *paiement de sang* était entrée en vigueur.

Quoi qu'il en soit, cela ne lui conférait aucun autorité sur mon esprit. *Alors pourquoi je ne peux pas bouger ?*

— Vous voyez comme il se débat ? (Vivaxia infusa une

pointe de tristesse dans son ton.) C'est tellement décevant à regarder, n'est-ce pas ?

Le brouillard commença à se dissiper, révélant de nouveau la pièce. Et tous les Strigoï qui la peuplaient.

Des Strigoï qui respirent, réalisai-je, remarquant que plus de la moitié des corps n'étaient plus à terre. Ils se tenaient debout, leurs regards alarmés fixés sur moi.

— À quel jeu tu joues ? demandai-je à Vivaxia.

— Ce n'est pas tant un jeu qu'une épreuve, répondit-elle. Une épreuve pour ta force. Et je crois que tu es en train d'échouer, mon doux Typhos. Tout comme tu n'as pas réussi à éliminer ces portails dans les autres royaumes. Tout comme tu n'as pas su gérer correctement la débâcle de la Nuit des Monstres. Tout comme…

Tout comme je n'ai pas réussi à protéger mon esprit, pensai-je, coupant court à ce qu'elle s'apprêtait à ajouter. Elle continua à parler, mais je n'écoutais plus. Car je soupçonnais que c'était aussi une diversion – d'où la raison pour laquelle Nos n'était pas encore mort. Elle aurait pu le mettre en pièces en quelques secondes. Mais elle voulait que ça dure, ce qui impliquait qu'elle avait un but maléfique à cette mascarade prolongée.

Alors, qu'est-ce que tu prépares vraiment ? me demandai-je, essayant de déchiffrer ses motivations.

Les Faë présents dans la salle semblaient réels, mais ils étaient manifestement contrôlés. Peut-être à cause de ses liens avec Nos.

Elle l'avait lié par ce sort d'esclave, et ils étaient liés par l'esprit de ruche.

Ou bien Vivaxia avait-elle fait quelque chose pour les transformer tous en marionnettes ?

Les Faë Vertueux étaient des créationnistes. Elle aurait eu la capacité de maîtriser tout être qu'elle aurait créé dans le passé, y compris ses Faë du Cauchemar. Or Vivaxia n'avait pas créé les Strigoï. C'était un autre Faë Vertueux qui l'avait fait.

Alors comment les contrôle-t-elle ? songeai-je, ignorant toujours ce qu'elle racontait à la salle. Ses paroles ne comptaient pas. Ses actes, en revanche, en disaient long.

Elle nous avait pris au piège d'une façon ou d'une autre, moi et tous ces Strigoï.

Je l'étudiai en quête d'indices, et remarquai de nouveau comment elle caressait le trône avec ses ongles à l'aspect mortel. *Mon conduit.*

Je l'avais envisagé plus tôt, réalisant que sa connexion avec Nos avait un but précis. *Parce qu'il utilise mon pouvoir à la place d'une Sigil*, pensai-je.

Mais ça devait être plus profond que ça. Je ne lui avais pas accordé assez d'énergie pour m'asservir. Elle tirait donc sa force d'autre chose de plus puissant.

Quelque chose comme Vita. Mon cœur s'arrêta de battre. *Camillia a poussé mon essence dans Vita et...*

Mon esprit se perdit dans le néant. Ce qui n'avait pas de sens.

C'était comme si mon cerveau avait formé un mur que je ne pouvais pas franchir.

À cause de Vita... quelque chose avec Vita.

Quelque chose avec ces Faë.

Quelque chose avec Vivaxia qui contrôle tout et tout le monde dans cette pièce. Pas seulement par le pouvoir du trône, mais... par le pouvoir de divers Faë Vertueux.

Je clignai des yeux, ce concept semblant sortir de nulle part.

Pourtant je les sentais maintenant, les brins d'énergie qu'elle manipulait – des brins qui ne lui appartenaient pas. Ou qui ne devraient pas, en tout cas. C'était comme si elle avait *absorbé* les essences des autres.

Comme je l'ai fait avec mes parents, réalisai-je, le souvenir m'assaillant avec force. Un souvenir qui avait été enfermé dans Vita. Je l'avais libéré récemment, mais pas vraiment comme ça. La vision me frappa comme un coup de poignard en plein cœur.

Je dus réagir visiblement à ce coup invisible, car Vivaxia tchipa de nouveau, un bruit qui m'évoqua des ongles crissant sur un tableau noir.

— Je me demande combien d'entre vous devront encore tomber avant qu'il essaie de riposter, dit-elle.

Ramenant mon attention sur la salle, je remarquai trois nouveaux corps à terre.

L'un d'eux était Nos, et sa peau ratatinée me rappela une cosse de cacahuète. Sa vue me coupa le souffle tandis qu'un autre souvenir m'assaillait. Un souvenir de mes propres parents dans un état similaire. Ils ressemblaient eux aussi à des cosses, qui s'étaient brisées sous l'effet d'une brise légère et dont les restes s'étaient éparpillés dans le vent.

Comme pour me rappeler ce moment, Vivaxia se pencha et souffla sur Nos, faisant s'écailler des fragments de son corps desséché.

Puis un quatrième corps s'effondra, le Strigoï agrippant sa gorge tandis que l'agonie s'échappait de ses lèvres.

Je reconnus le garde, dont le regard croisa le mien. La souffrance et la trahison étaient tapies au fond de ses yeux sombres, et les mots qu'il avait prononcés plus tôt me revinrent à l'esprit : « Maintenant que vous êtes là, j'espère que cela changera. »

Mon échec en ce sens se refléta dans son expression, des accusations muettes se formèrent sur ses lèvres. *Pourquoi ne fais-tu rien ?* semblait-il demander. *Pourquoi ne m'aides-tu pas ?*

Je grinçai des dents, mon pouvoir vacillait au fond de moi. Puis fut rapidement anéanti par une vague d'énergie étrangère. Une énergie qui ne devrait pas être ici. Une énergie qui appartenait à *Vivaxia*.

— Tu as accumulé tant de pouvoir depuis ta chute, Typhos, dit-elle, ses yeux gris scintillant d'intentions cruelles. Il est vraiment devenu ton cœur, n'est-ce pas ?

Ma poitrine se serra comme si elle avait refermé sa main sur mes organes, ses ongles fouaillant mon corps sans même qu'elle bouge.

Réel ou mirage ? me demandai-je. *Physique ou mental ?* Je n'aurais su dire.

Elle était soudain partout, son essence infectant tout mon être.

Vita, pensai-je encore. *Elle… elle…*

Il y avait là quelque chose. Une chose que je devais saisir. Une chose… qui m'échappait encore.

Le garde rendit son dernier souffle, son âme me suppliant d'intervenir. *D'aider.* Je l'entendis dans ma tête, j'entendis ma Source hurler qu'on lui donne l'occasion de réagir. De répondre. *De punir.*

Tout comme elle avait puni Nos. Car au fond de moi, mon pouvoir avait reconnu la trahison et l'infection qu'elle avait entraînée.

Quelque part, d'une certaine façon, je savais qu'elle était là depuis le début. À tisser sa magie à travers mon royaume, corrompre mes Faë, les manipuler pour qu'ils fassent ce qu'elle voulait grâce à ses liens avec leurs âmes.

La magie créationniste.

La magie créationniste qu'elle a siphonnée *chez les autres.*

C'est un siphon. Comme moi. Comme Camillia.

Est-ce possible ? pensai-je, étourdi par un nouveau revirement de mon cœur. *Vivaxia a-t-elle compris mon pouvoir depuis le début ? Est-ce pour cela qu'elle m'a cherché ? Qu'elle m'a enseigné les marchés ? Parce qu'elle se voyait en moi ?*

Elle l'avait déjà dit, elle m'avait dit que j'avais le

potentiel pour devenir aussi grand qu'elle, voire plus grand. Et j'avais toujours perçu cette lueur d'envie dans ses yeux lorsqu'elle avait prononcé ces paroles.

J'avais cru qu'elle parlait de ma lumière intérieure, de mon pouvoir d'aider autrui. *Un pouvoir issu de ma capacité à siphonner et à exploiter l'énergie.*

Il avait évolué au cours de ma vie, la mort de mes parents ayant agi comme un catalyseur qui avait transformé mon talent en tout autre chose. Ma chute avait amplifié l'énergie brûlante lorsqu'une partie de la Source des Faë Vertueux était devenue mienne. Puis je l'avais entretenue au long des millénaires, m'assurant qu'elle protégeait le domaine des Faë de l'Enfer.

Et maintenant, Vivaxia voulait ce qu'il était devenu. Ou peut-être l'avait-elle toujours voulu. Mais elle avait attendu son heure, attendu que je crée la Source ultime pour s'en emparer.

La Source est mon cœur. Mon centre. Ma raison d'être.

Elle avait promis de me faire saigner, et c'était bien ce qu'elle avait fait − en me forçant à la regarder anéantir la vie de tous ceux qui étaient sous ma protection. Tout cela en absorbant ma lumière.

La conséquence ultime d'un accord annulé.

Mais elle n'était pas la seule à saisir l'importance des plans d'urgence et multicouches.

Elle m'avait bien enseigné, après tout. Grâce à ses jeux incessants, j'avais appris à ne jamais conclure un accord sans y avoir réfléchi plusieurs étapes à l'avance.

Et cette fois-ci, ce n'était pas différent. Ce qu'elle devait savoir, car son sourire s'estompait maintenant.

— Typhos…

Elle dut capter l'intention dans mon esprit ou voir la lueur de promesse dans mon regard. Je n'en savais rien, et je n'allais pas m'arrêter pour évaluer comment elle avait pu savoir ce qu'elle savait. Elle avait clairement pénétré dans mes pensées, mais je n'allais *jamais* la laisser pénétrer dans ma Source. Je mourrais plutôt.

Fermant les yeux, j'activai le protocole que j'avais caché au fond de moi pour ce moment précis. Et laissai ma Source *s'engager*.

Vivaxia hurla tandis qu'une lumière aveuglante envahissait la pièce, dont les bords ressemblaient à du feu au-delà de mes paupières closes.

Je la laissai m'engloutir. Devenir moi. *Me pousser.*

Puis je me détendis pour faire face à ce qui allait suivre, j'accueillis la douleur et m'abandonnai aux ténèbres de la chute.

C'était le seul moyen de protéger le domaine.

De protéger mes camarades.

De protéger Camillia.

Parce que Vivaxia ne pouvait pas prendre ma Source si mon esprit n'était plus sain.

Mais en tant que membre de mon cercle intime – en tant que compagne de mes compagnons –, Camillia le pouvait. Elle pouvait tout absorber. Créer sa propre lumière. *Et nous sauver tous…*

CHAPITRE TRENTE-CINQ
CAMI

Quelques minutes plus tôt

Des frissons me parcourent l'échine quand nous traversâmes la cour de l'Au-delà. Il y avait des arbres partout. *Des arbres squelettiques.* Leurs membres osseux grinçaient dans le vent soulevé par le ciel turbulent. Le village autour de nous était littéralement une ville fantôme.

— Les Faë des Cadavres se cachent dans les cryptes, expliqua Maliki, marchant à nos côtés. Et les Faë de la Mort sont dans leur château. C'est la première fois, je crois, que je vois cet endroit désert.

Il nous avait rejoints devant *l'Antre de la Mort*, après avoir vu Melek nous emmener dans le cratère que le royaume de l'Au-delà appelait son foyer. Ou peut-être avait-il senti l'énergie protectrice d'Ajax, qui avait créé un énorme bouclier autour de Melek pour s'assurer qu'il ne s'affaiblirait pas trop dans le royaume de l'Au-delà.

— Il ne faudrait pas que tes ailes te lâchent en plein vol, avait-il dit à mon compagnon Faë Vertueux.

— Merci, avait répondu Melek en adressant un petit

403

sourire à Ajax. Une fois que nous aurons atteint le tunnel, tout ira bien.

L'échange s'était arrêté là, nous étions tous trop sombres pour parler pendant le voyage. Mais Maliki ne semblait pas partager notre vague-à-l'âme. Il le prouva en faisant face à Az pour lui demander :

— Alors, tu veux bien me dire ce qui se passe, grand frère ? Ou dois-je deviner ?

— Ce que tu devrais faire, c'est aller chercher Hadès et voir s'il veut nous aider à éliminer une Faë Vertueuse, répondit Az.

Maliki réfléchit un instant en tapotant son menton de l'index.

— Hum, non, je ne crois pas qu'il serait d'une grande utilité. Il stresse à propos de quelque chose en ce moment. Mais peut-être que Morphée serait intéressé ? je l'ai vu jouer dans le tunnel il y a peu.

Az s'arrêta pour dévisager son frère.

— Est-ce que tu te perches au sommet d'une montagne toute la journée pour espionner tout le monde ?

— Quand je m'ennuie, bien sûr. Tu ne fais pas la même chose quand tu es sous forme d'oiseau ?

— C'est un Phénix, pas un oiseau, et…

— Un phénix a des plumes, donc c'est un *oiseau*, insista Maliki.

— …Non, je ne fais pas ça, acheva Az, ignorant la remarque de son frère.

— Écoutez, si vous n'avez rien de plus utile à raconter, vous pouvez aller vous faire foutre ? lança Ajax, l'air épuisé.

Je me demandai s'il n'était pas devenu rêveur comme moi quelques instants plus tôt. Cependant, un coup d'œil sur lui me dit qu'il n'était pas épuisé, juste exaspéré.

— Nous essayons de faire une entrée silencieuse dans le

royaume de Morphée, ajouta Az, son ton dégageant une patience qui résonna au fond de moi.

Car malgré le chaos qui régnait dans le ciel, je sentais que j'étais sur le bon chemin. Ce qui me confirmait que c'était bien la Source qui m'attirait en avant.

Je ne me sentais plus rêveuse ou fatiguée, simplement concentrée. Il n'y avait en moi aucun signe d'accablement. Pas de peur. Pas de véritable inquiétude. Juste de la détermination. Un sentiment de *justesse*.

C'était là que je devais être. Avec mes compagnons. *Prête à affronter Vivaxia.*

Étais-je prête ? Probablement pas. Cependant, compte tenu de son âge et de son expérience, je ne serais jamais vraiment prête à l'affronter.

Mais j'avais quelque chose qu'elle n'avait pas : l'*amour*.

Et c'était cet amour qui me poussait à aller de l'avant. Qui me donnait un but. Un *objectif*.

Ce royaume était en train de s'effondrer.

Tout ce que Typhos avait créé pour ses Faë du Cauchemar et ses Faë de l'Enfer. Je le sentais s'effriter, le voyais se fracturer haut dans le ciel. Ajax avait interrogé Garmr à propos des portails, et je supposais que les trous au-dessus étaient un concept similaire. Sauf que ces trous s'enfonçaient dans le néant. Le vide. *La destruction du domaine des Faë de l'Enfer.* Je le sentais se détériorer tout autour de moi, ce qui me fit avancer plus vite.

C'était Vivaxia qui absorbait tout cela. Qui le *siphonnait*. Qui créait son propre… *quelque chose*. Une nouvelle Source des Faë Vertueux ? Sa propre lumière ?

Je ne savais pas trop. Je savais juste que je devais le lui reprendre.

Et trouver Typhos.

Comment t'a-t-elle blessé ? me demandai-je, ignorant ce

que Maliki disait à Az en ce moment. *Comment a-t-elle pris le dessus ? Est-ce à cause de ce que j'ai fait à Vita ?*

J'avais balancé beaucoup de pouvoir dans ce livre, et j'avais brisé quelque chose. Déchiré un voile. Donné à Vivaxia exactement ce qu'il lui fallait.

Une partie de moi se demandait si c'était le plan depuis le début, si la soupape qu'elle avait placée en moi n'était pas qu'un leurre.

C'était logique. Nous étions tous tellement occupés à nous assurer que je ne transmettais pas de pouvoir à Vivaxia via cette connexion que nous n'avions même pas envisagé d'autres menaces potentielles.

Si les portails n'étaient qu'une diversion, peut-être que j'en étais une aussi, songeai-je.

Je n'étais pas vraiment sûre que les portails aient été une diversion, mais ça me paraissait juste. Elle n'avait pas accompli grand-chose de plus que semer un chaos temporaire.

Et nuire à la réputation de protecteur de Typhos, pensai-je alors que nous sortions de la cour et entrions dans ce qui ressemblait à un autre village. Ou peut-être que c'était le même village qui entourait la cour.

Quoi qu'il en soit, les flammes bleues vacillantes s'estompaient devant nous, suggérant que nous approchions de la fin de ce très long chemin. Et qu'avec un peu de chance, nous allions entrer dans le tunnel.

— Ils ne croient plus en sa capacité à diriger, Az, dit Maliki. (Ses paroles émises d'une voix douce piquèrent mon intérêt.) Les incidents des portails n'ont rien arrangé.

— L'un d'eux est de ton fait, lui rappela Az avec un grognement.

— Oui, mais ça n'a rien à voir avec Vivaxia.

Az le dévisagea un long moment.

— Tu ferais mieux d'espérer que je ne découvre jamais

le contraire, Mal. Frère ou pas, je serai obligé de me rallier au jugement de Typhos.

— Comme il se doit, répondit Maliki d'un ton plus sérieux. Mais pour en revenir à ce que je disais, ils perdent la foi. Cet incident dans *l'Antre* a été la goutte d'eau qui a fait déborder le vase pour beaucoup de Faë des Cadavres. Être manipulés par ce sort…

— Ça t'a fait chier, termina Az à la place de Maliki.

— Oui. (Ce dernier s'assombrit.) Oui, c'est ça.

Je me demandai si Maliki avait vécu une expérience similaire à celle d'Az. Sauf qu'Az avait dit que son frère était né dans le domaine des Faë de l'Enfer, non dans celui des Faë Vertueux. Alors peut-être qu'il avait vécu autre chose.

J'aurais bien demandé à Az si je pouvais me connecter à lui, mais nos liens mentaux semblaient toujours rompus. Je ne savais pas trop ce qui avait causé cela, car je n'avais pas l'impression qu'il s'agissait d'un sortilège, mais plutôt d'une barrière protectrice. Comme si nos esprits faisaient exprès de ne pas se parler.

Comment je le savais, mystère. Mais comme Az l'avait dit, il se fiait à mon instinct, donc je faisais de même. Jusqu'à présent, cela paraissait fonctionner.

— Maintenant, ça, reprit Maliki d'une voix encore plus basse. Ce n'est pas bon, Az.

— Je sais.

— Le moral est déjà au plus bas…

— Mal, le coupa Az en s'arrêtant près de moi. Je *sais*. Putain, *on* sait. Et je ne peux rien y faire pour l'instant. Nous devons trouver Typhos.

Maliki le fixa un instant, puis acquiesça.

— Très bien. Je… je vais voir ce que je peux faire ici.

Az arqua un sourcil.

— Vraiment ?

Son frère pencha la tête, un sourire suffisant sur ses lèvres pulpeuses.

— Est-ce que je t'ai déjà laissé tomber ?

— Mille fois.

Le sourire de Maliki s'accentua.

— Alors peut-être que je te surprendrai cette fois-ci.

Az grogna. Maliki lui adressa un clin d'œil, puis disparut.

— Eh bien, c'était utile, dit Ajax d'un ton pince-sans-rire.

— En fait oui, répondis-je doucement, repensant à tout ce que Maliki avait dit.

Il avait parlé d'une baisse de moral, ce qui m'avait fait réfléchir à la finalité des portails et des attaques de Vivaxia.

Sans en faire la remarque à voix haute, je laissai ces pensées tourner en moi tandis que nous poursuivions notre progression vers le tunnel qui reliait le royaume de l'Au-delà au royaume de Morphée.

— En quoi ça a été utile, petit ange ? demanda Melek après quelques instants de silence.

Il n'avait pas l'air dubitatif, plutôt intrigué.

— Je ne sais pas trop encore, avouai-je, consciente que je devais avoir l'air un peu folle. Je n'ai pas fini d'y réfléchir. Vivaxia veut la lumière de Typhos. Ça a toujours été son but. Mais pourquoi inspirer de la méfiance à ses Faë ? Pour qu'ils se retournent contre lui ?

Je m'arrêtai au bout du chemin et me retournai vers le village silencieux.

— Si son objectif était de provoquer une rébellion, je pense qu'elle a échoué. Les Faë du Cauchemar ne sont pas en colère mais plutôt effrayés. Ils ne sont pas vengeurs. Donc ce n'était pas son objectif ? (Je regardai Melek.) Et si ça ne l'était pas, pourquoi créer tous ces portails ? Tout ça n'était-il qu'une diversion ?

Je me répétais, je le savais. Mais j'avais besoin de comprendre ses motivations. De percer ses tours à jour. De découvrir les détails. Parce que c'était ce qui faisait la force de Vivaxia. Elle jouait avec Typhos Lucifer depuis des milliers d'années. Et d'après ce que j'avais compris, elle l'avait sapé à chaque fois.

Ce n'est pas différent, songeai-je.

— Elle voulait détruire leur foi en Ty, murmura Melek, ses iris scintillant d'un mélange de colère et de tristesse.

— Oui, c'est aussi pour ça qu'elle a attaqué les épouses, ajouta Az. Typhos a passé un millénaire à planifier cet événement, tout ça pour apaiser ses Faë. Mais elle l'a saboté et a fait croire qu'il perdait le contrôle.

— Un autre coup porté à leur foi, déclara Melek.

— Exactement, opina Az.

— Mais pourquoi ? insistai-je. Ça sert quelle finalité ?

— La culpabilité, répondit simplement Melek. Perdre la foi de ses Faë donne à Ty l'impression d'avoir échoué, ce qui induit de la *culpabilité*.

— Culpabilité, répétai-je, fronçant les sourcils.

Il acquiesça.

— S'il y a une chose pour laquelle Vivaxia est douée, c'est exploiter la culpabilité chez les autres. Et la culpabilité est l'une des faiblesses de Ty. Il n'aime pas décevoir autrui, alors qu'il a passé une éternité à se repentir de ses péchés.

La mort de ses parents, réalisai-je. Ç'avait été le catalyseur qui l'avait poussé à transformer son pouvoir en autre chose, à employer son talent à aider les autres plutôt que leur faire du mal. C'était pour cela qu'il ne se considérait plus comme un siphon, et pourtant, il siphonnait toujours du pouvoir… mais d'une manière très différente.

Melek avait dit que Vivaxia ne connaissait pas ses capacités, ou que Typhos *pensait* qu'elle ne les connaissait pas. Mais je commençais à me demander si c'était vrai.

Elle l'avait initié à l'art des marchés, qui lui avait servi à développer ses talents d'absorbeur d'énergie. Elle l'avait sûrement remarqué. Et nous savions tous qu'elle ne l'avait pas aidé par bonté d'âme. Elle voulait juste qu'il maîtrise ses compétences afin d'accroître son pouvoir.

Un pouvoir qui était devenu sa lumière intérieure.

Une lumière qu'elle voulait lui voler.

Je me rendais compte à présent qu'elle avait déterminé que la meilleure façon de le faire était d'exploiter sa faiblesse – sa *culpabilité*. La culpabilité était un élément constitutif de sa Source, son besoin de protéger les autres avec son pouvoir étant né de son désir de se repentir.

Vivaxia l'avait laissé tranquille pendant des milliers d'années pendant qu'il créait la lumière ultime. Elle avait attendu qu'il déborde de pouvoir, qu'il soit presque déséquilibré, pour fondre sur lui et jouer son dernier coup.

Et elle a monté son dernier acte autour de sa culpabilité.

Je scrutai le tunnel, et mon cœur remonta dans ma gorge. Ce qui nous attendait allait nous faire mal. Je le sentais dans mon âme.

Nous arrivons, voulus-je dire à Typhos tandis que nous reprenions notre route à un rythme plus rapide. *Nous arrivons !*

Je me mis à courir, l'esprit soudain rempli d'une urgence que je ne pus définir. Mais Az m'avait dit de suivre…

Le monde bascula quand je tombai dans l'entrée du tunnel. Je jetai mes mains en avant pour éviter de m'écraser face contre terre sur le chemin pavé.

— Aïe, gémis-je, mon pied m'élançant suite à ce qu'il avait heurté.

Az et Ajax furent aussitôt là, tous deux m'appelant à l'unisson. Je grimaçai, me sentant très maladroite.

Règle numéro un de la nouvelle reine des Faë de l'Enfer, me dis-je. *Regarde où tu marches.*

Cela devrait tomber sous le sens. Mais apparemment, j'avais laissé mes émotions me contrôler… *encore une fois.*

Peut-être que ça devrait être la première règle, songeai-je. *Ne sois pas émotive.*

Bien sûr, je n'étais pas censée avoir de règles. Pourtant, mon esprit était clairement concentré sur…

— Elle a trébuché sur la pierre de la mort, remarqua Melek, interrompant ma gymnastique mentale.

— Hein ?

La pierre de la mort s'était brisée en morceaux la dernière fois que je l'avais utilisée.

— J'ai trébuché sur des cailloux ?

Et pourquoi diable étaient-ils sur ce chemin ?

— Elle s'est reformée, dit Melek.

Il vint s'accroupir devant moi. Appuyée sur mes mains, j'avais l'air d'une idiote pataude. Mais dès que je vis la pierre, j'oubliai comment j'étais tombée.

Parce que Melek avait raison. La pierre s'était *reformée.*

— Ou est-ce une nouvelle pierre ? chuchotai-je, intriguée. Et c'est quoi, ça ?

Je distinguais ce qui ressemblait à un bout de papier dans sa main.

— Une note, répondit Melek.

Il se releva pendant que je me mettais à genoux, puis me tendit la « note ». Elle était petite, de la taille d'une carte de visite. Mais les mots étaient très clairs parce qu'ils brillaient comme du feu sur le parchemin blanc.

— « Heureux que tu aies enfin reçu mon message, reine Camillia, lus-je à haute voix. Une amie commune m'a dit de te donner ceci. En rêve, M. » (Je sourcillai.) Qu'est-ce que ça veut dire ? *En rêve ?* Et à quel message fait-il allusion ? Et qui est *M ?* Maliki ?

Je me relevai et tournai sur moi-même en quête de l'indiscret Faë.

— Morphée, dit Melek, ce qui me fit m'arrêter. Je sens son essence sur cette note.

— Ça explique les sensations oniriques, ajouta Az.

— Quoi ? (Je le regardai.) Qu'est-ce que tu veux dire ?

— C'est le dieu des rêves, et le royaume de Morphée est l'endroit où il réside puisque, eh bien, c'est le *sien*. Il dû vouloir t'attirer ici avec sa magie.

Az avait l'air irrité. Une irritation que j'éprouvais aussi.

— Pourquoi ne pas simplement appeler ?

— Ce n'est pas ainsi que fonctionnent les Faë du Mythe, répondit Melek d'un ton amusé. Ils sont énigmatiques.

— Alors vous devez être les meilleurs amis du monde, ironisa Ajax.

— Avec Morphée ? Non, mais je l'aime bien. Cependant, je suis bien plus intéressé par l'*amie commune* qu'il a mentionnée. Je suppose qu'il s'agit de Zenaida ?

— Vu qu'il a laissé à Cami une pierre de la mort qui est soit celle que Zenaida lui a donnée, soit une pierre similaire, alors oui, je suis d'accord avec cette supposition. (Ajax passa ses doigts dans ses cheveux épais, l'air sombre.) Ou ça pourrait être Shade. Morphée doit être le type de Faë avec lequel il se lie d'amitié pour s'amuser.

Je serrai la mâchoire, et mon esprit vrombit.

Si c'était Morphée qui nous avait attirés ici, cela n'avait rien à voir avec la Source de Typhos.

Pourquoi ça me paraît faux ? me demandai-je, les bras hérissés de chair de poule. *Parce que je sens encore sa Source qui m'appelle...*

Peut-être... peut-être que les deux évaluations étaient vraies : Morphée avait inspiré la rêverie, tandis que la Source des Faë de l'Enfer m'appelait.

Cela pourrait expliquer le calme qui s'était installé en moi, ce besoin de contenir mes émotions et de *réfléchir*. Ou peut-être que c'était juste moi, que j'apprenais ce que c'était de diriger. *D'être une reine.*

Mais pas n'importe quelle reine : la reine des Faë de l'Enfer.

Je pris la pierre des mains de Melek.

— Allons-y, lançai-je.

Nous pouvions analyser ce que cela signifiait jour et nuit, ou nous pouvions agir.

Et quelque chose me disait que Typhos avait besoin que nous agissions… *tout de suite.*

CHAPITRE TRENTE-SIX
MELEK

Cami s'élança dans le tunnel, nous obligeant à la suivre. Elle n'avait aucune idée d'où elle allait, mais elle sprintait comme si elle traversait ce tunnel tous les jours. Elle évita de peu une fosse de crânes, esquivant habilement sur la droite, puis reprit sa course tandis qu'Az s'éclipsait à quelques pas devant elle.

Elle se heurta à sa poitrine de plein fouet, lâchant un « oumph ». Elle grogna et tenta de le contourner, mais il la saisit par les hanches et la souleva dans les airs.

— Maintenant tu vas m'écouter, petite guerrière, attaqua-t-il.

— Repose-moi !

Ajax les rejoignit.

— Cami, ce tunnel est truffé de pièges, dit-il avec un soupir exaspéré. On doit marcher prudemment ici. Tu n'as pas idée du genre de trou dans lequel tu pourrais tomber.

— Ou portail, ajouta Az. Il y en a un juste là-bas, qui mène au royaume des humains ; c'est très fréquenté par ici.

— Oui, c'est vrai. Et il y a aussi la division du tunnel à prendre en compte.

— La division ? répéta Cami d'un ton irrité.

Je distinguais à peine son visage dans l'ombre – les bougies bleues vacillantes émettant juste assez de lumière pour éclairer le sentier à travers la montagne –, mais je soupçonnais qu'elle était renfrognée. Cependant, elle cessa de se débattre pour contourner Az.

— La moitié du tunnel s'étend sous la montagne du royaume de l'Au-delà, expliqua-t-il. L'autre moitié se divise en deux chemins enchantés, l'un menant chez les Goules et l'autre chez les Strigoï. Ils ne se mélangent pas vraiment comme le font les Faë des Cadavres et les Faë de la Mort. Et puis le royaume de Morphée est… vaste.

— C'est peu dire, marmonna Ajax.

Cami lâcha un soupir.

— Bon. Alors prends la tête, Commandant.

Az ne bougea pas de suite, réfléchissant sans doute à que répondre à l'impatience de Cami. Mais un instant plus tard, il fit le bon choix et s'engagea plus avant dans le tunnel. En un autre moment ou un autre endroit, il aurait probablement défié notre compagne pour son insolence.

Mais nous étions tous préoccupés par le sort de Ty. *À juste titre.*

Je ressentais le changement de pouvoir dans l'air. C'était plus énorme que tous les incidents précédents réunis, et pourtant bien moins *violent*. Rien que cela me disait qu'il ne s'agissait pas d'une attaque ordinaire.

Après toutes ces années, Vivaxia semblait être sur le point de jouer son dernier coup. À moins que ce ne soit que le début.

Il était difficile d'anticiper ses mouvements. Elle n'était jamais franche et ses plans étaient toujours à plusieurs niveaux. Et le temps n'avait pas d'emprise sur elle.

Je serrai les poings, l'estomac noué. Ty avait beaucoup évolué, son pouvoir était devenu immense. Mais Vivaxia serait toujours son aînée. Plus vindicative. Plus *flexible* quant à qui ou ce qu'elle était prête à sacrifier. C'était précisément ce qui les différenciait.

Vivaxia abordait la vie comme si elle n'avait rien à perdre. Parce que c'était le cas. Elle n'avait aucun lien avec qui ou quoi que ce soit d'autre qu'elle-même.

Tandis que Ty... Ty avait fait pousser des racines partout. Elles étaient toutes autour de nous maintenant dans ces tunnels enchantés, les fibres mêmes de chaque royaume né de son solide pouvoir. Élaboré par sa volonté. Protégé par son cœur.

Et Vivaxia voulait s'en servir contre lui. Elle se servirait de *tout* contre lui. Pour faire du mal à qui elle voulait. Torturer la pauvre créature en travers de son chemin. Démanteler la belle création de Ty sous ses yeux.

Car c'était ce que faisait Vivaxia. Ce qu'elle était.

Un fait qui devint encore plus évident quand nous entrâmes dans le royaume de Morphée.

Les vastes champs qui accueillaient habituellement les visiteurs de ce côté étaient invisibles à cause d'un épais smog froid qui planait dans l'air. Je n'apercevais même pas les sombres flèches du palais des Strigoï, seulement une brume de nuages rougeâtres illuminés par la lune de sang.

La puanteur de roses en décomposition m'assaillit lorsque je sortis du tunnel, un miasme que je connaissais bien.

Vivaxia n'avait pas toujours senti le bouquet de fleurs mortes. Il fut un temps où elle dégageait un arôme floral plutôt agréable. Mais au fur et à mesure que ses intentions se précisaient, son parfum naturel s'évanouissait.

Elle était pourrie de l'intérieur.

Pourtant, elle se faisait passer pour un ange déguisé, sa beauté séduisant de nombreux Faë Vertueux à ses côtés. Du moins jusqu'à ce qu'ils découvrent le mal qui se cachait sous cette peau pâle. Alors il était généralement trop tard. Ils étaient déjà piégés par ses infâmes accords – toujours conclus en sa faveur.

Ty avait appris des meilleurs, mais avait choisi d'appliquer ces connaissances au bien de tous. C'était pourquoi les commentaires négatifs de Cami sur ses arrangements l'avaient blessé ; il ne voulait pas être vu sous le même jour que son ancienne mentore. Il voulait être un chef que ses Faë respectaient, non un roi qu'ils craignaient et dont ils se méfiaient.

— Est-ce que ça sent toujours comme ça ? demanda Cami à voix basse.

— Non. Vivaxia est ici, répondis-je, balayant de nouveau du regard le paysage effacé.

Ce n'était pas un brouillard naturel, ni enchanté. Ça ressemblait plutôt à un nuage de mort sinistre.

C'est sûrement un mauvais présage…

Ces mots résonnaient dans mon esprit, paraissant venir plus de Ty que de moi. Quelque part au fond de mon âme, je sentais qu'il avait récemment partagé cette pensée.

Où es-tu, mon roi ? me demandai-je. *Pourquoi je ne peux pas te sentir ?*

Je ne me souvenais pas d'une seule fois où nous avions été vraiment coupés l'un de l'autre. Cela m'inquiétait, mais je ne sentais pas Cami non plus. Pourtant, elle allait bien et se tenait juste devant moi.

Ty doit aller bien lui aussi, me dis-je. Bien qu'au fond de moi, je sache que ce n'était pas du tout vrai.

Le ciel et le brouillard le prouvaient. Sa Source se brisait, son pouvoir faisait trembler le sol même sur lequel nous marchions maintenant.

Az ouvrait toujours la marche, nous conduisant d'un pas assuré vers le territoire des Strigoï. Ty était parti voir Nos, donc cet endroit était sa dernière destination connue. Et étant donné que le royaume tout entier empestait désormais les roses mortes, cela devait être la bonne décision.

À moins que Vivaxia se foute de nous…

Je plissai les yeux et ralentis mon pas. Cami dut le remarquer, car elle adopta mon rythme en croisant mon regard.

— Ne pas pouvoir me connecter à ton esprit est plutôt gênant en ce moment, maugréa-t-elle.

J'esquissai un sourire.

— Mes pensées te manquent, petit ange ? (Je m'approchai d'elle.) Lesquelles ? Les cochonnes ? Mes promesses coquines ? Peut-être mes louanges ?

Elle haussa les sourcils.

— Sérieux ? Tu flirtes ? Maintenant ? (Elle désigna le brouillard sinistre qui s'épaississait autour de nous.) *Ici ?*

— C'est ce que je suis, mon amour, murmurai-je.

De plus, flirter avec elle me distrayait agréablement de la noirceur qui grandissait dans ma tête.

Hélas, je ne pus sourire longtemps. Car cette noirceur ne fit que croître à mesure que la lune rouge se transformait en une brume obscure qui s'étendait dans le ciel comme un nuage malade. *Ça explique l'absence de Faë*, pensai-je en remarquant la sortie non gardée du tunnel.

— Je n'arrive pas à savoir si Vivaxia est vraiment là ou si elle veut juste nous faire *croire* qu'elle est là, dis-je en déglutissant.

Cami suivit mon regard vers le ciel, sa gorge remua dans un mouvement similaire au mien.

— Je suppose que ce n'est pas normal non plus dans ce royaume.

Je secouai la tête.

— En général c'est une nuit claire, illuminée

uniquement par la lune de sang. Mais c'est le royaume des rêves. Donc les illusions ne sont pas rares.

— Et tu penses que Vivaxia a pu créer l'illusion de sa présence ? demanda Cami.

— C'est possible, oui. (Je regardai par-dessus son épaule pour croiser le regard violet d'Az.) Qu'en penses-tu ?

— Je pense qu'il n'y a qu'une seule façon de le savoir, et ce n'est pas en restant ici à discuter de poss...

Une fissure déchira l'air, faisant jaillir des dizaines d'éclairs dans le ciel.

Je restai bouche bée, et mon cœur manqua un battement.

Car je *connaissais* cette fissure. Je l'avais déjà vécue. Expérimenté le résultat. *J'avais vu chuter un Faë Vertueux...*

Je courus sans même savoir où j'allais, mon âme hurlant à l'agonie pour le mâle que j'appelais mon *compagnon*. Cami criait mon nom, sa terreur forma un ruban invisible qui s'enroula autour de mon cœur et me fit presque trébucher, et mon esprit se sépara littéralement en deux. Une moitié alla à Ty. L'autre à Cami.

Mon roi. Ma reine.

Je me mis à trembler. Tout était... si froid. Et chaud à la fois.

Chaud à cause de Cami, réalisai-je quand elle posa soudain ses mains sur mon visage. *Froid à cause de Ty.*

Mon ange se colla à moi, ses yeux agrandis de terreur et d'inquiétude. Elle devait avoir ressenti ce que j'avais ressenti. Avoir su... compris...

Sauf que...

Pourquoi ses mains sont-elles couvertes de sang ? Ses cheveux aussi.

Je tendis la main vers elle alors que l'horreur me déchirait en lambeaux.

— Tu es blessée, chuchotai-je, cherchant une cause à cette blessure.

Mais elle secoua la tête.

— Non. C'est la pluie.

— La pluie ? (Je cillai.) Qu'est-ce que… ?

Je levai les yeux, puis grimaçai lorsqu'une goutte frappa mon œil.

Ce n'était pas de la pluie. Pas au sens traditionnel du terme, en tout cas. Parce que ce n'était pas de l'eau.

Je balayai la goutte d'un geste de la main, et la trouvai maculée de *sang*.

Du sang que je connaissais. Du sang que je reconnus. Du sang que j'avais *goûté*.

— *Ty*, chuchotai-je, la souffrance me déchirant de l'intérieur une fois de plus. *Ty !*

Mais je… je ne pouvais pas courir vers lui. J'étais collé à Cami, sa chaleur étant la seule présence stable dans ma vie. La seule chose qui me maintenait debout.

Elle me prit la main, sa bouche formait des mots que je ne comprenais pas. Parce que la pluie – *de sang* – s'était transformée en déluge.

C'était bruyant. *Foutrement bruyant.* Je n'entendais plus que ça.

Pourtant, d'une façon ou d'une autre, je me mis à courir. *À cause de Cami*. Elle n'avait pas lâché ma main et me tirait vers un destin que je ne voulais pas affronter.

Pas encore. Faë, pas encore. Mais c'était inévitable. Je le savais. Je le *sentais*.

Toutefois, rien n'aurait pu me préparer à la scène qui se déroulait devant nous. La scène qui avait hanté mes cauchemars pendant des lustres…

Oh, l'arrière-plan avait changé.

Au lieu de palais immaculés aux parements blancs trop parfaits, je vis un palais gothique, semblable à une cathédrale. Une cour s'étendait devant lui... tout comme celle de mon souvenir. Sauf que dans mon souvenir, elle était couverte d'une pelouse impeccable et parsemée de fleurs cristallisées.

Celle-ci était *morte*. Noire. Et entourait une fontaine sanglante.

Une fontaine qui a été brisée, remarquai-je, l'estomac noué. *Brisée par la chute d'un roi...*

La moitié était tombée dans un trou. Un cratère. *Une fosse.*

Cami dit quelque chose que je ne pus entendre, mon esprit étant coincé quelque part entre la réalité et le passé. Je voyais un trou noir, un trou en forme de vortex qui avait aspiré mon futur compagnon vers le bas, vers le bas, vers le bas...

Mais ce n'était plus mon promis maintenant. Il était *mien*. Mon compagnon.

Je ne distinguais pas non plus le vortex ici. *Car il n'existe pas*, réalisai-je.

Seulement des pierres brisées. Des fleurs mortes. *Et du sang. Tellement de sang.*

Les ailes de Ty avaient été réduites en cendres lors de sa chute. Irrémédiablement abîmées. Mais je... je ne me rappelais pas qu'il y avait eu autant de sang à l'endroit de sa chute.

Y en avait-il autant où il avait atterri ? me demandai-je, essayant de me souvenir.

Mais je n'y parvenais pas. C'était comme si ce souvenir avait été dérobé de mon esprit, ou peut-être *bloqué*.

Ou dérobé, répétai-je ce mot à dessein. Parce qu'il me semblait important. Il me rappelait quelque chose. Venant de... de *Vita*.

Mes yeux s'écarquillèrent.

— Quand tu as injecté l'énergie dans Vita...

Je me tournai vers Cami, mais elle n'était plus là, ne tenait plus ma main.

Et nous ne courrions plus. Nous nous étions arrêtés au bord de la cour. Ou peut-être que j'étais le seul à m'être arrêté. Car je ne voyais plus Cami. Elle avait disparu.

Tout comme Az et Ajax.

Je pivotai sur moi-même, les cherchant du regard.

— Ce sont les souvenirs de Ty ! criai-je, espérant qu'ils pouvaient m'entendre. Vita a protégé son esprit, mais Vivaxia a caché un entonnoir à l'intérieur – un entonnoir que Cami a activé lorsqu'elle l'a inondé de pouvoir !

Personne ne répondit. C'était comme s'ils m'avaient abandonné dans cette cour. Mais je savais qu'ils ne feraient pas ça.

C'est une autre illusion, réalisai-je. *Du coup, le cratère est-il bien réel ? Ou s'agit-il de mon propre cauchemar ?*

Je grognai en plissant les yeux.

— Toi et tes putains de tours ! lançai-je à l'intention de Vivaxia.

— Je crois me rappeler que tu les appréciais beaucoup, me chuchota la sorcière à l'oreille.

Je pivotai sur moi-même pour voir où elle était, mais ne vis que plus de brouillard. Plus de pluie de sang. Plus de *vide*. Et ce foutu cratère.

— Tu te souviens de la dernière fois que nous avons joué à ce jeu ? demandai-je, un brin moqueur. Je crois que ça s'est terminé quand j'ai planté une lame dans ton cœur.

Cela s'était passé juste avant que je saute sur Ty et le suive jusqu'en Enfer même.

Vivaxia avait été physiquement morte. Mais cela n'avait été que temporaire. Ce n'était pas une mort comme celle qu'avaient connue les parents de Typhos, causée par sa capacité de siphonnage et non par une simple lame.

Vivaxia s'était donc facilement régénérée et avait

ramené son corps à la vie. Seulement, la Source des Faë Vertueux avait changé à jamais à ce moment-là. Elle s'était brisée. Avait créé tous les royaumes. *Et était devenue une partie de Ty.*

Il disait toujours que c'était parce que je l'avais tuée pour le venger. Mais c'était une explication facile. Au fond, nous connaissions tous deux la vérité : la Source des Faë Vertueux s'était brisée *pour lui*.

Je fixai de nouveau ce cratère familier, plissant les yeux à mesure que le passé se mêlait au présent.

Il n'y avait qu'une seule façon de déterminer si c'était une illusion ou non.

Une façon de *briser* le mirage que Vivaxia avait tissé dans mon esprit.

En affrontant ma peur.

Je ne réfléchis pas, je courus simplement. Fermai les yeux.

Et sautai.

CHAPITRE TRENTE-SEPT

CAMI

— Az ! criai-je, mes poumons brûlant à cause du manque d'air. Ajax ! Melek !

Je les voyais plus. Ne les entendais plus. Ne les *sentais* plus.

À un moment, nous étions en train de courir vers la cour et puis… *le chaos*.

Il n'y avait pas d'autre mot pour le décrire. L'atmosphère sinistre s'était dissipée pour révéler des dizaines de Faë du Cauchemar en train de se battre, tous autour d'un grand trou en forme de cratère.

Quand je fis un détour pour éviter la bataille, je réalisai que j'étais seule. Ce qui n'avait aucun sens. J'avais tenu la main de Melek. Le bout de mes doigts était encore chaud de son contact.

Pourtant, il avait disparu.

Je plissai les yeux. *Ça doit être une sorte de…*

J'esquivai une spirale de flammes qui venait droit sur ma tête. *Soufflée par la bouche d'un dragon*, découvris-je alors que la bête en question s'élançait pour me charger.

Maintenant, je plissais les yeux pour une tout autre raison.

— Eh bien, c'était impoli, lançai-je au Faë du Cauchemar.

Je supposais que c'était un Dragon des airs puisqu'il venait de cracher un torrent de feu de son museau. Ou peut-être que les Dragons des eaux pouvaient aussi faire ça. Je l'ignorais, et peu importait.

Car aucune des deux créatures n'avait sa place dans le royaume de Morphée.

Tout comme le Naga et le Griffon qui s'affrontaient à quelques pas derrière le lance-flammes en approche.

Une autre spirale de feu fila vers moi, me forçant à esquiver sur la gauche. Ce mouvement soudain m'envoya presque à terre, mais je parvins à me rétablir à la dernière seconde par un saut réflexe.

La créature cracheuse de feu vacilla à ce moment-là, ce qui m'intrigua. Car il avait... il avait clignoté en et hors de vue pendant une seconde. Un peu comme un hologramme.

Qu'est-ce que... ?

Je tournoyai et penchai la tête en même temps, un mouvement qui me donna sûrement l'air ridicule, mais qui fit de nouveau vaciller le Faë du Cauchemar.

Je me redressai.

— C'est un mirage, murmurai-je à voix haute. Tout comme la première épreuve.

Personne ne m'entendit. Ou, s'ils m'entendirent, ils ne réagirent pas.

Sont-ils encore là ? m'inquiétai-je.

Ils devaient l'être. Mais peut-être pas dans ce mirage. Peut-être voyaient-ils quelque chose de totalement différent. C'était le pays des cauchemars et des rêves. Qui sait ce qui était réel et ce qui ne l'était pas ?

Pourtant, quelque chose me disait que cette illusion n'avait rien à voir avec les Strigoï ou les Goules de ce royaume. Car ils n'étaient pas les seuls à aimer manifester de fausses réalités.

Vivaxia y excellait aussi. J'avais vu sa version dans le royaume des Faë Vertueux lorsqu'elle avait créé cette fausse utopie. Une utopie que j'avais percée à jour, révélant ainsi le monde en décomposition qui l'entourait. Elle avait corrigé la vision à plusieurs reprises, mais j'avais perçu assez de réalité pour me rendre compte que sa version était un mensonge.

Tout comme ça, pensai-je en promenant de nouveau un regard circulaire.

Les éclaboussures de sang étaient réelles. Je les voyais dans les deux visions − la façade de la bataille et ce que je supposais être la réalité.

La cour paraissait également réelle. De même que le trou en forme de cratère près de la fontaine.

Alors comment briser le mirage ? me demandai-je, sautant de côté pour éviter une nouvelle boule de feu. Même si la vision n'était pas tout à fait réelle, je ne voulais pas tester ma théorie en me laissant brûler.

Mais il fallait vraiment que ce satané dragon arrête de vouloir me tuer.

Lui dardant un regard noir, je concentrai mon pouvoir de siphonnage sur lui pour voir s'il y avait un moyen d'éteindre son feu, au moins pour un temps.

Je le trouvai couvert de la magie de Vivaxia − une magie que je reconnus grâce au sort que j'avais absorbé dans le paradigme. Mais cet enchantement était différent. Il n'était pas basé sur la contrainte comme celui que j'avais ressenti chez le Centaure. Celui-ci… celui-ci paraissait… plus lourd. Ancré plus profond.

Je tirai sur l'essence et je sursautai en voyant le monde autour de moi tressauter en réaction.

L'enchantement paraît plus profond parce qu'il est lié à ce mirage... Je tirai de nouveau sur les fils magiques, faisant trembler le monde entier en réponse.

Le dragon poussa un rugissement d'agacement, ou peut-être était-ce Vivaxia qui grondait. Quoi qu'il en soit, je donnai une autre vive secousse, qui fit basculer la bête sur le flanc.

Je n'attendis pas qu'il se relève ou que Vivaxia imagine quelque chose de nouveau pour ce petit jeu de visions. J'enclenchai mon siphon intérieur et commençai à attirer toute l'énergie en moi.

Un cri perça mes oreilles, le Faë devant moi vibrant en et hors de vue. Une douleur me transperça le cœur l'instant suivant, me figeant sur place.

Je suis en train de les tuer, réalisai-je, le souffle coupé. *Comme dans le royaume de l'Au-delà.*

Est-ce que... c'est bien réel ?

Je déglutis, mon pouvoir relâchant son emprise sur les fils magiques et permettant au visage d'exister à nouveau.

Les Faë soupirèrent de soulagement, puis se tournèrent tous vers moi en même temps, la haine brûlant dans leurs regards. Je leur avais fait du mal, et maintenant ils allaient me le faire payer.

Mais... mais est-ce bien réel ? me demandais-je en reculant. *Est-ce que je me suis trompée ? N'est-ce pas un...*

Le sol trembla tandis que les Faë se dirigeaient vers moi, leurs pouvoirs combinés formant une force qui me fit écarquiller les yeux d'inquiétude. *Tant de colère. Tant de haine. Toute dirigée vers moi...*

C'était comme un cauchemar qui prenait vie.

Et mes pieds... mes pieds *refusaient de bouger.*

Je battis des bras comme si cela pouvait aider mes jambes, mais je restais collée au sol tremblant.

Un cri se logea dans ma gorge, la panique l'emportant sur la logique.

Je dois courir ! Me battre ! Me… Ces pensées s'évanouirent quand le visage trembla de nouveau, me rappelant que ce n'était pas réel. Ça ne pouvait pas l'être.

Je marchais avec mes compagnons à la recherche de Typhos. Il était physiquement impossible que ces créatures aient pu surgir de nulle part et commencer à se battre. Nous les aurions entendues au loin.

Serrant les dents, je saisis les fils magiques une fois de plus et siphonnai l'énergie.

Des cris éclatèrent, les Faë du Cauchemar me jetèrent des regards effrayés. Des mots jaillirent de leurs lèvres, des supplications et accusations déchirant l'air.

Je fermai les yeux, les occultai et me *concentrai*. Parce que je *sentais* que c'était un mirage. *Ce ne sont pas des âmes innocentes. Ce ne sont pas des Faë innocents. En fait…* Je rouvris les yeux, sourcils froncés.

— Il n'ont pas d'âme, me dis-je à voix basse.

Ils ne possédaient aucune aura claire ou sombre, ce qui confirmait mon analyse.

— Vous n'êtes pas réels, leur lançai-je.

Cela ne m'empêcha pas d'éprouver des remords de les voir disparaître. Parce qu'une petite partie de moi continuait à se demander : *Et si ?*

Et si je me trompe ? Et s'ils sont réels ? Et si je tue des innocents ?

Mais quand la scène se dissolva complètement, la réalité m'apparut.

Ou du moins ce que je supposais être la réalité. Il pourrait facilement s'agir d'un autre mirage. Cependant, je ne sentais plus l'enchantement de Vivaxia rôder dans l'air.

Au contraire, il était au fond de moi, tournant avec une puissance qui ne demandait qu'à être libérée.

Mais je le gardai captif, le laissant alimenter mes pas tandis que j'errais dans la cour. Elle était jonchée de roses mortes autour de la fontaine de sang et du cratère à côté.

Vérité ou fiction ? pensai-je en m'approchant sur la pointe des pieds de l'énorme trou aux bords calcinés. J'avais déjà vu quelque chose de semblable… dans un rêve. Ou ce qui m'avait paru être un rêve, en tout cas. Mais il s'agissait en fait d'un souvenir de Lucifer, dont Vita m'avait forcée à être le témoin direct.

Le jour de sa chute.

J'avançai en rampant et jetai un coup d'œil par-dessus le bord dans un abîme sinistre.

On dirait que c'est le bon moment pour une règle, décidai-je. *Règle n°2 de la reine des Faë de l'Enfer : Ne saute pas.*

Dieux, je perdais la tête.

Ce pourrait être encore un mirage. Ce qui expliquerait pourquoi mes compagnons n'étaient nulle part.

— Az ! criai-je encore. Ajax ! Melek !

Silence. Parce que bien sûr, ils n'étaient pas là.

C'est une autre illusion.

Serrant les dents, je m'éloignai du trou noir et cherchai des brins d'énergie dans le paysage fuligineux. Je n'eus pas à chercher bien loin, car Vivaxia était partout. Dans les roses mortes. La fontaine. Le sang qui tombait du ciel. Les chemins pavés.

Et surtout dans ce palais, réalisai-je en observant les flèches gothiques de la bâtisse en forme de cathédrale qui bordait la cour. *Le palais des Strigoï.*

Pourquoi la présence de Vivaxia y serait-elle particulièrement prégnante ? Les avait-elle tous obligés à accomplir sa volonté ? Peut-être étaient-ils à l'origine de ces jeux d'illusion.

Ce serait comme tous les autres incidents où elle avait contraint les Faë du Cauchemar à agir en son nom, comme une marionnettiste contrôlant ses poupées.

Ce qui laissait à penser qu'entrer dans le palais serait une mauvaise idée.

Or mes pieds prenaient déjà cette direction, car une partie de moi savait que c'était là que je devais aller. La Source des Faë de l'Enfer m'avait guidée jusqu'ici. Pourquoi cesser de me fier à mon instinct maintenant ?

Quoi qu'il se passait ici, la cause en était dans le palais. Je le sentais de plus en plus à chaque pas, l'énergie bourdonnant sur ma peau comme pour m'avertir de faire demi-tour.

Aucune chance.

Je voulais que cette illusion vole en éclats. Et surtout, je voulais retrouver mes compagnons. Je détestais ne pas les sentir. Ils étaient *miens*. Ce sort de blocage – ou je ne sais quoi qui m'avait coupé d'eux – devait être détruit.

Sauf que je ne percevais aucun enchantement en moi. Enfin, aucun *nouvel* enchantement. L'entonnoir était toujours là. Mais il était plus silencieux maintenant. Moins ardent. C'était étrange, vu que je venais d'absorber beaucoup d'énergie.

Peut-être que tout le travail que Typhos avait accompli avec moi cette semaine portait ses fruits.

Ou peut-être que l'entonnoir n'est plus nécessaire, pensai-je en le repoussant tandis que je suivais le chemin menant à l'entrée du palais. Une impression de déjà-vu s'installa en moi, comme si j'avais fait cela récemment. Ce qui était impossible. Je n'étais jamais venue ici.

Pourtant, je pourrais jurer qu'à un moment donné dans mon passé, j'avais vu ces portes. J'avais senti l'atmosphère pesante qui m'entourait. *J'avais ressenti la fausseté de ce royaume.*

Je marquai une pause et levait les yeux vers la lune de sang. Le ciel était clair, le brouillard s'était dissipé. Et il ne pleuvait plus.

Cependant, je me demandais si ce que je voyais maintenant était bien réel. Car je captais la magie qui chatouillait l'air, et sa présence menaçait ma santé mentale.

Ça me manque vraiment de ne pas vous avoir dans la tête, pensai-je à l'adresse de mes compagnons. *Même toi, Melek.* Une vanne déplacée m'aurait aidée à me sentir mieux face à tout cela. Tout comme une moquerie d'Az ou une raillerie d'Ajax.

Hélas, rien.

Je ne ressentais même pas nos liens. *Comme lorsque ma mère m'a emmenée rencontrer Vivaxia.*

Je gravis les marches en serrant les dents, et je sursautai quand la pierre que j'avais dans ma poche se mit à chauffer contre ma cuisse. Je la sortis, prête à la jeter, mais je me retins alors qu'elle refroidissait dans ma paume.

Qu'est-ce que… ? La pierre m'avait brûlée quelques secondes plus tôt. Maintenant, elle était glacée. *Essaie-t-elle de me rappeler de l'utiliser ? Ou me met-elle en garde contre quelque chose ?*

La dernière fois que j'avais utilisé cette pierre, j'avais failli tuer tous ces Faë de l'Au-delà. Elle avait amplifié mon pouvoir à un point tel que je ne pouvais plus le contrôler.

Essaie-t-elle de m'avertir que je pourrais recommencer ?

Si c'était le cas, pourquoi Morphée me l'avait-il laissée dans le tunnel ?

Je scrutai la pierre en fronçant les sourcils. La note de Morphée disait qu'une amie commune la lui avait donnée pour moi. J'avais supposé qu'il parlait de Zenaida.

Sauf que… je n'avais jamais rencontré la Faë de la Fortune.

Alors, c'est vraiment elle l'amie commune ? J'écarquillai les yeux. *Est-ce qu'il parlait en fait de Vivaxia ?*

Mon cœur bafouilla, je faillis lâcher la pierre.

Tout cela pourrait bien être un mauvais tour. Je ne connaissais pas Morphée. Nous ne nous étions jamais rencontrés. Pourquoi m'aiderait-il ?

Mais aucun de mes compagnons n'avait pensé qu'il me voulait du mal. S'ils l'avaient soupçonné, ils ne m'auraient pas laissé la pierre. Et Melek avait dit qu'il l'aimait bien, ce qui comptait beaucoup.

Je serrai de nouveau les dents. *C'est ridicule.* Il fallait que je me fie à mon instinct, que j'aille de l'avant, me débarrasse de ce foutu mirage. Et retrouve mes compagnons.

Donc je devais franchir ces portes. Parce que la source de pouvoir émanait de l'intérieur de ce palais effrayant.

Plutôt un manoir hanté, pensai-je en frissonnant devant le vide de l'endroit. Comme si seuls des fantômes résidaient ici.

Une sensation qui me fit éprouver une autre impression de familiarité.

C'était une expérience des plus étranges, sachant que je n'étais jamais venue ici, et pourtant soudain consciente de ce que j'allais trouver au-delà du seuil.

Quelque chose – ou *quelqu'un* – me poussait en avant.

Dans la salle du trône, pensai-je tandis que mes pieds se remettaient à bouger. *Je dois aller dans la salle du trône.*

J'ignorais comment je le savais ; je le savais, voilà tout.

Mais j'ignorais si c'était la Source qui me guidait maintenant… ou Vivaxia.

Il n'y a qu'un seul moyen de le savoir…

CHAPITRE TRENTE-HUIT

AZ

Tout était sombre. *Trop sombre.*

Mon Phénix tournait en rond en moi, perturbé par notre environnement. Ce tunnel sans fin ressemblait à une cage, ce qui me rappelait des souvenirs douloureux.

Et ne pas pouvoir sentir mes compagnons aggravait l'impression d'être perdu.

Je ne me rappelais pas non plus comment j'étais arrivé ici. Un moment, je marchais avec Cami, Ajax et Melek, et l'instant d'après… je m'étais réveillé ici. Seul.

Dans les profondeurs de la terre.

C'était froid. Humide. Et *confiné*. Un tunnel au plafond bas qui frôlait le sommet de ma tête et des murs qui frôlaient mes bras quand je marchais.

Un cauchemar, reconnus-je. *Un cauchemar issu de mon passé.*

Seulement, j'ignorais comment j'avais atterri dans cet espace restreint. Et j'étais déterminé à m'en échapper. Retrouver mes compagnons. Être *libre*.

Un tremblement me chatouilla l'échine, et ce dernier mot résonna dans ma tête. *Libre.* J'avais aspiré à la libération bien des lunes plus tôt, quand j'avais été piégé par le sort de Vivaxia.

Depuis, j'avais goûté à l'indépendance, autorisé à exister de mon plein gré.

À présent, je me sentais… alourdi à nouveau. Comme si elle m'avait mis la corde au cou une fois de plus.

Je plissai les yeux. *Non*, je ne serais plus *jamais* à elle.

Elle pouvait bien jouer. Parader. *Menacer*. Mais j'étais mon propre Phénix. Mon propre Faë. Mon propre *homme*.

— Il va falloir faire mieux que ça pour me piéger, dis-je à Vivaxia.

Car je ne doutais pas qu'elle était la cause de ce cauchemar.

J'avais senti sa présence dès que nous étions entrés dans le royaume de Morphée. C'était comme si elle avait pris le contrôle, son aura épaississant l'air de son parfum familier qui me donnait la nausée. Melek avait lui aussi capté son odeur. Je l'avais vu dans son expression. Nous avions tous deux reconnu sa marque de folie immortelle.

Et ce mirage qu'elle avait créé n'était que le début de ses jeux.

Putain, j'espère qu'Ajax et Cami vont bien. Ils n'avaient jamais joué dans les labyrinthes mentaux de Vivaxia. *S'ils n'ont pas déjoué ses tours…*

Non. Je ne pouvais pas penser de cette façon.

Cami s'était montrée très capable d'identifier les mirages lors des épreuves nuptiales. Elle les reconnaîtrait pour ce qu'ils étaient.

Et Ajax… Je fis la moue. Ajax devrait être capable de comprendre, surtout en tant que Gardien. Typhos avait renforcé son pouvoir. Ça devrait sûrement…

L'énergie tourbillonna devant moi, me faisant reculer d'un bond, la vive lumière aveuglant presque mes yeux sensibles.

— Merci, putain. (La voix familière d'Ajax me fit ciller de confusion, ma vue étant encore troublée par la lumière inattendue.) Je commençais à croire que Kuro avait perdu la tête.

Cette déclaration fut suivie d'un soupir agacé, puis d'un froissement d'ailes.

Je cillai encore et encore, ma vision captant lentement la vue qui s'offrait à moi.

Ajax se tenait juste à l'extérieur d'un portail, sa baguette en main et son familier perché sur son épaule opposée.

Je fixai le hibou.

— Quand est-il arrivé ici ?

— À peu près au moment où vous vous êtes tous volatilisés, répondit-il. Vivaxia a tenté de me piéger avec son sort, mais mes réflexes défensifs se sont déclenchés avant qu'elle puisse m'attirer dans son enchantement semblable à un paradigme.

Semblable à un paradigme, répétai-je.

— Elle a créé un mirage.

— Oui. Je ne pouvais pas le voir mais que je pouvais le sentir. (Il jeta un coup d'œil autour de lui.) Quoique je suppose qu'elle t'a coincé ici. Parce que c'est réel, pas une illusion. C'est pour ça que j'ai pu te trouver. Ou Kuro, en tout cas. Il peut toujours te sentir.

Je fixai de nouveau le hibou. Ses yeux dorés croisèrent les miens, l'air indifférent.

— Et moi qui croyais que tu ne m'aimais pas…

Le hibou soupira de nouveau, comme pour dire : *Je ne t'aime pas.*

— Nous devons sortir de terre, dit Ajax, ignorant ma confrontation avec son familier. Cami est quelque part là-haut, il faut que tu m'aides à la retrouver.

Mon Phénix intérieur se ragaillardit, son désir de pister aussitôt déclenché.

Sauf que… non. Ce n'était pas tout à fait exact. Mon Phénix avait déjà traqué quelqu'un. *Typhos.*

Je l'avais traqué en surface avec Melek, Ajax et Cami, à la recherche de son pouvoir. Nous avions atteint la cour du palais des Strigoï, et tout avait changé.

L'influence de Vivaxia avait été partout à la fois, et ces murs étaient apparus.

Parce que mon Phénix m'a emmené loin sous terre. Pas Vivaxia. Mon animal. Il nous avait *éclipsés* ici. Pour me protéger. Et pour continuer notre chasse.

Mais pourquoi quitter Cami ? lui demandai-je, déconcerté par son choix.

Il ronronnait en moi tandis qu'Ajax disait quelque chose – que je n'entendis pas parce que j'étais trop occupé à essayer de comprendre ma bête.

Nous devons trouver Typhos. Je le savais parfaitement. Cependant, je ne comprenais pas pourquoi nous avions abandonné…

Le pouvoir inonda mon âme, faisant jaillir des flammes du bout de mes doigts. Ajax recula d'un bond en poussant un juron qui résonna à mes oreilles tandis que je me concentrais sur ce feu intérieur. *La Source de Typhos.*

Mon Phénix se remit à faire les cent pas, m'incitant à bouger, son impatience s'insinuant en moi.

C'était sa façon d'aider Cami : *nous devons trouver Typhos et sa Source… pour Cami.*

J'ignorais comment il le savait, mais la décharge d'énergie le confirmait d'une certaine façon. Si je n'en avais pas su davantage, j'aurais dit que la Source parlait à mon Phénix. Tout comme elle avait communiqué avec Cami lorsqu'elle nous avait conduits au royaume de Morphée.

— Les protocoles d'urgence de Typhos se sont déclenchés, réalisai-je à voix haute. (J'étais au courant de sa stratégie parce que je le connaissais. J'étais dans son esprit depuis si longtemps que je savais comment il *pensait*.) Nous devons le retrouver.

C'était pour ça que mon Phénix avait insisté pour nous éclipser ici. Il m'avait mené à Typhos jusqu'à ce qu'Ajax interrompe notre chasse avec son portail.

À moins que Vivaxia me fasse perdre l'esprit, pensai-je l'instant suivant.

Mais je secouais aussitôt la tête, rejetant cette idée. Car cette direction me semblait tout à fait juste. La Source de Typhos avait pris le dessus. Elle était en mode d'autoconservation. Je la sentais maintenant, mon énergie tourbillonnait en moi et se connectait à la balise de pouvoir d'une simple pensée. Comme je l'avais toujours fait.

Typhos m'avait accordé cette connexion, me fournissant un exutoire.

Ce n'était peut-être pas *ma* Source, mais nous nous connaissions bien. Parce que j'étais lié à elle autant que j'étais lié à Typhos.

Ainsi qu'à Cami.

— Je peux la sentir, murmurai-je, remarquant la façon dont son énergie s'enroulait à l'intérieur de la Source de Typhos. Je peux sentir Cami.

— Où est-elle ? demanda Ajax.

Je secouai la tête, incapable de répondre à cette question. Je ne pus qu'affirmer :

— Elle va bien. (Je le regardai et répétai :) On doit trouver Typhos. *Maintenant.*

Sans attendre sa réponse, je me mis à courir dans l'obscurité.

Ajax poussa un juron derrière moi, puis jeta un sort qui

envoya une sorte de luciole devant moi pour éclairer le tunnel.

Il savait comment ma bête fonctionnait : une fois que nous avions repéré une odeur, on ne pouvait plus nous arrêter.

J'avais été abasourdi, ne sachant pas trop comment j'avais atterri dans ce tunnel. J'avais peut-être même lutté contre un soupçon de magie de Vivaxia − auquel j'avais échappé de peu, grâce à mon Phénix qui m'avait éclipsé juste à temps.

Quoi qu'il en soit, j'avais les idées claires à présent, et je savais où aller.

Dans les cavernes que Typhos avait créées après sa première chute, des terres profondément enfouies sous le royaume des Faë de l'Enfer, que personne d'autre que lui n'avait jamais traversées.

Sauf peut-être Melek. Je soupçonnais Typhos de lui permettre de s'aventurer là-dedans. Mais connaissant Melek, il n'avait pas dû les visiter souvent.

Quant à moi, je n'y étais venu qu'une seule fois, le jour de la chute de Typhos.

Le fait qu'il soit maintenant sous terre ne présageait rien de bon, car cela suggérait qu'il avait chuté… *encore une fois*.

Je pressai le pas, déterminé à le trouver. Le haut de mon corps protestait, les murs étroits raclaient mes bras nus, mais j'avançais malgré tout.

Car le temps était compté.

Je le sentais dans mes os. Dans mon cœur. *Dans mon âme*.

Un compte à rebours s'était déclenché. La Source faisait tic-tac comme une bombe à retardement.

Elle va imploser.

Et si ça se produit avant que Typhos se réveille… le royaume tout entier va y passer.

CHAPITRE TRENTE-NEUF
CAMI

J'ENTRE DANS le palais le plus glauque qui soit, me dis-je en grimpant l'escalier. *Parce que c'est tout à fait normal de savoir où je vais dans un endroit où je ne suis jamais venue.*

Il y avait probablement une règle à laquelle je devrais réfléchir, mais je ne pouvais pas vraiment faire marche arrière maintenant, alors que j'étais à deux doigts de découvrir quel pouvoir m'attirait ici. *Et qui…*

Les couloirs étaient vides, mais l'odeur de roses pourries flottait dans l'air. Ce n'était pas un arôme des plus attrayants. Pourtant, il m'attirait vers l'avant. Mes chaussures plates ne faisant aucun bruit sur le sol en marbre.

En fait, non. Mes pas n'étaient pas silencieux. Ils semblaient chuchoter sur le sol, le bruit résonnant doucement à mes oreilles. Ce qui était étrange. *Je ne traîne pas les pieds, alors pourquoi… ?*

Je m'arrêtai lentement de marcher, et le fil de mes pensée s'estompa tandis que le bruit continuait à flotter autour de moi. Je venais de gravir cet escalier seule. Il n'y avait rien autour de moi. Rien derrière moi. *Alors d'où vient ce bruit ?*

Je me retournai pour en chercher la source, mais ne vis que des bougies mourantes et des manteaux de cheminées poussiéreux.

Or ce chuchotement persistait. *Peut-être que je ne peux pas le voir…*

Cela me suggéra qu'il s'agissait peut-être d'un autre mirage, une considération qui me fit plisser les yeux. Parce que rien à cirer. Et que Vivaxia aille se faire foutre.

Je repartis vers ma proie – cette balise d'énergie qui réchauffait tous mes sens – mais je m'arrêtai de nouveau quand une rafale de vent glacial me fouetta le dos. Accompagnée de ce son…

Tournant sur moi-même, j'essayai encore d'en trouver la cause, mais ne vis que la douce lueur vacillante des bougies, une fois de plus. Je serrai la mâchoire. Soit un fantôme se jouait de moi, soit j'avais raté une sorte d'ouverture.

Comme un portail, pensai-je, scrutant les murs nus en quête d'indices.

Mon père m'avait tout appris à ce sujet, sur la façon dont ils pouvaient se fondre dans n'importe quoi, surtout dans le royaume des Faë de l'Enfer. Il y avait aussi des codes qui permettaient d'en activer d'autres, cachés. Mais certains ne nécessitaient aucun mot de passe. Tout dépendait de l'endroit où menait le portail.

Reculant sur la pointe des pieds, j'écoutai à nouveau ce bruit râpeux et me figeai lorsqu'une brise ébouriffa mes cheveux. Je suivis la source de ce flux d'air jusqu'à un miroitement en haut de l'escalier – un miroitement qui n'était pas là lorsque j'étais montée quelques instants plus tôt.

Il s'éteignit à mon approche, pour réapparaître dès que je fus devant lui.

Je restai bouche bée devant l'image de l'autre côté, le visage familier qui semblait faire palpiter la pierre dans ma main. Ou peut-être était-ce mon propre rythme cardiaque, car je serrais la pierre plus fort que je l'aurais dû. Mais je ne pouvais pas m'en empêcher.

Car c'était ma mère qui me regardait, prononçant des mots que je n'entendais pas.

Au bout d'un moment, elle leva la main et l'appuya sur le miroir.

Je l'étudiai avec circonspection. C'était certainement une ruse, une sorte de diversion visant à m'écarter de ma voie.

— Tu m'as appris à ne jamais tomber dans le panneau, lui dis-je en croisant les bras, la pierre encore plus serrée dans mon poing. Règle des Faë de l'Enfer n°8 : Si ça semble trop beau pour être vrai, ça l'est probablement. Oh, et règle n°13 des Faë de l'Enfer : Rien n'est ce qu'il paraît.

Ses narines se dilatèrent en réponse, suggérant qu'elle m'entendait très bien.

« Camillia, parut articuler sa bouche. Fais-moi confiance. »

Je ricanai.

— Aucune chance pour ça, *maman*. La dernière fois que je t'ai fait confiance, j'ai échoué dans une fausse utopie et j'ai rencontré ma *grand-mère*.

Un frisson me parcourut à ce mot. Je ne voulais plus jamais l'employer pour Vivaxia.

C'est ma némésis et rien d'autre, me dis-je.

« Camillia », essaya encore ma mère. Mais le miroir disparut dans un autre long clignement, et lorsqu'il revint, ce fut pour révéler une image qui me rendit bouche bée pour une tout autre raison. Le paysage devant moi était… dystopique. Un terrain vague. Des arbres morts, mais pas comme ceux que j'avais vus dans le royaume de l'Au-delà et celui des Faë de Minuit. Ces arbres étaient racornis, n'étaient plus que cendres. Des volutes plumeuses grisâtres dansaient autour d'eux, ce qui me fit grimacer. Elles… elles ressemblaient un peu à des *fantômes*.

Une vision étrange.

Lorsque ma mère réapparut, je compris ce que je voyais. *Des âmes*. Elle leva son bras – ou ce qu'il en restait – pour me montrer le brin translucide qui devrait être un poignet et une main.

Ses cheveux blonds furent soufflés par une nouvelle rafale de vent, et plusieurs mèches s'envolèrent. Mais ce furent ses ailes qui me captivèrent. La dernière fois que je l'avais vue, elles étaient d'un blanc éclatant, d'une beauté à couper le souffle. Maintenant, elles ressemblaient à des branches squelettiques aux extrémités fumantes.

Je ne comprenais pas.

— Est-ce que c'est réel ?

Étais-je en train de regarder le véritable royaume des Faë Vertueux ? Pas le mirage qu'elle et Vivaxia avaient créé, mais ce qui restait vraiment de leur monde glorieux ?

Un souvenir me hantait, celui où je voyais les ailes de Vivaxia, leurs bouts en lambeaux se fondant dans son somptueux plumage. D'un côté, elle possédait de magnifiques ailes blanches aux extrémités dorées, de l'autre, ses plumes paraissaient élimées et mortes.

Comme celles de ma mère, pensai-je, tandis qu'une nouvelle brise lui volait un peu plus de son essence. Les vrilles fumeuses remontaient le long de son avant-bras, donnant à sa peau une texture semblable à celle d'une cosse de cacahuète.

La tristesse bordait les yeux bleus de ma mère, dont la

couleur était plus pâle que d'habitude. « Cours »,
articulèrent ses lèvres craquelées tandis qu'une larme
glissait sur sa joue. « Camillia… *Cours !* »

Le miroir se brisa sur ce dernier mot. Je levai les bras
juste à temps pour me protéger des éclats de verre qui
volaient dans le couloir.

Suivis d'un souffle glacial et tourbillonnant.

Un *tss-tss* résonna, dont l'écho me fit froid dans le dos.
Parce que ce *tss-tss* venait d'*ici*. En vrai. Pas d'au-delà d'un
voile ou d'un portail. Mais de ce couloir même.

En regardant entre mes bras levés, je vis celle qui avait
émis ce son condamnable : *Vivaxia*.

La pierre chauffa dans ma main, comme si elle était en
colère. Mais quand je desserrai ma prise, elle se refroidit
aussitôt. Peut-être voulait-elle juste me rappeler sa
présence. Ou peut-être était-ce une forme d'énergie
consciente comme Vita.

Je ne pouvais rien écarter à ce stade, y compris ma
propre vision. Car si Vivaxia paraissait réelle, il pouvait
s'agir d'une autre supercherie.

Cependant, les coupures sur mes bras, elles, étaient
bien réelles.

— Mystika a toujours été dramatique, dit Vivaxia, l'air
déçu. Au moins, elle est parvenue à ses fins.

Sur ces mots, elle disparut à travers un seuil.

Dans la salle du trône, me rappelai-je. *Une salle du trône
pleine de secrets.*

Dans mon esprit défila le souvenir de Vivaxia debout
derrière un trône où gisait un roi Strigoï agonisant. C'était
une vision frappante, comme si je l'avais vécue. Pourtant,
je n'étais jamais venue ici. *Comment je peux me souvenir de ça ?*
Je laissai lentement retomber mes bras le long de mon
corps, la pierre toujours dans ma main.

D'autres souvenirs défilèrent dans ma tête, me

montrant la mort du roi des Strigoï – de la main de Vivaxia. Sauf que ce n'était pas la coupure à sa gorge qui l'avait tué, mais le pouvoir de Vivaxia sur lui. *Le sort de domestication.*

Elle possédait son âme… parce qu'il avait conclu un marché avec elle. Un marché qui consistait à lui donner accès au trône en échange d'une reine.

Je cillai. Tout cela était trop précis pour être le fruit de mon imagination. Pourtant, je possédais ce savoir comme si c'était le mien.

Melek était-il ici ? me demandai-je.

Mais non. Ça ne collait pas.

Ces images et les informations qui les accompagnaient devaient provenir de Typhos. *Pourquoi suis-je soudain consciente de sa… ?* La question s'évanouit dans mes pensées, remplacée par une autre. *Vita.*

J'avais injecté toute cette énergie dans Vita, brisant une sorte de verrou à l'intérieur qui avait permis à ces souvenirs d'atteindre Vivaxia. Ou peut-être avait-elle simplement hérité de ce pouvoir.

Mais moi aussi, j'étais liée à Vivaxia. Et à la source de Typhos.

Donc quelque chose avait provoqué une boucle de rétroaction. Ou peut-être que c'était la Source qui m'envoyait ces détails. Ou bien Vita qui se débattait pour revenir à Typhos via ma connexion à Vivaxia.

Peu importait le comment ou le pourquoi, c'était en train de se produire. Car je sentais l'énergie bourdonner en moi en ce moment, ses vrilles bien trop puissantes pour être les miennes. Et elles n'étaient pas liées au sort que j'avais siphonné à l'extérieur.

Cependant, je pouvais encore sentir les effets persistants de cette magie dans mon sang. Tout comme je pouvais en voir les vestiges dans tout le palais.

Les mèches ondulaient autour de moi pendant que je me déplaçais, mes pieds me menant automatiquement là où Vivaxia avait disparu à travers le seuil.

Je ne fus pas du tout surprise de la voir debout sur l'estrade, caressant du bout des doigts le trône décrépit. Une vision dans ma tête me montrait à quoi devait ressembler cet opulent symbole de pouvoir ; cela n'avait rien à voir avec ce fauteuil délabré devant moi. Même les veines de sang qui décoraient la scène avaient l'air asséchées, et les ors autrefois polis se ternissaient en un bronze profond.

Cette estrade ne ressemblait en rien à ce qu'elle était jadis.

Et l'on pouvait en dire autant des Strigoï qui traînaient là. Leur présence vampirique avait disparu, remplacée par des ombres fantomatiques. Oh, ils étaient encore en vie. Je voyais leurs âmes cramponnées à leurs corps. Mais ils étaient au bord de la mort.

Tout cela parce que leur roi – celui qui était censé les *diriger* – les avait laissés tomber. Il avait passé un accord avec le vrai diable. Avec *Vivaxia*. Et la Source s'était retournée contre lui en réaction.

Je sentis cette punition se développer en moi, un concept que je compris immédiatement. Car c'était exactement comme cela devait être. Nos avait trahi Lucifer et le royaume des Faë de l'Enfer. Pourquoi la Source continuerait-elle à lui donner du pouvoir, à lui et à son peuple, après une telle infâmie ?

Je faillis hocher la tête, comme si j'étais d'accord avec une figure tapie dans ma tête.

Peut-être que c'était le cas. Peut-être que j'avais perdu l'esprit. Pourtant, je ne m'étais jamais sentie aussi savante de tout ma vie. C'était comme si quelque chose s'était ouvert en moi, permettant à tous les détails de ce monde de traverser la membrane de mon esprit et de pénétrer dans mon âme.

La Source des Faë de l'Enfer me donne du pouvoir, réalisai-je. *Ou peut-être que je siphonne toutes ces informations...*

Mais non. Je n'avais pas activé cette partie de moi-même. Cela venait d'un endroit que je ne pouvais pas définir. Un lien dont je ne soupçonnais pas l'existence. Une *connexion* créée par mon âme.

Si Vivaxia la vit, elle ne commenta pas. Elle souffla la poussière sur le trône – de la poussière qui avait été un roi – et s'assit dessus en soupirant.

Elle a besoin du conduit pour demeurer dans ce royaume, en déduisis-je. *C'est le pouvoir de Typhos, et il fonctionne comme une laisse.*

Pour l'instant, en tout cas.

Parce que je la voyais absorber le pouvoir de tout ce qui l'entourait, et je sentais aussi qu'elle testait ma propre aura avec ses capacités.

Mentalement, je redirigeai ses efforts, son énergie étant étrangement tangible dans mon esprit. Comme tout ce qui nous entourait. Je n'aurais su dire si j'étais simplement plus en phase avec mon talent de siphonnage ou si c'était un cadeau de la Source de Typhos.

Vivaxia arqua un sourcil.

— Eh bien, c'est nouveau.

Elle croisa ses longues jambes et s'adossa au trône, ses ailes étant invisibles. Elle paraissait se remettre de quelque chose.

La marche dans le couloir l'avait-elle vidée de son énergie ? Ce serait logique, le trône constituant sa fameuse laisse. *Alors que se passe-t-il quand le conduit n'a plus d'énergie ?* Il semblait se tarir à sa base, l'énergie de Typhos s'accrochant à peine. Que se passerait-il alors ? Se mettrait-elle à absorber les âmes des Strigoï ? Était-ce le but de leur présence ici ?

Je soupçonnais qu'elle avait besoin de Typhos pour cette raison. Seulement, il n'était nulle part en vue.

Parce qu'il a chuté, réalisai-je en remarquant le trou dans le mur. Un trou bordé de marques de brûlures semblables à celles du cratère près de la fontaine.

Toutes les pièces s'assemblaient dans mon esprit : Typhos s'assommant lui-même et renonçant à son emprise sur sa Source. Ce qui permettait à sa Source de prospérer sans son influence.

Et maintenant, sa Source me parlait. Me remplissait de connaissances. Me donnait accès aux souvenirs de Typhos.

Me transformait en une version vivante de Vita.

Mais c'était plus que cela. À chaque instant, je me sentais de plus en plus puissante. Comme si la Source des Faë de l'Enfer me forçait à absorber de l'énergie, tout comme Typhos l'avait fait en me poussant à mes limites cette semaine.

Sauf que là, c'était plus graduel. Plus *intentionnel*.

Cependant, je n'avais aucune idée de ce qu'il fallait en faire. Si la Source me nourrissait trop, je risquais d'ouvrir cette connexion à Vivaxia au fond de moi.

Est-ce le but recherché en réalité ? me demandai-je. *Est-ce elle qui fait ça ?*

La tête me tournait avec ces hypothèses, me faisant rater ce qu'elle venait de dire.

Plusieurs choses, en fait. Elle avait parlé pendant tout ce temps, mais j'avais été trop perdue dans mes pensées pour l'écouter. Et son expression orageuse me disait qu'elle n'appréciait pas du tout.

Je penchai la tête.

— Tu n'aimes pas qu'on t'ignore, pas vrai ?

J'ignorais pourquoi cette raillerie était sortie de ma bouche, mais elle me parut juste.

Cette salope m'avait créée pour être son petit jouet.

Son *siphon*. Et je n'avais aucune envie de jouer le jeu. Mes parents m'avaient appris à lutter contre l'autorité. À ne penser qu'à moi. À me faire passer en premier.

Règle n°6 des Faë de l'Enfer : Ne s'occupe que de toi, et de personne d'autre.

Toute une série de règles suivirent celle-ci dans mon esprit.

Règle n°3 des Faë de l'Enfer : Connais son ennemi avant de t'engager.

Règle n°4 des Faë de l'Enfer : Ne fais confiance à personne.

Règle n°5 des Faë de l'Enfer : Sois prête à tout.

Règle n°1 des Faë de l'Enfer : Ne meure pas.

Ce fut la dernière qui résonna le plus fort. C'était une règle que j'avais bien l'intention de prendre à cœur.

Je suppose donc que les règles s'appliquent toujours, me dis-je.

C'était peut-être le fait d'avoir vu ma mère qui leur conférait plus de sens. Peut-être que c'était simplement mon esprit rebelle. Ou peut-être que j'avais besoin de ces rappels pour m'ancrer dans le moment présent.

Tout le pouvoir qui flottait autour de moi suffisait à me faire sentir à des millions de kilomètres, à me jeter dans un torrent d'énergie pour ne plus jamais refaire surface.

Mais je devais me concentrer.

Pour trouver Typhos. Pour sauver le royaume des Faë de l'Enfer.

Je faillis cligner des yeux à cette dernière idée. Elle venait d'une partie profonde de moi, la partie connectée à la Source de Typhos.

Ce que Vivaxia faisait sur ce trône menaçait l'existence du royaume. La source de Typhos. Typhos lui-même.

Donc elle menaçait mes compagnons. *Et moi-même.*

J'étrécis mon regard.

— Tu n'as rien à faire ici, Vivaxia.

Elle lâcha un rire surpris.

— Tu es aussi ingrate que ta mère, dit-elle, sa voix semblant caresser chaque centimètre de la pièce.

La pierre dans ma main se remit à brûler, réagissant à sa voix. Ou peut-être à ses mots. Je m'interrogeais à nouveau sur sa réaction consciente, mais j'étais trop focalisée sur Vivaxia pour y réfléchir davantage.

— Vous deux n'existez que parce que je vous ai créées, reprit-elle d'un ton impérial. Cela signifie que vous m'appartenez toutes les deux. Votre âme. Votre esprit. Votre *pouvoir*.

Une douleur se propagea dans ma poitrine à ce dernier mot, comme si elle me frappait physiquement en plein cœur.

— Tu es *à moi*, Camillia de la Croix. Tout comme Nos et tous ses Strigoï. Comme Azazel. Comme toutes les autres créatures que j'ai fait naître.

Mes genoux menacèrent de se dérober tandis qu'elle déplaçait son emprise sur mes entrailles, la carapace protectrice que j'avais imaginée ayant disparu.

C'était comme si elle avait pénétré mon être profond avec une simple pensée.

C'était bien ce qu'elle avait fait. Parce qu'elle *le pouvait*.

J'avais été tellement séduite par l'afflux de pouvoir de Typhos que je m'étais sentie invincible. Mais Vivaxia avait corrigé cette idée naïve d'un seul putain de mot.

La souffrance se répandit dans tout mon corps lorsqu'elle inclina la tête, et ce simple geste parut lover davantage son pouvoir en moi.

— C'est vraiment très simple, chérie, murmura-t-elle d'un ton de matrone. Je suis ta *déesse*. Celle que tu es censée vénérer. *Servir*. Il me suffit d'une pensée, et soudain tu oublieras comment respirer.

Je portai ma main à ma gorge en réaction, mes poumons cessant de fonctionner.

Pendant ce temps, la pierre de la mort vibrait dans mon autre main, me rappelant son existence. Mais j'ignorais en quoi elle était censée m'aider alors que je ne pouvais plus respirer.

— Une autre pensée pourrait arrêter ton cœur, poursuivit-elle d'un ton empreint d'ennui. C'est tellement facile. Et, en fait, ce ne sont pas seulement mes créations que je contrôle, mais toutes celles générées par mes Faë Vertueux déchus. (Un petit rire lui échappa tandis qu'elle levait la main pour révéler un tourbillon d'énergie grise.) Leurs essences résident maintenant en moi, tout comme les ficelles de leurs marionnettes cauchemardesques.

Il me fallut un moment pour comprendre ce qu'elle disait, étant quelque peu préoccupée par mes poumons figés.

Mais peu à peu, je commençai à associer ses paroles à ce que j'avais vu du royaume des Faë Vertueux. *Et de ma mère.* Qui ressemblait à un fantôme. *À une cosse.*

C'était ce que j'avais entendu : les *cosses* des Faë Vertueux déchus.

Semblable à celle qui se trouvait à quelques pas de moi, sauf que ces restes cendreux étaient ceux d'un roi Strigoï.

Elle absorbe tous leurs pouvoirs et tue leurs formes corporelles.

Comme Typhos l'a fait pour ses parents.

Seulement, elle le faisait *intentionnellement.*

Et elle n'avait clairement aucun intérêt à utiliser son pouvoir pour le bien de tous.

C'était une âme sombre. Un être maléfique. Un véritable monstre.

Et je n'ai aucune idée de comment l'arrêter.

CHAPITRE QUARANTE
AJAX

Kuro se hérissa sur mon épaule, son sens de l'alarme m'indiquant que quelque chose n'allait pas du tout. Az se figea au même moment, inclinant sa tête d'une manière montrant que son Phénix avait pris le dessus.

— *Cami*, souffla-t-il au moment où je ressentis un pincement au cœur.

Il tourna sur lui-même, son grand corps ayant l'air une ombre à cause de la lumière dans son dos. Mais je n'avais pas besoin de le voir pour savoir que son cœur se brisait.

Tout comme le mien.

Notre compagne était en difficulté.

On n'aurait jamais dû rester ici. Mais j'avais suivi Az, comme je le faisais toujours.

Ce n'est pas le moment de blâmer, me dis-je. *C'est le moment d'être en phase et de trouver notre compagne.*

— Kuro, appelai-je, mon familier sachant parfaitement ce dont j'avais besoin.

À l'aide de ma baguette, je créai un portail en me basant sur son instinct – tout comme je l'avais fait pour localiser Az quelques instants plus tôt − et je franchis l'ouverture sans regarder en arrière.

Le Phénix d'Az brûlait pratiquement dans mon dos. Nous étions tous deux encore torse nu après notre entraînement de tout à l'heure. Nous aurions pu nous changer avant de nous rendre au royaume de l'Au-delà, mais nous n'avions pas pris cette peine. Tout comme Cami n'avait pas perdu de temps à se changer avec son débardeur taché de sang.

Flammes, elle a intérêt à aller bien. Mais je ressentais dans mon âme que ça n'allait pas. Elle avait besoin de nous, et nous…

— Nous sommes toujours sous terre, dit Az, aussi confus que moi. Je ne…

— Réveille-toi !

Cet ordre coupa Az et nous fit courir tous deux vers celui qui l'avait émis. *Melek.*

Az entra le premier dans la caverne. Je voulus le suivre, mais je reculai d'un bond lorsqu'une gerbe de flammes jaillit du sol juste devant moi. Une autre fusa sur le côté, et plusieurs devant moi. Az ne les avait pas remarquées ou s'en moquait. En tant que Phénix noir, il était pratiquement à l'épreuve du feu. Moi, pas trop.

Un autre geyser de liquide enflammé s'éleva, dont le grondement couvrit presque la demande d'aide de Melek à Az.

Le feu me permit de voir pourquoi il avait besoin d'aide : Lucifer gisait à terre, inconscient, son costume brûlé à plusieurs endroits et son visage ensanglanté.

— Putain, qu'est-ce qui s'est passé ? soufflai-je, regardant autour de la caverne ardente avant de lever les yeux vers un abîme noir.

— Il a chuté, grogna Melek. *Volontairement.*

— Il protège sa Source, renchérit Az.

— Je sais. Mais Cami… (Melek regarda Az avec une peur comme je n'en ai jamais vu sur ses traits.) Il faut qu'il se réveille et qu'il aide Cami !

Une autre pointe de douleur me transperça la poitrine, me poussant à faire tourner ma baguette pour créer un second portail. Mais il ne menait qu'ici.

— Bon sang, Kuro !

— Melek a raison, nous avons besoin de Typhos, me dit Az. Ton hibou le sait aussi.

— Cami a mal, grognai-je.

— Je la sens aussi. (Az se tourna vers moi.) Mais nous avons besoin de Typhos. Alors viens ici et aide-nous à le recharger.

Le recharger ? m'étonnai-je. Mais je n'eus pas le temps de réfléchir à ce que cela signifiait. Cami avait des problèmes. Je le sentais dans mon âme. Mon cœur. Mon *tout*. Et je ferais tout pour la sauver.

— Dites-moi ce que je dois faire.

Mes paroles s'adressaient à Az et à Melek tandis que je m'enfonçais dans la caverne. Des flammes jaillirent à ma droite, que j'éteignis d'un sort de ma baguette. Mon front se couvrit de sueur, mes membres surchauffèrent instantanément. Mais je continuai à avancer, et vins m'agenouiller à côté d'Az devant Lucifer.

Kuro se hérissait, n'aimant visiblement pas le feu non plus. Or c'était lui qui nous avait amenés ici, donc je pris ça pour sa punition.

— Mords-le.

L'ordre d'Az me fit cligner des yeux.

— Quoi ?

Il ne répéta pas, posa juste la main sur le cœur de Lucifer et injecta de l'énergie en lui. Un peu comme il l'avait fait avec Cami après l'incident du paradigme.

Le Phénix tatoué sur sa poitrine ondulait tandis que

son pouvoir emplissait la caverne, tout entier concentré sur le Faë inconscient.

— Même si cela ne marche pas, ça renforcera sa Source, dit Melek, posant également ses mains sur Lucifer. Et la Source donnera cette vitalité à Cami.

Je voulus lui demander comment il le savait. Mais je savais qu'il valait mieux ne pas remettre en question ses connaissances.

Si mordre Lucifer allait donner de la force à Cami, alors je le ferais. Je ferais n'importe quoi. *Même m'accoupler au roi des Faë de l'Enfer.*

Je saisis son bras, remontai sa manche, portai son poignet à ma bouche.

— Si Lucifer me tue à son réveil, dites à Cami que j'ai fait ça pour elle et que je l'aimerai… *pour toujours.*

Sans attendre qu'Az ou Melek me répondent, je plongeai mes crocs dans les veines de Lucifer. En espérant que nous pourrions le réveiller à temps.

CHAPITRE QUARANTE-ET-UN
CAMI

Le monde tournait en spirale dans les ténèbres et le chaos.

Ténèbres et vie.

Ténèbres et mort.

Je ne voyais rien. Je ne pouvais pas respirer. Mais je pouvais *entendre*.

La voix de Vivaxia était partout, dans mes oreilles, mon esprit, mon âme.

Je serrai les poings, provoquant une morsure glaciale dans mon bras droit. Je ne compris pas tout de suite, le changement de température ne cadrant pas avec l'engourdissement qui s'emparait de mon corps. Mais une pulsation dans ma paume me rappela que je tenais toujours la pierre de la mort.

Et elle semblait vouloir communiquer quelque chose d'important. Quelque chose de *vital*.

Qu'est-ce qu'il y a avec cette foutue pierre ? me demandai-je, étourdie par mon incapacité à respirer.

Une énergie pulsait dans ma poitrine, une énergie qui

me parut étrangement familière. Comme si elle était importante. Comme si je devais me concentrer sur...

— Tu me remercieras plus tard, murmura Vivaxia, ses mots résonnant fort dans ma tête malgré son chuchotement.

Argh, elle n'avait pas cessé de radoter à propos du royaume des Faë Vertueux, de son intention de restaurer sa beauté d'origine. Et elle n'avait pas fini.

— Je vous recréerai, ta mère et toi, poursuivit-elle. Puis vous adorerez ma Source. Vous m'obéirez. Vous existerez pour m'amuser.

J'avais envie de lui demander comment une telle existence pouvait être agréable pour qui que ce soit. Mais on aurait dit que tout ce que Vivaxia désirait vraiment, c'était d'être vénérée comme une sorte de déesse créationniste. Elle voulait des disciples pour la servir de toutes les manières imaginables.

Sauf que non. Elle avait eu cela dans le passé, quand elle avait possédé Az. Quand elle avait essayé de manipuler Typhos.

Je... je me rappelais certaines choses. *Grâce aux souvenirs de Typhos...*

La pierre pulsa de nouveau, me ramenant sur terre tandis que mes genoux finissaient par céder. J'étais surprise d'avoir tenu aussi longtemps.

Quand ai-je respiré pour la dernière fois ? Comment se fait-il que je sois encore en vie ?

— Et je serai à l'intérieur de la Source, continuait Vivaxia. Je vous inonderai de pouvoir pendant que j'observerai depuis ma position élevée. Ce sera glorieux.

Quoi ? voulus-je lui demander. *Sa position élevée... ?*

Cela m'évoquait une nature divine, comme si elle cherchait à devenir une sorte d'être suprême. Un créateur céleste, sous une forme non corporelle. *La magie redéfinie.*

Cette dernière pensée résonna dans mon esprit, réveillant quelque chose au fond de moi. Une connaissance. Une compréhension. *Une prise de conscience.*

Typhos a redéfini sa magie. Après avoir siphonné les essences de ses parents et créé sa propre lumière.

Il croyait que Vivaxia ne connaissait pas son passé, qu'elle ignorait qu'il était un siphon. Mais elle le savait depuis le début.

Elle avait implanté un virus dans Vita, un petit bout corrompu qui lui avait permis d'accéder à l'esprit de Typhos pendant des millénaires. Il ne l'avait pas senti parce qu'il se trouvait au plus profond des pages de Vita, perdu dans les notes de sa mère.

Chaque fois qu'il avait libéré un souvenir pour le stocker dans Vita, Vivaxia avait été là pour l'examiner. Et une poignée de ces souvenirs – des souvenirs très spécifiques concernant Vivaxia – avaient été cachés pour de bon.

Comme le jour où il avait compris qu'elle savait qu'il était un siphon et qu'elle en était un aussi.

Une partie de lui l'avait toujours su, bien sûr. Il avait senti sa présence au fil des ans, testant ses portes, jouant avec ces portails. Mais il ne l'avait pas considérée comme une grave menace parce que certains moments clés de leur histoire lui avaient été dissimulés.

Des souvenirs du jour de sa chute. Je les voyais maintenant, se déroulant en temps réel.

— Oh, doux Typhos, avait roucoulé Vivaxia, la main sur sa joue, l'air affectueux. Je savais que ton âme rejetterait la mienne.

Typhos n'avait rien dit, son expression ne laissant rien transparaître.

Mais j'étais en phase avec son esprit maintenant. Ses souvenirs. *Sa vie.*

Et je sentais ce brin d'incertitude en lui, ce brin qui craignait qu'il ait raté un détail. Parce qu'il ratait *toujours* quelque chose concernant Vivaxia et ses jeux.

Ses lèvres se retroussèrent en un sourire qui laissait entendre qu'elle aussi connaissait ses pensées.

— Tu me dois un sacrifice à présent. Un sacrifice de *sang*. (Elle passa son ongle acéré sur sa joue et descendit jusqu'à sa bouche, ses iris gris suivant le mouvement.) Tu vas chuter pour moi, Typhos. Tu vas supposer que c'est le prix que j'exige. Et je vais te laisser croire cela pendant très, très longtemps.

Mon cœur manqua un battement pendant que je regardais – *apprenais* – cette histoire. C'était... c'était très étrange à entendre et à voir. Parce que je savais que j'étais toujours dans la salle du trône des Strigoï, et pourtant, j'étais tout entière à l'écoute de cette histoire. Je la revivais. Je *l'observais*.

— Ton pouvoir a besoin d'être affiné, reprit Vivaxia. Mais tu es bien sur la voie de la grandeur, mon amour. Je le sens dans ta lumière, je le vois dans ta force. Ta chute va irrémédiablement altérer la Source des Faë Vertueux. Enfin, ça et le fait que Melek ait rompu son accord avec moi.

Typhos crispa sa mâchoire.

— Quel accord ?

— Celui qui stipule qu'il doit me rendre hommage. (Elle pencha la tête.) En échange, je ne m'accouple pas avec toi. Il est loin de se douter que je savais déjà que nos liens échoueraient. Mais il sera très contrarié lorsque tu chuteras. Et je m'attends à ce qu'il réagisse comme il se doit – en trahissant notre accord.

— Hommage ? releva Typhos. Comment ce terme a-t-il été défini ?

— Oh, Typhos. (Elle fit glisser ses ongles le long de son torse nu.) Tu sais quel genre d'*hommage* j'apprécie.

Je serrai les dents, son petit ronronnement accompagnant ce dernier mot me donnait envie de sortir de cet étrange souvenir et de la tuer.

Mais elle n'avait pas fini de parler.

— L'offre n'était valable qu'une seule fois, à l'heure de mon choix. Pas plus de soixante minutes. Seulement lui et moi. Et c'était lui qui définissait les limites. (Elle arqua un sourcil.) Tu lui as bien appris, chéri. Cependant, il y avait des clauses en petits caractères qu'il n'a peut-être pas pris en compte, comme celle qui mentionne *pas de violence*.

Ses yeux gris scintillaient de triomphe. Pendant ce temps, Typhos n'éprouvait que de l'effroi. Parce qu'il voyait déjà où cela menait.

— Il croyait que je parlais d'une limite sensuelle. (Elle sourit.) Tu peux croire ça ? Moi ? Une sadique ? (Elle émit un petit rire qui m'exaspéra.) Il ne se rend pas compte à quel point nous nous ressemblons, toi et moi ?

Typhos garda le silence, son expression ne trahissant toujours rien. Toutefois, je ressentais son état émotionnel. Je le vivais comme si c'était le mien. Pourtant je pouvais le voir, d'une certaine façon. Ou peut-être… Peut-être que je ne le voyais pas. Peut-être que je captais juste l'image qu'il pensait dégager.

Il réfrénait ses réactions externes, s'assurant que Vivaxia ne puisse rien sentir de l'extérieur. Par conséquent, sa mémoire le présentait comme tel. Mais je ne pus m'empêcher de me demander si c'est bien le cas. Son point de vue n'était pas très fiable.

Bon sang, rien en lui n'était fiable. Non pas parce qu'il souhaitait être énigmatique ou versatile, mais parce que Vivaxia l'avait manipulé de la sorte, avait altéré son esprit.

Encore maintenant, je pouvais sentir l'effet de son

essence qu'elle mêlait à la sienne pour redéfinir ce moment.

Lui faire oublier chaque mot.

— Comme tu l'as sûrement deviné, notre doux Melek est sur le point de se montrer assez violent. (Elle biaisa un coup d'œil de côté.) Et tu sais quoi ? Notre heure vient de commencer, puisque c'est *moi* qui l'ai choisie, après tout. Ce qui veut dire que le moindre coup de poing annulera notre accord. Et tu sais comment la Source des Faë Vertueux réagit quand on trahit ses vœux.

Le masque de Typhos commençait à se fissurer, sa fureur était une vague de chaleur qui me faisait frémir intérieurement. *Dieux, ça paraît si réel.* Pourtant, je sentais encore le palais des Strigoï autour de moi, tout en voyant Typhos dans cette scène idyllique. *Au beau milieu d'une cour magnifique.*

Que je reconnus. Car j'avais été là avec ma mère, perdue dans le mirage de Vivaxia.

C'est ce que c'est maintenant ? Un autre tour visuel ?

Mais non. Non, je n'avais pas du tout l'impression d'être dans une illusion. Pas comme celles que j'avais vécues auparavant.

— Penses-tu que Melek sera banni ? continua Vivaxia. *Indéfiniment ?* Je veux dire, nous sommes des êtres de paix, n'est-ce pas ? Nos accords sont fondés sur la loyauté. Rompre un vœu, c'est mettre en péril notre fondement même.

Typhos ricana à ses paroles, malgré l'agitation qui montait en lui.

— Nos jeux sont faits pour nous, Vivaxia. Laisse Melek en dehors de ça.

Ses longs cils papillotèrent et elle lui adressa un regard faussement timide, contredit par la malice qui y couvait.

— Tu l'as invité à jouer quand tu l'as envoyé chercher ceci.

Elle brandit un journal, que je reconnus comme étant l'ancien Vita.

Et tout fit tilt dans ma tête.

Ce n'est pas une illusion. Ce n'est pas non plus le fait de Vivaxia.

C'est Vita. Qui me montre son passé. Comment tout cela a commencé.

Parce que c'est le moment où tout a changé.

Typhos regarda le journal, surpris de le trouver entre ses mains. Il l'avait pris sur la table de nuit de Vivaxia plus tôt dans la journée.

Ou l'avait-il vraiment fait ? Vivaxia était passionnée par les illusions.

Quel journal ai-je ramené à la maison ? se demanda-t-il. Les mots résonnaient dans notre étrange petit lien comme s'il était ici en ce moment, en train de penser ces mêmes paroles.

— Tu vas tout changer, mon doux Typhos, murmura Vivaxia d'une voix affectueuse et chaleureuse. (Elle lui caressa de nouveau la joue, les yeux mi-clos.) Un jour, tu te souviendras de ce moment, mon chéri. Tu te rendras compte que j'ai toujours eu dix coups d'avance. Et tu comprendras instantanément *pourquoi*.

Il tenta de s'éloigner, mais Vivaxia posa une main sur sa nuque pour le retenir. Il sursauta quand le journal toucha sa main, et referma par réflexe ses doigts sur lui.

— Sers-t'en de récipient pour ton esprit, lui murmura-t-elle. Tu auras besoin d'un exutoire avec tout ce pouvoir qui grandit en toi. Partage tes souvenirs. Tes fardeaux. Débarrasse-toi de tes peurs. Et grandis.

Les mots étaient clairs et compréhensibles, mais un soupçon de magie s'insinuait dans chacun d'eux, le bourdonnement d'un sort se formant sous les commandes.

Je pouvais le goûter. Le *voir*.

Chaque brin venait de Vivaxia, ses vrilles fumées étaient claires à mes yeux mais apparemment invisibles à ceux de Typhos. Ces rubans s'enroulaient autour de lui, formaient ses décisions, le prenaient en charge comme Vivaxia l'avait fait pour tant d'autres. *Une version de son infâme sort de domestication*, pensai-je, observant avec horreur la magie s'infiltrer en Typhos, se fondre dans son esprit.

La fureur monta en lui.

Une partie de lui comprenait ce qui se passait, savait que Vivaxia venait de le trahir de la pire des manières. Elle forçait sa magie en lui, réveillant son pouvoir de siphonnage et lui faisant absorber une partie de son essence.

Ainsi elle serait toujours avec lui. À encadrer son esprit. À masquer ses souvenirs. *À caresser sa haine.*

Tout ce qu'il était devenu, tout ce qu'il avait fait était enraciné dans cette expérience. Sa méfiance envers les femmes était bien plus profonde que ce simple moment de trahison. C'était une graine que Vivaxia avait plantée dans son âme.

Elle ne voulait pas de concurrence.

Melek lui convenait. Elle lui avait même donné Azazel. Mais pas une compagne femelle. Et encore moins une *reine*.

Seulement, elle m'avait envoyée à lui. J'étais une femme. Une femelle. *Une compagne potentielle.* Mais elle m'avait préparée à sa façon. Elle m'avait transformé en une arme qu'elle avait eu la ferme intention d'utiliser. *Pour débloquer Vita. Pour lui donner accès au moment opportun.*

Je voyais tout, ses plans, ses intentions, la toile diabolique qu'elle avait tissée.

Car la Source le savait. Elle avait senti son intrusion. Perçu ses intentions. Elle savait qu'elle avait élaboré le plan parfait pour abattre son maître. *Typhos Lucifer.*

Donc Typhos le savait aussi. À un niveau caché, il était conscient de son objectif final. Et il avait élaboré ses propres mesures de représailles.

Je comprenais tout maintenant, cette partie d'échecs, la stratégie en jeu. Le *pouvoir*.

Puis en un clin d'œil, je fus de retour dans le palais des Strigoï, les genoux vacillants et à bout de souffle.

Un souffle que Vivaxia m'avait permis de prendre.

Non, réalisai-je. *Non, elle n'a rien permis du tout.*

La pierre était froide dans ma main. Morte. Vidée de son pouvoir.

Parce qu'il est en moi maintenant. Je le sentais réchauffer mes veines, une énergie familière, quoique pas tout à fait.

Et Vivaxia… ne regardait même pas dans ma direction.

Combien de temps a passé ? me demandai-je. J'avais l'impression d'avoir vécu plusieurs vies dans ma tête, quoique je me doutais bien qu'il ne s'était écoulé que quelques secondes. Le temps est fuyant quand on fouille dans les souvenirs.

Le pouvoir de Vivaxia flottait autour de moi, me maintenant à genoux comme une sorte de poupée qu'elle aurait posée là pour jouer avec. L'énergie comprimait ma poitrine, son emprise mentale s'enroulait toujours autour de mon cœur.

Je voyais encore ces mèches affreuses, ces vrilles fumeuses qui m'encerclaient.

Tous les Strigoï à proximité portaient des rubans similaires, la magie étant claire à mes yeux maintenant. Et pas seulement à cause de ma capacité de siphonnage.

Je la *voyais* simplement. Sa vitalité. Ses dons de créationniste. Ils étaient partout. Étouffaient la pièce. Noyaient le libre arbitre des Faë du Cauchemar.

Et ils s'étendaient sur des kilomètres. Dans les royaumes. À travers tout le domaine.

Je le savais de la Source, et je le *sentais* dans mon être.

Cette femelle était sans cœur. Elle n'avait aucune compassion pour les créatures qu'elle et ses semblables avaient créées. Elle considérait tout le monde comme ses serviteurs. Elle prenait des vies pour son propre plaisir. Et tout cela parce qu'elle voulait devenir une déesse folle avec un complexe de créationnisme.

C'était *elle* qui avait détruit la Source des Faë Vertueux. Pas Typhos. Pas Melek. Mais *elle*. Avec ses jeux narquois visant à inciter ses congénères à *pécher*.

Et moi qui croyais que Typhos Lucifer était le diable.

Il était le véritable ange de cette histoire. Le héros. Celui qui portait le monde sur son dos et sauvait les innocents.

Cette femme − cette *salope* −, c'était elle qui méritait de *chuter*. Pour de bon.

Je me relevai, et elle me regarda avec surprise, haussant un sourcil diabolique.

— Eh bien, c'est intéressant. (Elle pencha la tête.) Tu essaies d'utiliser contre moi les dons que je t'ai donnés ?

La pierre revint à la vie dans ma paume à mon grand étonnement, moi qui la croyais morte. Mais elle était très vivante à présent. Et elle essayait de me dire quelque chose.

Une énergie bourdonna en moi. Une énergie que je reconnus. Une énergie qui venait de mes *compagnons*. Pas de la pierre.

Cependant, celle-ci envoya une secousse similaire le long de mon bras pour rejoindre le pouvoir qui réchauffait mon être.

Vivaxia disait quelque chose à propos de faire de mon

mieux, mais je l'ignorai et me concentrai sur ces énergies concurrentes en moi.

Mes compagnons me donnaient du pouvoir. Je les sentais au fond de moi. Cette pulsation dans mon cœur tout à l'heure, c'était eux. Et quelque chose avait déclenché la mémoire de Typhos.

À moins que ce soit la pierre de la mort.

C'est un siphon. Typhos est un siphon. Je suis un siphon.

Tout était lié.

Mes amis envoyaient du pouvoir dans Typhos, qui me parvenait directement. *Via la Source.*

C'était un vrai fouillis de pouvoirs, mais cela me permettait de voir et de ressentir bien des choses. Cela me donnait les clés de mon royaume. Mon domaine. *En tant que reine des Faë de l'Enfer.*

Vivaxia était assise sur le trône, l'air royal, ayant sûrement l'impression d'avoir déjà gagné. Car tous ces êtres étaient sous son charme, leurs âmes liées à la sienne pour les forcer à accomplir ses quatre volontés.

Mais que se passe-t-il quand les ficelles sont coupées ? me demandai-je, caressant son pouvoir. *Que se passe-t-il quand un siphon engloutit tout le sort ?*

J'inclinai la tête, comme elle l'avait fait d'innombrables fois dans les souvenirs de Typhos, et même dans les miens.

— Tu as commis une erreur, Vivaxia, lui dis-je. Et cette erreur va faire échouer des milliers d'années de planification.

Mes mots étaient intentionnels, mon pouvoir cherchait déjà chaque fil qu'elle avait tissé dans ce royaume. Chaque soupçon de magie qui ne lui appartenait pas. Chaque parcelle de vitalité qui venait d'*elle*.

— Ah ? fit-elle en se penchant en avant. Développe.

— Je ne suis pas à toi, dis-je simplement.

Puis je tirai sur ses rubans, ma capacité de siphonnage à son maximum.

Son enchantement commença à s'effilocher sur les bords.

Et en un clin d'œil, sa sinistre toile se mit à *se défaire*.

CHAPITRE QUARANTE-DEUX
TYPHOS

J'ouvris d'un coup les yeux tandis que le pouvoir ondulait tout autour de moi. À travers moi. *En moi.*

— Camillia, soufflai-je.

En me redressant, je faillis me cogner à la tête de Melek. Mais il fut plus rapide, reculant d'un sursaut, tout comme Azazel et Ajax, tous les trois étant à genoux autour de moi.

— Qu'est-ce qui se passe, bordel ?

Ma question sortit comme un râle, ce qui me fit froncer les sourcils.

Puis une douleur me transperça le crâne alors qu'un cri strident déchirait l'air. Un *hurlement* de fureur féminine.

— *Putain*, marmonnai-je en me prenant la tête.

On aurait dit une Banshee. Sauf que ce n'en était pas une. C'était *Vivaxia*.

Je la sentais partout. Dans ma tête. Mon âme. Mon cœur. *Mon domaine.*

Mais ce n'était pas seulement elle que je ressentais, c'était aussi Camillia. Sa présence était tout aussi puissante que celle de Vivaxia, son essence touchait chaque partie de mon être tandis qu'elle déroulait des fils invisibles à partir de mon centre.

Je pris une profonde inspiration, mon cœur battant soudain la chamade tandis que ma Source poussait un soupir de soulagement palpable. Je n'avais aucune idée de ce que faisait Camillia de la Croix, ni de la manière dont elle le faisait, mais ça me paraissait juste. Ça me paraissait *bien*.

Et l'onde de choc de fureur qui suivit, provenant de Vivaxia, me dit qu'elle n'approuvait pas du tout.

— Où est-elle ? demandai-je en promenant mon regard dans la caverne obscure, fronçant de nouveau les sourcils. Qu'est-ce que je fous ici ?

— Tu as chuté, m'annonça Melek, l'air irrité. *Encore une fois.*

— C'était une sorte de sécurité intégrée, ajouta Azazel. Tu…

— J'ai empêché Vivaxia d'enfoncer ses griffes plus profondément dans mon esprit, le coupai-je, me souvenant à présent.

Et pas seulement de cet incident.

Je me souvenais de *tout*. Toute mon histoire avec Vivaxia et bien plus encore.

— Cette salope a joué avec mes souvenirs depuis trop longtemps, grognai-je.

La colère qui soulignait mes paroles était davantage dirigée contre moi que contre Vivaxia. Car j'aurais dû savoir ce qu'elle me faisait. J'aurais dû la *sentir*. Quoique je supposais qu'à un certain niveau, c'était le cas. C'était pourquoi ma Source avait réagi à cette intrusion. Et pas seulement aujourd'hui, mais à chaque fois qu'elle avait tenté de s'immiscer dans mon royaume.

Ç'avait été une façon d'instiller de la méfiance chez

mes Faë tout en me laissant sur mes gardes. Elle voulait que je sois émotif et réactif.

Et je l'avais été dans une certaine mesure, mais pas autant qu'elle le souhaitait.

C'était pourquoi elle avait intensifié sa fin de partie. Pourquoi elle avait manipulé mon roi Strigoï et s'était engagée dans son dernier mouvement. Sauf qu'elle n'avait pas prévu que son pion deviendrait une reine. Et quelques semaines plus tôt, je ne m'y serais pas attendu non plus. Or les hommes qui m'entouraient m'avaient forcé à voir la valeur de Camillia. Son véritable potentiel. Son *pouvoir*.

Ce qui m'amena un sourire en coin malgré l'énergie furieuse qui chauffait mes veines. Car contrairement à Vivaxia, je savais que Camillia pouvait être une reine. Et pas n'importe quelle reine, mais *ma* reine.

Une autre vague d'énergie brûlante me submergea, démantelant l'aura de Vivaxia avant même qu'elle me touche à nouveau.

Elle essaie toujours d'enfoncer ses crochets en moi, réalisai-je, sentant les griffes du don de Vivaxia persister dans l'air.

J'avais oublié à quel point son talent était puissant, à quel point il pouvait être *étouffant*. Elle m'avait volé ces souvenirs, en avait modifié les fondements et m'avait amadoué pour être sa petite marionnette. Entretenant mon pouvoir. Guidant mes instincts. *Assurant mes échecs.*

Je ressentais tout cela à présent. Son but. Ses objectifs. Son désir de *s'élever.*

Putain, c'était une salope immortelle et folle.

Et Camillia la combat seule.

Je m'arrachai du sol, l'urgence inondant mes veines. Je n'avais pas le temps de tout expliquer de vive voix, alors je transmis via mes liens mon savoir à Azazel, Melek… *et Ajax.*

Je me retournai lentement pour regarder le Faë de

Minuit, arquant un sourcil. Il leva les mains, son esprit me disant qu'il se méfiait de la façon dont j'allais réagir.

— Ils m'ont dit de te mordre.

Mon sourcil s'arqua plus haut.

— C'était le meilleur moyen d'introduire mon pouvoir en toi.

— En m'imposant un lien ? demandai-je pour clarifier sa déclaration.

Car il m'avait mordu plusieurs fois, s'assurant ainsi que nous soyons bien accouplés.

Ajax se hérissa.

— Ce n'est pas comme si je voulais le faire.

Je plissai les yeux, mon esprit interprétant aussitôt ses désirs à partir de ses pensées.

— C'est un mensonge, Gardien.

Sa mâchoire se crispa.

— Nous en discuterons plus tard.

— En effet, opinai-je.

Ainsi, je lui donnais un accès total à mes pensées, mes sentiments, mon passé et tout ce que je pouvais. Parce que cet accouplement ne me dérangeait pas du tout. Ce qui me dérangeait, c'était son mensonge sur le fait qu'il n'en voulait pas.

Cependant, comme il l'avait dit, *nous en discuterions plus tard.*

Les contours bleus de ses yeux semblaient pulser, débordant presque sur ses iris noirs. Je me vis dans ce changement de couleur, mon pouvoir l'ayant manifestement revendiqué comme mien.

Bon. Il avait besoin d'un regain d'énergie. Nous en avions tous besoin.

— Allons trouver Camillia.

Sans attendre leur accord, je déployai mes ailes pour

décoller, mais me figeai à la sensation des plumes dans mon dos.

— Ty, hoqueta Melek, ouvrant des yeux ronds devant ce que je sentais déjà.

Plus de braises ni de tiges brûlées. Juste un ensemble complet de plumes noires aux pointes dorées. *Camillia... a guéri mes ailes.*

Je n'avais aucune idée de comment c'était possible, mais je le sentais dans mon âme. Elle m'avait tiré d'une sorte de toile, m'avait démêlé de l'influence de Vivaxia et avait libéré mon âme.

Sauf que non. C'était bien plus profond que ça.

C'est ma Source.

Camillia était... en train de tout changer. De réécrire mon pouvoir. Mon domaine. De créer un nouvel équilibre, libéré du contrôle créatif de Vivaxia.

Tu ne toucheras plus jamais à ces Faë, l'entendis-je penser, sa voix mentale étant un baiser à mon esprit. *Ils sont sous notre protection maintenant.*

Notre, relevai-je, curieux de ce terme.

Et puis tout s'arrêta.

Typhos, souffla Camillia. *Je...*

Ne t'arrête pas, la pressai-je. *Putain, ne t'avise pas d'arrêter, Camillia de la Croix. Continue à purifier le domaine. Continue à nous sauver tous.*

J'aurais juré que j'entendis son cœur manquer un battement à mes paroles, que je sentis la sueur couler dans son dos. Je pouvais *goûter* sa confusion.

Mais par-dessus tout, je pus capter sa résolution. Sa détermination. *Son pouvoir.*

Cela frappa mes sens avec la force de mille soleils, me brûlant à vif. Et je me baignai dans cette lumière. En *elle*. Dans son pouvoir. Sa présence. Son *tout*.

Dieux, c'est une sensation incroyable, lui dis-je. *Continue.*

Un frisson de plaisir parcourut notre nouveau lien – un lien que je ne comprenais pas entièrement mais que je soutenais absolument.

Le monde se mit à clignoter autour de moi tandis que je *m'élevais* à ses côtés, son âme étant un phare que mon esprit ne pouvait nier.

Elle se tenait là où je m'étais tenu dans la salle du trône des Strigoï, son attention fixée sur une Vivaxia furieuse, tandis que le pouvoir se déchaînait dans la pièce.

Je posai une main sur l'épaule de Camillia pour l'aider à s'ancrer. C'était le plus naturel des mouvements, une réponse à un besoin qu'elle n'avait pas exprimé à voix haute, mais qu'elle transmettait avec son âme.

Elle ferma les yeux et ouvrit ses lèvres tandis que l'énergie tourbillonnait autour d'elle. À travers elle. *En elle.*

Je n'ai aucune idée de ce que je fais, murmura-t-elle.

Tu crées une Source, lui dis-je. *Une Source qui semble être accouplée à la mienne.*

— Quoi ? lança-t-elle à voix haute. (Apparemment tirée de son hébétude, elle me fixa droit dans les yeux.) Comment...

Le pouvoir tressauta à travers la pièce, frappant Camillia en pleine poitrine et la projetant en arrière. Melek et Ajax apparurent juste à temps pour la rattraper avant qu'elle s'écrase contre le mur. Mais des flammes jaillirent tout autour d'elle tandis que la magie toxique de Vivaxia engloutissait chaque centimètre de son corps.

Azazel surgit en poussant un rugissement de fureur, son épée apparut en un éclair et il tenta de la planter dans Vivaxia. Mais elle en saisit l'extrémité tranchante, la lui arracha et le saisit à la gorge. Ses mouvements étaient si rapides que je les percevais à peine.

Elle avait toujours été puissante. Mais là c'était bien davantage. *Combien d'âmes de Faë Vertueux résident en elle ?* me demandai-je, reconnaissant la magie que je voyais spiraler dans son aura.

Elle semblait être tout ce qu'il restait du royaume des Faë Vertueux, son pouvoir étant presque aussi solide que celui d'une Source. Seulement, elle n'était pas capable de le contrôler. Il l'entourait simplement de vagues de chaos dont elle absorbait l'énergie, mais ce n'était pas la même chose que ce que je faisais avec mes exutoires.

Malheureusement, cela lui donnait toujours du pouvoir.

Ce qu'elle prouva en prononçant un sort qu'Azazel connaissait bien. Un sort qui me fit gronder de fureur. Un sort qui fit *hurler* Camillia.

Non. C'était le *feu*. Il la dévorait vivante.

Melek cria quelque chose, tout comme Ajax, et tous deux tentèrent d'éteindre les flammes. Mais la magie que Vivaxia avait lancée était trop puissante pour qu'ils puissent la combattre. Ou trop inconnue.

Azazel siffla de fureur tandis que le sort de domestication commençait à prendre. Un sort qui ne devrait pas avoir le droit d'exister. Parce qu'il allait à l'encontre de notre accord initial, celui qui avait libéré Azazel.

Ce qui ne pouvait signifier qu'une chose : Vivaxia avait trouvé un nouveau sort à utiliser sur lui. Un sort qui n'était pas soumis aux conditions de notre accord initial.

Ou peut-être qu'elle ne se soucie plus de nos conditions, pensai-je.

Une autre explosion jaillit de Vivaxia en direction de Melek, et une corde de feu s'enroula autour de son cou pour l'éloigner de Camillia.

Tout se passait si vite, *trop vite*.

Mon cœur se fendit à cette vue, mon âme fut déchirée par un choix impossible. *Melek. Azazel. Camillia.*

Et maintenant Ajax.

Car le feu s'était propagé de Camillia à lui, les flammes surnaturelles cherchant à *détruire*.

Je grondai, le son roula sur le sol dans un écho de tourment. De douleur. De *fureur*.

Vivaxia avait cherché à m'arracher une réaction émotionnelle, et elle avait finalement réussi. Car en voyant mes compagnons – *tous les quatre* – à l'agonie, mon cœur s'ouvrit en grand. Et avec lui, ma Source.

— Tu veux ma lumière ? apostrophai-je Vivaxia, la voix plus grave que jamais et chargée d'un *pouvoir* inexprimé. *Tu peux l'avoir.*

De l'énergie jaillit du bout de mes doigts tandis que je levais les mains vers elle, ma Source renforçant ma rage, et que la *lumière* jaillissait du plus profond de mon être.

Tout mon être. Toute ma vitalité. Toute ma putain d'âme.

Parce que j'étais plus que prêt à mourir pour mes compagnons.

Camillia survivrait. Elle les maintiendrait ensemble. Elle serait leur reine.

Ensemble, ils seraient ses rois.

Le sacrifice ultime. Une véritable chute. Tout cela au nom de l'amour.

Pas seulement pour mon cercle, mais pour mes Faë du Cauchemar. Mes Faë de l'Enfer. *Mon royaume.*

Je meurs pour vous, leur dis-je en fermant les yeux. *Tout ce que je demande, c'est que vous surviviez… de votre plein gré.*

Parce que les portes seraient toujours ouvertes maintenant.

Plus de règles. Plus de discrimination. Plus de faux-semblants de protection.

Mes Faë du Cauchemar et mes Faë de l'Enfer méritaient de *vivre*. De prospérer. *De régner.*

Je fermai les yeux et ma Source s'écoula à travers moi, hors de moi et dans Vivaxia. La submergeant. Lui apprenant à quoi ressemblait la vraie *lumière*.

C'était un cadeau qu'elle ne pourrait jamais gérer. Car diriger exigeait des sacrifices. De la compassion. *Un cœur.*

Et Vivaxia n'avait rien de tout cela.

Elle serait à jamais seule. Elle s'enfoncerait dans son propre enfer. *Un endroit où elle ne pourra plus créer.*

Profite, me dis-je, tandis que mes genoux se dérobaient. *Tu as mérité ce destin comme j'ai mérité le mien.*

Melek cria mon nom. Azazel aussi.

Ils savaient ce que je faisais et comment cela se terminerait.

Mais c'était trop tard pour l'arrêter maintenant.

Tu avais raison, petit prince, lui murmurai-je quand mes mains frappèrent le sol. *Camillia est la clé. Notre reine des Faë de l'Enfer. Aime-la pour moi, s'il te plaît. Aime-la profondément. Chéris-la. Protège-la. Et sache… sache que je serai toujours là, petit prince. Je sourirai depuis les étoiles. J'éclairerai la Source. J'existerai toujours à l'intérieur de vous tous…*

CHAPITRE QUARANTE-TROIS

CAMI

Typhos !

Son pouvoir explosait autour de moi, provoquant des feux plus chauds, plus rapides, plus *intenses*. Mais ils ne brûlaient pas ma peau. Ils pulsaient autour de moi et d'Ajax.

Sous une mince barrière de feu… C'était contre-intuitif pour lutter contre des flammes, pourtant elle nous servait de bouclier pour nous garder au chaud et nous protéger.

C'est toi qui as créé ça ? demandai-je à Ajax, nos esprits soudain liés de nouveau.

Je réalisais maintenant que ce n'avait pas été la magie de Vivaxia qui avait bloqué nos liens, mais la Source de Typhos. Elle s'était mise en mode protection, s'assurant que nous n'étions pas connectés mentalement afin de nous protéger de Vivaxia qui avait franchi les limites de l'esprit de Typhos, nous rendant vulnérables. La Source l'avait su et avait réagi en conséquence.

Non, dit Ajax, répondant à ma question sur le bouclier de feu. *Ça vient de toi.*

Je fronçai les sourcils. *Ce n'est pas…* Je m'interrompis et remontai à l'origine de l'énergie – la pierre dans ma main. *La pierre de la mort…*

C'était combattre le feu par le feu. *Comme je l'avais fait lors de ces virées en camping…*

J'avais l'esprit tiraillé entre le présent et le passé, mais alors qu'une nouvelle vague grésillante me submergeait, je fus à nouveau solidement ancrée dans ce moment.

Typhos explose !

Le cri de douleur de Melek me frappa en plein cœur. Car je le ressentais aussi. Le sentiment de perte. La compréhension que Typhos sacrifiait tout pour nous sauver. Sa source. Sa vie. *Son domaine.* Il balançait tout dans Vivaxia avec la force d'un million d'étoiles filantes, toutes visant à lui donner exactement ce qu'elle désirait – *sa lumière.*

Je compris sa logique, comment il pensait que cela la submergerait et l'entraînerait dans une existence qu'elle ne pourrait plus gérer. Parce qu'elle montrait déjà des signes d'avoir trop siphonné.

Les âmes des Faë Vertueuses, me dis-je. *Elle en absorbé trop, créant autour d'elle une balise de pouvoir qui tourbillonne et lui fournit de l'énergie sans pour autant lui donner un véritable contrôle.*

Pour gérer une Source, il faut avoir un cœur. Il faut savoir *aimer.*

Or Vivaxia ne chérissait qu'elle-même. Elle ne pourrait jamais vraiment diriger.

Mais Typhos ne peut pas non plus se sacrifier, décidai-je.

Il fallait faire quelque chose. L'arrêter. *L'aider.*

Il m'avait dit que je créais une Source qui s'était *accouplée* à la sienne. Cela m'avait surprise et je m'étais déconcentrée. Une réaction ridicule, car l'instant suivant, j'avais su que c'était vrai.

J'avais siphonné tous ces sorts, éliminant le contrôle de Vivaxia sur le royaume des Faë de l'Enfer, et j'avais canalisé le pouvoir sous une nouvelle forme. Un phare de compassion. Un sentiment renouvelé de pouvoir qui donnerait aux Faë de l'Enfer et aux Faë du Cauchemar la capacité de combattre Vivaxia.

J'avais voulu qu'ils aient leur *libre arbitre*. Et ce faisant, ma sphère d'énergie s'était accouplée avec la Source de Typhos. C'était si naturel, si juste, que je n'avais même pas réalisé ce que je faisais jusqu'à ce qu'il le mentionne.

Il faut que je recommence, pensai-je, me concentrant d'abord sur le feu qui nous engloutissait, Ajax et moi. Il craquait et crépitait, les sombres filaments de magie essayant d'éviter mon contact mental. Je le sentais gigoter, se tortiller, essayer en vain d'échapper à mon pouvoir de siphonnage.

Je serrai les dents. Je *ne me laisserai pas vaincre par le feu*. J'avais affronté assez de brasiers pour savoir comment régler ce problème.

Au lieu d'attirer l'énergie en moi, j'utilisai la pierre de la mort pour amplifier cette fine couche de flammes et la projeter vers l'extérieur.

Droit sur Vivaxia.

Elle l'aspira en elle, comme elle le faisait avec le pouvoir de Typhos.

Libérée de sa prison de feu, je me concentrai sur la laisse enflammée de Melek et la renvoyai aussi à sa créatrice – Vivaxia.

Azazel était le prochain. Lui n'était pas la proie des flammes, mais prisonnier d'un sort qui l'avait forcé à prendre sa forme de Phénix. Ses yeux noirs captèrent les miens, et ce que je vis brûler en lui était de la colère à l'état pur. Il était furieux. Et il se battait de l'intérieur. Mais Vivaxia l'avait emprisonné.

Pas pour longtemps, pensai-je en déroulant les cordes invisibles qui l'entouraient. Vivaxia les réintégra sans mal dans sa boule d'énergie grandissante. C'était comme si elle ne se rendait même pas compte de ce qu'elle prenait dans son âme ; tout ce qu'elle désirait, c'était le *pouvoir*. Et elle se fichait bien de savoir d'où il venait.

Elle ne faisait pas du tout attention à moi. Car je n'étais que son pion.

Typhos, lui, me considérait comme une reine. *Sa reine.* Et j'allais servir à ses côtés.

Je commencerais par reprendre ce trône, celui qu'elle touchait encore comme si sa survie dépendait de son existence.

D'une seule pensée, j'écrasai le métal et la pierre, détruisis le conduit dont elle avait pris le contrôle. Je souris de la voir trébucher, clignant des yeux comme si elle sortait d'un état d'hébétude. Je ne lui laissai pas le temps de se remettre, je la frappai avec une dose de ma propre lumière. Si elle voulait tellement s'élever, elle n'avait qu'à tout absorber et exploser comme une putain d'étoile.

La pierre de la mort palpitait dans ma main comme si elle était d'accord, amplifiant mon don avec une force qui me coupa le souffle. Elle voulait que je l'utilise pour émettre de l'énergie, pas pour la siphonner.

Pourtant, c'était un siphon. Tout comme moi.

Combattre le feu par le feu. Faire en sorte qu'il brûle plus fort.

Combattre un siphon… avec un siphon.

Même si cela n'avait aucun sens, je comprenais l'objectif.

Règle n°13 des Faë de l'Enfer : Rien n'est ce qu'il paraît.

Est-il possible que mes parents m'aient formée pour ce moment ? murmurais-je en repensant à toutes nos expériences. Toutes ces solutions irréalisables à des événements catastrophiques. J'avais cru qu'ils avaient eu pour but de me préparer aux épreuves.

Mais maintenant… maintenant je me demandais si

ç'avait été pour cela. *Pour combattre Vivaxia. Pour sauver Typhos. Pour protéger le royaume des Faë de l'Enfer.*

Le savaient-ils ? Se battaient-ils contre Vivaxia depuis le début ?

Dans ce miroir, ma mère avait paru désemparée, les yeux fous de panique. Vivaxia l'avait-elle contrôlée auparavant ? Avait-elle aussi contrôlé mon père ?

Je déglutis, la tête pleine de questions sans réponses.

Et ce n'était pas le moment de ruminer. Je devais aider Typhos. Il gisait épuisé à terre, sa lumière presque entièrement éteinte. Pourtant, il continuait à bombarder Vivaxia de pouvoir.

J'accourus vers lui, touchait de ma main libre ses magnifiques ailes qui se repliaient sur lui comme une couverture noire et or, et j'injectai en lui un peu de ma vitalité.

Tu es à moi, lui dis-je. *Je ne te laisserai pas mourir. Pas maintenant. Pas après…*

Je ne pus aller au bout de cette pensée. Elle s'évanouit lorsqu'il prit mon énergie et la donna à Vivaxia.

Je lui grognai dessus et plongeai ma main dans ses ailes pour lui administrer une dose plus forte.

Ne lutte pas contre moi, Typhos, lui intimai-je. *Travaille plutôt avec moi.*

Mes paroles furent suivies d'une forte vague de possession, mais elle ne venait pas de moi. Elle venait de lui, de son *âme*. Je la sentais en moi et tout autour de moi. C'était comme si son essence avait atteint et saisi mon être même, me revendiquant à un niveau qui ne devrait pas exister.

Et pourtant, c'était le cas.

Mon esprit s'inclina devant le sien, acceptant la possession sans poser de questions.

Le pouvoir explosa entre nous, nos esprits s'enroulèrent

ensemble en un lien qui protégeait notre avenir. Notre présent. *Notre passé.*

Melek fut soudain là lui aussi, ses bras m'enveloppant par derrière tandis qu'Az — à nouveau sous sa forme humaine — tombait de l'autre côté de Typhos. Leur énergie se mêla à la nôtre, créant un surplus de force et de vitalité qui tourbillonna en Typhos pour reconstituer ses réserves.

Ajax fut le dernier, son essence de Faë de Minuit était un baiser pour mes sens, m'aidant à m'ancrer dans le présent. À me concentrer.

Et c'est ce que je fis. *Sur l'explosion de Vivaxia dans son propre putain d'univers.*

Je serrai Typhos d'une main et la pierre de l'autre, et les laissai tous deux amplifier mon talent de siphonnage. J'absorbai le reste de la présence de Vivaxia dans le royaume des Faë de l'Enfer, absorbai toute l'énergie négative que je pus trouver aux alentours, absorbai les dons fournis par mes compagnons.

Par Ajax. Par Az. Par Melek. *Par Typhos.*

Ils étaient tous à moi et j'étais à eux. Tout comme ce royaume était le mien et j'en étais la reine. Je voulais protéger les Faë d'ici. Les honorer. *Les libérer.*

J'avais senti les portes se détériorer quand Typhos avait commencé à surcharger Vivaxia d'énergie. Il avait ouvert son domaine pour la première fois depuis sa création. Car les épreuves nuptiales ne comptaient pas. Ces femmes avaient été sélectionnées par sa Source et avaient reçu l'autorisation spéciale d'entrer.

Désormais, son royaume serait accessible à tous. Sa Source protégerait ceux qui choisiraient de rester, mais elle ne refuserait plus l'entrée aux autres. En particulier aux femmes Faë.

Parce qu'il se rendait compte qu'il avait rejeté toutes les femmes Faë du Cauchemar qui existaient. Il avait empêché la plupart d'entre elles d'entrer dans son royaume à cause des graines que Vivaxia avait plantées en lui.

Il allait y remédier maintenant.

Si elles existent encore, l'entendis-je penser, son esprit chuchotant contre le mien.

Si c'est le cas, nous les aiderons ensemble, lui promis-je.

La pierre me brûlait la main. Je faillis la lâcher mais me ravisai quand un écho de pouvoir remonta le long de mon bras.

C'était étrangement familier.

Mon esprit chercha la cause de cette familiarité, mais Typhos prit une inspiration étranglée, son esprit semblant à la fois là et pas là. Parce qu'il nourrissait toujours Vivaxia de sa lumière et ne gardait rien pour lui.

Cela me rappela mon expérience dans le paradigme, lorsque j'avais voulu à tout prix éloigner mon pouvoir de Vivaxia pour l'injecter dans sa Source. Sauf qu'il faisait le contraire maintenant, essayait de la submerger de son essence.

Au détriment de lui-même.

Je lui donnai plus de pouvoir, tout comme Az, Melek et Ajax. Mais il n'acceptait rien. Toute cette énergie spiralait simplement autour de lui et… *et refluait vers moi.*

Je plissai les yeux. *Foutu roi têtu.*

Je réessayai. Encore. *Et encore.*

À chaque fois, il me la rendait en abandonnant le reste de sa lumière à Vivaxia.

Son corps mourait, son énergie passait à une nouvelle phase de vie.

Je secouai la tête, furieuse contre lui de faire ça. Furieuse contre moi de ne pas savoir comment l'arrêter. Furieuse contre Vivaxia d'être la cause de *tout*.

La salope se tenait près de l'autel détruit, l'air d'avoir subi une rafale de vent, ses ailes en lambeaux tordues derrière elle à des angles bizarres, et ses cheveux fouettés par une sorte de brise invisible.

Elle s'élevait, comme elle le voulait. Je le voyais. Je *le sentais*. Et même si je savais que c'était le but, je… je ne pouvais pas…

Il doit y avoir un autre moyen. Mais je ne sais pas comment… ou quoi… ou…

Une explosion fit dérailler mes pensées brisées, me faisant sursauter tandis que le pouvoir se déversait à travers moi dans Typhos.

C'était quoi ? me demandai-je en regardant autour de moi.

Les Strigoï, répondit Az, impressionné. *Ils ajoutent leur énergie à la nôtre.*

J'écarquillai les yeux, l'esprit vrombissant.

— Mais ils ne peuvent pas, dis-je à voix haute, voyant les Strigoï affaiblis autour de nous. Vous devez arrêter. Ça… ça va vous blesser. Ça pourrait vous tuer !

Ils avaient été battus et maltraités pendant trop longtemps. Je sentais la fragilité de leur royaume, voyais les réserves d'énergie flétries de leurs âmes.

C'est leur choix, petit ange, dit Melek dans mon esprit, d'une voix mentale fatiguée. *Ils soutiennent leur roi et leur reine.*

Pas comme ça, me dis-je, prête à les forcer à cesser.

Mais un autre geyser de force suivit bientôt, provenant de l'extérieur.

Des Goules, murmura mon âme. Ou peut-être était-ce la Source. Car je voyais les torons d'énergie à présent, mon cœur reconnaissant leur origine.

Tout comme je voyais aussi les Strigoï.

Tout m'apparaissait dans un étalage de lumière et de couleurs, la magie magnifique et unique s'enroulant autour de nous et s'écoulant dans son roi déchu. J'étais frappée par ce spectacle, incapable de réagir, et encore plus déconcertée lorsque de nouveaux courants d'énergie arrivèrent de l'extérieur et que des portails s'ouvrirent.

Mon lien avec Typhos et le royaume des Faë de l'Enfer m'aida à les identifier, mon esprit percevant leurs auras et les reconnaissant aussitôt. Car j'étais mariée à ce monde maintenant. Accouplée au roi des Faë de l'Enfer. Liée à sa Source à travers la mienne.

C'était tout à fait inattendu. Mais tout ce que je pouvais faire, c'était l'accepter et l'*utiliser*.

Mon esprit se connecta à toutes les entités présentes, leurs essences affluant en moi comme si j'étais une sorte de phare. Peut-être était-ce le cas. Ou peut-être que c'était la pierre. Peut-être que c'était juste moi. Mais je laissai leur pouvoir construire le mien en un maelström d'énergie que je relâchai dans le domaine, dans la Source que j'avais créée.

Elle ne cessait pas de se construire, créant une nouvelle lumière. Un nouveau but. *Une nouvelle étoile.*

Mais cette étoile voulait *plus*.

Mon âme avait besoin de tous mes compagnons. Y compris Typhos.

Parce qu'une reine a besoin de son roi…

Avec un grognement de fureur, j'enfonçai à nouveau mes doigts dans ses plumes d'une main et pressai l'autre sur sa poitrine avec la pierre de la mort près de son cœur.

Je fermai les yeux et ordonnai à mon compagnon de revenir à moi.

Pour être ici. Pour se réveiller.

Et être mon foutu roi.

CHAPITRE QUARANTE-QUATRE

MELEK

CAMI ÉTAIT MAGNIFIQUE.

La façon dont elle prenait les choses en main et maîtrisait les énergies qui l'entouraient, les entremêlant dans l'air pour former une étoile de pouvoir à couper le souffle, c'était… *la perfection.*

Je la pris dans mes bras et sentis son énergie se mêler aux auras des autres, tissant un chef-d'œuvre pour le royaume des Faë de l'Enfer.

Tout cela pendant que Ty continuait à sacrifier sa lumière.

Mais je captai les intentions de Cami, compris ce qu'elle voulait faire.

Tu n'iras nulle part, mon roi, lui dis-je. *Parce que notre reine a besoin de toi.* Nous *avons besoin de toi. Et Cami ne te laissera pas mourir.*

Je le sentais dans sa détermination. Le roi des Faë de l'Enfer avait rencontré son égale en la personne de Camillia de la Croix. Elle ne le laisserait pas se sacrifier et devenir un martyr. Elle allait le rétablir comme notre roi et en faire son compagnon.

C'était la sensation la plus incroyable au monde à vivre et à observer. Je ne savais pas trop comment Cami avait procédé, comment ils s'étaient accouplés, mais je le sentais dans mon cœur. Ils étaient unis, pas seulement par la Source ou par leur statut royal dans le royaume des Faë de l'Enfer, mais par leurs *âmes*. C'était un lien comme je n'en avais jamais vu. Il ne venait pas des Faë Vertueux, ni des Faë de l'Enfer. C'était simplement eux. Ty et Cami. *Notre roi et notre reine.*

J'embrassai la nuque de Cami tandis que mes ailes nous enveloppaient en un cocon protecteur. Ajax s'y blottit également, une main sur sa hanche, l'autre reposant sur la cuisse de Ty.

Le courant passait entre nous tous. Az aussi, depuis sa position en face de moi. Ses mains étaient posées sur Ty, mais ses yeux violets fixaient Cami.

Elle était le centre de notre univers. Notre monde. *Notre déesse.*

Et elle ranimait notre roi.

Ty la repoussa, son énergie s'amenuisant. Mais Cami se pencha et pressa sa bouche contre la sienne pour lui insuffler la vie, littéralement. Il lutta contre elle, sa lumière vacillant entre existence et extinction.

Je déglutis, et mon cœur ralentit avec le sien.

Allez, Ty. Tu es un sadique, pas un masochiste.

Il ne réagit pas, prenant simplement une dernière inspiration bien trop calme. Bien trop inquiétante.

Ty, lui grognai-je. *Je ne te pardonnerai jamais si tu fais ça. Et tu peux oublier que j'aime Cami pour toi. C'est ta responsabilité. Elle est ta reine. Alors réveille-toi, putain, et prends-la comme un roi doit le faire.*

— *Non*, dit Cami, me surprenant. Tu ne feras pas ça. Je refuse.

Elle tomba sur Ty, ses seins pressés contre son dos, et

tous deux s'effondrèrent à terre, moi juste derrière eux. Les plumes, la peau et le *feu* se mêlaient dans un mélange mystique de pouvoir redéfini.

Ajax et Az étaient là aussi. Nous étions tous les cinq enfermés dans une sorte de nuée d'énergie stellaire qui grandissait violemment autour de nous. Cami en était le centre, son essence tournoyant en vagues de lumière ardente.

La Source, me dis-je, stupéfait.

Elle l'avait amenée à l'existence dans cette pièce même – à supposer que nous soyons encore dans une pièce. En fait, nous l'avions peut-être quittée. Je ne voyais rien au-delà de l'étoile blanche aveuglante qu'était Camillia de la Croix.

Tourbillonnant. Brûlant. Formant un cyclone intense. Qu'elle envoya dans Ty avec une force qui lui fit arquer le dos en réaction.

Avec une brusque inspiration, il inversa leur position sur le sol et saisit Cami par la nuque, les yeux ouverts mais étrécis.

— Tu ne me commandes pas, ma reine, lui dit-il en s'allongeant entre ses jambes écartées.

— Si, mon roi, répondit-elle en injectant plus d'énergie en lui avec sa paume.

Non. Pas avec sa paume. *Avec la pierre de la mort.*

Je cillai, confus de voir qu'elle l'utilisait de cette manière. Cette pierre contenait des âmes. C'était une véritable prison, qui *siphonnait* l'esprit d'un hôte corporel et le capturait en elle.

Cami s'était déjà servie de cette pierre pour amplifier son pouvoir. Mais là… c'était d'un tout autre niveau.

Ty gronda, mais elle continua à le frapper de son pouvoir. Il la repoussa. Cami recommença. Tous deux se livraient à un duel débordant de vitalité, leurs âmes générant une étoile si brillante qu'elle m'aveuglait.

Une nouvelle Source, réalisai-je. Ou plutôt, une Source *renouvelée.* Plus robuste. Plus puissante. Plus *équilibrée.*

Parce qu'elle venait de nous tous. Az. Ajax. Ty. Cami. *Tous du royaume des Faë de l'Enfer.* Elle était alimentée par le sacrifice de chacun, la volonté de tous de travailler ensemble, l'amour soudé de tous pour leur monde et ce qu'il représentait.

Saints Faë, pensai-je, admirant l'étonnante démonstration de solidarité. De respect. D'un royaume uni par des objectifs et des affections mutuels. C'était le monde que Ty avait créé. Un monde où chacun était accepté. Un monde auquel chacun *tenait.*

Et maintenant, ils lui montraient ce que cela signifiait pour eux.

Ils n'avaient jamais douté qu'il soit leur roi. Ils s'étaient inquiétés, oui. Mais leur inquiétude était fondée sur l'amour pour le Faë qui les avait protégés toute leur vie.

C'était la réunion de Faë la plus divine et la plus désintéressée que j'aie jamais vue.

C'est ce que les Faë Vertueux étaient autrefois, songeai-je, sentant la chaleur de ce monde rayonner sur nous aujourd'hui. *Un royaume d'amour, de paix et d'égalité. Notre propre utopie.*

Malheureusement, le cri strident qui retentit au loin me signala que Vivaxia n'appréciait pas cette évolution.

Elle avait voulu toute la lumière de Ty. Or Cami l'avait empêché de lui donner le dernier éclat, et il semblait que la Source revenait à Ty de plus belle.

Pas seulement à Ty, pensai-je. *À nous…*

Elle redonnait vie à toutes les parties du domaine que Vivaxia avait viciées.

Elle ravivait les lumières intérieures des Faë du Cauchemar.

Elle renforçait Ty. Et enhardissait Cami.

Pendant qu'ils se battaient sur le sol, leurs natures concurrentes créaient plus de lumière. Plus d'énergie. Plus de *vie*. Ils étaient tous deux tellement têtus, Ty avec sa détermination à se sacrifier, Cami avec sa détermination à ne pas le laisser faire.

Un équilibre des objectifs. L'ancrage d'une union.

Notre reine et notre roi des Faë de l'Enfer.

Ty gronda. Cami gronda en retour.

Puis ils se s'embrassèrent, leurs bouches cherchant à se dominer l'une l'autre. Ty gagnerait, mais Cami n'allait pas lui faciliter la tâche, ce qu'elle prouva en posant une main sur sa poitrine et en lui insufflant encore plus de pouvoir. Il réagit en la maîtrisant avec sa langue et en l'aplatissant au sol tandis que des flammes jaillissaient tout autour d'eux.

Az s'assit pour admirer le spectacle, tout comme Ajax.

Moi je parcourais la scène du regard, essayant de discerner *où* nous avions échoué exactement. Pas dans la caverne. Pas non plus dans la salle du trône des Strigoï. Et ce sol sur lequel Ty avait coincé Cami… n'était pas un sol. C'était un mur de pouvoir.

Mes yeux s'écarquillèrent. *Nous sommes dans le ciel.*

Mes ailes se déployèrent aussitôt dans mon dos et je posai une main sur le bras d'Ajax, me préparant à voler pour nous deux si nécessaire. Cependant, la Source roula simplement autour de nous, nous gardant dans sa lumière, et nous ramena progressivement à terre. Où Ty continua à dévorer Cami sur le sol même.

Soit ils n'entendaient pas Vivaxia glapir quelque part non loin, soit ils s'en fichaient.

Je levai la main pour me protéger les yeux quand la

Source s'illumina encore plus, avant de disparaître en un éclair.

Sauf qu'elle n'avait pas vraiment disparu. Elle était retournée au cœur du domaine. Pour répandre l'amour dans tous les royaumes, assurer la sécurité et redonner du pouvoir à ses créatures.

C'était revigorant, parfait et tout à fait *vertueux*.

Tout comme Cami.

Cependant, la façon dont elle embrassait Ty en ce moment n'était pas si innocente. Elle le mordit jusqu'au sang, ce qui le fit grogner contre sa bouche.

—Je ne me soumettrai jamais, dit-il contre ses lèvres.

—Je sais, souffla-t-elle. Tu es un roi.

—Je suis *ton* roi. (Il traça un chemin de baisers jusqu'à son oreille.) Donc je m'inclinerai de temps en temps. Devant toi.

Je haussai un sourcil.

Tu ne t'es jamais incliné devant moi, mon roi.

On sait tous les deux que ce n'est pas vrai, petit prince, répondit-il du tac au tac.

Puis il se remit à embrasser Cami, comme s'il ne pouvait pas s'en empêcher.

Peut-être que tu comprends maintenant pourquoi nous sommes tous tombés amoureux d'elle, insinuai-je.

Putain de chatte magique, répliqua-t-il. Mais je perçus l'humour dans sa voix, ainsi qu'un gémissement sous-jacent. Car il voulait être en elle. La baiser. *La revendiquer.*

Et elle souhaitait la même chose.

Toutefois, son esprit était également en train d'analyser leur environnement et de prêter attention aux courants électriques dans l'air.

La fascination m'envahit, pour virer à l'horreur quand je sentis les ténèbres de Vivaxia s'abattre sur Cami et Ty.

Je criai leurs noms, mais tous deux étaient déjà en

mouvement. Ty déploya ses ailes autour de Cami et lui, les mains sur ses hanches, tandis qu'ils faisaient face à la nuée d'énergie furieuse qui fonçait sur eux. Cela ne ressemblait même plus à Vivaxia, juste à un amas de boules évoquant des frelons bourdonnant dans une ruche enflammée.

Mais c'était bien elle. Son essence. Son *âme*.

Elle n'était pas la bienvenue ici. Même si les portes n'existaient plus, ce domaine protégeait les siens. Et la Source des Faë de l'Enfer était la balise de pouvoir ultime.

Une balise de pouvoir que Cami et Ty possédaient.

Une balise de pouvoir qu'Az, Ajax et moi gardions.

Et cette balise de pouvoir n'approuvait pas la présence de Vivaxia.

Cependant, nous ne pouvions pas simplement laisser la Source la repousser. Il lui faudrait peut-être des milliers d'années pour se rétablir, mais elle reviendrait. Elle était obsédée par la lumière de Ty, et Cami serait tout autant sa cible.

Nous devions donc trouver un moyen de l'emprisonner. *Détruire* son enveloppe corporelle et encapsuler son âme.

Ty, lançai-je.

Mais un « chut » provenant de son esprit me dit de ne pas intervenir. Il aidait Cami à se concentrer.

Je l'écoutai comprendre ce qu'elle devait faire, guidée par la pierre dans sa main. Les pensées de Ty l'aidaient aussi à saisir ce que la pierre essayait de dire. Je ne pouvais pas l'entendre, mais j'imaginais ce qu'il disait.

C'est une pierre de la mort car elle emprisonne les âmes et les empêche d'aller de l'avant.

Ce qui suggérait qu'elle pourrait piéger Vivaxia en elle, ce que Cami était en train de constater alors que la ruche sifflante s'approchait de nous.

Elle redressa les épaules et fixa l'horrible chose en serrant la pierre dans sa main.

— Combattre un portail enflammé par la chaleur, dit-elle. Éteindre les flammes de l'Enfer avec de la chaleur. Abattre une âme sombre par la *mort*.

Elle brandissait la pierre pendant qu'elle parlait, ses mots n'ayant aucun sens pour moi jusqu'à ce que je voie les lignes qu'elle avait tracées dans son esprit, son passé se liant au présent.

Toutes ces virées en camping avec ses parents avaient servi un objectif.

Règle n°13 des Faë de l'Enfer : Rien n'est ce qu'il paraît.

Cette règle lui traversa l'esprit, ainsi qu'une douzaine d'autres. Dont une qui attira mon attention, car elle ne correspondait pas tout à fait aux autres.

Règle n°6 des Faë de l'Enfer : Occupe-toi seulement de toi-même et de personne d'autre.

Ç'avait été une question de survie. Mais Cami se rendait compte que c'était en se préoccupant des autres que la Source se développait. Typhos avait créé une nouvelle lumière qui soutenait tout le monde et tout ce qui était sous son contrôle. Cami avait renforcé ce pouvoir avec sa propre force. Et ce, grâce aux conseils de ses parents. À ce qu'ils l'avaient aidée à devenir.

La pierre de la mort qu'elle tenait à présent en était l'aboutissement.

Règle n°7 des Faë de l'Enfer : Quand tu ne peux pas gagner un combat, fuis dans l'ombre.

Vivaxia ne pouvait pas être vaincue au sens traditionnel du terme. Mais sa noirceur pouvait être contenue dans des *ombres*.

Cami leva la main tandis que le pouvoir tourbillonnait autour d'elle. Les rubans étaient invisibles pour moi, mais je l'entendais les traiter dans son esprit. Elle démêlait l'essence de Vivaxia et la siphonnait dans la pierre… tout en libérant en même temps les âmes qui s'y trouvaient. Des âmes qui avaient été piégées pendant Faë savait combien de temps.

L'énergie et la vitalité tournoyèrent en réponse à la fusion des esprits perdus avec une nouvelle forme : la Source des Faë de l'Enfer.

C'était si naturel. Si *vivifiant*. Je sentais leur présence autour de nous, leur existence prenait un sens nouveau. C'étaient des êtres qui étaient morts et n'avaient pas été autorisés à poursuivre leur chemin. Mais ils pouvaient résider dans notre royaume, dans notre balise de pouvoir, et *prospérer*.

Cami frissonna, leurs essences fraîches glissant tout autour d'elle. L'une d'elles en particulier. Une qu'elle reconnut.

Papa, pensa-t-elle, une larme perlant à son œil.

Mais la ruche furieuse vibrait trop près d'elle pour qu'elle puisse se concentrer longtemps sur l'esprit. Pourtant, j'aurais juré qu'il l'avait enlacée en guidant sa main plus haut vers la forme de Vivaxia. Il gratifia Cami d'un fantôme de baiser, provoquant un autre tremblement, puis la présence disparut et la laissa en finir.

La mâchoire serrée, les yeux plissés, elle observa la masse bouillonnante qui vibrait dans le vent. Ce n'était pas seulement Vivaxia, mais le pouvoir qu'elle avait créé, les âmes de centaines, voire de milliers de Faë Vertueux. Cami les voyait tous, entendait leurs cris et ressentait leur douleur.

Ty les sentait aussi, et son courroux croissait de seconde en seconde.

La Source essaya de repousser l'énergie furieuse, d'expulser Vivaxia de notre domaine, mais Cami se connecta à Vivaxia par un fil invisible – sa propre essence s'étendant pour *siphonner* l'essaim d'énergie furieuse.

Seulement, elle n'attira pas cette énergie en elle. Elle

l'*effilocha*. Libérant les âmes qui n'appartenaient pas à Vivaxia tout en veillant à ce que les mèches les plus sombres demeurent. L'essaim bougeait et se tordait, sa masse diminuant de seconde en seconde, jusqu'à ce qu'il ne reste plus que de la fumée.

— Tu ne seras plus jamais *libre*, Vivaxia, dit Cami d'un ton plein de détermination. (C'était la voix d'une reine. *Notre reine*.) Pas de choix. Pas d'indépendance. Juste une vie à l'intérieur d'une roche où tu ne pourras ni bouger, ni respirer, ni *parler*. Parce que c'est ce que désire la pierre de la mort et que tu es son nouveau *chouchou*.

Un cri trembla dans la brume, ou ce qui était censé être un cri. Mais c'était plutôt un gémissement rauque. Un gémissement qui s'éteignit lentement à mesure que la pierre absorbait chaque volute de ce qui restait de Vivaxia.

Cami ne bougea pas pendant un long moment, concentrée sur l'endroit où la Faë Vertueuse s'était trouvée. Son front se plissa, ses lèvres tremblèrent un peu.

— Je… je crois que ces virées en camping étaient plus importantes que je l'avais cru. Et pourtant, je *détestais* mes parents pour… pour *tout*.

Ty la retourna lentement dans ses bras, posa une main sur sa joue.

— Ils étaient sous le contrôle de Vivaxia, Camillia. Tu ne pouvais pas le savoir.

Ses paroles étaient gentilles pour elle, mais ses pensées l'étaient moins pour lui-même. Parce qu'en son for intérieur, il se disait qu'il aurait dû le sentir. Au moins chez Pierre De la Croix.

Vivaxia était dans ta tête, mon roi, lui rappelai-je doucement.

J'aurais dû la sentir aussi, grommela-t-il.

Peut-être, admis-je. *Mais c'est fini maintenant.*

C'est fini maintenant, répéta-t-il.

— Tes parents sont libres à présent, ajouta-t-il à voix haute pour Cami. Toutes les âmes que Vivaxia avait enfermées et contrôlées sont libres. Grâce à toi.

— Tu veux dire qu'ils sont morts, répliqua-t-elle, une boule dans la gorge.

Pas tous, faillis-je rétorquer. Mais elle poursuivit, clarifiant ce qu'elle voulait dire :

— Je les *sens*, Typhos. Je sens mon père… et ma mère. Ils sont… *partout*. Leurs essences. Leur passé. *Leurs pensées*.

Notre roi garda le silence un moment, son esprit bourdonnant de connaissances et d'intuition tandis qu'il décryptait ce qu'elle ressentait. Ce qu'elle *entendait*.

Je ne pouvais pas capter les mêmes essences, mes liens avec la Source étant très différents des siens et de ceux de Ty. Mais j'absorbai les informations venant de Ty, les détails me faisant mal au cœur pour notre petit ange.

Vivaxia avait siphonné les âmes de tant de Faë Vertueux, dont celle de la mère de Cami. Mais pas celle de son père. Il avait été piégé dans la pierre de la mort – volontairement. Sa mère l'avait placé là pour le cacher à Vivaxia. Puis Mystika avait donné la pierre à Zen. Ou plutôt, l'avait laissée quelque part pour qu'elle la trouve.

Cette histoire, ce *souvenir,* résidait désormais dans le royaume des Faë de l'Enfer. Car ses parents étaient là maintenant. *En esprit.*

Je frissonnai en réalisant ce que cela signifiait. Ils avaient sacrifié leur vie pour Cami. Bien qu'on puisse arguer que leurs vies avaient déjà été confisquées à cause des manipulations de Vivaxia.

Pourtant, ils s'étaient battus pour Cami. Et en fin de compte, ils avaient sauvé leur fille en lui donnant les outils nécessaires pour détruire l'une des entités les plus puissantes qui soient.

— Mystika et Pierre font partie de notre Source,

Camillia. Tout comme mes parents, chuchota Ty, résumant de vive voix tout ce que je venais d'apprendre. Et je garantis qu'ils sont non seulement en paix, mais aussi fiers de la reine que tu es devenue.

Il se pencha pour l'embrasser de nouveau, plus doucement cette fois.

Notre reine rayonnait de chagrin, son esprit assimilant tout ce qu'elle avait appris, tout ce qu'elle était devenue à présent, et les relations qu'elle n'aurait jamais avec deux personnes qui auraient dû compter tellement plus.

Sauf qu'ils avaient compté. Ils avaient compté énormément. Parce qu'ils s'étaient assurés que leur fille sache comment survivre. Et ce faisant, ils nous avaient tous sauvés.

Ty s'écarta progressivement de Cami, puis la laissa à Az et Ajax, qui la prirent aussitôt dans leurs bras. J'aurais voulu la rejoindre aussi, mais Ty se tourna vers moi, une note d'amusement au fond de ses yeux bleus.

J'arquai un sourcil, me concentrant sur lui tout en gardant mon esprit à l'écoute de Cami et de ses pensées. Dès qu'Az et Ajax cesseraient de l'embrasser, j'avais bien l'intention de prendre le relais.

Ty devait sentir ce désir lui aussi. Et son regard disait qu'il ne m'en voudrait pas du tout. Elle était notre cœur maintenant. Notre avenir. *Notre compagne.*

— On dirait que tu as gagné, petit prince, murmura-t-il.

— Ah ? feignis-je l'innocence. Et à quel jeu jouions-nous, mon roi ?

Il esquissa un sourire, son amusement s'accentua.

— Un jeu dangereux, Melek.

— Hmm. Est-ce que je me livrerais à une telle activité ?

— Tu le ferais, répondit-il. En y mettant le prix.

Ce fut à mon tour de sourire.

— J'ai de nombreux prix en tête, mon roi.

— Je sais.

J'arquai un sourcil.

— Tu veux dire qu'il est temps d'encaisser ?

— Peut-être. Je crois que je te dois encore une faveur, murmura-t-il. (Il attrapa ma nuque et m'attira dans ses bras.) Je suppose donc que nous allons jouer avec des rubans ?

— Des rouges, confirmai-je. Quand notre prix sera prêt.

— Quand notre prix sera prêt, opina-t-il, ses lèvres effleurant les miennes. Peut-être la nuit de son couronnement.

Mon cœur manqua un battement.

— Oh, j'aime beaucoup l'idée.

— Je m'en doutais.

Il m'embrassa avec beaucoup moins de force que je m'y attendais, son étreinte anormalement douce. Comme le fut son esprit lorsqu'il murmura mentalement :

Merci, petit prince. Merci de m'aimer. Merci de me protéger, même de moi-même. Et merci d'avoir séduit Camillia de la Croix.

Je gloussai un peu à ces derniers mots.

Crois-moi, tout le plaisir était pour moi.

Je n'en doute pas.

Elle est aussi à moi, tu sais.

Je sais. Sa langue parcourut mes lèvres, cherchant une entrée. *Elle est à nous.*

À nous, répétai-je. *Notre compagne.*

Notre compagne, chuchota-t-il. *Maintenant, assurons-nous que le royaume l'accueille comme il se doit. Et ensuite, nous lui montrerons ce que signifie être notre reine des Faë de l'Enfer.*

CHAPITRE QUARANTE-CINQ

TYPHOS

Je reculai pendant que Melek embrassait Cami, ses mains palpant sa belle silhouette comme pour s'assurer qu'elle existait bien. Az et Ajax avaient fait de même et se tenaient maintenant à mes côtés, contemplant les champs de sang malades des Strigoï.

Je soupirai en constatant les dégâts.

— J'aurais dû venir plus tôt.

— Ça n'aurait rien changé, répondit Az. Le roi Nos t'a trahi, toi et son peuple.

— Et beaucoup de Strigoï sont morts en conséquence, maugréai-je.

Je devais réparer ça. Les aider. Reconstruire le royaume. Mais je ne voulais pas dépasser les bornes à nouveau. Le trône avait été ma façon de les aider à survivre sans une Sigil. Bien que ça ait fonctionné un certain temps, cela avait clairement provoqué du ressentiment.

Avec la disparition des portes, ils seraient libres de trouver des partenaires et d'établir une véritable hiérarchie.

Toutefois, ils ne pourraient rien accomplir sans une lignée royale qui maintiendrait en vie leur énergie de ruche.

Je devais donc leur donner quelque chose pour les faire tenir en attendant. Quelque chose qui les aide à prospérer et à survivre assez longtemps pour trouver une Sigil qui soit couronnée reine des Strigoï.

L'esprit de Cami caressait le mien, nos pensées en phase, tandis que l'énergie se répandait sur les champs détériorés. La pourriture noire s'étendait au loin, les plantes en décomposition flétrissaient et mouraient.

— Elles étaient autrefois hautes et robustes, avec des fruits sanguins aux bouts des branches, lui expliquai-je, décrivant ce à quoi devrait ressembler l'étendue autour de nous.

— Il y a des humains là-dessous, annonça Ajax.

Ses sens vampiriques avaient sans doute repéré la banque de sang vivant servant à alimenter le champ. Il provenait d'une combinaison de vies humaines en stase et du pouvoir d'une Sigil. Si l'un échouait, tous échouaient.

— Ils ne souffrent pas, lui assurai-je. Ils sont juste… gelés.

— Parce que c'est une meilleure façon de vivre, grommela-t-il, visiblement peu satisfait de cette explication.

— Les humains sont de la nourriture, répondis-je. En tant que Faë de Minuit, tu devrais le comprendre.

Ses iris noirs se mirent à scintiller, leur bord bleu parut pulser.

— Je préfère mordre.

J'esquissai un sourire.

— En effet, convins-je. *Compagnon*.

Cami s'écarta de Melek pour nous faire face, nous évaluant du regard. Je sentais qu'elle cherchait à savoir quand et comment Ajax et moi nous étions accouplés. Je ne la laissai pas en plan, je lui expliquai qu'il m'avait mordu pour me réveiller.

L'approbation rayonna de Cami, ce qui me surprit.

Mais cette approbation fut aussitôt suivie d'une vague de désapprobation lorsqu'elle inspecta les champs.

— Maintenir la vie humaine en stase comme ça n'est pas acceptable.

J'avais déjà signalé que les humains étaient de la nourriture pour les Strigoï, donc je ne réitérai pas l'explication. À la place, je croisai les bras et dévisageai ma jolie petite compagne.

— Sans les champs de sang, les Strigoï mourront. Et les champs de sang ont besoin de deux choses : une Sigil et l'essence humaine qui alimente les cultures. Alors que proposes-tu que nous fassions ?

Ce n'était pas une raillerie, mais une question légitime. Je voulais entendre ce que ma reine souhaitait dans cette situation. Car je ne pouvais pas vraiment être en désaccord avec ce qu'elle pensait en ce moment. Le terme *barbare* lui trottait en tête, et elle n'avait pas forcément tort.

— Est-ce vraiment la seule façon pour eux de survivre ? demanda-t-elle après un long moment de réflexion.

Je réfléchis à sa question.

— Pour autant que je sache, oui. Mais ça ne veut pas dire que nous ne pourrions pas demander aux Strigoï de trouver une alternative.

Il n'était pas nécessaire que ce soit une requête directe, mais plutôt implicite, quelle que soit la solution que nous aurions élaborée pour le royaume Strigoï. Nous pourrions peut-être limiter notre aide dans le temps, ou la réévaluer dans quelques décennies, une fois que les choses se seraient tassées dans tous les royaumes.

Le pouvoir de Camillia m'effleura tandis qu'elle

explorait les champs avec son esprit, sa capacité à ressentir les âmes et les sources d'énergie prenant le relais à mesure qu'elle en apprenait plus sur la terre. Les gens d'ici. *Les Faë du Cauchemar dans le besoin.*

Ils avaient végété dans un état de survie impératif pendant bien trop longtemps. Mais avec une reine à mes côtés, ils pourraient peut-être *prospérer* maintenant.

Melek recula pour lui laisser de l'espace, affichant une profonde adoration. Ce regard m'aurait irrité quelques semaines plus tôt, mais aujourd'hui, je le comprenais.

Bon sang, je montrais sans doute une apparence similaire.

Pas du tout, murmura-t-il, clairement à l'écoute de mes pensées. *Tu es toujours aussi stoïque, mon roi.*

Je fis la moue. *Stoïque ?* Je ne voulais pas être *stoïque* avec Camillia. Je voulais être adorateur jusqu'à un certain point. Un soutien. Protecteur, aussi. Mais pas *stoïque.*

Tu es passé maître dans l'art de l'allure royale, Ty. C'est juste ce que tu es. Mais ton esprit nous dit à tous ce que tu ressens. Il croisa mon regard. *Tout comme tes yeux.*

Je grommelai, pas sûr que cela suffise.

Je voulais que les royaumes sachent à quel point j'étais tombé amoureux de notre nouvelle reine, qu'ils comprennent qu'elle était la cause – *la clé* – de notre existence. Elle avait sauvé le royaume d'un destin horrible. Avait empêché les Faë du Cauchemar d'être tenus en laisse. M'avait empêché d'abandonner ma lumière. La Source lui appartenait autant qu'à moi à présent. Ce qui faisait d'elle leur monarque, leur *déesse.* Il fallait qu'ils sachent ce que leur roi ressentait pour leur reine.

Le pouvoir de Camillia réchauffa de nouveau notre lien – ce lien unique créé par nos âmes – et je sentis qu'elle testait sa vitalité sur un plant voisin. Elle siphonna un peu de la Source pour encourager les racines humaines et observa la plante qui repoussait, haute et fière. Des bulbes rouges – des *fruits sanguins* – fleurirent en un clin d'œil, ce qui lui fit pencher la tête.

— C'est le royaume des rêves, murmura-t-elle. Ces humains peuvent au moins avoir des visions agréables pendant leur sommeil. Peut-être même des vies complètes. Mais cela ne peut être que temporaire. Les Strigoï doivent trouver un autre moyen.

Ses mots furent portés par le vent, notre Source informant le royaume que leur reine avait parlé. Et non seulement cela, mais qu'elle émettait une sorte de décret.

Il serait facile pour les Strigoï d'accepter cette proposition puisque les humains sous les plantes rêvaient déjà. Mais il se pouvait aussi qu'ils fassent des cauchemars. Les Strigoï pourraient peut-être garantir un sommeil agréable à leur carburant mortel.

Quoi qu'il en soit, j'honorerais les souhaits de ma reine et m'assurerais que les lignées royales restantes dans le royaume des Strigoï comprennent ses exigences en envoyant une missive à leurs maisons.

Nous allons vous aider pour l'instant, pensai-je, traduisant ses paroles en un script que je coucherais plus tard sur le papier. *Mais nous reviendrons et nous nous attendons à des changements. Alors, trouvez vos compagnes. Trouvez une Sigil. Et revendiquez votre titre. Puis restaurez votre territoire.*

— Les Goules peuvent aussi se régaler des rêves de ces humains, n'est-ce pas ? demanda Camillia, dont le pouvoir se répandait dans les champs.

Je hochai la tête en signe de confirmation.

— Oui, elles se nourrissent de rêves et de cauchemars.

— D'accord, donc ces humains peuvent servir plusieurs objectifs. Mais je veux qu'ils soient traités avec gentillesse. Et qu'ils finissent tous par être libérés.

— Est-ce que tu envisages une échéance ? demandai-je en haussant un sourcil. D'autres conditions à ajouter ?

— Sommes-nous en train de conclure un accord ? répliqua-t-elle en me lançant un regard. Ou est-ce que je suis en train de prendre une décision ?

— Cela ne dépend que de toi, ma reine, répondis-je en souriant.

Elle plissa les yeux.

— Des conditions et une échéance, ça sonne comme un accord.

— Oui, mais les décrets requièrent souvent des termes similaires.

Je glissai mes mains dans mes poches, qui n'en étaient plus vraiment car mon costume pendait en lambeaux autour de moi, suite à la chute et à tout le reste.

En fait, nous étions tous dans un sale état. Cami aussi. Son débardeur était déchiré et taché de sang, son jean troué, ses cheveux en bataille. Az et Ajax étaient torse nu, leurs poitrines maculées de cendres et de sang séché. Même Melek était loin d'être impeccable, son costume déchiré à la poitrine laissant apparaître certains de ses tatouages marbrés de sang séché.

Hum. Nous avions tous besoin d'une douche et d'un peu de repos.

Ainsi que d'une bonne baise.

J'avais attendu assez longtemps pour revendiquer ma femelle. Mais elle n'avait pas fini de tester les limites de son nouveau rôle, d'apprendre où je me plierais et à quel point ma domination était profonde.

Je haussai un sourcil, la défiant d'insister davantage.

— Alors c'est quoi, ma petite compagne ? Un décret ou un accord ?

Son pouvoir continuait à se répandre, les plantes se relevant par vagues dans le champ.

— Je ne suis pas prête à définir d'autres conditions ou une échéance. Pour l'instant, je laisse aux Strigoï le temps de se rétablir et de renforcer leur royaume. Cependant, j'attends à ce que les humains soient bien traités. Ils sont peut-être de la *nourriture*, mais ça ne veut pas dire qu'ils doivent souffrir.

Je faillis lui faire remarquer qu'ils ne souffraient pas actuellement, qu'ils étaient juste inconscients. Mais je garderais cette leçon d'histoire pour un autre jour. À la place, je me contentai de hocher la tête.

— Comme tu le souhaites, ma reine.

Elle arqua un sourcil à son tour.

— Vraiment ?

Je fis un pas en avant en souriant.

— Tu veux voir ce que tu peux exiger de moi et de notre royaume ?

— Ce n'est pas vraiment une exigence. C'est…

Je l'attrapai par la nuque et l'attirai vers moi, ce geste brusque lui coupant la parole.

— C'est un cadeau que tu leur as fait, reformulai-je. Mais tu sembles vouloir tester ma domination. Alors que veux-tu exiger de ton roi, Camillia ?

Elle me dévisagea.

— Je peux demander ce que je veux ?

— Toujours, lui dis-je avec sincérité.

— Tant que je suis prête à en payer le prix, c'est ça ?

Ma poigne se resserra, et ma bite s'intéressa soudain à la tournure que prenait cette conversation.

— Je pense que ça dépend du désir, ma reine.

Ses pupilles se dilatèrent tandis que le reste de son pouvoir se répandait sur le champ. Elle appuya une main sur ma poitrine, l'autre toujours sur son flanc.

— Nos âmes se sont accouplées.

— Oui.

— Je pense que nos corps devraient aussi s'accoupler, murmura-t-elle, son regard soutenant hardiment le mien.

Je souris de nouveau.

— Tu me demandes de te baiser.

— Non, je te *dis* de me baiser.

— Hmm. (Je remontai mon pouce le long de son cou gracile tout en l'entourant de mon autre bras.) Des conditions ?

Elle haussa de nouveau un sourcil.

— On négocie le sexe ?

— Pour notre première fois ? Oui. Oui, en effet. Je dois connaître tes limites, Camillia. Sinon, je ferai de toi ce que je veux.

Ses seins heurtèrent ma poitrine et elle inspira brusquement, rougissante.

— D'accord.

— D'accord pour quoi ? demandai-je, vu qu'elle n'ajoutait rien.

— Tu peux me faire ce que tu veux. (Elle inclina la tête.) J'ai un mot de sécurité, mais je ne pense pas en avoir besoin.

— Ah ?

Elle m'adressa un petit sourire sexy qui envoya une bouffée de feu crépitant dans mes veines.

— Je peux te gérer, Typhos Lucifer.

Apparemment, notre reine est prête, émis-je à Melek, me rappelant notre conversation sur l'attente.

Je crois que nous sommes tous prêts, mon roi, répliqua-t-il. *Mais je garderai le jeu de cordes pour la nuit du couronnement.*

Mmm, de la soie rouge…

C'est ce que je t'ai promis.

Le rougissement de Camillia m'indiqua qu'elle avait deviné notre conversation mentale, ou que Melek l'avait peut-être éclairée.

Quoi qu'il en soit, j'avais très hâte que l'on s'amuse. Cependant, j'irais doucement avec elle. Elle avait dit qu'elle pouvait me gérer – et je la croyais – mais je n'allais pas pour autant précipiter les choses entre nous.

Je voulais que cet événement soit mémorable pour nous deux. Un roi qui prend sa reine. Revendique sa compagne. *Et unit leurs âmes de la manière la plus intime qui soit.*

Je saisis sa main – celle à son côté, pas celle sur ma poitrine – et lui pris la pierre de la mort.

— Gardien, appelai-je en soutenant le regard de Camillia. Peux-tu trouver un lieu sûr où mettre notre prisonnière ?

Il s'approcha de moi et tendit la main.

— Je crois que je sais à qui demander conseil.

Zenaida, l'entendis-je penser. J'acquiesçai et je posai la pierre dans sa paume.

— Tu peux aller avec lui, Azazel ?

Zenaida ne ferait jamais de mal à Ajax, mais je préférais qu'ils voyagent ensemble, surtout s'il s'agissait de rendre visite à la puissante Oméga Faë de la Fortune.

— Tu cherches à garder Cami pour toi ? demanda Azazel. Parce qu'elle est *à nous*, Typhos. Tu dois partager.

Je lui lançai un regard amusé.

— Je peux partager. Mais vous avez tous joué avec elle pendant des mois. C'est mon tour.

— Ce n'est pas de notre faute si tu as mis autant de temps à la revendiquer, souligna-t-il. Donc tu peux l'avoir pour cette nuit. Mais elle sera à nous demain matin.

Son ton m'indiqua qu'il ne négocierait pas. Malheureusement pour lui, je m'en fichais.

— On verra, me contentai-je de répondre.

Puis j'attrapai Camillia et l'emmenai dans notre suite au palais avant que quiconque m'arrête.

Mon amour, murmura Melek. *Veux-tu que je joue les*

émissaires ici un moment ? Que je m'assure que les Strigoï et les autres vont bien ?

Oui. Je posai mon front sur celui de Camillia et fermai les yeux. *Mais rejoins-nous après. Notre reine sera mouillée et prête à être baisée d'ici là.*

L'amusement se mêla à la curiosité dans la réponse de Melek :

Amuse-toi bien, mon roi.

Oh, certainement, petit prince, promis-je. *Et Camillia aussi…*

CHAPITRE QUARANTE-SIX
AJAX

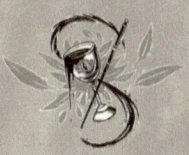

— Tu te souviens de ce jeu à pile ou face ? La nuit où Payan a couru après notre dernière candidate épouse Faë de l'Enfer ? demandai-je après m'être matérialisé devant la maison de Zenaida.

Kuro me suivait et atterrit sur mon épaule. Il avait disparu pendant la tempête d'énergie dans le royaume de Morphée. À présent que les choses s'étaient calmées, il avait apparemment décidé de revenir. Ou peut-être voulait-il simplement voir Zenaida.

— Tu parles du pile ou face que tu as perdu ? rétorqua Az.

Ses yeux s'assombrirent pour devenir des orbes noirs fixées sur mon hibou. Son Phénix intérieur et mon familier n'étaient toujours pas en bons termes, dirait-on.

— Oui, ce pari-là, confirmai-je, esquissant un sourire à ce souvenir. (C'était la nuit où j'avais rencontré notre compagne.) Je suis plutôt content d'avoir perdu maintenant.

— Mais était-ce vraiment une perte ? Ou un jeu du destin ? intervint une voix musicale tandis que la porte s'ouvrait sur Zenaida, tenant une assiette de ses fameux cookies. Vous avez faim ?

— Je suis sûr qu'il est affamé après tout ce partage de pouvoir, renchérit une voix masculine.

Je levai les yeux au ciel.

— J'aurais dû savoir que tu serais là aussi, dis-je à mon plus vieil ami.

Shade pointa la tête de derrière sa grand-mère.

— Je vois que tu as de nouveau la pierre de la mort, dit-il en guise de réponse. (Il baissa les yeux sur ma main tout en portant un cookie à sa bouche.) Est-ce que tu es enfin sorti avec ta compagne ? Pour jouer avec les zombies ?

Je le regardai en cillant, puis me rappelai qu'il avait mentionné quelque chose à ce sujet lorsqu'il m'avait donné ce caillou.

— Il n'y avait pas de zombies.

Il se renfrogna.

— C'est dommage. J'ai entendu tellement d'histoires drôles sur le royaume de l'Au-delà que j'ai cru qu'il y en avait.

— Ce sont des Faë de la Mort et des Faë des Cadavres, pas des zombies, précisa une voix cultivée derrière nous.

Je me retournai pour découvrir un grand homme aux longs cheveux blancs argentés qui se tenait les mains dans le dos, son regard vif fixé sur Shade à l'intérieur.

— Je ne manquerai pas de faire part de tes attentes à mon cousin, reprit-il, s'adressant toujours à mon vieil ami. Hadès sera absolument fasciné, j'en suis sûr.

J'écarquillai les yeux. *Cousin* et *Hadès* ne pouvaient signifier qu'une chose. C'était un Faë du Mythe. Ou un dieu, comme les Faë du Cauchemar les appelaient souvent.

Zenaida soupira.

— Eh bien, vous pouvez tous entrer, maintenant que tout le monde est arrivé.

— Et pourquoi Morphée est-il ici ? s'enquit Az. (Ce nom me fit froid dans le dos.) Ou bien venir ici pour manger des cookies est-il plus important que de gouverner correctement un royaume ?

— Aux dernières nouvelles, je n'exerce pas de responsabilités de *gouvernance*, répliqua Morphée, portant son attention sur Az. Je suis simplement une icône que l'on prie. Parfois, je réponds à ces prières. Souvent, je ne le fais pas. (Il revint à Zenaida.) Qu'est-ce que vous dites toujours, vous autres Faë de la Fortune ? C'est mal vu d'interférer avec le destin ? (Il haussa les épaules.) C'est une bonne excuse, non ?

Az croisa les bras sur son torse nu, son tatouage de phénix semblant se hérisser en réaction à son irritation croissante.

— Tu as laissé entrer une Faë Vertueuse dans ton royaume.

— Non, c'est le trône des Strigoï qui a fait ça. Lequel, si l'on veut être précis, a été créé par Typhos. Donc *Typhos* a laissé la Faë Vertueuse entrer dans le royaume de Morphée. Je suppose que je devrais en être fâché, mais je suis d'humeur clémente. (Il indiqua la porte.) Pouvons-nous entrer ? J'ai ouï dire que c'était la façon polie de répondre à une invitation.

Az réprima un grognement, que j'entendis néanmoins résonner dans son esprit. Je comprenais cette envie, car je me retenais de grogner moi aussi.

— Lucifer a failli mourir, dis-je à Morphée. Serais-tu intervenu si c'était arrivé ?

Le Faë du Mythe cligna des yeux, et ses iris bleu-vert devinrent encore plus intenses quand il capta mon regard.

Je faillis sursauter devant la force de ce regard. Ses traits étaient presque trop parfaits pour être réels.

Je compris soudain pourquoi on appelait ce mâle le dieu des rêves.

—J'aurais été très déçu si cela s'était produit, répondit-il. D'autant plus que ta compagne avait la pierre de la mort. Heureusement, elle a su comment l'utiliser. (Il se tourna de nouveau vers Zenaida.) Tu sais, pour une Faë de la Fortune qui dit qu'elle ne tente pas le destin, tu as certainement un don pour trouver des voies détournées.

—Je n'ai absolument aucune idée de ce dont tu parles, rétorqua-t-elle.

Bien sûr. Pourquoi saurait-elle quoi que ce soit ?

Putain de flammes, on est entourés de sphinx, me dis-je. *C'est vraiment l'enfer.*

En effet, opina Az, l'air tout aussi irrité.

— Tu as peut-être raison. (Morphée contourna Az pour piocher un biscuit dans l'assiette de Zenaida.) Pas besoin de prendre de grands airs, Kodiak. Je n'ai pas l'intention de jouer avec les rêves de ton Oméga ce soir.

Un grondement retentit dans la maison, ce qui fit soupirer Zenaida de nouveau.

Les Alphas Faë de la Fortune étaient particulièrement possessifs envers leurs compagnes Omégas. Et je supposais que son compagnon Alpha n'était pas très enthousiaste à l'idée qu'un Alpha Faë du Mythe pénètre dans le nid de son Oméga.

J'espérais presque que la réunion se terminerait par une bagarre. Ce serait le point d'orgue adéquat de notre très longue journée.

Quoique j'avais aussi très envie de retourner auprès de notre compagne.

Je faisais confiance à Lucifer pour prendre soin d'elle, d'autant plus que je captais ses intentions à travers notre nouveau lien d'accouplement. Mais cela n'empêchait pas que Cami me manque. En fait, cela me donnait encore plus envie d'elle.

Car je captais ce qu'il lui faisait en ce moment même.

Un bain, constatai-je, quelque peu amusé. *Il fait prendre un bain à notre compagne.*

Et la nourrit, ajouta Az.

Il aime vraiment les satisfactions différées, n'est-ce pas ?

Car je n'aurais certainement pas eu la patience de baigner une Cami nue après avoir passé des mois à réfréner mon attirance pour elle. *Elle le supplie pratiquement de la baiser.*

Je sentais son désir. Entendais ses demandes mentales. Et écoutais aussi les réponses de Lucifer. Il insistait pour prendre soin d'elle d'abord, ce qui faisait grogner Cami qui n'avait pas besoin d'être dorlotée. Mais la domination de Lucifer l'emportait, laissant notre compagne pantelante.

Putain, elle me donne envie de retourner là-bas tout de suite, avouai-je à Az via notre lien mental.

Pareil. Dès que nous en aurons fini ici, nous les rejoindrons.

Je croyais qu'on laissait Lucifer passer la nuit avec elle ? rétorquai-je en lui jetant un coup d'œil.

J'ai changé d'avis.

J'approuve, acquiesçai-je en souriant.

Je m'en doutais, Gardien.

Il s'éloigna de moi pour entrer chez Zenaida. Contrairement à Morphée, il ne prit pas de cookie. Je décidai de ne pas en prendre non plus, mais je la remerciai d'un sourire en franchissant le seuil devant elle.

—Je suppose que tu sais pourquoi je suis ici, dis-je.

— Oui, répondit-elle, me suivant à l'intérieur et refermant la porte.

Sa salle à manger et sa cuisine accueillaient souvent des groupes de huit personnes ou plus, mais l'espace me paraissait plus réduit aujourd'hui. Je soupçonnais que c'était à cause des deux Alphas présents dans la pièce.

Morphée s'appuyait contre le mur, les mains dans les poches de son pantalon.

De leur côté, Kodiak et Vadim, les compagnons de Zenaida, se tenaient près de l'îlot de cuisine, les yeux rivés sur le dieu des rêves.

Je ne les avais pas encore entendus parler, ce qui était anormal chez eux. Ils n'étaient pas vraiment bavards, mais n'étaient pas non plus très silencieux. En fait, ils étaient généralement beaucoup plus amicaux. Surtout Kodiak. Mais son regard froid laissait entendre qu'il ne considérait pas Morphée comme un ami. Et Vadim était manifestement du même avis.

— Je ne sais pas trop pourquoi tu es ici, intervint Shade. Mais quand j'ai appris que tu nous rendais visite, je suis venu prendre des nouvelles. Après tout, la dernière fois que je t'ai vu, ta compagne avait été aspirée dans un autre plan d'existence. Pendant le bal d'Aflora, au cas où tu aurais besoin d'un rappel.

Je grimaçai.

— Ouais, désolé.

Il haussa les épaules.

— Florica crée des paradigmes remplis de serpents violents tous les jours. Ce n'est pas grave. Mais un petit mot disant que tu allais bien aurait été apprécié. (Il lança un regard appuyé à mon hibou.) Pareil pour toi, Kuro.

Mon familier ébouriffa ses plumes, baissant un peu la tête devant la réprimande.

— Quoi qu'il en soit, je suis heureux que vous soyez en vie, poursuivit Shade. Ah, avant que j'oublie, Aflora veut que je vous invite à dîner, vous et votre reine. Vu l'état de certaines choses, je suggère que ce soit au plus tôt. Vous allez être très occupés par vos nouveaux rôles.

Je sourcillai.

— Pourquoi ça sonne comme une énigme ?

Il me jeta le plus innocent des regards, ce qui confirma mes soupçons.

— Est-ce que je ferais une telle chose ?

— Tu es le petit-fils de Zenaida. Alors oui. Oui, bien sûr.

Il sourit.

— Eh bien, on en reparlera au dîner, hein ? (Il se tourna vers sa grand-mère.) Désolé de filer déjà, mamie. Je dois aller aider Kols à échapper aux cordes enflammées de Florica.

— Oui, je crois que tu l'as laissé souffrir assez longtemps, répliqua-t-elle. Tu devrais envisager…

— Non, la coupa Shade. Pas de prophéties ni de conseils aujourd'hui. Peut-être demain. Ou l'année prochaine.

Il s'éclipsa sans un mot de plus, visiblement pressé d'échapper à l'ingérence de sa grand-mère.

Je ressentais la même chose. C'est pourquoi je pris aussitôt la parole :

— J'ai besoin d'un lieu sûr où garder cette pierre, et puisque c'est toi qui me l'as donnée, je suppose que tu en as une idée ?

Ses yeux bleus brillèrent en réaction, ses longs cheveux noirs parurent onduler sous l'effet d'une brise invisible.

— En effet, j'en ai une. (Elle regarda le dieu des rêves.) Morphée s'en chargera.

Pour toute réponse, il tendit simplement la main pour prendre la pierre.

Je ricanai à cette suggestion. Je m'attendais à ce que Zenaida me recommande un paradigme ou m'aide à créer un endroit où cacher la pierre pour l'éternité. Mais ça ? *Non.*

— Pourquoi diable te ferais-je confiance pour t'occuper de ça après que tu as permis à Vivaxia de manipuler ouvertement les êtres de ton royaume ? voulus-je savoir.

Il arqua un sourcil argenté, une expression qui me rappela un peu Lucifer. Probablement parce qu'il avait l'air hautain, tout en affichant une prestance toute royale.

— Parce que j'ai accès à une prison dans mon royaume qui a été spécialement construite pour détenir des Faë immortels comme Vivaxia.

Je croisai les bras.

— Parle-moi de cette prison.

— C'est la Boîte de Pandore, répondit-il. (Ce nom m'était inconnu.) Elle enferme les pires Faë du Mythe. Et mon frère Arès en est le Gardien. Il trouvera un endroit approprié pour cette pierre de la mort.

— Je réalise que vous ne vous connaissez pas bien, intervint Zenaida avant que je puisse répondre. Mais je recommande de donner la pierre à Morphée. Il sait comment la manipuler et ce qu'elle contient.

— Pardonne-moi de ne pas trop me fier à cette solution, rétorquai-je. Il a laissé son royaume mourir.

— Ce n'est pas parce que l'on ne force pas le destin que l'on ne se soucie pas du résultat, répondit-elle avec un doux sourire. Beaucoup d'entre nous ont un rôle à jouer, Ajax. Et d'après mon expérience, le rôle d'observateur est le plus difficile qui soit.

Je tressaillis à son choix de mots, son commentaire me rappelant le jour où j'avais été forcé d'assister à la mort de ceux que j'aimais. Si quelqu'un comprenait les horreurs de ce rôle, c'était bien moi. Mais je me demandais pourquoi elle éprouvait le besoin d'en parler maintenant. Essayait-elle d'insinuer que Morphée avait été contraint dans une situation similaire ? J'en doutais. Il était un dieu Faë tout-puissant. Il aurait pu intervenir s'il l'avait voulu.

À moins que cela ait changé le destin, pensai-je en lui jetant un nouveau coup d'œil. Les événements d'aujourd'hui – de ces derniers mois – avaient tout changé dans le royaume des Faë de l'Enfer. Ils avaient fait de Cami une reine. Nous avaient aidés à trouver notre cercle de compagnons. Avaient fait de moi un vrai Gardien des Faë de l'Enfer. M'avaient permis de me lier à Az et à Lucifer. M'avaient rapproché de Melek.

Bien que je puisse reprocher à Morphée de ne pas nous avoir aidés davantage, je me demandais ce qui aurait été différent s'il s'était impliqué. En serions-nous là aujourd'hui ?

Je pourrais ruminer ça toute la journée et toute la nuit, mais en fin de compte, cela n'avait aucune importance. Car les changements s'étaient déjà opérés. Ce qui comptait maintenant, c'était de faire en sorte que Vivaxia ne revienne jamais. Et il semblerait que Morphée ait un moyen de s'assurer de ce sort.

Une part de moi voulait confirmer cette décision avec Lucifer, mais il m'avait nommé Gardien pour une bonne raison. Il m'avait aussi confié la pierre. Donc ce choix m'appartenait.

Je lançai un regard à Az, qui me le retourna.

Je soutiendrai tout ce que tu veux faire, me dit-il, plus avec ses yeux qu'avec son esprit.

Zenaida ne m'avait jamais trompé. Je lui faisais confiance, malgré son penchant pour les énigmes.

C'était elle aussi qui m'avait donné la pierre de la mort. Par l'intermédiaire de Shade, bien sûr, mais cela comptait quand même. Cette pierre de la mort avait permis à Cami de nous sauver tous et de maîtriser son pouvoir de siphonnage.

Ce qui signifiait que Zenaida nous avait aidés tout du long, dès le début de ma relation avec Cami.

— Tu as demandé à Shade de me donner la pierre, puis tu t'es assurée récemment que je l'aie de nouveau, dis-je à l'Oméga Faë de la Fortune avant de me tourner vers Morphée. Et toi, tu l'as laissée à Cami dans le tunnel avec cette note.

Tous deux me dévisageaient sans rien dire. Ni reconnaissance ni confirmation. Juste l'expression d'une attente.

— Je vois pourquoi vous êtes amis, soupirai-je.

— Ils ne sont pas amis, intervint Kodiak. Ce sont des connaissances qui partagent les mêmes objectifs.

— On pourrait appeler ça la base d'une amitié, répondit Morphée en souriant à Zenaida. Ou la fondation d'un accouplement.

Kodiak fit un pas en avant, mais Zenaida lui barrait déjà le chemin.

— Non, s'il te plaît, murmura-t-elle.

L'Alpha se hérissa, puis la prit ses bras et l'attira en arrière dans une étreinte possessive. Vadim se glissa à leurs côtés en un mouvement fluide qui tenait assez du prédateur.

Pourquoi j'ai l'impression que je viens de voir notre avenir ? me demanda Az via notre lien.

Je pense que c'est notre présent, répondis-je, repensant à la note de Morphée. Il avait parlé de voir notre compagne dans ses rêves. Ce qui n'avait pas intérêt à se produire. Cami avait quatre compagnons très alphas et très possessifs qui étaient tous obsédés par elle. Y compris le fameux roi des Faë de l'Enfer. Dieu ou pas, on pourrait abattre ce connard.

— Il ne vaut mieux pas que tu visites le royaume des Faë de l'Enfer prochainement, lui dis-je en lui tendant la pierre. Je ne voudrais pas que tu tombes dans le mauvais rêve et que ta réalité se transforme en cauchemar.

La lueur d'amusement dans son expression m'indiqua qu'il savait précisément de quel rêve je parlais.

— Ne t'inquiète pas, Gardien. Je suis actuellement occupé par une jolie petite rêveuse dans le royaume de l'Au-delà. L'esprit de ta compagne est donc en sécurité pour le moment. (Il brandit la pierre.) Je veillerai à ce qu'elle parvienne à Arès pour qu'il la conserve en toute sécurité. (Il s'approcha de Zenaida pour prendre un autre cookie.) Toujours aussi délicieux, ma petite.

Kodiak grogna, mais Morphée était déjà parti avant qu'il réagisse à ce commentaire aguicheur. Zenaida frissonna, et ses pupilles se dilatèrent au ton de commandement de son Alpha.

— À bientôt, Ajax, dit-elle, sentant sans doute mon envie pressante de m'en aller.

Car je ne voulais pas être témoin de ce qui allait se passer entre elle et ses compagnons. Elle avait beau l'air d'avoir trente ans grâce à sa génétique d'immortelle, je la voyais toujours comme une grand-mère. *Argh.*

— Merci, Zen, réussis-je à prononcer d'une voix étranglée, avant de m'éclipser jusqu'à ma chambre dans le palais.

Az me suivit, un léger rire résonnant dans son esprit.

— Ce n'est pas drôle, grommelai-je.

— Si, rétorqua-t-il. Parce que ça c'était vraiment notre avenir. Dans des milliers d'années, nous serons toujours aussi attirés par Cami. Tout aussi dominants. Tout aussi possessifs. (Son ton se durcit à chaque affirmation.) Nous allons la baiser pour l'éternité, et je ne peux pas attendre.

— Tu veux commencer maintenant ?

Je sentais qu'elle sortait enfin de son bain, et ça ne me dérangerait pas du tout de l'aider à s'essuyer. Mais Az secoua la tête.

— On va laisser un peu plus de temps à Typhos. Puis

on le rejoindra. (Il s'approcha de moi jusqu'à ce que son torse nu touche le mien.) En attendant, on va s'entraîner.

— Des préliminaires ?

— C'est ce que j'ai dit, répondit-il, ce qui me fit lever les yeux au ciel.

— Les aventures d'aujourd'hui n'ont pas suffi à calmer ton violent appétit ?

— Elles l'ont à peine atténué, sourit-il.

Je le fixai dans les yeux, remarquant la lueur noire dans le regard que me rendit son Phénix.

Vivaxia lui avait remis une laisse. Juste pour quelques minutes, mais qui furent bien longues. Az ne le disait pas, mais il avait besoin d'un peu de violence pour surmonter ce qui s'était passé. Et il me choisissait comme exutoire pour protéger notre compagne.

— Juste un match, lui dis-je. Ensuite, je voudrais me doucher et manger un mor…

Sa bouche captura la mienne avant que je puisse terminer. Son baiser fut si brusque et si dur qu'il fit couler le sang.

Je grondai et l'embrassai à mon tour avec autant de force.

Puis je le laissai me mettre à terre et me soumis à ses désirs.

Car c'était ce que faisaient les compagnons l'un pour l'autre : nous nous aidions mutuellement dans les moments difficiles. Nous nous protégions et nous offrions un lieu sûr pour guérir. *Et nous nous aimions sans équivoque.*

CHAPITRE QUARANTE-SEPT
CAMI

Je fixai le dos nu de Typhos, dont les ailes avaient disparu peu après notre arrivée. À présent, ses muscles offraient un spectacle érotique qui me faisait serrer les cuisses de désir. Un désir qu'il attisait depuis une heure dans le bain. Tout en me forçant à manger. Alors que tout ce que je voulais, c'était le dévorer *lui*.

Nos sources s'étaient jointes, notre lien d'accouplement était intact. J'avais besoin de le baiser pour compléter notre connexion. De sentir enfin sa grosse bite en moi. Mais à la place, il prolongeait mon tourment en étant aux petits soins pour moi. Même si j'appréciais cet effort, il y avait une partie de moi qu'il évitait soigneusement de toucher.

Et j'en avais vraiment marre.

— Je t'entends faire la moue, murmura-t-il, me tournant toujours le dos. Je te l'ai dit, Camillia, c'est une leçon de domination. (Il se retourna en finissant d'enrouler une serviette autour de sa taille, qui cacha son impressionnante érection.) Tu ne peux pas me commander, ma petite.

Je plissai les yeux.

— Tu me punis pour t'avoir sauvé la vie.

— Ce n'est pas une punition, petit siphon, dit-il en s'approchant lentement de moi. Je m'assure simplement que tu sais que je prendrai soin de toi. (Il saisit ma mâchoire et se pencha vers moi, et nos regards se croisèrent avec intensité.) Je ne veux pas que tu oublies à quel point j'ai été doux. Parce que quand je te prendrai, je serai tout sauf doux.

S'il n'était pas si proche, j'aurais croisé les bras sur mon torse nu et lui aurais dardé un regard noir. Mais il n'était qu'à un cheveu de ma bouche. Tout ce que je pus faire, c'est lui dire :

— Tu me taquines.

— Non, je te préviens, répliqua-t-il. Ce que je prévois pour toi va te faire douter de mes intentions. Mais je veux que tu saches et que tu croies que je te chéris. Parce que tu risques de penser le contraire très bientôt.

Je frissonnai. Il y avait dans ces mots une menace que j'avais très envie d'expérimenter.

— Oui, s'il te plaît.

Il gloussa, ses lèvres effleurant les miennes.

— Si impatiente d'être détruite. (Sa main glissa dans mon cou, et sa poigne devint dure sur ma gorge.) Quel est ton mot de sécurité, Camillia ?

— Camping, dis-je d'une voix un peu étranglée, car il me serrait de plus en plus.

— Et si tu ne peux pas parler ? demanda-t-il, me coupant la respiration.

Je levai mon poing en l'air. Il l'étudia un instant, comme pour évaluer s'il l'aimait ou non.

Au bout d'un moment, il me lâcha et murmura :

— Bonne fille.

Il saisit mes cuisses et les écarta, puis me tira en avant

jusqu'à ce que je chancelle au bord du comptoir. J'agrippai ses épaules pour ne pas basculer en arrière.

— Ça fait très longtemps que je n'ai pas baisé une femme, dit-il. Des milliers d'années, Camillia. Alors quand je dis que je vais te prendre tout entière, je le pense vraiment. Je veux ta bouche. Ta chatte. Ton cul. Chaque foutu trou. Et tu vas me laisser faire. (Il frotta son nez de ma pommette jusqu'à mon oreille, dont il mordilla le lobe.) Et tu vas me *supplier* d'en faire plus.

Je frémis, mes tétons perlèrent contre sa poitrine.

— Oui, mon roi.

— Mmm, fredonna-t-il, rayonnant d'approbation. Une si bonne petite compagne, qui laisse son roi la dominer.

Ses lèvres descendirent jusqu'à ma gorge, ses dents menaçant ma peau. Je déglutis, mon cœur battant la chamade. Il me touchait à peine et j'étais déjà au bord de l'orgasme. Je le sentais se lover en moi, exigeant d'être libéré.

Dieux, cela ne faisait qu'une heure que nous étions dans le bain, mais j'avais l'impression que des années de préliminaires se concrétisaient enfin pour l'acte culminant.

Tant de taquineries. Tant de *désirs. Tant de rêves.*

Mais c'était bien réel. Typhos était là. Il me touchait. *Il me possédait…*

— Hors de ces murs, nous sommes égaux, Camillia, chuchota-t-il. Mais ici, tu t'agenouilles quand je te le dis. Tu écartes tes longues jambes à ma demande. Et tu vénères ma bite comme si c'était ta putain de divinité.

Un autre frisson me parcourut, et je resserrai mes jambes autour de ses hanches.

— Oui, mon roi, répétai-je, consciente qu'il voulait une réponse.

Parce que je captais son esprit. Sentais ses intentions. Comprenais ses attentes.

Faë, il va vraiment me détruire…

Mais la Source – *notre* Source – me remettrait sur pied.

Il poussa un grondement bas, dont le son fit vibrer chaque parcelle de mon être. Il lâcha mes hanches pour s'agripper au comptoir de marbre, sa bouche s'attardant toujours sur mon pouls palpitant.

J'attendis, mon souffle bloqué dans ma poitrine.

Or il ne fit qu'inspirer. Puis expirer. Puis inspirer encore.

Mes poumons commençaient à souffrir, et mon besoin d'air prit enfin le dessus. Mais au moment où j'écartais les lèvres, il *frappa*. Il entoura ma gorge de sa paume et planta ses dents dans mon cou.

Je voulus crier, mais ne le pus. Sa poigne était trop serrée.

Il enroula son autre bras autour de ma taille pour me tirer encore plus loin du bord, contre son torse ciselé. Puis sa bouche captura la mienne et il souffla de l'air dans mes poumons. *Son* air. Il respirait pour moi. Il me maîtrisait. Me faisait *sienne*.

Oh, putain… Mes entrailles fondirent en réaction à sa domination, son essence, son *tout*. Je voulais grimper sur cet homme et le faire mien. Le mordre. Le marquer. *Le satisfaire…*

Il me transporta de la salle de bains au lit de sa suite, sa bouche contre la mienne. Nous ne nous embrassions pas, nous respirions. Pour exister. Pour… *nous accoupler.*

Dieux, je le sentais dans chaque parcelle de mon être. Pourtant, l'espace entre mes jambes ne m'avait jamais semblé aussi vide.

Une partie de moi voulait le supplier, mais Typhos ne me laissa pas le temps de parler ou même de penser, car sa langue envahit ma bouche. Tout à coup, je ne pus qu'essayer de suivre sa demande, sa bouche possédant la mienne d'une manière que je n'avais jamais connue.

Je sentis à peine le matelas dans mon dos, trop absorbée par son contact, sa chaleur, *ses mains...* qui remontaient le long de mes flancs, suivant mes courbes, et atterrirent sur mes seins.

Un hoquet m'échappa quand il pinça mes mamelons un peu trop fort, mais ce hoquet se transforma vite en gémissement lorsqu'il les massa pour effacer la douleur.

Il colla ses hanches entre les miennes, cette foutue serviette m'empêchant de le sentir vraiment. Je posai mes mains sur ses flancs musclés et les descendis jusqu'au tissu, désirant l'arracher. Mais à la seconde où je tirai dessus, il m'attrapa les poignets et me fit tournoyer.

Je lâchai un autre gémissement quand mon visage s'écrasa sur les oreillers. Puis je me figeai quand Typhos pressa mes seins tendres contre le matelas en appuyant sa main entre mes omoplates.

Qu'est-ce que... ?

— Apparemment, je n'ai pas été clair, me dit-il à l'oreille, sa chaleur baignant mon dos. Dans la chambre, *tu* t'inclines, *je* dirige.

Un claquement retentit dans l'air lorsqu'il tapa ma fesse, me faisant sursauter.

— *Typhos.*

Il tchipa en reculant.

— Qu'est-il arrivé à *mon roi*, hein ?

Une autre claque me fit serrer les cuisses en signe de protestation, tandis que mes entrailles se recroquevillaient en quelque chose de plus chaud. Quelque chose... d'*excitant.*

— Demande m'en une autre, dit-il, ses lèvres effleurant de nouveau mon oreille. *Supplie-moi,* Camillia. (Il caressa mon doux postérieur, provoquant un geignement bizarre dans ma bouche.) Mmm, ce n'est pas assez bon, ma petite.

Il glissa ses doigts entre mes jambes pour me caresser là où je le désirais le plus. Je haletai, mes entrailles se resserrèrent sous l'effet de l'excitation tandis qu'il frôlait mon clitoris. Mais il se retira la seconde d'après.

— Déjà très mouillée, murmura-t-il, amenant ses doigts sur mon autre orifice. Peut-être que je vais te donner une fessée, puis te baiser à vif ici, juste pour me calmer. Peut-être qu'alors tu seras prête à me supplier d'en avoir plus.

Je tournai la tête pour le regarder, mais je sursautai lorsqu'il claqua mon autre fesse. La brûlure se propagea le long de mon échine tandis que la chaleur se lovait dans mon bas-ventre. *Baise...*

— Crois-moi, ma petite, j'y songe, répondit-il, ayant manifestement capté mes pensées. Mais si tu ne commences pas à coopérer, je vais faire en sorte que la *baise* soit pour moi, pas pour toi. Parce que je ne récompense que les bonnes filles par des orgasmes. (Il se pencha de nouveau, ses lèvres à mon oreille.) Et toi, Camillia de la Croix, tu essaies d'inverser les rôles depuis bien trop longtemps.

Dieux, je n'aurais su dire si j'avais envie de le frapper ou de le grimper.

Az était dominant, mais Typhos... Typhos était d'un tout autre niveau. Un niveau que j'ignorais comment contrer. Je n'étais même pas sûre de vouloir essayer, d'ailleurs.

— Ne lutte pas contre moi, Camillia, chuchota-t-il, ses dents effleurant le lobe de mon oreille.

Je faillis rire de son choix de mots ; j'en avais prononcé de semblables lorsqu'il avait tenté de se sacrifier comme une sorte de martyr. Toutefois, je sentais son besoin de diriger maintenant. Son désir de me dominer entièrement. Et sa promesse de prendre soin de moi... si je me soumettais.

Ainsi que sa menace de me forcer à me soumettre si je continuais à le défier.

Je frissonnai, la juxtaposition des deux options m'excitant pour des raisons très différentes. Une partie de moi voulait voir jusqu'où je pouvais le pousser. Tandis qu'une autre partie de moi voulait juste le laisser prendre les choses en main et profiter de la chevauchée.

Typhos fit descendre son doigt le long de ma colonne vertébrale, attendant que je me décide. Pendant ce temps, mes fesses me piquaient suite à ses bons soins.

— Qu'est-ce que tu vas faire, ma petite reine chérie ? demanda-t-il doucement. Vas-tu me laisser t'utiliser d'une manière qui nous soit profitable à tous les deux ? Ou vas-tu m'obliger à faire de toi mon jouet personnel ?

Il glissa son doigt entre mes fesses et l'enfonça en moi, provoquant une légère irritation due à l'absence de lubrifiant. Je me cambrai, la sensation n'étant pas totalement désagréable, mais pas aussi bienvenue que lorsqu'il avait plongé sa main entre mes cuisses pour presque atteindre mon clitoris.

— Je me fiche que ce soit notre première fois ensemble, poursuivit-il. J'ai des attentes, et soit tu y réponds, soit je les *impose*.

Je mordis l'oreiller lorsqu'il inséra un deuxième doigt, la brûlure s'intensifiant en moi.

— Décide-toi, Camillia, exigea-t-il. Ou je choisirai pour toi.

Il frotta ses doigts en moi, me faisant gémir sous l'effet du plaisir et de la douleur mêlés. Putain, je ne devrais pas aimer ça. Pourtant si. Tout comme j'appréciais la sensation de ses dents plongeant dans mon cou, sa domination déferlant en moi en une chaude vague de passion.

Lutter contre lui était amusant. C'était bien. Mais là… c'était encore mieux.

Mes épaules se détendirent quand sa morsure se transforma en baiser. Puis mes membres se liquéfièrent quand il nettoya les marques de dents avec sa langue.

Faë… Je n'avais jamais rien vécu de tel.

Ses doigts bougeaient toujours en moi, se tordant et se retournant d'une manière qui envoyait des étincelles dans mes nerfs. Ça me faisait mal, mais sa bouche sur mon cou me distrayait de la douleur.

Cependant, l'irritation revint en force lorsqu'il me pénétra plus profondément et éloigna ses lèvres de ma peau. Je sursautai lorsqu'il ajouta un troisième doigt, l'étirement me faisant cambrer le dos.

— *Typhos*, sifflai-je, la souffrance étant presque trop forte.

— Dernier avertissement, ma petite, dit-il, sans rien lâcher. Soumets-toi ou je te soumettrai.

Puuutaiaiain…

J'empoignai les draps soyeux sous moi, un cri jaillit de mes lèvres lorsqu'il me força à prendre une autre poussée. La brûlure était d'autant plus intense, d'autant plus *dure*.

— *S'il te plaît…* chuchotai-je.

Seulement, je ne savais pas si je suppliais pour plus… ou pour tout autre chose.

Car soudain, la douleur se transforma en une nouvelle sensation. Ça faisait toujours aussi mal, mais ça… ça faisait aussi du bien.

Dieux, qu'est-ce que tu me fais ? me demandai-je, étourdie par sa rudesse et par la douceur de sa peau dans mon cou alors qu'il pressait ses lèvres sur ma mâchoire, juste en dessous de mon oreille.

— Je t'apprends à m'implorer, murmura-t-il, son haleine mentholée atteignant tous mes sens. Je suis ton *dieu* maintenant, Camillia de la Croix. Alors vénère-moi comme je le désire, et peut-être que je te récompenserai.

Une partie rebelle de moi voulait le détester pour ces mots, en combattre le sens même. Mais quand il se mit à tracer un chemin de baisers le long de mon échine, je ne trouvai plus la force de même essayer de parler.

Parce qu'alors qu'il me disait de le vénérer, j'avais l'impression que c'était l'inverse qui se produisait — qu'il me préparait à être chérie. Pour être baisée dans une autre existence.

Maintenant tu comprends, ronronna-t-il dans mon esprit. *Je suis ton dieu, mais tu es aussi ma déesse. Alors laisse-moi t'emmener dans les étoiles, ma reine.*

Il mordilla un globe sensible, dont la peau me picotait suite aux tapes sur mon cul. Mais c'était bon aussi. L'étrange mélange de passion et de tourment me donnait le vertige, mon esprit avait du mal à se concentrer sur ce que je devais dire ou faire.

Tout ce que je voulais, c'était m'incliner devant ce mâle et le laisser agir. Ce serait tellement plus facile. Pas de soucis. Pas de responsabilités. Juste… juste une extase sans fin. Suivre ses ordres. Lui faire plaisir.

Et recevoir du plaisir en retour.

Je frémis, un frisson qui traversa tout mon corps, au point que j'enfonçai mes hanches dans la literie. Parce que j'avais besoin de friction. J'avais besoin de *plus*.

Mais une autre tape sur les fesses me fit arquer le dos.

— Ton plaisir, c'est à moi de te le donner, Camillia, dit Typhos entre mes jambes. Et tu ne l'as pas encore mérité.

Je faillis râler de frustration. Cependant, je parvins à canaliser l'énergie de la colère dans mes mains et je serrai les draps une fois de plus. Cela dut être la bonne décision car sa langue suivit le pli de ma fesse, juste à la naissance de ma cuisse. Puis elle remonta… jusqu'à un endroit… où je n'avais jamais été… *Faë !*

Sa caresse humide chassa aussitôt l'irritation que ses doigts avaient provoquée, ce qui fit bondir mon cœur dans ma poitrine. Parce que wow. *Wow*. Je… je ne savais pas comment…

Je gémis, la sensation ne ressemblant à rien de ce que je connaissais. Cela m'avait fait plus mal que je ne l'avais cru. Mais maintenant… maintenant il me soignait. Me réchauffait. Me faisait me sentir trop, trop *bien*.

— Typhos, murmurai-je, prononçant son nom pour des raisons très différentes à présent. *Mon roi*.

Il fredonna, visiblement content que j'emploie son titre.

À un moment donné, il m'avait dit que ce n'était pas nécessaire. Mais j'entendais dans son esprit qu'il aimait que je le prononce au lit avec lui. C'était une question de pouvoir. De respect. Et de compréhension mutuelle.

Car selon lui, un roi et une reine étaient des partenaires. Pas l'un au-dessus de l'autre, mais un couple qui gouverne *ensemble*. Il n'était donc pas question de rang ou d'une quelconque hiérarchie traditionnelle. Il s'agissait de *diriger*, en tant qu'unité.

Et de savoir quand succomber à l'autre. Comme ici, dans la chambre. Mon roi avait besoin de ma soumission. Et au fond de moi, j'avais besoin de me soumettre. De lui donner le pouvoir et d'accepter sa domination.

J'avais tout donné au royaume aujourd'hui. Aux Faë. À mes compagnons. À ce monde.

Il était temps de récupérer. De laisser mon roi me remercier comme lui seul pouvait le faire. De nous livrer à nos nouveaux liens. Et d'exister, tout simplement.

Je comprenais maintenant le but de tout cela. Pourquoi la confiance comptait tant pour tous mes compagnons.

Pourquoi Typhos avait insisté pour prendre soin de moi avant de me revendiquer.

Parce qu'il avait besoin de moi pour se sentir en sécurité. Protégé. *Sécurisé.*

Ainsi, il pouvait me pousser dans mes retranchements. M'emmener dans les étoiles. Et me baiser comme un roi devait le faire.

— Je suis à toi, mon roi, lui dis-je en me détendant complètement sous lui. Tu peux me prendre comme tu veux. Où tu veux. De la façon que tu désires.

Il enfonça plus profondément sa langue en moi, puis se retira lentement.

— Bon choix. (Il embrassa ma chair malmenée avant de se remettre à genoux derrière moi.) Maintenant, retourne-toi et écarte tes jambes. Je veux goûter à ta petite chatte magique. Celle qui a asservi tous mes hommes. Celle qui m'a mis à genoux.

La menace était de retour dans sa voix, son ton baissant jusqu'à devenir un grondement bas qui me fit frissonner.

— Après avoir mémorisé ta douce chatte avec ma langue, je vais te faire jouir pour moi, Camillia de la Croix. Autant de fois que je l'exigerai. Parce que c'est ma chatte que je veux satisfaire. Et toi, ma petite reine chérie, tu vas prendre tout ce que je vais te donner. *Et plus encore.*

CHAPITRE QUARANTE-HUIT
TYPHOS

La soumission de Camillia avait un goût plus doux que je ne l'aurais jamais imaginé. Ma reine forte et têtue avait enfin lâché prise et m'avait laissé mener la danse.

C'était un cadeau que j'avais l'intention de récompenser. Mais d'abord, je voulais la toucher. L'explorer. *La découvrir*.

Parce que bon sang, elle faisait plaisir à voir. Ses longues jambes écartées. Sa chatte luisante. Son clito gonflé et en manque.

Il me fallut de la retenue pour ne pas me pencher et la prendre. Enfoncer ma langue en elle et la faire basculer dans l'inconscience.

Cependant, mon petit siphon devait avoir complètement perdu la tête avant que je la fasse basculer. C'était la seule façon de l'initier correctement à la beauté de la soumission.

Agenouillé entre ses cuisses, je soulevai un pied pour approcher sa cheville de mes lèvres. Elle ferma les yeux quand je l'embrassai là, puis je fis lentement remonter ma bouche le long de son mollet jusqu'à son genou, et le long de sa cuisse jusqu'à sa fente suintante. Mais au lieu de la lécher comme je le voulais, je répétai les mêmes gestes sur son autre jambe. Elle se tortilla un peu mais ne protesta pas. Elle n'essaya pas non plus de me commander.

— Tu te débrouilles très bien, ma reine, lui dis-je doucement en reposant son pied sur le lit.

Camillia déglutit en réponse, sa peau rougit de chaleur. Le rougissement descendit jusqu'à ses beaux seins. C'était une jolie vue, qui me mit l'eau à la bouche.

Je rampai sur elle en ronronnant, ma serviette toujours enroulée autour de ma taille, et m'installai entre ses cuisses écartées. Ce n'était pas du tout ce que j'avais dit que je ferais, mais ses seins avaient désespérément besoin de mon attention.

Donc je penchai la tête pour prendre un téton dur dans ma bouche, et je le suçai. Elle empoigna les draps et cambra le dos en réaction. Mais ma reine obéissante ne tenta pas de me forcer à faire autre chose. Elle me laissa simplement jouer. Explorer. Lécher. Mordiller. *Mordre*.

Je la récompensai en prodiguant mon affection à ses seins, ma bouche mémorisant chaque centimètre de sa peau douce avant de lécher ses petites pointes raides.

Elle gémit et serra ses cuisses contre moi. Je plantai mes dents dans son sein, juste au-dessus du téton rosé, et je souris au hoquet qu'elle laissa échapper.

Sa tolérance à la douleur-plaisir était élevée, ce qui convenait au sadique qui sommeillait en moi. J'avais bien l'intention de tester ces limites à l'avenir. Pour l'instant, je me contentais de lui faire de petites morsures d'amour sur toute sa poitrine.

Elle sursauta quand je remontai pour l'embrasser, mes lèvres s'emparant des siennes avec une exigence douloureuse qui la laissa à bout de souffle quand j'eus fini.

— Une si bonne reine, qui laisse son roi adorer

chaque parcelle de son corps, la félicitai-je, tout en pressant son sein pas si doucement que ça. Je crois que je pourrais jouer avec tes seins toute la nuit, Camillia. (J'approchai mes lèvres de son oreille.) Tu as une idée du temps qui s'est écoulé depuis que j'ai touché une femme comme ça ?

Je traçai un chemin de baisers vers le bas, mes lèvres caressant à nouveau sa gorge et ses seins avant de descendre à son nombril et plus bas, vers son doux monticule.

— Des milliers d'années, avouai-je, répondant à la question que je lui avais posée.

Ma bouche s'arrêta au-dessus de son clito et je levai les yeux pour constater qu'elle me regardait, les siens écarquillés. On aurait dit que ma réponse la surprenait. Pourtant, elle n'aurait pas dû, puisque je l'avais déjà avoué quelques minutes plus tôt. Mais peut-être que l'information la choquait encore.

Melek avait été mon seul amant depuis ma chute, une vérité qu'elle pouvait sans doute entendre dans mon esprit.

Tout comme elle pouvait capter mes intentions maintenant. Malgré tout, je les exprimai de vive voix :

— Tu vas devoir endurer des milliers d'années de faim, Camillia. Car ça fait très, très longtemps que je ne me suis pas régalé de la chair d'une femme. Et ta chatte est la plus divine de toutes.

Je ne lui laissai pas le temps d'assimiler mes paroles, car je ne pouvais pas attendre une seconde de plus pour la déguster comme il fallait. Melek m'avait donné un aperçu de sa décadence lorsqu'il m'avait fait goûter son plaisir avec sa langue. Mais ce n'était rien comparé au véritable paradis entre ses cuisses.

Putain de feu de l'Enfer, me dis-je, mes yeux manquant de se révulser. La chatte de Camillia était mon ambroisie personnelle. Une douceur interdite que je n'étais pas censé savourer. Or nos âmes avaient d'autres projets pour nous.

Notre Source nous avait mariés pour l'éternité. Et une partie égoïste en moi en était ravie. En mon for intérieur, je savais que je ne la méritais pas. Je lui avais fait du tort à bien des égards. Mais je passerais l'éternité à m'excuser – de préférence comme ça – si cela menait à ce qu'elle me trouve digne d'elle.

Plutôt que d'exprimer tout cela dans son esprit, je le lui dis avec ma langue sur son clitoris. Je scellai la promesse avec mes lèvres. Confirmai le vœu avec mes dents. Et concrétisai mes intentions en enfonçant mes doigts en elle.

Dans les deux orifices. Car je voulais qu'elle soit complète. Préparée. *Prête*.

J'avais promis de la prendre de toutes les manières, et j'étais sérieux. Mais elle devait d'abord jouir sur ma langue. *Encore et encore*.

Il n'en fallut guère plus, son petit corps étant déjà très tendu suite à mes caresses et mes baisers. Une petite pression sur son clitoris couplée à la rotation de mes doigts en elle fit monter ma reine en flèche avec un cri qui résonna sur les murs de notre suite.

Ma bite palpita en réaction, impatiente de se joindre à la fête. Mais je n'avais pas fini. Loin de là.

Je voulais la rendre pantelante. Putain, je voulais qu'elle me *supplie* d'arrêter.

À ce moment-là, je la pénétrerais. Je frapperais son petit clito gonflé et maltraité avec mes hanches pendant que je prendrais mon plaisir et la forcerais à en ressentir davantage. Afin qu'elle explose en un orgasme si intense qu'elle perdrait la tête pendant une minute.

Ensuite, je la prendrais à nouveau. Par derrière.

Dieux, j'étais prêt à jouir rien que d'y penser. Cette

femme me mettait dans tous mes états, son emprise magique sur moi était indubitable.

Mais je ne me souciais plus de la cause ou des raisons. Je voulais juste profiter de notre présent et embrasser notre avenir. Ce qui impliquait de la pousser à bout, ce que je fis en mordant son clito tout en enfonçant profondément mes doigts en elle.

Elle se cabra et tenta de bouger, la souffrance se mêlant à l'extase et produisant de beaux sons de ses jolies lèvres. Lorsqu'elle se tortilla pour se dégager, je retirai ma main de son cul et j'appuyai sur son ventre pour la maintenir en place. Puis je la dévorai avec une vigueur renouvelée.

Je t'ai dit de supporter, ma petite, lui rappelai-je en pensée. *Maintenant, sois une bonne fille et jouis encore.*

Typhos… je… je ne peux pas…

Si, tu peux, affirmai-je, puis je la mordis encore en guise de douce réprimande. Elle sursauta, et mon nom quitta ses lèvres, suivi de « mon roi… »

Je souris et lui donnai un petit coup de langue.

C'est mieux, ma reine, répondis-je en reprenant mon affaire entre ses cuisses.

Lorsque j'en eus fini, elle n'était plus qu'un amalgame dégoulinant de passion et d'incohérence. À cette vue, j'arrachai la serviette de ma taille et grimpai le long de son corps magnifique.

Ma bite épaisse tomba contre sa chatte bien préparée, la faisant sursauter quand le gland atterrit pile sur son clitoris. Je l'attrapai avant qu'elle puisse s'écarter, et tenant ses hanches, je me glissais dans sa chaleur humide.

— Prends mes épaules, lui dis-je.

Ce qu'elle fit, ses ongles mordant ma chair.

— Typhos, je…

Je m'enfonçai en elle, lui coupant la parole sur un cri qui atteignit directement mes couilles.

— Putain, Camillia, chuchotai-je.

Sa chatte serrée garrota ma queue pour protester contre mon intrusion. Elle était épaisse, je le savais. Mais bon sang, je ne me souvenais pas d'avoir jamais rien senti d'aussi bon autour de ma hampe. À part la bouche de Melek, peut-être. Toutefois, il y avait quelque chose chez Camillia qui rehaussait cette expérience à un niveau supérieur. Cela rendait notre union unique. Divine. *Surnaturelle.*

Je ressortis jusqu'au gland et m'enfonçai de nouveau, me demandant si ce n'était pas simplement la chaleur initiale qui emplissait mon esprit de pensées extravagantes.

Mais non. C'était *elle*. Cette femme. *Ma compagne.*

Je n'en avais jamais assez. Je voulais la baiser pour l'éternité. Vivre dans cette belle chatte. *La marquer de ma semence.*

Elle dit quelque chose que je ne pus entendre à cause des battements de mon cœur, un son robuste qui résonnait dans mes oreilles.

Cela me coûtait un effort physique de me concentrer, de l'écouter, de m'assurer qu'elle allait bien. Mais un simple coup d'œil à son visage me dit qu'elle allait bien. Ses joues rougies et ses lèvres gonflées étaient les marques d'une femme satisfaite. La façon dont ses ongles s'accrochaient à mes épaules laissait entendre qu'elle en voulait plus. Et lorsque je me penchai pour l'embrasser, sa langue me fit comprendre que je ferais mieux de *bouger.*

Cette femme inversait de nouveau les rôles. Mais je la punirais plus tard. Pour l'instant, j'étais esclave des pulsions qui m'habitaient, du besoin qui s'épanouissait entre nous, de l'urgence qui réchauffait notre lien.

Prendre ce qui est à moi. C'était tout ce que je pouvais faire.

C'était un désir sauvage, auquel faisait écho la façon

dont je malmenais Camillia avec mes hanches. Mais ma belle reine accepta mes mouvements avec la grâce et la vigueur d'une égale. Elle m'acceptait en elle, se serrait autour de moi pour m'accueillir chaleureusement et répondait à mon baiser avec une force enviable.

J'avais tenté de la pousser dans l'inconscience, de lui faire perdre la tête de désir. Pourtant, c'était moi qui avais basculé dans le ravissement, incapable de penser à autre chose qu'à nous emmener tous les deux dans les étoiles.

Nos halètements se mêlaient à nos gémissements, nos corps dansaient à notre propre rythme érotique. C'était un accouplement paradisiaque. Une union qui donnerait plus de pouvoir à notre source. *Une baise si exquise que je pourrais en mourir…*

— Putain, Cami, exhalai-je, l'appelant par son surnom préféré.

Ce n'était pas le surnom que je lui donnais d'habitude, mais sur le moment, il me semblait approprié.

C'était ma reine. Ma partenaire. Ma compagne.

Je ferais tout ce qu'elle voudrait, l'appellerais comme elle voudrait, tant qu'elle me laisserait vivre dans cette satanée chatte jusqu'à la fin de mes jours.

— Dieux, tu es… tellement… *serrée*, soufflai-je, ma poigne contusionnant ses hanches. J'ai besoin que tu jouisses, Cami. Je veux que tu jouisses sur ma queue comme une bonne reine de la baise.

Elle secoua la tête, son esprit me disant qu'elle ne pensait pas pouvoir jouir à nouveau après tout ce que je lui avais déjà fait subir.

Mais je n'acceptais pas cette réponse. Ma compagne allait jouir, même s'il me fallait des heures pour y parvenir. Je tiendrais aussi longtemps qu'il le faudrait. Ce fut ce que je lui dis en pensée avant de reprendre sa bouche avec ma langue.

Une partie de l'emprise magique qu'elle avait sur moi parut se casser net, ma domination prenant les rênes tandis que je la forçais à accepter plus de plaisir. Plus de poussées. Plus de *tout*.

Elle exhala mon nom, des larmes brillant dans ses yeux.

Mais elle connaissait son mot de sécurité. Si elle voulait que cela cesse, elle le prononcerait. Donc je continuai à pousser, à m'enfoncer au fond d'elle, à atteindre ce point en elle qu'elle ne pouvait pas ignorer, tout en bougeant mes hanches de façon à titiller son clitoris. C'était le mouvement le plus naturel qui soit, nos corps s'unissant d'une manière qui confirmait notre destin. Nous avions toujours été destinés à nous emboîter de cette façon. Pour être ensemble, juste comme ça. *Pour toujours.*

Son corps se tendit, ses entrailles parurent se contracter violemment, et je sentis son orgasme arriver.

Elle commença à secouer la tête comme si elle ne pouvait pas supporter ce qui allait se passer. Ç'allait probablement être si intense que ça lui ferait mal. Mais je l'accompagnerais jusqu'au bout. Je la baiserais à travers la douleur et cèderais à son euphorie qui s'ensuivrait.

— T-Ty… je…

L'instant suivant, ses yeux se révulsèrent.

Et puis elle se mit à jouir. *Fort.*

Son corps se resserra autour de moi dans des vagues d'intensité tandis que sa voix s'éteignait à force de crier. Je ne cessai pas de bouger, ma hampe profitant des tremblements et de la tension alors que je la baisais encore plus fort. J'atteignis ce point qui prolongeait son agonie et assurait la plus exquise des félicités.

Des larmes perlèrent à ses yeux. Ses lèvres s'ouvrirent sur un cri muet. Son corps trembla violemment.

Je tendis la main entre nous pour caresser son clito, le

faisant saillir encore plus, jusqu'à ce qu'elle commence à me supplier mentalement d'arrêter.

Mais ce n'était pas encore son mot de sécurité.

C'est pourquoi je ne cessai pas complètement de la toucher, choisissant plutôt d'appuyer sur son bouton sensible tout en pompant dans sa chaleur moite.

— Continue à jouir, exigeai-je. Je veux que tu te tordes pendant que je me vide en toi.

Elle frissonna, un refus roulant dans son esprit. Elle ne pensait pas pouvoir en supporter davantage. Mais je lui prouvai qu'elle avait tort en la forçant à en prendre plus. À me sentir posséder chaque centimètre de sa chatte. *En jouissant si profond en elle que j'étais certain qu'elle pourrait goûter ma semence dans sa gorge.*

J'explosai à cette idée, ma queue détonant dans un orgasme comme je n'en avais jamais connu. C'était si intense que je faillis m'évanouir, mon corps tremblant violemment en réaction.

— *Putain*, soufflai-je en enfouissant ma tête dans son cou. *Cami…*

Je n'arrêtais plus de jouir. C'était comme si j'avais gardé des milliers d'années de sperme pour cette femme, ma semence devant la remplir complètement. *La posséder.*

Je mordis son cou, ayant besoin de quelque chose pour m'ancrer, et je goûtai à son sang.

Le pouvoir bourdonna en réponse, notre lien s'approfondissant en quelque sorte, comme si je venais de la revendiquer à nouveau. Peut-être que c'était le cas. Il n'y avait jamais eu d'accouplement comme le nôtre. Il était unique en son genre. Tout comme elle. Ce qui le rendait foutrement parfait.

Une autre vague me frappa, mon corps continuant à jouir.

Puis une conscience me chatouilla la nuque, une voix douce fredonna son approbation dans mon esprit.

Petit prince, réussis-je à peine à penser.

Elle est incroyable, n'est-ce pas ?

Je ne pus que grogner. Parce que oui, elle l'était. Bien plus qu'incroyable. Il n'y avait pas de terme pour décrire l'éclat de Camillia de la Croix. Elle était tout simplement... une déesse.

Je dorlotai son corps tremblant, bien fatigué et rassasié.

Mais elle avait une autre leçon à apprendre.

Je l'embrassai doucement, nous faisant redescendre tous les deux. Puis je roulai lentement jusqu'à ce qu'elle soit à califourchon sur moi, ma bite toujours en elle.

— J'ai promis à Melek que tu serais mouillée et prête pour lui quand il reviendrait, lui dis-je.

Ma voix recelait une note bourrue qui ne me ressemblait pas du tout, mais je m'en fichais. Elle méritait de savoir à quel point elle m'avait marqué.

— Elle est certainement mouillée, murmura Melek à côté du lit.

Camillia lui lança un coup d'œil, un regard ivre de désir. J'aimais beaucoup cette expression. C'était tout à fait approprié, compte tenu de ce qui allait se passer ensuite.

— Ouvre-toi pour lui, Camillia, lui dis-je. Je veux qu'il te prenne le cul pendant que je suis encore dans ta chatte.

Elle écarquilla les yeux, comme si elle ne pouvait pas croire que je lui dise de faire une telle chose. Je me contentai d'arquer un sourcil.

Tu as quatre compagnons, Camillia chérie. Et nous aimons tous partager.

En fait, j'entendais Az et Ajax penser à se joindre à nous.

Donc notre fille allait prouver ses capacités de reine... tout au long de cette nuit de baise.

Melek perdit ses vêtements – un costume différent de la tenue ensanglantée qu'il portait dans le royaume de Morphée. Il s'était manifestement douché et changé quelque part. Mais peu importait. Car il allait devenir vraiment cochon avec notre compagne.

Ses tatouages scintillaient légèrement lorsqu'il se glissa sur le lit, sa magie de Faë Vertueux rayonnant sur les runes incrustées dans sa peau. Un jour, il raconterait à Camillia l'histoire de ces marques protectrices. Peut-être quand il en dessinerait également sur sa peau.

Je passai les mains autour d'elle pour lui écarter les fesses tandis qu'il s'installait derrière elle, ce qui lui fit écarquiller encore plus les yeux.

— Tu peux le supporter, lui assurai-je. Comme tu as supporté tout le reste. Et en plus, tu vas carrément apprécier.

Melek empoigna ses cheveux et lui tordit un peu le cou pour pouvoir l'embrasser sur la bouche. Elle trembla de nouveau, mais la façon dont ses mamelons perlèrent m'indiqua qu'elle n'avait pas peur. Elle était même *excitée*.

Et cette excitation ne fit que croître lorsque notre prince se positionna à son entrée arrière.

— Elle est prête, lui dis-je, sachant que je l'avais bien préparée à cela.

Oh, ça piquerait un peu. Mais heureusement, notre reine appréciait la morsure de la douleur, ce qu'elle prouva maintenant en gémissant lorsqu'il la pénétra.

Az et Ajax choisirent ce moment précis pour se pointer, posant aussitôt leurs regards sur le lit. Camillia ne réagit pas, mais je savais qu'elle sentait leur présence. Tout comme elle avait capté leur intention de se joindre à nous.

Melek lâcha sa bouche tandis qu'Az s'agenouillait sur le lit, ce qui lui permit de prendre le relais en l'entraînant dans son propre baiser. Ajax s'installa de l'autre côté et tendit la main pour caresser le flanc de Camillia, comme s'il vérifiait son état physique.

Le feu dans ses yeux rayonnait d'intérêt, ses pupilles dilatées d'impatience.

Camillia resserra de nouveau sa chatte autour de moi, me disant qu'elle approuvait plus que tout la nuit à venir. Cependant, une caresse sur son clitoris la fit grimacer.

Tu vas te rétablir, murmurai-je dans son esprit. *Fais confiance à la Source pour te revigorer, ma reine. Et fais confiance à tes compagnons pour prendre soin de toi.*

J'effleurai à nouveau son clito tandis que Melek pompait dans son cul, notre prince se délectant de son petit trou serré. Ma bite se tendit en réaction, la fine barrière entre nous me permettant de sentir ses mouvements. Cela me donna envie de jouir encore.

Ce que je ferais, et bientôt. Car je n'allais pas quitter cette chatte de toute la nuit.

Ses compagnons pouvaient s'occuper de ses autres orifices. Sa chatte était à moi.

Puis demain, je m'adonnerais à son cul.

Et certainement sa bouche, pensai-je alors qu'Ajax tournait la tête de Cami vers sa bite en attente. Il s'était déshabillé pendant qu'Az l'embrassait.

Je regardai le gland percé avec intérêt, puis je l'observai avec fascination disparaître entre les lèvres pulpeuses de Camillia.

Elle gémit autour de lui, visiblement captivée par le métal. Ou peut-être était-ce simplement le goût de notre Gardien sur sa langue.

Quoi qu'il en soit, le tableau était magnifique.

— Tu es si belle avec tous tes trous remplis, Mlle de la Croix, lui dis-je. Mais je pense que tu seras encore plus belle quand tu jouiras pendant qu'on te baise tous les trois.

Az tendit la main entre nous, ses doigts prirent la place de mon pouce.

Puis j'empoignai les hanches de Camillia et je recommençai à la baiser.

Si cela devenait trop dur, elle nous le ferait savoir.

Mais je me doutais que notre petite diablesse rebelle s'en sortirait très bien.

Elle était faite pour ça. Faite pour nous.

Parce qu'elle était notre propre… *reine des Faë de l'Enfer.*

CHAPITRE QUARANTE-NEUF

CAMI

Je suis presque sûre d'être morte, pensai-je, mes yeux refusant de s'ouvrir.

Non, pas du tout, répondit une voix grave. *Tu t'es juste perdue dans une défonce orgasmique pendant quelques heures. Mais tu refais lentement surface.*

Je fronçai les sourcils.

Typhos ?

Mmm, fredonna-t-il, confirmant que c'était bien sa voix dans ma tête.

L'instant d'après, une chaleur se répandit sur moi, suivie de la sensation d'être dans l'eau. Je sourcillai davantage.

Est-ce qu'on est encore dans le bain ?

Oui, en effet.

Si mes yeux avaient pu s'ouvrir, ils auraient cligné.

Tu sais, pour un roi des Faë de l'Enfer, tu m'as l'air d'avoir une étrange obsession pour l'eau. On aurait pu croire que tu préfères le feu ou le soufre.

Il gloussa, et je sentis le mouvement contre mon flanc, suggérant que j'étais lovée sur ses genoux.

— J'aime le feu, répondit-il à voix haute, ses lèvres effleurant mon front. Mais l'eau est plus efficace pour laver les prétentions scintillantes de Melek.

Ses mots percolèrent lentement dans ma tête, ce qu'ils sous-entendaient me fit grogner intérieurement.

Il m'a encore changée en une foutue boule disco, pas vrai ?

Des rires masculins m'envahirent, provenant d'Ajax et d'Az qui confirmaient que oui, Melek m'avait bien couverte de son infâme foutre doré.

Bon, ils ne l'appelaient pas comme ça. Mais c'était ainsi que *moi* je le désignais.

Certains compagnons mordent, murmura Melek dans mon esprit. *Je préfère la poussière d'ange.*

Poussière d'ange, répétai-je avec un ricanement mental. *Ça me fait* scintiller, *Melek.*

Je sais. Je trouve ça joli.

Je soupirai. Il n'y avait pas moyen de le raisonner sur ce point. Au moins, Typhos m'aidait à nettoyer ça.

Je flottai un moment dans le bonheur de son contact, quelque peu perdue dans ma rêverie, dans laquelle je revivais en esprit des heures de plaisir. Dieux, mes compagnons étaient insatiables. Je les sentais encore tous en moi. Surtout Ty…

Je plissai le front. *Attends.* Je serrai les cuisses, écartai mes lèvres. Je n'étais pas lovée sur ses genoux, mais *à califourchon* dessus. Et nous étions encore très connectés.

Je serrai mon utérus, sentant sa bite dure logée au fond. *Typhos.*

— Des milliers d'années, Cami, répliqua-t-il.

Son emploi de mon nom préféré était nouveau. Typhos m'avait toujours appelée Camillia, un nom qui me dérangeait d'habitude, car mes parents m'avaient aussi toujours appelée ainsi. Toutefois, entendre mon nom complet sur la langue de Typhos ne me gênait pas, car il le prononçait d'une manière sexy. Une façon que j'appréciais.

— J'ai bien l'intention de vivre dans ta chatte jusqu'au couronnement. Bon sang, peut-être même pendant, reprit-il. Ce serait un bon moyen d'informer tout le royaume que tu es à moi.

OK. Apparemment, il fallait que je me réveille.

Je forçai mes yeux à s'ouvrir, et je fixai le bord de la baignoire parce que ma tête reposait sur son épaule musclée. Je m'éclaircis la gorge, reprenant mes esprits, et me reculai légèrement pour le regarder.

— Si tu essaies de me faire porter une de ces robes en métal et de me baiser sur une scène, je te balance un coup de pied dans les couilles. Comme je l'ai fait pour ce Chien de l'Enfer.

Les yeux saphir de Typhos étincelèrent.

— Et si je te faisais juste porter la robe, alors ?

Je le fusillai du regard.

— Ta bite est en moi, *Votre Majesté*. Si tu tiens à la garder en bon état de marche, tu devrais reconsidérer l'orientation de cette conversation.

Je la garrotai en moi, non pas que ça lui serve vraiment d'avertissement, mais c'était la bonne réaction.

Ses narines se dilatèrent, sa mâchoire se crispa.

— Je te laisserai choisir ta tenue de couronnement, mais je veux que tu portes quelque chose qui vienne de moi. Une alliance, peut-être.

— Une alliance ? m'étonnai-je.

Il me dévisagea.

— Si tu ne me laisses pas te marquer comme mienne avec mes chaînes, alors oui, je veux que tu portes une alliance.

— Tu veux dire que je ne te laisserai pas me torturer à nouveau avec tes chaînes, le corrigeai-je.

— Ce n'était pas censé te torturer, Camillia. C'était censé te *taquiner*, quelque chose que je pensais être agréable. J'ai appris depuis que ce n'était ni agréable ni bienvenu. Et je me suis excusé.

— Pourtant, tu suggères que je les porte à nouveau, remarquai-je.

— Parce que j'ai réalisé que la punition sensuelle n'était qu'un prétexte pour mon besoin sous-jacent.

Je le dévisageai à mon tour.

— Quel besoin ? demandai-je, confuse à présent.

— Mon besoin de te marquer, répondit-il. Je t'ai mis ces chaînes pour que tout le monde sache que tu étais inaccessible. À l'époque, je m'étais dit que c'était pour Azazel et Melek. Mais je sais maintenant que ce n'était pas tout à fait vrai. Ces chaînes étaient imprégnées de *mon* pouvoir et portaient donc *ma* marque.

Je ne savais pas quoi répondre à cela. Ce n'était pas du tout ce à quoi je m'attendais. Et ça changeait ma façon de voir cette expérience. Parce qu'il ajoutait un niveau de possession à l'incident qui, étrangement, me fit me sentir mieux à ce sujet. Ce qui était un peu perturbant. Mais c'était ma vie ici, au royaume des Faë de l'Enfer.

En fait, c'était ma vie tout court. Rien dans mon existence n'avait jamais été normal ou tranquille. En gros, j'étais passée d'une expérience chaotique à une autre.

— Je me suis puni aussi, poursuivit Typhos. Je me suis nargué moi-même avec quelque chose – *quelqu'un* – que je ne pouvais pas avoir. (Il se racla la gorge.) On pourrait dire que je t'ai publiquement revendiquée ce jour-là. Mais je suis quasi sûr que tu as été à moi dès le moment où tu es arrivée dans mon royaume.

— *À nous*, corrigea Melek en entrant dans la salle de bains avec un plateau. J'apporte à *notre* compagne quelque chose à manger. (Il s'approcha, exhibant son torse athlétique. J'observai avec intérêt son jogging gris qui tombait juste au bon endroit sur ses hanches.) Ou peut-être a-t-elle envie d'autre chose ?

— La Source lui a déjà redonné de l'énergie, répondit Typhos. Elle peut tout à fait baiser à nouveau.

Mon utérus se contracta et je me blottis contre la poitrine massive de Typhos.

— Du café d'abord, demandai-je d'un ton presque suppliant.

Car je sentais la caféine sur le plateau de Melek et j'avais très envie de me plonger dans ce parfum.

Typhos gloussa en passant ses doigts dans mes cheveux.

— D'accord, ma petite. Mais ma bite reste en toi.

Mon estomac s'échauffa à ses paroles et mes entrailles se contractèrent de nouveau. Sa demande ne devrait pas être aussi excitante que ça, mais on dirait que j'étais aussi insatiable que mes compagnons.

Melek s'assit à côté de la baignoire, le plateau sur ses genoux, et me tendit un mug fumant. La crème fouettée sur le dessus me fit sourire.

— Irish coffee ? devinai-je.

— De la part d'Ajax, répondit-il. Et ceci (il glissa la main dans sa poche et en sortit un collier), c'est de ma part.

Je scrutai les bijoux ensorcelés, me rappelant aussitôt le premier qu'il m'avait offert. Ainsi que le dernier collier que j'avais porté – celui qui m'avait envoyée dans le royaume des Faë Vertueux.

— Tu sais, je n'ai pas eu de chance avec les colliers depuis mon arrivée ici, lui rappelai-je. Je ne suis pas sûre de vouloir l'accepter.

Il esquissa un sourire.

— Celui-ci est différent.

Il déroula la chaîne pour me montrer le pendentif en forme de clé. Quatre pierres précieuses ornaient la longueur de la clé, chacune me faisant un clin d'œil dans le faible éclairage de la salle de bains.

— Un diamant pour moi. Un saphir pour Ty. Un œil-de-tigre bleu pour Ajax. Et un diamant noir pour Az.

Je fixai la clé scintillante bordée d'or jaune.

— Et la magie que je ressens ?

Il haussa les épaules.

— Il est couvert de nos essences. Protection. Amour. Une promesse pour l'avenir. Un collier digne d'une reine.

Je plissai les yeux.

— C'est très énigmatique, Melek.

— Il te marque comme nôtre, intervint Typhos d'un ton amusé. Le collier indiquera aux royaumes qui t'a accouplé. C'est un geste doux mais intentionnel.

— Tu ne peux pas garder ta bite en elle pour toujours, mon roi. Ça me paraît une alternative plus pratique.

— En fait, je pensais plutôt lui faire porter cette robe en chaînes pour l'éternité, dit Typhos. Mais je suppose que c'est une alternative plus gentille. Et ainsi, personne ne verra les plus beaux atouts de notre reine.

Il se pencha en avant pour m'embrasser dans le cou, tandis que je grognais en réponse à son commentaire sur la robe en chaînes.

— Calme-toi, petite reine, murmura-t-il. Tu me donnes envie de te baiser encore.

— Et tu me donnes envie de te tuer, lui rétorquai-je.

— Aimerais-tu que ce soit moi qui porte une version de la robe en chaînes pour ton couronnement ? proposa-t-il, son esprit me disant que sa question était sincère. Je te laisserai la confectionner pour moi.

Je reculai pour le dévisager tandis que des images défilaient dans mon esprit, des images sexy de lui dans un kilt en métal. Toute cette force musculaire exposée. Une chaîne soigneusement enroulée autour de sa bite, qui tirait dessus quand il bougeait.

Une chaleur s'épanouit dans mon ventre – une sensation que Typhos pourrait bien ressentir puisqu'il était encore en moi.

Mais je pensai à la façon dont les autres le verraient avec ces chaînes, et je sourcillai.

— Non. (Il n'était pas le seul à être possessif. C'était hors de question.) Tu ne porteras pas ça en présence d'autres personnes.

Toutefois, dans notre suite… songeai-je, imaginant ce que je lui ferais avec ces chaînes.

Il arqua un sourcil.

— Tu recommences à inverser les rôles ?

— C'est toi qui m'as donné l'idée, remarquai-je. Et ce serait une façon marrante de te punir…

Il pourrait peut-être privatiser son club et me laisser m'y amuser pour une nuit.

— Si c'est le souhait de ma reine, alors considère que c'est fait, dit-il doucement, continuant à peigner mes cheveux de ses doigts.

— Vraiment ? m'étonnai-je, surprise qu'il soit non seulement d'accord, mais qu'il l'exprime humblement.

— Oui, affirma-t-il. Je ferai tout ce que tu veux, Camillia.

Je frissonnai, son retour à mon nom complet faisant encore fondre mes entrailles. Les joyaux scintillants ramenèrent mon attention sur le cadeau que Melek avait toujours dans sa main.

— Dans le royaume des humains, les couples portent des alliances, lui dis-je.

— Tu préfères ça ? demanda-t-il, songeant sérieusement à combler mes désirs.

Je secouai la tête.

— Le collier est plus symbolique.

Et le pendentif en forme de clé était absolument stupéfiant. Non seulement à cause des bijoux, mais aussi à cause de sa signification sous-jacente. Melek m'avait toujours considéré comme étant la clé pour sauver le royaume des Faë de l'Enfer et son roi. Maintenant, il me voyait comme la clé de leurs cœurs. L'être qui avait déverrouillé leurs âmes et leur avait redonné un but dans la vie.

— Quand je pense que tout a commencé à cause de ces chimères dans la bibliothèque, songeai-je en prenant son cadeau. Elles m'ont donné Vita ce jour-là.

— Je sais, répondit Melek. J'observais.

Un autre frisson me parcourut, son esprit me disant que j'avais capté son intérêt dès le premier instant où il m'avait vue.

— C'était le numéro soixante-six ? m'enquis-je, me rappelant le numéro de candidate de cette stupide chemise que j'avais été forcée de porter. Ou les étoiles insignifiantes ?

— Les étoiles n'étaient pas insignifiantes, Cami. Elles ont montré les bonnes grâces de la Source. (Il inclina la tête.) Et non. Je pense que c'était le tissu serré sur tes beaux seins.

J'éclatai de rire.

— Nous devrions rétablir la règle « pas de sous-vêtements », enchaîna-t-il. Que Cami ne porte que du blanc dans la chambre.

— Ou rien du tout, suggéra Typhos.

Je levai les yeux au ciel.

— Je vais me désaccoupler à vous deux.

Typhos m'attrapa le menton et m'embrassa.

— Notre Source ne le permettra pas, Camillia.

— Je peux essayer quand même.

Il fredonna, plissant les yeux.

— Nous ne ferons que te courtiser à nouveau.

— Je ne crois pas que tu m'aies jamais courtisée, le raillai-je.

Une lueur de surprise traversa ses traits, et ses yeux s'écarquillèrent.

— Désires-tu que je te fasse la cour, ma reine ?

Je haussai un sourcil.

— Il demande ça pendant que sa bite est en moi.

— C'est une autre forme de cour, sourit-il.

— Comme c'est romantique.

— C'est Melek le romantique, rétorqua-t-il, attirant de nouveau mon attention sur le cadeau. Moi je suis celui qui te fait jouir si fort que tu t'évanouis.

— Je suis à peu près sûr qu'on peut tous faire ça, dit Az en entrant dans la salle de bains, une tasse de café à la main.

Et sans vêtements.

Je le regardai s'approcher, son impressionnante bite en érection. Il monta sur la plateforme et descendit dans la baignoire géante pour s'asseoir derrière moi.

Ajax le suivait, mais contrairement à Az, il portait un pantalon de survêtement noir. Une clé en or pendait à son cou, le métal brillant me rappelant que c'était Typhos qui la lui avait donnée. *Un symbole pour le Gardien.*

Ou peut-être était-ce un moyen pour Typhos de marquer Ajax comme sien.

Ces hommes étaient tous très possessifs.

— D'accord, je vais le porter, dis-je en baissant les yeux sur le cadeau de Melek. Mais il vaudrait mieux que ce ne soit pas un conduit. Et qu'il ne me couvre pas de sperme pailleté.

— Ma poussière d'ange, c'est juste pour le sexe, petit ange, sourit Melek. Promis.

Je ricanai. Comme si j'allais le croire. Il m'avait déjà couverte de ses paillettes disco plusieurs fois — sans sexe à la clé.

Typhos écarta mes cheveux de ma nuque pour permettre à Melek d'attacher la chaîne à mon cou. La clé toucha ma peau, suspendue juste au-dessus de mes seins. Je caressai le métal froid et les pierres précieuses qui ornaient le pendentif.

— C'est très joli, Melek. Merci.

Il effleura ma joue de ses jointures.

— Tu as toujours été la clé de nos cœurs, Cami. Je l'ai su ce jour-là dans la bibliothèque. Et je l'ai su chaque jour depuis.

Je me penchai sur sa caresse, hypnotisée par ses yeux irisés. Az promena son doigt le long de ma colonne vertébrale, et Typhos posa ses mains sur mes hanches.

Tout cela sous le regard pensif d'Ajax.

— C'est le jour où tu l'as trouvée en train de lire Vita.

Melek lui jeta un coup d'œil.

— Oui.

— Parce que les chimères le lui ont donné, insista Ajax.

Melek plissa légèrement le front.

— À quoi penses-tu, Gardien ?

Mais j'entendais déjà les mots se dérouler dans l'esprit d'Ajax, qui se demandait si c'était Vivaxia qui avait influencé les chimères ce jour-là. Cependant, il rejeta l'idée dans la seconde qui suivit, bien conscient de leurs manières fourbes.

Elles ne laisseraient jamais quiconque les manipuler, pensait-il. *Quoique Vivaxia n'était pas n'importe qui.* Il fronça les sourcils. *Mais admettons qu'elle les ait obligées d'une manière ou d'une autre. Comment aurait-elle pu savoir ce que Cami ferait de Vita ?*

Ce fut à mon tour de froncer les sourcils. Parce qu'il n'avait pas tort.

— Elle n'aurait pas pu savoir, lui répondis-je à voix haute. Je ne savais même pas ce que j'allais faire avant de le faire.

— À moins qu'elle t'ait contrainte, répondit-il, croisant mon regard. Elle avait une ancre dans l'esprit de Lucifer, et nous savons qu'elle t'a fait quelque chose quand tu étais dans le royaume des Faë Vertueux.

— Elle a renforcé l'entonnoir en Camillia, intervint Typhos qui avait manifestement suivi notre conversation, sans doute à partir de nos pensées.

Puisqu'il est aussi accouplé à Ajax maintenant. Mais sûrement pas de la même manière qu'il m'avait accouplée, comme le prouvait sa sensuelle revendication sous l'eau.

— Il existait déjà, poursuivit-il. Mais Vivaxia a renforcé son emprise sur lui.

— Elle a dit que je lui *appartenais*. (Je sourcillai en me rappelant tout ce qu'elle avait dit et fait dans la salle du trône des Strigoï.) Elle a été capable de me forcer à cesser de respirer.

Donc il était tout à fait possible qu'elle m'ait persuadée d'envoyer tout ce pouvoir dans Vita. Bon sang, c'était même évident que c'était grâce à elle que le livre m'était parvenu. Elle l'avait placé dans le royaume des Faë de l'Enfer, puis m'avait activée en tant que son petit siphon personnel.

D'après ce que j'avais perçu des pensées de Typhos, le contrat de Nos avec Vivaxia avait été signé le jour de ma naissance, ce qui m'amenait à l'âge parfait pour participer aux épreuves nuptiales. Puis elle avait envoyé mon père faire à Typhos une offre qu'il ne pouvait pas refuser. Peut-être à cause de la *persuasion* de Vivaxia dans l'esprit de Typhos.

Faë, tout avait été planifié avec une précision

terrifiante. Si Vivaxia n'était pas une telle salope, j'aurais pu l'admirer pour cela.

— Elle ne pouvait pas savoir que tu allais former Cami, remarqua Melek. En fait, je parierais qu'elle ne l'avait pas prévu du tout.

— C'est vrai, acquiesça Typhos. Mais c'est de Vivaxia dont nous parlons. Tout ce qu'elle fait est par couches. Vita lui a fourni un point d'entrée dans notre royaume — à travers mon esprit et mes souvenirs. Nos était sa cible principale. Les portails étaient une diversion, destinée à capter mon attention et à m'empêcher de percevoir quoi que ce soit d'autre. Et Cami était un outil conçu pour voler ma lumière.

— Donc tu penses que c'est une coïncidence que Cami ait déclenché ce piège en Vita, résuma Ajax.

— Non, c'était intentionnel, dis-je, repensant à toute sa stratégie et à tout ce dont j'avais été témoin. Elle ne pouvait pas savoir que Typhos me surchargerait de pouvoir, mais tout ce qu'elle me faisait était destiné à me faire perdre le contrôle.

Mes compagnons se turent tandis que je cherchais à comprendre ses intentions et ses désirs.

— Elle voulait que je pousse le pouvoir dans l'entonnoir en moi. Mais au cas où je ne le ferais pas, elle m'avait laissé une autre option évidente : Vita. Un livre qu'*elle* m'a fait découvrir. Elle n'aurait peut-être pas réussi à amadouer ces chimères, mais elle aurait trouvé un moyen de faire en sorte que ce livre finisse sur mes genoux.

Ce qui expliquait pourquoi il apparaissait toujours dans des endroits inattendus.

— Elle a dit au livre quelles images me montrer. Quoique je pense que Vita a aussi essayé de communiquer avec moi. Mais c'est Vivaxia qui a tout orchestré.

Me transformant en sa propre petite marionnette. Son siphon personnel.

— Mais je n'étais pas le cœur de son plan, repris-je. Je n'étais qu'une de ses nombreuses couches.

Comme Typhos l'avait dit, Vivaxia préférait les *couches*, et sa stratégie en était d'autant plus efficace.

— Envoyer toute cette énergie dans Vita a submergé l'entonnoir qu'elle avait laissé à l'intérieur, ce qui n'était qu'une des nombreuses facettes de sa finalité globale, conclus-je. Elle s'est jouée de nous tous. Mais elle a perdu parce qu'elle manquait de cœur.

Et comme je le savais maintenant, c'était la clé pour maintenir la lumière de la Source. Prendre soin des autres était un élément essentiel pour assurer la survie du pouvoir. Car ce sont les âmes et les désirs qui donnent de l'énergie au cœur. Il faut aimer et être aimé pour gérer une telle vitalité.

Ç'avait été la plus grande faiblesse de Typhos, à l'autre bout du spectre. Il était tellement chéri et admiré qu'il avait trop d'âmes à s'occuper tout seul, et résultat, sa Source était devenue de plus en plus incontrôlable. L'arrivée des épouses l'avait fait basculer, son esprit se chargeant d'un fardeau et d'une responsabilité plus importants que ce qu'un seul cœur pouvait gérer.

Mais maintenant, il avait un cercle. Il m'avait *moi*. Et ensemble, nous assurerions la vitalité et la force de sa Source.

Il pourrait y avoir d'autres Faë assoiffés de pouvoir à l'avenir, des êtres comme Vivaxia qui désiraient prendre au lieu de donner. Mais ils n'auraient aucune chance contre nous.

Parce que nous gouvernions avec amour.

Et l'amour était le plus grand des pouvoirs…

ÉPILOGUE
CAMI

Un mois plus tard

Je portais une robe rouge foncé. Sans sous-vêtements.

Parce que je savais précisément ce que Melek voulait faire à la fin de cette cérémonie de couronnement. Je l'avais entendu prévoir ça depuis des semaines, son esprit tissant des nœuds et des rubans tout autour de moi. Il avait bien l'intention de m'offrir en cadeau à Typhos ce soir. Et j'allais le laisser faire.

Le prince en question vint derrière moi et déposa un baiser dans mon cou en entourant ma taille de ses bras.

— Je t'ai déjà dit à quel point tu es belle, mon petit ange ? demanda-t-il d'une voix douce à mon oreille.

— Plusieurs fois ce soir, souris-je. Mais tu peux le répéter.

— Tu es magnifique, murmura-t-il en m'embrassant de nouveau. Et tu le seras encore plus dans une trentaine de minutes, quand je t'enlèverai cette robe.

Un frisson me parcourut l'échine.

— Tu me dis des gentillesses.

Il gloussa, puis se plaça à mes côtés pour observer la salle de bal avec moi. Ajax et Az étaient avec Typhos sur la scène, ainsi que plusieurs lieutenants de Typhos et une poignée de Chiens de l'Enfer.

L'un d'eux était Payan. Il avait l'air particulièrement mal à l'aise, surtout parce qu'il avait été victime du contrôle de Vivaxia. Et il avait failli provoquer la mort de Typhos.

Heureusement pour lui, le roi des Faë de l'Enfer était compréhensif. Il ne blâmait aucune de ses Faë pour la tromperie de Vivaxia, sachant de première main à quel point elle était puissante et manipulatrice. C'était plutôt lui-même qu'il blâmait le plus. Parce qu'il pensait qu'il aurait dû le savoir et l'arrêter plus tôt.

C'était un fardeau injuste. Mais je le comprenais.

Tout comme je comprenais ce qu'il faisait actuellement sur cette scène en compagnie de ses lieutenants.

Bon, je supposais qu'ils étaient *nos* lieutenants maintenant, puisque j'avais été officiellement couronnée reine des Faë de l'Enfer plus tôt dans la soirée. La nouvelle avait été accueillie avec beaucoup d'enthousiasme, les Faë de l'Enfer et les Faë du Cauchemar applaudissant à tout rompre.

La frénésie s'était un peu calmée à présent, les Faë discutant entre eux des prochaines étapes pour le royaume. Ils étaient loin de se douter que Typhos avait une autre annonce à faire. Une grande annonce.

Mais d'abord, il avait réuni tous ses lieutenants en signe de solidarité. Car ils connaissaient déjà nos intentions et avaient approuvé les plans une semaine plus tôt. Il ne restait plus qu'à faire connaître ces plans au royaume des Faë de l'Enfer.

Et aux candidates épouses Faë de l'Enfer.

Elles étaient toutes présentes. Celles qui n'étaient pas

accouplées, du moins. Celles qui avaient été revendiquées lors des premières épreuves résidaient toujours dans leurs royaumes de Faë du Cauchemar respectifs.

Typhos avait pris le temps de m'expliquer tout ce qu'il avait organisé et avait répondu de chacune des six cent soixante-six candidates.

Ajax avait écouté, curieux d'en savoir plus sur ces femmes qui s'étaient engagées de leur plein gré. Il avait eu la même impression que moi, à savoir que la plupart des candidates n'étaient pas là volontairement.

— J'ai entendu leurs cris et ressenti leur peur, avait-il déclaré à un moment de la conversation.

— Certaines n'ont pas vraiment réalisé ce qu'elles acceptaient, avait répondu Typhos. D'autres se sont engagées pour de mauvaises raisons.

J'avais appris plus tard que c'était pourquoi certaines épouses avaient été renvoyées. Si la Source découvrait qu'elles étaient dans le royaume pour de mauvaises raisons, elles étaient renvoyées chez elles.

Ou tuées, pensai-je en frissonnant. Parce que la Source protégeait les siens, ce que je comprenais très bien maintenant. Ce n'était pas le genre de pouvoir qui laissait une seconde chance. Mais elle ne s'attaquait qu'à ceux qui représentaient une véritable menace. Et malheureusement, certaines de ces femelles avaient participé aux épreuves pour des raisons néfastes.

— Il y aura toujours des Faë qui voudront entrer dans nos royaumes et causer des problèmes, avait dit Typhos à ses lieutenants l'autre jour. J'ai essayé de faire en sorte qu'ils ne franchissent jamais mes portes. Mais ce faisant, j'ai ignoré ceux qui souhaitaient sincèrement être ici. C'est pourquoi nous allons passer à un nouveau processus dans le royaume des Faë de l'Enfer, un processus qui favorise le libre arbitre.

Toute la dynamique de notre monde était sur le point de changer. Pour le meilleur ou pour le pire, nous allions entrer dans une nouvelle ère. Une ère où les portes n'existaient plus et où la Source acceptait tous ceux qui arrivaient.

— Les royaumes se gouverneront eux-mêmes, avait déclaré Typhos. Avec vous comme rois véritables.

Nous les soutiendrions par notre pouvoir, nous renforcerions leurs territoires si nécessaire, mais nous ne les gouvernerions pas. Sauf, bien sûr, si le destin l'exigeait.

Seul le royaume des Faë de l'Enfer serait sous notre juridiction. Mais même là, Typhos voulait le rendre plus ouvert et plus accueillant pour les visiteurs non Faë de l'Enfer.

C'était un changement complet par rapport à son ancienne direction, où il s'était fortement impliqué dans les affaires de ses Faë et avait interdit à de nombreux Faë d'entrer.

Mais c'était l'ancien Typhos, celui qui avait été manipulé par Vivaxia.

Maintenant, il était libre. Et il voulait partager ce don avec tous ses Faë.

Il se racla la gorge sur le podium, captant aussitôt l'attention du public. Cependant quelques-uns me jetèrent un coup d'œil, comme s'ils étaient surpris que je ne sois pas à ses côtés.

Mais c'était à lui de clore son dernier chapitre.

Je faisais partie du nouveau livre, un livre que nous allions écrire ensemble avec notre cercle de compagnons. Peut-être trouverions-nous un moyen de recréer Vita. Ou peut-être que sa mémoire résiderait avec le passé de Ty dans le journal de sa mère.

Quoi qu'il en soit, nous allions vers l'avenir. Or pour ce faire, nous devions clore le passé.

Je me dis que Melek devrait être là en tant que prince Faë de l'Enfer. Il avait participé à la cérémonie d'ouverture des épreuves nuptiales, tout comme Az et Ajax.

Je ne suis qu'un ornement, petit ange, murmura-t-il dans mon esprit. *Les admirateurs peuvent toujours me voir, mais c'est moi qui choisis mes points de vue. Et pour l'instant, j'aime plutôt celui-ci.*

Je lui lançai un coup d'œil et m'aperçus qu'il me fixait.

Tu es à nouveau énigmatique.

Pas vraiment, répondit-il. *Mon énigme est assez directe.*

— Il ne reste plus qu'une annonce à faire ce soir, déclara Typhos.

Son ton autoritaire détourna mon attention du commentaire enjoué de Melek. Non pas que je sache comment répondre à sa nouvelle énigme. Ou peut-être qu'il était simplement direct, comme il l'avait dit. Avec Melek, c'était difficile de savoir. C'était un trait de caractère qui aurait dû m'agacer, mais je commençais à l'aimer. Parce que tout était toujours nouveau avec lui.

Et il m'avait souvent servi d'échappatoire à l'intensité d'Az et de Typhos. Leurs personnalités dominantes pouvaient parfois être écrasantes, surtout lorsqu'ils me *partageaient.* Mon estomac se serra à cette pensée, qui me rappela instantanément l'autre nuit où Az m'avait tenu les bras le long du corps alors qu'il était installé en moi. Puis il m'avait tirée en avant pour que Typhos puisse me prendre le cul.

Notre roi essaie de faire un discours, Cami, me chuchota Melek. *Un discours qui va se terminer brutalement si tu continues à fantasmer sur Azazel et lui en train de te baiser.*

Je croisai le regard flamboyant de Typhos à travers la foule. Cela me rappela la fois où il s'était focalisé sur moi dans l'arène, pendant la cérémonie d'ouverture.

Comme c'est approprié, me dis-je.

En effet, répliqua le roi des Faë de l'Enfer. *Tu es toujours aussi enchanteresse, Camillia. Maintenant, à moins que tu veuilles que je te baise devant cette foule – ce que je ferai –, j'attends de toi que tu sois sage.*

Je serrai les cuisses sous la menace.

Tu n'oserais pas me partager de cette façon.

Même depuis le fond de la salle, je le vis arquer un sourcil.

Tu ne portes rien sous cette petite robe moulante, Mlle de la Croix. Il serait très facile de la retrousser jusqu'à ta taille, de te pencher et de te baiser pendant qu'Ajax et Azazel montent la garde. Personne ne verrait rien. Mais ils t'entendraient certainement crier, ma reine.

Melek fredonnait à côté de moi, percevant sans doute la conversation animée entre moi et le roi des Faë de l'Enfer. Même si mes compagnons ne percevaient pas les détails lorsque je m'adressais directement à l'un d'eux, ils pouvaient en revanche en capter l'humeur.

Et Typhos dégageait vraiment une vibration punitive en ce moment.

Je serai sage, mon roi, lui dis-je doucement. *Pour l'instant.*

Mais s'il voulait que j'arrête de penser au sexe, il devrait arrêter de me menacer de me baiser.

Melek gloussa.

Ty me donne une liste de choses à faire ce soir. On dirait que tu l'as excité avec tes pensées coquines, petit ange.

Je levai les yeux au ciel.

Je pensais seulement à l'autre jour.

— Comme je le disais, reprit Typhos à voix haute de son ton autoritaire, j'ai une autre annonce à faire, et elle concerne les candidates épouses Faë de l'Enfer. Tout d'abord, je tiens à vous exprimer ma gratitude pour la patience dont vous avez fait preuve pendant que nous nous occupions des récents événements survenus dans le royaume.

Il observait l'assemblée, son charisme était palpable dans toute la salle. C'était vraiment un chef magnifique. *Agréable à regarder, aussi*, me dis-je en admirant la coupe de son costume noir impeccable.

Camillia.

Typhos, retournai-je. *Tu devrais te concentrer sur ton discours, mon roi.*

Il grommela mentalement quelque chose à propos d'avoir deux rebelles dans sa tête, mais continua de vive voix comme s'il n'avait pas été distrait du tout :

— Ensuite, je tiens à remercier personnellement les candidates épouses d'avoir participé aux épreuves nuptiales des Faë de l'Enfer. Lorsque nous avons commencé ce parcours, mon objectif était de diversifier notre royaume en accueillant des compagnes Faë. Mais au vu des événements récents, j'ai réalisé que la méthodologie était erronée.

Des murmures s'élevèrent dans la salle, les Faë étant surpris par l'aveu de Typhos. Mais c'était cet aveu qui faisait de lui un si bon dirigeant. Il ne craignait pas de reconnaître ses fautes. Et plus important encore, il ne craignait pas de les corriger.

Ce fut ce qu'il fit en annonçant :

— Les épreuves nuptiales des Faë de l'Enfer sont officiellement terminées.

Les chuchotements s'amplifièrent en bavardages, qu'il interrompit en levant la main.

— Comme vous le savez, les portes de notre royaume sont désormais ouvertes. Cela signifie que les anciennes candidates sont libres de partir. Mais j'espère que vous choisirez de rester. Pour accueillir notre nouvelle ère d'inclusivité. Pour faire partie d'un âge de progrès au royaume des Faë de l'Enfer.

L'énergie de tout à l'heure ressurgit, les Faë

bourdonnant d'excitation à ce projet d'avenir. Cette excitation ne fit que croître lorsque Typhos annonça que son conseil de rois — anciennement ses lieutenants — régnerait au sens propre du terme.

— Je serai là pour fournir des conseils au besoin, mais vos rois seront désormais vos chefs. Travaillez avec eux à établir vos conditions d'entrée. Gérez vos portails. Faites ce qu'il faut pour prospérer. Et sachez que notre Source vous soutiendra de toutes les manières nécessaires.

Il y avait des mises en garde, bien sûr, dont je connaissais déjà l'existence. La cruauté ne serait pas acceptée dans notre royaume. Les Faë cherchant à régner dans une veine similaire à celle de Nos ne seraient pas non plus tolérés.

Mais en général, nous voulions que les Faë choisissent leur voie. Qu'ils choisissent leurs compagnes. Qu'ils se trouvent un but. Et qu'ils s'épanouissent.

Cela concernait aussi les anciennes épouses, à qui Typhos proposa des services de relogement. Il précisa également qu'elles pouvaient rester dans le camp nuptial aussi longtemps qu'elles le souhaitaient. Puis il annonça que je serais personnellement disponible pour conseiller les candidates qui auraient des soucis ou des questions.

J'avais anticipé cette dernière partie. Et j'accueillis ma première tâche en tant que reine des Faë de l'Enfer.

Bon, la deuxième. Techniquement, ma première tâche avait été d'éliminer Vivaxia.

Lorsque Typhos termina son discours, la salle était en effervescence et le soutien enthousiaste.

— Ce fut un plaisir de vous servir. Vraiment. (Il s'inclina, montrant ainsi un grand respect. Puis il leva la main, des flammes dansant sur ses doigts.) Au prochain chapitre !

Il envoya le feu de l'Enfer voler à travers la salle, faisant grésiller toutes les chandelles dont les flammes passèrent de l'orange à un rouge incandescent.

Puis ses ailes se déployèrent dans son dos, et mon compagnon disparut.

Pour réapparaître juste derrière moi, entourant ma taille de ses bras.

— Maintenant, Melek, dit-il avant de nous téléporter dans notre suite.

Ce qui n'était pas vraiment nécessaire. Le couronnement avait eu lieu dans la salle de bal du palais.

— Nous aurions pu partir comme des Faë normaux, lui fis-je remarquer.

— Nous n'avons rien de *normal*, Camillia, répliqua-t-il en me lâchant. Maintenant, enlève ta robe et grimpe sur le lit.

Az entra avec Ajax à ses côtés, tous deux desserrant leurs cravates.

Mais Melek n'était nulle part.

Je croyais que tu m'attacherais, lui murmurai-je.

Son gloussement embrassa mon esprit.

Impatiente de mes cordes, petit ange ?

Je me demandais simplement où tu étais.

— Ici, répondit-il à mon oreille, prenant la place de Typhos. Maintenant, fais ce que notre roi a demandé et va sur le lit, mon amour.

— Je n'ai pas *demandé*, protesta Typhos.

J'eus un sourire en coin, son impatience intensifiait le moment.

Le roi des Faë de l'Enfer allait me punir pour ne pas lui avoir obéi immédiatement. Et je me réjouissais de la punition qu'il avait en tête.

Parce que c'était notre dynamique. Je le poussais et il me poussait.

Melek se livrait à des énigmes qui aboutissaient

toujours à quelque chose d'instructif. Il prenait également soin de moi à sa manière.

Ajax m'écoutait. Me défendait. Assurait toujours mes arrières.

Et Az était le compagnon qui me protégeait sans l'ombre d'un doute. Tout en explorant mes limites et en me faisant découvrir de nouveaux horizons.

Nous étions tous les cinq notre propre Source. Un pouvoir à nul autre pareil. Un cercle avec plus de passion et d'énergie qu'il n'est possible d'en définir.

Bien qu'ils représentent chacun quelque chose d'unique pour moi, ils avaient aussi leurs propres liens. Certains plus anciens que d'autres. Certains nouveaux. D'autres encore en pleine croissance.

Mais nous avions l'éternité pour explorer nos liens intérieurs. Pour nous chérir les uns les autres. Pour *aimer*. Pour vivre dans notre propre et belle utopie.

Le Gardien des Faë de l'Enfer, le Commandant des Faë de l'Enfer, le prince des Faë de l'Enfer, le roi des Faë de l'Enfer et *la reine des Faë de l'Enfer*.

FIN

L'auteure à succès d'*USA Today* Lexi C. Foss est une écrivaine perdue dans le monde de l'informatique. Elle vit à Holly Springs, en Caroline du Nord, avec son mari et leurs enfants à fourrure. Quand elle n'écrit pas, elle est occupée à cocher des cases sur sa liste de voyages à faire. On peut retrouver beaucoup des endroits qu'elle a visités dans ses écrits, notamment le monde mythique d'Hydria, inspiré d'Hydra, dans les îles grecques. Elle est excentrique, boit beaucoup trop de café et adore nager. Tchao !

https://www.lexicfoss.com/Français

Pour être au courant des dernières nouvelles et connaître les dates de publication, abonnez-vous à ma newsletter:
https://www.lexicfoss.com/la-newsletter-de-lexi

J.R. Thorn

Romance paranormale du genre Harem inversé — pas de choix à faire.

J.R. Thorn est une auteure de romance paranormale de genre harem inversé, qui adore le café, le temps orageux et les discussions animées avec sa muse intérieure. On la trouve souvent en train de coucher ses histoires torrides dans son atelier d'écriture, loin des regards indiscrets de son enfant en bas âge, de son mari et de ses deux chats bruyants.

Pour être informé des nouvelles parutions, n'oubliez pas de suivre J.R. Thorn sur Amazon.fr.